HEYNE <

Das Buch

Die amerikanische Autorin, die in den USA längst die Bestsellerlisten anführt, »wird von Roman zu Roman besser und besser«, schrieb das bekannte amerikanische Buchmagazin PUBLISHERS WEEKLY, als dieser Roman in den USA erschien.

Der steinreiche Farmer Jack Mercy scheint auch nach seinem Tod die Fäden der Macht in Händen halten zu wollen: In seinem Testament hat er verfügt, daß seine drei Töchter aus drei verschiedenen Ehen erst dann jeweils ihren Erbteil bekommen sollen, wenn sie ein Jahr lang friedlich zusammen auf der Farm in Montana gelebt haben. Und das, obwohl die drei jungen Frauen, die unterschiedlicher nicht sein könnten, sich bisher noch nie begegnet sind. Doch schließlich bleibt ihnen nichts anderes übrig, als sich in ihr Schicksal zu fügen, wollen sie auf den Erbteil nicht verzichten.

Kaum haben die drei Halbschwestern sich aneinander gewöhnt, geschehen auf der Farm mysteriöse Dinge. Ist es ein Psychopath, der sein Unwesen treibt, oder steckt ein ausgefeilter und grausamer Plan mit einem ganz anderen Ziel dahinter? Geschickt versteht es Nora Roberts, den Leser auf die Folter zu spannen. Auch in Sachen Liebe, denn die Gefühle der drei werden gehörig durcheinandergewirbelt ...

Die Autorin

Nora Roberts zählt zu den erfolgreichsten Autorinnen Amerikas. Seit 1981 hat sie über 100 Romane veröffentlicht, die in knapp 30 Sprachen übersetzt wurden. Für ihre internationalen Bestseller erhielt sie nicht nur zahlreiche Auszeichnungen, sondern auch die Ehre, als erste Frau in der Ruhmeshalle der Romance Writers of America aufgenommen zu werden. Nora Roberts lebt in Maryland.

Im Wilhelm Heyne Verlag liegen unter anderm vor: *Der weite Himmel* (01/10533), *Die Tochter des Magiers* (01/10677), *Insel der Sehnsucht* (01/13019), *Das Haus der Donna* (01/13122), *Träume wie Gold* (01/13220), *Die Unendlichkeit der Liebe* (01/13265), *Verlorene Seelen* (01/13363).

Die Familiensaga: *Tief im Herzen* (01/10968), *Gezeiten der Liebe* (01/13062), *Hafen der Träume* (01/13148), *Ufer der Hoffnung* (01/13686).

NORA ROBERTS

Der weite Himmel

Roman

Aus dem Amerikanischen
von Nina Bader

WILHELM HEYNE VERLAG
MÜNCHEN

HEYNE ALLGEMEINE REIHE
Nr. 01/12585

Titel der Originalausgabe
MONTANA SKY

Umwelthinweis:
Dieses Buch wurde auf
chlor- und säurefreiem Papier gedruckt.

2. Auflage

Taschenbuchausgabe 05/2004

Printed in Germany 2004
Umschlagillustration: Getty Images / Wides & Holl
Umschlaggestaltung: Hauptmann und Kampa
Werbeagentur, München – Zürich
Druck und Bindung: GGP Media, Pößneck

ISBN: 3-453-87999-6

http://www.heyne.de

Für die Familie

Die Welt sich unaufhörlich dreht
Vom Hauch der Ewigkeit umweht
Darüber strahlend unbewegt
Der weite Himmel sich erhebt
Des Menschen Herz zerreißt das Band
Das fest verbindet Meer und Land
Des Menschen Geist den Himmel teilt
Bis Gottes Antlitz ihm erscheint
Doch was der Mensch im Wahn getrennt
Mit Macht nun zueinander drängt
Und er, der endlos uns erscheint
Der Himmel ist's, der alles eint.

– Edna St. Vincent Millay –

ERSTER TEIL

Herbst

Ein schönes, todgeweihtes Jahr

– A. E. Housman –

Kapitel 1

Jack Mercys Tod änderte nichts an der Tatsache, daß er ein elender Hundesohn war. Die eine Woche, die er nun friedlich im Sarg lag, wog die achtundsechzig Jahre eines Lebens voller Niedertracht bei weitem nicht auf, und viele der Menschen, die an seinem Grab zusammengekommen waren, hätten ihrem Herzen nur zu gerne Luft gemacht.

Begräbnis hin, Begräbnis her, Bethanne Mosebly flüsterte ihrem Mann eben jene unfreundlichen Äußerungen ins Ohr, während sie im hohen Gras des Friedhofes standen. Nur ihre Zuneigung zu der jungen Willa hatte sie überhaupt hierhergeführt, und auch diese Bemerkung war während der gesamten Fahrt von Ennis bis zum Friedhof wieder und wieder gefallen.

Bob Mosebly, der das Geschnatter seiner Frau seit nunmehr sechsundvierzig Jahren ertrug, gab einen unverbindlichen Laut von sich und blendete dann ihre Stimme sowie die eintönige Rede des Pfarrers einfach aus. Nicht daß Bob freundliche Erinnerungen an Jack hegte. Er hatte den alten Bastard gehaßt – wie fast jede lebende Seele im Staate Montana.

Inzwischen hatte sich in jenem idyllischen Eckchen der Mercy Ranch, die im Schatten der Big Belt Mountains nahe des Ufers des Missouri lag, eine beachtliche Menschenmenge eingefunden, die sich hauptsächlich aus Ranchern, Cowboys, Kaufleuten und Politikern der Umgebung zusammensetzte. Hier, wo das Vieh friedlich auf den Hügeln graste und Pferde über die sonnigen Weiden galoppierten, lagen Generationen von Mercys unter dem sacht im Winde wehenden Gras begraben.

Jack war der letzte. Er selbst hatte den Sarg aus schimmerndem Kastanienholz bestellt, der eigens für ihn angefertigt und mit den ineinander verschlungenen goldenen *Ms*, dem Zeichen der Mercy Ranch, versehen worden war. Nun schlummerte er, bekleidet mit seinen besten Schlangenlederstiefeln und seinem uralten Lieblingsstetson, seinen Ochsenziemer zwischen den gefalteten Händen, für immer in der mit weißem Satin ausgeschlagenen Kiste.

Jack hatte stets erklärt, er wolle so abtreten, wie er gelebt hatte: in großem Stil.

Man erzählte sich, daß Willa bereits, den Instruktionen ihres Vaters Folge leistend, einen Grabstein bestellt hatte. Aus weißem Marmor sollte er sein – keinen gewöhnlichen Granitstein für Jackson Mercy, o nein –, und die Inschrift, die darin eingemeißelt werden sollte, hatte er auch bestimmt.

> Hier ruht Jack Mercy
> Er lebte, wie es ihm gefiel, und so starb er auch
> Wem das nicht paßt, der soll zum Teufel gehen

Sobald die Erde sich gesenkt hatte, würde der Stein aufgestellt werden und sich zu all den anderen gesellen, die verstreut auf dem steinigen Land standen. Alle Mercys lagen hier, angefangen bei Jacks Urgroßvater Jebidiah Mercy, der die Berge durchstreift und sich schließlich auf diesem Fleckchen Erde niedergelassen hatte, bis hin zu Jacks dritter Frau – der einzigen, die gestorben war, ehe er sich von ihr scheiden lassen konnte.

War es nicht eine Laune des Schicksals, grübelte Bob, daß ihm jede seiner Frauen eine Tochter geschenkt hatte, obwohl er sich doch nichts sehnlicher wünschte als einen Sohn? Vielleicht hatte Gott auf diese Weise einen Mann gestraft, der in jeder Hinsicht über Leichen ging, um das zu bekommen, was er wollte.

Bob konnte sich an jede von Jacks Frauen noch gut erinnern, obwohl keine lange geblieben war. Bildhübsch waren sie gewesen, alle drei, und auch die Töchter konnte man nicht gerade als häßlich bezeichnen. Bethanne hatte die Telefonleitungen zum Glühen gebracht, als bekannt geworden war, daß Mercys beide ältere Töchter zu seiner Beerdigung erscheinen würden. Keine hatte je zuvor einen Fuß auf Mercy-Land gesetzt. Sie wären auch nicht willkommen gewesen.

Nur Willa war geblieben. Mercy hatte kaum etwas dagegen unternehmen können, da ihre Mutter gestorben war, als sie noch in den Windeln lag. Da er keine Freunde oder Verwandten besaß, denen er das Kind hätte aufbürden können, wurde das Baby der Obhut seiner Haushälterin anvertraut, und Bess hatte das Mädchen großgezogen, so gut sie konnte.

Jede der drei Frauen hatte etwas von Jack, stellte Bob fest, während er sie unter der Krempe seines Hutes hervor betrachtete. Das dunkle Haar, das energische Kinn. Man sah sofort, daß es sich um Schwestern handelte, obwohl die drei sich noch nie begegnet waren. Mit der Zeit würde sich herausstellen, ob sie miteinander auskamen, und mit der Zeit würde sich auch zeigen, ob Willa genug von Jack Mercy in sich hatte, um eine fünfundzwanzigtausend Morgen umfassende Ranch zu leiten.

Auch Willa dachte an die Ranch und an die Arbeit, die vor ihr lag. Es war ein herrlicher klarer Morgen, und die Natur prunkte mit leuchtenden Farben, deren Intensität für die Augen fast schmerzhaft war. Die Berge und das Tal mochten zwar schon ihr Herbstgewand angelegt haben, doch der heiße, trockene Chinookwind war noch einmal zurückgekehrt. An diesem Tag Anfang Oktober war es warm genug, um in Hemdsärmeln herumzulaufen, doch das konnte sich morgen schon ändern. In den höheren Lagen hatte es bereits geschneit, Willa konnte die mit Schnee bedeckten Gipfel und Wälder sehen. Das Vieh mußte zusammengetrieben, die Zäune überprüft, repariert und wieder überprüft werden. Auch die Wintersaat war fällig.

Das war nun ihre Aufgabe. Alles lag in ihren Händen. Jack Mercy war nicht länger Herr über die Mercy Ranch, sondern sie.

Sie hörte zu, als der Priester von immerwährendem Leben, Vergebung aller Sünden und Aufnahme in die himmlischen Gefilde sprach, und dachte, daß sich ihr Vater einen Dreck um seine mögliche Einkehr in den Himmel geschert hätte. Zeit seines Lebens hatte er sich nur in seinem eigenen Heim wohl gefühlt. Montana war seine Heimat gewesen, dieses weite Land der Berge und der Weiden, der Adler und der Wölfe.

Ihr Vater wäre im Himmel genauso unglücklich wie in der Hölle.

Willas Gesicht zeigte keine Regung, als der protzige Sarg in die frisch ausgehobene Grube herabgelassen wurde. Sie hatte eine zart goldfarbene Haut, die sie zum einen der Sonne, zum anderen dem indianischen Blut, Erbteil ihrer Mutter, verdankte. Ihre Augen, fast ebenso schwarz wie ihr Haar, das sie für das Begräbnis hastig zu einem unordentlichen Zopf geflochten hatte, waren unverwandt auf die letzte Ruhestätte ihres Vaters gerichtet. Sie trug keinen Hut, so daß die Sonne ihre Augen aufleuchten ließ. Doch sie vergoß keine Träne.

Willa hatte stolze Gesichtszüge, hohe Wangenknochen, einen breiten, ein wenig hochmütigen Mund und dunkle, exotische Augen mit schweren Lidern und dichten Wimpern. Im Alter von acht Jahren war sie von einem bockenden Mustang gestürzt und hatte sich dabei die Nase gebrochen, die seither leicht nach links zeigte. Willa tröstete sich damit, daß die kleine Entstellung ihrem Gesicht Charakter verlieh. Charakter bedeutete Willa Mercy sehr viel mehr als bloße Schönheit. Männer respektierten schöne Frauen nicht, soviel wußte sie. Sie benutzten sie nur.

Regungslos stand sie da, während sich einzelne Strähnen aus ihrem Zopf lösten und im Wind tanzten; eine Frau von durchschnittlicher Größe, schlank und geschmeidig gebaut, in einem schlechtsitzenden schwarzen Kleid und hochhackigen schwarzen Schuhen, die bis zu diesem Morgen ihren Karton noch nie verlassen hatten. Eine Frau von vierundzwanzig Jahren, deren Gedanken um ihre Arbeit kreisten und die einen brennenden Schmerz mit sich herumtrug.

Sie hatte Jack Mercy trotz all seiner Fehler geliebt. Und sie hatte kein einziges Wort für die beiden fremden Frauen gefunden, in deren Adern dasselbe Blut floß und die gekommen waren, um ihrem Vater das letzte Geleit zu geben.

Flüchtig wanderte ihr Blick zum Grab von Mary Wolfchild Mercy und verharrte dort einen Augenblick. Die Mutter, an die sie sich nicht mehr erinnern konnte, lag unter einem sanften, mit Wildblumen bepflanzten Hügel begraben.

Die Blüten schimmerten im Licht der Herbstsonne wie bunte Edelsteine. Adams Werk, dachte sie, hob den Blick und sah ihrem Halbbruder in die Augen. Er wußte besser als jeder andere, daß sie den Tränen, die tief in ihr aufstiegen, niemals freien Lauf lassen konnte.

Als Adam ihre Hand ergriff, schlossen sich ihre Finger um die seinen. Er war jetzt alles an Familie, was ihr noch blieb.

»Er hat sein Leben in vollen Zügen genossen«, murmelte Adam. Seine Stimme klang weich und beruhigend. Wären sie allein gewesen, hätte Willa sich zu ihm umdrehen, ihren Kopf an seiner Schulter bergen und dort Trost finden können.

»Ja, das hat er. Und nun ist es vorüber.«

Adam schaute zu den beiden Frauen, Jack Mercys anderen beiden Töchtern, hinüber und dachte, daß etwas anderes gerade erst begann. »Du mußt mit ihnen sprechen, Willa.«

»Sie schlafen unter meinem Dach, essen an meinem Tisch.« Absichtlich blickte Willa wieder auf das Grab ihres Vaters. »Das ist genug.«

»Sie sind deine Blutsverwandten.«

»Nein, Adam, du bist mein Blutsverwandter. Sie bedeuten mir nichts.« Willa wandte sich von ihm ab und sammelte Kraft, um die Beileidsbezeugungen entgegenzunehmen.

Gab es in einer Familie einen Todesfall, so brachten die Nachbarn Lebensmittel und Kuchen vorbei. Diese tiefverwurzelte Tradition ließ sich nicht unterbinden. Auch hatte Willa Bess nicht daran hindern können, für drei Tage im voraus zu kochen, um für das gerüstet zu sein, was die Haushälterin ein Trauermahl nannte. Und das war in Willas Augen eine lächerliche Farce. Nicht die Trauer hatte die Leute zu ihnen getrieben, sondern schiere Neugier. Viele von ihnen, die jetzt im Haupthaus versammelt waren, waren nicht zum ersten Mal da. Jack Mercys Tod verschaffte ihnen wiederum Einlaß, und sie nutzten diese Gelegenheit nach Kräften aus.

Das Haupthaus war eine echte Sehenswürdigkeit, ganz im Stile Jack Mercys. Wo vor mehr als hundert Jahren eine Blockhütte mit Lehmboden gestanden hatte, erhob sich nun ein mehrstöckiges weitläufiges Gebäude aus Stein, Holz und Glas. Teppiche aus aller Herren Länder bedeckten die schimmernden Fußböden aus Kiefernholz und glänzenden Fliesen. Jack Mercy hatte mit Begeisterung die unterschiedlichsten Dinge gesammelt. Nachdem er die Mercy Ranch übernommen hatte, verbrachte er fünf Jahre damit, das, was einst ein gemütliches Heim gewesen war, in seinen ganz persönlichen Palast zu verwandeln.

Ist man reich, dann muß man auch einen entsprechenden Lebensstandard pflegen, so lautete seine ständige Redensart. Und er richtete sich auch danach. Er hatte Gemälde und Skulpturen gesammelt und weitere Räume anbauen lassen, um seine Kunstgegenstände auch ausstellen zu können. Die Eingangshalle war mit saphirblauen und rubinroten Fliesen ausgelegt worden, in denen sich das Emblem der Mercy Ranch ständig wiederholte. Die Treppe zum zweiten Stock bestand aus poliertem, wie Glas schimmerndem Eichenholz, den Geländerpfosten bildete ein geschnitzter Wolf, der mitten im Geheul erstarrt zu sein schien.

Hier hatte sich ein Großteil der Gäste versammelt. Viele bestaunten die Figur mit großen Augen, wobei sie reichlich gefüllte Teller in den Händen balancierten. Andere drängelten sich in dem riesigen Wohnzimmer, wo eine große halbkreisförmige Couchgarnitur aus weichem cremefarbenem Leder stand. Über dem aus glattem Flußgestein gefertigten Kamin, der eine ganze Wand einnahm, hing ein lebensgroßes Porträt von Jack Mercy auf einem schwarzen Hengst. Sein Kopf war leicht zur Seite geneigt, und in einer Hand hielt er seinen Ochsenziemer. Vielen kam es so vor, als würden diese harten blauen Augen sie dafür verurteilen, daß sie in seinem Haus saßen und mit seinem Whiskey auf seinen Tod anstießen.

Für Lily Mercy, die zweite Tochter von Jack Mercy, die er kurz nach ihrer Geburt verstoßen hatte, bedeutete diese Versammlung die reinste Qual. Das Haus, die vielen Menschen, der Lärm. Das Zimmer, das sie seit ihrer Ankunft bewohnte, war so hübsch. Und so ruhig, dachte sie nun und rückte unauffällig näher an das Geländer der Seitenveranda heran.

Das reizende Bett, der goldene Holzfußboden, die Seidentapete.

Die Einsamkeit.

Danach sehnte sie sich mit jeder Faser ihres Herzens, als sie zu den Bergen hinüberschaute. Wie beeindruckend, so mächtig, so rauh. Nicht zu vergleichen mit den unbedeutenden kleinen Hügeln ihrer Heimat Virginia. Und dann der endlose tiefblaue Himmel, der sich über die riesigen Landflächen erstreckte. Sie hätte es nicht für möglich gehalten, daß eine solche Landschaft überhaupt existierte. Sie war entzückt von der Weite und dem Wind, der fast unaufhörlich wehte. Und dann diese Farben! Gold- und Rosttöne, Scharlachrot und Bronze. Sowohl die Berge als auch die Täler waren in ein Meer von herbstlichen Farben getaucht.

Bereits jetzt schon liebte sie die kraftvolle Schönheit des Tales, in dem die Ranch lag. Von ihrem Fenster aus hatte sie an diesem Morgen Hochwild beobachtet, das an dem silbern im Morgenlicht glänzenden Fluß trank. Sie hatte Pferdegewieher gehört, Männerstimmen, das Krähen eines Hahnes und einen Schrei, bei dem es sich eventuell – hoffentlich – um den eines Adlers gehandelt haben könnte.

Sie fragte sich, ob sie wohl – sollte sie tatsächlich den Mut aufbringen, durch die Wälder des Vorgebirges zu wandern – die Elche, Wapitis und Füchse zu Gesicht bekommen würde, über die sie auf ihrem Flug nach Westen so begierig gelesen hatte.

Sie hoffte, daß man ihr gestatten würde, noch einen weiteren Tag hierzubleiben – doch wo sollte sie hingehen, was sollte sie tun, wenn man sie aufforderte, die Ranch zu verlassen?

In den Osten konnte sie vorerst nicht zurückkehren. Unsicher betastete sie den sich grüngelb verfärbenden Bluterguß, den sie durch Make-up und eine Sonnenbrille zu verdecken suchte. Jesse hatte sie gefunden. Sie war so vorsichtig gewesen, und doch hatte er sie gefunden, und die gerichtliche Verfügung hatte ihn nicht davon abgehalten, seine Fäuste an ihr zu erproben. Nichts konnte ihn davon abhalten. Die Scheidung hatte ihn nicht zur Vernunft gebracht, und auch das dauernde Umziehen und Weglaufen hatte nichts gefruchtet.

Aber vielleicht konnte sie hier, Tausende von Meilen von ihm entfernt, in einem so riesigen Land wie diesem, endlich wieder von vorne anfangen. Ohne die ständige Furcht im Nacken.

Der Brief des Anwalts, in dem ihr der Tod Jack Mercys mitgeteilt und sie aufgefordert wurde, nach Montana zu reisen, war ihr wie ein Geschenk des Himmels erschienen. Obwohl alle Kosten schon im voraus bezahlt worden waren, hatte sich Lily den Aufschlag für das Ticket erster Klasse auszahlen lassen und unter drei verschiedenen Namen Flüge kreuz und quer durch die Staaten gebucht. Wie gerne würde sie daran glauben, daß Jesse Cooke sie hier nicht finden würde. Sie wollte nicht mehr ständig auf der Flucht sein, ständig in Angst leben.

Vielleicht konnte sie ja nach Billings oder Helena ziehen und sich dort einen Job suchen. Irgendeinen Job. Schließlich verfügte sie über einige Fertigkeiten. Sie war ausgebildete Lehrerin und konnte mit einem Computer umgehen. Vielleicht gelang es ihr, ein kleines Apartment zu finden, und wenn es für den Anfang auch nur ein einzelnes Zimmer war. Aber sie würde wieder auf eigenen Füßen stehen.

Hier könnte sie leben, dachte sie, während sie über die endlose, furchteinflößende, großartige Ebene blickte. Vielleicht gehörte sie sogar hierher.

Als eine Hand ihren Arm berührte, fuhr sie zusammen und unterdrückte einen entsetzten Aufschrei. Das Herz schlug ihr bis zum Hals.

Es war nicht Jesse. Der Mann neben ihr war dunkelhaarig, Jesse hingegen blond. Dieser Mann hatte eine bronzefarbene Haut, und das Haar fiel ihm bis auf die Schultern. Sanfte, sehr dunkle Augen leuchteten in einem Gesicht von herber männlicher Schönheit.

Aber auch Jesse war ein ausgesprochen attraktiver Mann. Lily wußte nur zu gut, welche Grausamkeit sich hinter einer schönen Fassade verbergen konnte.

»Es tut mir leid.« Adams Stimme klang so beschwichtigend, als wolle er einen verschreckten Welpen oder ein krankes Fohlen beruhigen. »Ich wollte Sie nicht erschrecken. Ich habe Ihnen nur etwas Eistee gebracht.« Er nahm ihre Hand, bemerkte, wie sie zitterte, und legte ihre Finger um das Glas. »Heute ist ein viel zu warmer, trockener Tag.«

»Danke. Ich habe Sie gar nicht kommen hören.« Unwillkürlich trat Lily einen Schritt zur Seite, um etwas Abstand zwischen sich und ihm zu schaffen. Eine Fluchtmöglichkeit. »Ich habe mich nur … umgeschaut. Es ist wunderschön hier.«

»Ja, das ist es.«

Sie nippte an ihrem Tee, kühlte ihre brennende Kehle und zwang sich, ruhig und höflich zu bleiben. Die Leute stellten weniger Fragen, wenn man sich gelassen gab.

»Leben Sie hier in der Nähe?«

»Sogar sehr nah.« Lächelnd trat er an das Geländer und deutete gen Osten. Ihm gefiel ihre Stimme und der gedehnte, warme Südstaatenakzent. »Dort drüben, das kleine weiße Haus auf der anderen Seite des Pferdestalles.«

»Ja, ich habe es gesehen. Sie haben blaue Fensterläden und einen Garten, und auf dem Hof schlief ein kleiner schwarzer Hund.« Lily erinnerte sich, wie gemütlich das Häuschen auf sie gewirkt hatte, wieviel freundlicher und einladender als das große Haus.

»Das ist Beans«, wieder lächelte Adam sie an, »der Hund. Er hat eine Vorliebe für gebackene Bohnen. Ich bin Adam Wolfchild, Willas Bruder.«

»Oh.« Sie musterte die Hand, die er ihr entgegenstreckte, einen Augenblick lang, dann befahl sie sich energisch, sie zu ergreifen. Jetzt erkannte sie auch die Ähnlichkeiten, die ausgeprägten Wangenknochen, die Augen. »Ich wußte gar nicht, daß sie einen … Dann sind wir also …«

»Nein.« Ihre Hand schien ihm ungemein zerbrechlich zu sein, und er gab sie sanft frei. »Sie beide haben denselben Vater. Willa und ich hatten dieselbe Mutter.«

»Ich verstehe.« Scham stieg in ihr hoch, als ihr bewußt wurde, daß sie kaum jemals einen Gedanken an den Mann verschwendet hatte, der heute zu Grabe getragen worden war. »Standen Sie sich nahe, Sie und Ihr … Stiefvater?«

»Niemand stand ihm sonderlich nah«, sagte Adam schlicht und ohne Bitterkeit. »Aber Sie fühlen sich hier nicht besonders wohl, nicht wahr?« Ihm war aufgefallen, daß sie sich immer am Rand aufhielt, als ob schon die flüchtige Berührung einer Schulter sie verletzen könnte. Auch die blauen Flecke in ihrem Gesicht, Anzeichen von brutaler Mißhandlung, waren ihm nicht entgangen.

»Ich kenne ja überhaupt niemanden hier.«

Sie wirkte so verwundbar, dachte Adam. Schon immer hatte es ihn zu den Verwundbaren, Hilflosen dieser Welt hingezogen. Gekleidet in ein einfaches schwarzes Kostüm und schwarze Pumps, war sie nur unwesentlich kleiner als er und zu dünn für ihre Größe. Ihr dunkles Haar wies einen rötlichen Schimmer auf und fiel ihr in weichen Wellen über die Schultern. Ihre Augen konnte er hinter der Sonnenbrille nicht erkennen, aber ihn interessierte ihre Farbe und was er sonst noch darin lesen würde.

Sie hatte das Kinn ihres Vaters geerbt, stellte er fest, ihr Mund jedoch war ziemlich klein und weich wie der eines Kindes. Als sie ihn scheu angelächelt hatte, war der Anflug eines Grübchens in ihrem Mundwinkel aufgetaucht. Ihre seidige Haut schimmerte so durchscheinend blaß, daß sich die Prellungen mit grausamer Deutlichkeit davon abhoben. Er fühlte, daß sie einsam war. Es würde ihn unter Umständen einige Zeit kosten, Willa für diese Frau, diese Schwester, zu interessieren.

»Ich muß noch nach den Pferden schauen«, setzte er an.

»Oh.« Zu ihrer eigenen Überraschung verspürte Lily eine leise Enttäuschung. Aber sie hatte ja schließlich allein sein wollen. Es ging ihr besser, wenn andere Menschen sie in Ruhe ließen. »Dann will ich Sie nicht aufhalten.«

»Möchten Sie nicht mitkommen und sich die Ställe anschauen?«

»Die Pferde? Ich …« Sei kein Feigling, befahl sie sich. Er wird dir nicht weh tun. »Gerne. Aber nur, wenn ich Ihnen nicht im Weg bin.«

»Das sind Sie nicht.« Da er wußte, daß sie vor ihm zurückscheuen würde, bot er ihr weder seine Hand noch seinen Arm an. Er ging lediglich voran, die Treppe hinunter und quer über eine holperige, unbefestigte Straße.

Einige Leute sahen die beiden zusammen weggehen, und unverzüglich setzten sich die Zungen in Bewegung. Immerhin war Lily Mercy eine von Jacks Töchtern, auch wenn sie kaum den Mund aufmachte – im Gegensatz zu Willa, die man gewiß nicht als schüchtern und zurückhaltend bezeichnen konnte. Dieses Mädchen sagte unverblümt seine Meinung, und zwar wann es wollte und zu wem es wollte.

Was die dritte anging – nun, das war ein ganz anderes Kaliber. Ein eingebildetes Geschöpf, so, wie sie da in ihrem schicken Kostüm herumstolzierte und die Nase nicht hoch genug tragen konnte. Jeder, der Augen im Kopf hatte, konnte sehen, daß sie ein eiskaltes Biest war. Völlig ungerührt hatte sie am Grab ihres Vaters gestanden und keine Miene verzogen. Zugegeben, sie war eine Augenweide. Jack Mercy hatte gutaussehende Töchter in die Welt gesetzt, und diese, die älteste, hatte seine Augen geerbt. Hart und kühl und blau.

Offensichtlich hielt sich die Dame für etwas Besseres mit ihrem kalifornischen Schick und den teuren Schuhen, aber viele der Anwesenden erinnerten sich noch daran, daß ihre Ma ein Showgirl aus Las Vegas gewesen war, das oft und schallend gelacht und sich einer recht derben Ausdrucksweise bedient hatte. Diejenigen, die sich erinnerten, hatten bereits entschieden, daß ihnen die Mutter wesentlich lieber war als die Tochter.

Tess Mercy kümmerte das herzlich wenig. Sie gedachte, nur so lange in dieser gottverlassenen Wildnis zu bleiben, bis das Testament verlesen worden war. Dann würde sie nehmen, was ihr zustand – und das war mit Sicherheit immer noch weniger, als der alte Bastard ihr schuldete –, und den Staub von ihren Ferragamos schütteln.

»Ich bin spätestens am Montag zurück.«

Den Telefonhörer ans Ohr gepreßt, marschierte sie mit energischen Schritten auf und ab. Eine Aura nervöser Energie umgab sie. In der Hoffnung, wenigstens ein paar Minuten ungestört zu bleiben, hatte sie die Türen dieses Raumes, der anscheinend als Arbeitszimmer diente, hinter sich geschlossen, aber nun fiel es ihr schwer, die zahlreichen Tierköpfe zu ignorieren, die die Wände bedeckten.

»Das Skript ist fertig.« Lächelnd fuhr sie mit den Fingern durch ihr kinnlanges, glattes Haar. »Ja, es ist großartig, da hast du verdammt recht. Montag hältst du es in deinen gierigen kleinen Pfoten. Geh mir nicht auf die Nerven, Ira«, warnte sie ihren Agenten. »Ich bringe dir das Skript, und du handelst die Verträge aus. Aber streng dich gefälligst an. Ich bin nämlich fast pleite.«

Tess verlagerte den Hörer ein wenig und schürzte die Lippen, während sie sich aus der Brandykaraffe bediente. Sie lauschte immer noch den Versprechungen und Bitten aus Hollywood, als sie Lily und Adam am Fenster vorbeigehen sah.

Interessant, dachte sie, an ihrem Brandy nippend. Das verhuschte Mäuschen und der edle Wilde.

Tess hatte einige Nachforschungen angestellt, ehe sie sich auf den Weg nach Montana machte. Sie wußte, daß Adam Wolfchild der Sohn von Jack Mercys dritter und letzter Frau war. Bei der Heirat seiner Mutter mit Mercy war Adam acht Jahre alt gewesen. In seinen Adern floß größtenteils Blackfoot-Blut, aber seine Mutter hatte auch italienische Vorfahren gehabt. Dieser Mann hatte fünfundzwanzig Jahre auf der Mercy Ranch zugebracht und es nur zu einem kleinen Haus und einem Job als Pferdepfleger gebracht.

Damit würde Tess sich nicht abspeisen lassen.

Über Lily hatte sie nur in Erfahrung gebracht, daß sie geschieden, kinderlos und häufig von Ort zu Ort gezogen war. Vermutlich, weil ihr Mann sie als eine Art Punchingball benutzt hatte, dachte Tess und unterdrückte einen Anflug von Mitleid. Sie konnte sich keine Gefühlsregungen erlauben. Hier ging es einzig und allein ums Geschäft.

Lilys Mutter, von Beruf Fotografin, war nach Montana gekommen, um den echten, ursprünglichen Westen zu entdekken. Dabei hatte sie dann auch Jack Mercy entdeckt – viel gebracht hatte es ihr allerdings nicht.

Dann war da noch Willa. Bei dem Gedanken an sie kniff Tess die Lippen zusammen. Willa war diejenige, die geblieben war, diejenige, die der alte Mistkerl bei sich behalten hatte. Ihr gehörte jetzt wohl die Ranch, vermutete Tess achselzuckend. Nun, sollte sie damit glücklich werden, sie hatte sie zweifellos verdient. Aber Tess Mercy würde Montana nicht ohne ein hübsches Stück von dem Kuchen – in bar – verlassen.

Wenn sie aus dem Fenster schaute, konnte sie in der Ferne die endlosen öden Ebenen sehen. Ein Schauer überlief sie, und sie kehrte der Aussicht rasch den Rücken zu. Himmel, wie sie den Rodeo Drive vermißte!

»Montag, Ira«, fauchte sie in den Hörer, da ihr das Gezeter am anderen Ende der Leitung in den Ohren dröhnte. »Punkt zwölf in deinem Büro, dann kannst du mich gleich zum Lunch ausführen.« Mit diesen Worten knallte sie den Hörer auf die Gabel, ohne sich zu verabschieden.

Drei Tage allerhöchstens, schwor sie sich und prostete einem Elchkopf mit ihrem Brandy zu. Dann würde sie Dodge verlassen und in die Zivilisation zurückkehren.

»Ich muß dich ja wohl nicht daran erinnern, daß deine Gäste unten auf dich warten, Will.« Bess Pringle stemmte die Hände in die Hüften und schlug denselben Tonfall an, den sie der zehnjährigen Willa gegenüber gebraucht hatte.

Willa schlüpfte in ihre Jeans – Bess hielt nicht allzuviel von Privatsphäre und hatte nur flüchtig geklopft, ehe sie ins Schlafzimmer gestürmt war – und gab dieselbe Antwort, die sie mit zehn gegeben hätte: »Dann laß es doch!« Sie setzte sich, um ihre Stiefel anzuziehen.

»Du verhältst dich ausgesprochen unhöflich.«

»Die Arbeit erledigt sich schließlich nicht von selbst.«

»Aber du beschäftigst genug Leute, die sich darum kümmern können, du mußt nicht ausgerechnet heute mit anpakken. Du wirst jetzt nirgendwo hingehen, heute nicht. Es gehört sich nicht.«

Die Frage, was sich gehörte und was nicht, bildete den Grundpfeiler von Bess' moralischem und gesellschaftlichem Sittenkodex. Sie war eine winzige, vogelähnliche Frau, die nur aus Knochen und Zähnen zu bestehen schien, obwohl sie sich mit dem Appetit eines ausgehungerten Holzfällers durch einen ganzen Berg Pfannkuchen hindurchfuttern konnte und so vernascht war wie eine Achtjährige. Sie war achtundfünfzig Jahre alt und trug ihr flammendrotes Haar, das sie stets heimlich nachfärbte, zu einem strengen Knoten verschlungen.

Ihre Stimme klang so rauh wie ein Reibeisen, aber ihr Gesicht war glatt wie das eines jungen Mädchens und mit den moosgrünen Augen und der geraden irischen Nase verblüffend hübsch. Sie hatte kleine, kräftige Hände, denen man ansah, daß sie zupacken konnten, und ein aufbrausendes Temperament.

Die Hände noch immer in die Hüften gestemmt, baute sie sich vor Willa auf und blickte auf sie hinunter. »Du machst jetzt, daß du nach unten kommst, und kümmerst dich um deine Gäste!«

»Ich habe eine Ranch zu leiten.« Willa erhob sich. Daß sie in ihren Stiefeln Bess um Haupteslänge überragte, nützte ihr nichts. Die Machtkämpfe zwischen ihnen endeten meistens mit einem Unentschieden. »Und es sind nicht meine Gäste. Ich wollte sie nicht hier haben.«

»Sie sind gekommen, um deinem Vater die letzte Ehre zu erweisen, so wie es sich gehört.«

»Sie sind gekommen, um im Haus herumzuschnüffeln und alles zu begaffen. Es wird Zeit, daß sie wieder verschwinden.«

»Einige vielleicht.« Bess nickte leicht. »Aber die meisten sind deinetwegen hier.«

»Ich will sie nicht im Haus haben.« Willa wandte sich ab, griff nach ihrem Hut und blieb am Fenster stehen, die Krempe nervös zwischen den Fingern knetend. Ihr Schlafzimmerfenster ging auf den Wald und die Gipfel des Big Belt hinaus, eine Aussicht, die für sie alle Schönheit und alle Geheimnisse der Welt barg. »Ich brauche sie nicht. Ich kann nicht atmen, wenn all diese Menschen um mich herum sind.«

Bess zögerte kurz, ehe sie Willa die Hand auf die Schulter legte. Jack Mercy hatte nicht gewollt, daß seine Tochter verweichlicht wurde. Er hatte strenge Anweisung gegeben, sie nicht zu verwöhnen, zu verhätscheln oder zu verzärteln. Diese Erziehungsmethoden hatte er schon festgelegt, als Willa noch ein Baby gewesen war, und auch Bess hatte dieses eiserne Gebot nur dann übertreten, wenn sie ganz sicher war, nicht ertappt und wie eine von Jacks Ehefrauen fortgeschickt zu werden.

»Schätzchen, es ist dein gutes Recht, um ihn zu trauern.«

»Er ist tot und begraben, daran ändert sich nichts mehr, und wenn es mir noch so leid tut.« Doch Willa berührte die Hand, die auf ihrer Schulter lag. »Er hat mir noch nicht einmal gesagt, daß er krank ist. Er konnte mir noch nicht einmal diese letzten Wochen gönnen, in denen ich mich um ihn hätte kümmern können. Ich hätte so gerne noch Zeit gehabt, um von ihm Abschied zu nehmen.«

»Dein Vater war ein stolzer Mann«, sagte Bess, doch insgeheim dachte sie: Ein Scheißkerl war er, ein egoistischer, rücksichtsloser Scheißkerl. »Es ist besser, daß der Krebs ihn schnell dahingerafft hat, so mußte er wenigstens nicht lange leiden. Das wäre ihm unerträglich gewesen und hätte es dir nur noch schwerer gemacht.«

»Wie dem auch sei, es ist vorüber.« Willa glättete die breite Krempe ihres Hutes und stülpte ihn sich auf den Kopf. »Und nun hängen Tiere und Menschen von mir ab. Die Leute müssen jetzt sofort begreifen, wer in Zukunft das Sagen hat. Die Mercy Ranch wird immer noch von einer Mercy geleitet.«

»Dann tu, was du tun mußt.« Jahrelange Erfahrung hatte Bess gelehrt, daß sämtliche Regeln des Anstandes hinfällig wurden, sobald es um die Belange der Ranch ging. »Aber zum Essen bist du wieder da. Du wirst dich umziehen und dich bei Tisch ordentlich benehmen.«

»Sorg dafür, daß diese Leute mein Haus verlassen, dann sehen wir weiter.«

Sie verließ das Zimmer und lief nach links zur Hintertreppe, die zum Ostflügel des Hauses gehörte. So war es ihr möglich, unauffällig in den Abstellraum zu schlüpfen. Selbst hier noch drang das Summen der durcheinanderschwatzenden Stimmen und gelegentliches dröhnendes Gelächter an ihr Ohr. Angewidert knallte sie die Tür hinter sich zu und blieb wie angewurzelt stehen, als sie die beiden Männer sah, die auf der Seitenveranda in kameradschaftlichem Schweigen eine Zigarette rauchten.

Ihr Blick heftete sich auf den Älteren der beiden, der eine Flasche Bier in der Hand hielt. »Na, amüsierst du dich, Ham?«

Willas Sarkasmus ließ Hamilton Dawson kalt. Er hatte sie auf ihr erstes Pony gesetzt, ihr nach dem ersten Sturz den Kopf verbunden. Er hatte ihr beigebracht, wie man ein Lasso und eine Flinte gebraucht und wie man Wild aus seiner Dekke schlägt. Nun schob er ungerührt seine Zigarette zwischen die Lippen, die ein graugesprenkelter Bart schmückte, und blies einen Rauchring in die Luft.

»Es ist …«, ein zweiter Ring folgte, »… ein schöner Nachmittag.«

»Ich möchte, daß die Zäune entlang der nordwestlichen Grenzlinie überprüft werden.«

»Schon passiert«, erwiderte er gemütlich und lehnte sich an das Geländer; ein kleiner, untersetzter Mann mit Beinen so krumm wie ein Flitzebogen. Als Vorarbeiter der Ranch wußte er ebensogut wie Willa, was getan werden mußte. »Hab' schon 'nen Trupp losgeschickt, um die Zäune zu reparieren. Brewster und Pickles schauen sich auf den oberen Weiden mal um, da haben wir 'n paar Tiere verloren. Sieht nach 'nem Puma aus.« Wieder zog er an seiner Zigarette und stieß genüßlich den Rauch aus. »Um den wird sich Brewster kümmern, der knallt die Biester gerne ab.«

»Ich will mit ihm sprechen, sobald er zurück ist.«

»Das hab' ich erwartet.« Ham richtete sich auf und rückte seinen alten, verbeulten Hut zurecht. »Die Jungtiere werden gerade entwöhnt.«

»Ja, ich weiß.«

Ham hatte diese Antwort erwartet. Er nickte zustimmend. »Ich werd' die Leute im Auge behalten. Das mit deinem Pa tut mir leid, Will.«

Sie wußte, daß diese beiläufig dahingeworfenen schlichten Worte ehrlicher und aufrichtiger gemeint waren als die Berge von Blumen und Kränzen, die ihr völlig fremde Menschen geschickt hatten. »Ich reite später selbst hinaus.«

Ham nickte ihr und dem Mann neben sich zu, dann stolzierte er säbelbeinig in Richtung seines Geländewagens.

»Wie fühlst du dich, Will?«

Sie zuckte die Achseln, frustriert, weil sie nicht wußte, was sie als nächstes tun sollte. »Ich wünschte, es wäre schon morgen«, sagte sie schließlich. »Morgen sieht die Welt bestimmt freundlicher aus, meinst du nicht auch, Nate?«

Die Antwort auf diese Frage lautete ›Nein‹, aber das behielt er für sich. Statt dessen trank er sein Bier aus. Er war als ihr Freund hier, als Nachbar und als Rancher, aber er war zugleich auch in seiner Eigenschaft als Jack Mercys Anwalt im Haus, und er wußte, daß er in Kürze der Frau neben ihm eine vernichtende Nachricht übermitteln mußte.

»Laß uns ein Stück gehen.« Er stellte die Bierflasche auf das Geländer und nahm Willas Arm. »Ich muß mir die Beine vertreten.«

Lang genug waren sie ja. Nathan Torrence hatte schon mit siebzehn seine Altersgenossen überragt und war dann immer noch gewachsen. Nun, mit dreiunddreißig, hatte er die zwei Meter fast erreicht. Er war schlank, unter seinem Hut kräuselte sich dichtes weizenblondes Haar, und in dem von Wind und Wetter gegerbten Gesicht leuchteten Augen, die so blau waren wie der Himmel über Montana. Die langen Arme endeten in riesigen Händen, die langen Beine in ebenso großen Füßen. Trotzdem bewegte er sich erstaunlich anmutig.

Wenn es sich um seine Familie, seine Pferde und die Gedichte von Keats handelte, hatte der Mann ein butterweiches Herz, doch sobald es um Rechtsangelegenheiten und die Frage von richtig oder falsch ging, zeigte sich sein messerscharfer Verstand. Er hegte eine langjährige, tiefe Zuneigung zu Willa Mercy. Deswegen belastete es ihn auch so, daß er sie durch die Hölle schicken mußte.

»Ich habe noch nie jemanden verloren, der mir nahestand«, begann er. »Daher kann ich auch nicht nachempfinden, wie dir zumute ist.«

Willa ging weiter, vorbei an der Küche, den Unterkünften der Männer und dem Hühnerstall, wo die Hennen zu gackern begannen. »Er hat niemanden an sich herangelassen, auch mich nicht. Ich weiß gar nicht genau, wie ich mich fühle.«

»Die Ranch ...« Hier begab er sich auf dünnes Eis, und

Nate umging das heikle Thema vorsichtig. »Es ist eine ziemliche Verantwortung.«

»Wir haben gute Leute, gutes Vieh, gutes Land.« Es fiel ihr nicht schwer, Nate zuzulächeln. »Und gute Freunde.«

»Du kannst jederzeit auf mich zählen, Will. Auf mich und auf jeden sonst in der Gegend.«

»Ich weiß.« Sie blickte an ihm vorbei über die Weiden, die Pferche, die Nebengebäude und die Scheunen bis hin zum Horizont, wo sich das Land mit dem Himmel traf. »Seit mehr als hundert Jahren hat ein Mercy diese Ranch verwaltet, hat Vieh gezüchtet, Korn gesät und Pferde aufgezogen. Ich weiß, was zu tun ist und wie es getan werden muß. Nichts ändert sich jemals wirklich.«

Alles ändert sich, dachte Nate. Und die Welt, von der sie sprach, würde aufgrund der Hartherzigkeit jenes Mannes, der soeben begraben worden war, bald aus den Fugen geraten. Es war besser, die Sache hinter sich zu bringen, ehe sie auf ihr Pferd oder in ihren Jeep stieg und verschwand.

»Am besten beginnen wir jetzt mit der Testamentseröffnung«, beschloß er.

Kapitel 2

Jack Mercys Büro im zweiten Stock des Haupthauses hatte die Größe eines Ballsaals. Die Wände waren mit Kiefernholz getäfelt, das von seinen Bäumen stammte. Die schimmernde Lackierung verlieh ihm einen goldenen Glanz, der den ganzen Raum erfüllte. Riesige Fenster boten einen herrlichen Blick über die Ranch und das Land. Jack pflegte zu sagen, daß er alles, was ein Mann sehen mußte, von diesen Fenstern aus überblicken konnte.

Auf dem Boden lagen die Teppiche, die er gesammelt hatte, und Ledersessel in verschiedenen Brauntönen waren im Raum verteilt. An der Wand hingen seine Trophäen – Köpfe von Elchen, Bighornschafen, Bären und Hirschen. In einer Ecke kauerte wie zum Sprung geduckt ein mächtiger schwarzer Grizzly mit gefletschten Zähnen und zornig funkelnden Glasaugen.

Einige seiner Lieblingswaffen hatte Jack in einer verschlossenen Vitrine aufbewahrt. Dort lagen die Büchse seines Urgroßvaters und dessen Colt Peacemaker, die Browning, mit der Jack den Bären erlegt hatte, die Mossberg 500 und die 44er Magnum, seine bevorzugte Handfeuerwaffe.

Es war der Raum eines Mannes, der nach Leder, Holz und dem Tabakduft der kubanischen Zigarren roch, die er oft geraucht hatte.

Sein Schreibtisch, extra für ihn von Hand angefertigt, war aus glänzendem Mahagoni und mit einer Vielzahl von Schubladen versehen, deren Messinggriffe stets sorgfältig poliert wurden. Nate hatte jetzt dahinter Platz genommen und beschäftigte sich angelegentlich mit einigen Papieren, um den Anwesenden Zeit zu geben, sich zu sammeln.

In Tess' Augen wirkte er hier so fehl am Platz wie ein Bierkrug auf einer Kirchenfeier. Ein Cowboy im Sonntagsstaat, der Anwalt spielt, dachte sie, leicht die Lippen verziehend. Allerdings mußte sie zugeben, daß er auf seine Art durchaus anziehend war. Ein Countrytyp, ein junger James Stewart, der nur aus Armen und Beinen zu bestehen schien und eine unterschwellige Sexualität ausstrahlte. Aber große, schlaksige Männer, die Stiefel zum Gabardineanzug trugen, waren nicht unbedingt ihr Stil.

Was sie betraf, so wollte sie diese ganze lästige Angelegenheit so schnell wie möglich hinter sich bringen und nach L. A. zurückkehren. Sie schnitt dem fauchenden Grizzly und dem zottigen Kopf einer Bergziege eine Grimasse und musterte dann die Waffensammlung. Welch ein Ort, grübelte sie. Und was für seltsame Leute.

Neben dem Cowboy im Anwaltskostüm saß die knochige Haushälterin mit hennagefärbten Haaren stocksteif da. Ihre Knie hatte sie fest zusammengepreßt und mit einem abscheulichen schwarzen Faltenrock züchtig bedeckt. Es folgte der edle Wilde mit seinem überwältigend attraktiven Gesicht und den unergründlichen Augen. Ihm haftete ein schwacher Geruch nach Pferd an.

Lily, das Nervenbündel, dachte Tess, ihre Musterung fortsetzend. Sie hielt die Hände krampfhaft gefaltet und den Kopf gesenkt, als ob sie so die Blutergüsse in ihrem Gesicht verbergen könnte. Hübsch und zerbrechlich wie ein aus dem Nest gefallenes Vögelchen, das mitten in einer Schar von Geiern gelandet war.

Tess' Herz wurde weich, und sie wandte ihre Aufmerksamkeit rasch Willa zu.

Die Landpomeranze, stellte sie naserümpfend fest. Mürrisch, vermutlich nicht mit Intelligenz gesegnet und wortkarg. Zumindest sah die Frau in Jeans und Flanellhemd besser aus als in dem sackartigen Kleid, das sie zu der Beerdigung getragen hatte. Sie bot einen interessanten Anblick, wie sie da in dem großen Ledersessel saß, einen stiefelbekleideten Fuß auf das Knie gelegt, das fremdartige exotische Gesicht unbeweglich wie Stein.

Und da sie in den schwarzen Augen nicht eine einzige Träne entdeckt hatte, nahm Tess an, daß Willa für Jack Mercy keine größere Liebe gehegt hatte als sie selbst.

Eine rein geschäftliche Angelegenheit, stellte sie fest und trommelte mit den Fingern ungeduldig auf der Armlehne ihres Sessels herum. Hoffentlich kamen sie bald zur Sache.

Noch während sie dies dachte, hob Nate den Kopf, und ihre Blicke trafen sich. Einen Moment lang beschlich sie das unbehagliche Gefühl, er könne ihre Gedanken lesen. Und daß ihm alles an ihrer Person mißfiel, das war nicht zu übersehen.

Ach, denk doch, was du willst, beschloß Tess und sah ihn trotzig an. Sieh du nur zu, daß ich mein Geld bekomme.

»Wir haben jetzt mehrere Möglichkeiten«, begann Nate. »Entweder wir regeln die Sache ganz formell, das heißt, ich lese euch Jacks Letzten Willen Wort für Wort vor und erkläre euch dann, was die juristischen Floskeln im Klartext bedeuten, oder ich fasse den Inhalt des Testaments einfach kurz zusammen.« Er schaute bei diesen Worten Willa an. Sie bedeutete ihm am meisten. »Die Entscheidung liegt bei dir.«

»Mach's bitte nicht so kompliziert, Nate.«

»Wie du willst. Bess, dir hat er für jedes Jahr, das du auf

der Mercy Ranch gearbeitet hast, tausend Dollar hinterlassen. Das macht insgesamt vierunddreißigtausend Dollar.«

»Vierunddreißigtausend?« Bess konnte es kaum glauben. »Himmel, Nate, was soll ich denn mit so einem Haufen Geld anfangen?«

Er lächelte. »Du könntest es zum Beispiel ausgeben, Bess. Aber wenn du einen Teil davon sicher anlegen willst, stehe ich dir gern mit Rat und Tat zur Seite.«

»Großer Gott!« Überwältigt blickte Bess zu Willa, dann auf ihre Hände, dann wieder zu Nate hin. »Großer Gott!«

Und Tess dachte: Wenn die Haushälterin schon dreißig Riesen kassiert, sollte ich mindestens das Doppelte kriegen. Was sie mit so einem Haufen Geld anfangen würde, das wußte sie ganz genau.

»Nun zu dir, Adam. Laut der Abmachung, die Jack mit deiner Mutter getroffen hat, als sie heirateten, erhältst du eine Pauschale von zwanzigtausend Dollar oder wahlweise zwei Prozent Anteil an der Mercy Ranch. Die Beteiligung an der Ranch ist meiner Meinung nach mehr wert, aber die Entscheidung bleibt natürlich dir überlassen.«

»Das ist längst nicht genug!« Willas Stimme, die die Stille wie ein Peitschenknall durchschnitt, ließ Lily zusammenzukken und veranlaßte Tess, eine Augenbraue hochzuziehen. »Es ist ungerecht. Zwei Prozent? Adam arbeitet seit seinem achten Lebensjahr auf der Ranch. Er ...«

»Willa.« Adam, der hinter ihr saß, legte seiner Halbschwester beruhigend die Hand auf die Schulter. »Das ist schon in Ordnung.«

»Einen Teufel ist es.« Kochend vor Zorn wegen dieser Ungerechtigkeit stieß sie seine Hand beiseite. »Unsere Pferdezucht ist eine der besten im ganzen Staat, und das verdanken wir Adam. Die Pferde sollten jetzt ihm gehören – ebenso wie das Haus, in dem er wohnt. Er hätte einen Teil des Landes erben sollen, und genug Geld, um es zu bewirtschaften.«

»Willa.« Geduldig griff Adam erneut nach der Hand, die sie ihm entzogen hatte, und hielt sie fest. »Er hat genau das getan, worum unsere Mutter ihn gebeten hat, nicht mehr und nicht weniger.«

Willa gab nach, da ihr bewußt wurde, daß die Augen der beiden Fremden auf ihr ruhten, und weil sie bereits beschlossen hatte, das Unrecht wiedergutzumachen. Sie würde Nate veranlassen, noch heute die entsprechenden Papiere aufzusetzen. »Entschuldigung.« Wieder ruhiger, stützte sie ihre Hände auf die breiten Armlehnen ihres Sessels. »Fahr bitte fort, Nate.«

»Die Ranch und die Ländereien«, setzte Nate erneut an, »der Viehbestand, die Maschinen, der Fahrzeugpark, die Abholzrechte ...« Er hielt inne und wappnete sich für die undankbare Aufgabe, Hoffnungen zu zerstören. »Der Betrieb auf der Mercy Ranch soll wie gewohnt weiterlaufen, das heißt, die Rechnungen werden bezahlt, die Löhne ausgezahlt, die Gewinne angelegt oder wieder investiert und so weiter. Du sollst unter Aufsicht des Testamentsvollstreckers die Ranch ein Jahr lang führen, Will.«

»Moment mal.« Willa hob eine Hand. »Er hat bestimmt, daß du die Ranch ein Jahr lang überwachen sollst?«

»Unter bestimmten Bedingungen«, fügte Nate hinzu und blickte sie beinahe entschuldigend an. »Wenn die Bestimmungen des Erblassers für den Zeitraum eines Jahres, beginnend vierzehn Tage nach der Testamentseröffnung, erfüllt worden sind, dann geht die Ranch mit allem, was dazugehört, in den alleinigen Besitz der Begünstigten über.«

»Was für Bestimmungen?« wollte Willa wissen. »Was für Begünstigte? Was, zum Teufel, geht hier vor, Nate?«

»Er hat jeder seiner Töchter ein Drittel der Ranch hinterlassen.« Nate sah, wie das Blut aus Willas Gesicht wich, und fuhr, Jack Mercy insgeheim verfluchend, rasch fort: »Um das Erbe antreten zu können, müßt ihr drei ein ganzes Jahr lang auf der Ranch leben und dürft den Besitz innerhalb dieser Zeit nicht länger als eine Woche verlassen. Wenn am Ende dieser Frist die Bedingungen erfüllt sind, gehört jeder der Begünstigten ein Drittel der Erbmasse. Dieser Anteil kann über einen Zeitraum von zehn Jahren hinweg nur an eine der anderen Begünstigten verkauft oder überschrieben werden.«

»Einen Augenblick bitte.« Tess stellte ihren Drink beiseite. »Soll das heißen, daß ich zu einem Drittel an irgendeiner Rinderranch in Nirgendwo, Montana, beteiligt bin und daß ich hierherziehen muß, um meinen Anteil einstreichen zu können? Ich soll hier wohnen? Ein Jahr meines Lebens verschenken? Kommt nicht in Frage!« Anmutig erhob sie sich.

»Ich will deine Ranch nicht, Kindchen«, beteuerte sie und wandte sich an Willa. »Jeder staubige Quadratmeter und jedes einzelne Rind sei dir von Herzen gegönnt. Das Ganze ergibt doch keinen Sinn. Zahl mir meinen Anteil in bar aus, und du bist mich los.«

»Entschuldigung, Miß Mercy.« Von seinem Platz hinter dem Schreibtisch aus musterte Nate sie abschätzend. Wütend wie ein angestochener Eber, dachte er, aber klug genug, sich zu beherrschen. »Es ergibt sehr wohl einen Sinn. Jacks Wünsche und Bedingungen sind genau durchdacht und präzise formuliert. Wenn Sie den Testamentsklauseln nicht zustimmen, dann geht die gesamte Ranch als Stiftung an den Naturschutzbund.«

»Eine Stiftung?« Entsetzt preßte Willa die Finger gegen die Schläfen. Sie war verletzt und voller Zorn, und dazu breitete sich eine schleichende, nagende Furcht in ihrem Inneren aus. Sie mußte diese Gefühle unbedingt unterdrücken, um klar denken zu können.

Die Zehnjahresklausel leuchtete ihr ein. Auf diese Weise sollte vermieden werden, daß das Land nach seinem augenblicklichen Marktwert zur Steuer veranschlagt wurde. Jack hatte die Regierung gehaßt wie die Pest und hätte der Finanzbehörde niemals einen Penny mehr in den Rachen geworfen als unbedingt nötig. Aber die Drohung, die Ranch einer Organisation zu vermachen, für die er stets nur Hohn und Spott übriggehabt hatte, paßte nicht zu ihm.

»Wenn wir die Bedingungen nicht akzeptieren«, fuhr sie fort, mühsam um Fassung ringend, »dann kann er die Ranch einfach so verschenken? Wenn die beiden da sich nicht an die Testamentsverfügungen halten, ist das Land verloren, das seit über hundert Jahren im Besitz der Familie Mercy ist? Oder wenn ich mich nicht daran halten will?«

Nate atmete hörbar aus. In diesem Moment haßte er sich. »Es tut mir leid, Willa, aber er war vernünftigen Argumenten einfach nicht zugänglich. Genau so hat er es bestimmt. Wenn eine von euch dreien sich nicht an die Klauseln hält, dann ist die Ranch verwirkt, und jede von euch erhält einhundert Dollar. Das ist alles.«

»Hundert Dollar?« Die Absurdität des Ganzen verschlug Tess beinahe die Sprache. Lachend warf sie sich wieder in ihren Sessel. »Dieser verdammte Hurensohn.«

»Halt den Mund«, befahl Willa scharf, als sie aufsprang. »Halt du einfach den Mund. Können wir dagegen angehen, Nate? Hat es einen Sinn, das Testament anzufechten?«

»Wenn ihr meine ehrliche Meinung hören wollt, nein. Es würde Jahre dauern und Unsummen verschlingen, und am Ende würdet ihr höchstwahrscheinlich doch verlieren.«

»Ich bleibe hier.« Lily konnte kaum atmen. Ein Heim, Sicherheit, Geborgenheit winkten ihr, waren zum Greifen nahe. »Es tut mir leid.« Sie stand auf, als sich Willa zu ihr umdrehte. »Dir gegenüber ist es unfair und ungerecht. Ich weiß nicht, warum er das getan hat, aber ich bleibe. Wenn das Jahr vorüber ist, werde ich dir meinen Anteil verkaufen, zu einem Preis, den du dann festsetzen kannst. Die Ranch ist wunderschön«, fügte sie hinzu und versuchte zu lächeln, als Willa sie weiterhin schweigend anstarrte. »Jeder hier weiß, daß sie dir eigentlich schon gehört. Und schließlich ist es ja bloß ein Jahr.«

»Das ist ja sehr lieb von dir.« Tess meldete sich wieder zu Wort. »Aber ich will verdammt sein, wenn ich ein Jahr lang hier versauere. Ich fliege morgen früh nach L. A. zurück.«

Willas Gedanken überschlugen sich fast. Sie warf Tess einen nachdenklichen Blick zu. Sosehr sie auch wollte, daß die beiden aus ihrem Leben verschwanden, die Ranch bedeutete ihr mehr. Viel mehr. »Nate, was passiert, wenn eine von uns dreien plötzlich stirbt?«

»Sehr komisch.« Tess griff wieder nach ihrem Brandy. »Ist das Montana-Humor?«

»Falls eine der Begünstigten innerhalb dieses Übergangsjahres stirbt, wird deren Anteil unter den beiden verbliebenen Nutznießerinnen aufgeteilt – zu denselben Bedingungen.«

»Na, was hast du denn jetzt vor? Willst du mich im Schlaf

ermorden und in der Prärie verscharren?« Tess schnalzte lässig mit den Fingern. »Auch Drohungen bringen mich nicht dazu, hierzubleiben und das primitive Leben auf einer Ranch zu ertragen.«

Drohungen vielleicht nicht, dachte Willa, aber die Aussicht auf Geld wirkte bei einer bestimmten Sorte Mensch fast immer. »Ich will dich nicht hierhaben. Ich will keine von euch in meiner Nähe haben, aber ich werde alles tun, um die Ranch zu behalten. Vielleicht interessiert es Miß Hollywood hier, wieviel diese staubigen Quadratmeter wert sind, Nate.«

»Grob geschätzt liegt der Marktwert des Landes und der Gebäude, den Viehbestand einmal nicht eingerechnet, so zwischen achtzehn und zwanzig Millionen Dollar.«

Tess verschüttete vor Überraschung beinahe ihren Brandy. »Heiliger Strohsack!«

Dieser Ausbruch trug ihr ein unwilliges Zischen von Bess und ein höhnisches Lächeln von Willa ein. »Ich wußte, daß das zieht«, murmelte letztere. »Wann hast du denn das letzte Mal sechs Millionen im Jahr verdient, Schwesterchen?«

»Kann ich bitte ein Glas Wasser haben?« stieß Lily hervor und zog damit Willas Aufmerksamkeit auf sich.

»Setz dich hin, ehe du umkippst.« Sie drückte Lily unsanft auf den Stuhl zurück und begann, im Raum auf und ab zu tigern. »Ich möchte, daß du das Testament noch einmal Wort für Wort vorliest, Nate. Ich muß das alles erst richtig begreifen.« Sie ging zu einer kleinen Bar aus lackiertem Rattan und tat etwas, was sie zu Lebzeiten ihres Vaters nie gewagt hätte: Sie schenkte sich ein Glas von seinem Whiskey ein und trank. Langsam ließ sie die Flüssigkeit die Kehle hinunterrinnen und genoß das wohlige Brennen, das der Alkohol auslöste, während sie Nates Vortrag lauschte und sich zwang, nicht an all die Jahre zu denken, in denen sie vergeblich versucht hatte, die Liebe und den Respekt ihres Vaters zu erringen. Und sein Vertrauen.

Am Ende hatte er sie doch zusammen mit seinen anderen Töchtern, die ihm fremd gewesen waren, in einen Topf geworfen. Weil ihm keine von ihnen viel bedeutet hatte.

Ein Name, den Nate murmelte, ließ sie aufhorchen. »Moment mal. Warte eine Sekunde, ja? Hast du eben Ben McKinnon erwähnt?«

Nate rutschte unbehaglich auf seinem Sitz hin und her und räusperte sich. Er hatte beabsichtigt, diese Mitteilung ganz beiläufig in seine Rede einfließen zu lassen, da er Willa einen weiteren Schock ersparen wollte. »Dein Vater hat mich und Ben dazu bestimmt, während des Probejahres den Betrieb der Ranch zu überwachen.«

»Dieser Geier soll mir ein ganzes gottverdammtes Jahr lang auf die Finger sehen?«

»Wirst du wohl in diesem Haus nicht fluchen, Will!« schnauzte Bess sie an.

»Ich fluche in diesem gottverdammten Haus, sooft es mir paßt. Warum, zum Teufel, hat er McKinnon ausgesucht?«

»Für deinen Vater kam Three Rocks gleich nach der Mercy Ranch. Er wollte jemanden, der das Geschäft von der Pieke auf gelernt hat.«

McKinnon kann so gemein werden wie eine Giftschlange, hatte Jack Mercy damals gesagt. Außerdem wird der sich von keinem Weibsstück die Butter vom Brot nehmen lassen.

»Keiner von uns will dir auf die Finger sehen«, beschwichtigte sie Nate. »Wir müssen uns um unsere eigenen Betriebe kümmern. Dies hier ist nur eine Formsache.«

»Quatsch!« Doch Willa lenkte ein. »Weiß McKinnon überhaupt schon von seinem Glück? Auf der Beerdigung hab' ich ihn jedenfalls nicht gesehen.«

»Er hat geschäftlich in Bozeman zu tun und kommt heute abend oder morgen wieder. Und er weiß auch schon Bescheid.«

»Hat sich kaputtgelacht, was?«

Er war vor Lachen fast erstickt, erinnerte sich Nate, doch sein Blick blieb ernst. »Das ist kein Witz, Will. Es ist eine zeitlich begrenzte geschäftliche Angelegenheit. Alles, was du zu tun hast, ist, vier Jahreszeiten zu überstehen. Das müssen wir ja alle.«

»Ich werde durchhalten. Der Himmel weiß, ob die zwei da es schaffen.« Kopfschüttelnd betrachtete sie ihre Schwestern. »Warum zitterst du denn so?« fuhr sie Lily an. »Du stehst im Begriff, ein paar Millionen Dollar zu kassieren, und nicht vor einem Erschießungskommando. Um Gottes willen, trink das.«

Unwirsch drückte sie Lily das Whiskeyglas in die Hand.

»Hör auf, auf ihr herumzuhacken.« Wütend und instinktiv bemüht, Lily zu schützen, trat Tess zwischen sie.

»Ich hacke nicht auf ihr herum, und du geh mir aus den Augen.«

»Du wirst mich ein ganzes Jahr lang ertragen müssen, also gewöhn dich besser schon mal dran.«

»Dann mach du dich schon mal damit vertraut, wie die Dinge hier laufen. Wenn du bleibst, dann glaub bloß nicht, daß du auf deinem fetten, kleinen Hintern rumsitzen kannst. Du wirst arbeiten wie alle anderen auch.«

Bei der Bemerkung über ihr Hinterteil holte Tess vernehmlich Atem. Sie hatte sich im Schweiße ihres Angesichts jedes einzelne überflüssige Pfund abtrainiert, das sie während ihrer High-School-Zeit mit sich herumgetragen hatte, und auf das Ergebnis war sie verdammt stolz. »Vergiß eins nicht, du flachbrüstiges Knochengestell: Wenn ich gehe, guckst du in die Röhre. Und wenn du meinst, daß ich von einem beschränkten Mannweib wie dir Befehle entgegennehme, dann bist du noch dämlicher, als du aussiehst.«

»Du wirst genau das tun, was ich dir sage«, versicherte ihr Willa. »Sonst wirst du nämlich das nächste Jahr in einem Zelt in den Bergen verbringen und nicht in einem warmen, gemütlichen Bett in diesem Haus schlafen.«

»Ich habe genauso ein Recht darauf, mich in diesem Haus aufzuhalten, wie du. Vielleicht sogar noch mehr, denn er hat meine Mutter zuerst geheiratet.«

»Was dich nur älter macht«, schoß Willa zurück und registrierte befriedigt, daß der kleine Seitenhieb sein Ziel erreicht hatte. »Außerdem war deine Mutter ein blondgefärbtes Showgirl mit mehr Titten als Hirn.«

Tess kam nicht dazu, eine passende Antwort zu geben, da Lily unvermittelt in Tränen ausbrach.

»Bist du nun zufrieden?« erkundigte sich Tess und versetzte Willa einen unsanften Rippenstoß.

»Schluß jetzt!« Adam, des Gezänkes überdrüssig, brachte beide mit einem Blick zum Schweigen. »Ihr solltet euch schämen, alle beide.« Er beugte sich zu Lily hinunter und sprach beruhigend auf sie ein, während er ihr auf die Füße half. »Sie brauchen frische Luft«, meinte er freundlich, »und einen Happen zu essen, dann geht es Ihnen gleich besser.«

»Geh mit ihr ein Stück spazieren«, ordnete Bess an und rappelte sich mühsam hoch. In ihrem Kopf hämmerte es wie in einem Bergwerk. »Ich bereite jetzt das Essen vor. Ihr zwei habt euch unmöglich benommen«, tadelte sie Tess und Willa. »Ich kannte eure Mütter, und ich kann euch sagen, sie wären entsetzt, wenn sie euch heute gesehen hätten.« Sie schniefte leise und drehte sich würdevoll zu Nate um. »Bleib doch zum Essen, Nate. Es ist genug da.«

»Danke, Bess, aber ...« Nate wollte nur noch mit heiler Haut den Raum verlassen. »Ich muß nach Hause.« Er suchte seine Papiere zusammen, wobei er die beiden Frauen, die sich feindselig anstarrten, mißtrauisch im Auge behielt. »Ich lasse euch von jedem Dokument drei Kopien da. Wenn ihr Fragen habt, wißt ihr ja, wo ihr mich erreichen könnt. Wenn ich nichts von euch höre, komme ich in ein paar Tagen noch einmal vorbei, und dann ... dann sehen wir weiter«, schloß er lahm, nahm seinen Hut und seine Aktentasche und ergriff die Flucht.

Willa, die ihre Selbstbeherrschung zurückgewonnen hatte, holte tief Atem. »Seit dem Tag meiner Geburt habe ich meine ganze Kraft und mein Herzblut in diese Ranch gesteckt. Dich interessiert das sicher einen feuchten Kehricht, aber das ist mir egal. Nur will ich auf gar keinen Fall mein Eigentum verlieren. Du magst dir ja einbilden, du hättest mich in der Hand, aber ich weiß, daß du die Chance, mehr Geld in die Finger zu kriegen, als du je zuvor gesehen hast, auf jeden Fall nutzen wirst. Also stehen wir beide uns in nichts nach.«

Tess nickte, ließ sich auf einer Sessellehne nieder und schlug die eleganten Beine übereinander. »Wir werden wohl oder übel das nächste Jahr miteinander auskommen müssen. Aber glaub ja nicht, daß es mir leichtfällt, mein Heim, meine

Freunde und meinen Lebensstil für ein Jahr aufzugeben. Dem ist nämlich nicht so.«

Einen flüchtigen Augenblick lang dachte sie wehmütig an ihr Apartment, ihren Club und den Rodeo Drive. Dann biß sie die Zähne zusammen. »Aber du hast recht, ich sehe nicht ein, warum ich auf etwas verzichten soll, was mir zusteht.«

»Was dir zusteht, daß ich nicht lache!«

Tess legte lediglich leicht den Kopf zur Seite. »Ob es uns beiden nun gefällt oder nicht – und ich denke, keiner von uns gefällt es –, ich bin ebensosehr seine Tochter wie du. Ich bin nur deshalb nicht hier aufgewachsen, weil Jack Mercy mich und meine Mutter einfach abgeschoben hat, und nachdem ich einen Tag hier verbracht habe, fange ich an, dafür dankbar zu sein. Aber ich werde das Jahr schon irgendwie durchstehen.«

Nachdenklich griff Willa nach dem Whiskey, den Lily nicht angerührt hatte. Ehrgeiz und Habgier waren ausgezeichnete Triebfedern. Tess würde durchhalten, nun gut. »Und danach?«

»Danach kannst du mich auszahlen.« Die Aussicht auf soviel Geld machte sie fast schwindelig. »Oder du schickst mir die Schecks mit meinem Gewinnanteil nach L. A., dahin werde ich nämlich noch am selben Tag, an dem die Frist abgelaufen ist, zurückfliegen.«

Willa nippte an ihrem Whiskey und mahnte sich zur Konzentration. Jetzt zählte erst einmal das Heute. »Kannst du reiten?«

»Worauf denn?«

Willa gab einen verächtlichen Ton von sich und trank dann einen Schluck. »Das dachte ich mir. Vermutlich kannst du noch nicht einmal einen Hahn von einer Henne unterscheiden.«

»Ach, mit Piepmätzen kenne ich mich aus«, meinte Tess gedehnt und stellte zu ihrer Überraschung fest, daß Willa grinste.

»Jeder, der hier lebt, muß auch arbeiten. Das ist eine Tatsache. Ich hab' genug damit zu tun, mich um die Männer und das Vieh zu kümmern, da kann ich keinen Klotz am Bein wie dich brauchen. Also wirst du deine Anweisungen von Bess entgegennehmen.«

»Du glaubst doch nicht im Ernst, daß ich mir von einer Haushälterin Befehle erteilen lasse.«

Willas Augen glitzerten hart wie Stahl. »Du befolgst die Anordnungen der Frau, die dir dein Essen zubereitet, deine Wäsche wäscht und das Haus, in dem du leben wirst, in Ordnung hält. Und das erste Mal, an dem du sie wie einen Dienstboten behandelst, wird auch das letzte Mal sein, das verspreche ich dir. Du bist nicht mehr in L. A., Miß Hollywood. Hier draußen muß jeder mit anpacken.«

»Zufällig muß ich auch noch an meine Karriere denken.«

»Ach ja, Drehbücher schreiben.« Möglich, daß es noch sinnlosere Beschäftigungen auf der Welt gab, aber Willa fiel keine ein. »Nun, ein Tag hat vierundzwanzig Stunden, das wirst du sehr bald merken.« Erschöpft schlenderte sie zum Fenster hinter dem Schreibtisch. »Was, zum Teufel, soll ich nur mit dem verschüchterten Vögelchen anfangen?«

»Sie erinnert mich eher an eine zertretene Blume.«

Verwundert über das Mitgefühl in Tess' Stimme, starrte Willa sie an, dann zuckte sie die Achseln. »Hat sie dir irgend etwas über die blauen Flecken in ihrem Gesicht erzählt?«

»Ich hab' mit ihr genauso wenig gesprochen wie du.« Tess unterdrückte ein beklemmendes Schuldgefühl. Halt dich da raus, mahnte sie sich streng. »Das hier ist nicht unbedingt ein Familientreffen.«

»Sie wird es Adam sagen. Früher oder später vertraut jeder Adam an, was ihn bedrückt. Lassen wir die kleine Lily vorerst in seiner Obhut.«

»Gut. Ich fliege morgen früh nach L. A. zurück. Zum Packen.«

»Einer der Männer fährt dich dann zum Flughafen.«

Tess war entlassen. Willa drehte sich wieder zum Fenster. »Eins noch: Tu dir selbst einen Gefallen, Miß Hollywood, und kauf dir lange Unterwäsche. Du wirst sie brauchen.«

Bei Einbruch der Dämmerung ritt Willa aus. Die Sonne versank gerade hinter den westlichen Gipfeln und färbte den

Himmel tiefrot. Sie mußte nachdenken, mußte ihre innere Ruhe wiederfinden. Ihre Appaloosastute tänzelte unter ihr und zerrte an den Zügeln.

»Okay, Moon, reagieren wir uns ab.« Willa lenkte die Stute in eine andere Richtung und ließ sie laufen. Sie galoppierten los, fort von den Lichtern, den Gebäuden und den Geräuschen der Ranch, hinaus auf das offene Land, durch das sich der Fluß schlängelte.

Sie folgten dem Ufer und hielten sich östlich. Die ersten Sterne erschienen am Himmel, und außer dem Rauschen des Wassers und dem Trommeln der Hufe war kein Laut zu hören. Das Vieh graste friedlich vor sich hin, darüber kreisten nachtaktive Greifvögel. Von einer Anhöhe aus konnte Willa Meile um Meile voller Silhouetten und Schatten erkennen; hoch aufragende Bäume, im Wind wehendes Weidegras, die endlose Linie von Zäunen. Und noch etwas weiter entfernt schimmerten schwach die Lichter einer benachbarten Ranch.

McKinnon-Land.

Die Stute warf den Kopf zurück und schnaubte, als Willa die Zügel anzog. »Wir haben uns beide noch nicht ausgetobt, was, Moon?«

Nein, der Ärger brodelte immer noch in ihrem Inneren, und ihre Stute vibrierte vor ungenutzter Energie. Willa wünschte, sie könnte diesen nagenden, bitteren Zorn und den darunter verborgenen Schmerz ein für allemal verdrängen. Derartige Gefühle würden ihr das vor ihr liegende Jahr auch nicht eben erleichtern. Sie würden ihr auch nicht über die nächste Stunde hinweghelfen, dachte sie und kniff die Augen fest zusammen.

Sie würde keine einzige Träne vergießen, schwor sie sich. Nicht um Jack Mercy.

Willa atmete tief durch und sog den Geruch nach Gras und Pferden, den Geruch der Nacht in sich auf. Was sie jetzt brauchte, war kühle, berechnende Selbstbeherrschung. Sie würde schon einen Weg finden, um mit den beiden unwillkommenen Schwestern fertig zu werden und sie auf der Ranch zu halten. Sie würde dafür sorgen, daß die beiden bei der Stange blieben, koste es, was es wolle.

Auch mit den beiden Inspektoren, die man ihr vor die Nase gesetzt hatte, würde sie sich schon arrangieren. Nate war ein ärgerliches, aber im Grunde genommen unbedeutendes Problem, entschied Willa, während sie Moon in einen weichen Trab fallen ließ. Er würde nur das tun, was er als seine Pflicht betrachtete, nicht mehr und nicht weniger. Nach Willas Meinung bedeutete es, daß er sich aus der Alltagsroutine der Mercy Ranch heraushalten und nur gelegentlich nach dem Rechten sehen würde.

Wenn sie ganz ehrlich war, dann tat er ihr sogar ein bißchen leid. Sie kannte ihn zu lange und zu gut, um zu wissen, daß er die ihm aufgezwungene Rolle nicht genoß. Nate war ein fairer, grundehrlicher Mensch, der es vorzog, sich um seine eigenen Angelegenheiten zu kümmern.

Aber Ben McKinnon, dachte sie, und der altvertraute, bittere Zorn begann sich wieder zu regen. Mit ihm verhielt es sich anders. Sie hegte keinen Zweifel daran, daß er jede Minute auskosten würde. Er würde sich bei jeder sich bietenden Gelegenheit einmischen, und sie mußte es hinnehmen. Aber sie mußte es nicht sang- und klanglos hinnehmen, sie konnte ihm das Leben nach Kräften schwermachen.

Oh, Willa wußte nur zu gut, was Jack Mercy geplant hatte, und der Gedanke daran brachte auch jetzt noch ihr Blut zum Sieden. Sie spürte, wie ihre Haut zu glühen begann und in der kühlen Nachtluft förmlich zu dampfen schien, als sie auf die Lichter und Umrisse der Three Rocks Ranch herabblickte.

McKinnon- und Mercy-Land grenzte seit Generationen aneinander. Einige Jahre, nachdem die Sioux General Custer vernichtend geschlagen hatten, erwarben zwei Männer, die in den Bergen gejagt und ihre Beute in Texas verkauft hatten, günstig eine Viehherde. Gemeinsam trieben sie sie zurück in den Norden, nach Montana. Doch dann brach die Partnerschaft auseinander, und jeder der beiden beanspruchte sein eigenes Land, sein eigenes Vieh und baute seine eigene Ranch.

So waren die Mercy Ranch und Three Rocks entstanden, und jede Ranch wuchs, blühte und gedieh.

Und Jack Mercy hatte es stets nach McKinnon-Land gelüstet; nach Land, das er weder kaufen noch stehlen noch durch Betrug in seinen Besitz bringen konnte. Aber eine Fusion war möglich, dachte Willa nun. Wenn man die Ländereien der Mercys und der McKinnons zusammenlegte, würde eine der größten und sicherlich bedeutendsten Ranches im ganzen Westen entstehen.

Zu diesem Zweck brauchte Jack Mercy lediglich seine Tochter zu verkaufen. Wozu sollte eine Frau auch sonst wohl taugen? Biete sie an, wie du eine hübsche junge Färse anbieten würdest. Bring sie oft genug in die Nähe des Bullen, dann erledigt die Natur den Rest.

Da ihm kein Sohn vergönnt gewesen war, hatte sich Jack für das Nächstbeste entschieden: Er hatte Ben McKinnon seine Tochter angeboten. Jeder wußte es, dachte Willa und zwang sich, die Hände nicht zusammenzuballen, die die Zügel hielten. Zu seinen Lebzeiten war dieser Kuhhandel nicht zustande gekommen, also versuchte ihr Vater noch vom Grabe aus, seinen Willen durchzusetzen.

Und sollte sich diese Tochter, die ihm ihr ganzes Leben lang zur Seite gestanden, die im Schweiße ihres Angesichts das Land bearbeitet hatte, nicht als willig genug erweisen – nun, er hatte ja noch zwei andere.

»Der Teufel soll dich holen, Pa.« Mit zitternden Händen rückte Willa ihren Hut zurecht. »Die Ranch gehört mir, und ich lasse sie mir nicht wegnehmen. Und ich werde weder für Ben McKinnon noch für irgend jemand sonst die Beine breitmachen, so wahr mir Gott helfe.«

Scheinwerferlichter blitzten auf, und Willa sprach beruhigend auf ihre Stute ein. Das Auto konnte sie zwar nicht erkennen, wohl aber die Richtung, die es einschlug. Ein leichtes Lächeln umspielte ihre Lippen, als sie beobachtete, wie die Lichter auf Three Rocks zeigten.

»Dann ist er also schon aus Bozeman zurück.«

Unwillkürlich richtete sie sich im Sattel auf und reckte das Kinn. In der Stille der Nacht vernahm sie deutlich das Zuschlagen einer Autotür, dann die hechelnde Begrüßung der Hunde. Ob er wohl zu ihr auf die Anhöhe blickte? Er würde die dunklen Umrisse von Pferd und Reiter erkennen und vermutlich erraten, wer ihn da von der Grenze seines Besitzes aus beobachtete.

»Wir werden ja sehen, was als nächstes passiert, McKinnon«, murmelte sie. »Wir werden ja sehen, wer auf Mercy das Sagen hat, wenn alles vorbei ist.«

Ein Kojote erhob seine jaulende Stimme und heulte den Mond an, der am Abendhimmel aufgegangen war. So viele verschiedene Arten von Kojoten gab es, dachte sie, und alle waren sie Aasfresser.

Sie würde keinem zweibeinigen Aasfresser ihr Land überlassen.

Energisch wendete sie ihr Pferd und ritt im Halbdunkel nach Hause.

Kapitel 3

»Dieser Dreckskerl!« Ben lehnte sich gegen seinen Sattelknauf und schüttelte den Kopf. Unter der breiten Krempe seines dunkelgrauen Hutes glitzerten die grünen Augen böse. »Es tut mir wirklich leid, daß ich seine Beerdigung versäumt habe. Meine Leute sagen, es wäre geradezu ein gesellschaftliches Ereignis gewesen.«

»Allerdings.« Nate klopfte Bens schwarzem Wallach abwesend die Flanke. Er hatte seinen Freund gerade noch abfangen können, ehe dieser in die Berge aufbrach.

Nates Meinung nach gehörte Three Rocks zu einem der schönsten Fleckchen Erde in ganz Montana. Das Haupthaus war zwar kein Palast wie das der Mercy Ranch, aber ein architektonisch reizvolles Fachwerkgebäude mit einem Sandsteinfundament und mehreren großzügig angelegten Veranden und Balkonen, die dazu einluden, sich eine Pause zu gönnen und in Ruhe die Berge zu betrachten.

Auf der McKinnon-Ranch herrschte ständig ein geschäftiges Treiben, dennoch lief der Betrieb wie am Schnürchen.

Aus einem nahe gelegenen Korral ertönte ein protestierendes Muhen. Die Kälber, die von ihren Müttern getrennt wurden, weil sie entwöhnt werden sollten, fügten sich selten klaglos in ihr Schicksal. Und den männlichen Tieren würde es noch viel schlimmer ergehen, grübelte Nate, denn sie wurden zudem noch kastriert, und man kappte ihnen die Hörner. Diese Vorgehensweise war einer der Gründe, warum er lieber Pferde züchtete.

»Mir ist klar, daß du noch eine Menge Arbeit hast«, fuhr Nate fort. »Ich will dich auch nicht lange aufhalten, aber ich hielt es für besser, persönlich vorbeizukommen und dich über den Stand der Dinge zu informieren.«

»Okay.« Bens Gedanken kreisten in der Tat um seine Arbeit. Der Oktober ging in den November über, und der Winter stand vor der Tür. Im Moment tauchte die Sonne Three Rocks in ein strahlendgoldenes Licht, die Pferde grasten auf den umliegenden Weiden, und die Männer gingen in Hemdsärmeln ihren Pflichten nach. Doch es war an der Zeit, die Zäune zu überprüfen, das letzte Getreide einzubringen und das noch vor dem Winter zum Verkauf bestimmte Vieh auszusondern und zu verschiffen.

Sein Blick wanderte über die Koppeln und Weiden zu der Anhöhe, in Richtung Mercy Ranch. Sicherlich ging Willa Mercy heute morgen mehr im Kopf herum als nur ihr Tagewerk. »Nichts gegen deine Fähigkeiten als Anwalt, Nate, aber dieser ganze Unsinn läßt sich doch wohl nicht durchsetzen, oder?«

»Die testamentarischen Verfügungen sind klar und unmißverständlich abgefaßt.«

»Nichts weiter als juristische Spitzfindigkeiten.«

Nate kannte seinen Freund zu gut, um sich beleidigt zu fühlen. »Sie könnte das Testament natürlich anfechten, aber das wäre eine knifflige und wenig erfolgversprechende Angelegenheit.«

Ben blickte wieder in Richtung Südwesten. Vor seinem inneren Auge entstand das Bild Willa Mercys, und er schüttelte unwillig den Kopf. Ben fühlte sich im Sattel ebenso wohl wie manch anderer Mann in seinem Lieblingssessel. Nach dreißig Jahren auf der Ranch bedeutete ihm das freie Land alles. Er war nicht ganz so groß wie Nate, drahtig und muskulös gebaut und trug sein goldbraunes, von der Sonne gebleichtes Haar so lang, daß es bis zum Kragen seines Flanellhemdes reichte. Seine Augen blickten so scharf wie die eines Falken und oft auch genauso kalt, und sein wettergegerbtes, gebräuntes Gesicht zeugte davon, daß er sich vornehmlich im Freien aufhielt. Quer über sein Kinn verlief eine schmale Narbe; ein Andenken an seine Kindheit, als er mit seinem Bruder Messerwerfen geübt hatte.

Mit einer gedankenverlorenen Geste fuhr er sich jetzt mit der Hand über diese Narbe. Als Nate ihm vor kurzem von dem Testament berichtet hatte, fand Ben es noch amüsant, doch nun, da die Bestimmungen in Kraft traten, erschien ihm die ganze Angelegenheit auf einmal nicht mehr so komisch.

»Wie verkraftet sie es denn?«

»Schwer.«

»Mist. Das tut mir leid. Sie hat den alten Bastard geliebt, weiß der Himmel, warum.« Er nahm seinen Hut ab, fuhr sich mit den Fingern durchs Haar und setzte ihn wieder auf. »Vermutlich ist sie fuchsteufelswild, daß ausgerechnet ich mit in die Sache verwickelt bin.«

Nate grinste. »Zugegeben. Aber ich denke, sie würde auf jeden anderen genauso ablehnend reagieren.«

O nein, dachte Ben grimmig, nicht ganz. Er fragte sich, ob Willa wußte, daß ihr Vater ihm einmal zehntausend Morgen bestes Tiefland angeboten hatte, wenn er seine Tochter heiratete – wie ein verdammter Feudalherrscher, der zwei Königreiche vereinigen wollte.

Mercy hätte die Ranch aufgegeben, erkannte Ben, und blinzelte in die Sonne. Er hätte eher die Ranch aufgegeben, als die Zügel zu lockern.

»Sie braucht keinen von uns beiden, um Mercy zu leiten«, sagte er zu Nate. »Aber ich werde tun, was von mir verlangt wird. Und außerdem ...« Ein lässiges, arrogantes Grinsen breitete sich auf seinem Gesicht aus. »Außerdem wird es mir einen Heidenspaß machen, wenn sie alle fünf Minuten mit mir Streit anfängt. Wie sind denn die anderen beiden so?«

»Sehr verschieden.« Nachdenklich lehnte sich Nate gegen

den Kotflügel seines Range Rover. »Die Mittlere – Lily – ist auffallend schreckhaft. Eine falsche Bewegung, und sie zittert wie Espenlaub. Und sie hat überall im Gesicht blaue Flekken.«

»Ein Unfall?«

»Die Art von Unfall, bei der man die Fäuste eines anderen zu spüren bekommt. Die Dame hat einen Ex-Ehemann, und den hat sie wegen Körperverletzung angezeigt. Der Typ ist mehrmals in den Bau gewandert, weil er seine Frau verprügelt hat.«

»So ein Scheißkerl.« Ein Mann, der seine Frau mißhandelte, war in Bens Augen noch verachtenswerter als einer, der sein Pferd schlug.

»Als sie hörte, daß sie hierbleiben soll, fiel ihr sichtlich ein Stein vom Herzen«, fuhr Nate fort und begann, sich in seiner ruhigen, bedächtigen Art eine Zigarette zu drehen. »Da liegt der Schluß nah, daß sie die Ranch als ein ideales Versteck betrachtet. Die Ältere ist ein überkandideltes Großstadtgör aus L. A., trägt ein italienisches Kostüm und eine goldene Uhr.« Er verstaute das Tabakpäckchen wieder in seiner Tasche und riß ein Streichholz an. »Sie schreibt Drehbücher und ist stocksauer, daß sie ein Jahr lang mitten in der Wildnis festsitzt. Auf das Geld, das ihr dieser unfreiwillige Aufenthalt einbringt, will sie allerdings nicht verzichten. Jetzt ist sie auf dem Weg nach Kalifornien, um ihre Sachen zu packen.«

»Sie und Will werden sich vermutlich zanken wie die Kesselflicker.«

»Sie sind schon aneinandergeraten.« Nate stieß genüßlich den Rauch aus. »Ich muß zugeben, es war ein interessantes Schauspiel. Adam hat schließlich die Wogen geglättet.«

»Er ist so ziemlich der einzige, der Willa besänftigen kann.« Ben verlagerte sein Gewicht im Sattel, so daß das Leder leise knirschte. Spook wurde langsam unruhig, tänzelte unter ihm und gab ihm durch ruckartige Kopfbewegungen zu verstehen, daß er lange genug stillgestanden hatte. »Ich werde mit ihr reden. Jetzt muß ich mich um den Trupp kümmern, den ich in die Berge geschickt habe. Sieht so aus, als würde ein Sturm aufziehen. Mom hat im Haupthaus Kaffee gekocht.«

»Danke, aber ich muß auch zurück, hab' selbst noch zu tun. Wir sehen uns in den nächsten Tagen noch, Ben.«

»Sicher.« Ben rief nach seinem Hund und sah zu, wie Nate in den Range Rover stieg. »Nate – wir lassen nicht zu, daß sie die Ranch verliert.«

Nate rückte seinen Hut zurecht und langte nach seinen Schlüsseln. »Nein, Ben. Das lassen wir nicht zu.«

Ben ritt gemächlich durch das Tal und hinauf in das Vorgebirge, wobei er immer wieder prüfend über das Land schaute. Das Vieh stand gut im Fleisch; sie konnten einige der Angusrinder aussortieren und versteigern. Andere würden bis zum nächsten Jahr weiterhin von Weide zu Weide getrieben werden.

Die Auswahl und der Verkauf der Rinder gehörte seit fast fünf Jahren zu seinen Aufgaben, da seine Eltern den Betrieb von Three Rocks nach und nach in die Hand ihrer Söhne legen wollten.

Das Gras stand hoch und leuchtete immer noch grün gegen den herbstlich bunten Hintergrund der Laubbäume. Ben hörte ein Dröhnen über seinem Kopf und blickte grinsend hoch. Sein Bruder Zack war mit seinem Flugzeug unterwegs. Ben riß den Hut vom Kopf und winkte damit, während ihn sein langhaariger Bordercollierüde Charlie kläffend umkreiste. Das kleine Flugzeug beschrieb wie zum Gegengruß eine elegante Kehre.

Es fiel Ben immer noch schwer, an seinen kleinen Bruder als an einen Ehemann und Familienvater zu denken, aber unverhofft kam eben oft. Zack hatte einen Blick auf Shelly Peterson geworfen und sich Hals über Kopf in sie verliebt. Weniger als zwei Jahre später hatten die beiden ihn zum Onkel gemacht. Bei diesem Gedanken fühlte sich Ben uralt. Langsam kam es ihm so vor, als würden ihn und Zack dreißig statt lediglich drei Jahre trennen.

Er setzte seinen Hut wieder auf und lenkte sein Pferd bergan, durch einen Kiefernhain hindurch. Hier war die Luft frischer und kühler als im Tal. Ben entdeckte Spuren von Hochwild. Zu einem anderen Zeitpunkt hätte er der Versuchung nachgegeben, den Fährten zu folgen, um seiner Mutter ein saftiges Stück Wildbret mitzubringen. Auch Charlie schnüffelte hoffnungsvoll am Boden herum und wartete auf die Genehmigung seines Herrn, die Beute aufzuscheuchen, doch Ben war nicht in der richtigen Jagdstimmung.

Schnee lag in der Luft, er konnte ihn bereits riechen, obwohl er sich noch unterhalb der Schneefallgrenze befand. Ben hatte bereits die ersten Schwärme Wildgänse gen Süden ziehen sehen. Der Winter würde früh über das Land hereinbrechen, und es würde, so vermutete Ben, ein harter Winter werden. Sogar das Rauschen des sprudelnden Gebirgsbaches klang frostig.

Als die Bäume dichter und der Boden unebener wurde, folgte er dem Lauf des Wassers. Der Wald war ihm so vertraut wie sein eigener Scheunenhof. Dort lag die abgestorbene Lärche, unter der Zack und er einst nach vergrabenen Schätzen gebuddelt hatten. Und hier, auf der kleinen Lichtung, hatte er seinen ersten Hirsch erlegt, während sein Vater mit stolzgeschwellter Brust neben ihm stand. Hier hatten sie Forellen geangelt und Waldbeeren gepflückt, die es in Hülle und Fülle gab.

In diese Felsen hatte er den Namen seiner ersten großen Liebe eingeritzt. Im Laufe der Jahre waren die Worte verblaßt und ausgewaschen worden, und die hübsche Susie Boline war mit einem Gitarristen nach Helena durchgebrannt und hatte Bens achtzehnjähriges Herz gebrochen.

Die Erinnerung versetzte ihm immer noch einen Stich, obwohl er lieber alle Qualen der Hölle erduldet hatte, als zuzugeben, daß er ein sentimentaler Mann war. Er ließ Felsen – und Erinnerungen – hinter sich und ritt bergan, wobei er dem ausgetretenen Pfad folgte, der ihn durch den Wald führte. Die leuchtende Farbenpracht der Blätter erinnerte ihn an die Kleider der Frauen bei einer samstäglichen Tanzveranstaltung.

Als die Luft dünner und der Schneegeruch immer stärker wurde, begann Ben durch die Zähne zu pfeifen. Sein Aufenthalt in Bozeman war zwar insgesamt durchaus lohnend gewesen, dennoch hatte er sich ständig nach der Weite und Einsamkeit dieser Landschaft gesehnt. Und obwohl er sich einredete, seinen Schlafsack als reine Vorsichtsmaßnahme mitgenommen zu haben, plante er bereits, eine Nacht hier draußen zu verbringen. Vielleicht auch zwei.

Er könnte einen Hasen schießen oder ein paar Fische braten und sich dann zu seiner Mannschaft gesellen. Oder für sich bleiben. Das Vieh mußte bald ins Tiefland hinuntergetrieben werden. Es lag soviel Schnee in der Luft, daß er einen verfrühten Blizzard befürchtete, was eine Katastrophe für die Herden auf den höher gelegenen Weiden bedeutete. Er glaubte aber, daß sie dazu noch genug Zeit hätten.

Ben hielt einen Augenblick an, um seinen Blick über eine idyllische Bergwiese schweifen zu lassen, auf der eine Anzahl Rinder friedlich graste. Er genoß den Duft der Wildblumen und das Gezwitscher der Vögel. Wie konnte man nur die schmutzigen, dichtbebauten, lärmerfüllten Straßen einer Großstadt mit ihren vielen Menschen dieser Landschaft hier vorziehen?

Der Knall einer Flinte ließ sein Pferd scheuen und riß ihn aus seinen träumerischen Gedanken. Obwohl in diesem Land ein Schuß gewöhnlich auf eine Jagd schließen ließ, wurde er wachsam. Beim zweiten Schuß lenkte er sein Pferd in die Richtung, aus der das Geräusch kam, und trieb es zu einem schnellen Trab an.

Zuerst bemerkte er die Appaloosastute. Wills Reittier zitterte immer noch am ganzen Leibe, seine Zügel waren locker um einen Ast geschlungen. Der eigentümlich süßliche Geruch von Blut stieg Ben in die Nase und schnürte ihm die Kehle zu. Dann sah er Willa, die, die Flinte noch im Anschlag, keine zehn Fuß von einem niedergestreckten Grizzly entfernt stand. Mit einem grollenden Knurren setzte sich der Hund in Bewegung, blieb jedoch auf Bens scharfes Kommando hin widerwillig stehen.

Ben wartete, bis sie ihm über die Schulter hinweg einen Blick zugeworfen hatte, ehe er aus dem Sattel sprang. Ihr Gesicht war totenbleich, und die dunklen Augen wirkten riesengroß. »Ist er wirklich tot?«

»Mausetot.« Willa schluckte krampfhaft. Sie haßte das Töten, haßte es, Blut vergießen zu müssen. Es drehte ihr schon den Magen um, wenn eines der Hühner zum Abendessen geschlachtet wurde. »Ich hatte keine andere Wahl. Er wollte mich angreifen.«

Ben nickte, zog sein Gewehr aus der Hülle und näherte sich dem Tier vorsichtig. »Ein ziemlicher Brocken.« Er verdrängte den Gedanken daran, was hätte passieren können, wenn sie ihr Ziel verfehlt hätte; wie ein Bär dieser Größe Pferd und Reiter hätte zurichten können. »Eine Bärin«, stellte er mit betont sanfter Stimme fest. »Hat vermutlich ihre Jungen hier in der Gegend.«

Willa hängte ihre Flinte wieder an den Sattel. »Stell dir vor, auf die Idee bin ich auch schon gekommen.«

»Soll ich ihr den Pelz über die Ohren ziehen?«

»Danke, aber das kann ich alleine.«

Ben nickte und zog sein Messer. »Ich werde dir trotzdem ein bißchen zur Hand gehen. Immerhin ist das ein Riesenbiest. Übrigens, es tut mir leid, daß dein Vater gestorben ist, Willa.«

Willa griff nach ihrem eigenen scharfgeschliffenen Bowiemesser, das dem Bens nicht unähnlich war. »Wieso? Du konntest ihn doch nicht ausstehen.«

»Aber du hast ihn geliebt, und deswegen bedauere ich seinen Tod.« Ben machte sich an dem Bären zu schaffen. »Nate kam heute morgen vorbei.«

»Darauf hätte ich wetten können.«

Blut dampfte in der kühlen Luft. Charlie nagte vorsichtig an den Eingeweiden und wedelte mit dem Schwanz. Ben blickte von dem Kadaver auf und sah Willa in die Augen. »Und wenn du noch so sauer auf mich bist, es ändert nichts an den Tatsachen. Ich hab' das verdammte Testament nicht aufgesetzt, doch ich werde tun, was ich tun muß. Als erstes will ich wissen, was du mutterseelenallein hier oben zu suchen hast.«

»Vermutlich dasselbe wie du. Ich habe Herden hier oben stehen, die ins Tal getrieben werden müssen. Glaub mir, ich kann meine Ranch genausogut leiten wie du deine, Ben.«

In der Hoffnung, daß sie weitersprechen möge, schwieg er einen Moment. Ihre stets leicht heiser klingende Stimme hatte ihn seit jeher fasziniert, und mehr als einmal hatte er sich gefragt, wie eine dermaßen widerborstige Frau zu einer Stimme kam, in der purer Sex mitschwang.

»Nun, wir haben ja ein Jahr Zeit, um das herauszufinden, nicht wahr?« Als sie auf diese Spitze nicht reagierte, fuhr Ben sich mit der Zunge über die Lippen. »Hängst du dir seinen Kopf an die Wand?«

»Nein. Männer mögen ja mit ihren Trophäen angeben, um ihr Selbstwertgefühl zu stärken. Ich habe das nicht nötig.«

Er mußte grinsen. »Das liegt nun einmal in unserer Natur. Du würdest selbst eine hübsche Trophäe abgeben. Weißt du eigentlich, daß du dich zu einem ausgesprochen gutaussehenden Mädchen entwickelt hast, Willa? Ich glaube, das ist das erste Mal, daß ich einer Frau über die Eingeweide eines Bären hinweg Komplimente mache.«

Sie hatte keineswegs die Absicht, seinem verschrobenen Charme zu erliegen. Seit einigen Jahren kämpfte sie bereits energisch gegen ihre Zuneigung für Ben McKinnon an. »Ich brauche deine Hilfe nicht, weder bei diesem Bären noch bei der Leitung der Ranch.«

»Du bekommst sie trotzdem. In beiden Fällen. Hör zu, Willa, wir können die Angelegenheit friedlich angehen oder uns wegen jeder Kleinigkeit in die Haare geraten.« Er tätschelte Charlie, der sich neben ihm niederließ, geistesabwesend den Kopf. »Mir ist es egal.«

Ihm fiel auf, daß dunkle Schatten unter ihren Augen lagen, und um ihren Mund, der auf ihn stets einen unwiderstehlichen Reiz ausgeübt hatte, war ein verkniffener Zug. Da war es ihm schon lieber, wenn sie ihn wütend anfauchte – und er hatte auch bereits eine Idee, wie er sie dazu bringen konnte.

»Sind deine Schwestern genauso hübsch wie du?« Als sie keine Antwort gab, zuckte es leicht um seine Mundwinkel. »Bestimmt sind sie liebenswürdiger. Ich muß doch mal vorbeikommen und mich persönlich überzeugen. Wie wär's, wenn du mich zum Abendessen einladen würdest, Will? Dann können wir uns anschließend gemütlich zusammensetzen und unsere Pläne für die Ranch durchsprechen.« Jetzt funkelte sie ihn doch böse an, und sein Grinsen wurde noch eine Spur breiter. »Ich wußte doch, daß das wirkt. Nichts steht dir besser als ein kleiner Wutanfall.«

Sie legte keinen Wert auf seine Komplimente, auch wenn er es vielleicht darauf anlegte. Derartige Bemerkungen verunsicherten sie immer. »An deiner Stelle würde ich mir den Atem sparen, Ben. Laß lieber Meister Petz hier ausbluten.«

Ben wippte auf dem Absatz hin und her und musterte sie nachdenklich. »Wir könnten diese Sache ganz schnell aus der Welt schaffen. Wir brauchen nur zu heiraten, das ist alles.«

Ihre Hand verstärkte unwillkürlich den Druck um den Messergriff, sie holte tief Atem und zählte innerlich bis zehn. Er wollte sie zur Weißglut treiben, und sie wußte, daß es ihm einen höllischen Spaß machte, wenn sie ihn anschrie und vor Wut mit den Füßen aufstampfte. Aber diesen Triumph würde sie ihm nicht gönnen. Sie neigte den Kopf zur Seite, und ihre Stimme klang kühl, als sie antwortete.

»Die Wahrscheinlichkeit, daß ich dich heirate, ist ungefähr so groß wie die, daß sich dieser Bär wieder auf die Beine stellt und dich in den Hintern beißt.«

Als sie aufstand, tat er es ihr nach. Er griff nach ihrem Handgelenk, ohne auf ihren Protest zu achten. »Ich will dich ebensowenig wie du mich, Willa. Ich dachte nur, wir könnten auf diese Weise allen einen Strich durch die Rechnung machen. Das Leben ist lang«, sagte er in einem etwas milderen Tonfall, »ein Jahr geht schnell vorbei.«

»Manchmal ist schon ein einziger Tag zuviel. Laß mich los, Ben.« Langsam hob sie den Blick. »Ein Mann, der nicht auf eine Frau mit einem Messer in der Hand hört, bekommt, was er verdient.«

Er hätte ihr innerhalb kürzester Zeit das Messer abnehmen können, doch er beschloß, es nicht zu tun. »Du würdest mich am liebsten erdolchen, stimmt's?« Er wußte, daß er recht hatte, und dieses Wissen erregte und verärgerte ihn zugleich. Allerdings brachte sie es häufig fertig, diese widersprüchlichen Gefühle in ihm auszulösen. »Wann geht es endlich in deinen dicken Schädel, daß ich nichts von dem will, was dir gehört? Und ich lege genausowenig Wert darauf, für etwas mehr Land oder ein paar Rinder verschachert zu werden, wie du.« Bei diesen Worten wich die Farbe aus ihrem Gesicht, und er nickte. »Wir beide wissen, woran wir sind, Willa. Vielleicht finde ich ja an einer deiner Schwestern Gefallen, aber im Augenblick halten wir die ganze Beziehung besser auf einer geschäftlichen Basis.«

Die Demütigung war nicht zu überhören. »Du mieses Schwein!«

Vorsichtshalber verlagerte er seinen Griff, so daß sie ihr Messer nicht benutzen konnte. »Ich liebe dich auch, Süße. Jetzt lasse ich dieses Vieh ausbluten, und du gehst dich waschen.«

»Ich habe ihn geschossen, also kann ich auch ...«

»Eine Frau, die nicht auf einen Mann mit einem Messer in der Hand hört, bekommt, was sie verdient.« Ein lässiges Lächeln trat auf sein Gesicht. »Warum können wir beide uns die Sache denn nicht ein wenig leichter machen, Willa?«

»Es geht nicht.« Alle angestauten Gefühle und all ihr Frust schwangen in diesen drei Worten mit. »Du weißt, daß es nicht möglich ist. Wie würdest du dich denn verhalten, wenn du an meiner Stelle wärst?«

»Das bin ich aber nicht«, erwiderte er. »Geh und wasch dir das Blut ab! Wir haben heute noch ein gutes Stück zu reiten.«

Er ließ sie los und bückte sich zu dem Kadaver nieder. Er wußte, daß sie über ihm stand und um Beherrschung rang. Seine Anspannung ließ erst nach, als sie, seinen Hund im Schlepptau, zum Bach ging. Er atmete vernehmlich aus und blickte auf den gebleckten Fang des Bären nieder.

»Ihr ist ein Tatzenhieb von dir jederzeit lieber als ein freundliches Wort von mir«, brummte er. »Verdammte Weiber!«

Während er seine unangenehme Arbeit beendete, gestand er sich ein, daß er sich etwas vorgemacht hatte. Es stimmte nicht, daß er sie nicht wollte. Im Gegenteil, sein Verlangen nach ihr wuchs in dem Maße, in dem er es zu unterdrücken suchte.

Fast eine geschlagene Stunde verstrich, ehe Willa wieder das Wort ergriff. Inzwischen hatten sie sich beide in dicke Schaffelljacken gehüllt, um sich gegen die Kälte zu schützen, und die Pferde trotteten durch den fast dreißig Zentimeter hohen Schnee. Charlie jagte begeistert vorneweg.

»Du nimmst dir die Hälfte des Fleisches, das ist dein gutes Recht«, erklärte sie.

»Du bist mir nichts schuldig.«

»Genau das ist der springende Punkt, nicht wahr? Keiner von uns beiden möchte dem anderen zu irgend etwas verpflichtet sein.«

Er verstand sie nur zu gut, wahrscheinlich besser, als ihr lieb war. »Manchmal muß man eben den Bissen schlucken, den man nicht ausspucken kann.«

»Und manchmal erstickt man daran.« Eine der Wunden in ihrem Herzen brach wieder auf. »Er hat Adam so gut wie nichts hinterlassen.«

Ben betrachtete sie von der Seite. »Jack hatte nun einmal strenge Prinzipien.« Adam Wolfchild war nicht von seinem Blut gewesen, also hatte er für Jack Mercy nicht gezählt.

»Adam hätte mehr bekommen müssen«, beharrte Willa. Wird mehr bekommen, schwor sie sich.

»Was Adam angeht, da stimme ich dir zu. Aber wenn sich irgend jemand aus eigener Kraft eine Existenz aufbauen kann, dann ist das dein Bruder.«

Er ist alles, was ich noch habe. Beinahe wären ihr die Worte entschlüpft, doch ihr fiel gerade noch rechtzeitig ein, daß es nicht ratsam war, Ben ihre innersten Gefühle zu offenbaren. »Wie geht es denn Zack? Heute morgen habe ich sein Flugzeug gesehen.«

»Er überprüft die Zäune. Wenn ich mir ansehe, wie er herumläuft und Tag und Nacht grinst wie ein Honigkuchenpferd, dann gehe ich davon aus, daß er glücklich und zufrieden ist. Er und Shelly beten dieses Baby geradezu an.« Wie alle anderen auch, dachte Ben. Er wollte ihr gegenüber aber nicht zugeben, daß auch er ganz vernarrt in seine kleine Nichte war.

»Sie ist ja auch ein goldiges Dingelchen. Aber es fällt mir

immer noch schwer zu glauben, daß Zack McKinnon ein treusorgender Familienvater geworden ist.«

»Shelly weiß, wie sie ihn an die Kandare nehmen muß.« Und wiederum konnte er sich eine Stichelei nicht verkneifen: »Willst du mir weismachen, daß du immer noch für meinen kleinen Bruder schwärmst, Will?«

Belustigt verlagerte sie ihre Position im Sattel und setzte ein süßes Lächeln auf. Während ihrer Teenagerjahre hatte es einmal eine kurze Zeit gegeben, in der sie und Zack sich gegenseitig angeschmachtet hatten. »Jedesmal, wenn ich an ihn denke, bekomme ich Herzklopfen. Eine Frau, die einmal von Zack McKinnon geküßt wurde, ist für jeden anderen Mann verloren.«

»Schätzchen ...« Er langte zu ihr hinüber und zog sie am Zopf. »Das kommt nur, weil ich dich noch nie geküßt habe.«

»Eher würde ich ein Stinktier küssen!«

Lachend lenkte er sein Pferd an ihre Seite, bis sich ihre Knie berührten. »Zack wäre der erste, der dir bestätigt, daß er alle Tricks von mir gelernt hat.«

»Mag sein. Aber ich denke, ich kann ganz gut ohne beide McKinnon-Jungs auskommen.« Sie zuckte die Achseln und drehte leicht den Kopf zur Seite. »Rauch.« Erleichtert nahm sie die Anzeichen anderer Menschen und das nahe Ende ihres Rittes mit Ben zur Kenntnis. »Meine Leute sind vermutlich in der Hütte. Essenszeit.«

Jede andere Frau, grübelte Ben, hätte er jetzt in die Arme schließen und bis zur Besinnungslosigkeit küssen können. Da es sich aber um Willa handelte, lehnte er sich nur im Sattel zurück und behielt seine Hände bei sich.

»Ich könnte auch was zu futtern vertragen. Ich will die Herde zusammentreiben und ins Tal bringen. Wir bekommen noch mehr Schnee.«

Willa gab einen undefinierbaren Laut von sich. Auch sie konnte den Schnee schon riechen. Aber da lag noch etwas anderes in der Luft. Hatte sie noch das Blut des Bären in der Nase? Aber der Geruch wurde intensiver und eindeutiger.

»Es riecht nach Tod«, murmelte sie.

»Wie bitte?«

»Es riecht nach Tod.« Sie richtete sich im Sattel auf und suchte mit den Augen die Hügel und Baumgruppen ab. Alles war ruhig; nichts rührte sich. »Riechst du es denn nicht?«

»Nein.« Aber er zweifelte nicht daran, daß sie recht hatte, und folgte ihr, als sie ihr Pferd wendete. Charlie, der die Witterung bereits aufgenommen hatte, lief hechelnd voraus. »Da spricht die Indianerin aus dir. Einer der Jungs hat sich vermutlich was zum Abendbrot geschossen.«

Das ergab einen Sinn. Die Cowboys hatten sich zwar Proviant mitgenommen, und in der Hütte lagerte stets ein Vorrat an Lebensmitteln, doch frischem Wildbret konnte kaum einer der Männer widerstehen. Trotzdem spürte Willa, wie sich ihr Magen zusammenzog und ein kalter Schauer über ihren Rücken lief.

Über ihr ertönte der wilde Schrei eines Adlers, auf den das durchdringende Echo folgte, danach herrschte wieder Stille. Sonnenstrahlen glitzerten auf dem Schnee und blendeten die beiden Reiter. Willa verließ den ausgetretenen Pfad und ritt vorsichtig über den unebenen Boden.

»Wir haben nicht viel Zeit für Umwege«, mahnte Ben.

»Dann beeil dich!“

Fluchend vergewisserte er sich, daß sein Gewehr in Reichweite war. Auch hier gab es Bären. Und Pumas. Ben dachte an das Lager, das kaum zehn Minuten entfernt lag, und an den heißen Kaffee, der auf dem Herd brodelte.

Dann sah er die Bescherung. Seine Nase mochte zwar nicht so fein sein wie die Willas, dafür sahen seine Augen um so schärfer. Große Blutlachen färbten den Schnee rot, und auch die umliegenden Felsen wiesen Spritzer auf. Das schwarze Fell des Ochsen war ebenfalls von Blut verklebt. Der Hund umkreiste bellend das zerfleischte Tier und rannte dann zu den Pferden zurück.

»Verdammter Mist!« Ben stieg bereits ab. »Mein Gott, ist der übel zugerichtet.«

»Wölfe?« Nicht der Marktwert des Tieres, das sie verloren hatte, bedrückte Willa, sondern die sinnlose Zerstörung von Leben, die Grausamkeit, die damit verbunden war.

Ben war schon im Begriff, ihr zuzustimmen, doch dann

wußte er, daß das nicht stimmen konnte. Ein Wolf tötete seine Beute nicht und ließ sie dann liegen. Ein Wolf pflegte sein Opfer auch nicht derart in Fetzen zu reißen. So verhielt sich nur ein einziges Raubtier.

»Ein Mensch.«

Willa atmete tief ein, als sie näher kam und den Kadaver in Augenschein nahm. Dem Tier war die Kehle durchgeschnitten worden, danach hatte man es regelrecht ausgeweidet. Charlie preßte sich zitternd gegen ihre Beine. »Dieser Ochse wurde abgeschlachtet und verstümmelt.«

Als sie sich herunterbeugte, dachte sie an den von ihr erlegten Bären. Sie hatte keine andere Wahl gehabt, als ihn zu töten, und gemeinsam mit Ben hatte sie ihn sachkundig und geschickt abgehäutet. Aber dies hier erschien ihr wild, grausam und ohne erkennbaren Sinn.

»Fast noch in Sichtweite der Hütte«, bemerkte sie. »Das Blut ist gefroren, die Tat liegt also vermutlich schon Stunden zurück.«

»Es ist eins von deinen Tieren«, stellte Ben fest, nachdem er das Brandzeichen untersucht hatte.

»Das tut nichts zur Sache.« Trotzdem merkte sie sich die Nummer auf der gelben Markierung am Ohr. Der Tod des Tieres würde registriert werden. Sie erhob sich und sah zu der Hütte hinüber, von der Rauch aufstieg. »Warum ist das geschehen? Hast du schon einmal Vieh auf diese Weise verloren?«

»Nein.« Er trat neben sie. »Du?«

»Das ist das erste Mal. Ich kann nicht glauben, daß einer meiner Männer zu so etwas fähig ist.« Sie rang nach Luft. »Oder einer von deinen Leuten. Es muß sich noch jemand hier oben aufhalten.«

»Möglich.« Stirnrunzelnd blickte Ben zu Boden. Sie standen Schulter an Schulter nebeneinander; der Kadaver zu ihren Füßen knüpfte ein unsichtbares Band zwischen ihnen. Willa wich nicht zurück, als er ihr über das Haar strich und ihr freundschaftlich eine Hand auf den Arm legte. »Es hat zwar in der Zwischenzeit geschneit, und der Boden ist auch ziemlich zertrampelt, aber mir scheint, da führt eine Spur nordwärts. Ich nehme ein paar Männer mit und folge ihr.«

»Es war mein Rind.«

Er sah ihr in die Augen. »Das tut nichts zur Sache«, wiederholte er ihre Worte. »Wir haben beide Herden hier oben stehen, die ins Tal getrieben werden müssen, und wir müssen den Vorfall melden. Übernimmst du das bitte, auf dich kann ich mich in dieser Hinsicht verlassen.«

Sie öffnete schon den Mund, um zu protestieren, dann besann sie sich. Er hatte recht, zum Fährtensuchen war sie denkbar ungeeignet, aber sie konnte durchaus das Zusammentreiben der Rinder organisieren. Mit einem zustimmenden Nicken trat sie zu ihrem Pferd. »Ich werde mit meinen Leuten sprechen.«

»Will.« Er berührte ihre Hand, bevor sie aufsitzen konnte. »Paß auf dich auf!«

Sie schwang sich in den Sattel. »Es sind meine Männer«, entgegnete sie und ritt los, in Richtung der Hütte.

Als sie die Hütte betrat, bereiteten die Männer gerade das Essen zu. Pickles stand an dem kleinen Herd, die stämmigen Beine gespreizt, und sein beachtlicher Bierbauch ließ seine riesige Gürtelschnalle kaum sehen. Er war knapp über vierzig und schon ziemlich kahl, ließ sich aber zum Ausgleich für den Verlust des Haupthaares einen üppigen rötlichen Schnauzbart stehen, der von Jahr zu Jahr länger wurde. Seinen Spitznamen verdankte er seiner Vorliebe für Mixed Pickles, und sein sauertöpfisches Wesen paßte dazu.

Als er Willa bemerkte, knurrte er eine Begrüßung und widmete sich wieder dem Schinken, den er gerade briet.

Jim Brewster hatte seine Füße, die in Stiefeln steckten, auf den Tisch gelegt und sog genüßlich am Stummel seiner Marlboro. Er war in den Dreißigern und sah blendend aus. Wenn er lachte, zeigten sich zwei Grübchen in seinen Mundwinkeln, und sein dunkles Haar fiel ihm bis auf den Hemdkragen. Er strahlte Willa an und zwinkerte ihr fröhlich zu, wobei seine blauen Augen glitzerten.

»Wir haben einen Gast, Pickles.«

Pickles grunzte mürrisch, rülpste und wendete den Schinken. »Das hier reicht ja kaum für uns beide, also beweg deinen faulen Hintern und mach 'ne Dose Bohnen auf.«

»Es gibt Schnee.« Willa hängte ihre Jacke auf einen Haken und ging zum Funkgerät hinüber.

»Dauert noch mindestens 'ne Woche.«

Sie wandte den Kopf und sah Pickles in die düster blickenden braunen Augen. »Da bin ich anderer Meinung. Wir fangen noch heute damit an, das Vieh zusammenzutreiben.« Sie wartete auf seine Antwort, ohne seinem Blick auszuweichen. Pickles haßte es, Befehle von einer Frau entgegennehmen zu müssen, und sie beide wußten es.

»Es sind deine Rinder«, brummte er schließlich und legte den Schinken auf eine Platte.

»Ganz recht. Und eines davon ist eine Viertelmeile östlich von hier brutal abgeschlachtet worden.«

»Was?« Jim, der Pickles gerade eine geöffnete Dose Bohnen reichen wollte, hielt mitten in der Bewegung inne. »Ein Puma?«

»Nein, es sei denn, die Raubkatzen tragen heutzutage Messer bei sich. Jemand hat einem Ochsen die Kehle durchgeschnitten, ihn in seine Einzelteile zerlegt und dann liegengelassen.«

»Blödsinn.« Pickles trat einen Schritt vor. Seine Augen wurden zu schmalen Schlitzen. »Das ist doch Quatsch, Will. Die Pumas haben schon mehrere Tiere erwischt. Gestern erst haben Jim und ich die Fährte von einem von ihnen entdeckt. Er muß einen Kreis geschlagen und sich noch ein Rind geholt haben, das ist alles.«

»Ich kann sehr wohl zwischen Spuren von Klauen und Messerwunden unterscheiden.« Willa neigte den Kopf. »Überzeug dich doch selbst. Genau Richtung Osten, ungefähr eine Viertelmeile.«

»Und ob ich das tue!« Pickles griff nach seinem Mantel, wobei er etwas Abfälliges über Frauen in seinen Bart brummte.

»Bist du sicher, daß es keine Raubkatze gewesen ist?« fragte Jim, nachdem die Tür hinter Pickles zugefallen war.

»Ganz sicher. Gib mir bitte einen Kaffee, Jim. Ich will die Ranch anfunken und Ham Bescheid geben, daß wir auf dem Weg nach unten sind.«

»McKinnons Leute sind auch hier oben, aber …«

»Nein.« Kopfschüttelnd zog sich Willa einen Stuhl heran. »Kein Cowboy, den ich kenne, würde so etwas tun.«

Sie nahm Kontakt mit der Ranch auf und wartete, bis sie klaren Empfang hatte. Der Kaffee und das prasselnde Feuer vertrieben die schlimmste Kälte, während sie ihre Anordnungen hinsichtlich des Viehabtriebs durchgab. Sie war bei der zweiten Tasse angelangt, als sie die Information über den getöteten Ochsen schließlich zur McKinnon-Ranch weiterleitete.

Pickles stürmte türenknallend wieder in die Hütte. »So ein gottverdammter Scheißkerl!«

Willa akzeptierte dies als die einzige Entschuldigung, die sie von ihm zu hören bekommen würde, ging zum Herd und füllte sich einen Teller mit Essen. »Ich bin mit Ben McKinnon unterwegs gewesen. Er verfolgt eine mögliche Spur, deswegen werden wir dabei helfen, seine Herde zusammen mit unserer zum Tal zu treiben. Hat einer von euch in den letzten Tagen Fremde hier in der Gegend gesehen? Camper, Jäger oder einen dieser Idioten aus dem Osten?«

»Als wir gestern der Pumafährte nachgeritten sind, haben wir einen Lagerplatz entdeckt.« Jim setzte sich und widmete sich seiner Mahlzeit. »Aber die Asche war schon ganz kalt, die Typen müssen vor zwei oder drei Tagen da gecampt haben.«

»Die Schweine haben überall ihre Bierdosen hinterlassen.« Pickles aß im Stehen. »Als wären sie zu Hause im eigenen Garten. Erschießen sollte man sie!«

»Bist du denn sicher, daß das Rind nicht erschossen worden ist?« Jim blickte Pickles beifallheischend an; ein Blick, den Willa ihm übelnahm. »Du weißt ja, wie diese Stadtburschen sind – schießen auf alles, was sich bewegt.«

»Der is' nicht erschossen worden. War kein Tourist, der das gemacht hat.« Pickles schaufelte sich Bohnen in den Mund. »Teenager waren das. Durchgeknallte, mit Drogen vollgepumpte Teenager, sonst keiner.«

»Kann sein. Falls es so ist, wird Ben sie schon finden.« Doch Willa glaubte nicht an diese Theorie. Um eine derartige Wut aufzustauen, brauchte es Jahre.

Jim stocherte in den lauwarmen Bohnen herum. »Wir, äh, wir haben schon gehört, wie die Dinge stehen.« Er räusperte sich verlegen. »Wir hatten gestern abend Funkkontakt mit der Ranch, und Ham, der dachte, er sollte … na, du weißt schon, er dachte, er sollte uns sagen, was los ist.«

Willa schob ihren Teller beiseite und stand auf. »Ich will euch jetzt mal etwas sagen.« Ihre Stimme klang betont ruhig und gelassen. »Auf der Mercy Ranch geht alles seinen gewohnten Gang. Der alte Herr ist tot und begraben, und ich nehme nun seinen Platz ein. Also bekommt ihr in Zukunft eure Anweisungen von mir.«

Jim wechselte einen verstohlenen Blick mit Pickles, dann kratzte er sich die Wange. »Ich wollt' ja gar nichts dagegen sagen, Will. Wir haben uns halt nur gefragt, wie du die anderen beiden – deine Schwestern – auf der Ranch halten willst.«

»Auch die bekommen ihre Anweisungen von mir.« Sie riß ihre Jacke vom Haken. »Wenn ihr aufgegessen habt, dann sattelt eure Pferde.«

»Dämliches Weibervolk«, knurrte Pickles, sowie sich die Tür hinter Willa geschlossen hatte. »Alles herrschsüchtige Hexen, ohne Ausnahme.«

»Du verstehst eben nichts von Frauen.« Jim langte nach seiner dicken Jacke. »Und die hier ist jetzt der Boß.«

»Fragt sich nur, wie lange.«

»Im Moment hat sie das Sagen.« Jim schlüpfte in die Jacke und streifte seine Handschuhe über. »Und wir leben nun einmal heute.«

Kapitel 4

Für eine Audienz bei ihrer Mutter – Tess pflegte Besuche bei Louella stets als ›Audienzen‹ zu bezeichnen – wappnete sie sich für gewöhnlich mit einer Dosis extrastarker Tabletten.

Sie wußte, daß sich unweigerlich heftige Kopfschmerzen einstellen würden, also warum sollte sie sich unnötig quälen?

Tess hatte für ihren Besuch den späten Vormittag gewählt, da sie Louellas Gewohnheiten kannte und wußte, daß dies die einzige Tageszeit war, zu der sie ihre Mutter in deren Apartment in Bel Air antreffen würde. Gegen Mittag ging Louella meistens aus, ließ sich das Haar legen, gönnte sich eine Maniküre oder einen Besuch im Kosmetikstudio oder unternahm einen ausgedehnten Einkaufsbummel.

Gegen vier Uhr fand man sie dann in ihrem Club, *Louella's,* wo sie mit den Bardamen scherzte oder die Kellnerinnen mit Anekdoten aus ihrer Zeit als Las-Vegas-Showgirl unterhielt.

Tess ließ sich so selten wie möglich bei *Louella's* blicken, obwohl sie sich in der Wohnung ihrer Mutter auch nicht viel wohler fühlte. Das im spanischen Stil errichtete Häuschen war von einem herrlichen Garten umgeben, und mit etwas Geschmack hätte man daraus ein wahres Schmuckstück machen können. Aber unter Louellas Händen hätte sich sogar der Buckingham-Palast in eine mit Kitsch überladene Höhle verwandelt, wie Tess mehr als einmal sarkastisch bemerkt hatte.

Als sie um Punkt elf in Bel Air eintraf, bemühte sie sich krampfhaft, die Scheußlichkeiten zu ignorieren, die Louella fröhlich als ›Vorgartenkunst‹ bezeichnete. Kreuz und quer über den Rasen verstreut standen ein dümmlich grinsender Gipszwerg, ein Betonsockel, auf dem sich eine stahlblaue Erdkugel drehte, und ein steinerner Springbrunnen, in dem glotzäugige Goldfische träge vor sich hin dümpelten.

Überall wucherten Blumen in Hülle und Fülle und leuchteten in den herrlichsten Farben, allerdings ohne eine erkennbare Ordnung. Louella setzte jede Pflanze, die ihr gefiel, planlos in die Erde. Sie hatte sich zeit ihres Lebens von ihren Launen leiten lassen, grübelte Tess versonnen, während sie das Durcheinander betrachtete.

Inmitten von scharlachrotem und orangefarbenem Springkraut stand Louellas neueste Anschaffung: der kopflose Torso der Göttin Nike. Kopfschüttelnd zog Tess an der Klingel, woraufhin die ersten Töne von ›The Stripper‹ erklangen.

Louella selbst öffnete ihr die Tür und schloß ihre Tochter in die Arme. Diese versank in einem Meer von knisternder Seide, ein schweres Parfüm und der süßliche Geruch von billigen Kosmetika hüllte sie ein. Ohne vollständige Kriegsbemalung setzte Louella keinen Fuß vor ihre Schlafzimmertür.

Sie war eine hochgewachsene, üppig gebaute Frau mit endlos scheinenden Beinen, die auch im Laufe der Jahre nichts von ihrer Attraktivität eingebüßt hatte. Ihre ursprüngliche Haarfarbe gehörte längst der Vergessenheit an. Seit Jahren schon färbte sie sich ihre Mähne platinblond und trug sie hochtoupiert und mit Unmengen Haarspray fixiert.

Unter den dicken Schichten von Make-up und Puder verbarg sich ein ausdrucksvolles Gesicht mit hohen Wangenknochen und vollen, schön geschwungenen Lippen, die Louella stets glänzend rot zu schminken pflegte. Ihre mit gleichfarbigem Lidschatten betonten Augen leuchteten himmelblau, darüber wölbten sich gnadenlos zu dünnen Strichen ausgezupfte Augenbrauen.

Wie immer schwankte Tess beim Anblick ihrer Mutter zwischen Liebe und Gereiztheit. »Mom.« Sie küßte ihre Mutter leicht, als sie die Umarmung erwiderte. Dann verdrehte sie ergeben die Augen, als die beiden kleinen Spitze, die Louella heiß und innig liebte, vor Freude über die unerwartete Gesellschaft ein ohrenbetäubendes Gekläff anstimmten.

»Du bist also glücklich aus dem Wilden Westen heimgekehrt.« Louellas texanischer Akzent erinnerte an das Summen von Banjosaiten. Sie küßte Tess auf die Wange und entfernte dann die Lippenstiftspuren mit einem angefeuchteten Finger. »Na, dann erzähl mal. Ich hoffe, der alte Bastard ist in angemessenem Stil unter die Erde gebracht worden.«

»Es war sehr … sehr interessant.«

»Jede Wette. Jetzt laß uns Kaffee trinken, Schätzchen. Carmine hat heute seinen freien Tag, also müssen wir uns selber helfen.«

»Ich mach' das schon.« Tess nahm es gern in Kauf, den

Kaffee selbst aufzubrühen, wenn ihr dadurch eine Begegnung mit dem machohaften Diener ihrer Mutter erspart blieb. Sie wollte erst gar nicht darüber nachdenken, welche Dienste der Mann Louella sonst wohl noch leistete.

Sie durchquerte den in Scharlachrot und Gold gehaltenen Wohnraum und betrat die schneeweiß geflieste Küche. Wie üblich blitzte alles vor Sauberkeit. Was auch immer Carmine während seiner Dienstzeit treiben mochte, er war so ordentlich wie eine Nonne.

»Irgendwo muß auch noch Kuchen sein. Ich hab' einen Mordshunger.« Louella begann, in den Schränken herumzukramen. In Minutenschnelle regierte das Chaos.

Tess verbiß sich ein Grinsen. Das Chaos folgte ihrer Mutter so selbstverständlich wie Mimi und Maurice, die beiden kläffenden Spitze.

»Hast du deine Verwandten kennengelernt?«

»Wenn du meine Halbschwestern meinst, ja, ich habe sie getroffen.« Mißtrauisch betrachtete Tess den Schokoladenkuchen, den ihre Mutter zutage gefördert hatte und den sie gerade mit einem Steakmesser in große Stücke zerteilte. Was da auf eine mit Rosen verzierte Platte geschaufelt wurde, mußte den Gegenwert von ungefähr einer Million Kalorien haben.

»Wie sind sie denn so? Nun laß dir doch nicht die Würmer aus der Nase ziehen.« Louella schnitt ein großzügiges Stück für ihre Hunde ab, legte es auf einen Porzellanteller und stellte ihn dann auf den Boden. Die Spitze machten sich sofort darüber her, wobei sie sich gegenseitig drohend anknurrten.

»Die Tochter von Ehefrau Nummer zwei ist ziemlich still und nervös.«

»Ach ja, das ist die, deren geschiedener Mann so gern seine Fäuste gebraucht.« Louella schnalzte mitfühlend mit der Zunge und schob ihre ausladenden Hüften auf einen Stuhl. »Armes Ding. Eines meiner Mädchen hatte die gleichen Probleme. Ihr Kerl hat sie bei jeder Gelegenheit grün und blau geschlagen. Wir haben sie schließlich in einem Frauenhaus untergebracht. Inzwischen lebt sie in Seattle. Schickt mir ab und zu 'ne Karte.«

Tess murmelte etwas vor sich hin. Zu den ›Mädels‹ ihrer

Mutter zählte so ziemlich jede Frau, die für sie arbeitete, von den Kellnerinnen über Bardamen und Stripperinnen bis hin zu den Küchenhilfen. Louella schloß sie alle in ihr großes Herz, lieh ihnen, wenn nötig, Geld und verteilte gute Ratschläge. In Tess' Augen war *Louella's* gleichermaßen ein Nachtclub wie ein Asyl für Oben-ohne-Tänzerinnen.

»Und die andere?« fragte ihre Mutter, als sie ihr Stück Kuchen in Angriff nahm. »Die Kleine mit dem Indianerblut.«

»Die? Das ist ein weiblicher Cowboy. Zäh wie Leder, stolziert ständig in dreckigen Stiefeln durch die Gegend. Ich kann mir gut vorstellen, wie sie hoch zu Roß Rinder zusammentreibt.« Bei dem Gedanken mußte Tess schmunzeln. Sie goß ihnen beiden Kaffee ein. »Sie hat sich nicht die Mühe gemacht, ihre Abneigung Lily und mir gegenüber zu verbergen. Sie will keine von uns beiden auf der Ranch haben.« Achselzuckend nahm sie Platz und begann, in ihrem Kuchen herumzustochern. »Außerdem hat sie noch einen Halbbruder.«

»Ja, ich weiß. Ich kannte Mary Wolfchild – zumindest vom Sehen. Eine bildhübsche Frau, und ihr kleiner Junge hatte ein richtiges Engelsgesicht.«

»Inzwischen ist er erwachsen, aber er sieht immer noch göttlich aus. Er lebt auch auf der Ranch, kümmert sich um die Pferde oder so.«

»Sein Vater war ein Cowboy, wenn ich mich recht entsinne.« Louella langte in die Tasche ihres Kaftans und holte eine Packung Virginia Slims hervor. »Was macht denn Bess?« Lachend stieß sie den Rauch aus. »Himmel, war das eine Frau! Mußte in ihrer Gegenwart auf meine Ausdrucksweise achten, das kann ich dir sagen. Trotzdem hab' ich sie bewundert – sie hielt das Haus tipptopp in Ordnung und ließ sich von Jack nichts bieten.«

»Soweit ich das beurteilen kann, hat sich daran nichts geändert.«

»Ein tolles Haus. Und eine tolle Ranch.« Louellas rotgeschminkte Lippen verzogen sich bei der Erinnerung leicht. »Auch das Land hatte einen gewissen Reiz, obwohl ich nicht gerade traurig bin, daß ich nur einen Winter dort verbracht habe. Man ist ja fast im Schnee erstickt.«

»Mom, warum hast du ihn eigentlich geheiratet?« Als Louella eine Augenbraue hob, rutschte Tess unbehaglich auf ihrem Stuhl hin und her. »Ich weiß, daß ich dich nie danach gefragt habe, aber jetzt möchte ich es gerne wissen.«

»Das ist eine einfache Frage, auf die es eine einfache Antwort gibt.« Louella gab reichlich Zucker in ihren Kaffee. »Der Mann hatte einen ungeheuren Sex-Appeal. Allein wie er dich ansah, als könne er dir mitten ins Herz blicken. Und wie er den Kopf zur Seite legte und lächelte, so siegessicher. Er wußte genau, daß ihm keiner widerstehen konnte.«

Sie erinnerte sich glasklar an alle Einzelheiten. Der Geruch nach Schweiß und Whiskey, die Lichter, die vor ihren Augen tanzten. Jack Mercy, der in den Nachtclub geschlendert kam, als sie gerade mit wenig mehr als ein paar Federn und einem zwanzig Pfund schweren Kopfputz bekleidet auf der Bühne stand.

Er hatte eine dicke Zigarre geraucht und sie nicht aus den Augen gelassen. Aus irgendeinem unerklärlichen Grund war sie sicher gewesen, daß er nach der letzten Vorstellung auf sie warten würde. Und sie war mit ihm gegangen, ohne einen Gedanken an mögliche Folgen zu verschwenden, war mit ihm von Casino zu Casino gezogen, hatte getrunken, gespielt, gelacht und seinen Stetson auf dem Kopf getragen.

Achtundvierzig Stunden später stand sie dann mit ihm in einer der unzähligen kleinen Kapellen, wo die Musik vom Band kam und die mit Plastikblumen geschmückt waren, und er steckte ihr einen goldenen Ring an den Finger.

Daß sie diesen Ring noch nicht einmal zwei Jahre getragen hatte, war für keinen weiter verwunderlich gewesen.

»Es mußte so kommen, wir kannten uns ja kaum. Alles war nur ein kurzer Rausch.« Mit philosophischer Gelassenheit drückte Louella ihre Zigarette auf dem leeren Teller aus. »Ich war für das Leben auf einer Ranch in Montana einfach nicht geschaffen. Vielleicht hätte ich mich daran gewöhnen können, wer weiß. Ich habe ihn geliebt.«

Tess schluckte schnell einen Bissen herunter, bevor er ihr im Halse steckenblieb. »Du hast ihn geliebt?«

»Zumindest eine Weile lang.« Louella zuckte die Achseln.

»Keine Frau konnte Jack auf Dauer lieben, es sei denn, ihr fehlten ein paar Gehirnzellen. Aber eine Zeitlang habe ich ihn wirklich geliebt. Und ich bekam dich und hundert Riesen Abfindung. Wenn Jack Mercy in jener Nacht nicht zur Tür hereingekommen wäre und ein Auge auf mich geworfen hätte, dann hätte ich heute weder meine Tochter noch meinen Club. Also muß ich ihm dankbar sein.«

»Was verdankst du schon einem Mann, der dich und seine eigene Tochter aus seinem Leben gestrichen hat? Der dich mit lumpigen hunderttausend Dollar abspeisen ließ?«

»Mit hundert Riesen kam man vor dreißig Jahren erheblich weiter als heutzutage.« Louella hatte sich zu einer guten Mutter und zu einer guten Geschäftsfrau gemausert, und sie war stolz darauf. »Ich finde, ich bin ganz gut dabei gefahren.«

»Die Mercy Ranch ist zwanzig Millionen wert. Meinst du immer noch, du hättest ein gutes Geschäft gemacht?«

Louella schürzte die Lippen. »Die Ranch gehörte ihm, Herzchen. Ich war dort nur eine Weile zu Gast.«

»Lange genug, um ein Baby und einen Tritt in den Hintern zu bekommen.«

»Ich wollte das Kind.«

»Mom.« Bei Louellas Worten verrauchte Tess' Ärger, doch die Ungerechtigkeit hinterließ einen Stachel in ihrem Herzen. »Dir stand viel mehr zu. Und mir auch.«

»Vielleicht, vielleicht auch nicht. Aber so haben wir uns damals arrangiert.« Louella zündete sich die nächste Zigarette an und beschloß, ihren Besuch im Schönheitssalon zu verschieben. Es gab wichtigere Dinge auf der Welt, dachte sie. »Die Zeit vergeht. Jack hat insgesamt drei Töchter, und jetzt ist er tot. Verrätst du mir endlich mal, was er dir hinterlassen hat?«

»Ein Problem.« Tess nahm ihrer Mutter die Zigarette aus der Hand und nahm einen hastigen Zug. Rauchen war eine Angewohnheit, die sie nicht schätzte – welcher vernünftige Mensch tat das schon? Also entweder der Glimmstengel oder jede Menge Kalorien, die noch auf ihrem Teller lauerten. »Ich bekomme ein Drittel von der Ranch.«

»Ein Drittel von der – ach du meine Güte! Tess, Schätzchen, das ist ja ein Vermögen!« Trotz ihrer Statur konnte sie sich dank ihrer Ausbildung als Tänzerin überraschend schnell bewegen. Sie glitt um den Tisch herum und drückte ihre Tochter begeistert an sich. »Und wir sitzen hier und trinken Kaffee! Champagner muß her. Carmine hat noch welchen versteckt.«

»Warte, Mom, warte.« Als Louella die Kühlschranktür aufriß, zupfte Tess sie am Kaftan. »So einfach ist das nicht.«

»Meine Tochter, die Millionärin! Die Rinderbaronin!« Louella entkorkte die Flasche, so daß der Champagner nur so spritzte. »Ich fasse es nicht!«

»Ich muß ein Jahr lang dort leben.« Tess hielt den Atem an, als Louella achtlos die Flasche an den Mund setzte und den überquellenden Schaum abtrank. »Wir müssen alle drei ein Jahr lang zusammen auf der Ranch leben, oder wir schauen alle in die Röhre.«

Louella leckte sich Champagner von den Lippen. »Du mußt ein Jahr lang in Montana leben? Auf der Ranch?« Ihre Stimme überschlug sich fast. »Unter Rindern? Du, unter Rindern?«

»So lautet die Bedingung. Ich und die beiden anderen. Gemeinsam.«

In einer Hand noch immer die Flasche haltend, stützte sich Louella mit der anderen auf der Ablage ab und begann zu lachen. Sie lachte so heftig, daß ihr die Tränen in die Augen traten und über die Wangen rollten. Eine Spur, bestehend aus Mascara und Puder, blieb zurück.

»Herrgott noch mal, der Mann hat es schon immer geschafft, mich zum Lachen zu bringen.«

»Ich freue mich, daß ich zu deiner Belustigung beitragen konnte.« Tess' Stimme klang frostig. »Du kannst ja gelegentlich an mich denken, wenn ich am Ende der Welt versauere, wo sich Fuchs und Hase gute Nacht sagen.«

Louella goß schwungvoll Champagner in die Kaffeetassen. »Schätzchen, du kannst ihm jederzeit eine lange Nase zeigen. Bleib einfach hier.«

»Ich soll ein paar Millionen Dollar aufgeben? Nie im Leben!«

»Nein.« Ernüchtert musterte Louella ihre Tochter, dieses geheimnisvolle Wesen, dem sie das Leben geschenkt hatte. So hübsch, dachte sie, so beherrscht und so selbstsicher. »Nein, das würdest du nicht tun, dafür bist du viel zu sehr die Tochter deines Vaters. Du wirst das Jahr schon überstehen, Tess.«

Vielleicht würde ihre Tochter in dieser Zeit ja noch mehr gewinnen als ein Drittel Anteil an einer Ranch. Würde dieses Jahr die rauhen Kanten glätten oder noch schärfen?

Sie hob beide Tassen und reichte eine an Tess weiter. »Wann geht es denn los?«

»Morgen früh.« Tess seufzte. »Ich werde mir wohl oder übel ein Paar Stiefel anschaffen müssen«, brummte sie. Dann prostete sie ihrer Mutter lächelnd zu. »Ach, was soll's. Es ist ja nur für ein Jahr.«

Während Tess sich in der Küche ihrer Mutter mit Champagner stärkte, stand Lily am Zaun einer Weide und sah den grasenden Pferden zu. Noch nie hatte sie etwas Schöneres gesehen als die im Wind flatternden Mähnen der Tiere und im Hintergrund der Weide das aufragende Bergmassiv.

Zum ersten Mal seit Monaten hatte sie die Nacht durchgeschlafen, ohne Tabletten und ohne Alpträume. Allein die Stille hier beruhigte sie.

Auch jetzt war alles still. Aus der Ferne klang das Dröhnen von Maschinen herüber. Sie hatte gehört, wie Willa sich mit einem ihrer Männer heute morgen über die Ernte unterhalten hatte, doch sie wollte vermeiden, im Weg zu sein. Lieber blieb sie mit den Pferden allein, wo sie niemanden störte und belästigte.

Seit drei Tagen war sie sich selbst überlassen. Niemand sagte etwas, wenn sie durch das Haus streifte oder die Ranch erkundete. Die Männer tippten grüßend an den Hut, wenn sie vorbeikam. Sie war überzeugt, daß hinter ihrem Rücken Kommentare gemacht wurden, doch das störte sie wenig.

Die Luft roch frisch und klar, und wo sie auch hinschaute, entdeckte sie die Schönheiten der Natur – einen Bach, der gurgelnd über Felsgestein floß, einen Vogel im Wald, Wild, das zur Tränke kam. Ein Jahr hier leben zu dürfen erschien ihr wie die Verheißung des Paradieses.

Adam blieb, mit einen Eimer in der Hand, einen Augenblick stehen und beobachtete sie. Er wußte, daß sie jeden Tag hierherkam; er hatte oft gesehen, wie sie das Haus verließ, an den Scheunen und Koppeln vorbeischlenderte und zu dieser Weide ging. Sie blieb immer am Zaun stehen und schaute den Pferden zu.

Und sie war immer allein.

Adam hatte ihr Zeit gelassen. Er ahnte, daß sie die Einsamkeit brauchte, damit ihre Wunden verheilen konnten. Doch nun war er der Meinung, daß ihr ein Freund vielleicht helfen konnte. Also ging er jetzt auf sie zu, wobei er darauf achtete, genügend Lärm zu machen, damit sie nicht erschrak. Als sie sich umdrehte, erschien ein Lächeln auf ihrem Gesicht, zögernd zwar, aber immerhin ein Lächeln.

»Es tut mir leid. Ich bin doch hoffentlich nicht im Weg?«

»Sie sind niemandem im Weg.«

Da sie sich inzwischen in seiner Gesellschaft relativ sicher fühlte, wandte sie sich wieder den Pferden zu. »Ich liebe es, die Tiere zu beobachten.«

»Sie können sie sich gleich einmal aus der Nähe ansehen.« Er brauchte den Futtereimer gar nicht, um die Pferde an den Zaun zu locken, sie folgten schon dem Klang seiner Stimme. Jetzt reichte er den Eimer an Lily weiter. »Schütteln Sie den mal.«

Lily tat, wie ihr geheißen, und stellte entzückt fest, daß sich einige Ohren aufstellten. Langsam trotteten die Pferde auf den Zaun zu. Und ohne zu überlegen, nahm Lily Körner in die Hand und fütterte damit eine hübsche Falbstute.

»Sie hatten früher schon mit Pferden zu tun, stimmt's?«

Bei Adams Worten zog Lily sofort die Hand zurück. »Entschuldigung, ich hätte selbstverständlich vorher fragen müssen.«

»Schon gut.« Er bedauerte, durch seine Bemerkung das Lächeln von ihrem Gesicht genommen zu haben, jenes warme Licht, das ihre Augen so wunderbar erhellte, deren Farbe irgendwo zwischen Grau und Blau lag. Wie das Wasser eines

Bergsees in der Sonne, dachte er fasziniert. »Na, komm mal her, Molly.«

Beim Klang ihres Namens tänzelte die Stute am Zaun entlang bis hin zum Tor. Adam ließ sie in den Korral und legte ihr Zaumzeug an.

Lily, die etwas von ihrer Selbstsicherheit zurückgewonnen hatte, wischte sich Futterkrümel von den Jeans und trat zögernd einen Schritt näher. »Sie heißt Molly?«

»Ja.« Er hielt den Blick absichtlich auf die Stute gerichtet, um Lily Gelegenheit zu geben, sich zu sammeln.

»Ein schönes Tier.«

»Sie ist ein gutes Reitpferd, freundlich und zutraulich. Ihr Gang ist ein bißchen rauh, aber sie gibt sich Mühe, stimmt's, mein Mädchen? Können Sie auf einem Westernsattel reiten, Lily?«

»Ich ... wie bitte?«

»Vermutlich haben Sie auf einem englischen gelernt.« Sachte legte Adam die Decke, die er mitgebracht hatte, über Mollys Rücken. »Nate hat englisches Sattelzeug, wenn Sie's mal probieren möchten. Wir können uns einen Sattel von ihm borgen.«

Ihre Hände verschränkten sich ineinander, wie immer, wenn sie nervös wurde. »Ich verstehe nicht ganz.«

»Sie möchten doch gerne einmal reiten, oder nicht?« Er legte Molly einen alten Sattel von Willa auf. »Ich dachte, wir machen einen kleinen Ausflug in die Berge, vielleicht sehen wir ein paar Elche.«

Lily war zwischen Vorfreude und Furcht hin- und hergerissen. »Ich bin seit – ach, ich weiß nicht mehr wieviel Jahren nicht mehr geritten.«

»Das verlernt man nicht.« Adam schätzte die Länge ihrer Beine und stellte die Steigbügel dementsprechend ein. »Wenn Sie sich erst einmal hier in der Gegend auskennen, dann können Sie auch alleine ausreiten.« Er drehte sich zu ihr um und bemerkte, daß sie sich ständig nach der Ranch umschaute, als wolle sie sich vergewissern, wieviel Entfernung zwischen ihr und dem Haus lag. »Sie brauchen keine Angst vor mir zu haben.«

Lily glaubte ihm. Das war es, wovor sie sich fürchtete – ihm zu vertrauen. Wie oft hatte sie Jesse geglaubt! Aber das war vorbei. All dies lag hinter ihr, und sie konnte ein neues Leben anfangen, wenn sie nur wollte.

»Ich würde gerne ein Stückchen reiten, wenn Sie sicher sind, daß niemand etwas dagegen hat.«

»Wer sollte denn etwas dagegen haben?« Er trat auf sie zu, blieb jedoch stehen, bevor sie wieder vor ihm zurückweichen würde. »Sie müssen sich wegen Willa keine Sorgen machen. Sie hat ein gutes Herz und ist ein sehr großzügiger Mensch. Im Moment hat sie nur furchtbaren Kummer.«

»Ich weiß, wie sehr sie aus dem Gleichgewicht geraten ist, und sie hat ja auch allen Grund dazu.« Lily konnte sich nicht länger zurückhalten, streckte eine Hand aus und streichelte Mollys weiche Nase. »Seit das mit dem armen Rind passiert ist, ist alles nur noch schlimmer geworden. Wer kann denn nur so etwas tun? Willa ist so aufgebracht. Und ständig beschäftigt. Sie hat immer etwas zu tun, und ich, nun ja, ich bin eben einfach nur da.«

»Hätten Sie denn gerne eine Beschäftigung?«

Das Pferd zwischen ihnen gab ihr Sicherheit, und so fiel ihr das Lächeln leicht. »Nicht, wenn es sich um das Kastrieren von Rindern handelt. Ich habe sie heute morgen brüllen hören.« Lily erschauerte, dann brachte sie ein zittriges Lächeln zustande. »Ich hab' mich aus dem Haus geschlichen, ehe mich Bess zwingen konnte, etwas zu essen. Ich fürchte, ich hätte es nicht lange bei mir behalten.«

»An derartige Dinge werden Sie sich gewöhnen müssen.«

»Ich glaube nicht, daß ich das kann.« Lily holte tief Luft. Ihr war gar nicht bewußt geworden, daß sie beide ihre Hände nebeneinander auf den Kopf der Stute gelegt hatten. »Für Willa ist das alles selbstverständlich. Sie ist ihrer selbst so sicher, weiß genau, was sie tut. Ich beneide sie darum. Mich betrachtet sie als lästigen Eindringling, deswegen habe ich auch noch nicht den Mut aufgebracht, mit ihr zu sprechen und sie zu fragen, ob ich ihr irgendwie helfen kann.«

»Sie brauchen keine Angst vor ihr zu haben.« Adam berührte leicht ihre Fingerspitzen und fuhr dann fort, die Stute zu streicheln, als sie rasch ihre Hand zurückzog. »Aber ich könnte Hilfe gebrauchen, bei den Pferden«, fügte er hinzu, da sie ihn verständnislos anstarrte.

»Sie wollen, daß ich Ihnen bei den Pferden helfe?«

»Es ist viel Arbeit, besonders wenn der Winter naht.« In dem Wissen, die Saat gesät zu haben, trat Adam einen Schritt zurück. »Denken Sie in Ruhe darüber nach.« Dann legte er beide Hände zusammen und lächelte sie an. »Ich gebe Ihnen Hilfestellung beim Aufsitzen. Sie können Molly im Korral ein bißchen bewegen und sich mit ihr anfreunden, während ich mein Pferd sattle.«

Lilys Kehle war wie zugeschnürt, so daß sie einmal hart schlucken mußte, um überhaupt ein Wort hervorzubringen. »Sie kennen mich doch überhaupt nicht.«

»Ich denke, auch wir beide werden uns noch anfreunden.« Geduldig blieb er stehen und hielt ihr die verschränkten Hände hin. »Sie müssen bloß Ihren Fuß hineinlegen, Lily, nicht Ihr Leben.«

Da sie sich mittlerweile wie eine Närrin vorkam, hielt sie sich ohne weiteren Protest am Sattelknauf fest und ließ sich von Adam aufs Pferd helfen. Dann blickte sie auf ihn hinunter, ihre Augen wirkten sehr ernst. »Adam, mein Leben ist ein komplettes Chaos.«

Er nickte nur, während er die Steigbügel festmachte.

»Dann werden Sie anfangen müssen, es wieder in Ordnung zu bringen.« Einen Moment lang ließ er seine Hand auf ihrem Knöchel ruhen, da er wollte, daß sie sich an seine Berührung gewöhnte. »Aber für heute reicht es, wenn Sie mit mir in die Berge reiten.«

Die kleine Schlampe gestattete diesem Halbblut doch tatsächlich, sie zu betatschen! Da dachte das Flittchen tatsächlich, sie könnte Jesse Cooke so einfach loswerden, glaubte, sie brauchte nur davonzulaufen, und er würde sie nicht finden. Sogar die Cops hatte sie ihm auf den Hals gehetzt. Auch dafür würde sie büßen.

Jesse beobachtete sie durch sein Fernglas, während eine rasende Wut in ihm hochstieg. Er fragte sich, ob es dem Indianerbastard schon gelungen war, Lily flachzulegen. Nun, auch dieser Hundesohn würde bezahlen. Lily war Jesse Cookes Frau, und er gedachte, sie in Kürze nachdrücklich daran zu erinnern. Das dumme kleine Luder hielt es wohl für einen sehr schlauen Schachzug, sich nach Montana abzusetzen. Aber der Tag, an dem es einer Frau gelang, Jesse Cooke auszutricksen, lag noch in weiter Ferne.

Er hatte gewußt, daß sie nichts unternehmen würde, ohne zuvor ihre liebe alte Mama zu informieren. Also mußte er in Sichtweite des hübschen Häuschens in Virginia Stellung beziehen und jeden Morgen die Post auf einen Brief von Lily hin untersuchen. Seine Ausdauer hatte sich ausgezahlt. Der Brief war eingetroffen, genau wie er es vorhergesagt hatte. Er hatte ihn mit in sein Motelzimmer genommen und dort über Wasserdampf geöffnet. O nein, Jesse Cookes Mutter hatte keinen Dummkopf großgezogen. Er hatte den Brief gelesen und so erfahren, wo sich Lily aufhielt und weshalb.

Das Luder stand im Begriff, eine Millionenerbschaft zu kassieren, dachte er bitter, und wollte den eigenen Ehemann nicht an dem Kuchen beteiligen. Aber er würde ihr eine Lektion erteilen, so wahr er Jesse Cooke hieß.

Unmittelbar nachdem er den Brief wieder verschlossen und in den Briefkasten zurückgelegt hatte, war er nach Montana aufgebrochen und dort zwei volle Tage vor seiner schwachsinnigen Frau angekommen. Dieser Vorsprung reichte einem so gewitzten Mann wie ihm allemal, um sich mit der Umgebung vertraut zu machen und sich einen Job auf Three Rocks zu verschaffen.

Einen elenden Scheißjob, dachte er nun. Er mußte die Maschinen und Fahrzeuge in Schuß halten. Nun, mit Motoren kannte er sich aus, und es gab immer einen Jeep, der eine gründliche Überholung benötigte. Wenn er nicht mit Reparaturarbeiten beschäftigt war, mußte er Tag und Nacht die verdammten Zäune überprüfen. Allerdings kam diese Aufgabe seinen Absichten durchaus entgegen, so auch jetzt. Ein Mann, der mit einem allradgetriebenen Geländefahrzeug unterwegs war, um die Zäune auf etwaige Beschädigungen hin zu untersuchen, konnte jederzeit einen kleinen Abstecher machen und sehen, was sonst noch so vor sich ging.

Und er sah so einiges.

Jesse rieb mit dem Zeigefinger über den Schnurrbart, den er sich hatte wachsen lassen und den er, genau wie sein Haar, mittelbraun gefärbt hatte. Eine reine Vorsichtsmaßnahme, dachte er, lediglich eine vorübergehende Tarnung für den Fall, daß Lily Einzelheiten über ihn ausgeplaudert hatte. Wenn dem so war, dann würde man nach einem glattrasierten blonden Mann Ausschau halten. Auch sein Haar ließ er wachsen und würde es auch weiterhin tun, obwohl er damit aussah wie eine verdammte Schwuchtel. Er bedauerte heftig, daß ihn die Umstände zwangen, auf seine gewohnte kurzgeschorene Frisur zu verzichten, die er seit seiner Zeit bei den Marines trug. Aber all diese Opfer würden sich am Ende lohnen, nämlich dann, wenn er Lily zurückbekommen und ihr ein für allemal eingebläut hatte, wer der Boß war. Und bis es soweit war, würde er in ihrer Nähe bleiben und ein Auge auf sie haben.

»Amüsier dich nur, du Miststück«, murmelte Jesse, als er durch das starke Fernglas beobachtete, wie Lily ihr Pferd an Adams Seite lenkte. »Du wirst für jede Minute bezahlen.«

Der Tag neigte sich bereits seinem Ende zu, als Willa endlich ins Haupthaus zurückkehrte. Rinder zu kastrieren und ihnen die Hörner zu kappen war eine unangenehme, schmutzige Arbeit und eine schweißtreibende dazu. Willa wußte nur zu gut, daß sie sich selbst unermüdlich antrieb, und ihr war auch klar, daß sich daran so schnell nichts ändern würde. Sie achtete darauf, sich überall und bei jeder Arbeit blikken zu lassen und immer selbst mit Hand anzulegen. Sogar unter besten Bedingungen brachte ein Führungswechsel innerhalb des Ranchbetriebs Probleme mit sich, und die Bedingungen, unter denen sie die Leitung der Mercy Ranch übernommen hatte, konnte man wahrlich nicht als günstig bezeichnen.

Deswegen war sie auch zur Stelle gewesen, als eine Elchherde einen Zaun niedertrampelte und ein verheerendes

Chaos anrichtete. Und deswegen hatte sie auch persönlich mitgeholfen, die Tiere zu verjagen und den Zaun zu reparieren.

Nun, da ihre Arbeit für heute erledigt war und ihre Männer sich in ihre Unterkünfte zurückgezogen hatten, sehnte sie sich nur noch nach einem Bad und einer warmen Mahlzeit. Sie war die Treppe bereits zur Hälfte hinaufgeeilt, um Wasser einzulassen, als es an der Tür klopfte. Da sie wußte, daß sich Bess in der Küche aufhielt, lief Willa wieder hinunter, um zu öffnen.

Sie begrüßte Ben mit einem finsteren Blick. »Was willst du denn hier?«

»Fürs erste wäre ich mit einem kalten Bier zufrieden.«

»Ich führe hier keine Kneipe.« Trotzdem trat sie zurück und ging ins Wohnzimmer, wo hinter der Bar eine Kühlbox stand. »Mach's kurz, Ben. Ich habe noch nichts gegessen.«

»Ich auch nicht.« Ben nahm die Flasche entgegen, die Willa ihm reichte. »Aber auf eine Einladung zum Dinner darf ich wohl nicht hoffen.«

»Mir ist nicht nach Gesellschaft zumute.«

»Dir ist nie nach Gesellschaft zumute.« Ben hob die Flasche und trank einen Schluck. »Ich hab' dich seit unserem Ausflug in die Berge nicht mehr zu Gesicht bekommen. Dachte, es interessiert dich, daß ich nichts Näheres herausgefunden habe, ich hab' die Fährte verloren. Wer auch immer da oben sein Unwesen getrieben hat, er hat es verstanden, seine Spuren zu verwischen.«

Willa nahm sich auch ein Bier und ließ sich, da ihre Füße höllisch schmerzten, neben Ben auf das Sofa fallen. »Pickles meint, es wären mit Drogen vollgepumpte Jugendliche gewesen.«

»Und du?«

»Ich halte das eher für unwahrscheinlich.« Sie zuckte die Achseln. »Obwohl es im Moment die einleuchtendste Lösung zu sein scheint.«

»Möglich. Es hat nicht viel Sinn, noch einmal hochzureiten, wir haben alle Herden im Tal. Ist deine Schwester schon aus L. A. zurück?«

Willa hörte auf, die Schultern zu rollen, um ihre verspannten Muskeln zu lockern, und blickte ihn stirnrunzelnd an. »Für meinen Geschmack interessierst du dich ein bißchen zu sehr für Mercy-Angelegenheiten, McKinnon.«

»Das ist ja jetzt ein Teil meines Jobs.« Er erinnerte sie gerne daran, und ebenso gerne betrachtete er sie. Einzelne Haarsträhnen hatten sich aus ihrem Zopf gelöst, und ihre Augen funkelten zornig. »Hast du von ihr gehört?«

»Sie kommt morgen wieder. Also, wenn es das war, was du wissen wolltest, dann kannst du ja …«

»Stellst du mich ihr vor?« Um sie zu ärgern, streckte er eine Hand aus und spielte mit ihrem Haar. »Wenn sie mir gefällt, beschäftige ich mich vielleicht näher mit ihr und halte sie dir vom Leibe.«

Willa stieß seine Hand beiseite. »Fallen dir eigentlich immer alle Frauen zu Füßen?«

»Alle außer dir, Herzchen. Aber nur, weil ich noch nicht herausgefunden habe, wo dein wunder Punkt ist.« Sachte fuhr er ihr mit der Fingerspitze über die Wange und bemerkte, daß sich ihre Augen gefährlich verengten. »Glaub mir, auch das kriege ich irgendwann heraus. Was ist mit der anderen?«

»Welcher anderen?« Willa wäre am liebsten ein Stück von ihm abgerückt, wollte ihm diese Genugtuung aber nicht gönnen.

»Mit deiner anderen Schwester.«

»Die muß hier irgendwo in der Nähe sein.«

Ben lächelte breit. »Ich mache dich nervös. Sieh mal einer an.«

»Dein Ego müßte mal wieder auf ein erträgliches Maß zurückgestutzt werden.« Sie wollte aufspringen, doch er hielt sie zurück, indem er ihr eine Hand fest auf die Schulter legte.

»So, so«, murmelte er, als er spürte, daß sie unter seiner Berührung zu zittern begann, »anscheinend habe ich mir nicht genug Mühe gegeben. Komm mal her.«

Willa konzentrierte sich darauf, ruhig und gleichmäßig weiterzuatmen. Ihre Hand schloß sich fester um die Bierflasche. Wie arrogant er aussieht, dachte sie. So überheblich, so sicher, daß ich dahinschmelze, wenn er nur den richtigen Knopf betätigt.

»Ich soll zu dir rüberkommen«, schnurrte sie und registrierte, daß sich seine Augen wegen des lockenden Tonfalls überrascht weiteten. »Was passiert denn, wenn ich es tue?«

Normalerweise wäre er hier mißtrauisch geworden – wenn er noch hätte klar denken können. Aber das Verlangen, das diese heisere Stimme in ihm auslöste, war stärker als jede Vernunft.

»Höchste Zeit, daß wir das herausfinden.« Er ergriff ihr Hemd und zog sie zu sich heran. Wenn sein Blick nicht von ihren Augen zu ihrem Mund gewandert wäre, hätte er die Gefahr kommen sehen. So aber fand er sich plötzlich auf Armeslänge von diesem Mund wieder, klatschnaß von dem Bier, das sie ihm über den Kopf geschüttet hatte.

»Du bist doch wirklich ein Esel, Ben.« Sehr zufrieden beugte Willa sich vor und stellte die leere Flasche auf den Tisch. »Ich habe mein ganzes Leben auf einer Ranch mitten unter einer Horde sexbesessener Männer verbracht. Glaubst du wirklich, ich würde ein derartiges Manöver nicht erkennen?«

Langsam fuhr er mit der Hand durch sein nasses Haar. »Eigentlich nicht. Andererseits …«

Er bewegte sich ungemein schnell. Als Willa sich hilflos unter ihm wand, konnte sie nur daran denken, daß sogar eine Schlange warnend zischte, ehe sie zustieß. Nun blieb ihr nur noch, ihre eigene Dummheit zu verfluchen, die sie in ihre augenblickliche mißliche Lage gebracht hatte.

»Damit hast du nicht gerechnet, wie?« Mit eisernem Griff umschloß er ihre Handgelenke. Ihr Gesicht war gerötet, was er allerdings nicht allein auf ihre Wut zurückführte. Nicht die Wut ließ sie am ganzen Körper zittern, und Wut verursachte auch nicht jenen Ausdruck heilloser Verwirrung in ihren Augen. »Hast du Angst, daß ich dich küsse, Willa? Fürchtest du, es könnte dir gefallen?«

Ihr Herz schlug so stark, daß sie fast meinte, es müsse ihr die Rippen zerbrechen, und ihre Lippen bebten, als ob sie nur auf seine Berührung warteten. »Wenn ich von dir geküßt werden will, dann lasse ich es dich wissen.«

Er lächelte nur und beugte sich näher zu ihrem Gesicht. »Dann sag mir doch, ich soll dich in Ruhe lassen. Na los, sag's schon.« Seine Stimme klang belegt, als er sanft an ihrem Kinn knabberte. »Sag mir, daß du nicht willst, daß ich dich küsse. Einmal nur.«

Sie brachte die Worte nicht über die Lippen. Es wäre ohnehin gelogen gewesen, was sie jedoch nicht weiter belastet hätte. Doch ihre Kehle war so trocken, daß sie einfach keinen Ton herausbekam. Also wählte sie eine andere Methode und stieß ihm blitzschnell mit aller Gewalt das Knie zwischen die Beine.

Befriedigt nahm sie zur Kenntnis, daß jegliche Farbe aus seinem Gesicht wich, ehe er über ihr zusammenbrach.

»Runter! Mach, daß du runterkommst, du verdammter Idiot! Ich kriege keine Luft mehr!« Keuchend bäumte Willa sich auf. Er stöhnte, und es gelang ihr, einmal tief Luft zu holen, dann riß sie heftig an seinen Haaren.

Aneinandergeklammert rollten sie von der Couch und fielen zu Boden. Ihr Ellbogen schlug hart gegen die Tischkante. Der Schmerz steigerte ihre Wut nur noch, so daß sie mit Zähnen und Händen über ihn herfiel.

Ben versuchte, sich zu verteidigen, so gut es ihm möglich war, doch sie gelüstete es offenbar nach seinem Blut, was sie dadurch bewies, daß sie ihn direkt unterhalb der Schulter kräftig in den Arm biß. Nach Luft ringend und fest davon überzeugt, daß sie beabsichtigte, ihn bei lebendigem Leib zu verspeisen, packte er ihr Kinn und drückte zu, bis sich ihr Biß lockerte.

Willa hatte gar nicht gemerkt, daß sie lauthals lachte, bis er sie fest auf den Boden drückte. Trotzdem konnte sie nicht aufhören zu lachen und japste hilflos nach Luft, während er böse auf sie herabstarrte.

»Findest du das komisch?« Er zwinkerte einmal und blies sich eine Haarsträhne aus dem Gesicht. Alles in allem mußte er wohl noch dankbar sein, daß sie ihn nicht skalpiert hatte. »Du hast mich gebissen.«

»Ich weiß.« Sie fuhr sich mit der Zunge über die Zähne. »Ich fürchte, ich habe ein Stück von deinem Hemd im Mund. Laß mich los, Ben.«

»Damit du noch einmal deine Zähne in meinen Arm schlagen oder meine empfindlichsten Körperteile verletzen kannst?« Da besagte Körperteile immer noch schmerzten – und das nicht zu knapp –, verdüsterte sich seine Miene wieder. »Du kämpfst wie ein Mädchen.«

»Na und? Es funktioniert.«

Seine Stimmung schlug erneut um. Der beunruhigende Wechsel von Zorn zu Verlangen lag fast greifbar im Raum, und ihm wurde bewußt, daß sich ihre Brüste gegen seinen Oberkörper preßten und er zwischen ihren gespreizten Beinen lag.

»Allerdings. Und daß du eine Frau bist, das macht die Sache nur noch spannender.«

Willa bemerkte, wie sich der Ausdruck in seinen Augen plötzlich änderte. Sie schwankte sofort zwischen Verlangen und Panik. »Nicht!« Sein Mund war nur noch einen Hauch von dem ihren entfernt, und ihr stockte wieder der Atem.

»Warum nicht? Ein Kuß tut niemandem weh.«

»Ich will aber nicht!«

Er hob lächelnd eine Augenbraue. »Du lügst.«

Bei diesen Worten erschauerte Willa unwillkürlich. »Stimmt.«

Gerade als sich ihre Lippen trafen, hörten sie die ersten gellenden Schreie.

Kapitel 5

Ben rollte rasch von ihr herunter und sprang auf die Füße. Diesmal wußte Willa, die hinter ihm herrannte, die Schnelligkeit seiner Bewegungen voll und ganz zu würdigen. Die Schreie hallten immer noch durch das Haus, als er die Vordertür aufriß.

»Großer Gott«, murmelte er, als er über den blutigen Haufen, der auf der Veranda lag, hinwegtrat und die verstörte Lily in die Arme nahm. »Ganz ruhig, Kleine.« Instinktiv verstellte er ihr die Sicht auf den grausigen Fund, strich ihr beruhigend über den Rücken und blickte über ihren Kopf hinweg Willa fest in die Augen.

Auch ihr stand der Schock im Gesicht geschrieben, aber ihr Schrecken ließ sich nicht mit dem panischen Entsetzen der Frau, die er in den Armen hielt, vergleichen. Lily war zart und zerbrechlich, Willa hingegen robust und widerstandsfähig.

»Du solltest sie besser ins Haus bringen«, riet er Willa.

Doch diese schüttelte nur den Kopf und starrte auf das blutige, zerfleischte Fellbündel hinab. »Das muß eine der Scheunenkatzen sein.« Oder war vielmehr eine gewesen, dachte sie grimmig, bevor sie jemand enthauptet, ihr den Bauch aufgeschlitzt und sie dann wie ein schauriges Geschenk vor die Eingangstür der Mercy Ranch gelegt hatte.

»Bring Lily rein, Will«, wiederholte Ben.

Die Schreie hatten noch andere Leute alarmiert. Adam erreichte die Veranda als erster und bemerkte die schluchzende Lily in Bens Armen. Der Anblick versetzte ihm einen kleinen Stich. Dann sah auch er, was dort auf dem Holzboden lag.

Automatisch trat er vor und legte Lily eine Hand auf den Arm. »Schon gut, schon gut. Denk nicht mehr daran, Lily.«

»Adam, ich ...« Übelkeit stieg in ihr auf und löste in ihrem Magen einen regelrechten Aufruhr aus.

»Ich weiß. Du gehst jetzt hinein. Schau mich an«, flüsterte er, löste sie behutsam aus Bens Armen und führte sie zur Tür. »Willa begleitet dich.«

»Hör zu, ich muß ...«

»Kümmere dich um deine Schwester, Will«, unterbrach sie Adam. Er ergriff ihre Hand und legte sie über die von Lily.

Willa verlor den Kampf mit sich selbst, als sie spürte, wie Lilys Hand unter ihrer zitterte. Mit einem unterdrückten Fluch zog sie ihre Schwester sanft ins Haus. »Komm mit. Du mußt dich hinsetzen.«

»Da draußen war ...«

»Ich weiß, was du gesehen hast. Vergiß es einfach.« Willa schloß energisch die Tür und überließ es den Männern, sich mit dem kopflosen Kadaver auf der Veranda zu befassen.

»Himmel, Adam, ist das 'ne Katze?« Jim Brewster wischte sich mit der Hand über den Mund. »Die ist ja nach allen Regeln der Kunst zu Gulasch verarbeitet worden.«

Adam drehte sich um und musterte die Männer einen nach dem anderen: Jim, totenbleich und mit auf und ab hüpfendem Adamsapfel; Ham, die Lippen fest zusammengepreßt; Pickles, der sich eine Flinte über die Schulter geworfen hatte. Daneben standen Billy Vincent, kaum achtzehn und vor Neugier zitternd, und Wood Book, der sich nachdenklich über den seidigen schwarzen Bart strich.

Er war es auch, der das Wort ergriff. Seine Stimme klang ruhig und beherrscht. »Wo ist denn der Kopf geblieben? Hier liegt er jedenfalls nicht.« Er trat einen Schritt näher. Wood war für Aussaat und Ernte verantwortlich, seine Frau Nell kochte für die Arbeiter auf der Ranch. Wood roch nach Old Spice und Pfefferminzbonbons. Adam kannte ihn als einen ruhigen, zuverlässigen Mann, der so unerschütterlich wirkte wie der Felsen von Gibraltar.

»Vielleicht haben wir es mit einem Trophäensammler zu tun.« Adams Stimme brachte die anderen zum Schweigen. Nur Billy fuhr fort, aufgeregt vor sich hinzuplappern.

»Mannomann, habt ihr so was schon mal gesehen? Auf der ganzen Veranda liegen die Eingeweide rum! Wer macht denn so was? Das arme Vieh, was meint ihr, wer das ...?«

»Halt den Mund, Billy, du Volltrottel.« Der gequälte Befehl kam von Ham, der seufzend sein Zigarettenpäckchen hervorholte. »Seht zu, daß ihr zu eurem Abendessen zurückkommt, alle miteinander. Hier gibt es nichts mehr zu tun, und ihr braucht nicht dazustehen und Maulaffen feilzuhalten.«

»Also mir ist der Appetit vergangen«, knurrte Jim, doch er und die anderen zogen sich widerwillig zurück.

»Dumme Geschichte«, kommentierte Ham, »könnte ein Kind gewesen sein. Woods Jungs sind zwar ein bißchen wild, aber nicht bösartig. Wenn du mich fragst, es gehört eine gehörige Portion Grausamkeit dazu, um so etwas zu tun. Aber ich werde die beiden trotzdem ins Gebet nehmen.«

»Ham, nimm's mir nicht übel, aber weißt du, was die Männer in der letzten Stunde so gemacht haben?«

Ham betrachtete Ben durch eine Rauchwolke hindurch schweigend, dann sagte er: »Die waren überall und nirgends, haben sich zum Essen umgezogen und so. Ich habe sie nicht die ganze Zeit im Auge behalten, wenn du das meinst, aber die Männer, die hier arbeiten, gehen nicht hin und stechen Katzen ab.«

Ben nickte nur. Es stand ihm nicht zu, weitere Fragen zu stellen, und sie beide wußten das. »Es muß innerhalb der letzten Stunde passiert sein. Ich bin schon eine Weile hier, und als ich kam, lag die Katze noch nicht da.«

Ham inhalierte tief und nickte dann zustimmend. »Ich spreche mit Woods Söhnen.« Er warf dem Bündel auf der Veranda einen letzten Blick zu. »Dumme Geschichte«, wiederholte er, drehte sich auf dem Absatz um und ging.

»Das ist schon das zweite Tier, das innerhalb einer Woche abgeschlachtet wurde, Adam.«

Adam bückte sich und strich mit der Fingerspitze über das blutige Fell. »Sein Name war Mike. Er war schon alt, halb blind und hätte eigentlich friedlich im Schlaf sterben sollen.«

»Es tut mir leid.« Ben verstand sehr gut, daß Adam zu seinen Tieren eine enge Beziehung hatte, er legte ihm tröstend die Hand auf die Schulter. »Ich fürchte, du hast ein echtes Problem, Kumpel.«

»Wie wahr. Woods Söhne sind hierfür nicht verantwortlich, und sie waren mit Sicherheit auch nicht oben in den Bergen und haben den Ochsen getötet.«

»Nein, das glaube ich auch nicht. Wie gut kennst du eigentlich deine Leute?«

Adam blickte auf. In seinen Augen spiegelten sich Trauer und Zorn wider. »Die Männer fallen nicht in meinen Zuständigkeitsbereich. Ich bin nur für die Pferde verantwortlich.« Immer noch warm, stellte er fest, als er über das zottige Fell strich. Der alte Mike war immer noch warm. »Aber ich kenne die Leute ganz gut. Außer Billy sind sie alle schon seit Jahren hier, und der kam letzten Sommer zu uns. Frag Willa, die kann dir da besser helfen.« Traurig blickte er auf die Überreste des alten Katers hinab. »Lily hätte dieser Anblick erspart bleiben sollen.«

»Sie nimmt es besonders schwer.« Seufzend fragte sich Ben, wie nahe Lily wohl daran gewesen war, den Täter auf frischer Tat zu ertappen. »Ich helfe dir, ihn zu begraben.«

Drinnen im Haus ging Willa nervös im Wohnzimmer auf und ab. Wie, zum Teufel, sollte sie sich nur um diese Frau kümmern? Und warum hatte Adam ihr diesen nutzlosen Auftrag erteilt? Lily saß zusammengekauert in einer Sofaecke und zitterte am ganzen Körper.

Sie hatte ihrer Halbschwester einen Whiskey gegeben. Sie hatte ihr sogar, in Ermangelung einer besseren Idee, über das Haar gestrichen, um sie zu trösten. Um Gottes willen, sie hatte wahrlich genug Probleme, da konnte sie nicht auch noch eine zimperliche Oststaatlerin mit einem schwachen Magen gebrauchen.

»Entschuldige bitte.« Dies waren die ersten Worte, die Lily herausgebracht hatte, seit sie im Wohnzimmer saßen. Sie holte tief Luft und nahm einen neuen Anlauf. »Tut mir leid, daß ich so geschrieen habe. Aber ich habe so etwas noch nie ... ich war mit Adam bei den Pferden, und dann habe ich ... ich wollte doch nur ...«

»Trink endlich den verdammten Whiskey, ja?« fauchte Willa und verfluchte sich sofort dafür, als Lily erschrocken das Glas an die Lippen führte. Ärgerlich über sich selbst, rieb sich Willa mit den Händen über das Gesicht. »Jeder hätte angefangen zu schreien, wenn er über so eine Schweinerei stolpert. Ich bin dir deswegen nicht böse.«

Lily haßte allein schon den Geruch von Whiskey. Jesse hatte stets Seagram's bevorzugt. Und je tiefer der Pegel in der Flasche sank, um so schlechter wurde dann seine Laune. Regelmäßig. Aber nun tat sie Willa zuliebe so, als würde sie trinken. »War es eine Katze? Es sah aus wie eine Katze.« Lily biß sich fest auf die Lippe, um zu verhindern, daß ihre Stimme brach. »War es deine Katze?«

»Die Katzen, Hunde und Pferde gehören alle Adam. Aber diese Tat galt mir. Man hat sie nicht auf Adams Veranda gelegt, sondern auf meine. Es galt mir.«

»So wie ... so wie das mit dem Ochsen?«

Willa blieb stehen. »Ja. Diese Sache sollte auch mich treffen.«

»So, hier ist eine schöne Tasse Tee.« Bess kam mit einem Tablett geschäftig ins Zimmer und nahm Lily sofort unter ihre Fittiche. »Will, was denkst du dir eigentlich dabei, dem armen Ding Whiskey einzuflößen? Der bringt ihren Magen doch nur noch mehr durcheinander.« Sanft nahm sie Lily das Glas aus der Hand und stellte es beiseite. »Sie trinken jetzt den Tee, Schätzchen, und ruhen sich dann aus. Sie haben einen bösen Schock. Will, hör auf, ständig herumzulaufen, und setz dich hin!«

»Kümmere du dich um sie. Ich muß hier raus.«

Während sie mit ruhiger Hand den Tee einschenkte, sandte Bess Willa einen bitterbösen Blick hinterher. »Das Mädchen tut nie, was man ihr sagt!«

»Sie ist aufgeregt.«

»Das sind wir alle.«

Lily legte beide Hände um ihre Tasse und genoß die Wärme, die sich beim ersten Schluck in ihr ausbreitete. »Aber sie nimmt es sich besonders zu Herzen. Ihr gehört schließlich die Ranch.«

Bess neigte leicht den Kopf. »Ein Teil davon gehört jetzt Ihnen.«

»Nein.« Lily nippte erneut an ihrem Tee. Langsam wurde sie ruhiger. »Es wird immer Willas Ranch bleiben.«

Die Katze war inzwischen entfernt worden, doch auf dem Holzboden glänzte noch immer eine dunkle Blutlache. Willa holte sich einen Eimer mit Seifenwasser und eine Bürste. Bess hätte ihr diese Arbeit abgenommen, das wußte sie, doch es erschien ihr nicht richtig, diese Aufgabe einem anderen zu überlassen.

Auf allen vieren kroch sie im Schein der Außenlampe auf der Veranda herum und beseitigte die Zeichen der grausamen Tat. Der Tod war ein Teil des Lebens. Sie hatte diese Tatsache immer als gegeben hingenommen und akzeptiert. Die Rinder wurden gezüchtet, um geschlachtet zu werden, Hühner, die keine Eier mehr legten, landeten im Kochtopf. Hirsche und Elche wurden gejagt, um in Form von Braten und Steak auf den Tisch zu kommen. Das war der Lauf der Natur. Menschen wurden geboren und starben.

Auch Gewalt war Willa nicht fremd. Sie selbst hatte schon Lebewesen getötet und eigenhändig Wild abgehäutet, darauf hatte ihr Vater bestanden und angeordnet, daß sie jagen lernen und sich an den Anblick sterbender Tiere gewöhnen sollte. Damit konnte sie leben.

Aber die Grausamkeit, die abgrundtiefe Bosheit, die hinter dieser Tat lag, entzog sich ihrem Begriffsvermögen. So gut sie konnte, entfernte sie alle Blutstropfen, schob dann den Eimer mit dem rötlich verfärbten Wasser beiseite und setzte sich auf die Stufen, um zum Himmel emporzuschauen.

Eine Sternschnuppe bahnte sich, einen weißflammenden Schweif hinter sich herziehend, ihren Weg durch die Nacht und erstarb.

Ganz in der Nähe ertönte der Schrei einer Eule, und Willa wußte, daß die anvisierte Beute jetzt verzweifelt nach einem Schlupfloch suchen würde. Heute nacht war Vollmond, die Nacht der Jäger, heute nacht herrschte der Tod – im Wald, in den Bergen, auf den Wiesen. Es gab nichts, was sie dagegen hätte tun können. Aber diese altbekannte Tatsache sollte in ihr eigentlich nicht den Wunsch erwecken, die Hände vor das Gesicht zu schlagen und zu weinen.

Als sie Schritte hörte, riß sie sich energisch zusammen. Sie wollte gerade aufstehen, als Ben und Adam um die Ecke kamen.

»Ich hätte die Schweinerei schon weggewischt, Will.« Adam nahm ihr den Eimer aus der Hand. »Das ist keine Arbeit für dich.«

»Schon erledigt.« Willa strich ihrem Halbbruder sacht über die Wange. »Ach, Adam, es tut mir so leid um den alten Mike.«

»Er hat sich so gerne auf dem Felsen hinter der Scheune gesonnt, also haben wir ihn dort begraben.« Flüchtig blickte Adam zum Fenster hin. »Wie geht es Lily?«

»Bess ist bei ihr. Sie ist in solchen Fällen brauchbarer als ich.«

»Ich schütte eben das Wasser aus, dann schaue ich nach ihr.«

»Tu das.« Trotzdem ließ sie ihre Hand noch einen Moment, wo sie war, und murmelte etwas in der Sprache ihrer indianischen Mutter.

Nicht die tröstenden Worte, sondern die fremdartigen Laute entlockten Adam ein Lächeln. Willa gebrauchte diese Sprache sehr selten und nur dann, wenn ihr eine Sache wirklich zu Herzen ging. Er drehte sich leise um und ließ sie mit Ben allein.

»Du hast ein Problem, Will.«

»Davon habe ich mehr als genug.«

»Wer immer hierfür verantwortlich ist, er hat es getan, während wir im Haus waren.« Und uns wie die Schulkinder gebalgt haben, fügte er in Gedanken hinzu. »Ham will ein ernstes Wörtchen mit Woods Söhnen reden.«

»Joe und Pete?« meinte Willa verächtlich, »nie im Leben. Die Jungs schlagen öfter mal über die Stränge, aber sie würden niemals eine harmlose alte Katze foltern.«

Ben rieb sich über die Narbe an seinem Kinn. »Das ist dir also aufgefallen.«

»Ich hab' ja schließlich Augen im Kopf.« Willa mußte ein paarmal schlucken, da sich ihr Magen bei der Erinnerung an das, was sie gesehen hatte, umzudrehen drohte. »Das sadistische Schwein hat Mike das Fleisch stückeweise aus dem Leib geschnitten, und außerdem habe ich Brandspuren entdeckt, als ob er eine Zigarette in seinem Fell ausgedrückt hat. Woods Söhne waren das nicht, soviel steht fest. Adam hat jedem von ihnen letzten Frühling ein Kätzchen geschenkt, und sie verhätscheln diese Miezen nach Strich und Faden.«

»Ist Adam kürzlich jemandem auf den Schlips getreten?«

Willa vermied es, auf Ben hinunterzuschauen. »Das galt nicht Adam, sondern mir.«

»Okay.« Da er die Sache genauso sah, nickte er zustimmend. Er machte sich Sorgen. »Hast du in der letzten Zeit jemanden verärgert?«

»Abgesehen von dir?«

Er lächelte leicht und kam die Stufen hinauf, so daß sie

sich Auge in Auge gegenüberstanden. »Du hast mich schon dein ganzes Leben lang geärgert, das zählt also nicht. Ich meine es ernst, Willa.« Er nahm ihre Hand. »Gibt es jemanden, der dir eins auswischen möchte?«

Verblüfft starrte sie auf ihre ineinander verschlungenen Hände. »Soviel ich weiß, nein. Wood und Pickles müssen vielleicht erst einmal die Tatsache verdauen, daß ich jetzt das Sagen habe. Pickles fällt das ganz besonders schwer, aber einzig und allein deshalb, weil ich eine Frau bin. Ich kann mir nicht vorstellen, daß einer von beiden persönliche Abneigungen gegen mich hegt.«

»Pickles hat sich oben in den Bergen aufgehalten, als der Ochse getötet wurde«, gab Ben zu bedenken. »Hältst du ihn für fähig, so etwas zu tun, um dich zu Tode zu erschrecken? Vielleicht will er dir auf diese Art beweisen, daß Frauen für die Leitung einer Ranch nicht geeignet sind.«

Willa hob stolz den Kopf. »Sehe ich etwa so aus, als wäre ich zu Tode erschrocken?«

»Es wäre mir lieber, wenn du es wärest.« Doch er zuckte die Achseln. »Wäre Pickles zu einer solchen Tat imstande?«

»Noch vor einigen Stunden hätte ich diese Frage entschieden verneint, aber jetzt bin ich mir nicht mehr so sicher.« Und das war das Schlimmste überhaupt, erkannte sie. Sie wußte nicht mehr, wem sie trauen konnte und inwieweit. »Trotzdem glaube ich nicht so recht daran. Pickles ist ein launischer Hitzkopf und stänkert gern, aber ich halte ihn nicht für fähig, grundlos zu töten.«

»Meiner Meinung nach gibt es sehr wohl einen Grund. Wir müssen ihn nur herausfinden.«

Sie schob trotzig das Kinn vor. »So, müssen wir das?«

»Dein Land grenzt an das meine, Will. Und für das nächste Jahr bin ich mit für dich verantwortlich.« Als sie sich abrupt von ihm losmachen wollte, verstärkte er seinen Griff. »So ist es nun einmal, und wir sollten uns beide langsam daran gewöhnen. Ich gedenke nämlich, ein wachsames Auge auf dich und deine Umgebung zu haben.«

»Tu das, wenn du Wert darauf legst, daß sich besagtes Auge blau verfärbt.«

»Darauf lasse ich es ankommen.« Doch vorsichtshalber packte er auch noch ihre andere Hand und hielt sie fest. »Ich hab' so ein Gefühl, als ob das kommende Jahr ausgesprochen anregend für mich wird. Wie lange habe ich mich nicht mehr mit dir herumgebalgt, Will? Das müssen bestimmt zwanzig Jahre sein. Ich muß zugeben, du hast dich inzwischen ganz gut entwickelt.«

In dem Wissen, daß sie ihm wehrlos ausgeliefert war, hielt sie wohlweislich still. »Wie blumig du dich auszudrücken verstehst, Ben. Wirklich romantisch. Fühl mal, wie mein Herz klopft.«

»Schätzchen, nichts würde ich lieber tun, aber ich fürchte, es würde mir nicht gut bekommen.«

Sie mußte lächeln und fühlte sich ein bißchen besser. »Gut erkannt, Ben. Jetzt verschwinde, ich bin müde und möchte noch einen Bissen essen.«

»Schon gut, ich gehe.« In ein paar Minuten, dachte er bei sich. Seine Finger glitten über ihr Handgelenk, und er stellte entzückt fest, daß ihr Puls schneller geworden war. In ihren kühlen dunklen Augen war keinerlei Gefühlsregung zu lesen. Aber es war schon immer schwer gewesen, aus Willa Mercy klug zu werden. »Bekomme ich denn keinen Gutenachtkuß?«

»Danach wärst du für all die anderen Frauen nur verdorben, mit denen du so gerne herumschäkerst.«

»Auch dieses Risiko würde ich eingehen.« Doch Ben gab widerstrebend nach. Dies war weder der richtige Zeitpunkt noch der richtige Ort. Allerdings hatte er so eine Ahnung, daß sich beides bald ändern würde. »Ich komme wieder.«

»Ja.« Sie schob die Hände in die Hosentaschen, als er in seinen Jeep stieg. Ihr Puls raste immer noch. »Ich weiß.«

Sie wartete, bis die Rücklichter seines Wagens nicht mehr zu sehen waren, dann blickte sie über ihre Schulter hinweg sehnsüchtig zum Haus. Was sie jetzt brauchte, war ein heißes Bad, eine reichliche Mahlzeit und eine ungestörte Nachtruhe. Doch all das würde noch warten müssen. Sie trug jetzt die Verantwortung für die Mercy Ranch, und es war ihre Aufgabe, mit ihren Leuten zu sprechen.

Normalerweise hielt sie sich von den Unterkünften der Männer fern. Sie gestand ihnen das Recht auf Privatsphäre zu und wußte, daß dieser schlichte Holzbau mit den Schaukelstühlen auf der Veranda für sie ein Heim bildete. Hier schliefen und aßen sie, lasen, falls diese Tätigkeit zu ihren Hobbys zählte, spielten Karten, sahen fern und jammerten über ihren Boß.

Nell bereitete die Mahlzeiten für sie in dem Bungalow, den sie mit Wood und ihren Söhnen teilte, und brachte das Essen dann hinüber. Ansonsten kümmerte sie sich nicht um deren Haushalt, so daß jeder von ihnen einmal in der Woche zum Abwasch- und Aufräumdienst eingeteilt wurde. Diese Regelung erlaubte es den Männern, so zu leben, wie es ihnen gefiel. Sie konnten sich in ihrer staubigen Arbeitskleidung oder ihrer Unterwäsche zu Tisch setzen, sie konnten schmutzige Witze erzählen oder mit ihren angeblichen Eroberungen prahlen.

Sie waren schließlich hier zu Hause.

Deshalb klopfte Willa an und wartete, bis sie hereingebeten wurde. Außer Wood, der zusammen mit seiner Familie zu Abend aß, waren alle da. Ham saß am Kopfende des großen Tisches und hatte den Stuhl ein Stück nach hinten geschoben, da er seine Mahlzeit soeben beendet hatte. Billy und Jim fuhren fort, wie ausgehungerte Wölfe Huhn und Klöße zu verputzen, und Pickles goß ein Bier hinunter und starrte den ungebetenen Gast finster an.

»Tut mir leid, daß ich euch beim Essen störe.«

»Wir sind sowieso fertig«, versicherte ihr Ham. »Billy, mach dich an den Abwasch. Wenn du noch mehr in dich hineinstopfst, dann platzt du. Möchtest du einen Kaffee, Will?«

»Gerne.« Sie ging zum Herd und schenkte sich eine Tasse ein. Diese Angelegenheit erforderte viel Fingerspitzengefühl, dessen war sie sich bewußt. Sie mußte taktvoll und zugleich direkt vorgehen. »Ich kann mir nicht vorstellen, wer es fertigbringt, eine hilflose Katze dermaßen zuzurichten.« Vorsichtig nippte sie an ihrem Kaffee. »Hat einer von euch eine Idee?«

»Ich habe mit Woods Söhnen gesprochen.« Ham erhob

sich, um sich auch einen Kaffee zu holen. »Nell sagt, sie waren fast den ganzen Abend bei ihr im Haus. Allerdings besitzen beide ein Taschenmesser. Nell hat sie geholt und mir gezeigt. Sie waren blitzeblank.« Er verzog das Gesicht. »Der jüngere, Pete, ist in Tränen ausgebrochen, als er hörte, was dem alten Mike zugestoßen ist. Ein großer Bengel, der Pete. Man vergißt leicht, daß er erst acht Jahre alt ist.«

»Wär' nicht das erste Mal, daß Kinder solchen Mist verzapfen.« Pickles schaute sorgenvoll in sein Bierglas. »Aus denen werden dann später mal Serienkiller.«

Willa warf ihm einen Blick zu. Wenn jemand eine Sache noch schlimmer machen konnte, als sie ohnehin schon war, dann Pickles. »Ich wage das bei Woods Söhnen zu bezweifeln.«

»Könnt' ja auch McKinnon gewesen sein.« Billy klapperte mit den Tellern und hoffte insgeheim, Willa möge endlich von ihm Notiz nehmen. Er war bis über beide Ohren in sie verschossen. »Er war immerhin in beiden Fällen dabei.« Mit einer ruckartigen Kopfbewegung warf er sein strohblondes Haar zurück und polierte die Teller ein wenig fester als nötig, damit seine Armmuskeln besser zur Geltung kamen. »Seine Männer hielten sich oben in den Bergen auf, als der Ochse abgemurkst wurde.«

»Du solltest vor Inbetriebnahme des Mundwerks mal dein Gehirn einschalten, du Vollidiot.« Hams Bemerkung entbehrte jeglicher Bosheit. Seiner Meinung nach war jeder unter dreißig ein Idiot, Billy mit seiner lebhaften Fantasie und den großen Kinderaugen noch mehr als andere. »McKinnon ist nicht der Typ, der eine harmlose alte Katze aufschlitzt.«

»Aber er war am Tatort«, beharrte Billy störrisch und schielte zu Willa, um sich zu vergewissern, daß sie ihm zuhörte.

»Ja, er war hier«, stimmte Willa ihm zu. »Und er war die ganze Zeit mit mir zusammen. Ich habe ihn selbst ins Haus gelassen, und da lag die Katze noch nicht auf der Veranda.«

»Als der Alte noch da war, ist so was nie vorgekommen.« Pickles schlürfte sein Bier und sah Willa herausfordernd an.

»Komm schon, Pickles.« Unbehaglich rutschte Jim auf seinem knarrenden Stuhl hin und her. »Du kannst doch Will nicht die Schuld an dieser Geschichte in die Schuhe schieben.«

»Ich stell' nur eine Tatsache fest.«

»Das ist richtig.« Willa nickte gleichmütig. »Als mein alter Herr noch lebte, ist so etwas nie vorgekommen. Aber er ist tot, und ich trage jetzt die Verantwortung. Und wenn ich herausgefunden habe, wer das getan hat, werde ich ihn persönlich zur Rechenschaft ziehen.« Sie setzte ihre Tasse ab. »Ich möchte, daß ihr alle noch einmal ganz genau nachdenkt. Versucht, euch an jede Kleinigkeit zu erinnern. Wenn euch irgend etwas einfällt, wißt ihr ja, wo ihr mich findet.«

Sowie die Tür hinter ihr ins Schloß gefallen war, trat Ham kräftig gegen Pickles' Stuhl. »Was fällt dir eigentlich ein? Das Mädchen hat immer ihr Bestes getan.«

»Aber sie ist nun mal bloß 'ne Frau.« Und darin lag seiner Meinung nach die Wurzel allen Übels. »Weibern kann man nicht trauen, und man kann sich schon gar nicht auf sie verlassen. Wer sagt mir denn, daß der, der den Ochsen und die Katze kaltgemacht hat, sich nicht nächstes Mal an 'nem Menschen versucht?« Er kippte sein Bier hinunter, während er wartete, daß die Saat aufging. »Wollt ihr vielleicht ständig auf sie aufpassen? Ich ganz bestimmt nicht!«

Billy ließ beinahe einen Teller fallen. Seine Augen wurden vor Aufregung riesengroß. »Glaubst du, jemand könnte versuchen, einen von uns umzubringen?«

»Redet doch keinen Quatsch!« Ham knallte seine Tasse auf den Tisch. »Pickles versucht doch nur, uns alle aufzuwiegeln, weil es ihm nicht paßt, sich von einer Frau Befehle erteilen zu lassen. Ein Rind oder eine alte räudige Katze zu töten ist noch lange nicht dasselbe, wie einen Menschen umzubringen.«

»Ham hat recht.« Trotzdem mußte Jim schlucken, und die restlichen Klöße auf seinem Teller konnten ihn auf einmal nicht mehr reizen. »Aber es kann ja nichts schaden, wenn wir in der nächsten Zeit die Augen offenhalten. Immerhin sind jetzt noch zwei Frauen mehr auf der Ranch.« Er schob seinen

Teller weg und stand auf. »Vielleicht sollten wir wirklich ein bißchen auf sie aufpassen.«

»Ich übernehme Will«, erbot sich Billy hastig, was ihm einen heftigen Rippenstoß von Ham eintrug.

»Du wirst dich um deine Arbeit kümmern und sonst nichts. Ich habe keine Lust, hier unnötige Panik zu verbreiten. Pickles, wenn du nichts halbwegs Intelligentes zu sagen hast, dann halt die Klappe. Das gilt für euch alle.« Er sah die Männer der Reihe nach streng an, dann nickte er zufrieden. »So, ich will mir jetzt in Ruhe *Jeopardy* ansehen.«

»Das eine sage ich euch«, murmelte Pickles verhalten, »von nun an tue ich keinen Schritt mehr ohne meine Flinte und mein Messer, und wenn mir irgendeiner komisch kommt, dann wird er sein blaues Wunder erleben. Der alte Pickles kann gut auf sich selbst aufpassen.« Sprach's, nahm sein Bier und verließ das Zimmer.

Jim ging zum Kühlschrank, um sich ein Bier zu holen, und warf dabei einen Blick auf Billys bleiches Gesicht. Der arme Kerl würde mit Sicherheit heute nacht Alpträume bekommen, dachte er mitleidig. »Pickles spuckt immer große Töne, Billy, du weißt doch, wie er ist.«

»Schon, aber ...« Billy fuhr sich mit der Hand über den Mund. Es war ja bloß eine Katze, nur eine alte Flohkiste, beruhigte er sich. »Doch, Jim, ich weiß, wie er ist.«

Auch Willa litt unter Alpträumen, aus denen sie schweißgebadet erwachte. Sie kämpfte sich aus den durcheinandergeratenen Decken frei und rang keuchend nach Luft. Zitternd blieb sie eine Weile auf dem Bett sitzen. Bleiches Mondlicht durchflutete den Raum und tauchte ihn in ein gespenstisches Licht.

Sie wußte nicht mehr so genau, was sie im Schlaf eigentlich gequält hatte. Blut, Furcht und Panik. Aufblitzende Messer. Eine kopflose Katze, die sie verfolgte. Eigentlich lächerlich, wenn sie es nüchtern betrachtete. Willa ließ den Kopf auf die angezogenen Knie sinken und versuchte zu lachen, doch der Laut, den sie hervorbrachte, kam einem Schluchzen bedenklich nahe.

Ihre Beine drohten unter ihr nachzugeben, als sie aus dem Bett stieg. Doch es gelang ihr, sich ins Badezimmer zu schleppen, wo sie das Licht anknipste, den Kopf über das Waschbecken beugte und sich eiskaltes Wasser ins Gesicht spritzte. Nachdem sie sich den kalten Schweiß abgewaschen hatte, ging es ihr ein wenig besser. Sie hob den Kopf und betrachtete ihr Spiegelbild.

Ihr Gesicht hatte sich nicht verändert. Nichts hatte sich wirklich geändert. Sie war einfach nur von Alpträumen heimgesucht worden und hatte dementsprechend schlecht geschlafen. Auch bei ihr hinterließen die Ereignisse der letzten Tage ihre Spuren. Die ganze Sorge lastete auf ihren Schultern, und diese Bürde mußte sie allein tragen. Sie konnte sie auf niemanden abwälzen und mit niemandem teilen.

Sie trug die Verantwortung für ihre Schwestern, für die Ranch und für alles, was dort geschah. Und sie würde damit fertig werden.

Auch mit dieser seltsamen, beunruhigenden Wandlung in ihrem Inneren, dem ersten bewußten Wahrnehmen ihrer Weiblichkeit, konnte sie umgehen. Sie hatte weder Zeit noch Lust, mit Ben McKinnon neckische Spielchen zu spielen. Außerdem versuchte dieser lediglich, sie auf die Palme zu bringen, wie er es immer getan hatte. Willa wischte eine Haarsträhne von ihrer feuchten Wange und ließ kaltes Wasser in ein Glas laufen. Er hatte sich noch nie ernsthaft für sie interessiert, und wenn er jetzt so tat als ob, dann nur um seines eigenen Vergnügens willen. So etwas sah Ben ähnlich. Fast mußte sie lächeln, als die kühle Flüssigkeit ihre Kehle hinunterrann.

Vielleicht würde sie ihm doch irgendwann gestatten, sie zu küssen, nur so als Test. Danach konnte sie vermutlich besser schlafen. Ein Kuß könnte ihn ein für allemal aus ihren Träumen verbannen, und wenn sie nicht mehr ständig daran denken mußte, welch unerwünschte Regungen er in ihr auslöste, dann konnte sie sich endlich wieder voll und ganz auf ihre Arbeit und die Ranch konzentrieren.

Sie blickte zum Bett hinüber und erschauerte. Den Schlaf hatte sie zwar bitter nötig, doch sie fürchtete sich davor, wieder die blutigen Bilder vor sich zu sehen.

Sie atmete tief durch und krabbelte dann entschlossen unter ihre Decke. Sie würde an etwas Angenehmes denken, an den Frühling, der noch in so weiter Ferne lag. An die Wiesen voller blühender Pflanzen und an die warme Brise, die von den Bergen herüberwehte.

Doch als sie endlich einschlief, träumte sie wieder von Blut, von Tod und von Entsetzen.

Kapitel 6

Aus Tess Mercys Tagebuch:

Nach zwei Tagen auf der Ranch bin ich zu dem Schluß gekommen, daß ich Montana hasse. Ich hasse Rinder, ich hasse Cowboys, und ganz besonders hasse ich Hühner. Bess Pringle, die knochige Despotin, die hier im Haus die Hosen anhat, hat mir die angenehme Aufgabe übertragen, mich um die gackernden Biester zu kümmern. Von der Aussicht auf eine zweite Karriere im Hühnerstall erfuhr ich gestern nach dem Abendessen; einer Mahlzeit, die, wie ich hinzufügen sollte, aus Bärenbraten bestand. Wie es aussieht, ist unsere Miß Lederstrumpf in die Berge geritten und hat einen Grizzly erlegt. Das muß man sich mal vorstellen!

Dabei hat mir das Essen eigentlich recht gut geschmeckt – zumindest bis man mich darüber aufklärte, was ich da verspeise. Bleibt noch zu erwähnen, daß im Gegensatz zu dem, was andere Wildläufer behauptet haben mögen, Grizzlysteaks im Geschmack wenig Ähnlichkeit mit Brathähnchen haben. Was auch immer gegen Bess einzuwenden ist – und zu dem Thema würde mir viel Unfreundliches einfallen, wenn ich bedenke, wie giftig sie mich ständig mustert –, die Frau kocht einfach himmlisch. Ich werde auf mein Gewicht achten müssen, sonst laufe ich wieder mit soviel überflüssigen Pfunden herum wie in meiner Teenagerzeit.

Während ich mich in der wirklichen Welt aufhielt, hat es auf der Ponderosa eine Menge Aufregung gegeben. Offenbar hat jemand oben in den Bergen ein Rindvieh geschlachtet, und als ich zu bemerken wagte, daß das in meinen Augen das natürliche Ende eines jeden Steaklieferanten sei, gab sich Annie Oakley redlich Mühe, mich mit den Blicken zu erdolchen. Dabei muß ich zugeben, daß das Mädchen gar nicht so übel ist. Wäre sie nicht so eine kratzbürstige Besserwisserin, könnte ich tatsächlich eine gewisse Sympathie für sie aufbringen.

Aber ich schweife wieder mal ab.

Das Rind ist auch nicht einfach getötet, sondern nach allen Regeln der Kunst verstümmelt worden, und der Vorfall hat bei der Mannschaft einige Besorgnis ausgelöst. In der Nacht vor meiner Rückkehr wurde außerdem eine der Stallkatzen enthauptet und auf der vorderen Veranda deponiert. Ausgerechnet die arme Lily fand sie.

Ich bin mir noch nicht schlüssig, ob ich das Ganze als einmaliges Ereignis, das sich nicht wiederholen wird, abtun soll, oder ob ich es besser als gegeben ansehe, daß derlei Dinge hier an der Tagesordnung sind, und dafür sorge, daß meine Tür immer gut verschlossen ist. Aber sogar die Cowboyprinzessin hat Sorgenfalten auf der Stirn, was mir unter anderen Umständen eine tiefe innere Befriedigung verschafft hätte. Die Dame geht mir mitunter nämlich gewaltig auf die Nerven. Doch wenn ich an die vielen Monate denke, die noch vor mir liegen, dann fühle ich mich ziemlich unwohl in meiner Haut.

Lily verbringt viel Zeit mit Adam und seinen Pferden. Die Blutergüsse verblassen langsam, aber ihre Nerven scheinen wirklich zum Zerreißen gespannt. Merkt sie eigentlich nicht, daß unser edler Wilder mehr für sie empfindet als bloße Freundschaft? Die zwei geben ein hübsches Pärchen ab. Ich kann mir nicht helfen, aber ich mag Lily, sie ist so lieb und harmlos. Und wenn man es recht bedenkt, sitzen wir beide ja im selben Boot.

Ein weiterer Darsteller in diesem Stück ist Ham; die perfekte Verkörperung des Trapperklischees. Ein O-beiniger, ergrauender Brummbär mit stechenden Augen und schwieligen Händen. Wenn er mich sieht, tippt er an seinen Hut, ansonsten ist er ziemlich wortkarg.

Dann wäre da Pickles. Keine Ahnung, ob der Mann auch einen richtigen Namen hat. Er ist ein unfreundlicher, mürrischer Geselle, der aussieht wie ein Bierfaß in Westernstiefeln. Haare hat er kaum noch auf dem Kopf, dafür trägt er aber einen riesigen rötlichen Schnurrbart. Ständig meckert er über dieses und jenes. Ich habe ihn aber einmal bei der Arbeit beobachtet. Er kennt sich mit Rindern aus.

Als nächstes kommt die Familie Book. Nell bekocht die Mannschaft und hat ein gutmütiges, hausbackenes Gesicht. Sie und Bess hocken ständig zusammen und tratschen über Gott und die Welt. Ihr Mann heißt Wood, was, wie ich herausgefunden habe, eine Kurzform von Woodrow ist. Er hat einen prächtigen schwarzen Bart, ein nettes Lächeln und gute Manieren. Mich redet er mit ›Ma'am‹ an und schlug mir einmal sehr höflich vor, ich solle mir doch einen Hut besorgen, sonst würde ich mir in der Sonne das Gesicht verbrennen. Die beiden haben zwei Söhne, so ungefähr acht und zehn Jahre alt, die den ganzen Tag lärmend und kreischend über die Farm toben. Bildhübsche Bengel übrigens. Ich habe ihnen mal zugesehen, wie sie hinter einem der Nebengebäude mit ihren Schleudern schossen, und war von ihrem Geschick beeindruckt.

Kommen wir zu Jim Brewster, Typ netter Junge von nebenan. Ein schlaksiger, ausgesprochen attraktiver Bursche, trägt immer knallenge Jeans, in deren Gesäßtasche sich ein Päckchen abzeichnet, das bestimmt so was Ekelhaftes wie zum Beispiel Kautabak enthält. Er hat mich schon ein paarmal frech angegrinst und mir zugezwinkert. Bislang konnte ich der Versuchung widerstehen.

Der Benjamin der Truppe heißt Billy und sieht aus, als dürfte er noch gar nicht Auto fahren. Seine Schwärmerei für unsere heißgeliebte Cowboyprinzessin steht ihm offen ins Gesicht geschrieben. Außerdem ist er eine fürchterliche Quasselstrippe und wird von jedem ständig aufgefordert, den Mund zu halten, aber er nimmt's gelassen hin – und schnattert fröhlich weiter. Ihm gegenüber entwickel' ich regelrechte Mutterinstinkte.

Den Anwalt im Wildwestkostüm habe ich nicht mehr

wiedergesehen, seit ich zurück bin, und auch den berüchtigten Ben McKinnon, der anscheinend ein Nagel zu Willas Sarg ist, kenne ich noch nicht, aber er gefällt mir jetzt schon. Jeder, der Willa ärgert, ist mir sympathisch. Ich muß doch Bess einmal um den Bart gehen, um ihr alles Wissenswerte über die McKinnons zu entlocken, aber das hat Zeit. Jetzt habe ich ein Rendezvous im Hühnerstall.

Ich werde versuchen, die ganze Sache als Abenteuer zu betrachten.

Tess stand gerne früh auf. Spätestens um sechs war sie gewöhnlich auf den Beinen, verbrachte eine Stunde im Fitneßraum und traf sich ab und zu mit Freunden zum Frühstück, ehe sie sich bis gegen zwei Uhr mittags ihrer Arbeit widmete. Danach schwamm sie ein paar Runden im Pool oder machte einen Einkaufsbummel. Manchmal ging sie abends mit einem Mann aus, manchmal blieb sie allein zu Hause. Sie war ihr eigener Herr und hatte sich ihr Leben so eingerichtet, wie es ihr gefiel.

Allerdings mißfiel es ihr gründlich, zum frühen Aufstehen gezwungen zu sein, weil sie eine Schar Hühner versorgen mußte. Der geräumige Hühnerstall wirkte erstaunlich gepflegt. Tess' ungeübtem Auge erschienen die fünfzig Hennen, die ihn bewohnten, wie eine Legion bösartiger, unheilverkündende Laute ausstoßender Raubvögel.

Gemäß Bess' Instruktionen streute sie ihnen Futter hin und versorgte sie mit frischem Wasser, dann wischte sie sich die Hände an ihren Jeans ab und betrachtete die erste auf ihrem Nest hockende Henne mißtrauisch.

»Wißt ihr, Freunde, man hat mir aufgetragen, eure Eier einzusammeln. Ich nehme an, du sitzt gerade auf einem, also wenn du nichts dagegen hast ...« Vorsichtig, die Augen fest auf die Henne gerichtet, streckte sie eine Hand aus. Sofort wurde ihr klar, wer hier das Sagen hatte. Mit einem Schrei sprang sie zurück, als der spitze Schnabel ihre Hand traf. »Hör zu, Schwester, ich habe meine Befehle.«

Es war ein ungleicher Kampf. Federn flogen durch die Luft, und im ganzen Hühnerstall brach ein wütendes Gegakker aus, als die benachbarten Hennen in die Rauferei eingriffen. Tess gelang es schließlich, ein noch warmes Ei zu ergattern. Sie putzte es ab und trat dann schwitzend und mit hochrotem Gesicht zurück.

»Nette Vorstellung, die Sie da geben.«

Beim Klang der Männerstimme fuhr Tess zusammen, das Ei entglitt ihren Fingern und zerbrach am Boden. »Verdammt! Alle Anstrengung umsonst.«

»Ich wollte Sie nicht erschrecken.« Der Tumult im Hühnerstall hatte Nate angelockt. Anstatt direkt zu Willa zu gehen, hatte er einen Abstecher zum Hühnerstall gemacht und dort die California Connection vorgefunden, die, angetan mit Designerjeans und modischen neuen Stiefeln, gegen eine Schar Hühner kämpfte. Ein Anblick für die Götter. »Suchen Sie sich das Frühstück zusammen?«

»Mehr oder weniger.« Tess strich sich das Haar aus dem Gesicht. »Was tun Sie denn hier?«

»Ich hab' etwas mit Will zu besprechen. Ihre Hand blutet«, fügte er hinzu.

»Ich weiß.« Erbost saugte Tess an den Wunden auf ihrem Handrücken. »Dieses hinterhältige Federvieh hat mich attakkiert.«

»Sie packen die Sache nicht richtig an.« Nate reichte ihr ein Taschentuch, damit sie es sich um die verletzte Hand wikkeln konnte, dann ging er zum nächsten Nest hinüber. Obwohl er sich bücken mußte, um nicht mit dem Kopf an die Decke zu stoßen, bewegte er sich erstaunlich anmutig, stellte Tess fest. »Sie müssen sich ganz natürlich geben. Greifen Sie rasch zu, aber vermeiden Sie abrupte Bewegungen.« Zum Beweis schob er eine Hand unter die leise gackernde Henne und zog ein Ei hervor. Kein Federchen rührte sich.

»Ich bin ein blutiger Anfänger in diesem Job.« Schmollend hielt Tess ihm den Eimer hin. »Mir ist es lieber, wenn ich meine Hühnchen zellophanverpackt in der Tiefkühlabteilung eines Supermarktes vorfinde.« Als er weiterging und nach und nach die Eier einsammelte, folgte sie ihm zögernd. »Sie halten vermutlich selbst Hühner.«

»Früher ja. Heute gebe ich mich damit nicht mehr ab.«

»Rinder?«

»Nein.«

Tess hob die Brauen. »Schafe? Ist das nicht ein ziemliches Risiko? Da gibt es doch ständig Streit um Weideland und Wasserstellen. Ich kenne mich aus, ich versäume keinen Western im Fernsehen.«

»Ich züchte auch keine Schafe.« Nate legte vorsichtig ein Ei in den Eimer. »Nur Pferde. Reitpferde. Können Sie reiten, Miz Mercy?«

»Nein.« Achselzuckend warf sie ihr Haar zurück. »Obwohl mir nahegelegt wurde, es zu lernen. Außerdem hätte ich dann wenigstens etwas zu tun.«

»Adam könnte es Ihnen beibringen. Oder ich.«

»Wirklich?« Tess lächelte leicht und klimperte mit den Wimpern. »Und warum sollten Sie das tun, Mr. Torrence?«

»Nachbarn helfen sich hier gegenseitig.« Nate schnupperte. Ein aufreizender Duft umgab sie, dunkel, gefährlich und ausgesprochen weiblich. Rasch griff er nach dem nächsten Ei. »Aber nennen Sie mich Nate.«

»Gerne.« Ihre Stimme verwandelte sich zu einem samtweichen Schnurren, und sie warf ihm durch die dichten Wimpern hindurch einen verführerischen Blick zu. »Sind wir denn Nachbarn, Nate?«

»Könnte man sagen. Meine Ranch liegt östlich von hier. Für jemanden, der gerade eine Schlacht gegen blutrünstige Hühner gewonnen hat, riechen Sie sehr gut, Miz Mercy.«

»Nennen Sie mich Tess. Flirten Sie etwa mit mir, Nate?«

»Ich gehe lediglich auf Ihre Flirtversuche ein.« Er lächelte sie an. »Das lag doch in Ihrer Absicht, nicht wahr?«

»Könnte man sagen.«

»Nun, wenn ich Ihnen einen Rat geben darf ...«

»Anwälte haben stets gute Ratschläge parat«, unterbrach sie ihn.

»Richtig. Ich würde Ihnen raten, sich ein wenig zurückzuhalten. Die Jungs hier sind nicht an Frauen gewöhnt, die soviel Klasse haben wie Sie.«

»Ach?« Sie war sich nicht sicher, ob die Bemerkung als Beleidigung oder als Kompliment gemeint war, aber sie beschloß, zu seinen Gunsten letzteres anzunehmen. »Sind Sie denn an Frauen mit Stil gewöhnt?«

»Kann ich nicht behaupten.« Mit seinen ruhigen blauen Augen sah er sie lange nachdenklich an. »Aber ich erkenne eine, wenn ich sie sehe. Innerhalb einer Woche haben Sie alle Männer hier so verrückt gemacht, daß sie sich gegenseitig an die Gurgel gehen.«

Nun, das war eindeutig ein Kompliment, dachte sie. »Dann wäre es hier vielleicht nicht mehr ganz so langweilig.«

»Wie ich hörte, gab es in der letzten Zeit genug Aufregung.«

»Tote Katzen und abgeschlachtete Rinder.« Sie schnitt eine Grimasse. »Ekelhafte Geschichte. Gut, daß ich nicht da war.«

»Aber jetzt sind Sie ja da. So, das wären alle«, erklärte er, und sie sah in den Eimer.

»Mehr als genug. Igitt, sind die schmierig.« Vermutlich würde sie in der nächsten Zeit kein Omelett mehr anrühren können.«

»Man kann sie abwaschen.« Nate nahm den Eimer und ging zur Tür. »Leben Sie sich langsam hier ein?«

»So gut ich kann. Es ist einfach nicht mein Milieu – nicht meine normale Umgebung.«

Er grinste. »Leute Ihres – wie sagten Sie doch gleich? – Ihres Milieus kommen scharenweise hierher. Nur bleiben sie nie lange.« Instinktiv duckte er sich, seinen Kopf vor dem niedrigen Rahmen der Stalltür zu schützen. »Halb Hollywood fällt hier ein, kauft Land und setzt Prachtvillen darauf, die ein Vermögen kosten. Die Leute glauben, sie könnten hier noch Büffel oder Mustangs jagen oder Gott weiß was züchten.«

»Mögen Sie keine Kalifornier?«

»Kalifornier passen nicht nach Montana. Das ist eine Tatsache. Und es dauert meist auch nicht lange, bis sie zu ihren Restaurants und Nachtclubs zurückkehren.« Er drehte sich um und musterte sie. »Was Sie ja auch tun werden, sobald das Jahr um ist.«

»Worauf Sie sich verlassen können. Behalten Sie nur Ihr offenes Land, Kumpel. Ich ziehe Beverly Hills vor.«

»Also Smog, Schlammlawinen und Erdbeben.«

Tess lächelte nur. »Bitte hören Sie auf. Ich bekomme Heimweh.« Jetzt wußte sie, in welche Schublade sie ihn stekken konnte. Ein in Montana geborener und aufgewachsener Naturbursche, langsam und gründlich, der kaltes Bier und anständige, zurückhaltende Frauen mochte. Der Typ Cowboy, der am Ende eines B-Westerns sein Pferd küßte. Trotzdem fand sie ihn überwältigend attraktiv.

»Warum sind Sie Jurist geworden, Nate? Haben Sie Angst, jemand könnte Ihre Pferde verklagen?«

»Das weniger.« Nate verlangsamte seinen Schritt, damit sie mit ihm mitkam. »Das Rechtswesen hat mich einfach interessiert. Außerdem kommt mein zusätzlicher Verdienst der Ranch zugute. Man braucht Zeit und Geld, um gute Pferde zu züchten.«

»Also haben Sie Jura studiert, um Ihr Einkommen aufbessern zu können. Wo denn? An der Universität von Montana?« Ihr Mund verzog sich belustigt. »Ich nehme an, in Montana gibt es eine Universität, oder nicht?«

»Soviel ich weiß, ja.« Der Sarkasmus in ihrer Stimme war ihm nicht entgangen. »Aber ich war in Yale.«

»Wo waren Sie?« Da sie vor Erstaunen wie angewurzelt stehenblieb, war er ihr bereits ein gutes Stück voraus, als sie sich endlich wieder fing und in Bewegung setzte. »Yale? Sie haben in Yale studiert und sind in dieses gottverlassene Land zurückgekehrt, um für eine Horde Cowboys und Rancharbeiter den Rechtsverdreher zu spielen?«

»Ich betrachte meine Arbeit keineswegs als Spiel.« Nate berührte grüßend seine Hutkrempe, drehte sich um und ging auf einen Korral zu, der neben der Scheune lag.

»Yale.« Tess konnte es nicht fassen. Kopfschüttelnd nahm sie den Eimer, den er ihr zurückgegeben hatte, in die andere Hand und lief ihm eilig nach. »Hey, warten Sie mal, Nate ...«

Doch dann blieb sie stehen. In dem Korral herrschte ziemliche Hektik. Willa und zwei ihrer Männer machten irgend etwas mit einem kleinen Rind, etwas, was dem Tier gar nicht zu behagen schien. Vielleicht bekamen die Rinder ja gerade Brandzeichen. Neugierig trat Tess näher, um sich das Spiel genauer anzusehen. Außerdem wollte sie noch einmal mit Nate reden, der am Zaun lehnte.

Sie packte den Eimer fester, lief zum Gatter und öffnete es. Niemand würdigte sie auch nur eines Blickes, sie waren alle viel zu sehr mit ihrer Arbeit beschäftigt. Tess zog einen Flunsch, beugte sich vor und blinzelte über Willas Schulter, um zu sehen, was dort vor sich ging.

Als sie sah, wie Jim Brewster das Kalb rasch und geschickt kastrierte, traten ihr beinahe die Augen aus dem Kopf. Lautlos fiel sie in sich zusammen. Allein das Scheppern des zu Boden fallenden Eimers veranlaßte Willa, sich zu ihr umzudrehen.

»Du lieber Himmel, sieh dir das an!«

»Sie ist in Ohnmacht gefallen«, informierte Jim sie und erntete einen bitterbösen Blick.

»Das sehe ich selber, mach du mit dem Kalb weiter.« Unwillig richtete sie sich auf, doch Nate war schon dabei, Tess aufzuheben. »Heb dir keinen Bruch, Nate.«

»Ein Federgewicht ist sie gerade nicht.« Nate grinste. »Ich muß sagen, deine Schwester hat wirklich einen wohlproportionierten Körper, Will.«

»Du kannst dich ja an ihren Reizen erfreuen, während du sie ins Haus trägst. O verflixt!« Willa hob den Eimer auf. »Sie hat doch tatsächlich fast jedes Ei zerbrochen. Bess kriegt einen Anfall.« Angewidert sah sie zu Jim und Pickles hinüber. »Ihr zwei macht weiter. Ich muß mich erst mal um die Bescherung hier kümmern. Als ob ich nichts Besseres zu tun hätte, als für eine hirnlose Großstadtpflanze Riechsalz aufzutreiben!«

»Geh nicht so hart mit ihr ins Gericht«, bat Nate, der Tess über die Straße zum Wohnhaus trug. Um seine Lippen zuckte es leicht. »Sie wurde immerhin aus ihrem gewohnten Milieu herausgerissen.«

»Wenn sie doch bloß wieder dahin zurückkehren und aus *meinem* Milieu verschwinden würde. Die eine fällt mir in Ohnmacht, und die andere schleicht auf Zehenspitzen durchs Haus und sieht aus, als hätte sie Angst, ich würde sie jeden Moment erschießen.«

»Du bist wirklich eine furchteinflößende Frau, Will.« Nate zwinkerte ihr zu, als Tess sich in seinen Armen zu bewegen begann. »Ich glaube, sie kommt wieder zu sich.«

»Leg sie irgendwo ab«, schlug Willa ungerührt vor und riß die Haustür auf. »Ich hole ihr ein Glas Wasser.«

Nate mußte zugeben, daß es ihm durchaus nicht unangenehm war, Tess im Arm zu halten. Sie gehörte nicht zu jenem knochigen, bleistiftdünnen Typ Frau, der in Kalifornien so häufig vertreten war, sondern ihre Pfunde saßen genau da, wo sie hingehörten. Sie stöhnte leise, und ihre Wimpern flatterten, als er sie zu einem Sofa trug. Ihre kornblumenblauen Augen starrten ihn blicklos an.

»Was …?« war alles, was sie hervorbrachte.

»Langsam, Schätzchen. Sie sind nur ohnmächtig geworden, weiter nichts.«

»Ohnmächtig?« Sie brauchte einen Moment, um die Bedeutung dieses Wortes zu erfassen. »Ich ohnmächtig? Das ist doch lächerlich!«

»Sie sind ausgesprochen graziös in sich zusammengesunken. Wie ein sterbender Schwan.« In Wirklichkeit war sie umgekippt wie ein gefällter Baum, aber er bezweifelte, daß dieser Vergleich ihre Zustimmung finden würde. »Haben Sie sich am Kopf verletzt?«

»Am Kopf?« Benommen faßte sie sich an die Stirn. »Ich glaube nicht, ich …« Plötzlich fiel ihr alles wieder ein. »O Gott, das arme Rind. Was haben sie bloß mit dem Tier angestellt? Warum grinsen Sie denn so?«

»Ich stelle mir nur gerade vor, wie man sich fühlt, wenn man zum ersten Mal sieht, wie ein Bulle in einen Ochsen verwandelt wird. So ein Schauspiel bekommt man in Beverly Hills sicher nicht oft geboten.«

»Wir halten unser Vieh gewöhnlich im Gästezimmer.«

Nate nickte zufrieden. »Man merkt, daß es Ihnen besser geht.«

In der Tat. Sie war schon wieder so weit bei Bewußtsein, um zu bemerken, daß er sie wie ein Baby an seine Brust drückte. »Warum tragen Sie mich eigentlich durch die Gegend, Nate?«

»Es erschien mir denn doch zu unfreundlich, Sie an den Haaren ins Haus zu schleifen. Langsam bekommen Sie auch wieder Farbe.«

»Hast du sie immer noch nicht abgesetzt?« wollte Willa wissen, die mit einem Glas Wasser ins Zimmer zurückkam.

»Warum? Sie riecht so gut.«

Sein übertrieben verzückter Gesichtsausdruck brachte Willa zum Kichern, und sie schüttelte verständnislos den Kopf. »Hör mit dem Theater auf und setz sie ab, Nate. Ich hab' noch anderes zu tun.«

»Kann ich sie nicht behalten, Will? Mir fehlt eine Frau auf der Ranch, und ich bin doch so furchtbar einsam.«

»Ihr beide seid unerträglich.« So würdevoll wie möglich strich sich Tess das Haar zurück. »Lassen Sie mich endlich runter, Sie ... Sie Bohnenstange!«

»Zu Befehl.« Nate ließ sie aus ziemlicher Höhe auf das Sofa fallen. Leise fluchend rappelte Tess sich auf.

»Hier, trink das!« Ohne großes Mitgefühl drückte ihr Willa das Glas in die Hand. »Und halt dich in Zukunft von den Korralen fern.«

»Verlaß dich drauf.« Wütend über sich und über die nicht zu leugnende Tatsache, daß sie noch immer am ganzen Leibe zitterte, trank Tess einen Schluck. »Was dort draußen vor sich geht, ist ekelhaft, barbarisch und grausam. Es sollte verboten werden, ein hilfloses Tier derart zu verstümmeln.« Als Nate sie strahlend anlächelte, biß sie die Zähne zusammen. »Hören Sie auf, so dämlich zu grinsen, Sie Idiot! Ich glaube nicht, daß es Ihnen gefallen würde, wenn man Ihren Kronjuwelen mit einer Baumschere zu Leibe rückt.«

Nate räusperte sich. »Nein, Ma'am, ich kann nicht behaupten, daß ich darauf großen Wert lege.«

»Hier in der Gegend werden die Männer erst kastriert, wenn wir Frauen mit ihnen nichts mehr anfangen können«, bemerkte Willa trocken. »Hör zu, Hollywood, die Kastrationen sind äußerst wichtig auf einer Ranch. Was meinst du wohl, was passieren würde, wenn das nicht geschähe? Die Bullen würden alles bespringen, was sich bewegt.«

»Jede Nacht wilde Orgien«, warf Nate ein, worauf beide Frauen ihn mit bösen Blicken durchbohrten.

»Ich muß dir ja wohl kaum noch Aufklärungsunterricht geben«, fuhr Willa fort. »Vergiß das Ganze einfach und bleib in der nächsten Zeit vom Korral weg. Bess wird im Haus schon Arbeit für dich finden.«

»O Wonne!«

»Ich wüßte nicht, wozu du sonst taugen solltest. Du kannst ja noch nicht einmal Eier einsammeln, ohne den größten Teil davon zu zerbrechen.« Als Tess sie böse ansah, wandte sich Willa an Nate. »Du wolltest etwas mit mir besprechen?«

»Ja.« Er war auf diese Art von Unterhaltung gar nicht gefaßt gewesen. »Aber vor allen Dingen wollte ich mich davon überzeugen, daß es dir gutgeht. Ich hab' schon gehört, was hier los war.«

»Ach, ich bin ganz okay.« Willa nahm Tess das Glas aus der Hand und trank den Rest gierig aus. »Es gibt nicht viel, was ich in der Angelegenheit unternehmen könnte. Die Männer sind ein bißchen verunsichert, aber sie halten wenigstens die Augen offen.« Sie setzte das leere Glas ab und schob ihren Hut zurecht. »Hast du gehört, ob außer uns noch anderen etwas Derartiges zugestoßen ist?«

»Nein, niemandem, soviel ich weiß.« Und genau das bereitete ihm Kopfzerbrechen. »Wenn ich dir irgendwie helfen kann, brauchst du es nur zu sagen.«

»Ich weiß dein Angebot zu schätzen.« Willa nahm seine Hand und drückte sie; eine Geste, die Tess veranlaßte, nachdenklich die Lippen zu schürzen. »Hast du dich um die andere Sache gekümmert? Wir haben ja ausführlich darüber gesprochen.«

Sie sprach von ihrem Testament, in dem sie Adam als Alleinerben eingesetzt hatte, und von den Dokumenten, die belegten, daß sie ihm das Haus, das er bewohnte, die Pferde und die Hälfte ihres Anteils an der Mercy Ranch überschrieben hatte. »Ja, ich habe alle nötigen Papiere Ende der Woche zur Unterschrift fertig.«

»Danke.« Sie gab seine Hand frei. »Du kannst dich ja noch

mit ihr unterhalten, wenn dir deine Zeit dazu nicht zu schade ist.« Willa bedachte Tess mit einem unfreundlichen Blick. »Ich muß noch ein paar Kälber kastrieren.«

Nachdem sie den Raum verlassen hatte, verschränkte Tess die Arme und bemühte sich, ihr Temperament zu zügeln. »Langsam fange ich an, sie zu hassen.«

»Sie kennen sie nur nicht gut genug.«

»Ich weiß, daß sie herablassend, grob, unfreundlich und herrschsüchtig ist, und das reicht mir.« Nein, stellte sie fest, als sie vorsichtig aufstand, ihre Wut wollte sich einfach nicht legen. »Ich habe nichts getan, das eine solche Behandlung verdient. Ich habe nicht darum gebeten, ein Jahr lang hier festzusitzen, und ganz bestimmt habe ich nicht darum gebeten, mit dieser anmaßenden Hexe verwandt zu sein.«

»Sie ist auch nicht vorher gefragt worden.« Nate ließ sich auf einer Sessellehne nieder und begann sich eine Zigarette zu drehen. Er hatte noch etwas Zeit, und ihm schien, daß es hier ein paar Dinge zu klären gab. »Lassen Sie mich Ihnen einmal eine Frage stellen. Wie wäre Ihnen wohl zumute, wenn Sie plötzlich mit der Tatsache konfrontiert würden, Gefahr zu laufen, Ihr Heim zu verlieren? Daß alles, woran Ihr Herz hängt, auf einmal auf dem Spiel steht?«

Lächelnd riß er ein Streichholz an und hielt die Flamme an das Ende seiner Zigarette. »Ob Sie Ihr Eigentum behalten, hängt von Ihnen völlig fremden Menschen ab, und selbst wenn alles gutgeht, werden Sie doch einen Teil davon verlieren. Sie müssen es mit diesen Fremden teilen, mit Menschen, die Sie nie zuvor gesehen haben. Diese Menschen leben in Ihrem Haus, weil sie darauf ebenso ein Recht haben wie Sie selbst, und es gibt nichts, was Sie dagegen unternehmen können. Und um das Maß des Erträglichen vollzumachen, lastet auch noch die ganze Verantwortung auf Ihrer Schulter, da die Eindringlinge keine Ahnung von einer Ranch haben. Sie allein müssen sich um alles kümmern, die anderen brauchen nur abzuwarten. Und halten sie durch, dann bekommen sie zur Belohnung ebensoviel wie Sie, obwohl die ganze Arbeit und die ganzen Sorgen an Ihnen hängen.«

Tess öffnete den Mund – und schloß ihn wieder, ohne etwas zu erwidern. So betrachtet, sah die Sache ganz anders aus. »Ich trage aber keine Schuld daran«, meinte sie schließlich betroffen.

»Nein, das tun Sie nicht. Aber Willa auch nicht.« Nate drehte den Kopf und musterte das Porträt von Jack Mercy über dem Kamin. »Und Sie mußten nicht mit ihm leben.«

»Was war ...« Abrupt brach sie ab und ärgerte sich über sich selbst. Sie wollte nicht fragen, wollte nicht zuviel erfahren.

»Was er für ein Mensch war?« Nate stieß eine Rauchwolke aus. »Ich werde es Ihnen sagen. Er war unbeugsam, kaltherzig und eigensüchtig. Er verstand mehr von der Leitung einer Ranch als jeder andere, den ich kenne, aber von Kindern hatte er nicht die geringste Ahnung.« Die Erinnerung trieb ihm die Zornesröte ins Gesicht. »Er schenkte ihr nicht ein Fünkchen Zuneigung, nicht ein einziges lobendes Wort, egal wie sehr sie sich für ihn abrackerte. Nie konnte sie es ihm recht machen.«

Er würde ihr keine Schuldgefühle einimpfen, schwor sich Tess. Und es würde ihm auch nicht gelingen, Sympathie für diese Frau in ihr zu erwecken. »Sie hätte ja nicht hierbleiben müssen.«

»Richtig, sie hätte fortgehen können. Dummerweise liebte sie aber diese Ranch. Und sie liebte ihn. Sie müssen um Ihren Vater nicht trauern, Tess, weil Sie ihn schon vor Jahren verloren haben. Aber Willa trauert, ob er es nun verdient hat oder nicht. Ihm lag an Willa genausowenig wie an Ihnen oder an Lily, aber sie hatte noch nicht einmal das Glück, noch eine Mutter zu haben.«

Nun keimte doch ein leises Mitgefühl in Tess auf, ansatzweise wenigstens. »So leid mir das tut, es hat nichts mit mir zu tun.«

Nate nahm einen tiefen Zug, drückte die Zigarette dann sorgfältig aus und erhob sich. »Es hat eine ganze Menge mit Ihnen zu tun.« Als er sie ansah, wirkten seine Augen plötzlich kühl und abschätzend, und sie sah den Anwalt in ihm. »Wenn Sie das nicht verstehen, dann steckt entschieden zuviel von Jack Mercy in Ihnen. Ich muß jetzt gehen.« Er berührte flüchtig seine Hutkrempe und verließ den Raum.

Tess blieb noch lange regungslos stehen und starrte zu dem Porträt des Mannes empor, der ihr Vater gewesen war.

Meilen entfernt, auf dem Gebiet von Three Rocks, pfiff Jesse Cooke gutgelaunt durch die Zähne, während er an einem alten Ford-Pritschenwagen die Zündkerzen austauschte. Die Unterhaltung beim Frühstück hatte sich einzig und allein um die verstümmelten Tiere auf der Mercy Ranch gedreht und ihn in Hochstimmung versetzt. Und zur Krönung des Ganzen war auch noch ausgerechnet Lily über die geköpfte Katze gestolpert.

Schade, daß er diese Szene nicht hatte mitansehen können.

Aber Legs Monroe hatte von Wood Book drüben auf Mercy gehört, daß sich das kleine Stadtfräulein mit dem blauen Auge die Seele aus dem Leib geschrien hatte.

Herrlich!

Jesse pfiff eine Countrymelodie, während er mit geschickten Fingern einige Schrauben anzog. Countrymusik hatte er seit jeher verabscheut, die weinerlichen Frauen, die sich schluchzend über ihre Männer beklagten; die rückgratlosen Männer, die sich wegen irgendeines Weibsbildes das Leben schwermachten. Aber er mußte sich den Gegebenheiten anpassen. Jeder seiner Mitbewohner schwärmte für diese Art Musik, und aus dem Radio tönte Tag und Nacht nichts anderes. Aber damit konnte er leben. Er kam nämlich mehr und mehr zu der Überzeugung, daß Montana genau der richtige Platz für ihn war.

Ein Land für echte Männer, fand er. Für Männer, die auf nichts und niemanden angewiesen waren und die ihre Frauen fest im Griff hatten. Nachdem er Lily eine angemessene Lektion erteilt hatte, würden sie sich hier niederlassen. Schließlich würde sie bald eine wohlhabende Frau sein.

Bei diesem erfreulichen Gedanken kicherte er leise und wippte mit dem Fuß im Rhythmus der Melodie. Der Gedanke daran, daß das Spatzenhirn Lily ein Drittel von einer der besten Ranches im ganzen Staat erbte, erheiterte ihn. Ein gottverdammtes Vermögen. Alles, was er zu tun hatte, war, dies eine Jahr abzuwarten.

Jesse zog den Kopf unter der Motorhaube hervor und blickte sich um. Die Berge, das Land, der Himmel – eine Gegend, so hart und zäh wie er selbst. Hier gehörte er hin, und Lily würde lernen müssen, daß ihr Platz an seiner Seite war. Das Wort ›Scheidung‹ existierte in Jesse Cookes Vokabular nicht. Die Frau hatte bei ihm zu bleiben, und wenn er seine Fäuste einsetzen mußte, um ihr diese elementare Tatsache klarzumachen, nun, das war schließlich sein gutes Recht als Ehemann.

Er mußte sich nur in Geduld fassen. Das fiel ihm am schwersten, gestand er sich ein und wischte sich mit einer ölverschmierten Hand über die Wange. Sollte sie herausfinden, daß er sich in der Nähe aufhielt, würde sie die Flucht ergreifen, und er durfte nicht zulassen, daß sie die Ranch verließ, ehe das Jahr um war. Aber natürlich konnte er auch weiterhin ein wachsames Auge auf sie haben. O ja, er würde gut auf das nutzlose Frauenzimmer aufpassen. Es war geradezu kinderleicht gewesen, sich mit einigen der Hohlköpfe drüben auf Mercy anzufreunden. Ein paar Bier, eine Runde Poker, und schon konnte er sie problemlos aushorchen. Er konnte die Nachbarranch aufsuchen, sooft er wollte, vorausgesetzt, er trug Sorge, daß Lily ihn nicht zu Gesicht bekam.

Und an dem Tag, an dem sich Jesse Cooke, seines Zeichens Ex-Marine, von einer Frau übertölpeln ließ, würde es in der Hölle schneien.

Jesse duckte sich wieder unter die Motorhaube und fuhr mit seiner Arbeit fort, wobei er bereits Pläne für seinen nächsten Besuch auf Mercy schmiedete.

Kapitel 7

Sarah McKinnon wendete die Pfannkuchen, die sie zum Frühstück buk, und genoß es, daß ihr ältester Sohn bei ihr am Küchentisch saß und mit ihr Kaffee trank. In der letzten Zeit pflegte er meistens in seiner eigenen Behausung über der Garage zu frühstücken.

Er fehlte ihr.

Tatsächlich vermißte sie die Gegenwart beider Söhne, ihr Gezanke und Gestichel, den Lärm, den sie verursachten. Allerdings hatte sie oft genug gedacht, die beiden würden sie zum Wahnsinn treiben, und sie würde in ihrem Leben nie wieder eine ruhige Minute haben. Doch nun, da beide erwachsen und aus dem Haus waren, sehnte sie sich wieder nach der Unruhe, der zusätzlichen Arbeit und den Streitereien.

Sie hatte sich immer viele Kinder gewünscht. Gar zu gern hätte sie noch ein kleines Mädchen gehabt, das in diesem Männerhaushalt nach Herzenslust verhätschelt und verwöhnt worden wäre, doch ein drittes Baby war ihr und Stu nicht mehr vergönnt gewesen. So tröstete sie sich mit dem Gedanken, daß sie zumindest zwei kräftigen, gesunden Söhnen das Leben geschenkt hatte, und quälte sich nicht weiter mit unerfüllten Träumen.

Inzwischen hatte sie eine Schwiegertochter, die sie sehr liebte, und eine kleine Enkelin, die sie geradezu anbetete. Und sie würde noch mehr Enkelkinder bekommen – wenn Ben nur endlich die richtige Frau fand.

Der Junge war furchtbar wählerisch, grübelte sie, während sie ihm einen verstohlenen Blick zuwarf. Mit seinen dreißig Jahren war er immer noch unverheiratet, obwohl es ihm an Bewerberinnen gewiß nicht gemangelt hatte. Sarah wußte, das es in seinem Leben – und in seinem Bett – eine ganze Reihe von Frauen gegeben hatte, aber in diesem Punkt mischte sie sich nicht ein. Doch keine seiner Liebeleien war ihm wirklich unter die Haut gegangen, was Sarah eigentlich ganz recht war. Ein Mann, der sorgfältig wählte, wählte für gewöhnlich gut. Wenn sie nur nicht so gerne noch weitere Enkelkinder gehabt hätte!

Einen mit Pfannkuchen vollgehäuften Teller in der Hand, blieb sie einen Augenblick am Küchenfenster stehen. Im Osten dämmerte es bereits, und Sarah sah zu, wie sich der Himmel und die tiefliegenden Wolken langsam rosig verfärbten.

Inzwischen saßen die Männer schon in ihrer Unterkunft

beim Frühstück, und in ein paar Minuten würde sie ihren Mann im ersten Stockwerk über ihrem Kopf rumoren hören. Sie stand stets vor ihm auf, da sie die ersten Momente des Tages ganz für sich allein auskosten wollte. Später würde er herunterkommen, frisch rasiert und nach Seife duftend und mit feuchtem Haar, ihr einen schallenden Kuß geben, sie liebevoll auf das Hinterteil klopfen und dann seine erste Tasse Kaffee hinunterstürzen, als ob sein Leben davon abhinge.

Sie liebte ihn, weil sie immer genau wußte, woran sie bei ihm war.

Sie liebte das Land, weil es immer neue Rätsel bot.

Und sie liebte ihren Sohn, diesen Mann, der doch ein Teil von ihr war.

Sie stellte den Teller vor Ben hin und fuhr mit der Hand liebevoll über seinen dichten Schopf. Aus irgendeinem Grund erinnerte sie sich plötzlich glasklar an seinen ersten Besuch beim Friseur, als er sieben Jahre alt gewesen war.

Wie der kleine Kerl vor Stolz gestrahlt hatte! Und wie sie beim Anblick der am Boden liegenden Locken in Tränen ausgebrochen war.

»Was hast du auf dem Herzen, Freundchen?«

»Hmm?« Ben legte seine Zeitung beiseite. Lesen bei Tisch war nur so lange gestattet, bis das Essen aufgetragen wurde. »Gar nichts, Ma. Und du?«

Sarah setzte sich und nahm ihre Kaffeetasse in die Hände. »Ich kenne dich doch, Benjamin McKinnon. Irgend etwas bedrückt dich.«

»Hauptsächlich Angelegenheiten, die die Ranch betreffen.« Um Zeit zu gewinnen, machte er sich über sein Frühstück her. Die Pfannkuchen waren so locker und luftig, daß sie eigentlich einige Zentimeter über seinem Teller hätten schweben müssen, der Speck war kroß und knusprig. »Keiner kocht so gut wie meine Ma«, lobte er und grinste sie an.

Eine Weile schwieg er; genoß die angenehmen Essensdüfte und das erste Tageslicht, das durch das Küchenfenster fiel. Wie stets übte die Gegenwart seiner Mutter einen beruhigenden Einfluß auf ihn aus. Sarah McKinnon war eine hübsche Frau mit funkelnden grünen Augen und glänzendem rotblondem Haar, die von ihren irischen Vorfahren jenen milchweißen Teint geerbt hatte, dem kein Sonnenstrahl etwas anhaben konnte. Zwar entdeckte Ben im Laufe der Zeit auch einige Fältchen in ihrem Gesicht, doch die Linien waren so fein, daß man sie kaum bemerkte. Ihr warmes Lächeln hingegen zog ihre Mitmenschen sofort in ihren Bann.

In ihren Jeans und dem karierten Hemd wirkte sie schmal und zierlich, doch Ben wußte, daß der Schein trog. Er kannte ihre psychische und physische Stärke und wußte, daß sie durchaus in der Lage war, bei beißender Kälte oder glühender Hitze stundenlang zu Pferde oder auf einem Traktor zu sitzen. Sie konnte sich einen fünfzig Pfund schweren Futtersack ebenso mühelos auf die Schulter hieven, wie eine andere Frau ihr Baby aufnahm.

Nein, für Ben zählte hauptsächlich der stählerne Kern, der sich in ihrem zarten Körper verbarg. Sarah wurde in ihren Entschlüssen niemals wankend. Während seines ganzen Lebens hatte er nicht einmal erlebt, daß sie einer Herausforderung aus dem Weg gegangen war oder einen Freund im Stich gelassen hatte.

Wenn er keine Frau fand, die ebenso liebevoll, großzügig und innerlich gefestigt war wie sie, dann würde er sein Leben wohl als Junggeselle beschließen. Das Wissen darum hätte Sarahs Herz überfließen lassen.

»Ich habe über Willa Mercy nachgedacht, Ma.«

Sarah hob eine Augenbraue. Ein Anflug von Hoffnung keimte in ihr auf. »Ach ja, wirklich?«

»Nicht so, wie du denkst.« Obwohl das nicht stimmte. Er hegte bezüglich Willa just jene Gedanken, die seine Mutter ihm unterstellte. »Sie macht gerade eine schwere Zeit durch.«

Das aufglimmende Licht in Sarahs Augen erlosch. »Das tut mir leid. Sie ist ein gutes Mädchen und hat diesen ganzen Kummer nicht verdient. Ich habe schon daran gedacht, hinüberzureiten und ihr einen Besuch abzustatten, aber ich weiß ja, wieviel sie im Moment um die Ohren hat. Dabei sterbe ich vor Neugier, was die beiden anderen angeht. Bei der Beerdigung konnte ich kaum einen Blick auf sie werfen.«

»Ich glaube, Willa würde sich über deinen Besuch freuen.« Ben stopfte sich ein großes Stück Pfannkuchen in den Mund. Er wollte den geeigneten Zeitpunkt abwarten, um das loszuwerden, was ihm auf der Seele lag. »Hier auf Three Rocks haben wir alles unter Kontrolle, also kann ich ein paar Stunden abzweigen, um auf Mercy nach dem Rechten zu sehen. Das wird Will zwar nicht in den Kram passen, aber vielleicht glätten sich die Wogen ja, wenn ein zusätzlicher Mann ab und an mit anpackt.«

»Wenn du sie nicht immer piesacken würdest, dann kämst du auch besser mit ihr aus.«

»Möglich.« Ben hob die Schultern. »Das Problem ist, ich weiß nicht, wieviel Verantwortung sie schon zu Lebzeiten des alten Jack übernommen hat. Vermutlich kommt sie ganz gut allein zurecht, aber da Mercy tot ist, fehlt auf der Ranch ein Mann. Ich habe nicht gehört, daß sie sich nach Ersatz umgesehen hat.«

»Man erzählt sich, daß sie einen Burschen von der Universität als Vorarbeiter einstellen will.« Auf diese Weise gelangte der Klatsch von Ranch zu Ranch – in Form von Spekulationen, die telefonisch weitergegeben wurden. »Einen netten jungen Mann, der sich in der Landwirtschaft und Viehzucht auskennt. Ich will damit nicht sagen, daß Ham sein Handwerk nicht versteht, aber er kommt langsam in die Jahre.«

»Das würde Will nie tun. Für sie steht zuviel auf dem Spiel, und außerdem hat sie Ham viel zu gerne. Ich werde ihr ein wenig helfen«, fuhr er fort, »obwohl sie von meinem Collegediplom auch nicht allzuviel hält. Ich dachte daran, am späten Vormittag hinüberzureiten und die Fühler in dieser Richtung auszustrecken.«

»Das ist sehr nett von dir, Ben.«

»Ich mache das aus purem Eigennutz.« Er grinste sie über seinen Tassenrand hinweg an, mit demselben verschmitzten Lächeln, das ihr so vertraut war. »So habe ich wenigstens Gelegenheit, sie noch ein bißchen mehr zu piesacken.«

Kichernd stand Sarah auf, um die Kaffeekanne zu holen. Sie hatte die Schritte ihres Mannes auf der Treppe gehört.

»Na, vielleicht lenkt sie das ein wenig von ihren Problemen ab.«

Willa konnte wahrlich eine Ablenkung gebrauchen. Woods Söhne hatten sich auf die Bullenweide geschlichen, um dort unter Zuhilfenahme der roten Weihnachtstischdecke ihrer Mutter Torero zu spielen. Sie waren mit dem Leben und einem heillosen Schrecken davongekommen. Willa selbst hatte sie gerettet, hatte den verstörten, vor Entsetzen wie gelähmten Pete über den Zaun gehoben, hinter dem ein verärgerter Bulle wütend mit den Hufen scharrte.

Die anschließende Strafpredigt, die sie den beiden zerknirschten Jungen halten mußte, war nicht allzu streng ausgefallen, dazu saß ihr die Angst noch zu sehr in den Knochen. Am Ende hatte sie sich zum Mitverschwörer erklärt, indem sie einwilligte, die rote Tischdecke rasch zu waschen und zu bügeln, ehe Nell ihr Verschwinden bemerkte.

Dieser Vorschlag trug ihr die unauslöschliche Bewunderung der beiden Missetäter ein. Willa konnte nur hoffen, daß der erlittene Schock sie in Zukunft davon abhielt, einen wutschnaubenden schwarzen Angusbullen mit ›*Toro*‹-Rufen zu reizen.

Die Antriebswelle eines der Traktoren war gebrochen, so daß sie Billy in die Stadt schicken mußte, um Ersatzteile zu besorgen. Ein Rudel Elche hatte erneut einen Teil der nordwestlichen Umzäunung zerstört, und nun mußte das dort stehende Vieh wieder zusammengetrieben werden.

Bess lag mit einer Erkältung im Bett, Tess hatte zum dritten Mal in dieser Woche fast alle Frühstückseier zerbrochen, und das Mäuschen Lily hatte vorübergehend den Küchendienst übernommen.

Um das Maß vollzumachen, herrschte unter ihren Männern ständig Unfrieden.

»Wenn ein Mann beim Pokern eine Glückssträhne hat, dann ist es meiner Meinung nach seine verdammte Pflicht und Schuldigkeit, seinen Mitspielern Gelegenheit zur Revanche zu geben.« Pickles spannte die Hörner eines mißmutigen Kalbes in einen speziellen Schraubstock und knipste sie zu den Tönen eines Tammy-Wynette-Songs ab. Das Kalb fiel mit einem beleidigten Muhen in die Musik ein.

»Wenn du es dir nicht leisten kannst zu verlieren«, gab Jim zurück, »dann solltest du lieber erst gar nicht spielen.«

»Ein Mann hat das Recht auf die Chance, sein Geld zurückzugewinnen.«

»Ein Mann hat aber gleichfalls das Recht, dann aufzuhören, wann es ihm paßt, stimmt's nicht, Will?«

Willa verabreichte dem Tier rasch und geschickt eine Spritze, um etwaigen Infektionen vorzubeugen. Der Tag war kühl, der Herbst neigte sich seinem Ende zu, trotzdem hatte sie ihre Jacke über ein Gatter gehängt und schwitzte selbst noch in ihrem Hemd vor Anstrengung. »Ich mische mich nicht in eure kleinlichen Zänkereien ein.«

Zwischen Pickles' Brauen bildete sich eine tiefe vertikale Furche, und sein Schnurrbart begann vor Empörung zu zittern. »Jim und dieser Falschspieler von Three Rocks haben mich regelrecht ausgenommen. Zweihundert Mäuse haben die Gauner mir abgeluchst!«

»JC ist kein Falschspieler.« Nur um Pickles noch mehr auf die Palme zu bringen, eilte Jim seinem neuen Freund zu Hilfe. »Er spielt nur besser als du. Du könntest noch nicht einmal einen Blinden ohne Krückstock bluffen, und du bist sauer, weil er Hams Jeep repariert hat und der Motor jetzt läuft wie geschmiert.«

Da diese Behauptung mitten ins Schwarze traf, schob Pickles störrisch das Kinn vor. »'s ist nicht richtig, daß sich da einfach so 'n Kerl von Three Rocks hier breitmacht, an unseren Jeeps rumfummelt und mir beim Poker mein sauer verdientes Geld abknöpft. Ich hätt' mich um Hams Karre schon noch gekümmert.«

»Das sagst du jetzt schon seit einer Woche.«

»Ich hätt's schon noch gemacht.« Pickles stand zähneknirschend auf. »Hier muß keiner dumme Sprüche klopfen oder nutzlose Veränderungen einführen. Nächsten Mai arbeite ich achtzehn Jahre auf dieser Ranch, da laß ich mir von keinem dahergelaufenen Arschloch was vormachen.«

»Du paß auf, wen du hier als Arschloch bezeichnest!« Hitzig sprang Jim auf und funkelte Pickles böse an. »Suchst du Streit, Alter? Den kannst du haben!«

»Jetzt reicht es!« Obwohl beide Kampfhähne bereits die Fäuste ballten, trat Willa entschlossen dazwischen. »Schluß jetzt, hab' ich gesagt!« Energisch schob sie Jim beiseite. Ein Blick von ihr warnte beide Männer, etwas Voreiliges zu tun. »So wie ich die Sache sehe, gibt es hier gleich zwei Arschlöcher, die nicht genug Verstand haben, um sich auf ihre Arbeit zu konzentrieren, und davon haben wir wahrlich genug.«

»Gegen meine Arbeit ist ja wohl kaum etwas einzuwenden.« Pickles biß die Zähne zusammen, als er auf sie hinunterblickte. »Niemand muß mir sagen, was ich zu tun habe, du nicht und der da auch nicht.«

»Wie schön. Aber ich dulde nicht, daß ihr hier einen idiotischen Zweikampf anfangt, während wir in Arbeit ersticken. Du beruhigst dich jetzt erst einmal, Pickles, und dann fährst du los und siehst nach, wie weit die Leute mit den Zäunen sind.«

»Ham braucht keinen Aufpasser, und ich hab' hier genug zu tun.«

Willa trat näher. Ihr Temperament stand dem seinen in nichts nach. »Ich sagte, du sollst dich beruhigen. Dann klemmst du dich hinter das Steuer und fährst los, die Zäune überprüfen. Und wenn du das nicht tust, dann kannst du deine Sachen packen und deinen letzten Lohn abholen.«

Pickles lief hochrot an, wütend und gedemütigt, weil er von einer Frau herumkommandiert wurde, die halb so alt war wie er. »Glaubst du wirklich, du könntest mich feuern?«

»Wir beide wissen, daß ich das kann.« Sie wies auf das Tor. »Jetzt komm in die Gänge, du bist mir hier im Weg!«

Zehn Sekunden lang starrten sie sich an. Die Luft knisterte förmlich vor Spannung. Dann wandte Pickles den Blick ab, spie auf den Boden und stapfte zum Tor. Jim, der neben Willa stand, pfiff leise durch die Zähne.

»Du willst ihn doch wohl nicht ernsthaft gehen lassen, Will? Er ist zwar einer der größten Sturköpfe auf Gottes Erde, aber als Cowboy kann ihm keiner das Wasser reichen.«

»Keine Sorge, der geht nirgendwo hin.« Wenn sie allein gewesen wäre, hätte sie jetzt eine Hand auf ihren nervösen Magen gepreßt. Statt dessen bückte sie sich und zog die nächste Spritze auf. »Wenn der Wutanfall verraucht ist, kommt er schon wieder zur Vernunft. Er wollte sich nicht mit dir prügeln, Jim. Er mag dich genauso gern wie alle anderen hier auf der Ranch.«

Grinsend zerrte Jim ein Kalb zu dem Schraubstock. »Das will nicht viel heißen.«

»Vermutlich nicht.« Nun mußte auch Willa lächeln. »So ein alter Hitzkopf. Wieviel hast du ihm denn gestern abend abgeknöpft?«

»Fast siebzig Piepen. Ich hab' da ein Paar tolle Schlangenlederstiefel ins Auge gefaßt.«

»Bist du ein eitler Fatzke, Brewster.«

»Man muß den Damen schließlich etwas bieten.« Jim zwinkerte ihr zu und nahm seine Arbeit wieder auf. »Du könntest ja mal mit mir zum Tanzen gehen, Will.«

Der altvertraute Witz baute die letzte Spannung ab. Jeder wußte, daß Willa Mercy niemals tanzte. »Vielleicht nimmt er dir die siebzig Dollar ja heute abend wieder ab.« Sie wischte sich den Schweiß von der Stirn und fragte betont beiläufig: »Wie ist der Typ von Three Rocks denn so?«

»JC? Der ist in Ordnung.«

»Hat er denn erzählt, was es drüben so Neues gibt?«

»Nicht viel.« Soweit Jim sich erinnerte, hatte sich JC mehr für das Treiben auf der Mercy Ranch interessiert. »Er meinte, daß John Conners Freundin mit ihm Schluß gemacht hat und daß sich John daraufhin sinnlos besoffen und auf dem Klo das Bewußtsein verloren hat.«

Diese Geschichte gehörte schon fast zum Alltag. Vertrauter Klatsch, vertraute Namen. Irgendwie wurde dadurch alles leichter. »Sissy jagt John alle paar Wochen zum Teufel, und er ist danach jedesmal sternhagelvoll.«

»Es bleibt eben alles beim alten.«

Sie lächelten sich zu; zwei Menschen, die knöcheltief in Blut und Mist wateten, während die kühle Brise den Gestank über das Land trieb. »Zwanzig Dollar, daß er ihr ein paar

Klunkern kauft und sie ihn spätestens Montag zurücknimmt.«

»Dagegen wette ich nicht. Ich bin doch kein Idiot.«

Die nächsten zwanzig Minuten arbeiteten sie wortlos weiter und verständigten sich nur durch Laute und Handbewegungen. Als sie dann eine Pause machten, um einen Schluck zu trinken, scharrte Jim linkisch mit den Füßen.

»Will, Pickles hat das, was er zu dir sagte, nicht böse gemeint. Ihm fehlt nur der Alte, das ist alles. Du weißt doch, wie er ihn verehrt hat.«

»Ich weiß.« Ohne auf den nagenden Schmerz, den diese Worte in ihr auslösten, zu achten, kniff Willa die Augen zusammen. Die Staubwolke, die die Straße entlangwirbelte, sagte ihr, daß Billy aus der Stadt zurückkam. Am besten machte sie sich jetzt auf die Suche nach Pickles, um ihn zu beschwichtigen und ihm aufzutragen, den Traktor zu reparieren. »Mach Schluß und geh etwas essen, Jim!«

»Höre ich da meine Lieblingsworte?«

Willa kletterte in ihren Landrover und verzehrte hastig ein Roastbeefsandwich, während sie den Wagen mit einer Hand über die unbefestigte, mit Spurrillen und Hufeindrükken übersäte Straße lenkte. Der Weg führte sie durch ebenes Weideland, dann hinauf zu den Hügeln, stieg weiter steil an und bot ihr oben einen atemberaubenden Blick über die Herbstlandschaft.

Die Farbenpracht verblaßte langsam, stellte sie fest, und die Bäume warfen ihr Laub ab. Als sie das Fenster herunterkurbelte, um sich den frischen Wind um die Nase wehen zu lassen, vernahm sie den süßen, eindringlichen Ruf einer Wiesenlerche. Eigentlich hätte der vertraute Ton ihre überreizten Nerven beruhigen müssen, doch heute verfehlte er seine Wirkung. Sie konnte sich die Ursache dafür nicht erklären.

Mit geübtem Blick musterte sie die Zäune, an denen sie entlangfuhr, und registrierte zufrieden, daß sie jetzt alle in tadellosem Zustand waren. Das Vieh graste friedlich vor sich hin, nur ab und an hob eines der Tiere den Kopf und starrte Jeep und Fahrer desinteressiert an.

Im Westen braute sich ein Unwetter zusammen. Der Himmel verdüsterte sich bereits bedrohlich und tauchte die Gipfel in ein unheimliches gelbliches Licht. Willa vermutete, daß es noch vor Einbruch der Dunkelheit oben in den Bergen schneien und unten im Tal regnen würde. Sie konnten den Regen wahrlich gebrauchen, doch sie hegte wenig Hoffnung, daß es einen jener langanhaltenden Nieselschauer geben würde, die die Erde durchweichten. Höchstwahrscheinlich würde wieder einmal ein heftiger Guß wie Trommelfeuer auf das Land herniederprasseln und die zarten Pflänzchen auf den Feldern beschädigen.

Willa freute sich jetzt schon darauf, den Regen auf das Dach prasseln zu hören Sie sehnte sich danach, einige Stunden alleine diesem heftigen, ungestümen Geräusch zu lauschen und dabei ihren Gedanken nachhängen zu können. Und wenn sie aus dem Fenster sah, würde sie nur eine graue, undurchdringliche Wasserwand erblicken, die Land und Menschen hinter ihrem dichten Schleier verbarg.

Vielleicht war der nahende Sturm für ihre Unruhe verantwortlich, und sie ertappte sich dabei, wie sie zum vierten Mal in den Rückspiegel schaute. Oder war sie einfach nur ärgerlich, weil sie zwar Beweise für die Anwesenheit des Trupps, der sich mit den Zäunen befassen sollte, hatte, die Männer jedoch nicht sah?

Kein Jeep war zu sehen, kein Gehämmer zu hören, keiner ihrer Leute schritt die Zäune ab. Um sie herum war nichts als Straße, endloses leeres Land und die Berge, die in den gewitterschwangeren Himmel ragten.

Sie kam sich auf einmal entsetzlich einsam und verloren vor; ein Gefühl, das sie bisher nicht kannte. Sie hatte sich immer gern allein auf ihrem Land aufgehalten. Sogar jetzt verlangte es sie danach, etwas Zeit für sich zu haben, ohne daß ihr jemand Fragen stellte, Antworten erwartete oder Beschwerden vorbrachte.

Doch die unerklärliche Unruhe wollte nicht weichen. Ihre Haut prickelte, als ob Tausende von Ameisen über ihren Körper krabbelten, und ihr Magen schmerzte. Ohne triftigen Grund griff sie hinter sich und nahm den Kolben der dort verstauten Flinte in die Hand. Dann brachte sie den Jeep entschlossen zum Stehen und sprang ins Freie, um nach ihren Leuten zu suchen.

Was er tat, war riskant, das wußte er, aber er hatte inzwischen zuviel Gefallen daran gefunden, um sich noch bremsen zu können. Er hatte Zeitpunkt und Ort mit Bedacht gewählt. Ein Sturm zog auf, die Reparaturen waren in diesem Bereich abgeschlossen. Vermutlich saßen die Männer schon wieder gemütlich in ihren Quartieren und ließen sich ihr Abendessen schmecken.

Viel Nervenkitzel gab sein für heute geplantes Abenteuer ja nicht gerade her, aber er verstand es, das Beste daraus zu machen. Er hatte sich auf der Weide einen erstklassigen Ochsen ausgesucht, ein kräftiges, gesundes Tier, das auf dem Markt einen Spitzenpreis erzielt hätte. Auch der Ort des Geschehens war sorgfältig ausgesucht worden. Wenn er seine Arbeit beendet hatte und sich danach sofort auf den Heimweg machte, konnte er rechtzeitig wieder auf der Ranch sein, und niemand würde Verdacht schöpfen. Die Straße führte weiter in die Berge hinauf und war zudem schlecht befahrbar. Aus dieser Richtung drohte ihm also keine Gefahr.

Beim ersten Mal war ihm beim Anblick des sprudelnden Blutes beinahe schlecht geworden. Nie zuvor hatte er sich mit einem so großen, so lebendigen Wesen befaßt. Doch dann, nachdem er seinen Ekel überwunden hatte, war die ganze Sache recht … interessant geworden. Wie reizvoll, das Messer in ein lebendes Wesen zu stoßen, zu spüren, wie der Puls erst raste, dann langsamer wurde und zu guter Letzt erstarb wie eine Uhr, die stehenblieb.

Zu beobachten, wie das Leben langsam aus dem warmen Körper wich.

Das Blut floß anfangs immer in Strömen, dann versiegte die Quelle allmählich und hinterließ große, rote Lachen auf dem Boden.

Der Ochse leistete keinen Widerstand. Er hatte ihn mit einer Handvoll Futter angelockt und dann mit einem Seil festgebunden. Er wollte sein Vorhaben bewußt mitten auf der Straße durchführen. Früher oder später würde jemand vorbeikommen, und dann – welch herrliche Überraschung! Und die Vögel würden, vom Geruch des Todes angezogen, über dem Kadaver kreisen.

Vielleicht kamen sogar ein paar Wölfe dazu.

Er hatte keine Vorstellung davon gehabt, wie sehr der Tod ihn in seinen Bann schlagen würde, bis er ihn das erste Mal verursacht hatte.

Er lächelte und strich dem Ochsen, der sich an dem Futter gütlich tat, fast liebevoll über das schwarze Fell. Dann vergewisserte er sich, daß sein Regenmantel aus Plastik ihn vollkommen bedeckte, zückte sein Messer und schnitt dem Tier mit einer einzigen fließenden Bewegung die Kehle durch – er wurde von Mal zu Mal geschickter – und lachte entzückt, als ein Blutschwall aus der klaffenden Wunde quoll. Als der Ochse zusammenbrach und regungslos liegenblieb, begann er, ein fröhliches Lied zu pfeifen. Dann ging er zum interessanteren Teil über.

Pickles schwelgte in Selbstmitleid. Während er die Zäune abfuhr, spielte er im Geiste verschiedene Gesprächssituationen durch. Er und Jim. Er und Willa. Genüßlich malte er sich aus, welche Worte er Ham gegenüber gebrauchen wollte, wenn er sich darüber beschwerte, wie Willa ihn vor allen Leuten niedergemacht und gedroht hatte, ihn zu entlassen. Wozu sie seiner Meinung nach überhaupt kein Recht hatte.

Jack Mercy hatte ihn eingestellt, und nur er konnte ihn auch wieder feuern. Da Jack tot war – möge seine Seele in Frieden ruhen –, hatte sich die Angelegenheit somit erledigt.

Vielleicht würde er ja auch selbst kündigen. Er hatte immer sparsam gelebt und sein Geld bei der Bank in Bozeman angelegt, wo es ihm einen hübschen Batzen an Zinsen einbrachte. Er könnte sich eine eigene Ranch kaufen, nur einen bescheidenen Besitz natürlich, und ihn im Laufe der Jahre in ein florierendes Unternehmen verwandeln.

Nur zu gerne würde er sehen, wie das anmaßende Frauenzimmer ohne ihn zurechtkommen wollte. Sie würde schon den ersten Winter nicht überstehen, dachte er mürrisch, ganz zu schweigen von einem ganzen Jahr.

Und vielleicht würde er Jim Brewster mitnehmen, wobei Pickles vergaß, daß er einen gepflegten Groll gegen den Burschen hegte. Der Junge war immerhin ein guter Cowboy und konnte hart arbeiten, auch wenn er sich seiner Meinung nach meistens wie ein Arschloch aufführte.

Warum sollte er sich nicht im Norden ein Stück Land kaufen und darauf Herefords züchten? Er könnte ja auch noch Billy abwerben, nur aus reiner Bosheit. Und er würde seine Ranch sauberhalten. Keine Hühner, keine Schweine, keine Pferde außer denen, die für die Ranch unerläßlich waren. Auf eine Ranch gehörten Rinder und sonst gar nichts. Seiner Meinung nach hatte Jack Mercy in dieser Hinsicht einen gewaltigen Fehler gemacht.

Wie hatte er zulassen können, daß dieser Indianerjunge Pferde auf Weideland züchtete?

Im Grunde genommen hatte Pickles nichts gegen Adam Wolfchild. Der Mann verstand sein Geschäft, hielt sich meistens abseits und richtete hervorragende Reitpferde ab. Doch ihm ging es ums Prinzip. Wenn das Mädchen ihren Willen durchsetzte, würde sie gemeinsam mit dem Indianer die Leitung von Mercy übernehmen. Und Pickles war überzeugt, daß die beiden die Ranch geradewegs in den Ruin treiben würden.

Weiber, dachte er, gehörten in die Küche. Auf einer Ranch hatten sie nichts verloren, und ganz bestimmt stand es ihnen nicht zu, gestandene Männer herumzukommandieren. Rausschmeißen wollte sie ihn, diese Hexe, grollte er in seinen Bart, ehe er links abbog, um zu sehen, ob Ham und Wood mit ihrer Arbeit fertig waren.

Geistesabwesend nahm er wahr, daß ein Sturm aufzog, dann entdeckte er den Jeep, der verlassen mitten auf der Straße stand, und lächelte zufrieden in sich hinein.

Falls der Jeep eine Panne hatte, befand sich ein Werkzeugkasten in seinem Kofferraum. Er würde jedem in Montana, der zumindest soviel Verstand hatte, um sich in der Nase bohren zu können, beweisen, daß er mehr von Motoren verstand als irgendwer sonst in Umkreis von hundert Meilen.

Pickles hielt an, stieg aus und schlenderte, die Daumen in

die Taschen seiner Jeans gehakt, zu dem Fahrzeug hinüber. »Gibt's hier ein Problem?« begann er, dann verstummte er mitten im Satz.

Der Ochse lag in einer riesengroßen Blutlache, und seine Eingeweide quollen aus dem aufgeschlitzten Leib. Der widerliche Gestank ließ Pickles' Nasenflügel beben, als er näher trat und dem Mann einen flüchtigen Blick zuwarf, der neben dem Kadaver hockte.

»Schon wieder einer? Was, zum Teufel, geht hier eigentlich vor?« Er bückte sich tiefer. »Noch ganz frisch«, setzte er an, dann bemerkte er auf einmal das Messer mit der bluttriefenden Klinge – und sah in die Augen des Mannes, der es in der Hand hielt. »Großer Gott, du? Warum hast du das nur getan?«

»Weil ich dazu fähig bin und weil es mir Spaß macht.« Nicht ohne ein gewisses Bedauern nahm er sein Messer und trieb es tief in Pickles' schwammigen Bauch. »Ich hab' noch nie einen Menschen erledigt«, erzählte er im Plauderton, während er mit sicherer Hand einen sauberen Schnitt ausführte. »Aber es ist ... interessant.«

Wirklich interessant, dachte er, als er beobachtete, wie der Schock in Pickles' Augen dem Schmerz des Todeskampfes wich. Er zog das Messer zum Herzen hin, beugte sich mit hinunter, als der leblose Körper in sich zusammensank, und blieb dann breitbeinig geduckt über dem Leichnam stehen.

Der Ochse war vergessen. Dies hier verlieh ihm eine weit größere Befriedigung, erkannte er, als er sein Messer mit einem satten, schmatzenden Geräusch aus Pickles' Körper riß. Ein Mensch verfügte über ein gewisses Maß an Intelligenz, was ein Rind vermissen ließ. Und eine Katze, wiewohl schlau und gerissen, war einfach zu klein.

Nachdenklich hielt er einen Moment in seinem Tun inne und sann darüber nach, wie er diese neue Erfahrung krönen, wie er dieser Tat seinen ganz besonderen Stempel aufdrükken konnte. Die Leute sollten noch eine lange, lange Zeit darüber reden.

Dann breitete sich langsam ein Grinsen auf seinem Gesicht aus und verzerrte es zu einer Fratze. Er begann, haltlos zu kichern, bis er sich schließlich eine blutverklebte Hand vor den Mund pressen mußte. Er wußte jetzt, was er zu tun hatte.

Seine Hand schloß sich fester um den Messergriff, und er ging ans Werk.

Als Willa den Reiter bemerkte, der über ihr Weideland galoppierte, hielt sie den Jeep an. Sie erkannte den riesigen schwarzen Wallach, den Ben für gewöhnlich ritt, und den Collie Charlie, der sich wie ein Schatten an Spooks Seite hielt. Eine Welle der Erleichterung stieg in ihr auf; eine Reaktion, die ihr aber nicht unbedingt gefiel. Doch es lag etwas Unheilvolles in der Luft, und sie wäre sogar dankbar gewesen, dem Leibhaftigen höchstpersönlich zu begegnen, um nicht mehr hier allein sein zu müssen.

Verstimmt gestand sie sich ein, daß er einen imposanten Anblick bot, wie er da mühelos über den Zaun setzte, als wären Pferd und Reiter schwerelos.

»Hast du dich verirrt, McKinnon?«

»Nö.« Ben zügelte Spook und brachte ihn neben dem Jeep zum Stehen. Charlie hob zur Begrüßung unbekümmert ein Bein und benäßte den Vorderreifen des Wagens. »Ich sehe, du hast den Zaun reparieren lassen.« Als sie ihn nur verständnislos anstarrte, mußte er lächeln. »Zack hat gesehen, daß ein Stück der Umzäunung am Boden lag, als er heute morgen hier langritt. Die Elche sind dieses Jahr wirklich eine Plage.«

»Nicht nur dieses Jahr. Ich schätze, Ham ist mittlerweile mit allem fertig. Ich wollte gerade hinfahren und mich selbst überzeugen.«

Ben stieg vom Pferd und steckte den Kopf durch das Autofenster. »Sehe ich da ein Sandwich?«

Willa schielte zu dem Rest ihrer Mahlzeit. »Ganz recht. Und?«

»Ißt du das noch?«

Seufzend griff sie danach und reichte es ihm. »Hast du mich nur deshalb verfolgt, um dir einen kostenlosen Snack zu sichern?«

»Nein, das ist nur eine Annehmlichkeit am Rande. Ich

habe vor, einen Teil der Rinder zur Versteigerung nach Colorado zu schicken, und da dachte ich mir, ich frag' dich vorher, ob du nicht ein paar gebrauchen kannst.« Gutmütig brach er ein Stück von seinem Sandwich ab und warf es dem erwartungsvoll hechelnden Hund zu. Willa beobachtete, wie Charlie Brot und Fleisch verschlang. »Willst du gleich an Ort und Stelle um den Preis feilschen?«

»Ich dachte, das erledigen wir lieber in einer etwas freundlicheren Umgebung. Vielleicht später bei einem Drink.« Er streckte eine Hand durchs Fenster, um mit den Haarsträhnen zu spielen, die sich aus ihrem Zopf gelöst hatten. »Außerdem habe ich immer noch nicht deine ältere Schwester kennengelernt.«

Willa legte den Gang ein. »Sie ist nicht dein Typ, mein Bester, aber komm ruhig nachher vorbei.« Als er den letzten Bissen des Sandwiches herunterschluckte, kicherte sie leise. »Aber *nach* dem Essen.«

»Soll ich mir auch noch eine eigene Flasche Bier mitbringen?«

Sie lächelte nur und gab wortlos Gas. Nach kurzer Überlegung stieg Ben wieder auf sein Pferd und trabte ihr nach. Beiden war klar, daß sie langsam genug fahren würde, damit er Schritt halten konnte.

»Ist Adam auch da?« Ben sprach lauter, so daß sie ihn trotz des Motorengeräusches verstehen konnte. »Ich könnte ein paar neue Reitponies gebrauchen.«

»Frag ihn selber. Ich hab' zuviel zu tun, um die aufmerksame Gastgeberin zu spielen.« Um ihn zu ärgern, trat sie das Gaspedal durch und wirbelte eine Staubwolke hinter sich auf. Trotzdem verspürte sie einen Anflug von Enttäuschung, als sie links abbog und er sein Pferd wendete und in die entgegengesetzte Richtung davonritt.

Insgeheim wünschte sie, sie hätte sich mit ihm über irgendeine belanglose Kleinigkeit in die Haare gekriegt und ihn dann dazu bringen können, sie noch einmal in die Arme zu nehmen. Tatsächlich hatte sie in der letzten Zeit häufiger über seine Umarmungen nachgedacht.

Normalerweise kreisten ihre Gedanken nur selten um das

andere Geschlecht, und wenn, dann nicht im Hinblick auf eine mögliche Beziehung. Doch sie mußte zugeben, daß es ausgesprochen reizvoll war, sich hinsichtlich dieser Frage mit Ben zu beschäftigen – auch wenn sie nicht beabsichtigte, ihn als Partner in Betracht zu ziehen.

Es sei denn, sie änderte irgendwann einmal ihre Meinung.

Willa grinste. Vielleicht würde sie ja wirklich ihre Meinung ändern, nur um der Erfahrung willen. Sie ahnte, daß Ben ihr in dieser Hinsicht mehr beibringen konnte, als ihr vielleicht lieb war.

Vielleicht würde sie ihn heute abend dazu bringen, sie zu küssen. Natürlich nur, wenn er nicht auf die kurvenreiche Tess und ihre französischen Duftwässerchen hereinfiel. Bei dem Gedanken trat sie wütend auf das Gaspedal, mußte jedoch gleich darauf hart bremsen, weil sie Pickles' Jeep am Straßenrand entdeckte.

»Der hat mir gerade noch gefehlt!« Und nun würde sie ihm vermutlich auch noch Honig ums Maul schmieren müssen, bis er sich dazu herabließ, seine Arbeit wieder aufzunehmen. Willa stieg aus und blickte sich suchend um. Pickles war nirgends zu sehen, und sie konnte sich auch nicht erklären, warum er seinen Jeep einfach so an der Straße hatte stehenlassen.

»Hat sich vermutlich in seinen Schmollwinkel zurückgezogen«, murmelte sie und ging auf den Jeep zu, um zu hupen.

Dann entdeckte sie ihn, ihn und den Ochsen. Beide lagen Seite an Seite vor dem Wagen ausgestreckt, umgeben von einer riesigen Blutlache. Eigentlich hätte sie ihn schon längst wahrnehmen müssen, den ekelerregenden, süßlichen Geruch des Todes, der die Luft verpestete. Der Gestank traf sie wie eine Faust, ihr Magen krampfte sich in schmerzhaften Stößen zusammen, und sie taumelte an den Straßenrand, um sich heftig zu übergeben.

Ihr Magen rebellierte immer noch, als sie mit unsicheren Schritten zu ihrem eigenen Jeep stolperte, die Hand auf die Hupe legte und den Kopf gegen die Windschutzscheibe lehnte, während sie nach Atem rang.

Sie wandte mühsam den Kopf und spuckte kräftig aus,

um den säuerlichen Geschmack im Mund loszuwerden, dann rieb sie sich mit beiden Händen über das schweißüberströmte Gesicht. Sie war einer Ohnmacht nahe, und es war ihr nicht möglich, einen zweiten Blick auf das, was da auf der Straße lag, zu werfen. So legte sie den Kopf auf die hochgezogenen Knie und blickte auch dann nicht auf, als sie das Donnern von Hufen und Charlies aufgeregtes Gebell hörte.

»Hey.« Ben sprang vom Pferd und warf sich seine Büchse über die Schulter. »Willa.«

Als Willa sich zu ihm umdrehte und ihr Gesicht an seiner Brust vergrub, sah er sie so verblüfft an, als habe sie sich vor seinen Augen in eine fauchende Wildkatze verwandelt. »Ben, o Gott!« Sie schlang die Arme um seinen Hals und klammerte sich an ihn. »O Gott!«

»Ist ja gut, Süße. Jetzt ist alles in Ordnung.«

»Nein.« Krampfhaft kniff sie die Augen zusammen. »Nein. Da vorne, vor dem Jeep, dem anderen Jeep. Da ist … o Gott, soviel Blut!«

»Okay, Baby, bleib ganz ruhig sitzen. Ich seh' mal nach.« Mit grimmiger Miene drückte er sie wieder auf den Sitz und runzelte besorgt die Stirn, als sie den Kopf zwischen die Knie sinken ließ und zu zittern begann. »Bleib sitzen, Will.«

Ihr entsetzter Gesichtsausdruck und das hysterische Gekläff seines Hundes ließen Ben vermuten, das es sich um ein weiteres Rind oder vielleicht einen der Ranchhunde handeln mußte. Kochend vor Zorn lief er zu dem verlassenen Jeep hinüber, und was er dort entdeckte, war um ein Vielfaches schlimmer als ein getötetes Rind.

»Allmächtiger!«

Den Mann hätte er vielleicht gar nicht erkannt, nicht nach dem, was man ihm angetan hatte, aber er erkannte den Jeep, die Stiefel und den blutverschmierten Hut, der neben dem Leichnam lag. In seinem Innern begann es zu brodeln, und er mußte gegen Übelkeit und Wut zugleich ankämpfen. Langsam nahm ein einziger furchtbarer Gedanke in seinem Kopf Gestalt an, während er Charlie streng zur Ruhe rief.

Wer dies getan hatte, war nicht nur verrückt, er war abgrundtief böse.

Hinter sich vernahm er ein Geräusch, und er wirbelte herum und streckte einen Arm aus, um Willa den Weg zu verstellen. »Nicht.« Seine Stimme klang rauh und belegt, doch die Hand auf ihrem Arm flößte ihr Kraft ein. »Du kannst hier nichts mehr tun, und es ist absolut überflüssig, daß du dir das noch einmal ansiehst.«

»Mir geht es schon wieder besser.« Willa legte ihre Hand über die von Ben und trat näher. »Er gehörte zu meinen Leuten, und ich muß mich mit eigenen Augen davon überzeugen, was ihm zugestoßen ist.« Erschöpft rieb sie sich die Schläfen. »Er ist skalpiert worden, Ben! Um Gottes willen, er ist in Stücke geschnitten und skalpiert worden!«

»Das reicht.« Unsanft riß er sie zurück und zwang sie, ihn anzusehen. »Jetzt ist es genug, Willa. Geh zurück zu deinem Jeep und ruf über Funk die Polizei!«

Sie nickte, rührte sich jedoch nicht von der Stelle, bis er erneut die Arme um sie legte und ihren Kopf an seine Brust zog. »Nicht mehr daran denken«, murmelte er. »Es wird alles wieder gut.«

»Ich habe ihn hier herausgeschickt, Ben.« Verzweifelt hielt sie sich an ihm fest. »Er hat Krach angefangen, da habe ich ihn angewiesen, hier oben nach dem Rechten zu sehen oder seine Sachen zu packen und zu verschwinden. Ich habe ihn in den Tod getrieben.«

»Schluß mit dem Unsinn.« Alarmiert stellte er fest, daß ihre Stimme sich zu überschlagen drohte, und er preßte beruhigend seine Lippen in ihr Haar. »Du weißt genau, daß dich keine Schuld trifft.«

»Er war einer von meinen Leuten«, wiederholte sie. Ein Schauer lief ihr über den Rücken, und sie wandte sich hastig ab. »Deck ihn zu, Ben. Bitte. Er sollte zugedeckt werden.«

»Ich mach' das schon.« Ben streichelte ihre Wange und wünschte, seine Berührung würde wieder Farbe in ihr Gesicht bringen. »Bleib du im Auto, Will.«

Ben wartete, bis sie wieder im Jeep saß, dann zog er eine schmierige Plane aus Pickles' Wagen. Etwas Besseres konnte er nicht auftreiben.

Kapitel 8

Vom Küchenfenster aus konnte Lily die Wälder und die hohen Berge sehen. Um diese Jahreszeit wurde es früh dunkel. Sie beobachtete, wie die Sonne langsam hinter den Gipfeln versank. Lily hielt sich zwar erst seit knapp zwei Wochen in Montana auf, doch sie wußte bereits, daß die Nacht rasch hereinbrechen und die Luft merklich kühler würde, sobald die Sonne hinter den Hügeln verschwunden war.

Noch immer fürchtete sie die Dunkelheit. Jeden Tag freute sie sich von neuem auf die Morgendämmerung, auf die ersten Sonnenstrahlen. Es gab so viel für sie zu tun, oft legte sie stundenlang im Haushalt mit Hand an und war zutiefst dankbar dafür, daß sie sich endlich nützlich machen konnte. Zum ersten Mal seit langer Zeit hatte sie wieder das Gefühl, lebendig zu sein. Inzwischen mochte sie die Landschaft Montanas, die unendliche Weite, die majestätischen Berge und den tiefblauen Himmel, nicht mehr missen. Auch die vertrauten Geräusche der Pferde und Rinder sowie die Unterhaltungen der Männer, die sich jeden Morgen wiederholten, übten eine beruhigende Wirkung auf sie aus.

Lily liebte die Abgeschiedenheit ihres Zimmers und das schöne weitläufige Haus mit den Wänden aus poliertem Holz, in dem sie nun wohnte. Die Bibliothek war gut ausgestattet. Wenn sie Lust hatte, konnte sie die ganze Nacht lesen, ohne daß sich jemand daran störte. Stundenlang hörte sie Musik oder ließ einfach nur den Fernseher laufen. Niemand kümmerte sich darum, wie sie ihre Abende verbrachte. Niemand kritisierte sie wegen geringfügiger Fehler oder erhob die Hand gegen sie. Noch nicht.

Adam verfügte über eine schier unendliche Geduld. Mit seinen Pferden ging er so liebevoll um wie eine Mutter mit ihrem Kind. Mit ihr übrigens auch. Wenn er ihre Hand sachte über das Bein eines Pferdes führte, um sie zu lehren, es auf Verletzungen hin abzutasten, drückte er nie zu fest zu. Er hatte ihr beigebracht, mit einem Striegel umzugehen, Hufe auszukratzen und Vitaminzusätze für trächtige Stuten zu mischen. Und als er sie einmal dabei ertappt hatte, wie sie einen Jährling mit einem Apfel fütterte, hatte er ihr keine Strafpredigt gehalten, sondern nur nachsichtig gelächelt. Die Stunden, die sie mit ihm zusammenarbeitete, waren die schönsten ihres Lebens. Die neue Welt, die sich ihr eröffnete, gab ihr Hoffnung und Zuversicht für die Zukunft.

All das könnte nun ein Ende haben.

Ein Mann war ermordet worden.

Bei dem Gedanken an den Mord überlief sie ein Schauer. Eine hinterhältige Tat hatte das Leben eines Menschen ausgelöscht, und sie war erneut hilflos dem Sturm ausgesetzt, der dieser Tat folgen würde. Wieder einmal war ihr die Kontrolle über die Ereignisse entglitten.

Beschämt mußte sie feststellen, daß sie mehr an sich und an die Konsequenzen für ihre eigene Zukunft dachte als an das Schicksal des Mannes, der getötet worden war. Sie hatte ihn allerdings nicht persönlich gekannt. Bisher war Lily den Männern auf der Mercy Ranch so weit wie möglich aus dem Weg gegangen. Der Tote war aber ein Teil ihrer neuen Welt gewesen, und sein Los hätte für sie an erster Stelle stehen müssen.

»Himmel, was für ein Durcheinander!«

Lily zuckte zusammen, als Tess in die Küche stürmte, und vor Schreck zerdrückte sie fest das Geschirrtuch, das sie immer noch in der Hand hielt. »Ich habe frischen Kaffee gemacht. Sind sie alle noch da?«

»Will spricht immer noch mit den Cops, wenn du das wissen wolltest.« Tess marschierte schnurstracks zum Herd und rümpfte die Nase, als sie an der Kaffeekanne schnupperte. »Ich bin ihnen vorsichtshalber aus dem Weg gegangen, daher weiß ich nicht genau, was eigentlich los ist.« Sie ging zur Speisekammer, riß die Tür auf und knallte sie ungeduldig wieder zu. »Gibt es in diesem Haus eigentlich nichts Stärkeres als Kaffee?

Lily zerrte an dem Geschirrtuch in ihren Händen. »Ich glaube, es ist noch Wein da, aber deswegen möchte ich Willa jetzt nicht stören.«

Tess verdrehte lediglich die Augen und öffnete den Kühlschrank. »Diese akzeptable, wenn auch nicht erstklassige Flasche Chardonnay gehört uns ebensogut wie ihr.« Ohne Zögern nahm sie den Wein heraus. »Wo ist der Korkenzieher?«

»Ich hab' ihn vorhin noch gesehen.« Lily zwang sich, das Tuch wegzuhängen. Sie hatte die Arbeitsflächen bereits zweimal gewischt. Sie entnahm einer Schublade den Korkenzieher und reichte ihn Tess. »Ich, äh, ich habe Suppe gekocht.« Verlegen deutete sie auf den Herd, auf dem ein Topf stand. »Bess hat immer noch Fieber, aber sie konnte trotzdem einen Teller davon essen. Ich denke – ich hoffe, daß es ihr morgen wieder bessergeht.«

»Hmm.« Tess hatte Weingläser gefunden und schenkte sie nun voll. »Setz dich, Lily. Wir sollten mal miteinander reden.«

»Vielleicht sollte ich den Leuten etwas Kaffee nach draußen bringen.«

»Setz dich bitte.« Tess rutschte auf die Holzbank in der Frühstücksecke und wartete.

»Na gut, wenn du meinst.« Lily nahm ihr am Tisch gegenüber Platz und faltete die Hände im Schoß.

Tess schob ihr eines der Weingläser zu. »Ich bin zwar der Meinung, daß wir im Begriff stehen, das Abenteuer unseres Lebens zu erleben, aber mir erscheint der Zeitpunkt schlecht gewählt.« Sie holte eine einzelne Zigarette aus der Tasche, die aus ihrem sorgfältig gehüteten Notfallpäckchen stammte, und drehte sie einen Moment lang zwischen den Fingern, bevor sie nach der Streichholzschachtel griff. »Spaß beiseite, wir sind da in eine ziemlich scheußliche Sache hineingeschlittert.«

»Da hast du recht.« Automatisch sprang Lily auf, holte einen Aschenbecher und brachte ihn Tess. »Der arme Mann. Ich weiß zwar nicht, um wen genau es sich handelt, aber ...«

»Der Kahlkopf mit dem riesigen Schnurrbart und der noch riesigeren Wampe«, informierte Tess sie und zündete sich ihre Zigarette an.

»Oh.« Nun, da sie wußte, um wen es sich handelte, wäre Lily vor Scham über ihren Mangel an Mitgefühl am liebsten im Erdboden versunken. »Ich glaube, ich habe ihn einmal gesehen. Er wurde erstochen, oder nicht?«

»Ich fürchte, ihm ist noch weit Schlimmeres zugestoßen, aber ich kenne die Einzelheiten nicht. Ich weiß nur, daß Will ihn auf einer dieser Straßen, die kreuz und quer über die Ranch verlaufen, gefunden hat.«

»Das muß ja schrecklich für sie gewesen sein.«

»Allerdings.« Tess schnitt eine Grimasse und griff nach ihrem Weinglas. Sie hatte zwar für ihre jüngste Halbschwester nicht allzuviel übrig, doch diese Erfahrung hätte sie selbst ihrem ärgsten Feind nicht gewünscht. »Die Menschen in Montana sind ein zähes Völkchen. Sie wird schon damit fertig werden. Apropos ...« Sie nippte vorsichtig an ihrem Glas, um dann festzustellen, daß der Wein doch nicht so minderwertig war, wie sie zuerst angenommen hatte. »Wie steht's denn mit dir? Bleibst du hier oder gehst du?«

Auch Lily nahm ihr Glas, obwohl sie keinen sonderlichen Appetit auf Wein hatte, aber sie wollte ihre rastlosen Hände beschäftigen. »Ich wüßte gar nicht, wo ich hingehen sollte. Aber ich nehme an, du kehrst nach Kalifornien zurück.«

»Ich habe daran gedacht, ja.« Tess lehnte sich zurück und fixierte die Frau, die ihr da mit niedergeschlagenen Augen gegenübersaß und die Hände nicht ruhig halten konnte. Sie war sicher gewesen, daß das scheue Rehlein bereits einen Flug gebucht hatte, um so schnell wie möglich von der Ranch wegzukommen. »Aber ich sehe die Dinge so: In L. A. werden jeden Tag Menschen umgebracht. Jugendliche schlagen sich gegenseitig krankenhausreif, nur weil Mitglieder von rivalisierenden Banden ihre Graffiti in fremden Territorien hinterlassen. Drogensüchtige morden für einen Schuß Heroin. Stündlich gibt es Schießereien, Messerstechereien, Vergewaltigungen und vieles mehr.« Tess lächelte. »Gott, ich liebe diese Stadt!«

Als sie Lilys entsetzten Gesichtsausdruck bemerkte, warf sie den Kopf zurück und begann schallend zu lachen. »Tut mir leid«, stieß sie nach einem Moment hervor, »ich wollte damit eigentlich nur sagen, daß wir, so schlimm es auch sein mag, hier nur einen einzigen Mord hatten. Verglichen mit dem, was ich gewöhnt bin, reicht der nicht aus, um mich von hier zu vertreiben und mir das entgehen zu lassen, was mir rechtmäßig zusteht.«

Lily nippte an ihrem Wein und bemühte sich, ihre Gedanken zu ordnen. »Du bleibst also hier? Bist du dir da ganz sicher?«

»Ja, ich bleibe hier. Nichts ändert sich.«

»Ich dachte schon ...« Lily schloß die Augen. Eine Welle der Erleichterung, gemischt mit nagenden Schuldgefühlen, überflutete sie. »Ich fürchtete schon, du würdest nach Hause zurückkehren, und ich müßte die Ranch dann auch verlassen.«

Sie öffnete die Augen wieder, sanfte, ruhige blaue Augen mit einem Hauch von Grau darin. »Es ist furchtbar. Da wurde der arme Mann so grausam ermordet, und ich konnte nur an die Folgen denken, die sein Tod für mich haben könnte.«

»Eine nur allzu menschliche Reaktion. Schließlich kanntest du ihn ja gar nicht. Hey.« Da Lily etwas an sich hatte, was Tess rührte, griff sie nach der Hand ihrer Schwester. »Quäl dich doch nicht mit solchen Gedanken herum. Für uns alle steht eine Menge auf dem Spiel, da ist es doch wohl logisch, daß wir zuerst darüber nachdenken, wie wir unser Eigentum schützen.«

Lily schaute auf ihre ineinander verschlungenen Hände und bewunderte die ihrer Schwester. So gepflegt, so voll beneidenswerter Kraft. Sie hob den Blick und sah Tess an. »Ich habe nichts getan, um einen Anteil an dieser Ranch zu verdienen. Ebensowenig wie du.«

Tess nickte nur, zog ihre Hand zurück und hob erneut ihr Glas. »Und ich habe es nicht verdient, daß mein eigener Vater meine Existenz einfach ignorierte. Ebensowenig wie du.«

In diesem Augenblick betrat Willa die Küche und blieb abrupt stehen, als sie die beiden Frauen am Tisch sitzen sah. Ihr Gesicht war immer noch sehr blaß, und ihre Bewegungen wirkten hölzern. Nach all den Fragen, die auf sie niedergeprasselt waren, und nachdem sie wieder und wieder hatte berichten müssen, wie sie die Leiche gefunden hatte, war sie mehr als froh, die Polizisten endlich los zu sein.

»Sieh mal einer an.« Sie schob die Hände in die Hosentaschen, als sie näher kam, da sie immer noch zitterten. »Ich dachte, ihr zwei wärt längst beim Packen, anstatt hier rumzusitzen und ein Schwätzchen zu halten.«

»Genau darüber haben wir gerade gesprochen.« Tess zog die Brauen hoch, enthielt sich aber jeglichen Kommentars, als Willa ohne Umstände nach ihrem Weinglas griff und trank. »Wir gehen nirgendwo hin.«

Willa war noch nicht in der Lage gewesen, den Verlust der Ranch ernsthaft in Betracht zu ziehen, obwohl dieser Gedanke stets irgendwo in ihrem Hinterkopf gelauert hatte; die Befürchtung, die beiden Frauen, diese ungebetenen Eindringlinge, würden nach den jüngsten Vorfällen die Beine in die Hand nehmen und rennen. Erst jetzt, da die Gefahr gebannt war, kam ihr diese Möglichkeit voll zu Bewußtsein, und die Erkenntnis traf sie wie ein Schlag. Erschöpft lehnte sie den Kopf gegen die Schranktür und schloß die Augen.

Pickles. Lieber Gott, würde ihr sein Bild für den Rest des Lebens vor Augen stehen? Wann würde sie vergessen, was man ihm angetan hatte, was von ihm übriggeblieben war? Das viele Blut, seine Augen, die sie blicklos anstarrten und in denen noch das nackte Entsetzen stand.

Aber die Ranch war erst einmal gerettet.

»O Gott, o Gott, o Gott.«

Daß sie diese Worte wohl laut gestöhnt habe mußte, fiel Willa erst auf, als Lily ihr zaghaft die Hand auf die Schulter legte. Bei der Berührung fuhr Willa zusammen und richtete sich hastig auf.

»Ich habe eine Suppe gekocht.« Lily kam sich wie eine Närrin vor, als sie das sagte, aber sie konnte an nichts anderes denken. »Du mußt etwas essen.«

»Ich glaube nicht, daß ich im Moment auch nur einen Bissen hinunterbekomme.« Willa trat einen Schritt zurück, da sie fürchtete zusammenzubrechen, wenn sie noch weiter umsorgt wurde. Also ging sie zum Tisch zurück und goß sich ein großes Glas Wein ein, während Tess sie fasziniert beobachtete.

»Sehr gut«, murmelte sie bewundernd, als Willa den Wein

wie Wasser hinuntergoß. »Wirklich sehr gut. Wie lange hältst du das durch, ehe du umkippst?«

»Ich bin gerade dabei, das herauszufinden.« Als sich die Küchentür öffnete, drehte sie sich um und holte einmal tief Atem. Ben kam herein.

Sinnlos, sich jetzt noch darüber zu ärgern, daß sie froh gewesen war, ihn zur Seite gehabt zu haben, daß sie in seinen Armen zusammengeklappt war und daß sie ihm die ganze Schmutzarbeit überlassen hatte, während sie nur dabeisaß, unfähig, sich zu rühren. Trotzdem hätte sie sich im nachhinein für ihre Schwäche ohrfeigen können. Ihr Stolz war empfindlich verletzt worden.

»Hallo, die Damen.« Ähnlich wie Willa es mit Tess gemacht hatte, nahm Ben ihr nun das Glas aus der Hand und nippte daran. »Auf das Ende eines furchtbaren Tages.«

»Darauf trinke ich.« Tess prostete ihm zu, während sie ihn unauffällig musterte. Ein blonder Bilderbuchcowboy, dachte sie. Der Mann sah geradezu unverschämt gut aus. »Ich bin Tess. Und Sie müssen Ben McKinnon sein.«

»Freut mich, Sie kennenzulernen. Schade nur, daß die Umstände so unerquicklich sind.« Er legte Willa eine Hand unters Kinn und sah ihr ins Gesicht. »Geh rauf und leg dich hin!«

»Ich muß noch mit den Männern sprechen.«

»Gar nichts mußt du. Du legst dich jetzt hin und schaltest eine Weile ab.«

»Ich verkriech' mich doch nicht im Bett und zieh' mir die Decke über die Ohren, nur weil ...«

»Es gibt nichts, was du noch tun kannst«, unterbrach er sie. Sie zitterte am ganzen Leib. Er konnte sich gut vorstellen, wie hart sie dagegen ankämpfte, doch die Anfälle kamen und gingen wie Schüttelfrost. »Dir ist hundeelend, du bist fix und fertig, und du mußtest eben dieses schreckliche Erlebnis wieder und wieder von neuem durchleben. Adam begleitet die Cops in die Schlafbaracke, damit sie die Männer verhören können, du brauchst dir also deswegen keine Sorgen zu machen. Leg dich jetzt hin und versuch zu schlafen.«

»Aber meine Männer sind ...«

»Wer soll sie denn morgen – und übermorgen – bei der Stange halten, wenn du schlappmachst?« Als sie nichts erwiderte, legte er leicht den Kopf auf die Seite. »So, und jetzt gehst du nach oben, Will, oder ich trage dich rauf. Du kannst es dir aussuchen.«

Ungeweinte Tränen brannten in ihren Augen und schnürten ihr die Kehle zu. Da ihr Stolz es ihr verbot, vor den anderen zu weinen, stieß sie Bens Hand unwillig beiseite, drehte sich auf dem Absatz um und verließ hocherhobenen Hauptes die Küche.

»Ich bin beeindruckt«, murmelte Tess, als die Tür hinter Willa ins Schloß gefallen war. »Wer hätte gedacht, daß es doch noch jemanden gibt, auf den sie hört?«

»Sie weiß, daß sie kurz vor dem Zusammenbruch steht, sonst hätte sie sich nicht so widerspruchslos gefügt.« Ben blickte düster in sein Glas und wünschte, er wäre in der Lage gewesen, sie zu trösten, statt sie einzuschüchtern. »Nicht viele hätten das durchgestanden, was sie heute durchmachen mußte, ohne die Nerven zu verlieren.«

»Eigentlich sollte sie jetzt nicht alleine sein.« Lily preßte die Finger gegen die Lippen. »Ich würde sie ja gerne begleiten, aber ich weiß nicht, ob ihr das recht wäre.«

»Nein, sie wird besser alleine damit fertig.« Trotzdem nahm Ben erfreut lächelnd zur Kenntnis, daß dieses Angebot von Herzen gekommen war. »Für Sie beide war das nicht gerade ein erholsames Wochenende auf einer Ferienranch, aber dennoch: Herzlich willkommen in Montana.«

»Ich finde es hier einfach wunderbar.« Die Worte waren kaum heraus, als Lily verlegen errötete und rasch aufsprang, weil Tess leise in sich hineinkicherte. »Möchte jemand etwas essen? Ich habe Suppe gemacht, und im Kühlschrank sind noch genug Zutaten für ein paar Sandwiches.«

»Engelchen, wenn das Ihre Suppe ist, die ich da rieche, dann hätte ich gerne einen Teller.«

»Gerne. Tess?«

»Sicher, warum nicht?« Da Lily bereits eifrig am Herd herumhantierte, blieb Tess sitzen und trommelte mit den Fingern auf der Tischplatte herum. »Hält die Polizei es für möglich, daß der Täter zu den Mitarbeitern der Ranch gehört?«

Ben nahm ihr gegenüber Platz. »Vermutlich konzentrieren sie sich zunächst auf die Ranch und die nähere Umgebung. Zwar führt keine öffentliche Straße über das Gebiet, was aber nicht heißen muß, daß niemand von außerhalb auf das Gelände gelangen kann, zum Beispiel zu Pferd oder mit einem Jeep.« Achselzuckend fuhr sich Ben mit der Hand durchs Haar. »Von Three Rocks aus kommt man problemlos auf Mercy-Gebiet. Ich war ja selbst schon öfter dort.«

Tess' forschender Blick ließ ihn lächeln. »Ich kann Ihnen natürlich versichern, daß ich den alten Pickles nicht umgebracht habe, aber Sie kennen mich ja gar nicht. Außerdem hat man auch noch von der Rocking R Ranch, von Nates Besitz und von den Bergen aus Zugang zum Tatort.«

»Aha.« Tess schenkte sich Wein nach. »Das engt den Kreis der Verdächtigen natürlich gewaltig ein.«

»Eins kann ich Ihnen verraten: Jeder, der sich hier in den Bergen und in der Umgebung auskennt, kann sich monatelang versteckt halten und praktisch nach Belieben kommen und gehen, ohne daß es auffällt.«

»Wir sind Ihnen für Ihre beruhigenden Worte wirklich sehr dankbar.« Tess schielte verstohlen zu Lily, die gerade Teller mit dampfender Suppe auftrug. »Nicht wahr, Lily?«

»Mir ist es lieber, wenn ich Bescheid weiß.« Lily rutschte neben Tess auf die Bank und faltete erneut die Hände. »Nur wenn man die Sachlage kennt, kann man die entsprechenden Vorsichtsmaßnahmen ergreifen.«

»Vollkommen richtig. Als erstes sollten Sie sich nach Möglichkeit nicht allzuweit vom Haus entfernen, wenn Sie alleine unterwegs sind.«

»Ich bin ohnehin kein begeisterter Spaziergänger.« Obwohl ihr plötzlich etwas flau im Magen wurde, löffelte Tess tapfer ihre Suppe. »Und Lily steckt meistens mit Adam zusammen.« Sie blickte Ben fragend an. »Adam gehört doch wohl nicht auch zu den Verdächtigen?«

»Ich weiß nicht, zu welchen Schlüssen die Polizei bisher gelangt ist, aber ich schwöre Ihnen, daß Adam Wolfchild sich eher Flügel wachsen lassen und nach Idaho fliegen würde, als einen Mann in Stücke zu schneiden und zu skalpieren.« Er schaute auf, als Tess ihren Löffel mit lautem Krach auf den Tisch fallen ließ, und verfluchte seine eigene Dummheit. »Entschuldigung. Ich dachte, Sie seien mit den Details vertraut.«

»Jetzt ja.« Tess schob ihren Teller beiseite und griff nach dem Weinglas.

»Und das hat sie mitangesehen?« Lily knetete nervös ihre Hände. »Sie hat einen ... einen dermaßen zugerichteten Leichnam gefunden?«

»Sie wird damit leben müssen.« Sie beide würden versuchen müssen, mit der Erinnerung fertig zu werden, denn Ben wußte, daß auch er diesen Anblick niemals vollständig aus seinem Gedächtnis würde tilgen können. »Ich möchte Ihnen keine Angst einjagen, sondern Sie lediglich bitten, vorsichtig zu sein.«

»Worauf Sie sich verlassen können«, versprach Tess voller Inbrunst. »Aber was ist mit ihr?« Mit dem Daumen deutete sie zur Decke. »Wenn Sie Willa im Haus halten wollen, dann müssen Sie sie schon in Ketten legen.«

»Adam wird ein Auge auf sie haben, genau wie ich.« In der Hoffnung, daß die Spannung sich ein wenig lösen würde, löffelte er eifrig seine Suppe. »Und mir wird es nicht allzu schwerfallen, hier in der Nähe zu bleiben, wenn ich mit so leckeren Mahlzeiten rechnen kann.«

Beide Frauen fuhren erschrocken zusammen, als die Außentür aufging und Adam eintrat. Er brachte einen Kälteschwall mit in die Küche. »So, für heute brauchen sie mich nicht mehr.«

»Setzen Sie sich«, lud Tess ihn ein. »Suppe und Wein stehen auf der Speisekarte.«

Er warf ihr einen nachdenklichen Blick zu, ehe er seine Aufmerksamkeit Lily zuwandte. »Ich nehme lieber einen Kaffee. Nein, bleib sitzen«, fügte er hinzu, als Lily aufstehen wollte. »Den kann ich mir schon selber holen. Eigentlich wollte ich nur kurz nach Willa sehen.«

»Ben hat sie überredet, nach oben zu gehen und sich hinzulegen.« Nervosität und Erleichterung ließen Lily weiterplappern, ehe sie überlegen konnte. »Sie braucht jetzt Ruhe. Ich kann dir schnell einen Teller Suppe fertigmachen. Du mußt etwas essen, und es ist genug da.«

»Ich mach' das schon. Setz dich wieder hin.«

»Irgendwo ist auch noch Brot, ich hab' nur vergessen, es auf den Tisch zu stellen. Ich ...«

»Du setzt dich jetzt wieder hin.« Adam sprach ruhig, aber mit Nachdruck, während er zwei Teller füllte. »Versuch, dich ein bißchen zu entspannen.« Vorsichtig balancierte er beide Teller zum Tisch. »Und iß etwas! Ich hole das Brot.«

Verblüfft sah Lily ihm zu, wie er sich sicher und geschickt in der Küche zu schaffen machte. Keiner der Männer, die ihr bisher begegnet waren, hatte im Haushalt jemals auch nur einen Finger krumm gemacht. Sie hatten sich stets bedienen lassen. Lily warf Ben einen verstohlenen Blick zu, erwartete ein abfälliges Grinsen, doch dieser fuhr fort, seine Suppe zu essen, als sei es ganz normal, daß ein Mann sich in der Küche betätigte.

»Möchtest du, daß ich ein, zwei Tage hierbleibe und dir zur Hand gehe, Adam?«

»Danke, ist nicht nötig. Wir kommen schon klar.« Adam setzte sich Lily gegenüber und sah ihr fest in die Augen. »Alles in Ordnung mit dir?«

Sie nickte, nahm ihren Löffel und versuchte zu essen.

»Pickles hatte keine Familie, soviel ich weiß«, fuhr Adam fort. »Mir ist, als hätte er vor längerer Zeit mal eine Schwester in Wyoming erwähnt, aber ich bin nicht sicher. Wir werden natürlich versuchen, sie zu finden, falls sie dort noch lebt. Ich würde trotzdem vorschlagen, daß wir uns um die Beerdigung kümmern, sobald die Leiche freigegeben worden ist.«

»Das sollten wir Nate überlassen.« Ben brach sich ein Stück Brot ab. »Willa wird ihn darum bitten, wenn du einverstanden bist.«

»Gut, abgemacht. Ben, ich glaube nicht, daß sie diese Sache ohne dich überstanden hätte. Ich möchte, daß du das weißt.«

»Ich war nur rein zufällig an Ort und Stelle.« Die Art, wie sie sich in seine Arme geworfen hatte – und die Gefühle, die ihr Körper in ihm ausgelöst hatte, machten ihm noch immer zu schaffen. »Wenn sie den Schock erst einmal überwunden hat, wird es ihr höchstwahrscheinlich leid tun, daß sie ausgerechnet meine Hilfe in Anspruch genommen hat.«

»Da irrst du dich. Sie wird dir dankbar sein, genau wie ich.« Er drehte eine seiner Hände nach oben, so daß auf der Handfläche eine lange, feine Narbe sichtbar wurde. »Bruder.«

Bens Mundwinkel zuckten, als er die identische Narbe auf seiner eigenen Hand betrachtete, und er erinnerte sich an einen Tag vor langer Zeit, als zwei kleine Jungen am Flußufer im Schatten eines Canyons gestanden und sich feierlich Blutsbrüderschaft geschworen hatten.

»Oh-oh, eine reine Männersache.« Seltsam angerührt knuffte Tess Lily leicht in die Rippen, damit diese sie aufstehen ließ. »Das ist für mich das Stichwort, die Herren ihrem Portwein und ihren Zigarren zu überlassen und nach oben zu gehen. Ich kann ja irgend etwas Aufregendes tun, zum Beispiel meine Zehennägel lackieren.«

Ben grinste sie anerkennend an. »Ihre Fußnägel sind bestimmt genauso hübsch wie Sie.«

»Süßer, sie sehen gräßlich aus.« Es war so einfach, ihn zu mögen, dachte sie. Und von Sympathie bis hin zum Vertrauen war nur ein kleiner Schritt. »Ich denke, ich schließe mich Adams Meinung an. Ich bin nämlich auch froh, daß Sie hier sind. Gute Nacht.«

»Ich gehe dann besser auch.« Lily griff nach Tess' zur Hälfte geleertem Suppenteller.

»Bleib bitte hier.« Adam legte eine Hand über ihre. »Du hast noch nichts gegessen.«

»Ihr wollt euch doch sicher ungestört unterhalten. Ich kann meinen Teller auch mit nach oben nehmen.«

»Laufen Sie bitte meinetwegen nicht weg.« Ben, der sich ziemlich sicher war, aus welcher Richtung der Wind hier wehte, erhob sich. »Ich muß sowieso nach Hause. Vielen Dank für das Essen, Lily.« Sachte berührte er ihre Wange und fühlte, wie sie zusammenzuckte. So ließ er rasch seine Hand sinken. »Essen Sie lieber, solange die Suppe noch heiß ist«, riet er ihr. »Ich schau' morgen wieder rein, Adam.«

»Gute Nacht, Ben.« Adam hielt Lilys Hand fest und drückte sie aufmunternd, damit sie sich wieder hinsetzte. Dann ergriff er auch ihre andere Hand und wartete, bis sie den Blick hob und ihn ansah. »Hab keine Angst. Ich werde nicht zulassen, daß dir etwas geschieht.«

»Ich habe immer Angst.« Ihre Hand zitterte unter seiner, doch er hielt es für angezeigt, sein Glück auf die Probe zu stellen, deshalb gab er sie nicht frei. »Lily, du bist in ein fremdes Haus gekommen, bist von lauter fremden Menschen umgeben, und trotzdem bleibst du hier. Ich finde, dazu gehört eine ziemliche Portion Mut.«

»Ich bin nur hierhergekommen, weil ich ein Versteck suchte. Du weißt nicht viel von mir, Adam.«

»Aber ich werde dich kennenlernen, sobald du es zuläßt.« Mit dem Zeigefinger einer Hand streichelte er den langsam blasser werdenden Bluterguß unter ihrem Auge. Regungslos saß sie da und blickte ihn argwöhnisch an, während sein Finger auch die Prellung an ihrem Kinn berührte. »Du wirst mir irgendwann einmal alles über dich erzählen, Lily. Aber erst dann, wenn du selbst dazu bereit bist.«

»Warum interessierst du dich so für mich?«

Sein Lächeln rührte ihr Herz. »Weil du etwas von Pferden verstehst und weil du meinen Hunden immer heimlich Lekkerbissen zusteckst.« Das Lächeln wurde breiter, als er sah, wie ihr das Blut ins Gesicht stieg. »Und weil du eine köstliche Suppe machst. Jetzt iß«, mahnte er und ließ sie los, »sonst wird alles kalt.«

Lily sah ihn schweigend an, dann nahm sie ihren Löffel und begann zu essen.

Im Stockwerk darüber war Tess mit einem Buch aus der Bibliothek und einer Flasche Mineralwasser auf dem Weg in ihr Zimmer. Sie hatte vor, so lange zu lesen, bis ihr die Augen zufielen, und hoffte, daß sie dann die Nacht ungestört durchschlafen konnte.

Tess kannte ihre lebhafte Fantasie, die ihr zwar beim Schreiben von Drehbüchern sehr zugute kam, ihr aber heute nacht mit Sicherheit Alpträume bescheren würde. Die Details, die Ben versehentlich ausgeplaudert hatte, würde sie so lange verarbeiten und ausschmücken, bis sie sich in ihrem Kopf zu gräßlichen Visionen formten.

Vielleicht würde sie der umfangreiche Liebesroman, dessen buntes Cover dem Leser spannende Unterhaltung versprach, von den jüngsten Ereignissen ablenken. Doch als sie an Willas Zimmer vorbeikam, vernahm sie hinter der geschlossenen Tür ein verzweifeltes, zu Herzen gehendes Schluchzen. Tess zögerte kurz und wünschte, sie hätte die andere Treppe benutzt. Sie hatte nicht damit gerechnet, daß dieses hilflose Weinen, das von unendlichem Kummer zeugte, ihr so zu Herzen gehen würde. Die Tränen zeugten von tiefstem Schmerz.

Tess war schon versucht, eine Hand zu heben und zu klopfen, doch dann besann sie sich und preßte nur die Handfläche mit einem unterdrückten Fluch gegen das glatte Holz der Tür. Wenn sie einander besser gekannt hätten oder sich völlig fremd gewesen wären, dann hätte sie sich vielleicht überwunden, das Zimmer zu betreten. Doch zwischen ihnen standen so viele unausgesprochene Worte, so viele aufgestaute Emotionen, daß Tess es nicht über sich brachte, die Tür zu öffnen und Willa ihren Beistand anzubieten. Sie wußte nur zu gut, daß Trost von ihrer Seite nicht erwünscht war. Willa würde sich bei ihr nicht von Frau zu Frau ausweinen, geschweige denn von Schwester zu Schwester. Und da ihr auf einmal schmerzhaft bewußt wurde, daß sie diese Tatsache zutiefst bedauerte, ging sie leise weiter zu ihrem eigenen Zimmer, schloß behutsam die Tür hinter sich und verriegelte sie sorgfältig. Sie wußte, daß sie nicht mehr traumlos schlafen würde.

Mitten in der Nacht, als der Wind auffrischte und an den hölzernen Läden rüttelte, als der Regen hart gegen die Fensterscheiben trommelte, lag er im Dunkeln und lächelte in sich hinein. Wieder und wieder rief er sich jede einzelne Sekunde des Mordes, den er begangen hatte, ins Gedächtnis zurück und verspürte dabei eine elektrisierende Erregung.

Ihm war, als sei er während der Tat in die Haut eines anderes Wesens geschlüpft, eines Geschöpfes, so kalt und grausam, daß es kaum menschlich zu nennen war.

Er hatte nicht gewußt, welche Eigenschaften tief in ihm schlummerten.

Er hatte nicht geahnt, wieviel Gefallen er an seinem Tun finden würde.

Armer alter Pickles. Wie ein Kind, das in der Kirche kichern muß, preßte er beide Hände vor den Mund, um ein Lachen zu unterdrücken. Er hatte keinen persönlichen Groll gegen den alten Knacker gehegt, aber Pickles war zur falschen Zeit am falschen Ort gewesen, und er hatte nur getan, was er tun mußte.

Was sein muß, muß sein, dachte er, in seine Hände prustend. Dieses Sprichwort hatte seine gute alte Ma immer auf den Lippen geführt. Auch dann, wenn sie halb weggetreten war, hatte sie mit solchen platten Weisheiten um sich geworfen. Was sein muß, muß sein. Was du heute kannst besorgen, das verschiebe nicht auf morgen. Morgenstund hat Gold im Mund. Spare in der Zeit, so hast du in der Not. Blut ist dicker als Wasser. Und so weiter und so fort.

Etwas ruhiger geworden, atmete er einmal tief aus und legte die Hände auf die Magengegend. Ihm fiel ein, wie butterweich die Klinge in Pickles' Leib geglitten war. Durch all die Fettschichten hindurch, überlegte er, seinen eigenen flachen Bauch tätschelnd. Als ob man das Messer in ein Kissen stieß. Und dann dieses schmatzende Geräusch, das auch entstand, wenn er am Hals einer Frau saugte – um ihr sein Brandzeichen aufzudrücken, sozusagen.

Doch der absolute Höhepunkt war für ihn der Moment gewesen, als er Pickles die Kopfhaut mit dem wenigen Haar abgezogen hatte. Nicht daß der Skalp mit den dünnen, spärlichen Strähnen eine großartige Trophäe abgab, doch der Akt als solcher hatte ihn über alle Maßen fasziniert.

Und dann das Blut.

Lieber Gott, wie hatte er geblutet.

Er wünschte, er hätte sich mehr Zeit lassen, vielleicht noch einen kleinen Siegestanz aufführen können. Nun ja, nächstes Mal …

Erneut mußte er sich ein Lachen verkneifen. Es würde ein nächstes Mal geben. Über Rinder und Haustiere war er hinausgewachsen. Ein Mensch stellte eine viel größere Herausforderung dar. Er würde auf der Hut sein müssen, und er würde abwarten. Wenn er zu rasch wieder zuschlug, würde er die Vorfreude nicht auskosten können. Und sein nächstes Opfer wollte er sorgfältig auswählen, nicht einfach den Nächstbesten nehmen, der ihm über den Weg lief. Vielleicht sollte er es diesmal mit einer Frau versuchen. Er könnte sie in den Wald verschleppen; dorthin, wo er seine Trophäen hortete. Er könnte ihr die Kleider vom Leib reißen, während sie ihn um Gnade anflehte, und sie dann vergewaltigen, sooft er wollte.

Bei dieser Vorstellung bekam er eine Erektion. Abwesend begann er, sich zu streicheln, während er seine Pläne schmiedete. Für ihn wäre es ein zusätzlicher Anreiz, wenn er sich Zeit lassen könnte, um sein Opfer zu quälen; wenn er beobachten könnte, wie sich dessen Augen mit Panik füllten, wenn er ihm bis ins Detail schilderte, was er mit ihm zu tun beabsichtigte. Es würde ihm noch viel mehr Spaß bereiten, wenn seine Opfer wußten, was ihnen bevorstand.

Aber er würde zuvor noch ein wenig üben müssen. Er hatte sein Können noch nicht perfektioniert, und der Mord an einer Frau würde ihn auf die nächste Ebene seines ganz persönlichen Seins katapultieren.

Kein Grund zur Eile, dachte er verträumt, während er sich selbst befriedigte. Es bestand überhaupt kein Grund zur Eile.

ZWEITER TEIL

Winter

Diejenigen, die die Winter dieses Landes kennen,
wissen um ihren eisigen, unerbittlichen Griff.

– William Bradford –

Kapitel 1

Nicht einmal ein Mord konnte der alltäglichen Routine Einhalt gebieten. Die Männer waren zwar nervös, nahmen jedoch ohne Murren Willas Befehle entgegen. Da nun eine weitere Arbeitskraft fehlte, gab sie ihr Äußerstes, um die Lücke zu füllen. Sie ritt die Zäune ab, fuhr hinaus auf die Felder, um den Verlauf der Winterernte zu überwachen, und saß bis spät in die Nacht über den Büchern.

Das Wetter schlug rasch um. Die sich mehr und mehr abkühlende Luft kündigte den nahenden Winter an; auch die Weiden waren nun jeden Morgen von Reif bedeckt. Jetzt mußte das Vieh, das nicht überwintern sollte, entweder verkauft oder zum Schlachten abtransportiert werden – im Falle der Mercy-Rinder entweder nach Ennis oder per Schiff hinunter nach Colorado.

Wenn sie nicht gerade im Sattel oder hinter dem Steuer eines Jeeps saß, stieg sie mit in Jims kleines Flugzeug ein und kontrollierte die Weiden aus der Luft. Früher hatte sie mal Überlegungen angestellt, selbst den Pilotenschein zu erwerben, doch sie hatte rasch herausgefunden, daß sie das Fliegen nicht besonders gut vertrug. Der Motorenlärm hallte dröhnend in ihrem Kopf wider, das unvermutete Absacken der kleinen Maschine und die scharfen Kurven, die sie ab und an beschrieb, verursachten ihr ein flaues Gefühl im Magen.

Ihr Vater hatte die kleine Cessna immer gerne selbst gesteuert. Als sie zum ersten Mal mit ihm mitfliegen durfte, war ihr entsetzlich übel geworden. Seitdem hatte er sie nie wieder mitgenommen.

Nun gab es außer Jim, der eine Tendenz zum Leichtsinn hatte, keinen qualifizierten Piloten mehr auf der Ranch, und Willa fragte sich, ob sie ihren Entschluß noch einmal würde überdenken müssen. Ein so großer Betrieb, wie Mercy es war, brauchte unbedingt noch einen zweiten Piloten für Notfälle, und vielleicht würde sie nicht mehr luftkrank werden, wenn sie selbst die Kontrolle über die Maschine hatte.

»Sieht die Welt von hier oben nicht herrlich aus?« Teuflisch grinsend beschrieb Jim eine scharfe Kehre, und Willa spürte entsetzt, wie ihr schlecht wurde. »Scheint, als wäre da schon wieder ein Zaun umgerissen worden.« Er ging ein bißchen tiefer, um sich den Schaden genauer anzusehen.

Willa biß die Zähne zusammen und merkte sich die exakte Position, dann zwang sie sich, einen Blick nach unten zu werfen und die Anzahl der Tiere zu schätzen »Wir müssen die Rinder wegtreiben, ehe sie das ganze Gras zertrampeln.« Sie holte tief Luft, als Jim das Flugzeug steil nach oben riß. »Kannst du das verdammte Ding nicht ruhighalten?«

»'tschuldige.« Jim unterdrückte ein Lachen, doch nach einem Blick auf ihr Gesicht beherrschte er seinen Übermut. Sie hatte sich leicht grünlich verfärbt und wirkte ziemlich elend. »Du solltest dich nicht in so ein kleines Flugzeug setzen, Will. Jedenfalls nicht, ohne vorher eine Tablette gegen Übelkeit zu nehmen.«

»Ich hab' ja eine von den verflixten Dingern geschluckt.« Willa konzentrierte sich darauf, gleichmäßig durchzuatmen, und wünschte, sie könnte die Schönheit der Landschaft richtig genießen. Auf den grünen Weiden glitzerte Rauhreif, und die Berggipfel trugen leuchtendweiße Schneekappen.

»Soll ich umkehren?«

»Ich werd's schon überleben.« Hoffentlich. »Laß es uns zu Ende bringen.«

Doch als sie sich endlich dazu überwand, nach unten zu schauen, sah sie die Straße, auf der sie den Leichnam entdeckt hatte. Die Polizei hatte ihn abtransportiert und auch die Überreste des verstümmelten Ochsen beseitigt. Später war das ganze Gelände von den Cops nach Spuren abgesucht worden. Und der Regen hatte die Blutlachen größtenteils fortgespült.

Trotzdem meinte sie, immer noch dunklere Flecken auf der schlammigen Straße zu erkennen. Sie konnte den Blick nicht abwenden, und auch als sie die Straße längst überflogen hatten, stand ihr das Bild noch lebhaft vor Augen.

Jim konzentrierte sich angelegentlich auf den Horizont. »Die Polizei war gestern abend schon wieder da.«

»Ich weiß.«

»Sie haben bislang noch nichts herausgefunden. Verdammt, Will, das ist jetzt fast eine Woche her, und die Polizei tappt noch immer im dunkeln.«

Die unterdrückte Wut in seiner Stimme brachte sie wieder zu sich. »Das Leben ist kein Fernsehkrimi, Jim. Manchmal kommen die bösen Jungs ungeschoren davon.«

»Ich muß immer daran denken, daß ich ihm in der Nacht vor seinem Tod soviel Geld abgenommen habe. Ich wünschte, ich könnte es ungeschehen machen, Will, obwohl es jetzt doch nichts mehr ändert.«

Willa streckte die Hand aus und drückte aufmunternd seine Schulter. »Und ich wünschte, ich hätte mich nicht in aller Öffentlichkeit mit ihm gestritten, obwohl auch das jetzt nichts mehr ändert.«

»Dieser elende alte Stänkerfritze. Genau das war er, ein elender alter Stänkerfritze.« Seine Stimme gickste, und Jim räusperte sich verlegen. »Ich – wir haben gehört, daß du ihn vielleicht auf dem Friedhof von Mercy bestatten lassen willst.«

»Nate hat weder seine Schwester noch sonst einen Verwandten aufgespürt, also begraben wir ihn auf Mercy-Land. Bess würde vermutlich sagen, daß sich das so gehört.«

»Tut es auch. Anständig von dir, Will, daß du ihn dort begraben willst, wo doch sonst nur Familienangehörige auf diesem Friedhof liegen.« Wieder räusperte er sich. »Die Jungs und ich haben darüber gesprochen. Wir dachten, wir sollten uns als Sargträger zur Verfügung stellen, und wir sammeln für einen Grabstein.« Er lief rot an, als Willa ihn anstarrte. »Na ja, eigentlich war es Hams Idee, aber wir haben alle zugestimmt. Bist du auch einverstanden?«

»Wenn ihr euch einig seid, dann wollen wir es auch so halten.« Sie wandte den Kopf ab und blickte aus dem Fenster. »Laß uns umkehren, Jim. Für den Augenblick habe ich genug gesehen.«

Als Willa bei der Ranch ankam, bemerkte sie schon von weitem die Jeeps von Nate und Ben vor der Tür. Sie hielt absichtlich vor Adams kleinem weißen Häuschen an, um sich zu sammeln, ehe sie ihnen gegenübertrat. Noch immer war sie etwas wackelig auf den Beinen, und sie verspürte die ersten Anzeichen heftiger Kopfschmerzen, die vermutlich durch das unaufhörliche Brummen des Flugzeuges ausgelöst worden waren. Feurige Sternchen tanzten hinter ihren Augen.

Willa stieg aus und ging durch das Gartentor auf das Haus zu. Dann blieb sie stehen und nahm sich ein paar Minuten Zeit, um Beans zu streicheln, der sich vor Freude, sie zu sehen, auf den Rücken rollte und sie aufforderte, seinen Bauch zu kraulen.

»Na, Dickerchen, liegst du den ganzen Tag nur auf der faulen Haut?« Beans wedelte zustimmend mit dem Schwanz und hechelte zufrieden. »Du siehst bald aus wie eine Wurst auf vier Pfoten.«

Der Klang ihrer Stimme lockte Adams gefleckten Jagdhund Nosey herbei. Mit gespitzten Ohren trottete er auf Willa zu und kuschelte sich unter ihren Arm.

»Du warst wieder ein böser Hund, stimmt's, Nosey? Meinst du, ich hätte nicht gemerkt, daß du es auf meine Hühner abgesehen hast?«

Der Hund sah sie beschämt an und stolperte bei dem Versuch, ihr Hände und Gesicht abzulecken, über Beans. Als die beiden miteinander zu balgen begannen, richtete Willa sich rasch auf. Sie fühlte sich jetzt ein wenig besser. Dieser kurze Aufenthalt in Adams Vorhof, wo sich die letzten Herbstblumen beharrlich weigerten zu verwelken und die Hunde nichts Besseres zu tun hatten, als den lieben langen Tag miteinander zu spielen, hatte ihre Stimmung verbessert.

»Hast du jetzt lange genug mit diesen nutzlosen Kötern herumgetobt?«

Willa sah über ihre Schulter. An der anderen Seite des Tores stand Ham, eine Zigarette im Mundwinkel. Seine Jacke war bis obenhin zugeknöpft, und er trug dicke Lederhandschuhe, was sie vermuten ließ, daß ihm in seinem Alter die Kälte doch schon stärker in die Knochen fuhr.

»Ich glaub' schon.«

»Und du steigst auch nicht wieder in diese fliegende Todesfalle ein?«

Willa fuhr sich mit der Zunge über die Zähne, als sie auf ihn zuging. Ham hatte in seinen fünfundsechzig Lebensjahren noch nie ein Flugzeug von innen gesehen, und er war verdammt stolz darauf. »Mir bleibt wohl nichts anderes übrig. Wir müssen einige Herden weitertreiben, Ham. Außerdem ist schon wieder ein Zaun kaputt. Ich möchte, daß die Rinder noch heute von der südlichen Weide weggeholt werden.«

»Ich werde Billy damit beauftragen. Nur dauert es bei ihm doppelt so lange wie bei anderen. Jim kann sich um den Zaun kümmern, Wood hat auf den Feldern alle Hände voll zu tun, und ich muß den Transport der Tiere organisieren.«

»Soll das ein Wink mit dem Zaunpfahl sein? Ich weiß, daß wir zuwenig Leute haben.«

»Darüber wollte ich ohnehin mit dir sprechen.« Ham rauchte genüßlich, während er darauf wartete, daß sie durch das Tor kam. »Wir könnten einen zusätzlichen Mann gut gebrauchen. Zwei wären noch besser. Aber meiner Meinung nach solltest du noch warten, sagen wir, bis zum Frühjahr, ehe du jemanden einstellst.«

Er schnippte den kläglichen Rest seiner Zigarette im hohen Bogen fort. Hinter ihnen sprangen Beans und Nosey jaulend am Zaun hoch und hofften auf weitere Streicheleinheiten. »Pickles war eine Nervensäge. Der Mann hat ja wirklich über alles und jedes gemeckert. Nichts konnte man ihm recht machen. Aber er war ein guter Cowboy und ein halbwegs geschickter Mechaniker.«

»Jim erzählte mir, daß du und die anderen für seinen Grabstein sammeln wollt.«

»Ist nicht mehr als recht und billig. Schließlich hab' ich mit dem alten Stinkstiefel fast zwanzig Jahre lang zusammengearbeitet.« Ham starrte einen Moment vor sich hin. Er hatte in Willas Gesicht bereits alles gelesen, was er wissen wollte. »Keinem ist damit geholfen, wenn du dich mit Selbstvorwürfen herumquälst.«

»Ich hab' ihn immerhin da rausgeschickt.«

»Du redest Blödsinn, und das weißt du auch. Du magst ja ein halsstarriges, hitzköpfiges Frauenzimmer sein, aber dumm bist du nicht.«

Willa lächelte schwach. »Ich komme einfach nicht darüber hinweg, Ham. Ich schaff's nicht.«

Ham verstand nur zu gut, was in ihr vorging. Er kannte sie in- und auswendig. »Du mußt den Schock erst überwinden. Schließlich warst du es, die ihn gefunden hat, und dieser Anblick wäre auch dem stärksten Mann in die Knochen gefahren. Nur kannst du im Augenblick nichts dagegen tun, du kannst nur abwarten. Die Zeit heilt alle Wunden.« Er schob seinen verbeulten Hut zurecht, damit ihn die Sonne nicht blendete, und sah sie streng an. »Aber bis zur Erschöpfung zu arbeiten ist keine Lösung, Will.«

»Uns fehlen immerhin zwei Männer«, setzte sie an, doch er schüttelte nur den Kopf.

»Will, du schläfst nicht sehr viel und ißt zuwenig.« Seine Lippen, die von einem graumelierten Bart umgeben waren, verzogen sich leicht. »Seit Bess wieder auf den Beinen ist, erfahre ich alles aus erster Hand, was im Haupthaus vor sich geht. Diese Frau redet auf dich ein, bis dir die Ohren klingeln. Und selbst wenn sie mich nicht bei jeder sich bietenden Gelegenheit in ein Gespräch verwickeln würde, hätte ich es gemerkt. Ich hab' ja schließlich Augen im Kopf.«

»Ham, ich habe zur Zeit furchtbar viel zu tun.«

»Das weiß ich.« In seiner rauhen Stimme schwang eine tiefe Zuneigung mit. »Ich will damit ja auch nur sagen, daß du dich nicht persönlich um jede Kleinigkeit kümmern mußt. Ich war schon auf dieser Ranch, ehe du zur Welt gekommen bist, und wenn du mir nicht zutraust, daß ich meinen Job gut mache, dann solltest du dich im Frühjahr lieber nach drei neuen Mitarbeitern umsehen.«

»Du weißt ganz genau, daß ich dir voll und ganz vertraue. Es ist nur so, daß ...« Sie brach ab und holte einmal tief Atem. »Das ist nicht fair, Ham.«

Sehr zufrieden mit sich, nickte Ham. O ja, er kannte und verstand sie nur zu gut.

Und er liebte sie.

»Hauptsache, du denkst mal eine Minute nach. Wir kommen auch mit der momentanen Besetzung problemlos über den Winter. Woods ältester Sohn macht sich gut. Er wird bald zwölf und kann schon fest zupacken, wenn es nötig ist. Und aus dem Kleinen wird mal ein verdammt guter Farmer.« Er nahm sich eine neue Zigarette. Erst heute morgen hatte er sich einen Vorrat davon gedreht. »Er fährt lieber Heu ein, als daß er über die Ranch reitet, aber Wood meint, er kann schon hart arbeiten. Mit den Leuten, die uns zur Verfügung stehen, kommen wir ganz gut hin.«

»Okay. Sonst noch was?«

Wieder ließ er sich mit der Antwort Zeit. Da er aber nun einmal angefangen hatte, konnte er die Sache ebensogut auch gleich zu Ende bringen. »Es geht um deine Schwestern. Du könntest der mit der Kurzhaarfrisur sagen, sie soll nicht immer so hautenge Jeans tragen. Jedesmal, wenn sie vorbeigeht, fallen diesem Trottel Billy beinah die Augen aus dem Kopf. Irgendwann wird er sich noch ernstlich verletzen, weil er sich nicht auf seine Arbeit konzentriert.«

Zum ersten Mal seit Tagen kam ihr Lachen von Herzen. »Und du schaust ihr vermutlich nie hinterher, was, Ham.«

»O doch.« Er stieß eine Rauchwolke aus. »Aber ich bin alt genug, um mich durch so etwas nicht mehr aus der Ruhe bringen zu lassen. Die andere sitzt ja ganz ordentlich zu Pferde.« Er blinzelte gegen die Sonne und wies mit der Zigarette auf einen Punkt in der Ferne. »Davon kannst du dich jetzt selbst überzeugen.«

Willa blickte die Straße entlang und bemerkte die Reiter, die Richtung Osten ritten. Sie mußte zugeben, daß Lily mit der Falbstute gut zurechtkam, sie paßte sich mit weichen, fließenden Bewegungen dem Gang ihres Pferdes an. Tess dagegen hüpfte im Sattel einer kastanienbraunen kleinen Stute wie ein Gummiball auf und ab und schien sich an den Sattelknauf zu klammern wie ein Ertrinkender an einen Strohhalm.

»Na, der wird heute abend aber der Allerwerteste weh tun.« Belustigt lehnte sich Willa über den Zaun. »Wie lange geht das denn schon so?«

»Ein paar Tage. Sieht aus, als hätte sie es sich in den Kopf gesetzt, reiten zu lernen. Adam hat mit ihr geübt.« Er schüttelte nur seinen grauen Kopf, als Tess beinahe aus dem Sattel rutschte. »Ich fürchte, nicht einmal er kann mit ihr etwas anfangen. Du solltest dir Moon satteln und hinterherreiten.«

»Sie brauchen mich nicht.«

»Das hab' ich auch nicht behauptet. Du solltest dir einfach nur einen schönen, langen Ausritt gönnen, Will, das hat dir immer schon gutgetan.«

»Mal sehen.« Sehnsüchtig dachte sie an einen ausgiebigen Galopp, bei dem ihr der Wind um die Nase wehen und sie wieder einen klaren Kopf bekommen würde. »Später vielleicht.« Einen Augenblick lang sah sie den drei Reitern sehnsüchtig nach und beneidete sie um ihre unbekümmerte Kameradschaft. »Später vielleicht«, wiederholte sie und stieg in ihren Jeep.

Willa war nicht sonderlich überrascht, sowohl Ben als auch Nate in der Küche vorzufinden, wo sie sich Bess' Spießbraten schmecken ließen. Um zu verhindern, daß Bess ihr Vorwürfe machte, weil sie nichts aß, holte sie sich vorsorglich einen Teller und zog sich einen Stuhl heran.

»Wird auch langsam Zeit, daß du dich hier sehen läßt.« Enttäuscht darüber, daß es ihr nicht möglich war, Willa zum Essen zu zwingen, fiel Bess ein weiterer Vorwurf ein. »Die Essenszeit ist schon fast vorbei.«

»Aber das Fleisch ist noch warm«, bemerkte Willa spitz und würgte an den ersten Bissen herum. »Da du offensichtlich damit beschäftigt warst, Hinz und Kunz zu verköstigen, dürftest du mich kaum vermißt haben.«

»Du hast schlechtere Manieren als ein Feldarbeiter.« Bess stellte demonstrativ einen Becher mit Kaffee vor Willa hin und schniefte mißbilligend. »Ich hab' zuviel zu tun, als daß ich hier stehen und dir Benehmen beibringen könnte.« Sie wischte sich die Hände an einem Geschirrtuch ab und verließ beleidigt die Küche.

»Seit einer halben Stunde hält sie schon nach dir Ausschau.« Nate schob seinen leeren Teller beiseite und griff nach seiner eigenen Kaffeetasse. »Sie macht sich Sorgen um dich.«

»Dazu besteht überhaupt kein Anlaß.«

»Und sie wird sich weiterhin Sorgen machen, solange du alleine ausreitest oder alleine in die Berge fährst.«

Willa warf Ben einen Blick zu. »Dann wird sie damit fertig werden müssen. Reich mir bitte das Salz.«

Ben nahm den Salzstreuer und stellte ihn unsanft vor sie hin. Nate, der am anderen Ende des Tisches saß, rieb sich den Nacken. »Gut, daß du wieder da bist, Will. Ich hab' ein paar Papiere mitgebracht.«

»Schön. Ich sehe sie mir später an.« Willa streute sich Salz über den Braten. »Das erklärt jedenfalls deine Anwesenheit hier.« Anzüglich schaute sie zu Ben hinüber.

»Ich hatte mit Adam etwas Geschäftliches zu besprechen, wegen einiger Pferde. Außerdem bin ich in meiner Funktion als Oberaufseher hier – und wegen einer kostenlosen Mahlzeit.«

»Ich habe Ben gebeten, noch zu bleiben«, warf Nate ein, ehe Willa aufbrausen konnte. »Ich habe heute morgen mit der Polizei gesprochen. Pickles' Leiche wird morgen freigegeben.« Er wartete, bis Willa bestätigend nickte. »Einige Dokumente betreffen Formalitäten hinsichtlich der Bestattung. Dann wäre da noch eine finanzielle Angelegenheit. Pickles verfügte über ein kleines Sparguthaben und ein normales Girokonto. Zusammengerechnet macht das eine Summe von ungefähr dreitausendfünfhundert Dollar aus, und soviel ist er allein schon für seinen Jeep schuldig.«

»Wegen des Geldes mache ich mir die geringsten Sorgen.« Sie hätte auch dann keinen Bissen mehr heruntergebracht, wenn man ihr eine Pistole auf die Brust gesetzt hätte. »Ich wäre dir dankbar, wenn du alles Nötige veranlassen und die Rechnungen an die Ranch schicken würdest.«

»Gut.« Nate holte einige Formulare aus der Aktentasche, die zu seinen Füßen stand, und machte sich Notizen. »Nun zu seinem beweglichen Eigentum. Es gibt weder Familie noch rechtmäßige Erben, und er hat nie ein Testament gemacht.«

»Er hatte ohnehin nicht viel zu vererben.« Willa fühlte

sich sehr elend. »Seine Kleidung, sein Sattel, ein paar Werkzeuge. Das sollen die anderen unter sich aufteilen, wenn das in Ordnung geht.«

»Nichts dagegen einzuwenden. Ich kümmere mich um die juristischen Formalitäten.« Nate berührte kurz ihre Hand. »Wenn dir noch etwas einfällt oder wenn du Fragen hast, dann ruf mich an.«

»Ich bin dir sehr dankbar, Nate.«

»Keine Ursache.« Er streckte sich und stand auf. »Wenn ihr nichts dagegen habt, dann borge ich mir ein Pferd aus und reite Adam nach, um, äh ...«

»Da mußt du dir schon etwas Besseres einfallen lassen«, meinte Ben boshaft, »wenn du vertuschen willst, daß du dieser Frau hinterhersteigst.«

Nate grinste nur und nahm seinen Hut vom Haken. »Dankt Bess in meinem Namen für das Essen. Bis später.«

Willa schnitt eine Grimasse, nachdem Nate den Raum verlassen hatte. »Hinter welcher Frau steigt er denn her?«

»Deine große Schwester benutzt ein ausgesprochen aufreizendes Parfüm.«

Mit einem verächtlichen Laut nahm Willa ihren Teller und trug ihn zur Anrichte neben der Spüle. »Hollywood? Nate hat viel zuviel Verstand, um auf so etwas reinzufallen.«

»Das richtige Parfüm kann einem Mann schon den Verstand vernebeln. Du hast ja überhaupt nichts gegessen.«

»Mir ist der Appetit vergangen.« Neugierig drehte sie sich zu ihm um und stützte sich auf die Anrichte. »Fliegst du auch auf französisches Parfüm, Ben?«

»Schaden kann es jedenfalls nicht.« Ben lehnte sich in seinem Stuhl zurück. »Allerdings kann auch der Duft nach Seife und Leder unter gewissen Umständen dieselbe Wirkung haben. Frauen sind nun einmal geheimnisvolle Wesen, die eine geradezu magische Anziehungskraft auf das starke Geschlecht ausüben.« Er beobachtete sie scharf über den Rand seiner Kaffeetasse hinweg. »Aber das weißt du vermutlich alles selber.«

»Auf einer Ranch ist es ziemlich unwichtig, was für eine Duftwolke man mit sich herumträgt.«

»Von wegen. Jedesmal, wenn du dem jungen Billy zu nahe kommst, verdreht er die Augen und fängt an zu hecheln wie ein Hund, der eine Wurst wittert.«

Sie lächelte ein wenig, da diese Bemerkung voll und ganz der Wahrheit entsprach. »Der Junge ist achtzehn und spitz wie Nachbars Lumpi. Dem strömt ja schon das Blut vom Hirn in den Unterleib, wenn in irgendeinem Zusammenhang das Wort ›Brust‹ fällt. Aber das legt sich mit der Zeit.«

»Wenn er Glück hat, bleibt es.«

Willas schlechte Laune verflog langsam, und sie schlug entspannt die Beine übereinander. »Ich weiß wirklich nicht, wie ihr Männer damit klarkommt, daß alles, was euer Ego, eure Persönlichkeit und eure Vorstellung von Romantik ausmacht, zwischen euren Beinen baumelt.«

»Es ist uns auch eine schwere Last. Willst du dich nicht endlich wieder hinsetzen und deinen Kaffee austrinken?«

»Ich hab' noch zu arbeiten.«

»Das sagst du in den letzten Tagen jedesmal, wenn ich dir zu nahe komme.« Er griff nach ihrem Becher mit Kaffee, stand auf und brachte ihn ihr. »Du schuftest wie ein Pferd und ißt kaum etwas, Willa. Wenn du so weitermachst, dann liegst du bald auf der Nase.« Er faßte ihr Kinn und schenkte ihr einen langen, prüfenden Blick. »Dabei ist deine Nase gar nicht so unübel.«

»Du mußt es ja wissen.« Willa warf den Kopf zurück und bemühte sich, eine unbewegte Miene zu machen, als seine Finger sacht über ihre Haut strichen. »Wo liegt dein Problem, McKinnon?«

»Ich habe keins.« Um sie beide auf die Probe zu stellen, ließ Ben seine Finger über ihre Lippen gleiten. Ihr schöngeformter Mund lud förmlich zum Küssen ein, selbst wenn er so wie jetzt ärgerlich verzogen war. »Aber du scheinst eins zu haben. Mir ist aufgefallen, daß du in der letzten Zeit auffallend nervös in meiner Gegenwart wirst. Früher warst du nur bissig und bösartig.«

»Vielleicht verwechselst du da etwas, Ben.«

»O nein.« Er verstellte ihr mit einem Schritt den Weg, so daß sie zwischen ihm und der Anrichte eingekeilt war.

»Weißt du, was ich denke, Will?«

Was für breite Schultern er hatte. Und extrem lange Beine. Erst kürzlich war sie sich seines Körpers entschieden zu sehr bewußt geworden. »Es interessiert mich nicht, was du denkst.«

Da er von Natur aus vorsichtig war und zudem über ein ausgezeichnetes Gedächtnis verfügte, preßte er sich mit seinem vollen Gewicht an sie, um einen wohlgezielten Kniestoß abzublocken. »Ich werd's dir trotzdem verraten.« Ben gab ihr Kinn frei und griff mit der Hand in ihr Haar, das sie heute offen trug. »Jetzt, da ich dir nahe genug bin, stelle ich fest, daß du tatsächlich nach Seife und Leder duftest.«

»Komm noch etwas näher, und es wird dir leid tun.«

»Und dann dieses herrliche Haar, ganz glatt und seidenweich.« Die Augen fest auf ihr Gesicht geheftet, drehte er ihren Kopf behutsam zu sich hin. »Dein Herz klopft wie wild, und hier, direkt am Hals, da pocht dein Puls ebenso heftig.« Mit seiner freien Hand ertastete er die betreffende Stelle, spürte, wie ihre Haut unter seinen Fingern bebte. »Ich habe das Gefühl, als würdest du jeden Moment unter meinen Händen zerplatzen.«

Willa fürchtete, daß genau das geschehen könnte, wenn er ihr nicht mehr Raum zum Atmen ließ. »Du gehst mir auf die Nerven, Ben.« Es kostete sie all ihre Willenskraft, mit ruhiger, gelassener Stimme zu sprechen.

»Ich bin dabei, dich zu verführen, Willa.« Der Klang seiner Stimme war honigsüß. »Und meiner Meinung nach hast du genau davor Angst. Du ahnst, daß ich es tun kann und werde und daß du nicht in der Lage bist, dich dagegen zu wehren.«

»Hör endlich auf damit.« Sosehr sie auch dagegen ankämpfte, ihre Stimme begann zu schwanken, und die Hände, die sie gegen seine Brust stemmte, zitterten leicht.

»Nein.« Sanft zupfte er an ihrem Haar. »Diesmal nicht.«

»Vor gar nicht allzulanger Zeit hast du noch gesagt, du wolltest mich ebensowenig wie ich dich.« Sie registrierte voller Panik ihre Reaktion. Ihre Sinne waren in Aufruhr geraten. »Es besteht also kein Grund dafür, mit mir Katz und Maus zu spielen, nur weil du mich in Rage bringen willst.«

»Ich habe mich geirrt. Ich hätte sagen sollen, daß ich dich ebensosehr begehre wie du mich. Mich verunsichert diese Empfindung. Dir jagt sie Angst ein.«

»Ich habe keine Angst vor dir.« Was sich in ihrem Inneren abspielte, war in der Tat beängstigend, doch das lag nicht an ihm, redete sie sich ein. Ben McKinnon würde nie solche Gefühle in ihr auslösen.

»Dann beweis es.« Seine grünen Augen blitzten. »Hier und jetzt.«

Ihr blieb nichts anderes übrig, als die Herausforderung anzunehmen, so fuhr sie mit den Händen in sein Haar und zog sein Gesicht zu sich heran.

Er hatte den typischen McKinnon-Mund, stellte sie fest, so voll und fest wie der von Zack. Doch hier hörte auch schon jegliche Ähnlichkeit auf. Keiner der sanften, träumerischen Küsse, die Zack und sie ausgetauscht hatten, ließen sich mit dieser Erfahrung vergleichen. Zum ersten Mal spürte sie die vor Verlangen glühenden Lippen eines Mannes auf ihrem Mund, erlebte, wie seine Zunge ungeduldig ihren Mund erforschte, bis die Welt um sie herum nicht mehr existierte. Es war eine Erfahrung, die Willa schier überwältigte.

Die spitze Kante der Anrichte drückte sich schmerzhaft in ihren Rücken. Halt suchend griff sie fester in sein Haar, als der Strudel ihrer Gefühle sie mitzureißen drohte. Er hatte ihr nicht einen Moment Zeit gelassen, sich zur Wehr zu setzen.

Was er auch weiterhin nicht zu tun beabsichtigte.

Ben spürte, wie sie in seinen Armen zu zittern begann, und fragte sich, ob der Sturm, der in ihr tobte, wohl dem gleichkam, was er in diesem Augenblick empfand. Er hatte kalte Abwehr oder hitzige Leidenschaft erwartet, da er wußte, daß sie zu beidem fähig war. Und er hatte gehofft, ihre Sinnlichkeit wecken zu können, da ihr Mund dazu geschaffen schien, gleichermaßen Lust zu spenden wie zu empfangen. Daß er alles, was er sich ersehnte, in ihr vereint finden würde, damit hatte er allerdings nicht gerechnet, und die Erkenntnis traf ihn wie ein Schlag und beraubte ihn jeglicher Willenskraft.

»Da hol mich doch der Teufel.« Er gab ihren Mund frei und starrte sie fassungslos an. Ihre dunklen Augen hatten sich vor Überraschung geweitet. »Ich glaube, ich träume.«

Und wieder senkte sich sein Mund auf ihre Lippen.

Ein Stöhnen entrang sich ihrer Kehle; ein Laut, den er noch nie von ihr gehört hatte. Er sehnte sich verzweifelt danach, diese Stelle an ihrem Hals, dort, wo der Puls unter ihrer Haut raste, mit den Lippen zu berühren, doch er konnte sich nicht von ihrem Mund lösen. Jetzt erwiderte sie auch seine Umarmung, klammerte sich fest an ihn und bewegte sich schweratmend im selben Rhythmus mit ihm.

Seine Hand schloß sich um ihre Brust, die sich unter dem Flanellhemd straff und fest anfühlte. Da ihm das nicht genügte, nicht annähernd ausreichte, zerrte er ihr das Hemd aus den Jeans und tastete nach ihrer bloßen Haut.

Als seine kräftigen, geschickten Finger ihre Brüste erkundeten, drohten ihre Beine unter ihr nachzugeben, und ihr Magen zog sich fast schmerzhaft zusammen. Sein Daumen umkreiste ihre Brustwarze und schickte Tausende kleiner elektrischer Stöße durch ihren Körper. Plötzlich schien sie in seiner Umarmung zu erschlaffen und wäre in sich zusammengesunken, hätte er nicht seinen Griff verstärkt. Diese unerwartete und vollständige Hingabe erregte ihn mehr als all die leidenschaftlichen Küsse zuvor.

»Wir müssen dies zu Ende bringen.« Er streichelte zärtlich ihre Brust, während er darauf wartete, daß sie die Augen öffnete und ihn ansah. »Und obwohl es durchaus reizvoll wäre, direkt hier in der Küche weiterzumachen, fürchte ich doch, Bess könnte leicht verstimmt sein, wenn sie hereinplatzen und uns mittendrin erwischen würde.«

»Laß mich los.« Willa rang nach Atem. »Ich bekomme keine Luft mehr, laß mich los.«

»Mit dem Atmen habe ich im Moment auch so meine Probleme.« Er senkte den Kopf und knabberte an ihrem Kinn. »Komm mit zu mir, Willa, und bleib über Nacht bei mir.«

»Ich habe nicht die Absicht.« Sie riß sich los, ging mit unsicheren Schritten zum Tisch hinüber und stützte sich mit beiden Händen auf der Platte ab. Sie mußte unbedingt nachdenken, konnte jedoch keinen klaren Gedanken fassen. »Bleib, wo du bist, und laß mich erst einmal wieder zu Atem kommen.«

Es war der Anflug von Panik in ihrer Stimme, der ihn veranlaßte, stehenzubleiben und sich an die Anrichte zu lehnen. »Gut, ich werde dir Zeit lassen, aber das ändert nichts an meinen Absichten. Ich weiß selber nicht so genau, was ich von der ganzen Sache halten soll.«

»Na wunderbar.« Etwas ruhiger geworden, richtete sie sich auf und sah ihm ins Gesicht. »Meinst du, nur weil du schon ein Dutzend Frauen in dein Bett gelockt hast, kannst du dasselbe auch mit mir machen? Sicher, ich bin ja auch eine leichte Beute, ich hab's schließlich noch nie getan.«

»Meiner Meinung nach können es höchstens zehn gewesen sein«, bemerkte er leichthin. »Und ich habe es nicht nötig …« Er brach ab, und ein ungläubiger Ausdruck trat auf sein Gesicht. »Was genau hast du noch nie getan?«

»Du weißt verdammt gut, was ich meine.«

»Noch nie?« Er schob die Hände in die Hosentaschen. »Überhaupt noch nie?«

Sie sah ihn schweigend an, wartete darauf, daß er anfing zu lachen. Dann hätte sie einen guten Grund, ihm den Hals umzudrehen.

»Aber ich dachte, du und Zack …« Wieder führte er den Satz nicht zu Ende, denn er erkannte, daß er sich auf gefährlich dünnem Eis bewegte.

»Hat er das behauptet?« Willas Augen verengten sich vor Wut; sie schien ihn jeden Moment anspringen zu wollen.

»Nein, er hat nie … nein.« Ben wußte nicht mehr weiter. Hilflos zog er eine Hand aus der Tasche und fuhr sich damit durchs Haar. »Ich habe es nur vermutet. Ich bin davon ausgegangen, daß du … bei irgendeiner Gelegenheit … Himmel, Willa, du bist eine erwachsene Frau. Natürlich war ich der Meinung, daß du …«

»Daß ich in der Gegend herumgeschlafen habe?«

»Nein, das ist nicht der richtige Ausdruck.« Ein Königreich für einen Spaten, dachte er. Ich bin es leid, mir mit meinen eigenen Händen mein Grab zu schaufeln. »Du siehst doch wirklich nicht schlecht aus«, begann er und schämte sich sofort, da er wußte, daß er seine Worte sorgfältiger hätte wählen können. Doch in seiner Zunge schien sich plötzlich ein Knoten zu befinden. »Ich hatte angenommen, daß du auf diesem Gebiet schon einige Erfahrung hast.«

»Nun, die habe ich nicht.« Mittlerweile konnte sie wieder klar genug denken, und sie spürte einen Anflug von Verlegenheit. »Und ich allein bestimme, ob und wann ich diesen Zustand ändern will, und vor allem mit wem.«

»Natürlich. Ich hätte dich nie so gedrängt, wenn ich geahnt hätte …« Er konnte seinen Blick nicht von ihr abwenden, wie sie so dastand, mit rosig überhauchten Wangen und dem von seinen Küssen geschwollenen Mund. »Oder ich hätte dich vielleicht auf eine subtilere Weise gedrängt. Ich habe schon eine ganze Weile darüber nachgedacht.«

Ein mißtrauischer Funke glomm in ihren Augen auf. »Warum?«

»Ich habe keinen blassen Schimmer. Es ist einfach so. Aber nachdem ich dich nun einmal geküßt habe, fange ich an, mich auf den nächsten Schritt zu freuen. Du fühlst dich wirklich gut an, Willa.« Langsam gewann er seinen Sinn für Humor zurück. »Und für einen Amateur küßt du fabelhaft.«

»Du bist nicht der erste Mann, den ich geküßt habe, und du wirst auch nicht der letzte sein.«

»Was nicht heißt, daß ich mich nicht gern als Übungsobjekt zur Verfügung stellen würde – wenn dich der Drang dazu überkommt.« Ben nahm seinen Hut und seine Jacke vom Haken neben der Tür. »Wozu sind Freunde da?«

»Ich kann mich beherrschen, vielen Dank.«

»Ein wahreres Wort ward nie gesprochen«, spottete er und setzte seinen Hut auf. »Aber ich hab' so eine Ahnung, als ob ich mich nur schwer unter Kontrolle halten kann, wenn es um dich geht.«

Ben öffnete die Tür und warf ihr einen letzten Blick zu. »Du hast einen herrlichen Mund, Willa, weißt du das eigentlich?«

Achselzuckend trat er ins Freie, und während er um das Haus herum zu seinem Jeep ging, atmete er hörbar aus. Er hatte geglaubt, eine kleine Schmusestunde in der Küche würde sie beide von den Problemen, die sich momentan über Mercy zusammenballten, ablenken. Nun stellte sich heraus, daß er damit eine Lawine ins Rollen gebracht hatte.

Ben rieb sich mit der Hand über die Magengegend. Er wußte wohl, daß sich die Knoten in seinem Inneren noch nicht so bald lösen würden. Sie hatte eine bislang unbekannte Saite in ihm angerührt, und die Tatsache, daß sie keine Vorstellung von den Freuden hatte, die sie einander bereiten konnten, erschreckte ihn ein wenig. Zugleich empfand er es als ungeheuer erregend. Bislang hatte Ben sich stets mit erfahrenen Frauen abgegeben, die die Spielregeln kannten und wußten, worauf sie sich einließen. Frauen, die, wie er sich eingestand, nicht mehr erwarteten, als er zu geben bereit war, und denen gegenüber er sich auch zu nichts verpflichtet fühlte.

Noch einmal blickte er sich nach dem Haus um, ehe er sich hinter das Steuer setzte und den Schlüssel ins Zündschloß schob. Mit Willa würde es nicht so einfach sein; nicht, wenn er ihr erster Mann war.

Er verließ die Mercy Ranch, ohne die leiseste Ahnung davon zu haben, wie er sich in Zukunft ihr gegenüber verhalten sollte. Nur eins stand für ihn fest: Der Mann, der sie in die Freuden der Liebe einweihte, würde Ben McKinnon heißen.

Im Vorbeifahren sah er zu der Schlafbaracke der Männer hinüber und dachte an alles, was Willa in der letzten Zeit widerfahren war. Jeder andere wäre unter der Belastung zusammengebrochen. Jeder andere außer Willa.

Tief aufseufzend lenkte er den Jeep in Richtung Three Rocks. Er würde für sie da sein, ob ihr das nun paßte oder nicht. Und auf diesem einen ganz speziellen Gebiet würde er mit äußerster Behutsamkeit vorgehen. Er würde sich sogar bemühen, etwas liebenswürdiger zu sein und sie nicht dauernd absichtlich zu reizen.

Doch er würde in ihrer Nähe bleiben.

Kapitel 2

Der Schnee kam zu früh und dann auch noch in Massen. Er begrub die Weiden unter einer weißen Decke, so daß die Männer Tag und Nacht arbeiten mußten, um dafür zu sorgen, daß das Vieh – zu dumm, um unter dem Schnee nach Gras zu scharren – keinen Hunger litt.

Bereits im November war Winter, und noch vor Monatsende versank das Tal nahezu in der weißen Pracht.

Die Skifreunde kamen in Scharen nach Big Sky oder in andere Gebiete, um die Pisten unsicher zu machen und anschließend am flackernden Kaminfeuer Brandy zu trinken. Tess spielte mit dem Gedanken, sich ihnen für ein, zwei Tage anzuschließen. Nicht, daß sie auf den Brettern ein As gewesen wäre, ihr ging es mehr um das Après. Auf jeden Fall würde sie unter Menschen sein, sich unterhalten und vielleicht ein wenig flirten können. Zwei Tage zurück in der Zivilisation.

Dafür würde es sich sogar lohnen, sich ein paar Holzlatten unter die Füße zu schnallen und einen Hügel hinunterzurutschen.

Ständig telefonierte sie mit ihrem Agenten. Es wäre nicht notwendig gewesen, doch Ira bildete die Brücke zu ihrem früheren Leben. Tess kam mit ihrem neuen Drehbuch gut voran und beschrieb in ihrem Tagebuch detailliert den Alltag auf der Ranch.

Obwohl sie den nicht besonders aufregend fand.

Sie kümmerte sich auch weiterhin um die Hühner und brüstete sich damit, es in diesem Job inzwischen zu einigem Geschick gebracht zu haben. So konnte sie mittlerweile problemlos ein Ei unter einer glucksenden Henne hervorziehen, ohne einen empörten Schnabelhieb zu ernten. Nur einmal erlebte sie eine böse Überraschung, als sie den Hühnerstall betrat und mitansehen mußte, wie Bess gerade rasch, geschickt und gnadenlos einem von Tess' Schützlingen den Hals umdrehte.

Danach hatte es ein großes Geschrei gegeben, was aber nicht von den Hühnern verursacht wurde. Zwei von ihnen lagen mausetot am Boden, während die beiden Frauen sich über die Leichen hinweg ankeiften. Das Abendessen – Hühnerfrikassee – ließ Tess an diesem Tag ausfallen. Sie war ein für allemal davon kuriert, ihren gefiederten, spitzschnäbligen Freunden Namen zu geben.

Jeden Abend schwamm sie einige Runden in dem Hallenschwimmbad mit Wänden aus gewölbtem Glas, das nach Süden hinaus ging. Sie mußte zugeben, daß es etwas für sich hatte, genüßlich im warmen Wasser zu plantschen, während draußen der Schnee fiel. Und trotzdem träumte sie jeden Morgen nach einem Blick auf die schneebedeckte Landschaft von Palmen und einem Lunch bei Morton's.

Ihren Reitunterricht hatte sie aus purem Trotz nicht aufgegeben, obwohl kein Tag verging, an dem sie nicht mit blau verfärbtem Hinterteil und schmerzenden Muskeln aus dem Sattel kletterte. Außerdem entwickelte sie eine zaghafte Zuneigung zu Mazie, der Stute, die Adam ihr zugeteilt hatte. Trotzdem entsprach ein Ausritt bei Wind und Kälte nicht unbedingt ihrer Vorstellung von angenehmer Freizeitgestaltung.

»Ach du lieber Himmel!« Tess trat, in eine dicke Wolljacke gemummelt, ins Freie und wünschte augenblicklich, sie hätte zwei Garnituren langer Unterwäsche übereinandergezogen. »Ich komme mir vor, als würde ich Glassplitter einatmen. Wer kann denn so etwas aushalten?«

»Adam sagt, daß man dann den Frühling um so mehr zu schätzen weiß.«

Um sich gegen den beißenden Wind zu schützen, schlang Lily ihren Schal etwas fester um den Hals. Sie liebte den Winter, den majestätischen Anblick der schneebedeckten Berge. Die Bäume am Fuß der Berge wirkten unter ihrer weißen Last wie ein verwunschener Märchenwald, und die silbern glänzenden Felsen bildeten seltsame surrealistische Formationen.

»Ist das nicht wunderschön? Meilenweit nichts als Weiß, Und der Himmel leuchtet so blau, daß es fast in den Augen weh tut.« Sie lächelte Tess an. »Kein Vergleich zum Schnee in der Stadt.«

»Ich hab' nicht allzuviel Erfahrung mit Schnee, aber ich würde sagen, daß sich das hier mit nichts anderem vergleichen läßt.« Tess bewegte die klammen Finger in ihren Handschuhen, während sie zum Pferdestall hinübergingen.

Zumindest war das Gelände der Ranch noch begehbar, dachte sie. Die Wege zu und von den Koppeln und Korralen waren geräumt worden, ebenso die Straßen. Dafür hatte man einen Schneepflug vor einen allradgetriebenen Wagen gespannt. Der junge Billy hatte diese Aufgabe übernommen und dabei offensichtlich einen Heidenspaß gehabt.

Tess bemerkte, daß ihr Atem in der kalten Luft kleine Wölkchen bildete, und sie war versucht, sich erneut zu beklagen. Doch trotz der Kälte war es ein wunderbarer Tag, das mußte sogar sie zugeben. Der Himmel erstrahlte in einem so harten, spröden Blau, daß sie meinte, er müsse jeden Augenblick Sprünge bekommen, und die Berge hoben sich glasklar davon ab. Sonnenstrahlen fielen auf den Schnee, auf dessen Oberfläche winzige Kristalle wie Diamanten funkelten, und ab und zu wirbelte ein Windstoß hindurch und ließ silbrigen Glimmer in der Luft tanzen.

Palmen, Strände und Mai Tais schienen Lichtjahre entfernt.

»Was treibt sie denn heute so?« Tess holte eine Sonnenbrille aus der Tasche und setzte sie auf.

»Willa? Sie ist heute morgen mit einem der Pritschenwagen weggefahren.«

Tess' Mund wurde schmal. »Allein?«

»Sie fährt fast immer allein.«

»Sie fordert das Schicksal heraus«, murmelte Tess und steckte die Hände in die Taschen. »Hält sie sich eigentlich für unbesiegbar? Wenn sich nun derjenige, der diesen Mann umgebracht hat, noch immer in der Gegend aufhält …«

»Hältst du das wirklich für möglich?« Nervös ließ Lily den Blick über die Felder schweifen, als ob plötzlich ein irrsinniger Killer aus dem Nichts auftauchen und beilschwingend auf sie losgehen könnte. »Die Polizei hat doch nicht die geringste Spur. Es könnte doch jemand gewesen sein, der in den Bergen kampiert hat. Bei diesem Wetter wird er ja wohl schwerlich noch dort hausen. Außerdem ist es schon Wochen her.«

»Sicher, da hast du recht.« Tess war zwar alles andere als überzeugt, sah jedoch keinen Grund, die ohnehin schon übernervöse Lily noch mehr zu beunruhigen. »Niemand würde bei dieser Kälte hier draußen übernachten, noch nicht einmal ein umherziehender Wahnsinniger. Ich glaube, es liegt einfach nur daran, daß sie mir so auf die Nerven geht.« Sie kniff die Augen zusammen, als sich ein Jeep aus westlicher Richtung der Ranch näherte. »Wenn man vom Teufel spricht ...«

»Vielleicht solltest du ...« Lily brach den Satz kopfschüttelnd ab.

»Nein, sprich weiter. Was sollte ich?«

»Vielleicht solltest du aufhören, sie dauernd absichtlich zu ärgern.«

»Ach, das fällt mir nicht schwer.« Tess schmunzelte vor Vorfreude. »Nur leider prallt es meistens wirkungslos an ihr ab.« Sie blieb stehen, als der Jeep bei ihnen ankam. »Na, hast du deine Rindviecher gezählt?« fragte sie spöttisch, als Willa das Fenster herunterkurbelte.

»Du bist ja immer noch da. Ich dachte, du wärst längst in Big Sky und würdest dich im Jacuzzi aalen oder auf Männerfang gehen.«

»Ich spiele mit dem Gedanken, ja.«

Willa wandte ihre Aufmerksamkeit Lily zu. »Wenn Adam mit dir ausreiten will, dann macht euch möglichst bald auf den Weg und bleibt nicht so lange draußen. Wir bekommen Schnee.« Sie warf einen kurzen Blick zum Himmel, wo sich eine Wolkenwand zusammenzog. »Sag ihm, ich hätte nordwestlich von hier eine Herde Großohrhirsche gesichtet. Ungefähr anderthalb Meilen zu reiten. Vielleicht würdest du sie gerne sehen.«

»O ja.« Lily klopfte auf ihre Jackentasche. »Ich habe einen Fotoapparat dabei. Warum kommst du denn nicht mit? Bess hat mich literweise mit Kaffee versorgt.«

»Tut mir leid, ich hab' noch zu tun. Außerdem kommt Nate später vorbei.«

»So?« Tess hob eine Augenbraue und fragte betont beiläufig: »Wann denn?«

Willa legte den ersten Gang ein. »Später«, wiederholte sie und brauste auf das Haus zu.

Ihr war nicht entgangen, daß Tess ein Auge auf Nate geworfen hatte, und sie gedachte nicht, diese Sache auch noch zu unterstützen. Ihrer Meinung nach war Nate diesem gerissenen Hollywoodpiranha nicht gewachsen.

Allerdings schien Nate selbst auf ein kleines Abenteuer erpicht zu sein, aber Männer verloren ja leicht den Kopf, wenn es um hübsche, gutgebaute Frauen ging. Willa nahm ihre Thermoskanne vom Beifahrersitz und stieg aus. Tess war hübsch, gestand sie sich mit einem Anflug von Neid ein. So selbstbewußt und schlagfertig, so überzeugt davon, daß sie ihren Willen durchsetzen würde. Und sie war sich ihrer femininen Ausstrahlung und ihrer Macht über Männer sehr sicher.

Willa fragte sich, ob sie wohl selbst so geworden wäre, wenn sie noch eine Mutter gehabt hätte, wenn sie in einer anderen Umgebung aufgewachsen wäre, wo sich die Gespräche der Frauen um Frisuren, Lippenstiftfarben und Parfüms drehten. Nicht, daß ihr daran gelegen wäre, versicherte sie sich, als sie das Haus betrat und ihre Handschuhe auszog. All diese belanglosen Nichtigkeiten interessierten sie nicht besonders, doch langsam kam sie zu der Einsicht, daß eben jene Dinge das Selbstvertrauen einer Frau im Umgang mit Männern gewaltig heben konnten. Und ihr Selbstvertrauen in dieser Hinsicht ließ zu wünschen übrig, besonders im Umgang mit einem ganz bestimmten Mann.

Willa schüttelte ihren Mantel aus und hängte ihn auf, dann ging sie mit der Thermoskanne zum Büro ihres Vaters. Bislang hatte sie dort noch nichts verändert. Der Raum mit den Jagdtrophäen an den Wänden und den Whiskeykaraffen war immer noch Jack Mercys persönliche Domäne. Jedesmal, wenn sie ihn betrat, wenn sie sich an seinen Schreibtisch setzte, verspürte sie ein leises Ziehen in der Magengegend.

Trauer? fragte sie sich. Oder Furcht? Sie war sich inzwischen nicht mehr so sicher. Doch sobald sie sich in seinem Büro aufhielt, wurde sie von einer Welle unerfreulicher, unerwünschter Emotionen und Erinnerungen überflutet.

Zu Lebzeiten ihres Vaters hatte sie diesen Raum nur selten betreten. Wenn er nach ihr schickte und sie anwies, ihm gegenüber am Schreibtisch Platz zu nehmen, hieß das für gewöhnlich, daß Kritik zu erwarten war oder daß er ihr weitere Pflichten aufzubürden gedachte.

Wenn sie die Augen schloß, konnte sie ihn vor sich sehen, eine Zigarre zwischen den Fingern und, wenn es Abend und die Arbeit getan war, ein Glas Whiskey in der Hand.

»Mädchen«, so hatte er sie stets gerufen. Ihren Namen gebrauchte er so gut wie nie. Mädchen, da hast du ja mal wieder Mist gebaut.

Mädchen, vielleicht solltest du dich ein bißchen mehr anstrengen.

Such dir einen Mann und setz endlich Kinder in die Welt, Mädchen, zu mehr taugst du ohnehin nicht.

Hatte sie in diesem Raum eigentlich jemals ein lobendes Wort gehört? fragte sie sich und rieb sich fest über die Schläfen. Hatte sie auch nur ein einziges Mal sein Büro betreten und ihn lächelnd hinter dem Schreibtisch sitzend vorgefunden? Hatte er je gesagt, daß er stolz auf sie war? Auf das, was sie geleistet hatte?

Doch sie konnte sich nicht an eine einzige Gelegenheit erinnern. Freundlichkeit und lobende Worte waren nicht eben Jack Mercys Stärke gewesen.

Was würde er wohl sagen, wenn er jetzt zur Tür hereinkommen und sie auf seinem Platz sitzen sehen würde? Wenn er wüßte, was auf seinem Land geschehen, was einem seiner Männer zugestoßen war, während sie die Verantwortung trug?

Da hast du mal wieder Mist gebaut, Mädchen.

Einen Augenblick lang legte sie den Kopf auf die Arme und wünschte, sie hätte eine Antwort auf diese Frage. Rein verstandesmäßig wußte sie genau, daß sie an diesem hinterhältigen Mord keinerlei Schuld trug. Trotzdem lastete das Gefühl, versagt zu haben, bleischwer auf ihrer Seele.

»Grübeln hilft jetzt auch nicht weiter«, murmelte sie, zog eine Schublade auf und nahm die Bücher heraus, in denen alles, was auf Mercy geschah, detailliert festgehalten wurde.

Sie mußte die Eintragungen sorgfältig durchgehen und sich vergewissern, daß alles seine Richtigkeit hatte, ehe Nate kam, um die Bücher zu überprüfen.

Willa unterdrückte entschlossen ihren hilflosen Zorn darüber, daß Nate und Ben das Recht eingeräumt worden war, die Ranch zu kontrollieren. Und so ging sie an die Arbeit.

Fast zwei Meilen vom Haupthaus entfernt war Lily eifrig damit beschäftigt, die Großohrhirsche zu fotografieren. Der Anblick dieser Tiere in ihrem zottigen Winterfell reizte sie zum Lachen. Die Fotos würden vermutlich alle leicht verwackelt sein – Lily wußte, daß sie längst nicht so gut mit der Kamera umzugehen wußte wie ihre Mutter –, doch sie würden ihr Freude bereiten.

»Entschuldigt bitte.« Rasch hängte sie sich die Kamera wieder um den Hals. »Ich halte euch viel zu lange auf.«

»Wir haben noch etwas Zeit.« Adam blickte prüfend zum Himmel, dann wandte er sich an Tess. »Du reitest schon ganz ordentlich. Hast einiges dazugelernt.«

»Reiner Selbstschutz«, behauptete Tess, obwohl sie insgeheim stolz auf das Lob war. »Ich möchte nie wieder solchen Muskelkater haben wie nach meinen ersten Reitstunden. Außerdem brauche ich Bewegung.«

»Gib doch zu, daß es dir Spaß macht.«

»Okay, ich geb's zu. Aber wenn es noch kälter wird, dann kriegt mich vor dem Frühjahr keiner mehr in den Sattel.«

»Es wird noch erheblich kälter, aber bis dahin hast du dich daran gewöhnt.« Adam beugte sich vor und tätschelte seinem Pferd den Hals. »Und dann bist du längst süchtig danach. Jeder Tag, an dem du nicht ausreitest, ist für dich ein verlorener Tag.«

»Jeder Tag, an dem ich nicht über den Sunset Boulevard bummeln kann, ist für mich ein verlorener Tag.«

Er lachte nur. »Wenn du wieder in Los Angeles bist, dann wirst du den Himmel und die Berge hier vermissen und nach Montana zurückkommen.«

Neugierig musterte sie ihn über den Rand ihrer Sonnenbrille hinweg. »War das eine Prophezeiung? Indianische Mystik und Wahrsagerei?«

»Falsch. Psychologie für Anfänger. Gibst du mir bitte einmal die Kamera, Lily? Ich möchte ein Foto von dir und Tess machen.«

»Gerne. Du hast doch nichts dagegen, oder?« fragte Lily ihre Schwester.

»Ich hab' noch nie einer Kamera den Rücken zugedreht.« Tess trieb ihre Stute sachte an, lenkte sie um Adams herum, um sich neben Lily zu stellen. »Gut so?«

»Ausgezeichnet.« Adam hob die Kamera. »Zwei schöne Frauen auf einem Bild.« Er drückte zweimal nacheinander auf den Auslöser. »Wenn ihr euch das Foto anschaut, dann werdet ihr sehen, wie ähnlich ihr euch seid. Ihr habt die gleiche Gesichtsform, ja, ihr sitzt sogar auf die gleiche Weise im Sattel.«

Unbewußt richtete sich Tess auf. Sie empfand zwar eine Art nachsichtiger Zuneigung für Lily, doch sie war noch längst nicht bereit, sie als Schwester zu akzeptieren. »Kann ich den Apparat mal haben? Ich will euch beide knipsen. Die Blume des Südens und den edlen Wilden.«

Kaum waren die Worte gesagt, da biß sie sich auch schon betroffen auf die Lippen. »Hoppla. Ich neige dazu, Menschen bestimmten Gruppen zuzuordnen. Muß eine Berufskrankheit sein. Ich hab's aber nicht böse gemeint.«

»Ich habe es auch nicht als Beleidigung aufgefaßt.« Adam reichte ihr die Kamera. Er mochte Tess gerne. Ihm gefiel die Art, wie sie auf ihre Ziele lossteuerte und wie sie unverblümt ihre Meinung sagte. Er bezweifelte stark, daß sie es als Kompliment auffassen würde, wenn sie erfuhr, daß er gerade diese Eigenschaften auch an Willa besonders schätzte. »Und in welche Schublade gehörst du?«

»Ich? Ich bin der Typ oberflächliche Partylöwin. Deswegen verkaufen sich auch meine Drehbücher so gut. Bitte lächeln!«

»Mir gefallen deine Filme«, erklärte Lily, als Tess die Kamera sinken ließ. »Sie sind spannend und unterhaltsam.«

»Und sie reizen sämtliche Klischees bis zum Äußersten aus. Aber was soll's?« Tess gab Lily den Fotoapparat zurück. »Wenn du für die breite Masse schreibst, dann mußt du dich eben auf ein Seifenoperniveau einlassen.«

»Ich glaube, du unterschätzt sowohl dich als auch dein Publikum.« Adam sah zum Waldrand hinüber.

»Schon möglich, aber …« Tess brach ab, da sie eine Bewegung bemerkte. »Irgendwas steckt da hinten zwischen den Bäumen, es hat sich eben bewegt.«

»Ich weiß. Aber wir haben Rückenwind, ich kann es nicht riechen.« Wie zufällig legte er eine Hand auf den Kolben seines Gewehres.

»Die Bären halten doch jetzt ihren Winterschlaf, nicht wahr?« Tess feuchtete mit der Zunge ihre Lippen an und verdrängte unerquickliche Gedanken an mit Messern bewaffnete Männer. »Also muß es etwas anderes sein.«

»Manchmal wachen sie zwischendurch auf. Reitet ihr bitte schon mal Richtung Ranch. Ich sehe mir die Sache genauer an.«

»Du kannst da nicht alleine hochgehen!« Die Angst trieb Lily dazu, ihm in die Zügel zu greifen. Bei der ruckartigen Bewegung scheute sein Pferd und wirbelte Schnee auf. »Wer weiß, was da lauert? Es könnte ja auch …«

»Nein«, entgegnete er bestimmt und beruhigte sein aufgeregtes Pferd. Ein paar unschuldige Schneeflöckchen tanzten in der Luft, doch er erkannte die warnenden Anzeichen eines bösen Sturms, der sich über ihnen zusammenbraute. »Es ist besser, wenn ich nachsehe.«

»Lily hat recht.« Fröstelnd blickte Tess zu der Baumreihe hinüber. »Außerdem fängt es an zu schneien. Laß uns umkehren, Adam. Sofort.«

»Ich muß wissen, was da los ist.« Adam richtete seine dunklen Augen fest auf Lily. »Wahrscheinlich erweist sich die Sache als völlig harmlos.« Die Art, wie sein Pferd unter ihm zu tänzeln begann, belehrte ihn eines Besseren, doch er ließ sich seine böse Ahnung nicht anmerken. »Immerhin ist eine knappe Meile von hier ein Mann ermordet worden. Ich muß zumindest nachsehen. Jetzt reitet los, ich hole euch schon ein. Den Weg kennt ihr ja.«

»Aber …«

»Bitte tut, was ich euch sage. Ich komme sofort nach.«

Da ihr kein überzeugendes Gegenargument mehr einfiel, wendete Lily gehorsam ihr Pferd.

»Bleibt zusammen«, mahnte Adam, ehe er auf die Bäume zuritt.

»Ihm wird schon nichts passieren«, versicherte Tess, konnte jedoch nicht verhindern, daß ihre Zähne zu klappern begannen. »Himmel, Lily, wahrscheinlich ist es bloß ein Eichhörnchen.« Nur war das, was sie gesehen hatte, für ein Eichhörnchen zu groß gewesen. »Oder ein Elch. Dann können wir Adam damit aufziehen, daß er uns todesmutig vor einem blutrünstigen Elch beschützt hat.«

»Und wenn es nun kein Elch ist?« Lilys sonst so weiche Stimme klang plötzlich spröde. »Was, wenn sich die Polizei und alle anderen geirrt haben und der Mörder sich immer noch hier in der Gegend aufhält?« Sie zügelte ihr Pferd. »Wir können Adam nicht alleine lassen.«

»Er hat eine Waffe«, begann Tess.

»Ich kann ihn nicht im Stich lassen.« Obwohl sie bei der Vorstellung, eine Anweisung zu mißachten, am ganzen Leib zu zittern begann, riß Lily ihr Pferd herum und ließ es antraben.

»He, komm zurück! O verdammt, das gibt eine prima Drehbuchszene ab«, brummte Tess und folgte ihr widerwillig. »Falls er uns aus Versehen erschießt, treffen wir uns im Himmel wieder.«

Lily schüttelte nur den Kopf, verließ die Straße und ritt, Adams Spuren folgend, auf die Berge zu. »Findest du im Notfall allein zurück?«

»Ja, vermutlich schon, aber ... mein Gott, das ist ja Wahnsinn! Laß uns lieber ...«

Ein Schuß zerriß die Luft und hallte donnernd wider.

Noch ehe Tess sich an ihrem scheuenden Pferd festklammern konnte, galoppierte Lily schon Hals über Kopf los und verschwand zwischen den Bäumen.

Nate war nicht allein gekommen. Hinter ihm tauchte Ben in Begleitung seiner Schwägerin und seiner Nichte auf. Shelly kam lachend ins Haus und begann sofort, das Baby aus seinen zahlreichen Hüllen zu wickeln.

»Ich weiß, ich hätte vorher anrufen sollen, aber als Ben sagte, daß er bei euch vorbeischauen wolle, da hab' ich mir einfach Abigail geschnappt und bin ins Auto gesprungen. Wir lechzen geradezu nach etwas Gesellschaft. Ich weiß, daß du zu tun hast, aber Abby und ich können Bess besuchen, während du dich mit Ben unterhältst. Ich hoffe, du hast nichts dagegen.«

»Natürlich nicht. Ich freue mich, dich zu sehen.«

Shelly mit ihrem fröhlichen Geschnatter und dem sonnigen Lächeln war ihr immer ein willkommener Gast. Willa fand, daß sie und Zack ein ideales Paar abgaben. Sie ergänzten einander perfekt, und beide waren sie lebhaft und unterhaltsam.

Während das Baby vergnügt strampelnd auf dem Sofa lag, nahm Shelly ihren Hut ab und schüttelte ihren blonden Schopf. Der flotte Kurzhaarschnitt paßte zu ihrem Koboldgesicht und ihrer zierlichen Figur.

»Ich gebe ja zu, ich hab' Ben praktisch gezwungen, mich mitzunehmen, aber ich schwöre hoch und heilig, daß ich dir nicht im Weg sein werde, bis du fertig bist.«

»Red doch keinen Unsinn. Ich hatte schließlich wochenlang keine Gelegenheit mehr, mit der Kleinen zu spielen. Und sie ist ja so gewachsen, stimmt's, meine Süße?« Willa hob Abby hoch und schwang sie durch die Luft. »Ihre Augen werden langsam grün.«

»Sie bekommt die typischen McKinnon-Augen«, pflichtete Shelly ihr bei. »Man sollte doch meinen, sie hätte soviel Anstand, wenigstens auch mir ein bißchen zu ähneln. Immerhin habe ich sie neun Monate lang mit mir herumgetragen. Aber nein, sie sieht genauso aus wie ihr Papa.«

»Ich kann mir nicht helfen, aber ich glaube, sie hat deine Ohren.« Willa gab Abby einen Kuß auf die Nasenspitze.

»Meinst du wirklich?« Shelly lächelte entzückt. »Sie schläft schon die ganze Nacht durch, ohne einen Mucks zu tun, und das mit fünf Monaten. Nach all den Horrorgeschichten, die mir zu Ohren gekommen sind, hatte ich damit gerechnet, daß ...« Wie um sich selbst Einhalt zu gebieten, hob sie beide Hände. »Da rede ich und rede, und dabei hatte ich versprochen, dir nicht im Weg zu stehen. Zack behauptet immer, ich würde nur zum Atemholen Pause machen.«

»Zack redet selber ohne Punkt und Komma«, warf Ben ein. »Wundert mich eigentlich, daß Abby nicht schon Monologe hält – mit euch beiden als Eltern.« Er streckte eine Hand aus, um das Baby liebevoll in die Wange zu zwicken, und grinste Willa an. »Ist sie nicht ein goldiges Ding?«

»Und sie hat ein liebenswürdiges Wesen, was beweist, daß sie nicht nur nach den McKinnons geraten sein kann.« Mit leichtem Bedauern reichte sie das vor Wonne glucksende Baby an seine Mutter zurück. »Bess ist in der Küche, Shelly. Sie wird begeistert sein, dich und Abby zu sehen.«

»Hoffentlich hast du bald einmal Zeit, um uns zu besuchen, Will.« Shelly legte Willa eine Hand auf den Arm. »Sarah wollte eigentlich auch mitkommen, aber sie konnte sich nicht von der Ranch loseisen. Wir haben viel an dich gedacht.«

»Ich komme bald einmal vorbei. Vielleicht kannst du Bess ein Stück von der Pastete abschwatzen, die sie gerade macht. Alle Unterlagen sind oben im Büro«, wandte sie sich an die beiden Männer.

»Du weißt doch, daß es sich um eine reine Formsache handelt, Will«, begann Nate. »Nur damit uns keiner nachsagen kann, wir würden uns nicht an die testamentarischen Bestimmungen halten.«

»Schon gut.« Trotzdem wirkte Willa steif und abweisend, als sie den beiden voran zum Büro ging.

»Wo sind denn deine Schwestern?«

»Die sind mit Adam ausgeritten«, erklärte Willa und nahm hinter dem Schreibtisch Platz. »Lange werden sie wohl nicht mehr bleiben. Unsere Miß Hollywood steht nicht mehr als eine Stunde in dieser Kälte durch.«

Nate setzte sich und streckte seine langen Beine aus. »Wie ich sehe, versteht ihr euch immer noch glänzend.«

»Wir gehen uns aus dem Weg.« Willa reichte ihm eines der Bücher. »Funktioniert ganz gut.«

»Der Winter ist lang.« Ben ließ sich auf einer Ecke des Schreibtisches nieder. »Ihr zwei solltet entweder Frieden schließen oder euch gegenseitig erschießen, damit endlich Ruhe herrscht.«

»Der zweite Vorschlag kommt mir etwas unfair vor. Sie könnte eine Winchester nicht von einem Besenstiel unterscheiden.«

»Dann muß ich es ihr wohl beibringen«, lautete Nates Kommentar, während er Zahlenreihen überflog. »Sonst alles in Ordnung hier?«

»Soweit ja.« Willa konnte nicht länger stillsitzen. Nervös sprang sie auf. »Meiner Meinung nach sind die Männer davon überzeugt, daß Pickles' Mörder längst über alle Berge ist. Die Polizei konnte nichts Gegenteiliges beweisen. Es gab keine Spuren, keine Tatwaffe und kein Motiv.«

»Stimmst du denn dieser Theorie zu?« wollte Ben wissen.

Sie wich seinem Blick nicht aus. »Ich will und muß daran glauben. Immerhin liegt der Mord schon drei Wochen zurück.«

»Deswegen brauchst du aber nicht unvorsichtig zu werden«, murmelte Ben, und Willa legte den Kopf auf die Seite.

»Ich kann schon auf mich aufpassen. In jeder Hinsicht.«

»Hier gibt es nichts zu beanstanden.« Nate reichte das Buch an Ben weiter. »Wenn man alles zusammennimmt, dann hattest du ein gutes Jahr.«

»Das nächste wird wahrscheinlich noch besser.« Sie schwieg einen Moment. Nur zu gerne hätte sie sich geräuspert, um den Frosch in ihrem Hals loszuwerden, unterließ es jedoch lieber. »Ich habe vor, im kommenden Frühjahr verschiedene einheimische Grassorten auszusäen. In diesem Punkt waren Pa und ich uns nie einig. Ich bin aber der Meinung, daß bestimmte Pflanzen nicht ohne Grund in bestimmten Regionen gedeihen, also werden wir uns danach richten.«

Ben warf ihr einen erstaunten Blick zu. Er hatte sie im Zusammenhang mit der Ranch noch nie von Veränderungen sprechen hören. »Vor fünf Jahren haben wir dasselbe auf Three Rocks gemacht, und zwar mit guten Ergebnissen.«

Willa schaute Ben an. »Ich weiß. Außerdem werden wir die Herden in kürzeren Abständen von Weide zu Weide treiben. Sie sollten nicht länger als drei Wochen auf einem Fleck bleiben.« Da sie erregt im Zimmer auf und ab ging, fiel ihr nicht auf, daß Ben das Buch beiseite gelegt hatte und sie aufmerksam musterte. »Ich bin längst nicht so erpicht darauf wie Pa, die größten und fettesten Rinder zu züchten. In den letzten Jahren haben uns übernatürlich große Kälber eine Menge Schwierigkeiten bei der Geburt bereitet. Vielleicht werden die Änderungen anfangs die Profitquote senken, aber ich plane für einen längeren Zeitraum.«

Sie schraubte die Thermoskanne auf, die sie auf dem Schreibtisch stehengelassen hatte, und goß sich einen Kaffee ein, obwohl die Flüssigkeit inzwischen nur noch lauwarm war. »Ich habe mit Wood über die Getreidefelder gesprochen. Er hat da so einige Ideen, mit denen Pa ganz und gar nicht einverstanden war, aber ich denke, ein Versuch lohnt sich. Es handelt sich insgesamt um etwa sechshundert Morgen Land. Ich werde Wood die Verantwortung dafür übertragen. Wenn die Sache schiefgeht, ist das auch kein Weltuntergang. Mercy kann eine Versuchsphase von ein oder zwei Jahren durchaus verkraften. Wood will auch einen Silo bauen, dann können wir unsere eigene Luzerne fermentieren.«

Willa hielt einen Moment inne. Sie wußte genau, was manche Leute zu ihren Plänen hinsichtlich der Getreidefelder oder zu ihrer Idee, die Pferdezucht noch auszubauen, sagen würden – daß sie vergessen hätte, daß Mercy seit Generationen eine Rinderranch sei. Doch sie vergaß nichts, sondern blickte nach vorne, in die Zukunft.

Willa setzte ihre Tasse ab. »Hat einer von euch beiden in seiner Eigenschaft als Kontrolleur etwas gegen meine Pläne einzuwenden?«

»Im Prinzip nicht.« Nate erhob sich. »Aber ich bin auch kein Experte für Rinderzucht. Ich gehe jetzt runter und sehe nach, ob für mich auch noch ein Stück Pastete abfällt. Ihr beiden könnt das Thema ja unter euch ausdiskutieren.«

»Nun?« erkundigte sich Willa bei Ben, als sie allein mit ihm war.

»Nun«, echote er und griff nach ihrer Kaffeetasse. »Pfui Teufel, Will, der ist ja eiskalt.« Mit angewidertem Gesichtsausdruck schluckte er die Flüssigkeit hinunter. »Und gallebitter obendrein.«

»Ich hab' dich nicht nach deiner Meinung über den Kaffee gefragt.«

Ben blieb auf der Tischkante sitzen und sah zu ihr auf. »Wo kommen denn all diese Ideen auf einmal her?«

»Ich hab' doch wohl Verstand genug, um beurteilen zu können, was geändert werden sollte und was nicht.«

»Das weiß ich. Du hast nur noch nie von Veränderungen gesprochen, deshalb bin ich neugierig.«

»Ich hatte keinen Grund, darüber zu reden. Pa war nicht daran interessiert, was ich dachte oder was ich zu sagen hatte. Ich habe mich eingehend mit dem Thema beschäftigt«, fügte sie hinzu und schob die Hände in die Hosentaschen. »Ich war zwar im Gegensatz zu dir nicht auf dem College, aber deswegen bin ich noch lange nicht dumm.«

»Das habe ich auch nie behauptet. Ich wußte auch nicht, daß du gern ein College besucht hättest.«

»Spielt doch jetzt keine Rolle mehr.« Seufzend trat sie ans Fenster und blickte hinaus. Ein Sturm war im Anzug, stellte sie fest. Die ersten weißen Flocken da draußen bildeten nur den Anfang. »Was jetzt zählt, ist das Heute, das Morgen und das nächste Jahr. Der Winter ist die ideale Zeit, um Pläne zu machen, und damit fange ich jetzt an.« Sie machte sich steif, als er ihr die Hände auf die Schultern legte.

»Ganz ruhig. Ich falle schon nicht über dich her.« Ben drehte ihr Gesicht zu sich. »Falls es dir etwas bedeutet: Ich finde, du machst deine Sache ausgezeichnet.«

Es bedeutete ihr etwas, und diese Erkenntnis versetzte sie in Erstaunen. »Hoffentlich behältst du recht. Die ersten Geier haben sich bereits bei mir gemeldet.«

Er lächelte leicht. »Makler?«

»Diese Ratten lassen einfach nicht locker. Versprechen mir das Blaue vom Himmel herunter, damit ich das Land verkaufe und sie darauf ein piekfeines Kurhotel oder eine

Prunkvilla für irgendeinen Hollywoodcowboy bauen können. Keinen Morgen Land kriegen die in ihre gierigen Finger, solange ich es verhindern kann.«

Vorsichtig begann er, ihre Schultern zu massieren. »Ich nehme an, du hast sie zum Teufel gejagt, nicht wahr, Liebling?«

»Einer hat erst letzte Woche angerufen. Meinte, ich solle ihn einfach Arnie nennen. Ich hab' ihm daraufhin gesagt, daß ich ihm bei lebendigem Leib die Haut abziehe und ihn dann den Kojoten zum Fraß vorwerfe, wenn er auch nur einen Fuß auf meine Ranch setzt.« Ein belustigtes Lächeln zuckte um ihre Mundwinkel. »Ich glaube nicht, daß er jetzt noch vorbeikommen wird.«

»Wohl kaum.«

»Aber da sind noch die beiden anderen, Lily und Tess.« Willa wandte sich ab und blickte wieder über die Berge und das Land. »Bislang haben sie noch keine Vorstellung davon, um welche Summen es hier geht, wieviel diese Schakale für eine Ranch wie diese zahlen würden. Aber Miß Hollywood wird sich das früher oder später schon ausrechnen. Und dann … es sind zwei gegen einen, Ben.«

»Im Testament steht, daß das Land zehn Jahre lang nicht verkauft werden darf.«

»Das ist mir bekannt. Aber die Dinge ändern sich, und wenn genug Geld und genug Macht im Spiel sind, geht das manchmal sehr schnell.« Was bedeuteten schon zehn Jahre, dachte sie. Ihr großer Ehrgeiz bestand darin, die Mercy Ranch langfristig zu einer der führenden Farmen Montanas aufzubauen. »Ich kann sie nicht auszahlen, wenn das Jahr um ist. Glaub mir, ich habe mir nächtelang den Kopf darüber zerbrochen, aber es ist einfach nicht möglich. Das Kapital ist da, es steckt aber größtenteils im Land und im Viehbestand. Wenn das Jahr vorüber ist, haben die beiden zusammen eine Mehrheit von zwei Dritteln.«

»Mach dir doch keine Gedanken um Dinge, die du nicht ändern kannst. Wer weiß, was die Zukunft bringt.« Er strich ihr mit der Hand über das Haar. »Ein bißchen Ablenkung würde dir guttun.«

Er drehte sie wieder zu sich und schüttelte dann den Kopf. »Weich doch nicht sofort zurück. Ich habe seit dem letzten Mal viel nachgedacht.« Vorsichtig berührten seine Lippen ihren Mund. Eine lockende Aufforderung. »Siehst du? Ist das denn so schlimm?«

Ihre Lippen vibrierten; ein Gefühl, das sie beim besten Willen nicht als unangenehm bezeichnen konnte. »Ich möchte nicht, daß das alles wieder von vorne anfängt. Für diese Art von Ablenkung habe ich nun wirklich keine Zeit.«

»Willa.« Er beugte sich zu ihr und liebkoste erneut ihre Lippen. »Das ist meist der Moment, wo du sie am dringendsten brauchst, und ich könnte wetten, daß wir uns beide danach entschieden besser fühlen.«

Ohne den Blick von ihrem Gesicht zu nehmen, zog er sie an sich und preßte seinen Mund auf ihre Lippen. »Bei mir zeigt sich jedenfalls schon die gewünschte Wirkung«, murmelte er, ehe er sie leidenschaftlich küßte.

Eine Flamme heißen Verlangens schoß durch ihren Körper, und im Taumel der Gefühle vergaß sie alle Müdigkeit, alle Sorgen und alle Angst. Es war so einfach, sich an ihn zu klammern und die Welt um sich herum versinken zu lassen. Und es fiel ihr schwer, viel schwerer als erwartet, sich wieder von ihm zu lösen.

»Ich habe auch viel über unsere letzte Begegnung nachgedacht.« Sie hob warnend eine Hand, als er wieder nach ihr greifen wollte. »Doch ich bin noch zu keiner Entscheidung gelangt.«

»Solange du mir als erstem mitteilst, wenn du deine Meinung geändert hast ...« Spielerisch wickelte er sich eine ihrer Haarsträhnen um den Finger. »Wir sollten besser nach unten gehen, ehe ich dafür sorge, daß du wirklich etwas zum Nachdenken hast.«

In diesem Moment bemerkte er Reiter, die rasch näher kamen. Eine Hand noch immer auf Willas Schulter gelegt, trat er näher ans Fenster. »Adam und deine Schwestern sind wieder da.«

Willa sah sofort, daß da etwas nicht stimmte. »Irgend etwas muß passiert sein.«

Ben war derselben Meinung, als er sah, wie Adam Lily aus dem Sattel half und sie stützte, als sie zum Haus gingen. »Du hast recht«, meinte er. »Mal sehen, was los ist.«

Sie waren gerade auf der Treppe, als die Eingangstür aufgerissen wurde und Tess als erste hereinkam. Ihr Gesicht war von der Kälte gerötet, ihre Augen weit aufgerissen und ihre Lippen schneeweiß.

»Es war ein Reh«, stammelte sie. »Nur ein Reh. Bambis Mama.« Eine Träne löste sich aus ihrem Auge und rollte ihr über die Wange, als Nate aus der Küche kam und auf sie zueilte. »O Gott, wer kann denn nur Bambis Mama so etwas Furchtbares antun?«

»Ganz ruhig, Süße.« Nate legte ihr sanft den Arm um die Schulter. »Setzen Sie sich erst einmal hin.«

»Lily, geh mit Tess ins Haus!«

Lily schüttelte abwehrend den Kopf. »Nein, mir geht es gut. Wirklich. Ich mache uns jetzt einen Tee. Wir können alle eine Tasse Tee vertragen. Entschuldigt mich bitte.«

»Adam.« Willa sah Lily nach, die auf die Küche zuging. »Was, zum Teufel, geht hier vor? Hast du unterwegs ein Reh geschossen?«

»Ich nicht. Aber ein anderer.« Angeekelt schlüpfte er aus seinem Mantel und warf ihn über das Geländer. »Er hat es in Stücke gerissen und dann liegengelassen. Ihm ging es weder um das Fleisch noch um eine Jagdtrophäe, er wollte einfach nur töten.« Adam rieb sich mit den Händen über das Gesicht. »Die Wölfe waren schon an dem Kadaver. Ich habe in die Luft geschossen, um sie zu vertreiben und mir die Sache genauer anzusehen, aber dann kamen Lily und Tess dazu, und ich wollte sie lieber so schnell wie möglich nach Hause bringen.«

»Ich hole sofort meinen Mantel.«

Adam hielt Willa zurück. »Dazu besteht kein Anlaß. Erstens habe ich genug gesehen, und zweitens wird jetzt ohnehin nicht mehr viel davon übrig sein. Das Reh ist sauber in den Kopf geschossen worden, dann wurde es ausgeweidet, zerlegt und liegengelassen. Der Schwanz fehlt, den muß der Täter wohl mitgenommen haben. Als kleines Andenken sozusagen.«

»Wie bei den anderen?«

»Genau. Es scheint sich um denselben Täter zu handeln.«

»Ist es noch möglich, seine Spur zu verfolgen?« erkundigte sich Ben.

»Das Tier wurde vor circa vierundzwanzig Stunden getötet. Seitdem hat es geschneit, und ich fürchte, da wird jetzt noch mehr Schnee runterkommen. Wenn ich die Verfolgung sofort hätte aufnehmen können, dann hätte ich vielleicht noch Glück gehabt.« Er hob die Schultern, eine Geste, die Enttäuschung und Resignation zugleich ausdrückte. »Aber ich konnte Lily und Tess unmöglich alleine zurückreiten lassen.«

»Trotzdem sehen wir lieber noch einmal nach, vielleicht finden wir ja doch noch einen Anhaltspunkt.« Ben griff bereits nach seinem Hut. »Willa, bitte Nate, daß er Shelly nach Hause fährt, ja?«

»Ich komme mit.«

»Das ist vollkommen überflüssig, und du weißt es.« Ben faßte sie bei den Schultern. »Vollkommen überflüssig.«

»Ich komme trotzdem mit. Ich hole nur noch meinen Mantel.«

Kapitel 3

Der Schnee fiel jetzt heftiger. Da es dunkel zu werden begann, war nichts außer einem dichten Vorhang dicker weißer Flocken zu sehen, der das Haus von der Außenwelt abzuschneiden schien.

Lily starrte angestrengt hinaus. Sie versuchte, durch die dichten Flocken hindurch irgend etwas zu erkennen, während die Wärme, die von dem prasselnden Kaminfeuer ausging, ihr wohltat. Die Sorge um Adam zerrte jedoch an ihren Nerven.

»Würdest du die Güte haben, dich endlich hinzusetzen?« fauchte Tess gereizt, obwohl sie sich wegen des scharfen

Tons in ihrer Stimme verabscheute. »Du kannst im Moment überhaupt nichts tun.«

»Aber sie sind schon so lange fort.«

Tess wußte genau, wieviel Zeit inzwischen verstrichen war. Exakt achtundneunzig Minuten. »Ich sagte doch schon, du kannst nichts tun.«

»Du möchtest doch sicher gern noch einen Tee. Der hier ist ja eiskalt.« Lily wollte sich gerade umdrehen, um nach dem Tablett zu greifen, als Tess unvermutet aufsprang.

»Hör gefälligst damit auf! Du brauchst weder mich noch jemand anderen zu bedienen, du bist ja schließlich nicht als Hausmädchen angestellt. Jetzt setz dich um Himmels willen wieder hin!«

Zitternd preßte sie die Finger gegen die Augen und atmete tief durch. »Tut mir leid«, murmelte sie, als Lily wie angewurzelt stehenblieb und sie aus großen, erschrockenen Augen ansah. »Ich habe kein Recht, dich anzuschnauzen. Ich habe nur noch nie etwas Derartiges gesehen. Noch nie!«

»Schon gut.« Lily entspannte sich und blickte Tess mitfühlend an. »Es war schrecklich, ich weiß.«

Volle dreißig Sekunden lang blieben sie schweigend auf der langen Ledercouch sitzen, während der Wind um das Haus pfiff und die Fensterläden bedrohlich klappern ließ. Dann mußte Tess plötzlich ein klägliches Lachen unterdrükken.

»Oje.« Sie atmete einmal vernehmlich aus. »In was sind wir da nur hineingeraten, Lily?«

»Ich weiß es nicht.« Der Wind fuhr mit einem dämonischen Heulen durch den Kamin. »Hast du Angst?«

»Und ob ich Angst habe. Du etwa nicht?«

Lily schürzte nachdenklich die Lippen und sah Tess an. Ihr Blick flackerte nicht. Dann fuhr sie mit der Spitze ihres Zeigefingers sacht über ihre Unterlippe, die, wie sie aus Erfahrung wußte, immer dann zu zittern begann, wenn die Furcht mit eisigem Griff ihr Herz umklammerte.

»Nein, eigentlich nicht. Ich verstehe es selbst nicht, aber ich habe nicht direkt Angst. Ich bin nur traurig darüber, daß solche furchtbaren Dinge überhaupt geschehen können. Und ich mache mir Sorgen«, fügte sie hinzu, während ihre Augen wieder magnetisch vom Fenster angezogen wurden und in ihrer Vorstellung das Bild von drei im Schnee umherirrenden Reitern entstand. »Um Adam, Willa und Ben.«

»Denen wird schon nichts passieren. Sie sind hier aufgewachsen und kennen sich in der Gegend aus.«

Tess hielt es nicht länger auf dem Sofa. Sie stand auf und begann, rastlos auf und ab zu gehen. Das laute Knacken eines im Feuer zerberstenden Holzscheites ließ sie heftig zusammenzucken, und sie verkniff sich einen bösen Fluch. »Sie wissen schon, was sie tun.« Und falls sie es nicht wußten, dachte sie, was dann? »Wahrscheinlich habe ich nur deshalb solche Angst, weil ich im Moment vollkommen hilflos bin. Ich habe nicht die geringste Ahnung, was ich nun tun soll, und das ist Neuland für mich. Weißt du, ich bin eher ein Mensch, der sich ein Ziel setzt, einen Plan ausarbeitet und dann die entsprechenden Schritte einleitet. Aber jetzt komme ich mir entsetzlich verloren vor.«

Sie drehte sich um und musterte Lily forschend. »Im Gegensatz zu dir, nicht wahr? Du weißt genau, was du tust. Du lenkst dich ab, indem du Tee kochst, Suppe zubereitest oder das Feuer schürst. Es gibt dir das Gefühl, zumindest indirekt von Nutzen zu sein.«

Kopfschüttelnd zwang sich Lily, den Blick vom Fenster abzuwenden. »All diese Dinge sind relativ bedeutungslos.«

»Ansichtssache«, erwiderte Tess weich. Dann hielt sie mitten in der Bewegung inne, als sie durch den Schneeschleier hindurch einen Lichtschein bemerkte. »Da draußen ist jemand!«

Da sie wieder einmal nicht wußte, was sie tun sollte – fortlaufen, sich verstecken? –, riß Tess sich zusammen, ging durch die Halle zur Vordertür und öffnete sie. Sekunden später tauchte Nate aus dem Schneegestöber auf.

»Gehen Sie rasch wieder hinein«, befahl er, schob sie zur Seite und schloß schnell die Tür hinter sich. »Sind die anderen schon wieder zurück?«

»Nein. Lily und ich ...« Tess deutete auf das Wohnzimmer. »Was machen Sie denn schon wieder hier?«

»Sieht böse aus da draußen«, meinte Nate. »Ich hab' Shelly und das Baby sicher nach Hause gebracht, aber den Rückweg hätte ich beinahe nicht mehr geschafft.« Er nahm seinen Hut ab und schüttelte die Schneeflocken ab, die sich darauf angesammelt hatten. »Sie sind jetzt zwei Stunden unterwegs. Ich gebe ihnen noch ein paar Minuten, dann mache ich mich auf die Suche.«

»Sie wollen noch mal raus? Bei diesem Unwetter?« Tess kannte Blizzards zwar nur vom Hörensagen, war sich aber ganz sicher, daß gerade jetzt einer dieser tückischen Schneestürme dort draußen tobte. »Sind Sie denn von allen guten Geistern verlassen?«

Nate tätschelte ihr abwesend die Schulter – ein Mann, der mit seinen Gedanken ganz offensichtlich woanders war. »Ist zufällig noch heißer Kaffee da? Ich könnte ein Täßchen vertragen. Und ich würde gerne eine Thermoskanne davon mitnehmen.«

»Sie gehen da nicht wieder raus!« Obwohl sie wußte, daß sie sich töricht verhielt, stellte sich Tess entschlossen zwischen Nate und die Tür. »Niemand, der auch nur einen Funken Verstand hat, verläßt bei diesem Wetter das Haus!«

Lächelnd fuhr er ihr mit einem Finger über die Wange. Er empfand ihre Geste nicht als töricht, sondern als Ausdruck unbewußter Angst. »Machen Sie sich etwa Sorgen um mich?«

Das war noch stark untertrieben, aber darüber würde sie später nachdenken. »Da draußen lauern Frostbeulen, Unterkühlung, Tod durch Erfrieren.« Sie spuckte die Worte förmlich aus. »Ich würde mir um jeden Sorgen machen, der verrückt genug ist, sich bei diesen Temperaturen ins Freie zu wagen.«

»Drei meiner Freunde sind irgendwo da draußen.« Seine Stimme klang ruhig, doch sie wußte, er würde sich nicht mehr umstimmen lassen. »Seien Sie so lieb und machen Sie Kaffee, Tess. Schwarz und heiß.« Ehe sie etwas erwidern konnte, hob er eine Hand und legte lauschend den Kopf auf die Seite.

»Da. Das müssen sie sein.«

»Ich habe nichts gehört.«

»Sie sind wieder da«, sagte Nate, setzte seinen Hut auf und ging hinaus, um seine Freunde in Empfang zu nehmen.

Nate hatte sich nicht getäuscht. Er mußte Ohren wie ein Luchs haben, dachte Tess, als die drei durchgefroren und mit Schnee bedeckt ins Haus traten. Sie versammelten sich im Wohnzimmer, tranken den Kaffee, den Bess innerhalb weniger Minuten gebraut hatte, und wärmten sich am Feuer auf.

»Bei dem Schnee konnten wir kaum etwas erkennen.« Ben ließ sich in einen Sessel sinken, während Adam es sich im Schneidersitz vor dem Kamin bequem machte. »Wir haben die Stelle zwar gefunden, aber inzwischen ist so viel Schnee gefallen, wir haben keine Spuren mehr entdeckt.«

»Aber das Reh habt ihr doch gefunden?« Tess setzte sich auf die Sofalehne. »Ihr habt gesehen, was mit ihm passiert ist.«

»Ja.« Mit einem verstohlenen Seitenblick auf Adam zuckte Willa die Achseln. Sie sah keinen Anlaß zu erwähnen, daß die Wölfe zurückgekommen waren. »Ich werde morgen früh mit den Männern darüber sprechen. Im Augenblick gibt es genug anderes zu tun.«

»Anderes zu tun?« echote Tess verständnislos.

»Die Männer sind schon dabei, die Herden zusammenzutreiben und in die Unterstände zu bringen. Ich werde Ham suchen.«

»Moment mal.« Überzeugt, daß sie als einzige im Raum noch bei klarem Verstand war, hob Tess eine Hand. »Du willst allen Ernstes noch mal da raus? Wegen ein paar Rindern?«

»Sie würden dieses Unwetter nicht überleben«, erwiderte Willa scharf.

Ungläubig beobachtete Tess, wie sich alle wieder in dicke Mäntel hüllten und das Haus verließen. Kopfschüttelnd goß sie sich einen Brandy ein. »Alles für ein paar Rinder«, brummte sie. »Für eine Horde dämlicher Rinder.«

»Sie werden Hunger haben, wenn sie zurückkommen.«

Diesmal blickte Lily weder aus dem Fenster, noch horchte sie auf das Motorengeräusch der sich entfernenden Fahrzeuge. »Ich werde Bess in der Küche helfen.«

Tess wußte nicht, ob sie sich ärgern oder ob sie die Dinge hinnehmen sollte, wie sie waren. Sie entschied sich für letzteres. »Ich habe keine Lust, hier ganz alleine sitzen zu bleiben.« Mit dem Brandyglas in der Hand eilte sie Lily hinterher. »Habt ihr bei euch im Osten auch solche Stürme?«

Lily schüttelte den Kopf. »In Virginia können wir zwar über Mangel an Schnee nicht klagen, aber so ein Unwetter wie dies hier habe ich noch nie erlebt. Ich bin heilfroh, daß ich nicht noch einmal ins Freie muß. Nate wird wahrscheinlich über Nacht hierbleiben, meinst du nicht? Ich werde Bess fragen, ob ich für ihn ein Zimmer vorbereiten soll.«

Sie öffnete die Küchentür. Bess stand bereits am Herd und rührte in einem riesigen dampfenden Topf. »Stew«, erklärte sie, tauchte einen hölzernen Löffel hinein und probierte. »Genug, um eine ganze Kompanie zu verpflegen. In ein, zwei Stunden ist alles gar.«

»Die anderen sind wieder draußen.« Ohne Umstände ging Lily an die Anrichte und nahm eine Schürze vom Haken. Die Selbstverständlichkeit, mit der sie das tat, entlockte Tess ein Lächeln. Lily fühlte sich in der Küche ganz offensichtlich heimisch.

»Das dachte ich mir schon«, meinte Bess. »Ich will noch einen Apfelkuchen backen.« Sie warf Tess einen mißbilligenden Blick zu und rümpfte die Nase, als sie das Brandyglas in ihrer Hand bemerkte. »Wollen Sie sich nützlich machen?«

»Nicht unbedingt.«

»Der Holzvorrat geht zur Neige«, informierte sie Bess, während sie einen Korb voll Äpfel aus der Speisekammer holte. »Die Männer haben jetzt keine Zeit, um ihn aufzufüllen.«

Tess ließ den Brandy im Glas kreisen. »Sie erwarten doch wohl nicht von mir, daß ich nach draußen gehe und Holz hereinbringe?«

»Wenn der Strom ausfällt, dann wollen Sie bestimmt ebensowenig frieren wie wir alle.«

»Kein Licht und keine Heizung?« Bei der Vorstellung, die Nacht in der Kälte und im Dunkeln verbringen zu müssen, wich die Farbe aus Tess' Gesicht.

»Wir haben zwar einen Generator«, erklärte Bess, während sie begann, die Äpfel zu schälen, »aber der ist nur für Notfälle gedacht. Warum sollen wir die Schlafzimmer damit heizen, wenn es andere Möglichkeiten gibt? Wenn Sie im Warmen schlafen wollen, dann müssen Sie schon Holz holen. Lily, hilf ihr lieber. Ich brauche dich hier nicht so dringend. Von dieser Tür da drüben führt ein Seil direkt zum Holz. Folgt ihm und bringt es von Hand hinein; mit dem Schubkarren kommt ihr nicht durch den Schnee, und es hat keinen Sinn, den Weg freizuschaufeln, solange es so weiterschneit. Zieht euch warm genug an, und nehmt eine Taschenlampe mit.«

»In Ordnung.« Lily warf Tess einen Blick zu, der der Ärger im Gesicht geschrieben stand. »Ich kann das Holz auch alleine holen. Bleib du doch drinnen, du kannst es dann auf die Schlafzimmer verteilen.«

Der Vorschlag klang verlockend. Sehr sogar. Doch Bess' verächtliches Lächeln veranlaßte sie, ihr Glas beiseite zu stellen. »Wir gehen beide.«

»Aber nicht mit diesen dünnen Handschuhen«, rief Bess ihnen nach. »Holt euch Arbeitshandschuhe aus dem Abstellraum, wenn ihr fertig angezogen seid.«

»Holz schleppen«, beschwerte sich Tess auf dem Weg zu dem großen Schrank in der Halle. »Wahrscheinlich reicht der Vorrat locker für die ganze Woche. Sie will mich nur piesakken, weiter nichts.«

»Sie würde uns nie bitten, bei diesem Wetter hinauszugehen, wenn es nicht nötig wäre.«

Tess schlüpfte achselzuckend in ihren Mantel. »Dich würde sie sicher nicht bitten«, berichtigte sie Lily, dann ließ sie sich auf der untersten Treppenstufe nieder, um ihre Stiefel anzuziehen. »Ihr zwei scheint euch ja hervorragend zu verstehen.«

»Ich finde sie großartig.« Lily schlang sich ihren gestrickten Schal zweimal um den Hals, bevor sie ihren Mantel zuknöpfte. »Zu mir war sie immer sehr nett, und sie würde auch dir gegenüber wesentlich liebenswürdiger sein, wenn du …«

Tess zog eine Skimütze über die Ohren und nickte ihrer Schwester zu. »Du brauchst auf meine Gefühle keine Rücksicht zu nehmen. Sprich nur weiter. Wenn ich was?«

»Nun, du bist immer ziemlich schroff und kurz angebunden, wenn du mit ihr redest.«

»Vielleicht wäre das ja nicht der Fall, wenn sie mir nicht ständig irgendwelche idiotischen Arbeiten aufhalsen und sich dann auch noch darüber beschweren würde, daß das Ergebnis nicht ihren Vorstellungen entspricht. Ich werde mir Frostbeulen holen, während ich dieses verdammte Holz ins Haus schleppe, und sie wird meckern, daß ich es nicht richtig aufstapeln würde. Wart's nur ab.«

Mißmutig stapfte sie durch die Halle, durchquerte die Küche, ohne Bess eines Wortes zu würdigen, und betrat den Abstellraum, wo sie ein Paar dicke, übergroße Arbeitshandschuhe überstreifte.

»Fertig?« Lily ergriff eine Taschenlampe und folgte ihr.

Als Tess die Tür öffnete, stach ihnen der Wind mit Tausenden von eisigen Nadeln ins Gesicht. Überrascht sahen sich die beiden an; es war Lily, die schließlich entschlossen den ersten Schritt ins Freie wagte.

Sie klammerten sich am Seil fest und kämpften sich mühsam vorwärts, doch der Wind tat sein Bestes, sie immer wieder zurückzudrängen. Die Stiefel versanken knietief im Schnee, und der Strahl der Taschenlampe tanzte flackernd auf und ab wie ein betrunkenes Glühwürmchen. Am Ende des Seils wären sie beinahe gegen den Holzstoß geprallt, der mit einer Plane bedeckt war.

Tess packte die Taschenlampe und streckte die Arme aus, damit Lily ihr die Holzscheite darauf stapeln konnte. Breitbeinig blieb sie stehen, um nicht das Gleichgewicht zu verlieren. Als ihre Nasenspitze vor Kälte zu prickeln begann, biß Tess die Zähne zusammen. »Die Hölle hat nichts mit Feuer zu tun«, schrie sie. »Die Hölle ist der Winter in Montana.«

Lily lächelte leicht und belud sich ebenfalls mit Holz. »Wenn wir wieder drinnen am warmen Kaminfeuer sitzen, dann schauen wir aus dem Fenster und freuen uns an dem Schnee.«

»Blödsinn«, knurrte Tess, während sie sich auf den beschwerlichen Rückweg machten, um die erste Ladung Holz ins Haus zu bringen. »Wieviel liegt dir an einem warmen Bett?«

Lily warf sehnsüchtig einen Blick auf die gemütliche, von Essensdüften erfüllte Küche, dann sah sie in den tobenden Sturm. »Sehr viel.«

»Ja.« Seufzend rollte Tess ihre Schultern. »Mir auch. Also los, auf ein Neues.«

Nachdem sie den Vorgang dreimal wiederholt hatten, begann Tess, die körperliche Anstrengung zu genießen – bis sie ausrutschte und kopfüber mit dem Gesicht zuerst in eine tiefe Schneewehe fiel. Die Taschenlampe versank mit ihr in den weißen Fluten.

»Alles in Ordnung mit dir? Hast du dich verletzt?« In ihrem Eifer, Tess zu helfen, beugte sich Lily vor, verlor das Gleichgewicht, ruderte heftig mit den Armen und landete unsanft auf ihrem Hinterteil. Völlig außer Atem blieb sie einen Augenblick regungslos sitzen. Sie war bis zur Taille im Schnee versunken, während Tess sich zur Seite rollte und nach Luft ringend Schnee ausspuckte.

»So eine gottverdammte ...« Sie rappelte sich mühsam hoch, und ihre Augen wurden gefährlich schmal, als sie Lily kichern hörte. »Was ist denn daran so komisch? Wir können jede Minute unter Schneemassen begraben werden, und dann findet man uns erst, wenn im Frühjahr das Tauwetter einsetzt.« Doch auch sie mußte unwillkürlich lachen, als sie Lily ansah, die wie eine winzige Königin auf einem Thron aus Schnee hockte. »Du siehst im Moment selbst ziemlich albern aus.«

»Das Kompliment kann ich zurückgeben.« Nach Atem ringend, preßte Lily eine behandschuhte Hand aufs Herz. »Außerdem hast du einen Bart.«

Gleichmütig wischte sich Tess den Schnee vom Kinn und

warf ihn Lily ins Gesicht. Mehr bedurfte es nicht, um beide dazu zu bringen, trotz des schneidenden Windes ungelenkig Schneebälle zu formen und sich gegenseitig damit zu bewerfen. Kreischend und quietschend vor Vergnügen krochen sie auf den Knien durch den Schnee, und da sie kaum einen halben Meter voneinander entfernt waren, kam es weniger auf die Treffsicherheit als auf die Schnelligkeit an. Als ein Geschoß sie an der Wange traf und der Schnee kalt in ihren Mantelkragen rieselte, mußte Tess zugeben, daß Lily ihr auf diesem Gebiet überlegen war. So zart und zerbrechlich sie auch aussah, sie bewegte sich blitzschnell, und hinter ihren Würfen steckte eine erstaunliche Wucht.

Es gab nur eine Möglichkeit, es ihr gleichzutun.

Tess versetzte ihr einen Rippenstoß, so daß sie beide wieder in den Schnee rollten. Lachend und weißgepudert wie die Schneemänner blieben sie flach auf dem Rücken liegen, um Atem zu schöpfen, während große, schwere Flocken unaufhörlich auf sie herabschwebten.

»Als ich noch ein Kind war, haben wir immer Adler in den Schnee gezeichnet.« Lily strich langsam mit ausgebreiteten Armen und Beinen über die glatte Oberfläche. »Einmal hat es sogar so stark geschneit, daß wir zwei Tage schulfrei bekamen. Meine Freunde und ich haben eine Schneeburg samt Rittern gebaut, und meine Mutter war davon so begeistert, daß sie sie fotografiert hat.«

Tess blinzelte nach oben. Sie konnte den Nachthimmel durch das dichte Flockengestöber nicht mehr erkennen. »Als ich das erste und einzige Mal im Skiurlaub war, da ist mir sehr schnell klargeworden, daß der Schnee und ich niemals zueinander kommen werden.« Sie imitierte Lilys Bewegungen. »Im Moment finde ich ihn allerdings nicht ganz so furchtbar.«

»Ich liebe Schnee.« Lily mußte lachen. »Aber ich bin halb erfroren.«

»Du bekommst gleich einen großen Becher Kaffee mit einem ordentlichen Schuß Brandy.«

»Wunderbar.« Immer noch lächelnd, setzte Lily sich auf. Doch plötzlich schlug ihr das Herz vor Schreck bis zum Hals, und sie klammerte sich an Tess' Hand. Sie sah eine schattenhafte Gestalt aus dem Schnee auftauchen und näher kommen. Es war ein Mann.

»Sind Sie gestürzt?«

Tess' Kopf fuhr herum, das Blut rauschte ihr in den Ohren. Sie waren ganz auf sich gestellt, dachte sie voller Panik, und zu weit vom Haus entfernt, als daß man dort ihre Hilferufe hören konnte. Bilder des getöteten Rehs schossen ihr durch den Kopf, und sie begann heftig zu zittern.

Wo war die Taschenlampe? Verzweifelt blickte sie erst nach rechts, dann nach links. Der Unbekannte hatte eine, und deren Lichtstrahl war stark genug, sie zu blenden, während er selbst nur als Silhouette zu erkennen war. Sie mußte fliehen, wollte aufspringen, wegrennen und Lily mit sich zerren, doch sie vermochte sich nicht zu rühren.

»Sie sollten sich besser nicht allein hier draußen im Dunkeln aufhalten«, sagte der Mann und trat noch ein Stück näher.

Schierer Überlebenswille trieb Tess zum Handeln. Sie raffte sich auf, packte einen Holzscheit und schwang ihn drohend in seine Richtung. »Bleiben Sie, wo Sie sind«, befahl sie mit fester Stimme, obwohl sie am ganzen Körper wie Espenlaub zitterte. »Lily, steh auf! Verdammt noch mal, steh endlich auf!«

»Hey, ich wollte Sie nicht erschrecken.« Der Mann richtete die Lampe auf den Boden und ließ den Strahl über den Schnee tanzen. »Ich bin's doch nur, Miß Tess, Wood. Billy und ich sind gerade zurückgekommen, und meine Frau meinte, Sie könnten vielleicht Hilfe brauchen.«

Seine Stimme klang freundlich und überhaupt nicht bedrohlich, eher leicht belustigt. Doch sie und Lily waren alleine und vollkommen hilflos, und er war ein kräftiger Mann, dessen Gesicht noch immer im Schatten lag. Trau keinem, entschied sie, und ihre Hand schloß sich fester um ihre provisorische Waffe.

»Alles in Ordnung. Lily, geh ins Haus und sag Bess, daß Wood hier ist. Nun mach schon«, zischte sie, woraufhin sich Lily gehorsam in Bewegung setzte.

»Kein Grund, Bess zu behelligen.« Wood richtete die Taschenlampe auf den Holzstoß und folgte dann mit dem Lichtstrahl dem ausgetretenen Pfad, der zum Haus führte. »Meine Frau hat zwar inzwischen bestimmt das Essen fertig, aber ich kann Ihnen trotzdem noch etwas Holz hereinbringen.«

Da sie jetzt mit Wood mutterseelenallein war, konnte Tess nur beten, daß Lily das Haus sicher erreicht und Bess alarmiert hatte. Die Angst jagte ihr kalte Schauer über den Rükken. Sie trat einen Schritt zurück, dann noch einen. »Danke, wir haben genug geholt.«

»Bei so einem Sturm kann man nie ausreichend Holz im Haus haben.« Er hielt ihr die Taschenlampe hin, worauf sie erschrocken zurückwich, da sie im ersten Moment meinte, er hielte ein Messer in der Hand. »Nehmen Sie die«, sagte er freundlich, »und ich nehme das Holz.«

Obwohl sie immer noch versucht war, so schnell wie möglich wegzulaufen, nahm Tess die Taschenlampe. Wood beugte sich gerade über den Holzstoß, als Lily atemlos angelaufen kam. »Bess hat Kaffee gemacht.« Ihrer Stimme war die Anstrengung anzuhören. »Sie sagt, es ist genug da, falls Wood eine Tasse möchte.«

»Nun ja, richten Sie ihr bitte aus, ich wüßte ihre Einladung zu schätzen.« Wood fuhr fort, Holzscheite in seiner Armbeuge zu stapeln. »Aber ich seh' lieber zu, daß ich nach Hause komme, meine Frau wartet auf mich. Gehen Sie nur zurück und nehmen Sie die Lampe mit. Ich finde den Weg auch so.«

»Ja, laß uns ins Haus gehen. Komm schon, Tess!« Vor Kälte schlotternd, zupfte Lily Tess am Ärmel. »Vielen Dank auch, Wood.«

»Keine Ursache«, murmelte er und sah ihnen kopfschüttelnd nach. »Weiber«, brummte er dann in seinen Bart.

»Ich hatte ja solche Angst!« Kaum hatten sie die Abstellkammer sicher erreicht, umarmte Lily ihre Schwester. »Und du warst so tapfer.«

»Ich war nicht tapfer, ich war zu Tode erschrocken.« Erst

jetzt kam Tess so recht zu Bewußtsein, in welcher Gefahr sie hätten schweben können, und sie drückte Lily fest an sich. »Wie konnten wir nur so dumm sein? Wie konnten wir uns da draußen wie die Schulkinder im Schnee wälzen und dabei vergessen, was alles geschehen ist? O Gott, jeder könnte es sein! Warum haben wir so lange gebraucht, um das zu begreifen?« Sie ließ Lily los und sah sie ernst an. »Jeder könnte es sein.«

»Adam nicht.« Nachdem sie ihre Handschuhe ausgezogen hatte, rieb Lily ihre erstarrten Hände warm. »Er könnte niemandem etwas zuleide tun, weder einem Menschen noch einem Tier. Außerdem war er mit uns zusammen, als wir … als wir das Reh fanden.«

Tess wollte etwas erwidern, besann sich jedoch eines Besseren. Warum sollte sie Lily darauf hinweisen, daß es Adam durchaus möglich gewesen wäre, noch vor dem Morgengrauen auszureiten, die Tat durchzuführen und sie beide später wie zufällig zum Ort des Geschehens zu führen, um sich so von jeglichem Verdacht zu reinigen?

»Ich weiß es nicht. Ich weiß überhaupt nichts mehr. Aber wenn wir hierbleiben und diesen Winter durchstehen wollen, dann sollten wir uns gut überlegen, wie wir uns schützen können, und wir sollten auf der Hut sein.« Tess zog ihren Mantel aus und nahm die Skimütze ab. »Ich kann einfach nicht glauben, daß Adam zu so etwas fähig sein soll. Oder Ben oder Nate. Himmel, ich kann mir nicht vorstellen, daß überhaupt ein Mensch es fertigbringt, so etwas zu tun, und genau da liegt das Problem. Wir werden uns wohl oder übel an diesen Gedanken gewöhnen müssen.«

»Hier sind wir sicher.« Lily kehrte ihr den Rücken zu und hängte ihren Mantel sorgfältig auf einen Bügel. »Absolut sicher. Ich habe mich seit langer Zeit nicht mehr so sicher und geborgen gefühlt, und ich werde nicht zulassen, daß mir das jemand zerstört.«

»Lily.« Tess legte ihrer Schwester sanft eine Hand auf die Schulter. »Wenn wir auch weiterhin sicher sein wollen, dann müssen wir auf uns achtgeben. Wir beide sind hier, weil wir etwas erreichen wollen«, fuhr sie fort. »Und für uns steht soviel auf dem Spiel, daß wir sogar das Risiko eingehen, auch weiterhin auf der Ranch zu bleiben. Also müssen wir uns gegenseitig vertrauen. Ich würde vorschlagen, daß wir beide in Zukunft die Augen offenhalten, und wenn dir etwas Ungewöhnliches auffällt, dann sagst du es mir und umgekehrt. Auch wenn es sich nur um Kleinigkeiten handelt. Einverstanden?«

»Einverstanden. Ich werde dir sofort Bescheid sagen, wenn ich etwas bemerke. Dir und Willa.« Sie hob mahnend eine Hand, bevor Tess Einspruch einlegen konnte. »Das sind wir ihr schuldig, Tess. Sie hat schließlich genausoviel zu verlieren wie wir. Mehr noch, wenn du mich fragst.«

Wie wahr, dachte Tess, dann zuckte sie die Schultern. »Okay, abgemacht. Und jetzt hätte ich gerne eine Tasse Kaffee.«

Sie tranken Kaffee. Und warteten. Sie aßen Stew. Und warteten.

Der Wind brachte die Fensterscheiben zum Klirren, das Feuer prasselte im Kamin, und die altmodische Standuhr in der Ecke erinnerte sie unerbittlich daran, wie schnell die Stunden verstrichen. Es war bereits nach Mitternacht, als Willa endlich zurückkam. Allein. Tess, die rastlos im Wohnzimmer umherwanderte, blieb stehen und musterte ihre Halbschwester prüfend. Willas Gesicht war von Erschöpfung gezeichnet, die dunklen, exotischen Augen blickten matt und glanzlos. Sie ging direkt zum Feuer hinüber, wobei sie eine Spur von Schnee und Nässe auf den erlesenen Teppichen und dem schimmernden Holzboden hinterließ.

»Wo sind die anderen?« wollte Tess wissen.

»Nach Hause gefahren. Sie haben genug eigene Probleme.«

Tess nickte, griff nach der Whiskeykaraffe und goß Willa einen großzügig bemessenen Drink ein. Ihr wäre es bei weitem lieber gewesen, Nate und Ben im Haus zu wissen, doch sie hatte bereits gelernt, daß das Leben in Montana eine Aneinanderreihung kleiner Enttäuschungen war. Auffordernd hielt sie Willa das Glas entgegen.

»Na, hast du alle deine Kinder ins Bettchen gebracht?«

Ohne Tess einer Antwort zu würdigen, kippte Willa die Hälfte des Whiskeys mit einem Schluck hinunter, dann schüttelte sie sich einmal heftig.

»Ich lasse dir ein Bad ein.«

Zu ausgelaugt, um einen klaren Gedanken fassen zu können, sah Willa Lily an. »Wie bitte?«

»Ich lasse dir jetzt ein heißes Bad ein. Du bist durchgefroren und übermüdet, und du mußt ja vor Hunger fast umkommen. Auf dem Herd steht noch Stew. Tess, mach Willa einen Teller fertig.«

Willa hatte gerade noch soviel Energie übrig, um gequält zu lächeln. Verdutzt sah sie der davoneilenden Lily nach. »Sie läßt mir ein Bad ein. Ist denn das zu fassen?«

»Unser Hausmütterchen. Aber schaden kann es dir nicht. Du riechst etwas streng.«

Willa schnüffelte und zuckte dann zusammen. »Kann ich nicht leugnen.« Da der erste Schluck Whiskey ihr bereits zu Kopf gestiegen war, stellte sie das Glas beiseite. »Ich bin viel zu kaputt, um noch etwas zu essen.«

»Willst du uns noch vom Fleisch fallen? Du kannst ja in der Wanne essen.«

»In der Wanne? Ich soll in der Wanne essen?«

»Warum denn nicht?«

Willa warf Tess einen Blick zu, der fast so etwas wie Anerkennung ausdrückte. »Warum eigentlich nicht?« stimmte sie zu, ehe sie, vor Müdigkeit taumelnd, nach oben ging, um sich auszuziehen.

Lily hatte inzwischen heißes Wasser einlaufen lassen und Badeessenz dazugegeben. Einige Sekunden lang starrte Willa blicklos in die Wanne. Ein Schaumbad, dachte sie. Wann hatte sie das letzte Mal ein Schaumbad genommen? Sie konnte sich nicht mehr erinnern. Die riesige rote Wanne war für gewöhnlich ihrem Vater vorbehalten gewesen, sie hatte sie nur selten benutzt, und auch nur dann, wenn er außer Haus war.

Doch jetzt war er fort. Diesmal für immer.

Vorsichtig schwang sie ein Bein über den Wannenrand

und atmete laut aus, als ihre frostkalte Haut mit dem Wasser in Berührung kam. Dann tauchte sie mit einem wohligen Seufzer bis zum Hals in die Wanne.

Sie wollte im Augenblick an gar nichts denken, nicht an den Schnee, nicht an den Wind und die Dunkelheit und erst recht nicht an den zermürbenden Kampf, das Vieh wieder zusammenzutreiben. Mit Sicherheit hatten sie einige Tiere übersehen, und sie würden noch weitere verlieren. Das ließ sich nun einmal nicht vermeiden. Der Schneesturm war zu unerwartet und zu heftig über das Land hereingebrochen, als daß sie noch die entsprechenden Vorkehrungen hätten treffen können. Doch sie hatten ihr möglichstes getan.

Ihre Muskeln schmerzten, als sie den Kopf zurücklegte und die Augen schloß. Ihr Verstand schien sich ein- und auszuschalten, ohne daß sie dagegen ankämpfen konnte. Doch sie mußte darüber nachdenken, was morgen zu tun war, obwohl die Entscheidungen hauptsächlich aus ihrem Instinkt heraus getroffen werden würden. Dies war nicht ihr erster Schneesturm und würde auch nicht ihr letzter sein.

Aber der Mord – der Mord und die abgeschlachteten Tiere.

Hier versagte ihr Instinkt. Sie hatte keine Ahnung, was sie in dieser Angelegenheit unternehmen sollte.

»Schlaf in der Wanne ein, und du läufst Gefahr zu ertrinken«, warnte Tess von der Türschwelle aus.

Willa richtete sich auf und runzelte unwillig die Stirn. Sie war nicht übermäßig prüde, das Stirnrunzeln galt lediglich der unerwünschten Störung, auch wenn diese mit dem köstlichen Geruch dampfenden Stews verbunden war. »Hast du's schon mal mit Anklopfen versucht?«

»Du hast die Tür offengelassen, meine Beste.« Tess, die beschlossen hatte, ihre Kellnerinnenrolle von der komischen Seite aus zu betrachten, stellte das Tablett auf dem Wannenrand ab. »Ich will mit dir reden.«

Willa seufzte nur und setzte sich so weit auf, daß sie bequem essen konnte. Sie tauchte den Löffel in ihr Stew, während kleine Schaumblasen an ihren Brüsten herunterrannen. »Dann sag schon, was du zu sagen hast.«

Tess ließ sich auf dem breiten Rand der Badewanne nieder

und blickte sich um. Was für ein Badezimmer, dachte sie bewundernd. Es sah aus, als wäre es der Fantasie eines Filmstars entsprungen. Die Wände waren rubinrot, saphirblau und weiß gekachelt, ein wahrer Urwald an Farnen wucherte in Messing- und Kupferübertöpfen, die separate Duschkabine mit den klaren Glaswänden verfügte über ein halbes Dutzend Duschköpfe, die alle in verschiedenen Winkeln und auf verschiedener Höhe angebracht waren. Und die Wanne, in der Willa sich räkelte, bot ausreichend Platz für ein paar nekkische Wasserspielchen.

Müßig tauchte sie einen Finger in den Schaum und schnupperte daran. »Veilchen«, kommentierte sie, »muß von Lily stammen.«

»Wolltest du mit mir über Schaumbäder diskutieren?« erkundigte sich Willa gereizt, während sie sich mit wachsender Begeisterung über ihre Mahlzeit hermachte. Sie hätte eine ganze Wagenladung Stew verdrücken können.

»Verschieben wir das lieber auf später.« Tess spähte über ihre Schulter, als Lily in der Tür erschien, den Blick taktvoll auf einen Punkt weit oberhalb von Willas Kopf gerichtet. »Ich habe dir einen Bademantel geholt. Wenn du fertig bist, kannst du ihn anziehen, ich werde ihn von außen an die Tür hängen.«

»Komm rein und setz dich«, forderte Willa sie mit einer einladenden Handbewegung auf. »Tess möchte mit uns reden.«

Als Lily zögerte, verdrehte Willa ungeduldig die Augen. »Wir haben alle drei einen Busen, Lily.«

»Und ihrer ist ohnehin nur mit der Lupe zu erkennen«, fügte Tess mit einem feinen Lächeln hinzu. »Nun setz dich schon«, wies sie Lily an. »Sie will dich ja unbedingt mit einbeziehen.«

»Worin mit einbeziehen?« fragte Willa mit vollem Mund.

»Ich will es mal so ausdrücken: Lily und ich sind ein wenig beunruhigt. Würdest du mir da zustimmen, Lily?«

Mit hochrotem Kopf klappte Lily den Toilettendeckel herunter und nahm darauf Platz. »Ja.«

Trotz des warmen Wassers überlief Willa eine Gänsehaut. »Habt ihr zwei etwa vor, euch aus dem Staub zu machen?«

»Wir sind weder Feiglinge noch Idioten.« Tess legte den Kopf auf die Seite. »Uns allen ist gleichermaßen daran gelegen, das Jahr zu überstehen, und ich wage zu behaupten, daß wir es alle mit heiler Haut hinter uns bringen wollen. Irgend jemand, höchstwahrscheinlich jemand auf dieser Ranch, hat – wie soll ich sagen? – eine ungesunde Vorliebe für Messer entdeckt. Die Preisfrage lautet jetzt: Wie sollen wir uns nun verhalten?«

Willa verzog mißbilligend den Mund. »Jemand von der Ranch? Ich kenne meine Leute.«

»Aber wir nicht«, entgegnete Tess. »Es wäre doch schon einmal ein Anfang, wenn du unsere Wissenslücken füllen könntest. Erzähl uns haarklein, was du über jeden einzelnen von ihnen weißt. So verlockend es auch klingen mag, wir drei können schließlich nicht während der nächsten neun oder zehn Monate Tag und Nacht zusammenkleben.«

»Da gebe ich dir vollkommen recht.«

Die prompte Zustimmung traf Tess völlig unvorbereitet. Erstaunt sah sie Willa an. »Man höre und staune. Den Tag muß ich mir rot im Kalender anstreichen. Willa Mercy gibt mir recht.«

»Ich finde dich noch immer unerträglich.« Willa kratzte ihren Teller leer, ehe sie fortfuhr: »Aber ich muß dir trotzdem in diesem Punkt zustimmen. Wir drei müssen zusammenhalten, wenn wir das Jahr durchhalten wollen. Ich schlage vor, daß keine von euch beiden sich in Zukunft alleine draußen aufhält, bis die Polizei – oder wir – Pickles' Mörder gefunden haben.«

»Oh, ich kann schon auf mich aufpassen. Ich habe Selbstverteidigungskurse besucht.«

Tess' Ankündigung entlockte Willa ein verächtliches Lächeln.

»Mit dir würde ich allemal fertig«, schoß Tess zurück. »Innerhalb von zehn Sekunden würdest du auf dem Rücken liegen und Sternchen sehen. Aber das gehört jetzt nicht zur Sache.« Sie verspürte plötzlich ein heftiges Verlangen nach einer Zigarette. Doch dieses Verlangen mußte auf später verschoben werden. »Lily und ich können uns ja nicht mit Handschellen aneinanderketten.«

»Ich bin den größten Teil des Tages mit Adam zusammen, bei den Pferden.«

Willa nickte Lily zu und glitt wieder ins Wasser. »Du kannst Adam blind vertrauen. Und Bess und Ham.«

»Warum Ham?« wollte Tess wissen.

»Er hat mich großgezogen«, erwiderte Willa knapp. »Außerdem wird das Wetter ohnehin dafür sorgen, daß ihr beide euch in der nächsten Zeit nur in der Nähe des Hauses aufhaltet.«

»Was ist denn mit dir?« fragte Lily besorgt.

»Ich komme schon alleine klar.« Willa tauchte unter, hielt eine Weile die Luft an und kam prustend wieder an die Oberfläche. Fast fühlte sie sich wieder wie ein Mensch. »Mir ist es leider verwehrt geblieben, in den Genuß von Selbstverteidigungskursen zu kommen, aber ich kenne meine Männer, und ich kenne das Land. Sollte einer von euch die Decke auf den Kopf fallen, dann könnt ihr euch getrost ein Pferd satteln und mir bei der Arbeit helfen. Und falls mir nicht eine von euch den Rücken schrubben will, hätte ich jetzt gerne meine Ruhe.«

Tess erhob sich und griff nach dem Tablett. »Ein großes Mundwerk bietet nicht allzuviel Schutz gegen ein Messer.«

»Eine Winchester schon.« Zufrieden, das letzte Wort zu behalten, griff Willa nach der Seife.

Trotz ihrer abgrundtiefen Erschöpfung schlief sie schlecht und schreckte immer wieder aus furchtbaren Alpträumen hoch. Sie drehte und wälzte sich von einer Seite auf die andere und versuchte, noch etwas Schlaf zu finden, doch sie konnte die Bilder von Blut und Gewalt, die ihr durch den Kopf gingen, nicht verscheuchen.

Als die ersten dünnen Lichtstrahlen des neuen Wintertages durch den Schleier unaufhörlich fallenden Schnees ins Zimmer drangen, wünschte sie, sich an irgend etwas, irgend jemandem festhalten zu können. Nur eine kleine Weile lang.

Auch ein anderer erwachte in demselben fahlen Licht, und die gleichen grausigen Bilder spulten sich vor seinem inneren Auge ab.

Doch er lächelte dabei.

Kapitel 4

Aus Tess' Tagebuch:

Mit der Zeit fange ich an, den Schnee zu mögen. Oder ich verliere langsam den Verstand. Jeden Morgen, wenn ich aus dem Schlafzimmerfenster schaue, sehe ich nichts als Schnee, meilenweit nur reines, schimmerndes Weiß. Ich kann nicht behaupten, daß mir die Kälte zusagt. Oder der verdammte Wind. Aber ich muß zugeben, daß der Schnee einen gewissen Reiz auf mich ausübt – besonders wenn ich selbst im Warmen sitze und aus dem Fenster schaue. Vielleicht liegt es ja auch nur daran, daß ich mich wieder etwas sicherer fühle.

Weihnachten ist in einer Woche, und bislang ist nichts geschehen, was den Alltagstrott unterbrochen hat. Kein Mann wurde ermordet, kein Tier dahingemetzelt. Jegliches Leben scheint im Schnee zu ersticken. Vielleicht haben die Cops letztendlich doch recht, und die Person, die den armen Kahlkopf umgebracht hat, ist schon längst über alle Berge. Ein psychopathischer Wandervogel? Schön wär's.

Lily genießt die Weihnachtsstimmung. Sie ist wirklich ein seltsames Mädchen. Aber lieb. Sie kommt mir vor wie ein Kind, schmuggelt Tüten in ihr Zimmer, packt Geschenke ein und backt zusammen mit Bess Plätzchen. Ganz ausgezeichnete Plätzchen übrigens, was bedeutet, daß ich wohl meine Morgengymnastik um eine Viertelstunde verlängern muß.

Vor kurzem sind wir nach Billings gefahren, um Weihnachtseinkäufe zu machen. Lily stellte kein Problem dar. Ich habe eine hübsche Brosche in Form eines sich aufbäumenden Pferdes aufgetrieben, eine Filigranarbeit, sehr schlicht und sehr feminin. Wohl oder übel mußte ich mir auch für die sauertöpfische Bess etwas einfallen lassen, also entschied ich mich für ein Kochbuch. Lily hat es gefallen, so habe ich wohl das Richtige getroffen. Mit der Cowboyprinzessin verhält es sich dagegen anders. Ich werde aus ihr einfach nicht schlau. Ist die Frau nun furchtlos oder einfach nur leichtsinnig?

Jeden Tag fährt oder reitet sie hinaus, und das auch noch meistens alleine. Sie schuftet bis zum Umfallen, geht jeden Abend hinüber in die Männerquartiere, um mit ihren Leuten zu sprechen, und wenn sie sich im Haus aufhält, vergräbt sie sich fast immer im Büro und steckt die Nase in die Bücher, die Aufschluß über die Ranch geben.

Ich fürchte, ich beginne sie zu bewundern, und ich weiß nicht so recht, ob ich davon begeistert sein soll. Ich habe ihr einen Kaschmirpullover gekauft, warum, weiß ich selber nicht. Sie trägt nie etwas anderes außer Flanell. Aber der Pulli ist leuchtend rot, ganz weich und sehr weiblich. Vermutlich wird sie ihn über ihre lange Unterwäsche ziehen und dann darin Rinder kastrieren, aber was soll's.

Für Adam, den ich wie einen großen Bruder mag, habe ich ein kleines Aquarell gefunden. Es zeigt ein Bergmotiv, und als ich es sah, mußte ich sofort an ihn denken.

Nach langem inneren Kampf habe ich mich entschlossen, auch Ben und Nate mit einer Kleinigkeit zu bedenken, schließlich verbringen ja beide ziemlich viel Zeit hier. Für Ben habe ich eine Videokassette, *Red River*, ein Gag, den er hoffentlich nicht in den falschen Hals kriegt.

Was Nate angeht, so habe ich nach einigen vorsichtig eingezogenen Erkundigungen erfahren, daß er eine Schwäche für Lyrik hat. Er bekommt einen Gedichtband von Keats. Mal sehen, wie ihm das gefällt.

Bei all den Vorbereitungen, den Düften aus der Küche und der festlichen Dekoration komme ich selbst in Weihnachtsstimmung. Gerade habe ich schätzungsweise eine Tonne Geschenke an Mom abgeschickt. Bei ihr gibt nicht die Qualität, sondern die Quantität den Ausschlag, und ich sehe sie schon vor mir, wie sie stundenlang genüßlich Pakete aufreißt.

Komisch, aber ich vermisse sie!

Trotz all des Weihnachtstrubels fühle ich mich irgendwie kribbelig. Liegt vermutlich daran, daß ich so viele Stunden im Haus eingesperrt bin. Ich nutze die zusätzliche Zeit – im Winter mangelt es hier an allem, nur nicht an Zeit, da es um fünf Uhr nachmittags bereits stockduster ist –, um ein Konzept für ein Buch auszuarbeiten, nur so aus Spaß. Ich muß mir ja die ewiglangen Nächte vertreiben.

Ach so, was die langen Nächte angeht … da alles wieder ganz ruhig zu sein scheint, werde ich mir ein Auto – pardon, einen Jeep ausborgen und Nate besuchen, um ihm mein Geschenk persönlich zu überreichen. Ham hat mir den Weg beschrieben. Seit Wochen warte ich darauf, daß er den ersten Schritt macht und mich in sein Haus einlädt, aber vermutlich muß ich die Sache in die Hand nehmen.

Ich weiß beim besten Willen noch nicht, wie ich ihn ins Bett bekommen soll. Also habe ich beschlossen, die Dinge einfach auf mich zukommen zu lassen. Doch bei dem Tempo, mit dem er vorgeht, kann es Frühling werden, bis es soweit ist. Daher ist Initiative gefragt.

Was soll's!

»Gehst du aus?« erkundigte sich Willa, als Tess die Treppe herunterkam.

»In der Tat.« Tess wandte den Kopf und registrierte Willas übliche Kluft, Jeans und Flanellhemd. »Du nicht?«

»Bin gerade erst reingekommen. Es soll noch Leute geben, die keine Zeit haben, stundenlang vor dem Spiegel zu stehen.« Ihre Brauen zogen sich zusammen. »Du trägst ja ein Kleid.«

»Ach wirklich?« Mit gespieltem Erstaunen blickte Tess an ihrem schlichten, figurbetonten blauen Wollkleid herunter, das ihr bis knapp zu den Knien reichte. »Wie konnte das bloß passieren.« Leise kichernd kam sie unten an und ging zum Schrank, um ihren Mantel herauszunehmen. »Ich muß ein Weihnachtsgeschenk abliefern. Du erinnerst dich doch, daß wir Weihnachten haben, oder nicht? Sogar ein Mensch, der so beschäftigt ist wie du, muß von diesem Fest gehört haben.«

»Da war doch so ein Gerücht?« Nachdenklich betrachtete Willa ihr Gegenüber. Aufreizendes Kleid, hohe Absätze, verführerisches Parfüm, stellte sie fest, und ihre Augen wurden schmal. »Für wen ist denn das Geschenk?«

»Ich wollte bei Nate vorbeischauen.« Tess warf sich ihren Mantel über. »Hoffentlich hat er was zu trinken da.«

»Das hätte ich mir denken können« brummte Willa. »Du wirst dir den Hals brechen, wenn du mit diesen Stöckelschuhen nach draußen gehst.«

»Ich habe einen hervorragenden Gleichgewichtssinn.« Mit einem lässigen Winken schwebte Tess zur Tür. »Du brauchst nicht auf mich zu warten – Schwesterchen.«

»Okay. Fall nicht auf die Nase«, meinte Willa, die zusah, wie Tess anmutig auf den Jeep zuging. »Hoffentlich fällt Nate nicht auf die Nase«, murmelte sie dann leiser.

Sie wartete einige Augenblicke, drehte sich dann um, ging ins Wohnzimmer und streckte sich auf dem Sofa aus. Nach einem langen Blick auf den großen, liebevoll geschmückten Weihnachtsbaum am Fenster vergrub sie ihr Gesicht in dem weichen Leder.

Weihnachten war stets eine unerfreuliche Zeit für sie gewesen. Ihre Mutter war im Dezember gestorben, sie erinnerte sich zwar nicht mehr daran, aber sie kannte das Datum, und dieses Wissen beschwor immer einen Schatten herauf, der die Feiertage beeinträchtigte. Bess hatte weiß Gott ihr Bestes getan, um sie mit weihnachtlichen Dekorationen, Plätzchen, Geschenken und Liedern aufzuheitern, aber all das konnte ihr nicht die fehlende Familie ersetzen. Niemand spielte Weihnachtslieder auf dem großen Klavier, niemand stand neben ihr vor dem Baum und sah zu, wie sie ihre Päckchen auspackte. Adam und sie hatten ihre Geschenke immer am Heiligabend ausgetauscht – nachdem ihr Vater volltrunken schnarchend im Bett lag. Daß sie Geschenke unter dem Baum vorfand, dafür hatte Bess gesorgt. Sie hatte die Pakete mit Jacks Namen versehen. Doch als Willa sechzehn wurde, hatte sie diese Pakete nicht mehr geöffnet. Und nach einigen weiteren vergeblichen Versuchen hatte Bess diese gutgemeinte Täuschung aufgegeben.

Am Morgen des ersten Weihnachtstages war ihr Vater gewöhnlich verkatert und äußerst schlecht gelaunt gewesen, und als sie einmal all ihren Mut zusammengenommen und sich darüber beklagt hatte, war eine schallende Ohrfeige die Folge gewesen.

Nein, sie hatte schon vor langer Zeit aufgehört, sich auf die Feiertage zu freuen.

Und nun fühlte sie sich entsetzlich erschöpft und ausgepumpt. Der Winter war so plötzlich und mit so brutaler Gewalt über sie hereingebrochen, sie hatte mehr Rinder verloren als erwartet. Wood fürchtete, sie hätten das Wintergetreide nicht rechtzeitig eingebracht. Der Marktpreis pro Stück Vieh war gefallen – kein Grund zur Panik, aber zumindest zur Sorge.

Außerdem wartete sie unbewußt jeden Tag darauf, daß sie wieder ein getötetes Tier – oder Schlimmeres – vor ihrer Tür finden würde.

Es gab niemanden, mit dem sie über all das sprechen konnte, so behielt sie ihre Sorgen für sich. Sie wollte vermeiden, daß Tess und Lily fortwährend in Angst schwebten, doch sie konnte ihre Augen auch nicht vor der drohenden Gefahr verschließen. So sorgte sie dafür, daß entweder sie, Adam oder Ham auf die beiden aufpaßten, wenn sie das Haus verließen.

Und nun war Tess alleine mit dem Auto unterwegs, und Willa hatte nicht die Kraft aufgebracht, sie zurückzuhalten.

Ruf Nate an, befahl sie sich. Steh auf, ruf Nate an und sag ihm, daß sie kommt, damit er nach ihr Ausschau halten kann. Doch sie rührte sich nicht von der Stelle, konnte sich noch nicht einmal dazu aufraffen, die Beine vom Sofa zu nehmen und sich aufzusetzen, um den Baum mit den hübsch verpackten Geschenken darunter zu betrachten.

»Wenn du schlafen willst, solltest du dich besser ins Bett legen.«

Beim Klang von Bens Stimme zuckte sie zusammen. »Ich schlafe nicht, ich ruhe mich nur eine Minute aus. Laß mich in Ruhe.«

»Kommt nicht in Frage.« Er machte es sich neben ihr auf dem Sofa bequem. »Du verausgabst dich zu sehr, Will.« Er streckte eine Hand nach ihr aus und drehte ihr Gesicht zu sich. Doch als er Tränen an seinen Fingern spürte, zog er die Hand so hastig zurück, als habe er sich verbrannt. »Du weinst ja!«

»Tue ich nicht!« Gedemütigt preßte sie ihr Gesicht wieder gegen das Leder. »Ich bin nur müde, weiter nichts.« Doch ihre zittrige, tränenerstickte Stimme verriet ihm alles. »Laß mich alleine. Geh weg und laß mich alleine! Ich bin müde.«

»Komm mal her.« Obwohl er wenig Erfahrung im Trösten von weinenden Frauen hatte, traute er sich durchaus zu, diese Situation zu meistern. Wie ein Kind hob er Willa hoch und zog sie auf seinen Schoß. »Was ist denn los?«

»Nichts. Ich bin nur … ach, es kommt einfach alles zusammen«, stieß sie hervor und lehnte den Kopf an seine Schulter. »Ich weiß auch nicht, was mit mir los ist. Aber deswegen weine ich noch lange nicht.«

»Okay.« Da er es für besser hielt, wenn sie beide so taten, als würden die Tränen auf ihrem Gesicht nicht existieren, drückte er sie fester an sich. »Dann laß uns einfach eine Weile hier sitzen bleiben. Und jetzt sag mir, was du auf dem Herzen hast.«

»Ich hasse Weihnachten.«

»Nein, das tust du nicht.« Ben preßte seine Lippen auf ihren Scheitel. »Du bist nur vollkommen ausgebrannt. Weißt du, was du tun solltest, Will? Du und deine Schwestern, ihr solltet euch ein paar Tage freinehmen und in einen dieser schicken Kurorte fahren. Laßt euch nach Strich und Faden verwöhnen, gönnt euch Massagen, aalt euch im Moorbad und so weiter.«

Willa rümpfte die Nase und fühlte sich sofort ein wenig besser. »Ausgezeichnete Idee. Die Mädels und ich hocken im Schlamm und tauschen den neuesten Klatsch aus. Genau mein Stil.«

»Du könntest natürlich auch mit mir wegfahren. Wir nehmen uns eines dieser Zimmer mit Whirlpool und herzförmigem Bett mit einem großen Spiegel darüber. Was meinst du, wie schnell du alles über die Liebe lernst, wenn du dich dabei beobachten kannst.«

Der Vorschlag entbehrte nicht eines gewissen dekadenten Reizes, trotzdem wehrte sie ihn entschieden ab. »Ich habe in diesem Punkt keine Eile, Ben.«

»Aber ich«, murmelte er, ihren Kopf zu sich heranziehend. »Es ist immerhin schon eine Weile her, seit ich dich zum letzten Mal geküßt habe.« Mit diesen Worten senkte er seinen Mund auf ihre Lippen.

Diesmal setzte sie sich weder zur Wehr, noch täuschte sie Widerwillen vor, nicht jetzt, wo sein Kuß genau das war, was sie brauchte. Seine Wärme, seine zärtlichen Hände, seine Lippen. Statt dessen schlang sie ihre Arme um seinen Hals, schmiegte sich an ihn und vergaß alle Sorgen, alle Zweifel und alle bösen Träume.

Hier fand sie Trost, hier war jemand, der ihr zuhörte, jemand, dem sie etwas bedeutete. Sie wollte dieses Gefühl auskosten; das Verlangen nach Zuneigung, das Verlangen nach ihm.

Ben spürte, wie seine mühsam aufrechterhaltene Beherrschung ins Wanken geriet. Ihre unerwartete Hingabe, ihr geschmeidiger Körper, der sich gegen seinen preßte, die Leidenschaft, die tief verborgen in ihr schlummerte, all das steigerte seine Erregung ins Unermeßliche. Das so lange aufgestaute Verlangen nach ihr drohte ihn zu überwältigen.

Also war er es diesmal, der sich zurückzog, und sie diejenige, die protestierte. Bemüht, Begehren und Vernunft in Einklang zu bringen, schob er sie ein wenig zur Seite und barg ihren Kopf wieder an seiner Schulter. »Laß uns noch ein paar Minuten hier sitzen bleiben.«

Willa fühlte, wie sein Herz unter ihrer Hand raste. »Du bringst mich aus dem Gleichgewicht, Ben. Ich weiß nicht, warum gerade du die Macht hast, solche Empfindungen in mir auszulösen, aber ich komme nicht dagegen an. Ich fühle mich jetzt jedenfalls um einiges besser.« Er seufzte einmal tief, dann lehnte er die Stirn gegen ihren Kopf. »Ist das denn so schlimm?«

»Nein, eigentlich nicht.« Eine Zeitlang kuschelte sie sich schweigend an ihn, bis der Aufruhr in ihrem Inneren abgeebbt war. Sie schaute zu den flackernden Lichtern am Baum hinüber und beobachtete die draußen sachte zur Erde fallenden Schneeflocken. »Tess ist zu Nate hinübergefahren«, sagte sie endlich.

Er kannte sie gut genug, um den Unterton in ihrer Stimme richtig zu deuten. »Machst du dir deswegen Sorgen?«

»Nate kann auf sich aufpassen. Hoffentlich.« Sie wollte noch etwas hinzufügen, doch dann gab sie auf und schloß langsam die Augen.

»Also hast du Angst um Tess.«

»Möglich. Ein bißchen. Ach, zum Teufel, ja. Jetzt ist zwar seit Wochen nichts mehr vorgefallen, aber ...« Sie seufzte. »Ich kann unmöglich Tag und Nacht ein Auge auf sie haben.«

»Das verlangt ja auch niemand von dir.«

»Tess glaubt wirklich, sie weiß alles besser. Miß Großstadtpflanze mit ihren Selbstverteidigungskursen und ihrem modischen Fummel! Dabei ist sie hier draußen so verloren wie eine Maus in einem Zimmer voll hungriger Katzen. Was, wenn sie eine Panne hat oder wenn sie von der Straße abkommt?« Sie holte einmal tief Atem, dann sprach sie aus, was ihr am schwersten auf der Seele lastete. »Was ist, wenn Pickles' Mörder noch immer in der Nähe ist und uns beobachtet?«

»Wie du schon sagtest: Seit Wochen ist nichts mehr passiert. Wahrscheinlich hält er sich schon längst nicht mehr in dieser Gegend auf.«

»Wenn du im Ernst an diese Theorie glaubst, warum bist du dann fast jeden Tag hier und benutzt alle möglichen fadenscheinigen Ausreden, um deine Anwesenheit zu rechtfertigen?«

»Von wegen fadenscheinige Ausreden«, brummelte er, dann zuckte er die Schultern. »Ich bin deinetwegen hier.« Auf ihre unwillige Reaktion ging er gar nicht ein. »Deinetwegen«, wiederholte er, »und wegen der Ranch. Außerdem kann man ja nie wissen.« Er hob ihren Kopf an und küßte sie. »Ich mache dir einen Vorschlag: Ich fahre bei Nate vorbei und überzeuge mich davon, daß sie gut angekommen ist.«

»Niemand hat dich gebeten, meine Probleme für mich zu lösen.«

»Das stimmt.« Ben schob sie behutsam beiseite und stand auf. »Aber vielleicht wirst du mich eines Tages einmal um etwas bitten, Willa. Vielleicht wirst du ja deinen Stolz einmal überwinden. Aber bis es soweit ist, tue ich das, was ich für richtig halte. Geh zu Bett«, sagte er dann, »du brauchst dringend Schlaf. Ich kümmere mich um deine Schwester.«

Mit gerunzelter Stirn sah sie ihm nach, als er das Zimmer verließ, und fragte sich, auf welche Bitte ihrerseits er wohl warten mochte.

Tess gelangte wohlbehalten an ihr Ziel. Für sie war die Fahrt durch die dunkle, tief verschneite Landschaft das reinste Abenteuer. Sie hatte das Radio auf volle Lautstärke gedreht und wie durch ein Wunder einen Sender gefunden, der ausschließlich Rockmusik brachte, so daß sie fröhlich mit Rod Stewart im Duett sang, als sie sich Nates hell erleuchteter Ranch näherte.

Alles wirkte geradezu mustergültig gepflegt, stellte sie fest. Der Weg zum Haus war geräumt, die Nebengebäude und Koppelzäune offensichtlich frisch gestrichen worden.

Das Scheinwerferlicht schien einige der Pferde aufgeschreckt zu haben, da drei von ihnen aus dem Stall in den Korral getrottet kamen und das vorbeifahrende Auto neugierig betrachteten.

Was für ein hübsches Bild sie boten, dachte Tess entzückt. Ihre Schweife und Mähnen flatterten im Wind, als sie anmutig näher tänzelten. Eines der Tiere streckte den Kopf über den Zaun, so daß Tess unwillkürlich Gas wegnahm, um den rassigen Körper und das schimmernde Fell zu bewundern.

Langsam fuhr sie weiter, folgte der leichten Biegung der Straße, die sie zum Haupthaus führte. Auch dieses sah schon von außen sauber und ordentlich aus. Alles war eher schlicht gehalten, dachte sie beim Anblick des kastenförmigen, zweistöckigen Gebäudes mit der großzügigen überdachten Veranda und den weißen Fensterläden, die sich von dem dunklen Holz abhoben. Aus zwei Schornsteinen stieg Rauch auf. An diesem Haus fand sich kein überflüssiger Putz und Zierrat – ebensowenig wie an dem Mann, der es bewohnte.

Ein Lächeln lag auf Tess' Gesicht, als sie nach ihrer Tasche und dem kleinen Päckchen griff und aus dem Jeep kletterte. Und es gelang ihr gerade noch, einen entsetzten Aufschrei zu unterdrücken, als ihr Blick auf den Rotluchs fiel.

Sie stolperte drei Schritte zurück und prallte hart gegen den Jeep. Der Luchs starrte sie aus blicklosen Augen unbeteiligt an. Er war zweifelsfrei tot; irgend jemand hatte ihn ohne große Umstände über das Verandageländer geworfen, aber er hatte ihr einen furchtbaren Schreck eingejagt.

Die tödlich scharfen Zähne und Klauen brachten ihr auf eine unangenehme Weise zu Bewußtsein, was mit einer Frau geschehen würde, die das Pech hatte, auf eine lebende Raubkatze zu stoßen. Das Tier war nicht verstümmelt worden, und das Fehlen von Blutspuren beruhigte sie ein wenig. Der Luchs war einfach nur wie ein zum Ausklopfen bestimmter Teppich über das Geländer gehängt worden. Schaudernd machte sie einen großen Bogen um ihn und stieg die Stufen zur Eingangstür empor.

Welcher vernünftig denkende Mensch würde wohl sein Verandageländer mit dem Kadaver einer Raubkatze dekorieren? fragte sie sich und blickte nervös kichernd auf das Geschenk in ihrer Hand. Und dann Keats lesen?

Himmel, was für ein verrücktes Land!

Im selben Moment, als sie an die Tür klopfen wollte, öffnete sich diese wie von Geisterhand. In ihrer augenblicklichen Gemütsverfassung war Tess noch dankbar dafür, daß sie lediglich heftig zusammengezuckt war, aber glücklicherweise nicht laut aufgeschrien hatte.

Die kleine, dunkelhäutige Frau, die auf der Schwelle stand, musterte sie eindringlich. Ihre in einen dicken Mantel und mehrere Schals gehüllte Gestalt wirkte ebenso breit wie hoch. Das schwarze Haar wurde von einem weiteren Schal größtenteils bedeckt, doch Tess konnte erkennen, daß es von silbernen Strähnen durchzogen war.

»Señorita?« fragte sie mit einer wunderbaren Altstimme. »Kann ich Ihnen helfen?«

Diese Stimme, die so gar nicht zu dem faltenreichen Gesicht passen wollte, faszinierte Tess. In ihrem Kopf entstand sogleich das Konzept für eine neue Drehbuchfigur, und sie lächelte die Frau strahlend an. »Guten Abend. Ich bin Tess Mercy.«

»Ja, Señorita Mercy.« Bei der Erwähnung des Namens Mercy öffnete die Frau die Tür ein Stückchen weiter und trat zur Seite, um Tess einzulassen.

»Ich möchte gern Nate sprechen, wenn er Zeit hat.«

»Er ist in seinem Büro. Dort, am Ende der Halle. Ich werde es Ihnen zeigen.«

»Sie wollten doch gerade gehen.« Tess wollte vermeiden, daß ihr Besuch angekündigt wurde. »Ich finde mich schon selbst zurecht, Señora …«

»Cruz.« Die Frau zwinkerte verdutzt, als Tess ihr die Hand entgegenstreckte, dann ergriff sie sie und schüttelte sie einmal kräftig. »Mister Nate wird sich freuen, Sie zu sehen.«

So, wird er das? dachte Tess, lächelte jedoch ihr Gegenüber mit unverminderter Herzlichkeit an. »Ich habe ein kleines Geschenk für ihn«, erklärte sie und hielt das in buntes Geschenkpapier gewickelte Päckchen hoch. »Eine Überraschung.«

»Das ist sehr freundlich von Ihnen. Die dritte Tür links, bitte.« Das kaum merkliche Lächeln, das die Mundwinkel der Frau umspielte, gab Tess zu verstehen, das der eigentliche Grund für ihren Besuch nur allzu offensichtlich war. Zumindest für eine andere Frau. »Gute Nacht, Señorita Mercy.«

»Gute Nacht, Señora Cruz.« Tess lachte in sich hinein, als die Tür hinter der Señora zufiel und sie allein in der stillen Halle stand.

Geometrisch gemusterte Teppiche in kräftigen Farben bedeckten den dunklen Holzfußboden, an den elfenbeinfarben gestrichenen Wänden hingen ansprechende Tuschezeichnungen, und überall standen Messingvasen mit geschmackvoll arrangierten Strohblumen – das mußte das Werk der Señora sein, vermutete Tess, während sie langsam durch den Raum schlenderte.

In dem gemauerten Kamin im Wohnzimmer flackerte ein einladendes Feuer. Auf dem Kaminsims standen zinnerne Kerzenleuchter und eine Sammlung ausgefallener Briefbeschwerer. Die wuchtigen Sitzmöbel wirkten gemütlich und ausgesprochen maskulin, ihre dunklen Farben bildeten einen reizvollen Kontrast zu den hellen Wänden und den schimmernden Teppichen.

Eine interessante Zusammenstellung, fand Tess. Schlicht, und doch angenehm für das Auge.

Die leisen Töne eines Mozart-Konzertes drangen an ihr Ohr, als sie sich der offenstehenden Bürotür näherte.

Da saß er in einem hochlehnigen, lederbezogenen Stuhl hinter einem mächtigen Schreibtisch aus Eichenholz und erinnerte sie mehr den je an den jungen Jimmy Stewart. Die Schreibtischlampe warf ein schwaches Licht auf seine Hände, während er etwas auf einen gelben Notizblock kritzelte. Die Brauen hatte er nachdenklich zusammengezogen, seine Krawatte saß locker, und sein dichtes goldblondes Haar war zerzaust, weil er sich ständig mit den Fingern hindurchfuhr.

Sieh mal einer an, dachte sie. Mein Herz schlägt ja geradezu Purzelbäume. Ihre Reaktion belustigte sie, und so sah sie ihm noch einen Moment lang zu. Es gefiel ihr, ihn bei der Arbeit beobachten zu können, ohne daß er etwas davon ahnte.

Überall im Zimmer lagen Bücher verstreut, ein Becher mit Kaffee stand neben seinem Ellbogen, und im Hintergrund spielte immer noch leise Musik.

Nate, du bist ein verlorener Mann, entschied sie, sich flüchtig über das Haar streichend.

»Guten Abend, Herr Anwalt«, sagte sie gedehnt und blieb im Türrahmen stehen, als er mit einem Ruck den Kopf hob, sich von seiner Arbeit losriß und sie überrascht ansah.

»Oh, hallo, Miß Mercy.« Leiser Argwohn stieg in ihm auf, als er sie da stehen sah, Haar und Mantel noch leicht mit Schnee bestäubt. Dieser Argwohn verstärkte sich, als ein zufriedenes Lächeln auf ihr Gesicht trat. Doch er lehnte sich in seinem Stuhl zurück, als könne ihn kein Wässerchen trüben. »Was für eine angenehme Überraschung.«

»Das hoffe ich. Und ich hoffe auch, daß ich Sie nicht von der Arbeit abhalte.«

»Halb so wichtig.« Die Notizen, die er sich gerade gemacht hatte, waren bereits in Vergessenheit geraten.

»Señora Cruz hat mich hereingelassen.« Tess ging langsam auf seinen Schreibtisch zu, wobei sie an die Raubkatze auf der Veranda denken mußte. An der würde sie sich ein Beispiel nehmen und eine Weile mit ihrer Beute spielen, ehe sie sich auf sie stürzte. »Ihre Haushälterin?«

»Mein Wachhund.« Nate war völlig aus dem Konzept geraten. Sollte er aufstehen und ihr einen Drink anbieten? Oder lieber sitzen bleiben? Warum, zum Teufel, sah sie ihn an, als sei sie im Begriff, ihn mit Haut und Haaren zu verschlingen und sich dann genüßlich die Lippen zu lecken? »Maria und ihr Mann Miguel kümmern sich um den Haushalt. Ist das ein Privatbesuch, Tess, oder brauchen Sie einen Anwalt?«

»Privat, im Moment jedenfalls. Rein privat.« Sie ließ den Mantel von den Schultern gleiten und registrierte befriedigt, daß seine Augen zu glänzen begannen. Seine Reaktion auf ihr Kleid konnte sie definitiv als Erfolg verbuchen. »Um ehrlich zu sein, ich mußte einfach mal aus dem Haus kommen, mir ist die Decke auf den Kopf gefallen.« Sie legte den Mantel über die Lehne eines Stuhles, dann ließ sie sich auf der Ecke seines Schreibtisches nieder, wobei ihr Rock ein Stück nach oben rutschte. »Ein Anfall von Klaustrophobie sozusagen.«

»Kommt schon mal vor.« Er konnte sich noch gut an ihre Beine erinnern, obwohl es schon eine ganze Zeit her war, seit er sie in etwas anderem als Jeans oder dicken Wollhosen gesehen hatte. Doch nun steckten diese Beine, die seine Fantasie so angeregt hatten und die der Rock bis zur Hälfte der Schenkel freigab, in hauchdünnen Strümpfen; ein Anblick, der ihm schier den Atem raubte. »Darf ich Ihnen etwas zu trinken holen?«

»O ja, gerne.« Um sein Blut noch mehr in Wallung zu bringen, schlug sie provokativ die Beine übereinander. Der Rock rutschte noch ein Stück nach oben. »Was haben Sie denn da?«

»Äh …« Ihm fiel nichts ein, und er kam sich vor wie ein Trottel.

Ausgezeichnet, dachte Tess, als sie langsam vom Schreibtisch glitt. »Ich schaue selbst einmal nach, wenn Sie nichts dagegen haben.« Sie ging quer durch den Raum zu einem

Schränkchen, auf dem verschiedene Flaschen standen, und wählte einen Wermut. »Möchten Sie auch einen Drink?«

»Danke, gerne.« Nate schob den Kaffeebecher beiseite. Koffein würde ihm mit Sicherheit nicht helfen, die nächsten Stunden zu überstehen. »Ich war in den letzten Tagen leider zu beschäftigt, um mal zu Ihnen rüberzukommen. Alles in Ordnung auf Mercy?«

»Alles ruhig.« Tess machte zwei Drinks fertig und trug die Gläser zum Schreibtisch. Nachdem sie Nate seinen Wermut gereicht hatte, setzte sie sich wieder auf die Tischplatte, diesmal allerdings auf seiner Seite. »Feiertagsstimmung eben.« Sie beugte sich zu ihm und stieß mit ihrem Glas leicht gegen seines. »Frohe Weihnachten. Ach übrigens ...« Sie nippte an ihrem Drink: »Ich bin nicht ganz ohne Grund hier.« Sie langte nach dem Päckchen, das sie zuvor auf den Tisch gelegt hatte. »Ich hab' Ihnen etwas mitgebracht.«

»Ein Geschenk für mich?« Mißtrauisch betrachtete er das Päckchen, da er mit einem üblen Scherz rechnete.

»Nur eine Kleinigkeit. Sie waren ein guter Freund und Berater.« Beim letzten Wort lächelte sie leicht. »Wollen Sie es jetzt aufmachen oder bis morgen früh warten?« Mit der Zungenspitze fuhr sie sich lockend über die Oberlippe, ein Trick, der Nate fast zum Wahnsinn trieb. »Ich kann ja noch einmal wiederkommen.«

»Ich bin ganz verrückt nach Geschenken«, behauptete er und riß das Päckchen auf. Als er das Buch sah, schwankte er zwischen leichter Verlegenheit und Rührung. »Nach Keats bin ich auch ganz verrückt«, murmelte er.

»Das habe ich schon gehört. Ich dachte, daß Sie beim Lesen vielleicht an mich denken.«

Nate sah ihr in die Augen. »Ich denke auch ohne eine visuelle Unterstützung an Sie.«

»So?« Tess rückte näher und beugte sich zu ihm, um seine gelockerte Krawatte fassen zu können. »Und worum genau kreisen dann Ihre Gedanken?«

»Jetzt im Moment denke ich, daß Sie mich verführen wollen.«

»Sie haben ja so ein helles Köpfchen.« Lachend schob sie

sich auf seinen Schoß. »Und Sie haben ja so recht.« Ein kurzer Ruck an der Krawatte, und schon lag sein Mund auf ihren Lippen.

Wie das Haus, so der Mann; sein Verlangen war rein und unverfälscht. Seine Hände schlossen sich um ihre Brüste, liebkosten die weiche Fülle, und als sie ihre Position verlagerte, um sich mit gespreizten Beinen auf ihn zu setzen, schlang er die Arme um ihre Taille und streichelte ihr Hinterteil.

Sie hatte seine Krawatte bereits achtlos hinter sich geworfen und machte sich schon an seinem Hemd zu schaffen, als er endlich wieder zu Atem kam.

»Wenn ich auch nur noch eine einzige Woche hätte warten müssen, bis du mich endlich einmal berührst, dann hätte ich angefangen zu schreien.« Vorsichtig knabberte sie an seinem Hals. »Allerdings kann ich auch nicht ausschließen, daß ich anfange zu schreien, wenn du mich anfaßt.«

Er rang immer noch nach Luft, doch seine Hände waren emsig damit beschäftigt, ihr den kurzen, engen Rock über die Hüften zu schieben und die nackte Haut über dem Spitzensaum der Strümpfe zu erkunden. »Wir können doch nicht hier …« Seine Hände wanderten wieder zu ihren Brüsten, da er sich nicht entscheiden konnte, welchen Teil von ihr er zuerst berühren wollte. »Oben«, stieß er hervor, während er ihren Mund erforschte, »ich bringe dich nach oben.«

»Hier.« Tess warf den Kopf zurück, als seine Lippen über ihren Hals glitten. Sie hatte geahnt, wie stark sie auf ihn reagieren würde. »Hier und jetzt.« Ihr war, als müsse sie jeden Augenblick explodieren. Ungeduldig zerrte sie an seinem Gürtel. »Mach schnell. Um die Feinheiten kümmern wir uns später.«

In diesem Punkt stimmte er mit ihr überein. Auch er konnte sein Verlangen kaum noch zügeln. Ungeschickt kämpfte er mit dem Reißverschluß ihres Kleides und sie mit dem seiner Hose. »Ich habe keine … o Himmel!« Er zog ihr das Kleid weit genug hinunter, um ihre herrlichen vollen Brüste in einem tief ausgeschnittenen schwarzen BH freizulegen, dann begann er, spielerisch an ihrer Haut zu knabbern.

Für Tess war es eine überwältigende Erfahrung. Sie war

immer der Meinung gewesen, ein durchaus erfülltes Sexualleben zu haben, doch dieser gierige Mund, der ihren Körper eroberte, löste in ihr nie gekannte Empfindungen aus. Voller Ekstase bäumte sie sich auf, und feurige Lichter tanzten vor ihren Augen. »O Gott!« Ihr Kopf fiel nach hinten, als sie zum Höhepunkt kam. »Mehr. Jetzt.«

Ihre ungezügelte, wilde Leidenschaft lähmte ihn. Er preßte die Lippen auf ihren Mund und bemühte sich verzweifelt, einen klaren Gedanken zu fassen. »Wir müssen nach oben gehen, Tess. Ich pflege normalerweise nicht auf meinem Schreibtisch mit einer Frau zu schlafen, daher bin ich nicht ... äh, ich bin nicht darauf vorbereitet.«

»Macht nichts.« Tess lehnte den Kopf gegen seine Stirn und atmete mehrmals tief durch, da sie am ganzen Körper zitterte wie ein unerfahrenes Schulmädchen. »Aber ich.«

Sie griff hinter sich und tastete mit einer Hand über die Schreibtischplatte, wobei sie einige Gegenstände zu Boden stieß, weil Nate seinen Vorteil sofort ausnutzte und an ihren Brüsten zu saugen begann. Ihr Atem ging keuchend, und sie hätte schwören können, daß sie das Rauschen ihres Blutes in den Adern hören konnte. Schließlich fand sie ihre Handtasche, öffnete sie und drehte sie um, so daß ein ganzer Vorrat von Kondomen herausfiel.

Nate blinzelte ungläubig. Seiner flüchtigen Schätzung nach waren es mindestens ein Dutzend. Unsicher räusperte er sich. »Ich bin mir nicht sicher, ob ich mich geschmeichelt oder bedroht fühlen soll.«

Tess mußte lächeln. Sie richtete sich auf, halbnackt und bis zur Grenze des Erträglichen erregt, und stieß ein tiefes, kehliges Lachen aus. »Betrachte es als Herausforderung.«

»Gute Idee.« Doch als er nach einem Kondom greifen wollte, schob sie es neckend außer Reichweite.

»O nein. Wenn du gestattest ...«

Ohne den Blick von ihm zu wenden, griff sie nach einem der Päckchen und riß es auf. Mozarts Musik erfüllte weiterhin den Raum, während sie Nate von seiner Hose befreite, ein katzenhaftes Schnurren der Vorfreude von sich gab und langsam und genüßlich zu Werke ging.

Nates Herz hämmerte wie rasend, seine Finger krallten sich in die Armlehnen des Stuhles. Ihre Hände waren sanft und so geschickt, daß er plötzlich fürchtete, er würde sich jeden Moment wie ein pubertierender Teenager blamieren. »Himmel, bist du gut!«

Lächelnd rutschte sie auf seinem Schoß ein wenig nach vorne. »Das wollte ich schon tun, seit ich dich zum ersten Mal gesehen habe.«

Er packte sie bei den Hüften, als sie sich über ihm aufrichtete, und hielt sie fest. Beide zitterten inzwischen vor unterdrückter Erregung. »Tatsächlich? Willkommen im Club.«

Tess legte beide Hände auf seine Schultern. Ihre Finger gruben sich in sein Fleisch, als sie leise fragte: »Warum haben wir bloß so lange gewartet?«

»Ich will verdammt sein, wenn ich das weiß.« Langsam, die Augen fest auf sie gerichtet, zog er sie zu sich herunter und drang in sie ein. Sie erschauerte, ein kehliges Stöhnen der Lust entrang sich ihr, doch sie rührte keinen Muskel. Nur ihre Augen schlossen und öffneten sich wieder.

»Jetzt«, keuchte sie, ihn anlächelnd.

»Ja.« Er ließ ihre Hüften nicht los, als sie begann, sich rhythmisch und kraftvoll auf ihm zu bewegen.

Später, als sie erschöpft in seinen Armen lag, bot er seinen ganzen Willen auf, um zum Telefon zu greifen und eine Nummer zu wählen, was Tess ein protestierendes Stöhnen entlockte.

»Will? Nate am Apparat. Tess ist bei mir … ja, genau. Sie bleibt über Nacht hier.« Er wandte den Kopf, um ihre nackte Schulter zu küssen, wobei ihm auffiel, daß es ihm immer noch nicht gelungen war, ihr das Kleid ganz auszuziehen. Nun, dafür war immer noch genug Zeit, dachte er und lauschte wieder Willas Stimme. »Nein, es geht ihr gut. Großartig sogar. Morgen früh ist sie wieder da. Tschüs.«

»Das war sehr rücksichtsvoll von dir«, murmelte Tess. Irgendwann hatte sie in der Hitze des Gefechts ein paar seiner Hemdknöpfe abgerissen, und nun genoß sie das Gefühl seiner nackten Haut unter ihren Fingerspitzen.

»Sie würde sich sonst Sorgen machen.« Nate schob ihr das zerknüllte Kleid weiter nach oben und zog es ihr über den Kopf. Nun trug sie nichts weiter außer Strümpfen mit Spitzensaum, ausgesprochen sexy wirkende hochhackige Schuhen und ein selbstzufriedenes Lächeln. Dieses Lächeln war das einzige, worauf er verzichten konnte. »Wie fühlst du dich?«

»Einfach wundervoll.« Sie warf ihr Haar zurück und verschränkte die Hände hinter seinem Nacken. »Und du?«

Er ließ seine Hände unter ihren Po gleiten und hob sie mit sich hoch, als er aufstand. »Glücklich«, erklärte er, sie rücklings auf den Schreibtisch legend. Den Notizblock, der neben ihrem Kopf lag, warf er achtlos zu Boden. »Und ich werde gleich noch glücklicher sein.«

Überrascht, jedoch nicht abgeneigt, lachte sie. »Ich höre und staune. Leitest du gerade die zweite Runde ein?«

»Halt dich einfach nur fest, Herzchen.« Mit langsamen Bewegungen begann er sie zu streicheln und nahm zufrieden zur Kenntnis, daß sie leise aufstöhnte. »Aber halt dich gut fest.«

Tess brauchte nicht lange, um seine Warnung ernst zu nehmen.

Kapitel 5

Zu Silvester stieg die Temperatur plötzlich sprunghaft an. Eine von Petrus' kleinen Wetterkapriolen, die nur für Gott allein einen Sinn ergeben mochten, brachte strahlendblauen Himmel, Sonnenschein und Wärme mit sich. Das bedeutete zwar, daß mit Schlamm und Matsch – und mit Eis, wenn es sich wieder abkühlte – zu rechnen war, doch jeder auf der Ranch genoß den unerwartet schönen Tag.

Willa ritt mit einer leichten Jeansjacke bekleidet die Zäune ab und pfiff vor sich hin, wenn sie kleinere Reparaturen ausführte. Die Berge trugen weiße Kappen, doch der Chinook hatte den Schnee auf den Weiden teilweise zum Schmelzen gebracht, so daß hier und da grüne und braune Flecken in dem strahlenden Weiß auftauchten. Nur der zu beiden Seiten der Straße aufgetürmte Schneeberg war immer noch höher als ein Jeep. Auch die Pappeln standen, ihrer glitzernden Zierde beraubt, kahl und vor Nässe schwarz glänzend da, während die Kiefern strahlendgrün in der Sonne leuchteten.

Willa nahm an, daß sich Lilys reine, ungekünstelte Freude auf ihre eigene Stimmung übertrug. Ihre Schwester befand sich immer noch in überschwenglicher Festtagslaune, der nur ein absoluter Griesgram hätte widerstehen können.

Warum sonst hätte sie wohl Lilys zaghaft vorgebrachter Bitte, eine Silvesterparty zu geben, sofort entsprochen. Sie würde das Haus voller Leute haben, sich in Schale werfen und Konversation machen müssen, und bei all dem, was ihr sonst noch so im Kopf herumging, hätte ihr eigentlich vor der bloßen Vorstellung schon grauen müssen.

Aber wenn sie ganz ehrlich war, mußte sie zugeben, daß sie sich auf die Party freute.

Lily, Bess und Nell waren in der Küche noch mit den letzten Vorbereitungen beschäftigt. Das Haus blitzte nur so vor Sauberkeit, und Willa hatte Anweisung erhalten, um Punkt acht Uhr gebadet und angekleidet zu sein. Sie würde sich daran halten, schon Lily zuliebe.

Irgendwann im Laufe der letzten Monate hatte sich ihre Abneigung gegen diese Fremde, die Schwester, die unerwünscht in ihr Leben getreten war, in Liebe verwandelt.

Man mußte Lily einfach gernhaben, gestand sie sich ein, während sie sich in Moons Sattel schwang und losritt. Sie war so lieb und geduldig, immer bemüht, anderen eine Freude zu machen. Und ihre offensichtliche Verletzlichkeit rührte an Willas Herz. Sosehr sie sich anfangs auch bemüht hatte, Distanz zu wahren, die Zeit hatte sie beide einander nähergebracht, und nun konnte Willa sich Mercy überhaupt nicht mehr ohne Lily vorstellen.

Lily hatte dem Haus bereits ihren persönlichen Stempel aufgedrückt. Sie sammelte Zweige und arrangierte sie so geschickt in alten Flaschen, daß kleine dekorative Kunstwerke entstanden. Sie füllte alle Schalen, derer sie habhaft werden konnte, mit Obst und Strohkörbe mit Kiefernzapfen, und sie schmuggelte Pflanzen aus dem Treibhaus heraus, um sie in den Räumen zu verteilen.

Da sich niemand beschwerte, fuhr sie ermutigt damit fort, alte Truhen und Schränke zu durchstöbern. Die Kerzenständer, die sie dort entdeckte, wurden mit eigens für diesen Zweck erstandenen Duftkerzen versehen, die nun jeden Abend brannten, so daß das ganze Haus nach Vanille, Zimt und vielem anderen roch.

Aber Willa gefielen die Veränderungen. Das Haus hatte sich sehr zu seinem Vorteil verändert, es wirkte gemütlicher, viel behaglicher als zu Lebzeiten ihres Vaters.

Außerdem konnte jeder, der Augen im Kopf hatte, sehen, daß Adam in Lily verliebt war, obwohl ihn die Aura von Verwundbarkeit, die sie umgab, ein wenig zu verunsichern schien. Aber er war ein geduldiger Mensch, der die Zeit für sich arbeiten ließ. Willa bezweifelte, daß Lily Adams Gefühle richtig einschätzte. Sie glaubte offenbar, er wolle nur nett zu ihr sein.

Willa stieg seufzend ab und begann, den Zaun instandzusetzen.

Dann war da noch Tess. Sie konnte wahrlich nicht behaupten, daß sie Miß Hollywood besonders ins Herz geschlossen hatte, doch ihr erster heftiger Widerwille gegen sie ließ allmählich nach. Dazu kam, daß Tess ihr so weit wie möglich aus dem Weg ging. Sie schloß sich oft stundenlang in ihrem Zimmer ein, schrieb oder telefonierte mit ihrem Agenten. Die ihr zugewiesenen Arbeiten erledigte sie ohne große Begeisterung und nicht immer sorgfältig, aber immerhin tat sie, was man ihr auftrug.

Willa war das Techtelmechtel zwischen Tess und Nate nicht entgangen, aber sie hatte sich entschlossen, sich darüber nicht den Kopf zu zerbrechen. Diese Beziehung konnte ohnehin nicht lange gutgehen. Sobald das Probejahr um war, würde Tess nach L. A. entschwinden und keinen Gedanken mehr an Nate verschwenden.

Sie hoffte nur, daß er darauf vorbereitet war.

Und sie selbst? Willa lehnte sich an einen Zaunpfahl und

blickte sehnsüchtig hinüber zu den Bergen. Einen Moment lang wünschte sie, sie könnte hinaufreiten, höher und höher, bis sie eins war mit dem Schnee, den Bäumen und dem Himmel. Sie liebte die Ruhe dieser Landschaft, den vollkommenen Frieden, das Gurgeln des Wassers, das sich seinen Weg durch das Eis bahnte, den Wind, der durch die Kiefern fuhr, und vor allem die wunderbare reine Luft dort oben.

Nur einen Tag lang einmal keine Verantwortung haben. Keine Männer zur Arbeit einteilen, keine Zäune kontrollieren, kein Vieh füttern müssen. Nur einen Tag lang nichts tun, außer in den Himmel zu schauen und seinen Träumen nachzuhängen.

Welchen Träumen? fragte sie sich kopfschüttelnd. Ob wohl die beseligte Stimmung ihrer Umgebung auf sie abfärben würde, so daß sie ihrer Fantasie freien Lauf lassen und sich erotischen Vorstellungen hingeben würde, wie es wohl wäre, sich von Ben in die Liebe einführen zu lassen?

Oder würden Blut und Tod, Versagen und Schuld ihre Tagträume beherrschen? Würde sie in die Berge reiten und dort wieder ein Tier oder, schlimmer noch, einen Menschen finden, der sein Leben lassen mußte, nur weil sie keine ausreichenden Sicherheitsvorkehrungen getroffen hatte?

Darauf wollte sie es nicht ankommen lassen.

Seufzend drehte sie sich zu Moon um, legte eine Hand über den Kolben ihrer Büchse und stieg auf.

Als sie den Reiter bemerkte, der rasch näher kam, hoffte sie, es möge Ben sein, der da mit Charlie an seiner Seite auf sie zugaloppierte. Kurz darauf schämte sie sich, weil sie im ersten Moment enttäuscht gewesen war, als sie Adam erkannte. Wie gut er aussah. So kräftig und so männlich.

»Das ist seit langer Zeit das erste Mal, daß ich dich allein ausreiten sehe«, rief sie ihm entgegen.

Grinsend zügelte er sein Pferd. »Was für ein herrlicher Tag.« Er holte einmal tief Luft und wandte sein Gesicht dem Himmel zu. »Lily schwelgt im Partyfieber und hat Tess angesteckt.«

»Also mußt du mit mir vorliebnehmen.« Willa lachte, als ein Anflug von Schuldbewußtsein über sein Gesicht huschte.

»Ich mache nur Spaß, Adam. Ich bin ja dankbar dafür, daß du ein Auge auf die beiden hast, obwohl ich weiß, daß dir diese Pflicht alles andere als unangenehm ist.«

»Lily hat die Vorkommnisse der letzten Zeit rigoros aus ihrem Gedächtnis gestrichen.« Adam lenkte sein Pferd neben Moon. »Vermutlich ist sie auf diese Weise auch über das Scheitern ihrer Ehe hinweggekommen. Ich halte das zwar für eine ziemlich ungesunde Methode, aber sie scheint so ihren Seelenfrieden langsam wiederzufinden.«

»Lily ist hier glücklich, Adam. Du machst sie glücklich.«

Adam verstand, daß Willa um seine Gefühle wußte. Wie immer schien sie direkt in sein Herz schauen zu können. »Sie braucht noch Zeit, um sich ganz sicher zu fühlen. Sie muß lernen, mir zu vertrauen, und sie muß begreifen, daß sie von mir niemals etwas zu befürchten haben wird.«

»Hat sie dir einmal von ihrem früheren Mann erzählt?«

»Nur Bruchstücke.« Adam zuckte die Schultern. Er wollte mehr, er wollte alles, und es fiel ihm schwer, sich in Geduld zu fassen und zu warten. »Sie hat irgendwo unterrichtet, als sie ihn kennenlernte, und sie haben sehr schnell geheiratet. Es war ein Fehler, mehr sagt sie dazu nicht. Aber sie hat immer noch Angst. Wenn ich mich zu abrupt bewege oder mich unvermutet zu ihr umdrehe, zuckt sie jedesmal zusammen. Es bricht mir das Herz.«

Das lag in seiner Natur, dachte Willa. Die Hilflosen, die Verletzlichen brachen ihm immer das Herz. »Ich habe gesehen, wie sie sich in der kurzen Zeit, seit sie hier ist, verändert hat, und das verdankt sie dir. Sie lächelt jetzt häufiger und redet auch mehr.«

Adam neigte den Kopf. »Du hast sie liebgewonnen.«

»So kann man sagen.«

Er lächelte. »Und die andere? Tess?«

»›Liebgewonnen‹ wäre entschieden zuviel gesagt«, erwiderte sie trocken. »Einigen wir uns darauf, daß ich sie ertragen kann.«

»Sie ist eine interessante Frau. Intelligent, charmant und zielstrebig. Sie ähnelt eher dir als Lily.«

»Willst du mich beleidigen?«

»Das ist die reine Wahrheit. Tess geht Problemen nicht aus dem Weg, sie stellt sich ihnen. Sie hat zwar nicht soviel Pflichtbewußtsein wie du und ist auch nicht so mitfühlend, aber sie hat das Herz am rechten Fleck. Ich mag sie.«

Willa drehte sich um und sah ihn mit zusammengezogenen Brauen an. »Wirklich?«

»Ja. Sieh mal, als ich ihr das Reiten beigebracht habe, ist sie mehr als einmal vom Pferd gefallen. Und was hat sie gemacht? Sie ist aufgestanden, hat ihre Jeans abgeklopft und ist sofort wieder aufgestiegen.« Mit demselben verbissenen Gesichtsausdruck, den Willa bekam, wenn sie sich etwas in den Kopf gesetzt hatte, erinnerte er sich. »Dazu gehört Mut und Entschlossenheit. Und Stolz. Sie bringt Lily und mich zum Lachen. Außerdem werde ich dir etwas verraten, was sie selbst nicht weiß.«

»Geheimnisse?« Lächelnd trieb Willa Moon näher an sein Pferd heran und senkte die Stimme, obwohl meilenweit niemand zu sehen war. Die Sonne stand bereits ziemlich tief und tauchte die Berge in ein milchiges Licht. »Erzähl.«

»Sie ist den Pferden rettungslos verfallen, sie weiß es nur noch nicht, oder sie ist noch nicht bereit, es zuzugeben. Ich erkenne es daran, wie sie die Tiere streichelt, mit ihnen redet oder ihnen Zuckerstückchen zusteckt, wenn sie glaubt, ich sehe es nicht.«

Willa schürzte die Lippen. »Bald kommt die Fohlzeit. Mal sehen, wie es ihr gefällt, bei der Geburt zu helfen.«

»Ich vermute, sie wird ihre Sache gut machen. Und sie bewundert dich.«

»Quatsch!«

»Du merkst es nur nicht. Aber ich.« Er blinzelte und schätzte die Entfernung zur Ranch ab. »Wettrennen bis zur Scheune?«

»Gemacht.« Mit einem Jubelruf trieb sie Moon an und jagte in gestrecktem Galopp auf die Scheune zu.

Mit hochroten Wangen und vor Freude glänzenden Augen betrat sie das Haus. Zu Pferde war Adam einfach nicht zu schlagen, doch sie hatte sich gut gehalten, verdammt gut sogar, was ihre Stimmung beträchtlich hob. Die gute Laune verflog jedoch sofort, als sie sah, daß Tess die Treppe herunterkam.

»Da bist du ja endlich. Marsch nach oben, Annie Oakley. Partyzeit ist angesagt, und dein Eau de Schweiß ist heute abend nicht ganz das Geeignete.«

»Ich hab' noch zwei Stunden Zeit.«

»Die vermutlich kaum ausreichen, um dich in etwas zu verwandeln, was zumindest entfernt an eine Frau erinnert. Ab unter die Dusche!«

Genau das hatte Willa beabsichtigt, aber nun war ihr Oppositionsgeist geweckt. »Auf mich wartet noch eine Menge Papierkram.«

»Das kannst du doch nicht machen.« Lily tauchte hinter ihr auf und rang nervös die Hände. »Es ist schon sechs Uhr.«

»Na und? Es kommt niemand, bei dem ich Eindruck schinden muß.«

»Es kommt aber auch niemand, den du vor den Kopf stoßen mußt.« Seufzend packte Tess Willas Arm und begann, sie die Stufen hinaufzuzerren.

»Hey!«

»Faß mit an, Lily. Hier sind wir beide gefordert.«

Lily biß sich unsicher auf die Lippe, dann griff sie nach Willas anderem Arm. »Es wird sicher sehr nett werden. Du hast in der letzten Zeit so schwer gearbeitet, Will. Tess und ich möchten, daß du dich amüsierst.«

»Dann laßt mich, verdammt noch mal, los!« Es gelang ihr ohne Schwierigkeiten, Lily abzuschütteln, doch Tess verstärkte nur ihren Griff und schob Willa in deren Schlafzimmer. »Wenn du nicht sofort deine Pfoten wegnimmst«, drohte Willa, »dann ...« Sie brach ab und starrte ungläubig auf das Kleid, das auf ihrem Bett ausgebreitet war.

»Was, zum Teufel, soll denn das bedeuten?«

»Ich hab' mal deine Sachen durchgesehen, und da ich in deinem Schrank nichts entdecken konnte, was auch nur annähernd für eine Party geeignet wäre, da ...«

»Moment mal.« Jetzt riß sich Willa mit einem Ruck los und wirbelte herum. »Du hast dir meine Kleider angesehen?«

»Da war nun wirklich nichts dabei, was du eifersüchtig hüten müßtest. Ehrlich gesagt, habe ich zuerst gedacht, ich wäre zufällig auf einen Schrank voller Putzlumpen gestoßen, aber Bess versicherte mir dann glaubhaft, daß es sich in der Tat um deine Kleider handeln würde.«

Entschlossen trat Lily zwischen die beiden Streithähne, obwohl es ihr nicht leichtfiel. »Wir haben eins von Tess' Kleidern für dich geändert.«

»Von ihr?« Höhnisch musterte Willa Tess von oben bis unten. »Dabei ist sicher die Hälfte des Stoffes verlorengegangen.«

»Richtig«, giftete Tess zurück. »Wir mußten nur um den Busen herum Stoff wegnehmen. Aber es hat sich herausgestellt, daß Bess ganz ausgezeichnet mit Nadel und Faden umgehen kann. Es kann sogar sein, daß du flachbrüstiges Gestell mit deinen Storchenbeinen halbwegs attraktiv darin aussiehst.«

»Tess!« zischte Lily mahnend und schob ihre ältere Schwester beiseite. »Eine wunderschöne Farbe, findest du nicht? Du kannst so kräftige Töne tragen, und dieses Blau ist wie für dich geschaffen.«

»Ich hab's ohnehin nie gemocht«, meinte Tess. »Eine kleine modische Verirrung.«

Lily schloß kurz die Augen und betete um Geduld. »Ich weiß, was ich dir mit dieser Party zumute, Will, und ich bin dir wirklich dankbar, daß ich alles organisieren und die letzten Tage das Haus in Beschlag nehmen durfte. Ich weiß ja, wieviel Unannehmlichkeiten dir das bereitet.«

Willa gab sich geschlagen. Seufzend fuhr sie sich mit der Hand durch das Haar. »Ich weiß nicht, wer von euch beiden mir im Moment mehr auf die Nerven geht, aber was soll's. Jetzt macht, daß ihr rauskommt. Beide. Ich kann sehr wohl alleine duschen und mich in irgendein abgelegtes Kleid werfen.«

Tess wertete diese Worte als Sieg, nahm Lily beim Arm und schob sie zur Tür. »Vergiß nicht, dir die Haare zu waschen, Schwesterlein.«

»Fahr zur Hölle.« Willa knallte die Tür hinter ihnen zu.

Sie kam sich vor wie eine Närrin; eine Närrin, die sich höchstwahrscheinlich in dieser Andeutung von einem Kleid zu Tode frieren würde, noch ehe die Party vorbei war. Willa stand vor dem Spiegel und zupfte versuchsweise am Saum, was zur Folge hatte, daß dieser zwar einige Zentimeter nach unten rutschte, der ohnehin schon mehr als großzügige Ausschnitt jedoch diesem Beispiel folgte und sich gefährlich in Richtung ihres Bauchnabels bewegte.

Busen oder Po, überlegte sie, sich nachdenklich am Kopf kratzend. Die Frage war, was sie dringender bedecken wollte.

Das Kleid hatte Ärmel, glücklicherweise, doch leider begannen sie erst auf halber Schulterhöhe, und jeglicher Versuch, sie ein bißchen zurechtzuziehen, war von vornherein zum Scheitern verurteilt. Aus welchem Material auch immer das Kleid bestehen mochte, es war dünn, weich und schmiegte sich wie eine zweite Haut an ihren Körper.

Wiederwillig schlüpfte sie in ihre Pumps und erhielt sogleich eine kurze Lektion in angewandter Physik, denn als sie sich aufrichtete, rutschte der Saum noch ein Stück höher.

»O verdammt!« Sie trat einen Schritt näher und beschloß, Nägel mit Köpfen zu machen und ihren armseligen Vorrat an Make-up zu benutzen. Schließlich war heute Silvester.

Und sie mußte zugeben, daß das Kleid eine wunderschöne Farbe hatte, ein kräftiges, elektrisierendes Blau. Ihr Busen, der von dem tiefen V-Ausschnitt noch betont wurde, war zwar nicht gerade üppig zu nennen, aber dafür kamen ihre Schultern gut zur Geltung, und der Teufel sollte sie holen, wenn sie Storchenbeine hatte. Lang und muskulös waren sie, und die dunkle Strumpfhose, in die sie sich gezwängt hatte, verbarg die neu hinzugekommenen Prellungen, die sie unter der Dusche bemerkt hatte.

Sie beschloß, ihre Haare offen und glatt über den Rücken fallen zu lassen, dann war auch der tiefe Rückenausschnitt etwas bedeckt.

An die Ohrringe erinnerte sie sich nur, weil Adam sie ihr zu Weihnachten geschenkt hatte. Also befestigte sie rasch die glitzernden Goldsterne an ihren Ohrläppchen.

Wenn sie es jetzt noch fertigbrachte, sich den ganzen

Abend auf den Füßen zu halten – sich in diesem Kleid hinzusetzen erschien ihr nicht unbedingt ratsam –, dann stand einer gelungenen Silvesterparty nichts mehr im Wege.

»Du siehst wundervoll aus«, waren die ersten Worte, die Lily sagte, als Willa die Treppe herunterkam. »Wirklich wundervoll«, wiederholte sie und tänzelte, in etwas Fliegendes, Weißes gehüllt, um Willa herum. »Tess, komm schnell her. Willa sieht großartig aus.«

Tess' erster Kommentar bestand aus einem Brummen, als sie in einem engen schwarzen Kleid aus ihrem Zimmer kam. »Gar nicht übel«, bemerkte sie dann, insgeheim über das Resultat ihrer Bemühungen entzückt. Nachdenklich spielte sie mit ihrem Perlenhalsband, während sie um Willa herumging und sie von allen Seiten betrachtete. »Noch ein bißchen Make-up, und dann kann man dich auf die Gäste loslassen.«

»Ich habe mich schon geschminkt.«

»Das darf doch nicht wahr sein! Da hat diese Frau Augen wie eine Göttin und weiß nicht, wie man sie betont. Komm mit.«

»Ich gehe nicht wieder nach oben und schmiere mir Kleister ins Gesicht«, protestierte Willa, als Tess sie erneut die Treppe hochschleifte.

»Süße, wenn ich daran denke, was ich dafür bezahlt habe, ist es wenigstens erstklassiger Kleister. Halt die Stellung, Lily!«

»In Ordnung. Aber beeilt euch bitte.« Freudestrahlend sah Lily ihnen nach. Sie empfand plötzlich ein ungeheures Glücksgefühl.

Wenn die beiden sich nur sehen könnten, dachte sie. Ständig kabbelten sie sich, wie es ihrer Meinung nach alle Geschwister taten. Und nun tauschten sie Kleider und Make-up und machten sich gemeinsam für eine Party zurecht.

Lily war ihrem Schöpfer zutiefst dankbar dafür, daß sie an all dem teilhaben durfte. Aus einer Laune heraus drehte sie einige übermütige kleine Pirouetten, blieb aber sofort wie erstarrt stehen, als sie Adam in der Halle stehen sah.

»Ich habe dich gar nicht kommen hören.«

»Ich bin durch die Hintertür gekommen.« Adam hätte ihr

stundenlang zuschauen können. In dem fließenden weißen Kleid glich sie einer dunkelhaarigen Elfe. »Weißt du eigentlich, wie schön du bist, Lily?«

Heute abend fühlte sie sich auch beinahe schön. Doch er, er sah so überwältigend gut aus, so perfekt, daß sie kaum glauben konnte, daß er ein Mann aus Fleisch und Blut war. Innerhalb der letzten Monate hatte sie sich unzählige Male danach gesehnt, ihn zu berühren, doch ein Teil von ihr war sicher, daß er entweder verärgert oder belustigt reagieren würde, und das Risiko wollte sie nicht eingehen.

»Ich bin froh, daß du da bist.« Vor lauter Nervosität überstürzten sich ihre Worte fast. »Tess ist mit Willa nach oben gegangen, um ihr den letzten Schliff zu geben, und die ersten Gäste müssen jeden Moment eintreffen. Ich bin als Gastgeberin nicht besonders geeignet, ich weiß nie, was ich sagen soll.«

Sie wich unwillkürlich zurück, als er näher kam, dann nahm sie sich zusammen und blieb stehen. Ihr Herz schlug schneller, als er ihr sanft über die Wange strich. »Du wirst sie alle bezaubern. *Ihnen* werden die Worte fehlen, wenn sie dich ansehen. Mir jedenfalls geht es so.«

»Ich ...« Sie würde sich nur lächerlich machen, wenn sie ihrem Verlangen nachgab, sich einfach in seine Arme zu werfen und sich an ihn zu kuscheln, dessen war sie sicher. »Ich sollte Bess lieber in der Küche helfen.«

»Sie hat dort alles im Griff.« Er ließ sie nicht aus den Augen, als er behutsam nach ihrer Hand griff. »Laß uns doch schon einmal die Musik aussuchen. Wir können ja noch schnell ein Tänzchen wagen, ehe die Gäste kommen.«

»Ich habe seit ewigen Zeiten nicht mehr getanzt.«

»Heute abend wirst du Gelegenheit dazu haben«, versprach er und führte sie in den großen Raum.

Sie hatten gerade die Grundauswahl getroffen und den CD-Player mit einigen silbernen Scheiben gefüttert, als die ersten Scheinwerferlichter auftauchten.

»Der Mitternachtstanz gehört mir«, sagte er leise.

»Natürlich. Ich bin ein bißchen nervös«, gestand sie mit einem verlegenen Lächeln. »Bleib in meiner Nähe, ja?«

»Solange du mich brauchst.« Adam schaute auf, als Tess

und Willa, sich gegenseitig böse anfunkelnd, die Treppe hinunterkamen. Da es von ihm erwartet wurde und weil es seine ehrliche Meinung war, ließ Adam einen anerkennenden Pfiff hören. Tess zwinkerte ihm zu, Willa verzog das Gesicht.

»Ich brauche einen Drink, und zwar so schnell wie möglich«, meinte Willa wütend, als sie zur Tür ging und die ersten Gäste begrüßte.

Innerhalb einer Stunde war das Haus voller Menschen. Stimmen schwirrten durcheinander, und die verschiedenartigsten Gerüche erfüllten die Luft. Anscheinend hatte die gesamte Nachbarschaft nichts Besseres zu tun, als eine Silvesterparty zu besuchen, jede Menge Champagner zu trinken, politische oder religiöse Fragen zu erörtern oder über Bekannte und Freunde herzuziehen.

Willa fand einmal mehr ihre schlechte Meinung von Gesellschaften dieser Art bestätigt, als sich Bethanne Mosebly zu ihr durchschlängelte und sie über den Mord auszuhorchen begann.

»Wir waren alle wie vor den Kopf gestoßen, als wir erfuhren, was dem armen John Barker zugestoßen ist.« Zwischen den Sätzen führte sich Bethanne mit solcher Inbrunst Champagner zu Gemüte, daß Willa versucht war, ihr einen Strohhalm anzubieten. »Das muß ja ein furchtbarer Schock für dich gewesen sein.«

Obwohl Willa den Namen John Barker nicht sofort mit Pickles in Verbindung brachte, verrieten ihr Bethannes vor freudiger Erregung funkelnde Augen, um wen es sich handeln mußte. »Es ist eine Erfahrung, die ich nicht noch einmal wiederholen möchte. Wenn du mich jetzt entschuldigst, ich muß noch …«

Weiter kam sie nicht, da Bethanne ihren Arm festhielt. »Es heißt, er wurde regelrecht in Stücke geschnitten.« Hastig trank sie einen weiteren Schluck. Ihre Lippen glänzten feucht. »Er soll kaum noch zu erkennen gewesen sein.« Die langen Spinnenfinger krallten sich fester in Willas Arm. »Hat man ihn wirklich skalpiert?«

Mehr noch als das grausame Bild, das ihr plötzlich wieder

glasklar vor Augen stand, verursachte ihr die Schadenfreude in Bethannes Stimme Übelkeit. Obwohl Willa wußte, daß die Frau abgesehen von ihrer übermäßigen Klatschsucht vollkommen harmlos war, lief ihr eine Gänsehaut über den Rükken.

»Er ist brutal ermordet worden, Bethanne. Zu schade, daß ich meine Videokamera nicht dabeihatte, sonst hätte ich dir jetzt eine Privatvorführung gegeben.«

Der offenkundige Sarkasmus verfehlte seine Wirkung. Bethanne rückte noch ein Stück näher, was Willa äußerst unangenehm war. Die Frau schien von diesem tragischen Vorfall besessen zu sein. »Jeder könnte es getan haben, wirklich jeder. Man muß ja fürchten, nachts in seinem eigenen Bett umgebracht zu werden. Gerade sagte ich noch zu Bob, daß ich an gar nichts anderes mehr denken kann. Und ich mache mir ja solche Sorgen um dich.«

Willa verzog die Lippen zu einem dünnen Lächeln. »Nun, da ich das weiß, werde ich sicherlich ruhiger schlafen. Dein Glas ist leer, Bethanne. Zur Bar geht es da entlang.«

Sie nutzte die Gelegenheit, weiteren Aushorchmanövern zu entgehen, wandte sich ab und bahnte sich rasch einen Weg durch die Menge. Wenn sie nicht sofort frische Luft bekam, würde sie noch ersticken. Wie konnte man in einem Raum atmen, in dem so viele Leute unablässig Sauerstoff verbrauchten?

Willa kämpfte sich entschlossen bis zur Tür durch, riß sie auf – und stand Ben gegenüber.

Er starrte sie dermaßen ungläubig an, daß sie begann, verlegen an ihrem Kleid herumzuzupfen. Doch nachdem die erste Schrecksekunde überwunden war, schob sie ihn einfach beiseite und lehnte sich gegen das Verandageländer. Sie fröstelte leicht, empfand jedoch die frische, unverbrauchte Luft als wohltuend.

Als Ben ihr die Hände auf die Schultern legte und sie zu sich herumdrehte, knirschte sie mit den Zähnen. »Die Party findet drinnen statt.«

»Ich wollte mich nur vergewissern, daß ich nicht träume.«

Nein, stellte er fest, er sah keine Fata Morgana. Ihre kühle, bloße Haut zitterte leicht unter seinen Händen, und die riesigen Rehaugen schimmerten noch dunkler als sonst. Das leuchtendblaue, glänzende Kleid, das sich, jede Kurve betonend, eng an ihren Körper schmiegte, endete weit oberhalb der Knie und gab den Blick auf lange, wohlgeformte Schenkel frei.

»Himmel, Willa, du siehst wirklich zum Anbeißen aus. Und du wirst dir eine herrliche Erkältung holen, wenn du noch länger hier draußen in der Kälte stehenbleibst.«

Sein Mantel war nicht zugeknöpft, eine Tatsache, die er sofort ausnutzte, indem er auf sie zuging und sie darin einhüllte. Er genoß es, ihren Körper so nah zu spüren.

»Laß mich los!« Sie wand sich in seinen Armen wie ein Aal, mußte jedoch erkennen, daß sie in der Falle saß. »Ich bin hierhergekommen, um endlich einmal fünf Minuten alleine zu sein.«

»Dann hättest du dir besser etwas überziehen sollen.«

Ben, der die Situation von Herzen genoß, schnupperte an ihr wie ein hungriger Hund, der einen Knochen wittert. Er hörte, wie sie ein Kichern unterdrückte. »Riecht gut.«

»Diese verflixte Tess hat mich mit irgendwelchem Zeug eingesprüht.« Willa begann, sich in der Wärme langsam zu entspannen. »Das Gesicht hat sie mir auch angepinselt.«

»Was ihr aber gut gelungen ist.« Er grinste nur, als sie ihn mitleidig musterte.

»Ich werde nie verstehen, wieso Männer auf solche Tricks hereinfallen. Was ist denn so toll an Schönheit, die nur aus Flaschen und Tuben kommt?«

»Wir Männer sind schwache Geschöpfe, Will. Schwach, töricht und leicht herumzukriegen. Darf ich mal probieren?«

Vorsichtig knabberte er an ihrem Hals, was sie zum Lachen brachte.

»Laß den Quatsch, McKinnon, du Spinner.« Trotzdem legte sie ihre Arme um seine Taille und kuschelte sich an ihn. Darüber hatte sie fast vergessen, was sie in dermaßen schlechte Laune versetzt hatte. »Du bist spät dran«, fügte sie hinzu. »Deine Eltern, Zack und Shelly sind schon lange da. Ich dachte, du kommst nicht mehr.«

»Ich wurde aufgehalten.« Ehe sie seine Absicht erkennen und sich ducken konnte, küßte er sie rasch, und da sie sich nicht wehrte, zog er den Kuß in die Länge. »Hast du mich vermißt?«

»Nein.«

»Du lügst.«

»Ach ja?« Da er für ihren Geschmack ein bißchen arg selbstgefällig grinste, spähte sie über seine Schulter hinweg zu dem hellerleuchteten Fenster, hinter dem sich die Menschenmenge drängte. »Ich hasse Partys. Alle stehen nur herum und quasseln dummes Zeug. Wozu soll das gut sein?«

»Eine Party, meine liebe Willa, dient zum sozialen und kulturellen Gedankenaustausch. Man hat Gelegenheit, sich in Schale zu werfen, ein paar kostenlose Drinks zu sich zu nehmen und ein bißchen zu flirten. Ich zum Beispiel habe fest vor, dir schöne Augen zu machen, sobald wir wieder drinnen sind. Es sei denn, du würdest lieber mit mir im Pferdestall verschwinden und mir erlauben, dich aus diesem Kleid zu schälen.«

Da ihr diese Aussicht weitaus mehr gefiel, als ihr lieb war, lenkte sie schnell ab. »Andere Vorschläge hast du nicht?«

»Doch. Wir könnten meinen Jeep benutzen, aber das wäre wesentlich unbequemer.«

»Warum können Männer eigentlich an nichts anderes als an Sex denken?«

»Weil Vorfreude die schönste Freude ist. Hast du unter diesem Kleid noch etwas an?«

»Sicher. Ich mußte mich am ganzen Körper mit Öl einreiben, um überhaupt hineinzukommen.«

Er zuckte zusammen und stöhnte leise. »Ich hab's wohl nicht besser verdient. Komm, laß uns reingehen.«

Als er zurücktrat und sie freigab, traf sie die Kälte wie ein Schlag. Bibbernd eilte sie zur Tür, blieb jedoch, die Klinke bereits in der Hand, kurz stehen und drehte sich zu ihm um. »Ben, warum hast du es dir plötzlich in den Kopf gesetzt, mich in dein Bett zu bekommen?«

»Wer redet denn hier von plötzlich?«

Er öffnete ihr die Tür und schob sie ins Haus, dann

schlüpfte er aus seinem Mantel und warf ihn achtlos über das Treppengeländer. Im Gegensatz zu Willa amüsierte er sich auf Partys gewöhnlich blendend, er genoß den Geräuschpegel, die Unterhaltung und die Gesellschaft seiner Mitmenschen. Einige Gäste hatten sich, volle Teller in der Hand, auf den Treppenstufen niedergelassen und waren in angeregte Gespräche vertieft. Andere standen in der Halle oder saßen im Wohnzimmer. Fast alle grüßten ihn freundlich oder wechselten ein paar Worte mit ihm, als er vorbeiging, eine Hand fest auf Willas Arm gelegt.

Er wußte nur zu gut, daß sie auf eine Gelegenheit wartete, ihm zu entwischen, aber er wollte heute abend etwas klarstellen. Er wollte sowohl ihr als auch allen anderen – einige aufgeputzte Cowboys, die ein Auge auf sie geworfen hatten, eingeschlossen – ein für allemal zeigen, daß Willa zu ihm gehörte. Es war der richtige Zeitpunkt dafür, das Ende des alten und der Beginn des neuen Jahres, das voller Hoffnungen und Möglichkeiten vor ihnen lag.

»Wenn du mich mal einen Moment loslassen würdest«, flüsterte sie ihm zu, »dann könnte ich …«

»Ich weiß, was du könntest. Aber ich werde dich nicht gehen lassen. Gewöhn dich lieber daran.«

»Was, zum Teufel, soll denn das bedeuten?« Willa konnte nur verhalten fluchen, als er sie ins Wohnzimmer zog. Dort war der Tanz bereits in vollem Gange. Ben nahm sich im Vorbeigehen ein Bier und sah mit Vergnügen seinen Eltern zu, die gerade einen flotten Twostep aufs Parkett legten.

»Aus der Art, wie zwei Menschen miteinander tanzen, kann man Rückschlüsse auf ihre Beziehung ziehen«, meinte er.

Willa blickte zu ihm auf. »Wie das?«

»Hier, meine Eltern, sie kennen einander in- und auswendig, und man sieht, wie sehr sie aneinander hängen. Jetzt nimm einmal diese beiden.« Er deutete auf Nate und Tess, die engumschlungen am Rande der Mengen tanzten und sich weltversunken anlächelten. »Sie wissen noch nicht allzuviel voneinander, aber sie sind nach Kräften bemüht, sich besser kennenzulernen.«

»Sie benutzt ihn doch nur fürs Bett.«

»Und er sieht deswegen wirklich ganz geknickt aus, nicht wahr?« Lachend stellte Ben sein Bier beiseite. »Komm mit.«

Entsetzt versuchte sie, sich loszureißen und auf den ungewohnt hohen Absätzen die Balance zu halten, als er sie auf die Tanzfläche zerrte. »Ich kann nicht tanzen, und ich will auch nicht. Ich habe keine Ahnung, wie das geht.«

»Dann mußt du's lernen.« Er legte seinen Arm um ihre Taille und plazierte ihre Hand auf seiner Schulter. »Vielleicht hat dir bislang nur der richtige Partner gefehlt.«

Mit diesen Worten schwang er sie herum, so daß ihr nichts anderes übrigblieb, als seinen Bewegungen zu folgen, sonst wäre sie unsanft auf ihrem Hinterteil gelandet. Sie kam sich entsetzlich ungeschickt vor und wurde das Gefühl nicht los, daß alle Augen auf ihr ruhten. Vor Verlegenheit machte sie sich in seinen Armen stocksteif.

»Entspann dich«, murmelte er ihr ins Ohr. »Es passiert dir ja nichts. Schau dir Lily da drüben an, wie hübsch sie mit ihrem zerzausten Haar und den rosigen Wangen aussieht. Siehst du, mit welcher Begeisterung Jim Brewster ihr den Twostep beibringt?«

»Sie wirkt glücklich.«

»Sie ist auch glücklich. Und bevor der Tanz zu Ende ist, hat sich Jim Brewster schon halb in sie verliebt. Dann wird er die nächste auffordern und sich wiederum verlieben.« Da Willa über diese Bemerkung nachdachte und dabei ihren Widerstand vergaß, zog Ben sie unauffällig ein bißchen enger an sich heran. »Darin liegt ja gerade der Reiz des Tanzens. Du kannst eine Frau im Arm halten, spürst sie, nimmst ihren Duft wahr …«

»Und gehst zur nächsten über.«

»Manchmal ja, manchmal auch nicht. Sieh mich mal eine Sekunde an, Willa.«

Sie gehorchte, bemerkte aber das Glitzern in seinen Augen und hatte kaum mehr Zeit, vor Schreck zu blinzeln, als sich sein Mund auf ihre Lippen senkte. Er küßte sie lange und ausdauernd; ein Kuß, der in erregendem Gegensatz zu den schnellen Tanzschritten stand. Ihr Herz schlug einen raschen

Purzelbaum, und statt Blut schien ihr plötzlich flüssiges Feuer durch die Adern zu rinnen.

Sie hatte inzwischen ihre Bewegungen seinem Rhythmus völlig angepaßt, als Ben ihren Mund freigab und sie ansah. »Warum hast du das getan?«

Auf diese Frage gab es eine einfache Antwort, und er beschloß, der Wahrheit die Ehre zu geben. »Damit all die Männer hier, die dich mit ihren Blicken ausziehen, wissen, wessen Brandzeichen du jetzt trägst.« Ihre Reaktion fiel genauso aus wie erwartet. Erst weiteten sich ihre Augen vor fassungslosem Staunen, dann schleuderten sie wütende Blitze in seine Richtung, und Willa lief puterrot an. Gerade als sie ihrem Zorn lautstark Ausdruck verleihen wollte, verschloß er ihr den Mund erneut mit seinen Lippen. »Auch daran solltest du dich besser beizeiten gewöhnen«, erklärte er, ehe er einen Schritt zurücktrat. »Ich hole dir jetzt einen Drink.«

Er nahm an, daß sie, wenn er damit zurückkam, nicht mehr versucht sein würde, ihm den Drink ins Gesicht zu schütten.

Willa hatte Lust, ihm jedes Haar einzeln auszureißen. Sie überlegte gerade, wie sie ihm diese Unverschämtheit heimzahlen konnte, als Shelly sich zu ihr gesellte. »Du und Ben, na so was! Ich hatte ja keine Ahnung. Der Mann versteht es wirklich, ein Geheimnis zu bewahren.« Beim Sprechen bugsierte sie Willa nachdrücklich in eine Ecke, um dort weiter auf sie einzureden. »Wann hat das denn angefangen? Was geht zwischen euch vor?«

»Es hat überhaupt nichts angefangen, und zwischen uns geht auch nichts vor.« Willas Temperament drohte überzuschäumen, sie spürte förmlich, wie die Wut auch physisch von ihr Besitz ergriff. »Dieser Hundesohn! Ein Brandzeichen! Er sagte, er hätte mir sein Brandzeichen aufgedrückt.«

»Tatsächlich?« Shelly, eine unverbesserliche Romantikerin, legte eine Hand auf ihr Herz. »Wie herrlich. Zack hat noch nie etwas in dieser Art zu mir gesagt.«

»Vermutlich ist das der Grund, warum er noch unter uns weilt.«

»Machst du Witze? Ich wäre hin und weg.« Shelly brach in

schallendes Gelächter aus, als sie Willas verdutzten Gesichtsausdruck bemerkte. »Ehrlich, Will, Machogehabe kann in kleinen Dosen durchaus anziehend wirken. Ich verspüre immer so ein Kribbeln im Bauch, wenn Zack seine Muskeln spielen läßt.«

Willa sah Shelly fest in die Augen. »Wieviel hast du eigentlich schon getrunken?«

»Ich bin weder betrunken noch zu Scherzen aufgelegt. Manchmal hebt er mich auch einfach so hoch und wirft mich über seine Schulter; vielleicht nicht ganz so spontan, wie er es mit dem Baby macht, aber ich sag' dir, es wirkt.«

»Auf dich mag so ein Benehmen ja wirken. Ich für meinen Teil kann zudringliche Männer nicht leiden.«

»O ja, das weiß ich. Und ich fand es furchtbar, daß alle anderen nur untätig herumstanden, während du ganz allein Bens Zudringlichkeiten abwehren mußtest.« Shelly zog die Worte genüßlich in die Länge, tauchte den Zeigefinger in ihren Wein und leckte ihn dann ab. »Jeder der Anwesenden konnte doch sehen, wie sehr du es verabscheut hast, bis zur Besinnungslosigkeit geküßt zu werden.«

Willa suchte verzweifelt nach einer geistreichen, bissigen Antwort. »Halt die Klappe, Shelly«, war alles, was ihr einfiel. Dann stolzierte sie so würdevoll wie möglich davon.

»Unsere Cowboyprinzessin scheint auf hundertachtzig zu sein«, kommentierte Tess.

»Ben tut nichts lieber, als sie zu ärgern.«

Tess hob eine Augenbraue und sah Nate spöttisch an. »Mir fällt da auf Anhieb etwas ein, was er mit Sicherheit noch viel lieber mit ihr tun würde.«

»Sieht so aus. Und da wir gerade beim Thema sind ...« Er beugte sich zu ihr und flüsterte ihr einen Vorschlag ins Ohr, bei dem ihr Blutdruck in die Höhe schnellte. »Ich muß schon sagen, Herr Anwalt, Ihre Ausdrucksweise läßt an Deutlichkeit nichts zu wünschen übrig.«

»Wir könnten uns davonschleichen, zu mir fahren und das neue Jahr in etwas ... privaterer Atmosphäre begrüßen. Niemand wird uns vermissen.«

»Hmm.« Sie drehte sich um, so daß er ihre Brüste spüren konnte. »Zu weit weg. Oben, in meinem Zimmer. In fünf Minuten.«

Seine Augen weiteten sich. »Hier? Mit all den Leute im Haus?«

»Ich habe ein schönes, festes Schloß an der Tür. Oben an der Treppe nach links, dann wieder rechts, die dritte Tür ist meine.« Mit den Fingerspitzen fuhr sie an seiner Kinnlinie entlang. »Ich warte auf dich.«

»Tess, ich glaube ...«

Doch sie war schon auf dem Weg, nicht ohne ihm über die Schulter hinweg noch einen lockenden Blick zuzuwerfen. Nate hätte schwören können, daß er spürte, wie ein paar Gehirnzellen abstarben. Er lief ihr zwei Schritte hinterher, dann blieb er stehen und bemühte sich, vernünftig zu bleiben.

Ach, zum Teufel damit! Seit dem Tag, an dem sie ihn in seinem Büro verführt hatte, zweifelte er ohnehin an seiner Fähigkeit, vernünftig zu denken. Es störte ihn auch nicht, daß er im Begriff war, sich in sie zu verlieben, während sie ihn immer noch als flüchtiges Abenteuer betrachtete. Sie hatten sich gesucht und gefunden, auch wenn sie noch nicht bereit war, über eine feste Beziehung nachzudenken. Bei ihm hatte es jedenfalls gefunkt.

So diskret wie möglich schnappte er sich eine Flasche Champagner und zwei Gläser, aber er kam nicht weiter als bis zum Fuß der Treppe.

»Kleine Privatparty?« fragte Ben überfreundlich, dann begann er zu schmunzeln, als er Nates Verlegenheit sah. »Gib Tess zum Jahreswechsel einen Kuß von mir.«

»Such dir eine eigene Frau.«

»Genau das habe ich vor.«

Aber er ließ sich Zeit damit, sie in der Menge ausfindig zu machen und in die Enge zu treiben. Er hatte sich vorgenommen, sie Punkt Mitternacht fest in den Armen zu halten. Anfangs gestand er ihr einen Sicherheitsabstand zu, doch als der Countdown begann, zog er sie an sich.

»Fang nicht schon wieder damit an«, warnte sie.

»Nur noch eine Minute«, meinte er leichthin. »Ich bezeichne die letzte Minute eines Jahres immer als Unzeit.« Als sich ihre Brauen zusammenzogen, wußte er, daß er ihre Aufmerksamkeit besaß. »Sie gehört weder zur Vergangenheit noch zur Zukunft, sie gehört einfach gar nicht zur Realität. Wenn wir alleine wären, könnte ich während dieser sechzig Sekunden mit dir tun, was ich wollte, weil es unwirklich wäre. Aber ich ziehe die Wirklichkeit vor. Leg die Arme um mich. Es zählt doch nicht. In diesem Augenblick noch nicht.«

Außer seiner Stimme existierte nichts mehr im Raum für sie, nicht die Geräusche, nicht das Gelächter. Wie in einem Traum gefangen, hob sie die Arme und legte sie um seinen Hals.

»Sag mir, daß du mich willst«, flüsterte er. »Es zählt nicht. Noch nicht.«

»Ich will dich. Aber ich …«

»Kein Aber. Es ist ohne Bedeutung.« Seine Hand glitt über ihren bloßen Rücken, dann durch ihr Haar. »Küß mich. Noch befinden wir uns außerhalb der Wirklichkeit, noch ist es nicht real. Küß mich, Willa. Nur ein einziges Mal.«

Willa ergab sich dem Zauber des Augenblicks. Mit weit geöffneten Augen sah sie ihn an, als sie mit ihren Lippen seine berührte, die sie so warm, einladend und unerwartet sanft empfingen, daß sie Zeit und Raum vergaß.

Nur verschwommen nahm sie die Jubelrufe wahr. In ihrer Eile, Neujahrswünsche auszutauschen, drängelten sich die Leute unsanft an ihr vorbei, und während die letzten Sekunden des alten Jahres in die ersten des neuen übergingen, durchzuckte ein Funke der Erkenntnis Willas Herz.

»Es ist wirklich.« Ein anklagender Unterton schwang in ihrer Stimme mit, und sie machte sich abrupt los. In ihren Augen flackerte unterdrückte Furcht auf. »Jetzt ist es wirklich.«

»Ja.« Er nahm ihr den Wind aus den Segeln, indem er ihre Hand an die Lippen führte. »Jetzt beginnt es.« Ben legte ihr einen Arm um die Taille und hielt sie eng an sich gedrückt. »Sieh mal da, Liebling.« Sacht drehte er sie in eine bestimmte Richtung. »Ist das nicht ein schönes Bild?«

Trotz ihrer eigenen Verwirrung mußte sie ihm zustimmen. Adam hatte Lilys Gesicht in beide Hände genommen, und Lilys Finger streichelten seine Handgelenke.

Wie verzückt sie sich in die Augen sahen, dachte sie. Lilys Lippen bebten leicht, als sie sacht wie ein Hauch die von Adam berührten. So blieben sie stehen, in der Andeutung eines Kusses erstarrt.

»Er liebt sie«, murmelte Willa aufgewühlt. Zu viele Emotionen wallten gleichzeitig in ihr hoch, so daß sie beruhigend eine Hand gegen ihren Magen pressen mußte. So viel Unbegreifliches geschah mit ihr und um sie herum. »Was geht hier nur vor. Ich wünschte, ich könnte es verstehen. Nichts ist mehr wie früher, nichts ist mehr so unkompliziert, wie es einmal war.«

»Die Menschen können einander glücklich machen. So einfach ist das.«

»Nein.« Sie schüttelte den Kopf. »O nein. Kannst du es denn nicht spüren? Da ist etwas ...« Sie erschauerte, da sie das drohende Unheil herannahen fühlte; kalt, böse und unaufhaltsam. »Ben, irgend etwas ist hier ...«

In diesem Moment setzten die Schreie ein.

Kapitel 6

Viel Blut war nicht geflossen. Die Polizei kam später zu dem Schluß, daß sie an einem anderen Ort getötet und dann zur Ranch geschafft worden war. Niemand konnte sie identifizieren, obwohl ihr Gesicht bis auf eine Wunde unter dem rechten Auge weitgehend unversehrt geblieben war.

Ihr Kopfhaar fehlte.

Die Haut schimmerte bläulich. Davon hatte sich Willa selbst überzeugen können, als sie aus dem Haus gestürmt war und vor der Tür den jungen Billy vorgefunden hatte, der verzweifelt versuchte, Mary Anne Walker zu beruhigen. Die beiden waren offenbar regelrecht über den Leichnam gestolpert. Die Frau war nackt, und ihr Körper war durch viele Schnittverletzungen entstellt, die an ein Zickzackmuster erinnerten.

Blut war kaum zu sehen, nur einige bereits getrocknete Flecken glänzten auf der bläulich verfärbten, fahlen Haut.

Mary Anne hatte sich direkt auf der Vordertreppe übergeben müssen, und Billy war rasch ihrem Beispiel gefolgt. Er hatte das Bier, das er sich im Jeep einverleibt hatte, während er damit beschäftigt war, Mary Anne unter den Rock zu greifen, wieder von sich gegeben.

Willa hatte beide ins Haus geschickt und alle anderen, die sich auf die Veranda drängten, um ebenfalls das Geschehen zu verfolgen und wilde Spekulationen auszutauschen, scharf aufgefordert, auch wieder hineinzugehen. Sie wollte später über diese Frau nachdenken, diese Frau mit der bläulichen Haut und dem fehlenden Haar, die tot am Fuße ihrer Verandatreppe lag.

Sie würde später über all das nachdenken.

»Bess hat bereits die Polizei verständigt.« Adam legte ihr eine Hand auf den Arm und wartete, bis sie ihn ansah. Das Stimmengewirr um sie herum schwoll beängstigend an. »Es ist besser, wenn ich zu Ben nach draußen gehe und ... und bei ihr bleibe, bis die Polizei eintrifft. Kommst du allein zurecht?«

»Ja.« Erleichtert blickte Willa auf, als sie Nate hastig die Treppe herunterkommen sah. »Ja, geh nur. Du auch«, sagte sie zu Nate. »Bitte, geh nach draußen zu Ben und Adam. Wir ... da ist schon wieder etwas passiert.«

Sie wandte sich ab und suchte das Wohnzimmer auf, wo Stu McKinnon bereits die Musik abgestellt hatte und mit seiner durchdringenden Stentorstimme beruhigend auf die anderen Gäste einsprach. Willa blieb einen Moment lang still stehen, dankbar dafür, daß er ihr einen Teil der Verantwortung abnahm, und starrte auf das Porträt ihres Vaters über dem Kamin. Dessen kalte blaue Augen schienen sie streng und unerbittlich zu fixieren, sie zu verdammen.

Barfuß, den Reißverschluß ihres Kleides nicht ganz geschlossen, stürmte Tess die Treppe herunter, und im selben Augenblick kam Lily in die Halle gerannt. »Was ist los? Ich habe Schreie gehört.«

»Wieder ein Mord.« Lily umklammerte Tess' Hand. »Ich

habe die Leiche nicht gesehen, Adam wollte nicht zulassen, daß ich hinausgehe. Doch diesmal handelt es sich um eine Frau. Anscheinend weiß niemand, wer sie ist. Sie liegt einfach so da, direkt vor dem Haus.«

»Großer Gott!« Tess preßte ihre Hand vor den Mund und rang um Beherrschung. »Frohes neues Jahr, kann ich da nur sagen.« Sie holte ein paarmal tief Luft. »Na, dann wollen wir mal der Dinge harren, die da kommen werden.«

Beide traten an Willas Seite, als ob sie sie beschützen wollten. Keiner von ihnen wurde bewußt, daß sie einander an den Händen hielten.

»Ich kenne sie nicht«, stieß Willa hervor. »Ich kenne sie noch nicht einmal.«

»Denk jetzt nicht daran.« Tess drückte ihrer Schwester tröstend die Hand. »Wir stehen die Sache schon durch.«

Stunden später, als die Morgendämmerung bereits hereinbrach, spürte Willa, daß jemand ihre Schulter berührte. Irgendwann mußte sie vor dem Kaminfeuer eingeschlafen sein. Unwirsch versuchte sie sich loszumachen, als Ben sie hochheben wollte.

»Ich bringe dich nach oben. Du gehörst ins Bett.«

»Nein.« Willa richtete sich unsicher auf. Vor ihren Augen schien ein Schleier zu liegen, ihr Körper fühlte sich seltsam schwerelos an, doch ihr Herz hämmerte wieder schmerzhaft. »Nein, ich kann unmöglich …« Benommen blickte sie sich im Zimmer um. Überall standen die Überbleibsel der Party; Gläser, Teller mit Essensresten, überquellende Aschenbecher, leere Bierflaschen. »Wo sind …?«

»Sie sind alle fort. Die letzten Polizisten haben vor zehn Minuten das Haus verlassen.«

»Sie wollten doch noch einmal mit mir sprechen.«

Sie noch einmal in die Bibliothek beordern, verhören, sie wieder und wieder den Ablauf des Abends abspulen lassen, bis hin zu dem Moment, wo sie nach draußen gestürzt war und dort zwei völlig verstörte Teenager und eine tote Frau mit bläulich verfärbter Haut vorgefunden hatte, dachte sie dumpf. Bens Stimme drang wie aus weiter Ferne an ihr Ohr.

»Was?« Stöhnend schlug sie die Hände vors Gesicht.

»Ich habe ihnen gesagt, daß sie später mit dir reden können, aber nicht jetzt.«

»Oh. Kaffee? Ist noch etwas Kaffee übrig?«

Ben hatte sie bereits voller Sorge betrachtet, als er sie zusammengerollt in dem Sessel vorgefunden hatte. Ihr blasses Gesicht stand in auffälligem Gegensatz zu den dunklen Schatten unter ihren Augen. Er wußte, daß sie im Moment nur schiere Willenskraft auf den Beinen hielt, und dagegen gab es ein einfaches Mittel. Er nahm sie in die Arme und hob sie hoch.

»Du gehst jetzt ins Bett, und zwar sofort.«

»Kann nicht. Ich muß ... noch soviel erledigen.« Sie wußte, daß sie sich um ein gutes Dutzend verschiedener Dinge zu kümmern hatte, doch sie konnte sich beim besten Willen nicht darauf konzentrieren. »Wo ... wo sind meine Schwestern?«

Ben runzelte die Stirn, während er sie die Treppe hinauftrug. Er nahm an, daß sie viel zu erschöpft war, um zu bemerken, daß sie Lily und Tess zum ersten Mal als ihre Schwestern bezeichnet hatte. »Tess ist vor einer Stunde nach oben gegangen, und Lily ist bei Adam. Ham wird heute schon allein fertig. Geh schlafen, Will. In diesem Zustand kannst du doch nichts tun.«

»Sie haben mir andauernd Fragen gestellt.« Willa hatte nicht mehr die Kraft, um zu protestieren, als er sie auf das Bett sinken ließ. »Jeder hat mich mit Fragen bombardiert. Und die Polizisten haben meine Gäste in die Bibliothek zitiert, einen nach dem anderen.«

Wie ein weidwundes Tier blickte sie ihn an, sah ihm in die Augen, die jetzt kaltgrün funkelten. »Ich habe sie noch nie zuvor gesehen, Ben.«

»Ich weiß.« Ben streifte ihr die Schuhe ab und drehte sie nach kurzem Widerstand auf den Bauch, um den Reißverschluß des Kleides zu öffnen. »Die Polizei wird alle Vermißtenanzeigen der letzten Tage durchgehen und ihre Fingerabdrücke überprüfen.«

»So gut wie gar kein Blut«, murmelte sie und hielt geduldig wie ein kleines Kind still, als er ihr das Kleid auszog.

»Nicht wie bei Pickles. Es kam mir so unwirklich vor, so, als sei sie gar kein menschliches Wesen. Glaubst du, der Täter kannte sie? Glaubst du, er kannte sie und hat sie trotzdem so zugerichtet?«

»Ich weiß es nicht.« Liebevoll hüllte er sie in die Decke. »Denk jetzt nicht mehr daran.« Auf der Bettkante sitzend, streichelte er sanft ihr Haar. »Vergiß das alles und schlaf.«

»Er gibt mir die Schuld.«

»Wer gibt dir die Schuld?«

»Pa. Für alles, was schiefging, hat er immer mich verantwortlich gemacht.« Sie seufzte tief. »Und das wird er auch weiterhin tun.«

Ben strich ihr kurz über die Wange. »Aber er war immer im Unrecht.«

Als er aufstand und sich umdrehte, sah er Nate in der Tür stehen.

»Schläft sie?« fragte dieser.

»Im Moment ja.« Ben legte das Kleid über einen Stuhl. »Aber wie ich Will kenne, wird sie nicht lange schlafen.«

»Ich habe Tess dazu gebracht, eine Schlaftablette zu nehmen.« Nate lächelte gequält. »Viel Überredungskunst hat es mich allerdings nicht gekostet.« Er deutete auf die Halle. Gemeinsam gingen sie zu Willas Büro und schlossen die Tür hinter sich. »Es ist zwar noch reichlich früh«, meinte Nate dann, »aber ich trinke jetzt einen Whiskey.«

»Und ich leiste dir dabei Gesellschaft. Drei Fingerbreit bitte«, fügte er hinzu, als Nate die Drinks einschenkte. »Ich glaube nicht, daß sie hier aus der Gegend stammt.«

»Nicht?« Nate war derselben Ansicht, wollte aber Bens Meinung hören. »Warum denn nicht?«

»Na ja.« Ben nippte an seinem Glas und hielt kurz den Atem an, weil die scharfe Flüssigkeit in seiner Kehle brannte. »Ihre Finger- und Fußnägel waren knallrot lackiert, sie hatte auf dem Po und auf der Schulter Tätowierungen und trug in jedem Ohr drei Ohrringe. Für mich riecht das nach Großstadt.«

»Sie sah aus wie höchstens sechzehn. Für mich riecht das nach einer Ausreißerin.« Nate trank einen großen Schluck.

»Armes Ding. Sie könnte per Anhalter unterwegs gewesen sein, oder sie ist in Billings oder Ennis auf den Strich gegangen. Wie dem auch sei, derjenige, der sie aufgegabelt hat, hat sie eine Weile gefangengehalten.«

Bens Interesse war geweckt. »So?«

»Ich hab' den Cops ein paar Einzelheiten aus der Nase gezogen. Sie hatte sowohl an den Hand- als auch an den Fußgelenken Hautabschürfungen, das heißt, daß sie gefesselt worden ist. Die Cops können noch nichts Genaues sagen, ehe nicht alle Tests ausgewertet worden sind. Doch sie gehen davon aus, daß das Mädchen vergewaltigt wurde und daß sie schon mindestens vierundzwanzig Stunden tot war, ehe sie hierhergebracht wurde. Das spricht auch dafür, daß der Täter sie irgendwo festgehalten hatte.«

Ben tigerte rastlos im Raum auf und ab. Hilflosigkeit und Ekel spiegelten sich auf seinem Gesicht wider. »Warum gerade hier? Warum sollte sie ausgerechnet hier gefunden werden?«

»Jemand hat es auf die Mercy Ranch abgesehen.«

»Oder auf einen der Bewohner der Ranch«, gab Ben zu bedenken und schloß aus dem Blick, den Nate ihm zuwarf, daß dieser ähnlich dachte. »All diese Vorfälle haben sich erst nach dem Tod Jack Mercys ereignet – und nachdem Tess und Lily hergekommen sind. Vielleicht sollten wir uns etwas eingehender mit den beiden beschäftigen. Möglich, daß es ihnen gilt.«

»Ich werde mit Tess sprechen, sobald sie aufgewacht ist. Außerdem wissen wir, daß es in Lilys Vergangenheit einen Ex-Ehemann gibt, und zwar einen, der sie des öfteren verprügelt hat.«

Ben nickte und rieb sich gedankenverloren über die Narbe an seinem Kinn. »Von Mißhandlung und Körperverletzung bis hin zu Mord ist es ein langer Weg.«

»Vielleicht weniger lang, als du denkst. Mir wäre jedenfalls entschieden wohler, wenn ich wüßte, wo sich der Kerl aufhält und was er vorhat.«

»Dann geben wir seinen Namen an die Cops weiter und heuern einen Privatdetektiv an.«

»Zwei Seelen, ein Gedanke. Kennst du seinen Namen?«

»Ich nicht, aber Adam bestimmt.« Ben kippte den Rest seines Whiskeys hinunter und stellte das Glas ab. »Wir können die Sache genausogut sofort in Angriff nehmen.«

Sie fanden Adam im Stall, wo er gerade eine trächtige Stute untersuchte. »Sie wird verfrüht fohlen«, erklärte er und richtete sich auf. »In ein oder zwei Tagen vermutlich.« Nach einem letzten liebevollen Streicheln verließ er den Stall und schloß die Tür hinter sich. »Wie geht es Will?«

»Sie schläft«, sagte Ben. »Im Moment jedenfalls.«

Adam nickte und ging über den betonierten Durchgang zum Futterbehälter. »Lily liegt drinnen auf meiner Couch. Sie wollte mir heute morgen beim Füttern helfen, aber sie ist eingeschlafen, während ich mich umgezogen habe. Ich bin froh, daß sie die Bescherung nicht gesehen hat. Oder Tess.« Seine normalerweise so geschmeidigen Bewegungen wirkten ungelenk und fahrig, was auf innere Anspannung und abgrundtiefe Erschöpfung schließen ließ. »Es tut mir nur leid, daß Will dieser Anblick nicht erspart geblieben ist.«

»Sie wird schon darüber hinwegkommen.« Ben trat zu der nächstgelegenen Futterkrippe und füllte sie mit frischem Heu. »Was weißt du über Lilys geschiedenen Mann?«

»Nicht viel.« Gleichmütig fuhr Adam mit seiner Arbeit fort. Falls er sich über die unerwartete Hilfe oder die Frage wunderte, ließ er sich nichts anmerken. »Er heißt Jesse Cooke. Sie lernte ihn während ihrer Zeit als Lehrerin kennen und heiratete ihn nur ein paar Monate später. Ungefähr ein Jahr nach der Hochzeit verließ sie ihn zum ersten Mal. Viel mehr hat sie nicht erzählt, und ich wollte nicht nachbohren.«

»Weiß sie, wo er sich im Augenblick aufhält?« Obwohl er seinen besten Anzug trug, begann Nate, einen Futtertrog zu säubern.

»Sie meint, er ist noch im Osten, aber ich glaube, da ist eher der Wunsch der Vater des Gedankens.«

Die nächsten Minuten arbeiteten sie schweigend weiter, drei Männer, denen die Routine, die Gerüche, die Handgriffe vertraut waren. Die Morgensonne fiel durch die geöffnete Tür und tauchte den Stall in helles Licht. Die Pferde scharrten im frischen Stroh, fraßen ihr Futter und ließen gelegentlich ein zufriedenes Schnauben hören.

Vom Hühnerstall drang das Krähen eines Hahns herüber, dann war nur noch das Geräusch von schweren Arbeitsstiefeln auf dem harten Boden zu hören, die die Männer trugen. An diesem Morgen klang keine Countrymusik aus dem Radio; kein Gelächter, keine fröhliche Unterhaltung übertönte die winterliche Stille. Jeder schien nur schweigend seiner Arbeit nachzugehen, und wenn auch die Blicke immer wieder zum Haupthaus und zur Veranda schweiften, so wurde über das Ereignis kein Wort verloren. Ein Motor brummte auf, ein Jeep fuhr vorbei, dann kehrte die Stille zurück.

»Wahrscheinlich mußt du Lily jetzt doch ein bißchen drängen«, meinte Ben schließlich. »Wir dürfen diese Möglichkeit nicht mehr außer acht lassen.«

»Daran habe ich auch schon gedacht, aber ich wollte sie erst einmal zur Ruhe kommen lassen. Ach verdammt!« Adam hielt die Schaufel so fest, daß seine Knöchel weiß hervortraten. »Sie sollte hier in Sicherheit sein.«

Die Wut, die er so mühsam unterdrückt hatte, stieg plötzlich siedendheiß in ihm hoch und schnürte ihm fast die Kehle zu. Ihm war danach, irgend etwas kurz und klein zu schlagen. Da sich aber nichts Greifbares in der Nähe befand, zügelte er sein Temperament.

»Mein Gott, dieses Mädchen war ja noch ein halbes Kind. Was für ein Mensch muß das sein, der einem Kind so etwas antut?«

Er fuhr herum, die Fäuste geballt, die dunklen Augen lodernd vor Zorn. »Wie nah ist er uns gekommen? War er draußen und hat alles durch das Fenster beobachtet? Oder war er zusammen mit uns im Haus? Hat dieser Dreckskerl vielleicht sogar mit ihr getanzt? Und wenn sie nun nach draußen gegangen wäre, um frische Luft zu schnappen, hätte er dann dort auf sie gewartet?«

Er blickte auf seine Hände. »Ich könnte ihn bedenkenlos umbringen. Es wäre ja so leicht, so einfach.«

»Adam.« Lily sprach sehr leise. Mit verschränkten Armen, die Hände fest auf die Schultern gelegt, kam sie langsam näher.

»Du solltest doch schlafen.« Er zitterte vor Anstrengung, sich zu beherrschen. »Wir sind hier beinahe fertig. Geh nach Hause und leg dich ins Bett.«

»Ich muß mit dir reden.« Lily hatte genug gehört und gesehen, um zu wissen, daß nun der Zeitpunkt der Wahrheit gekommen war. »Und zwar alleine.« Sie wandte sich an Ben und Nate. »Es tut mir leid, aber ich muß mit Adam unter vier Augen sprechen.«

»Bring sie ins Haus«, schlug Nate vor. »Ben und ich machen hier weiter. Bring sie ins Haus«, wiederholte er. »Sie friert.«

»Du hättest nicht hierherkommen sollen.« Adam ging auf sie zu, ängstlich darauf bedacht, sie nicht zu berühren. »Komm, laß uns hineingehen und erst einmal Kaffee trinken.«

»Ich habe die Kaffeemaschine angestellt, ehe ich aus dem Haus gegangen bin.« Lily war nicht entgangen, daß Adam eine Armlänge Abstand zu ihr hielt, und diese Tatsache erfüllte sie mit tiefer Scham. »Inzwischen dürfte er fertig sein.«

Adam führte sie am Zaun entlang zur Hintertür seines Hauses. Aus langjähriger Gewohnheit putzte er sich die Stiefel ab, ehe er eintrat. Die Küche war von angenehmem Kaffeeduft erfüllt, doch das Licht, das durch die Fenster fiel, wirkte so fahl und gespenstisch, daß Adam den Schalter betätigte und den Raum in hartes, künstliches Neonlicht tauchte.

»Setz dich«, begann Lily, »ich hole den Kaffee.«

»Nein.« Er verstellte ihr den Weg, als sie die Hand nach der Schranktür ausstreckte. Er berührte sie immer noch nicht. »Du setzt dich jetzt hin.«

»Du bist wütend.« Lily verabscheute das Zittern in ihrer Stimme, verabscheute es, daß der Zorn eines Mannes – sogar dieses Mannes – ihre Knie weich wie Gummi werden ließ. »Entschuldige bitte.«

»Wofür?« fauchte er sie an, ohne nachzudenken. Und obwohl er bemerkte, daß sie einen Schritt zurückwich, brachte er es nicht mehr fertig, sich zu bremsen. »Wofür, zum Teufel, mußt du dich denn bei mir entschuldigen?«

»Für alles, was ich dir bislang verschwiegen habe.«

»Du schuldest mir keine Erklärung.« Adam riß die Schranktür so heftig auf, daß sie gegen die Wand prallte. Aus den Augenwinkeln heraus sah er, wie sie erschrocken zusammenzuckte. »Und weich nicht immer vor mir zurück, Lily.« Absichtlich richtete er den Blick auf die ordentlich aufgereihten Tassen im Schrank und atmete tief durch. »Du brauchst keine Angst vor mir zu haben. Ich würde mir eher die Hände abhacken, als dir damit weh zu tun.«

»Das weiß ich.« Tränen traten ihr in die Augen, doch sie kämpfte entschlossen dagegen an. »Rein gefühlsmäßig weiß ich es. Aber mein Verstand erlaubt mir nicht, es zu glauben. Ich schulde dir so viel, Adam.« Sie ging langsam auf den runden Küchentisch zu, auf dem eine schlichte Porzellanschale voll glänzendroter Äpfel stand. »Weit mehr als nur Erklärungen. Du warst mein Freund, mein rettender Anker. Du warst immer da, wenn ich dich gebraucht habe, vom ersten Augenblick an.«

»Für Freundschaft muß man sich nicht erkenntlich zeigen«, meinte Adam lahm.

»Du wolltest mich.« Ihr Blick wurde unsicher, als er sich langsam umdrehte und sie ansah. »Ich nahm an, das wäre … nun ja, eben das Übliche.« Nervös strich sie sich über das Haar, dann über die Jeans, die sie hastig übergestreift hatte, bevor sie am Morgen das Haupthaus verließ. »Aber du hast nie etwas Entsprechendes von mir verlangt oder Druck auf mich ausgeübt. Du hast nie darauf hingearbeitet, daß ich mich dir verpflichtet fühlen mußte. Du kannst dir nicht vorstellen, wie es ist, jemanden gewähren zu lassen, obwohl du selbst es gar nicht willst, nur weil du dich verpflichtet fühlst. Wie entwürdigend. Es gibt da einiges, was ich dir sagen muß.«

Es war ihr unmöglich, ihn länger anzusehen, also wandte sie den Kopf ab. »Ich werde mit Jesse anfangen. Kann ich schon mal Frühstück machen?«

Adam starrte sie fassungslos an. »Wie bitte?«

»Für mich ist es leichter zu reden, wenn ich etwas zu tun

habe. Ich weiß nicht, ob ich sprechen kann, wenn ich dir dabei gegenübersitze.«

Da sie es offensichtlich ernst meinte, kam Adam zum Tisch und setzte sich. »Im Kühlschrank sind noch Speck und ein paar Eier, glaube ich.«

Lily stieß einen zittrigen Seufzer aus. »Gut.« Zuerst machte sie sich an der Kaffeemaschine zu schaffen und goß ihm dann eine Tasse ein. Doch ihr Blick wich ihm aus. »Einige Einzelheiten kennst du ja schon«, begann sie, während sie im Kühlschrank herumkramte. »Du weißt, daß ich als Lehrerin gearbeitet habe. Ich bin weder so begabt noch so kreativ wie meine Mutter. Sie ist eine erstaunliche Frau, Adam, so stark und voller Leben. Erst im Alter von ungefähr zwölf habe ich verstanden, wie sehr er sie verletzt hat, mein Vater, meine ich. Ich hörte einmal, wie sie sich mit einer Freundin unterhielt. Sie weinte dabei. Damals hatte sie gerade meinen Stiefvater kennengelernt, und sie fürchtete sich, wie ich aber erst später begriff, vor den Gefühlen, die sie ihm entgegenbrachte. Sie sprach davon, ihr Leben lieber allein verbringen zu wollen. Sie wollte sich von keinem Mann je wieder verletzen lassen. Mein Vater hatte sie hinausgeworfen, obwohl sie ihn über alles geliebt hatte. Sie sagte, er hätte sie davongejagt, weil sie ihm keinen Sohn geboren hatte.«

Adam sah schweigend zu, wie sie den Speck in eine schwarze gußeiserne Bratpfanne gab und zum Brutzeln brachte. »Also war es meine Schuld, daß sie allein leben mußte und sich vor einer neuen Beziehung fürchtete.«

»Du weißt genau, daß das nicht stimmt, Lily. Es war allein Jack Mercys Schuld.«

»In meinem Herzen weiß ich es.« Sie lächelte verhalten. »Aber der Kopf sagte etwas anderes. Auf jeden Fall habe ich diesen Tag nie vergessen. Zwei Jahre später hat sie dann meinen Stiefvater geheiratet, und die beiden sind sehr glücklich geworden. Er ist ein wundervoller Mann. Mit mir war er ziemlich streng. Nie grob oder unfreundlich, weißt du, aber streng, und immer ein bißchen zurückhaltend. Er wollte meine Mutter und hat mich sozusagen als Zugabe bekommen, und obwohl er alles, was in seiner Macht stand, für mich getan hat, herrschte zwischen uns doch nie diese herzliche Zuneigung, wie sie zwischen Vater und Tochter so oft vorkommt. Ich glaube, wir beide haben zu spät die Gelegenheit bekommen, uns kennenzulernen.«

»Und du hast dich nach dieser Art von Zuneigung gesehnt.«

»Verzweifelt sogar.« Lily begann, Eier in eine Schüssel zu schlagen. »Das ist mir während der Therapie, die ich später gemacht habe, klargeworden. Heute kann ich die damalige Situation natürlich durchschauen. Hat man erst einmal Abstand gewonnen, dann sieht man vieles ganz anders. Weißt du, ich hatte eben nie einen Vater, der mich liebte, der für mich ein Vorbild sein konnte und für mich da war. Kein Mann hat sich jemals ernsthaft für mich interessiert, und während meiner Schulzeit war ich Jungen gegenüber immer extrem schüchtern. Ich bin nie viel ausgegangen, dafür habe ich meine Studien um so ernster genommen. Viel zu ernst, fürchte ich. Ich konnte die Dinge nicht so einfach hinnehmen, wie meine Mutter es tat, also vergrub ich mich in Zahlen und Fakten. Da ich gut mit Kindern umgehen konnte, schien es mir nur logisch, Lehrerin zu werden. Ich war zweiundzwanzig, als ich Jesse kennenlernte, in einem Coffeeshop in der Nähe meines Apartments, der ersten Wohnung, die ich ganz für mich allein hatte, und das auch erst seit einem Monat. Er war so charmant, sah so gut aus und zeigte sich mir gegenüber so aufmerksam, daß ich von ihm vollkommen hingerissen war.«

Mechanisch streute sie Dill in die Eiermasse und würzte mit Pfeffer nach. »Er hat mir regelrecht den Hof gemacht. Das war eine ganz neue Erfahrung für mich. Am selben Abend sind wir noch zusammen ins Kino gegangen. Danach hat er mich jeden Tag angerufen, mir Blumen und kleine Geschenke mitgebracht und dergleichen mehr. Er war Automechaniker von Beruf und hat dieses fast schrottreife Auto, das ich damals fuhr, wieder einigermaßen fahrtüchtig gemacht.«

»Du hast dich also in ihn verliebt«, folgerte Adam.

»O ja, blindlings und bis über beide Ohren. Ich habe ja bei Jesse nie hinter die Fassade geblickt, dazu fehlte mir die Erfahrung in solchen Dingen. Erst später ist mir nach und nach aufgegangen, wie viele Lügen er mir aufgetischt hatte, über seine Familie, seine Vergangenheit, seine Arbeit. Seine Mutter lebte, wie ich später herausfand, in einer psychiatrischen Anstalt. Sie hatte ihn mißhandelt, als er noch ein Kind war, sie hatte getrunken und Drogen genommen. All das tat er auch, aber das merkte ich erst, als wir verheiratet waren. Als er mich das erste Mal schlug …«

Sie brach ab und räusperte sich. Einen Moment lang hörte man nur das Zischen des Fettes, als sie den Speck wendete und dann aus der Pfanne nahm.

»Das muß ungefähr einen Monat nach unserer Hochzeit gewesen sein. Eine meiner Freundinnen hatte Geburtstag, und wir wollten in einen dieser Nachtclubs gehen, in denen Männer Striptease machen und die Frauen ihnen Geldscheine in die Tangas stecken. Für uns war das nur ein harmloser Spaß, und Jesse schien es genauso zu sehen, bis ich mich dann ankleidete und gehen wollte. Da fing er an, an mir herumzunörgeln, kritisierte mein Kleid, mein Make-up, meine Frisur. Ich lachte anfangs noch, weil ich dachte, er wollte mich nur aufziehen. Aber plötzlich riß er mir die Handtasche weg und zerfetzte vor meinen Augen meinen Führerschein. Ich war so entsetzt und so aufgebracht, daß ich ihm die Tasche wieder wegnahm. Da schlug er mich ins Gesicht, brüllte mich an und beschimpfte mich, dann riß er mir das Kleid vom Leib und vergewaltigte mich.«

Mit überraschend sicheren Händen gab sie die Eier in die Pfanne. »Danach weinte er wie ein kleines Kind, konnte sich gar nicht beruhigen.« Es fiel ihr leicht, viel zu leicht, sich wieder an all die Ereignisse zu erinnern. »Jesse hatte bei den Marines gedient, und darauf war er immer so stolz gewesen – auf seine Ausbildung, seine Selbstdisziplin. Du ahnst ja nicht, was für ein Schock es für mich war, einen Mann wie ihn weinen zu sehen. Es war erschreckend, es war furchtbar, und doch, es verlieh mir eine gewisse Macht über ihn.«

Stärke, dachte Adam, hatte nichts mit Uniformen oder Muskeln zu tun. Er konnte nur hoffen, daß sie auch diese Lektion gelernt hatte.

»Er flehte mich an, ihm zu vergeben«, fuhr Lily fort, »sagte, er hätte vor lauter Eifersucht den Verstand verloren, er wäre bei dem Gedanken, daß andere Männer in meine Nähe kämen, fast verrückt geworden. Er erzählte, seine Mutter hätte seinen Vater verlassen, als er noch ein Kind gewesen sei, sie sei mit einem anderen Mann durchgebrannt. Zuvor hatte er mir gesagt, sie sei tot. Lauter Lügen, doch ich glaubte ihm, und ich verzieh ihm.«

Für Lily war es auch jetzt nicht leicht, vollkommen aufrichtig zu Adam zu sein. Sie nahm sich aber zusammen, weil sie fand, daß er ein Recht auf die Wahrheit hatte. »Ich verzieh ihm, Adam, weil ich mich in diesem Moment sehr stark fühlte und weil ich dachte, er müsse mich doch sehr lieben, um dermaßen die Kontrolle über sich zu verlieren. Das ist ein Teufelskreis, aus dem man kaum herauskommt. Acht Wochen lang hat er danach nicht mehr die Hand gegen mich erhoben.«

Bedächtig und mit großer Konzentration rührte sie die Eier um. »Ich weiß nicht mehr, welchen Anlaß er beim nächsten Mal fand. Mit der Zeit kristallisierte sich ein bestimmtes Muster heraus, aber ich wollte es einfach nicht wahrhaben. Er fing an zu trinken, er verlor seinen Job, und er schlug mich immer wieder. Ich habe den Toast vergessen«, bemerkte sie sachlich und ging zum Brotkasten hinüber.

»Lily ...«

Sie schüttelte den Kopf. »Er hat mich überzeugt, daß es allein mein Fehler war. Jedesmal. Ich war nicht gescheit genug, nicht attraktiv genug, nicht zurückhaltend genug und so weiter, je nachdem, welche Beschuldigung die Situation gerade erforderte. Über ein Jahr lang ging es so weiter. Zweimal hat er mich krankenhausreif geschlagen, doch ich log die Ärzte an und behauptete, ich sei gestürzt. Dann schaute ich eines Tages in den Spiegel, und da sah ich, was meine Freunde während all der Monate gesehen haben mußten, in denen sie versuchten, mit mir über mein Problem zu sprechen und mir zu helfen. Ich sah die Blutergüsse, den gehetzten Ausdruck in den Augen und mein hager gewordenes Gesicht. Ich hatte während dieser Zeit stark abgenommen.«

Wieder wendete sie vorsichtig die Eier. »Ich lief weg. An die Einzelheiten kann ich mich nicht mehr erinnern. Ich weiß nur, daß ich nur das mitnahm, was ich am Leibe trug, und daß ich zu meiner Mutter zurückkehrte – wie in einem Kitschroman. Ich hatte entsetzliche Angst, weil er mir gesagt hatte, er würde mich nie gehen lassen, und wenn ich es trotzdem versuchen sollte, würde er mir bis ans Ende der Welt folgen. Aber ich wußte, ich würde mich umbringen, wenn ich nur noch einen einzigen Tag bei ihm bleiben mußte. Darüber hatte ich schon häufiger nachgedacht, hatte genau geplant, wie ich es tun würde. Mit Schlaftabletten, weil ich so ein Feigling bin.«

Sie arrangierte Eier, Speck und Toast auf einer Platte und trug sie zum Tisch. »Er spürte mich auf«, sagte sie, wobei sie Adam zum ersten Mal ansah. »Eines Tages lauerte er mir auf und zerrte mich in sein Auto. Dann würgte er mich, schrie auf mich ein und fuhr los, während ich halb bewußtlos neben ihm lag. Als er sich etwas beruhigt hatte, fing er an, mir alles auf seine bewährte Art und Weise zu erklären. Was ich falsch gemacht hatte, warum er mir beibringen mußte, wie sich eine gute Ehefrau zu benehmen hat. Ich hatte größere Angst als je zuvor, denn ich wußte, daß er zu allem fähig war.

Lily zwang sich zur Ruhe. Sie wußte, die Furcht konnte sie jederzeit wieder wie ein wildes Tier anspringen und an ihrer mühsam erworbenen Selbstsicherheit nagen. »Er mußte Gas wegnehmen, weil der Verkehr dichter wurde, und ich konnte aus dem Wagen springen. Der war zwar noch nicht zum Stillstand gekommen, aber ich trug keine Verletzungen davon. Auch heute noch erscheint mir das wie ein Wunder. Ich ging zur Polizei und erstattete Anzeige gegen ihn, dann fing ich an, von Ort zu Ort zu ziehen. Jedesmal fand er heraus, wo ich mich aufhielt. Beim letztenmal fürchtete ich, er würde mich umbringen, aber ein Nachbar hörte mich schreien und hämmerte gegen die Tür. Als er versuchte, sie aufzubrechen, flüchtete Jesse.«

Sie nahm Platz und faltete die Hände. »Auch ich beschloß zu fliehen. Ich nahm an, daß er mich hier niemals finden würde. Aus diesem Grund hielt ich auch kaum Kontakt zu meiner Mutter, da ich Angst hatte, er würde über sie etwas über meinen Aufenthaltsort in Erfahrung bringen. Heute morgen habe ich noch mit ihr telefoniert. Sie hat von ihm nichts gesehen und nichts gehört.« Sie holte einmal tief Atem. »Ich weiß, daß Ben, Nate und du die Polizei informieren müßt, und ich bin bereit, alle Fragen zu beantworten. Aber soviel ich weiß, hat Jesse außer mir noch nie jemanden verletzt, und er hat immer nur seine Fäuste eingesetzt. Wenn er mich aufgespürt hätte, dann hätte er längst etwas unternommen.«

»Er wird dir nie wieder etwas zuleide tun.« Adam schob die Platte beiseite, so daß er ihre Hände berühren konnte. »Was immer auch geschieht, er wird dich nie wieder anrühren, Lily, das verspreche ich dir.«

»Wenn er der Täter ist ...« Lily schloß ergeben die Augen, »wenn er hinter all diesen Morden steckt, Adam, dann bin ich dafür verantwortlich. Dann habe ich zwei Menschenleben auf dem Gewissen.«

»Nein, das hast du nicht.«

»Wenn es Jesse war«, fuhr sie gelassen fort, »dann muß ich diese Tatsache akzeptieren und damit leben. Ich habe mich hier verstecken wollen, Adam, und ich habe dich, Will und die Ranch dazu benutzt, allem Unangenehmen aus dem Weg zu gehen. Es funktioniert nicht.« Seufzend drehte sie die Hände mit den Handflächen nach oben. »Ich darf nicht länger den Kopf in den Sand stecken, auch das habe ich in der Therapie gelernt. Ich bin von Natur aus nicht mutig, so wie Will und Tess. Die Courage, über die ich verfüge, habe ich mir anerzogen. Ich hatte solche Angst, dir das alles zu erzählen, aber nun wünschte ich, ich hätte dir von Anfang an reinen Wein eingeschenkt, dann würde mir der Rest jetzt leichter fallen.«

»Du hast noch mehr zu sagen?«

»Nicht über Jesse, und nicht über die furchtbaren Geschehnisse hier, aber es fällt mir trotzdem schwer zu sprechen.«

»Du kannst mit mir über alles reden, Lily.«

»Obwohl letzte Nacht so Furchtbares geschehen ist, drehen sich meine Gedanken immer wieder um einen einzigen ganz bestimmten Moment.« Sie lachte nervös auf und entzog ihm ihre Hände. »Iß doch bitte, sonst wird alles kalt.«

»Lily.« Verblüfft preßte Adam die Finger gegen seine Schläfen, dann füllte er sich gehorsam einen Teller und griff nach seiner Gabel. »Von welchem Moment sprichst du?«

»Ich sagte ja schon, daß ich dachte, du wolltest von mir das, was Männer für gewöhnlich von einer Frau wollen. Eben nur das Eine. Das liegt nun einmal in ihrer Natur, und ich konnte mir nicht vorstellen, daß bei dir mehr dahinterstecken könnte.« Sie blickte auf, als er sich verschluckte und zu husten begann. »Mir kam es jedenfalls so vor«, verteidigte sie sich. »Und du hast nie etwas gesagt oder getan, was mich vom Gegenteil hätte überzeugen können. Bis gestern abend, bis zu dem Moment, als du mein Gesicht in deine Hände genommen und mich angesehen hast. Dann hast du mich geküßt, und ich vergaß die Welt um mich herum. Nur du hast für mich noch existiert. Doch dann überstürzten sich auf einmal die Ereignisse, und von da an ging alles schief. Doch diesen Moment, diesen einen Moment kann mir niemand mehr nehmen.«

Sie sprang auf und lief zum Herd hinüber. »Ich weiß, daß sich zu Silvester alle Leute küssen, also bedeutet das ...«

»Ich liebe dich, Lily.«

Seine Worte trafen sie wie ein Blitzschlag. Langsam drehte sie sich zu ihm um. Er stand hinter ihr, nur einen Schritt von ihr entfernt, die fahle Wintersonne fiel auf sein Haar, und in seinen Augen las sie, daß er die Wahrheit sprach.

»Ich glaube, ich habe mich auf den ersten Blick in dich verliebt. Aber ich habe ja auch mein ganzes Leben lang auf dich gewartet.« Er streckte eine Hand nach ihr aus. »Nur auf dich.«

Lily kämpfte mit Mißtrauen und mit überschäumender Freude. Die Freude siegte. »Die Menschen machen sich das Leben immer so schwer.« Sie ergriff seine Hand. »Dabei ist im Grunde genommen alles ganz einfach. Ich möchte bei keinem anderen Menschen sein als bei dir.«

»Hier sind wir zu Hause.« Adam zog sie an sich und vergrub sein Gesicht in ihrem Haar. »Bleib bei mir.«

»Ja.« Lily preßte die Lippen auf seinen Hals und kostete jenen ersten Körperkontakt mit allen Sinnen aus. »Ich habe mich so danach gesehnt, dich zu berühren, Adam.«

Wieder nahm er ihr Gesicht in seine Hände, wie er es schon einmal getan hatte, und küßte sie. Doch diesmal schlang sie die Arme um ihn und erwiderte seinen Kuß; erst scheu und zurückhaltend, dann mit wachsendem Verlangen. In stillem Einverständnis dirigierte er sie sanft aus der Küche heraus ins Schlafzimmer mit dem ordentlich gemachten Bett und den schlichten Vorhängen am Fenster.

Dann strich er ihr über das Haar, gab sie frei und trat einen Schritt zurück, um ihr Zeit zu geben, aus freien Stücken ihre Entscheidung zu treffen. »Ist es zu früh für dich, Lily?«

Sie zitterte innerlich bereits, doch nicht vor Furcht, sondern vor Begierde. »Nein, der Zeitpunkt ist perfekt, ebenso perfekt, wie du es bist.«

Er wandte sich ab und zog die Vorhänge zu, so daß die Sonne nur noch schwach golden hindurchschimmerte und der kleine Raum matt erleuchtet war. Als sie sich schließlich ein Herz faßte und den ersten Schritt tat, fiel ihr dieser wundersamerweise viel leichter, als sie je geahnt hätte. Sie setzte sich auf die Bettkante und zog mit hochroten Wangen ihre Stiefel aus. Er ließ sich neben ihr nieder, tat es ihr nach, dann küßte er sie lange und zärtlich.

»Hast du Angst?«

Unerklärlicherweise verspürte sie nicht die geringste Furcht. Sie war zwar nervös, doch der würgende Griff wirklicher Angst, den sie nur zu gut kannte, blieb aus. Kopfschüttelnd stand sie auf und begann, ihr Hemd aufzuknöpfen.

»Ich möchte nur nicht, daß du enttäuscht bist.«

»Die Frau, die ich liebe, will mit mir schlafen. Wie kann ich da enttäuscht sein?«

Ohne den Blick von ihm zu wenden, wachsam auf jede Reaktion lauernd, streifte sie sich das Hemd über den Kopf und hielt es einen Augenblick lang vor ihre Brüste gepreßt. Sie wußte, diese Minuten würden ihr auf ewig im Gedächtnis bleiben, sie würde sich an jedes Wort, jede Bewegung, jeden Atemzug bis an ihr Lebensende erinnern.

Adam erhob sich und trat zu ihr. Sacht strich er ihr über die Schulter, folgte mit den Fingerspitzen jeder Kurve, bevor er ihr das Hemd aus den Händen nahm und zu Boden fallen ließ. Dann senkte er den Blick und umfaßte mit beiden Händen ihre Brüste.

Lily schloß die Augen und ließ ihn gewähren. Nach einer Weile hob sie langsam die Lider, öffnete die Knöpfe seines Hemdes und schob den Stoff zur Seite, um seine Haut zu ertasten. Ihre Hände hoben sich hell von seiner glatten kupferfarbenen Brust ab.

»Ich möchte dich spüren«, murmelte Adam leise, während er ihren Büstenhalter aufhakte und gleichfalls fallen ließ. Dann zog er sie eng an sich und hielt sie eine Weile still in den Armen. »Ich werde dir nicht weh tun, Lily.«

»Ich weiß.« Dessen konnte sie sich ganz sicher sein, dachte sie, als seine Lippen über ihre Schultern, über ihren Hals wanderten. Hier würde es keine Schmerzen und keine Verlegenheit geben, sondern nur Liebe und gegenseitiges Vertrauen.

Sie wich nicht zurück, als er sich an dem Reißverschluß ihrer Jeans zu schaffen machte, sondern sie half ihm, die Hose ganz abzustreifen. Als er schließlich aus seinen eigenen Jeans schlüpfte, begann ihr Herz schneller zu schlagen, doch auch diesmal nicht vor Angst, sondern vor reiner, ungetrübter Vorfreude.

Wie schön er war, dachte Lily versonnen. Goldfarbene Haut spannte sich über festen Muskeln, glänzendes, glattes Haar fiel hinab auf breite, kräftige Schultern. Daß er sie, ausgerechnet sie begehrte, erschien ihr wie ein Wunder.

»Adam.« Sie seufzte den Namen fast, als sie engumschlungen auf das Bett sanken. »Adam Wolfchild.« Sein Körper preßte sich gegen ihren und drückte sie auf die Matratze. Sie schlang die Arme um seinen Hals und zog seinen Kopf zu sich herab. »Liebe mich.«

»Das tue ich, und das werde ich, Lily.«

Während sie in einem dämmrigen Raum das Leben zelebrierten, zelebrierte ein anderer im hellen Tageslicht den Tod. Tief im Wald, alleine und von einer ungeheuren Befriedigung erfüllt, betrachtete er die Trophäen, die er liebevoll in einer Blechkiste arrangiert hatte. Eine beachtliche Andenkensammlung, dachte er, genüßlich den langen goldblonden Haarschopf eines Mädchens streichelnd, das einen verhängnisvollen Fehler gemacht hatte.

Ihr Name sei Traci, hatte sie ihm erklärt, nachdem sie sein Angebot, sie im Auto mitzunehmen, dankbar angenommen hatte. Traci mit i. Sie behauptete, achtzehn Jahre alt zu sein, doch er hatte sofort erkannt, daß sie log. In ihrem teigigen Gesicht zeichneten sich noch Reste von Babyspeck ab, doch ihr Körper wies bereits frauliche Rundungen auf. Das hatte er später feststellen können, als er sie in die Berge mitgenommen hatte.

Es war ein Kinderspiel gewesen. Ein junges Mädchen am Straßenrand, den Daumen auffordernd in die Höhe gestreckt.

Kurze stämmige Beine in hautengen Jeans, einen roten Rucksack lässig über die Schulter geworfen. Und dann dieses leuchtendblonde Haar, gefärbt natürlich, aber trotzdem hatte es sein Interesse geweckt, weil es in der Sonne glänzte wie gesponnenes Gold. Ihre Fingernägel hatte sie passend zu ihrem Rucksack lackiert, in einem unnatürlichen, knalligen Rot. Später war ihm aufgefallen, daß ihre Fußnägel dieselbe gräßliche Farbe aufwiesen.

Eine Zeitlang hatte er sie ungehindert drauflosschwatzen lassen. Sie wolle endlich mal aus Dodge herauskommen, hatte sie lachend gesagt. Daher stammte sie nämlich – aus Dodge City, Kansas.

Da sei sie also fremd in diesen Breiten, hatte er erwidert und sich wegen dieser geistreichen Bemerkung vor Lachen den Bauch halten müssen.

Ja, eine Zeitlang hatte er sie ungehindert drauflosschwatzen lassen. Wie sie sich nach Kanada durchschlagen und endlich etwas von der Welt sehen wollte. Später holte sie Kaugummi aus ihrem Rucksack und bot ihm einen Streifen davon an. Als er ihn Stunden danach durchsuchte, fand er darin noch vier sorgfältig gedrehte Joints, aber *davon* hatte sie ihm natürlich keinen angeboten, o nein.

Mit einem einzigen kräftigen Hieb hatte er sie bewußtlos geschlagen und sie zu seinem Versteck hoch oben in den Bergen gebracht, wo er ungestört war und mit ihr tun konnte, was ihm beliebte.

Und da hatte er so einige Ideen.

Zuerst verging er sich an ihr. Ein Mann mußte schließlich Prioritäten setzen. Dann fesselte er sie, und zwar so stramm, daß sie diese knallroten Krallen nicht gebrauchen konnte, um ihm das Gesicht zu zerkratzen. Sie schrie sich heiser, wand sich auf der schmalen Pritsche und bäumte sich verzweifelt auf, während er sich mit ihr vergnügte, all die Dinge mit ihr tat, die ihm seine abartige Fantasie in unzähligen langen, schlaflosen Nächten vorgegaukelt hatte.

Danach rauchte er ihr Gras – und begann noch einmal von vorne. Sie bettelte um Gnade, flehte ihn an, sie laufenzulassen. Und als sie erkannte, daß er sie nackt und gefesselt zurücklassen wollte, bettelte und flehte sie noch stärker. Doch ein Mann mußte seinen Verpflichtungen nachkommen, und er konnte nicht länger bleiben.

Als er vierundzwanzig Stunden später zurückkehrte, hätte er schwören können, daß sie froh war, ihn wiederzusehen, denn sie weinte vor Erleichterung. Also vergewaltigte er sie noch einmal. Und als er ihr befahl, ihm zu sagen, wie sehr sie es genossen habe, stimmte sie ihm hastig zu. Sie bestätigte ihm alles, was er hören wollte.

Bis sie das Messer sah.

Es hatte ihn über eine Stunde Zeit gekostet, all das Blut zu entfernen, doch das war ihm die Sache wert gewesen. O ja. Und dann hatte er die geradezu göttliche Eingebung gehabt, das, was von Traci mit i aus Dodge City, Kansas, noch übriggeblieben war, direkt auf den Stufen der Mercy Ranch abzuladen.

Es war einer der schönsten Augenblicke seines Lebens gewesen.

Sacht hauchte er einen Kuß auf das blutverklebte Haar, bevor er es sorgsam in die Kiste zurücklegte.

Alle bekamen es langsam mit der Angst zu tun, dachte er, als er die Kiste in das Loch im Boden zurückstellte und Erde und Steine darüberschaufelte. Bangten um ihr Leben, sahen an jeder Ecke Gespenster. Und das alles seinetwegen.

Als er sich erhob und in die kalte Wintersonne blickte, wußte er, daß er der mächtigste Mann in ganz Montana war.

Kapitel 7

Wenn jemand Tess vorhergesagt hätte, sie würde einmal eine frostige Januarnacht in einem Pferdestall verbringen, knöcheltief in Blut und Fruchtwasser waten und auch noch jede einzelne Minute davon genießen, hätte sie ihn an den Psychiater verwiesen, den ihr Agent zu konsultieren pflegte.

Doch genau das hatte sie zwei Nächte hintereinander getan. Tess hatte die Geburt zweier Fohlen miterlebt, ja, sogar einen kleinen Teil dazu beigetragen, ihnen auf die Welt zu helfen. Und sie war begeistert von diesem Ereignis.

»Eins ist sicher: Das lenkt einen vollkommen von seinen eigenen Problemen ab, nicht wahr?« Sie trat einen Schritt zurück und beobachtete zusammen mit Adam und Lily, wie das Neugeborene versuchte, sich zum ersten Mal auf die wackeligen Beinchen zu stellen.

»Du hast ein Händchen für Pferde«, lobte Adam.

»Das kann ich nicht beurteilen, aber die Arbeit mit ihnen hält mich bei Verstand. Alle sind hier so nervös und schreckhaft. Gestern bin ich aus dem Hühnerstall gekommen und fast in Billy hineingerannt. Ich weiß nicht, wer von uns beiden höher in die Luft gesprungen ist.«

»Es ist jetzt zehn Tage her.« Lily rieb sich ihre klammen Hände. »Langsam kommt mir alles so unwirklich vor. Ich weiß, daß Will noch ein paarmal mit der Polizei gesprochen hat, aber sie sind noch nicht viel weiter.«

»Sieh mal.« Adam legte seinen Arm um ihre Schultern und zog sie an seine Seite, als das Fohlen vorsichtig zu saugen begann. »Das hier ist wirklich.«

»Meine Rückenschmerzen sind leider auch Wirklichkeit.« Tess hielt sich das Kreuz. Ein guter Vorwand, die beiden alleine zu lassen, dachte sie. Ein heißes Bad und ein paar Stunden Schlaf, dann war sie wieder in Form. Sie hatte vor, später noch Nate zu besuchen. »Ich gehe lieber wieder ins Haus.«

»Du warst mir eine große Hilfe, Tess. Vielen Dank.«

Lächelnd griff sie nach ihrem Hut und stülpte ihn sich auf den Kopf. »Himmel, wenn meine Freunde mich jetzt so sehen könnten.« Bei dieser Vorstellung mußte sie kichern, als sie den Pferdestall verließ und in den kalten Wintermorgen hinaustrat.

Was würde man in ihrem bevorzugten Schönheitssalon wohl von ihr denken, wenn sie in diesem Zustand zur Tür hereinkäme? Über das, was unter ihren Nägeln klebte, wollte sie lieber erst gar nicht nachdenken, ihre Jeans waren mit Blut und Resten der Nachgeburt verschmiert, und ihr Haar …

Vermutlich würde Mr. William, ihr Stylist, vor Schreck ohnmächtig auf seinem pinkfarbenen Teppichboden zusammenbrechen.

Wenigstens würde sie in L. A. Furore machen, wenn sie ihre Rancherfahrung zum besten geben würde. Sie sah sich schon auf einer eleganten Cocktailparty die Gastgeberin mit diversen Geschichten unterhalten: wie sie Ställe ausgemistet, Eier eingesammelt und Rinder kastriert hatte – letzteres würde sie ganz besonders genüßlich ausschmücken – und wie sie jeden Tag in die Berge geritten war. Ein krasser Gegensatz zu den Schönheitsfarmen, die unter der High-Society Hollywoods so beliebt waren, grübelte Tess versonnen. Zu guter Letzt würde sie hinzufügen, daß in der Gegend auch noch ein psychopathischer Mörder frei herumgelaufen war.

Ein Schauer lief ihr über den Rücken, und sie hüllte sich fester in ihren Mantel. Streich das aus deinem Gedächtnis, befahl sie sich. Sinnlos, näher darüber nachzudenken.

Dann sah sie Willa regungslos auf der Veranda stehen. Sie blickte zu den Bergen hinüber. Willa schien wie Lots Weib zur Salzsäule erstarrt zu sein, stellte Tess fest, und hatte offenbar keine Ahnung, welch schönes Bild sie bot. Willa war die einzige Frau in Tess' Bekanntenkreis, die sich ihrer weiblichen Reize nicht bewußt war. Sie lebte nur für ihre Arbeit;

außer der Ranch, dem Land, dem Vieh und ihren Leuten zählte nichts für sie.

Tess lag schon eine sarkastische Bemerkung auf der Zunge, doch sie unterdrückte sie, als sie Willas Gesichtsausdruck sah. Ihre Halbschwester schien am Boden zerstört zu sein. Den Hut hatte sie weit in den Nacken geschoben, das schwarze Haar floß ihr wie ein Wasserfall über den Rücken, und sie hielt sich kerzengerade, doch ihre Augen blickten gehetzt und voller Kummer.

»Was ist denn los?«

Willa rührte sich nicht, zwinkerte nur einmal kurz. Sie drehte noch nicht einmal den Kopf. »Die Polizei war eben hier.«

»Wann?«

»Vor einer Weile.« Willa hatte den Bezug zur Zeit verloren, sie hätte nicht sagen können, wie lange sie schon hier draußen in der Kälte stand.

»Du siehst aus, als würdest du gleich umkippen.« Tess kam die Stufen herauf. »Komm, laß uns hineingehen.«

»Sie haben die Leiche identifiziert.« Willa bewegte sich immer noch nicht. »Das Mädchen hieß Traci Mannerly. Sie war sechzehn Jahre alt und lebte mit ihren Eltern und zwei jüngeren Brüdern in Dodge City. Vor sechs Wochen ist sie von zu Hause ausgerückt, übrigens schon zum zweiten Mal.«

Tess schloß die Augen. Sie hatte weder einen Namen noch Details wissen wollen. Je weniger sie erfuhr, desto leichter konnte sie das Geschehen verarbeiten. »Komm mit ins Haus!«

»Sie war mindestens schon zwölf Stunden tot, als wir sie gefunden haben. Der Täter hat sie irgendwo festgehalten und an Händen und Füßen gefesselt. Der Pathologe fand Fasern eines Seiles an ihrer Haut. Sie muß sich verzweifelt gewehrt haben, denn sie hatte starke Hautabschürfungen an den Gelenken.«

»Das reicht jetzt.«

»Und sie wurde vergewaltigt, mehrfach sogar, und zum Analverkehr gezwungen. Außerdem war sie … sie war im zweiten Monat schwanger. Sie war erst sechzehn Jahre alt, schwanger, und sie kam aus Kansas.«

»Hör auf«, sagte Tess leise. Tränen rannen ihr über das Gesicht, als sie Willa in den Arm nahm.

Eine Weile blieben sie engumschlungen auf der Stelle stehen und wiegten sich schluchzend hin und her. Keiner von beiden wurde bewußt, daß die gegenseitige Abneigung im Moment vergessen zu sein schien. Über ihnen ertönte der Schrei eines Falken. Die Wolken türmten sich am Himmel auf, schoben sich vor die Sonne und kündigten weitere Schneefälle an, doch Willa und Tess rührten sich nicht von der Stelle. Sie waren in einem Netz von Furcht und Trauer gefangen, das sie beide vereinte.

»Was sollen wir jetzt tun?« Tess begann zu zittern. »O Gott, was sollen wir nur tun?«

»Ich weiß es nicht. Ich weiß überhaupt nicht mehr weiter.« Willa machte keinen Versuch, sich loszureißen, obwohl ihr inzwischen klargeworden war, daß sie und Tess sich Halt suchend aneinanderklammerten. »Ich kann die Ranch leiten, trotz allem, was geschehen ist. Aber ich weiß nicht, ob ich es aushalten kann, über dieses Mädchen nachzudenken.«

»Wozu soll das auch gut sein? Wir können über das Motiv nachdenken, können uns fragen, warum er sie gerade hierhergebracht hat. Darüber können wir nachdenken, aber nicht über ihre Person. Und wir sollten an uns denken.« Tess machte sich los und wischte sich energisch die Tränen aus dem Gesicht. »Wir müssen sogar an uns denken. Ich bin nämlich der Meinung, Lily und ich sollten lernen, wie man mit einer Schußwaffe umgeht.«

Willa starrte ihre Schwester einen Moment lang an, und zum ersten Mal bemerkte sie den stählernen Kern hinter der schillernden Hollywoodfassade. »Ich werde es euch beibringen.« Sie holte einmal tief Luft und rückte ihren Hut zurecht. »Wir fangen sofort mit dem Unterricht an.«

»Es ist irgendwie beunruhigend«, bemerkte Ham beim Mittagessen.

Jim füllte sich seinen Teller zum zweiten Mal mit Chili und blinzelte Billy zu. »Was denn, Ham?«

Die Antwort ließ auf sich warten, da in der Ferne Schüsse

zu hören waren. »Eine Frau, die eine Waffe trägt«, sagte Ham schließlich in seiner trockenen, bedächtigen Art. »Noch beunruhigender sind drei bewaffnete Frauen.«

»Um ehrlich zu sein …« Jim tauchte ein Stück Brot in sein Chili und biß ein großes Stück ab, »diese Tess sieht mit einer Flinte über der Schulter unheimlich sexy aus.«

Ham sah ihn mitleidig an. »Junge, du bist mit deiner Arbeit wohl nicht ganz ausgelastet.«

»Nichts auf der Welt kann einen Mann davon abhalten, einer hübschen Frau hinterherzuschauen, stimmt's, Billy?«

»Stimmt.«

Dabei hatte Billy seit dem Vorfall auf der Silvesterparty mit Frauen nicht mehr viel im Sinn. Gut, mit Mary Anne im Jeep herumzuknutschen war durchaus angenehm gewesen. Die scheußliche Erfahrung jedoch, mit ihr zusammen eine Leiche zu finden, hatte ihm sein Abenteuer gründlich vergällt.

»Trotzdem fühle ich mich bei dem Anblick nicht ganz wohl in meiner Haut«, fügte er mit vollem Mund hinzu. »Sie üben schon seit über einer Woche, und ich hab' noch nicht einmal gesehen, daß Tess ihr Ziel getroffen hat. Da muß man ja Angst haben, aus dem Haus zu gehen, während die in der Gegend herumknallen.«

»Weißt du, was ich denke?« Jim rülpste vernehmlich und stand auf. »Ich denke, da muß mal ein richtiger Mann ran, der ihnen zeigt, wie der Hase läuft.«

»Will braucht niemanden, der ihr beibringt, wie man mit einem Gewehr umgeht.« In Hams Stimme schwang ein Anflug von Stolz mit. »Die schießt einer Fliege auf hundert Meter Entfernung ein Auge aus. Warum läßt du die Frauen nicht einfach in Ruhe, Jim?«

»Ich will ihnen ja nicht zu nahe treten.« Jim schlüpfte in seinen Mantel. »Außer ich bekomme die Gelegenheit dazu.«

Er trat ins Freie und bemerkte Jesse, der gerade aus seinem Jeep kletterte. »Hey, JC.« Grinsend winkte Jim ihm zu. »Hab' dich schon seit ein paar Wochen nicht mehr gesehen.«

»Viel zu tun.« Jesse wußte, daß er ein großes Risiko einging, wenn er bei Tage nach Mercy hinüberfuhr. Bislang hatte er die Ranch nur nach Einbruch der Dämmerung besucht, sooft er konnte. Oft genug jedenfalls, um in Erfahrung zu bringen, daß diese Hure von einer Ehefrau für Wolfchild die Beine breitmachte. Aber diese Angelegenheit konnte warten.

»Ich war in Ennis, ein paar Besorgungen machen. Deine letzte Bestellung ist inzwischen eingetroffen. Ich hab' dir die Sachen mitgebracht.« Er warf Jim ein Päckchen zu, dann fuhr er sich mit dem Finger über den Schnurrbart. Langsam begann er, sich daran zu gewöhnen.

»Nett von dir.« Jim legte das Päckchen auf dem Geländer ab. »Mal wieder Zeit für 'ne Pokerrunde, würde ich sagen.«

»Nichts dagegen einzuwenden. Wie wär's, wenn du mit den Jungs heute abend nach Three Rocks rüberkommst?« Er setzte ein charmantes Grinsen auf. »Ich schicke euch dann mit leeren Taschen wieder zurück.«

»Warum nicht?« Als eine weitere Salve ertönte, blickte Jim sich um und kicherte. »Unsere drei Frauen halten Schießübungen ab. Ich wollte ihnen gerade ein bißchen Hilfestellung geben.«

»Frauen sollten die Finger von Waffen lassen.« Jesse zog ein Päckchen Zigaretten aus der Tasche und bot Jim eine an.

»Sie sind eben verängstigt. Du hast ja gehört, was hier passiert ist.«

»Allerdings.« Jesse stieß den Rauch aus und überlegte, ob er es wagen sollte, einen Blick auf Lily zu werfen. »Schlimme Geschichte. War noch fast ein Kind, stimmt's? Aus Nebraska oder so.«

»Kansas, glaube ich. Eine Ausreißerin. Das hat sie jetzt davon.«

»Junge Mädchen sollten zu Hause bleiben, wo sie hingehören.« Mit schmalen Augen betrachtete Jesse die Glut seiner Zigarette. »Sollten lernen, gute Ehefrauen zu werden. Die Weiber wollen es heutzutage unbedingt den Männern gleichtun, wenn du mich fragst.« Diesmal wirkte sein Grinsen ein bißchen höhnisch. »Aber vielleicht stört dich das ja nicht. Immerhin ist dein Boß auch eine Frau.«

Jim schob streitlustig das Kinn vor, beherrschte sich jedoch und nickte nur gleichmütig. »Kann nicht behaupten, daß ich davon begeistert bin. Aber Will versteht ihr Geschäft.«

»Möglich. Wie ich hörte, habt ihr im nächsten Herbst gleich drei Frauen, die euch rumkommandieren, nicht wahr?«

»Erst mal abwarten.« Jim war die Lust vergangen, sich vor den Frauen ein wenig aufzuspielen. Mürrisch griff er nach seinem Päckchen. »Danke, daß du das vorbeigebracht hast.«

»Keine Ursache.« Jesse drehte sich zu seinem Jeep um. »Kommt heute abend vorbei, und vergeßt nicht, genug Geld mitzubringen. Ich hab' so ein Gefühl, als hätte ich heute Glück.«

»Ja, ja.« Jim rückte seinen Hut zurecht und sah dem davonfahrenden Jeep nach. »Arschloch«, murmelte er böse.

Auf dem behelfsmäßigen Schießstand, der in angemessener Entfernung von den Wohngebäuden aufgebaut worden war, fröstelte Lily plötzlich.

»Wird es dir zu kalt?« erkundigte sich Tess.

»Nein, ich hab' nur eine Gänsehaut gekriegt.« Doch unwillkürlich blickte Lily über ihre Schulter, blinzelte in die Sonne und sah noch das Aufblitzen einer Stoßstange, die zu einem Jeep gehörte, der sich rasch entfernte. »Jemand ist über mein Grab gelaufen«, murmelte sie.

»Wie beruhigend.« Tess nahm Haltung ein, zielte mit der kleinen Smith & Wesson Ladysmith – Willa bezeichnete sie als Taschenpistole – auf eine Blechdose und drückte ab. Der Schuß ging weit daneben. »Mist.«

»Du kannst ja einem etwaigen Angreifer immer noch den Kolben über den Schädel ziehen«, tröstete Willa, stellte sich hinter sie und hielt Tess' Arm ruhig. »Konzentrier dich!«

»Ich habe mich konzentriert. Es liegt nur an diesen winzigen Kugeln. Wenn ich eine größere Waffe hätte, so wie du ...«

»Dann würde dich der Rückstoß jedesmal aus dem Gleichgewicht bringen. So lange, bis du einigermaßen weißt, was du tust, benutzt du eine Damenpistole. Jetzt komm schon, sogar Lily trifft fünf von zehn.«

»Ich hab' eben meinen Rhythmus noch nicht gefunden.« Sie schoß erneut und runzelte die Stirn. »Das war näher dran, ich weiß es genau.«

»Prima. Wenn du in diesem Tempo weitermachst, triffst du in einem halben Jahr ein Scheunentor.« Willa zog ihren Armeerevolver aus dem Halfter, den sie sich um die Hüften geschnallt hatte. Die schwere 45er war ihre erklärte Lieblingswaffe. Rasch und sicher holte sie mit sechs Schüssen sechs Dosen herunter, die sie auf einem Zaun aufgereiht hatte.

»Bravo, Annie Oakley.« Tess schnüffelte beleidigt, konnte jedoch nicht vermeiden, daß eine Welle von Bewunderung und Neid in ihr aufstieg. »Wie, zum Teufel, hast du das gemacht?«

»Man braucht Konzentration, eine sichere Hand und einen scharfen Blick.« Lächelnd schob sie den Revolver in seinen Halfter zurück. »*Du* brauchst vielleicht noch ein bißchen mehr. Gibt es jemanden, den du nicht leiden kannst?«

»Abgesehen von dir?«

Willa hob lediglich eine Braue. »Wer war der erste Junge, der dich sitzengelassen und dir das Herz gebrochen hat?«

»Niemand läßt mich sitzen, meine Gute.« Doch dann verzog Tess schmollend die Lippen. »Da war die Sache mit Joey Columbo in der sechsten Klasse. Der kleine Mistkerl ist erst mit mir gegangen, dann hat er sich an meine beste Freundin herangemacht.«

»Stell dir sein Gesicht vor, wenn du auf die Dose dort zielst, und verpaß ihm eins genau zwischen die Augen.«

Tess biß die Zähne zusammen und zielte. Ihr Finger, der am Abzug lag, zitterte. Dann ließ sie die Waffe lachend sinken. »Himmel, ich kann doch keinen Zehnjährigen erschießen!«

»Er ist inzwischen erwachsen, lebt in Bel Air und macht sich immer noch über das pummelige Hühnchen lustig, das er auf der Junior High sitzengelassen hat.«

»Dem werd' ich's zeigen.« Sie zeigte ihre Zähne, als sie den Schuß abgab. »Ich hab' sie gestreift.« Freudig tanzte sie im Kreis herum, bis Willa ihr vorsichtig die Pistole abnahm.

Sie wollte verhindern, daß Tess sich in den Fuß schoß. »Sie hat sich bewegt.«

»Vermutlich der Wind.«

»Von wegen. Ich habe Joey Columbo erschossen.«

»Nur eine Fleischwunde.«

»Jetzt gerade liegt er am Boden und haucht sein Leben aus.«

»Du fängst an, die Sache ein bißchen zu sehr zu genießen«, rügte Lily. »Ich werde mir lieber vorstellen, an einer dieser Schießbuden auf dem Jahrmarkt zu stehen und zu versuchen, einen großen Stoffteddy zu gewinnen.« Sie wurde rot, als sich ihre Schwestern zu ihr umdrehten und sie ansahen. »Bei mir hilft das.«

»Welche Farbe?« fragte Willa nach einigen Sekunden. »Welche Farbe soll der Teddy haben?« bohrte sie nach.

»Pink.« Lily schielte zu Tess hinüber, die zu prusten anfing. »Ich liebe pinkfarbene Teddys, und ich habe immerhin schon ein Dutzend davon gewonnen, während du nur die Luft durchlöchert hast.«

»Oha, die Katze zeigt ihre Krallen. Los, wir veranstalten ein Wettschießen. Ohne dich, du Revolverheldin«, lachte Tess, Willa beiseite schiebend. »Das wird zwischen mir und der Teddybärfreundin ausgetragen.« Sie beugte sich zu Lily. »Mal sehen, ob du dem Druck standhältst, Schwesterchen.«

»Dann würde ich vorschlagen, daß ihr zunächst einmal nachladet.« Willa bückte sich und griff nach der Munitionsschachtel.

»Was bekommt denn der Sieger?« Sorgfältig lud Tess ihre Pistole. »Außer persönlicher Befriedigung natürlich. Wir brauchen einen Preis. Ich laufe immer dann zu Hochform auf, wenn ich ein lohnendes Ziel vor Augen habe.«

»Der Verlierer übernimmt eine Woche lang die Wäsche«, beschloß Willa. »Bess kann eine Verschnaufpause brauchen.«

»Oh.« Lily hob den Kopf. »Ich würde ihr gerne …«

»Nichts da.« Kopfschüttelnd blickte Willa Tess an. »Einverstanden?«

»Die gesamte Wäsche. Auch die etwas intimeren Kleidungsstücke?«

»Alles, deine französischen Spitzenhöschen eingeschlossen.«

»Aber bitte von Hand. Daß mir ja keine Seide in die Waschmaschine kommt.« Mit dem Handel sehr zufrieden, trat Tess einen Schritt zurück. »Du zuerst«, sagte sie zu Lily.

»Jeder zwölf Schuß, in zwei Runden zu je sechs. Mach dich bereit, Lily.«

»Okay.« Lily holte tief Luft und rekapitulierte noch einmal alles, was Willa ihr beigebracht hatte. Es hatte Tage gedauert, bis sie es fertigbrachte, nicht mehr krampfhaft die Augen zuzukneifen, sobald sie den Abzug betätigte, und sie war stolz auf ihre Fortschritte. Lily feuerte sicher und gleichmäßig und sah, wie vier Dosen vom Zaun flogen.

»Vier von sechs. Nicht schlecht. Waffen runter, meine Damen«, befahl Willa, als sie hinging und die Dosen wieder aufstellte.

»Das schaffe ich doch glatt.« Tess straffte die Schultern. »Die hole ich alle runter. Ich sehe diesen sommersprossigen Bastard Joey Columbo gleich in sechsfacher Ausfertigung. Wetten, daß er gerade seine zweite Scheidung einleitet? Treuloses, kaugummikauendes Miststück!«

Sie überraschte alle, sich selbst eingeschlossen, damit, daß sie drei Dosen herunterholte. »Die andere hab' ich auch getroffen, ich hab's genau gehört.«

»Der Schuß gilt«, stimmte Lily großzügig zu. »Es steht unentschieden.«

»Nachladen.« Willa amüsierte sich königlich. Wieder ging sie zum Zaun und stellte die Dosen in Reih und Glied auf. Als sie sich umdrehte, sah sie Nate auf sie zukommen. Willa winkte ihm grüßend zu.

»Nicht schießen!« Nate blieb stehen und hob die Hände, als Lily und Tess sich umdrehten. »Ich bin unbewaffnet.«

»Möchtest du dir vielleicht einen Apfel auf den Kopf legen?« Tess klimperte mit den Wimpern, ging zu ihm und gab ihm einen herzhaften Kuß.

»Noch nicht einmal dir zuliebe, du Meisterschützin.«

»Wir veranstalten gerade ein Wettschießen«, informierte

Willa ihn. »Lily, du bist an der Reihe. Ich sehe einen riesigen pinkfarbenen Teddybären in deiner Zukunft.« Lachend stemmte sie die Hände in die Hüften. »Ich erklär' dir die Zusammenhänge später«, meinte sie zu Nate, dann stieß sie einen Jubelruf aus, als Lily fünf von sechs Dosen traf. »Du kannst bald in einer Wildwestshow auftreten, wenn du so weitermachst. Jetzt zeig, was in dir steckt, Hollywood.«

»Das werdet ihr gleich sehen.«

Doch Tess' Handflächen waren feucht geworden. Der Geruch nach Pferden und Rasierwasser, der von Nate ausging, irritierte sie. Sie rollte kurz ihre verspannten Schultern, zielte und drückte ab. Alle sechs Schüsse gingen ins Leere.

»Ich konnte mich nicht richtig konzentrieren«, maulte sie, als Willa applaudierte und Lilys Hand hochriß. »Du hast mich abgelenkt«, beschwerte sie sich bei Nate.

»Schätzchen, du bist ein Naturtalent. Nicht jeder bringt es fertig, sechs von sechs Schüssen zu verpatzen.« Nate nahm ihr vorsichtshalber die Pistole aus der Hand und tröstete sie mit einem langen Kuß.

Willa feixte. »Vergiß nicht, die hellen Sachen auszusortieren, schöne Wäscherin. Und heb deine leeren Patronenhülsen auf.«

Lily rückte näher an Tess heran, während sie die Hülsen einsammelten. »Ich helfe dir bei der Wäsche«, flüsterte sie ihrer Schwester zu.

»Das wirst du schön bleibenlassen. Ich stehe zu meiner Wette.« Tess legte den Kopf auf die Seite. »Aber das nächste Mal trittst du im Armdrücken gegen mich an.«

»Ich fahre jetzt nach Ennis, um unsere Vorräte aufzustokken.« Nate trat von einem Fuß auf den anderen und bemühte sich, nicht zu auffällig auf Tess' Kehrseite in den hautengen Jeans zu starren, während sie sich nach den Patronenhülsen bückte. »Und da dachte ich, ich schau' mal kurz bei euch vorbei und frage, ob ihr irgend etwas braucht.«

Das kannst du deiner Großmutter erzählen, dachte Willa, der nicht entgangen war, wohin sein Blick immer wieder wanderte. »Danke, aber Bess hat vor ein paar Tagen einen Großeinkauf getätigt.«

Tess richtete sich auf. »Hättest du gerne eine nette Begleiterin auf deiner Fahrt?«

»Gerne.«

Ohne ihn aus den Augen zu lassen, drückte Tess Willa die leeren Hülsen in die Hand. »Ich hole nur schnell meine Tasche.« Sie hakte sich bei Nate ein und warf ihrer Schwester über die Schulter hinweg einen vielsagenden Blick zu. »Sag Bess, daß ich nicht zum Abendessen komme.«

»Sieh du nur zu, daß du am Waschtag wieder da bist«, rief Willa ihr nach. »Sie hat ihn schon fest an der Leine«, erklärte sie Lily.

»Sie scheinen aber auch gut miteinander auszukommen«, sagte ihre Schwester. »Jedesmal, wenn er sie sieht, strahlt er, als ob für ihn gerade die Sonne aufgegangen wäre.«

»Weil er genau weiß, daß er unweigerlich mit ihr im Bett landen wird.« Willa mußte lachen, als sie Lilys mißbilligenden Blick auffing. »Na ja, wenn es die beiden glücklich macht. Ich kann nur nicht begreifen, warum alle Welt so verrückt auf Sex ist.«

»Hast du Angst davor?«

Diese Frage, und dann auch noch ausgerechnet aus Lilys Mund, kam für Willa so unerwartet, daß es ihr beinahe die Sprache verschlug. »Wie bitte?«

»Ich hatte immer Angst davor; schon bevor ich Jesse kennenlernte, während unserer Ehe und auch noch danach.« Mit mechanischen Bewegungen sammelte Lily die Dosen ein. »Ich glaube, es ist ganz natürlich, sich davor zu fürchten, wenn man noch keine Erfahrung hat. Man weiß nicht, wie man sich verhalten soll oder ob man etwas falsch macht, und man will sich auf gar keinen Fall lächerlich machen.«

»Was kann man denn dabei schon falsch machen?«

»Viel. Ich habe vieles falsch gemacht oder glaubte es zumindest. Aber bei Adam war alles anders. Als ich erkannt hatte, daß ich ihm wirklich etwas bedeute, hatte ich überhaupt keine Angst mehr.«

»Wie könnte man sich auch vor Adam fürchten?«

Ein feines Lächeln spielte um Lilys Lippen, dann wurde

sie wieder ernst. »Du hast noch kein Wort darüber verloren, daß ich, du weißt ja, daß ich mit ihm zusammen bin.« Sie atmete tief aus und sah zu, wie ihr Atem in der kühlen Luft einen feinen Nebel bildete, der sich dann gleich wieder auflöste. »Daß ich mit ihm ins Bett gehe.«

»Tatsächlich?« Willa schnalzte mit der Zunge. »Ich dachte, er würde jeden Abend an der Hintertür auf dich warten und dich kurz vor dem Morgengrauen wieder zurückbringen, weil ihr heimlich Canasta spielt. Und jetzt erzählst du mir, daß ihr miteinander schlaft? Ich bin schockiert.«

Das Lächeln kehrte auf Lilys Gesicht zurück. »Adam meint, wir würden niemanden an der Nase herumführen.«

»Warum solltet ihr auch?«

»Er ... er hat mich gebeten, zu ihm zu ziehen, aber ich wußte nicht, was du dazu sagen würdest. Immerhin ist er dein Bruder.«

»Du machst ihn glücklich.«

»Das möchte ich auch.« Sie zögerte kurz, dann zog sie eine Kette aus ihrem Hemd und schloß die Finger um den Anhänger. »Er will ... er hat mir das hier gegeben.«

Willa trat näher und blickte in Lilys Hand. Es war ein schlichter, mit kleinen Diamanten besetzter Goldring. »Er gehörte meiner Mutter«, flüsterte Willa. Ihre Kehle war wie zugeschnürt. »Adams Vater hat ihn ihr geschenkt, als er sie heiratete.« Sie hob den Kopf und sah Lily an. »Adam hat dich gebeten, seine Frau zu werden.«

»Ja.« Sein Heiratsantrag hatte sie zutiefst gerührt. Es waren schlichte, aufrichtige Worte und ernstgemeinte Versprechungen gewesen. »Ich konnte ihm noch keine Antwort geben, es kam mir unrecht vor. Ich habe schon einmal soviel Unglück verursacht ...« Sie brach ab. »Ich war schon einmal unglücklich verheiratet«, berichtigte sie sich. »Außerdem bin ich erst ein paar Monate hier, deswegen dachte ich, ich sollte zuerst mit dir sprechen.«

»Das hat mit mir überhaupt nichts zu tun, in keinster Weise«, beharrte sie, als Lily protestieren wollte. »Diese Angelegenheit geht nur Adam und dich etwas an. Ich freue mich sehr für euch beide. Mach den Ring von der Kette ab,

Lily, steck ihn an und geh Adam suchen. Nein, nicht weinen.« Sie beugte sich vor und gab Lily einen Kuß auf die Wange. »Sonst denkt er noch, etwas wäre nicht in Ordnung.«

»Ich liebe ihn.« Lily streifte die Kette über den Kopf und löste den Ring. »Ich liebe ihn von ganzem Herzen. Er paßt«, murmelte sie, als sie sich den Ring an den Finger steckte, »genau wie Adam gesagt hat.«

»Er paßt wie für dich gemacht«, stimmte Willa ihr zu. »Geh zu Adam und sag ihm, daß du ihn heiraten willst. Ich räume inzwischen hier auf.«

Als der Wagen über die holprige Zubringerstraße fuhr, räkelte sich Tess genüßlich.

»Für jemanden, der gerade ein Wettschießen verloren hat, siehst du ausgesprochen selbstzufrieden aus.«

»Ich fühle mich auch rundum wohl, ich weiß nur nicht, warum.« Tess ließ die Arme sinken, sah aus dem Fenster und bewunderte die Landschaft. Nur schneebedeckte Berge und endloses, weites Land. »Mein Leben ist völlig aus den Fugen geraten. Ein wahnsinniger Killer läuft immer noch frei herum, ich habe seit zwei Monaten keine Maniküre mehr gehabt und bin tatsächlich von der Aussicht begeistert, in irgendeinem kleinen Provinznest einen Schaufensterbummel machen zu können. Gott steh mir bei.«

»Du magst deine Schwestern.« Nate zuckte nur die Achseln, als sie ihn spöttisch angrinste. »Du hast sie allen Widrigkeiten zum Trotz ins Herz geschlossen, Tess. Ich habe euch drei da draußen beobachtet, und ich sage dir, ich sah eine verschworene Gemeinschaft.«

»Wir haben ein gemeinsames Ziel, weiter nichts. Wir wollen nur uns selbst und unser Erbe schützen.«

»Unsinn.«

Tess schnitt eine Grimasse und verschränkte die Arme vor der Brust. »Verdirb mir nicht meine gute Laune, Nate.«

»Ich sah die Mercy-Frauen. Eine Einheit. Teamwork und Zuneigung.«

»Die Mercy-Frauen.« Tess ließ die Worte auf der Zunge

zergehen, dann verzog sie nachdenklich die Lippen. Klang gar nicht schlecht, dachte sie bei sich. »Na ja, ich muß zugeben, daß Will mir nicht mehr ganz so sehr auf die Nerven geht wie am Anfang. Aber das kommt daher, weil sie sich langsam anpaßt.«

»Und du hast dich nicht geändert?«

»Warum sollte ich? An mir ist ja schließlich nichts auszusetzen.« Mit einem Finger strich sie ihm über den Oberschenkel. »Oder doch?«

»Abgesehen davon, daß du hochnäsig, eingebildet und dickköpfig bist, gar nichts.« Er atmete tief ein, als ihre Finger weiter nach oben wanderten.

»Und gerade das magst du so an mir.« Einer plötzlichen Eingebung folgend, wand sie sich aus ihrem Mantel.

»Ist es hier drin zu warm?« Automatisch streckte Nate die Hand nach dem Heizungsregler aus.

»Noch nicht, aber gleich«, versprach sie und zog sich den Pullover über den Kopf.

»Was machst du denn da?« Vor Schreck kam er beinahe von der Straße ab. »Zieh dich sofort wieder an.«

»O nein. Fahr rechts ran!« Tess öffnete den Vorderverschluß ihres BHs und legte ihre Brüste frei.

»Wir befinden uns auf einer öffentlichen Straße. Es ist hellichter Tag.«

Sie griff zu ihm hinüber, zog den Reißverschluß seiner Hose auf und stellte fest, daß ihn die Situation nicht unbeteiligt gelassen hatte. »Na und?«

»Du hast wohl den Verstand verloren. Hier kann jeden Moment jemand vorbeikommen und ... um Himmels willen, Tess«, stammelte er, als sie den Kopf unter seinen Arm hindurchschob und ihre Lippen auf seinen Mund preßte. »Gleich geschieht ein Unglück.«

»Fahr rechts ran«, wiederholte sie, doch der neckende Unterton war aus ihrer Stimme gewichen. Hastig riß sie sein Hemd auf. »Ich will dich spüren. Jetzt sofort.«

Der Jeep schlingerte gefährlich, die Reifen quietschten, doch Nate brachte es fertig, ihn an den Straßenrand zu lenken, ohne daß sie sich überschlugen. Er zog mit einem Ruck die Handbremse an, befreite sich von seinem Sicherheitsgurt und drückte sie mit einer einzigen Bewegung rücklings in den Sitz, während er mit ihren Jeans kämpfte.

»Dafür können wir ins Kittchen wandern, wegen Erregung öffentlichen Ärgernisses«, keuchte er.

»Das Risiko gehe ich ein. Schnell!«

»Wir – o Gott!« Unter ihren Jeans trug sie nur nackte Haut. »Du mußt ja entsetzlich frieren.« Noch während er sprach, zerrte er ihr schon die Jeans über die Hüften. »Warum hast du keine lange Unterhose an?«

»Ich muß wohl geistesgestört sein.« Eine Flamme heißen Verlangens durchzuckte sie, und ihr tiefes, kehliges Stöhnen verschmolz mit dem seinen, als er hart in sie eindrang.

Die Fensterscheiben beschlugen, und der Sitz quietschte, während er wieder und wieder kraftvoll in sie hineinstieß, bis sie fast gleichzeitig zum Höhepunkt gelangten.

»Du lieber Himmel.« Völlig außer Atem blieb Nate reglos auf ihr liegen. »Ich glaube, ich bin verrückt geworden.«

Tess schlug die Augen auf – und begann schallend zu lachen, bis ihre Rippen schmerzten. »Nate Torrence, angesehener, allseits respektierter Anwalt und Salz der Erde, wie, zum Teufel, willst du erklären, wie die Abdrücke meiner Stiefel an die Decke deines Autos gekommen sind?«

Nate blickte hoch, betrachtete die verräterischen Flecke und seufzte. »Gar nicht. Ich habe ja auch keine einleuchtende Erklärung für die nicht zu übersehende Tatsache, daß sich an diesem Hemd kein einziger Knopf mehr befindet.«

»Ich kauf' dir ein neues.« Tess setzte sich auf, rückte ihren BH zurecht und hakte den Verschluß zu, dann strich sie sich flüchtig über die Haare und hob die Hüften an, um ihren Pullover darunter hervorzuziehen. »Auf nach Ennis, einkaufen!«

Kapitel 8

»Kann ich dich mal kurz sprechen, Will?«

Willa blickte von den Papieren auf, mit denen ihr Schreibtisch übersät war, und riß sich von den Zahlen los, mit denen sie sich gerade beschäftigt hatte. Himmel, waren die Preise für Saatgut gestiegen, aber wenn sie ihre Pläne verwirklichen wollte, war es Zeit, an die Aussaat zu denken. Ihre Gedanken kreisten immer noch um Zahlen und Fakten, als sie das vor ihr liegende Buch zuschlug.

»Entschuldige, Ham. Komm rein und setz dich. Gibt es ein Problem?«

»Nicht direkt.«

Ham nahm seinen Hut ab und ließ sich dankbar auf einen Stuhl nahe beim Kaminfeuer sinken. Die winterliche Kälte machte seinen Knochen schwer zu schaffen. Nein, berichtigte er sich in Gedanken, das Alter machte ihm zu schaffen. Er fühlte, wie die Jahre mit jedem Winter, der verstrich, stärker auf ihm lasteten.

»Ich habe vor kurzem zufällig Beau Radley getroffen«, begann er. »Du weißt doch, ihm gehört die High Springs Ranch.«

»Ja, ich erinnere mich an Beau.« Willa stand auf, um Holz nachzulegen. Sie kannte Hams kälteempfindliche Knochen. »Lieber Gott, Ham, er muß inzwischen doch an die achtzig sein.«

»Wird im Frühjahr dreiundachtzig, hat er mir gesagt. Bei ihm kommt man ja kaum zu Wort.« Ham legte den Hut auf seinen Schoß und trommelte mit den Fingern auf der Armlehne seines Stuhls.

Es war ein merkwürdiges Gefühl, Willa mit einer Tasse Kaffee hinter dem Schreibtisch sitzen zu sehen; dort, wo der alte Jack stets gesessen hatte, meistens mit einem Glas Whiskey in der Hand. Ham hatte stets gestaunt, wieviel der Mann vertragen konnte.

Willa bezwang ihre Ungeduld. Wenn Ham etwas zu sagen hatte, dann dauerte es immer unendlich lange, bis er auf den Punkt kam.

»Beau Radley, Ham.«

»Ja, ja. Du weißt doch, daß sein Sohn runter nach Scottsdale, Arizona, gezogen ist, so vor zwanzig, fünfundzwanzig Jahren. Das wäre dann Beau junior.«

Der Willas Schätzung nach auch schon um die sechzig sein mußte. »Und?«

»Nun ja, Beaus Frau, das ist Heddy Radley, du weißt schon, die, die immer mit ihren eingelegten Wassermelonen Preise gewonnen hat, erinnerst du dich? Also es scheint, daß sie ziemlich stark unter Arthritis zu leiden hat.«

»Tut mir leid, das zu hören.« Je nachdem, wie früh das Wetter umschlug, überlegte Willa, würde sie versuchen, Lily dazu zu bewegen, einen Küchengarten anzulegen.

»Der Winter war bislang recht streng«, schwafelte Ham weiter. »Das kann noch eine ganze Weile so bleiben, und bald kommt die Kälberzeit.«

»Ich weiß. Ich überlege schon, ob wir noch einen zusätzlichen Stall bauen sollten.«

»Kann man drüber nachdenken«, meinte Ham unverbindlich. Dann holte er sein Tabakpäckchen hervor und begann, sich langsam und bedächtig eine Zigarette zu drehen. »Beau will seine Ranch verkaufen und zu seinem Sohn nach Scottsdale ziehen.«

»So?« Willas Interesse war geweckt. High Springs verfügte über ausgezeichnetes Weideland.

»Hat mit einem dieser Immobilienhaie ein Geschäft gemacht.« Ham befeuchtete das Blättchen mit der Zunge und spie leicht aus. Ob sie das als Kommentar zum Thema Immobilienmakler werten sollte oder ob ihm einfach nur ein Tabakkrümel in den Mund geraten war, konnte Willa nicht sagen. »Der will auf dem Land so ein piekfeines Hotel mit allem Drum und Dran errichten. Eine Art Ferienranch für gestreßte Großstädter.«

»Also ist das Geschäft schon zum Abschluß gekommen?«

»Er behauptet, alles wäre perfekt. Er würde das Dreifache des Marktpreises für Weideland bekommen, sagt er. Der Teufel soll diese verdammten Aasgeier von Maklern holen!«

»Damit hat sich die Sache erledigt. Mit dem Angebot können wir nicht mithalten.« Willa atmete hörbar aus und rieb sich das Gesicht. Ein anderer Gedanke schoß ihr durch den Kopf, und sie fragte: »Wie steht's denn mit seinen Geräten, dem Vieh und den Pferden?«

»Dazu komme ich jetzt.«

Ham blies eine Rauchwolke in die Luft und sah ihr nach, wie sie zur Decke aufstieg.

»Er hat einen fast neuwertigen Mähdrescher, kaum drei Jahre alt, den könnte Wood bestimmt gut gebrauchen. Von seinen Pferden halte ich nicht viel, aber mit Rindern kannte er sich aus, der alte Beau.« Wieder legte er eine Pause ein.

»Ich sagte ihm, meiner Meinung nach würdest du zweifünfzig pro Stück Vieh zahlen, und er schien ganz zufrieden damit.«

»Wieviel Stück hat er denn?«

»Ungefähr zweihundert, erstklassige Herefords.«

»In Ordnung. Kauf sie!«

»Gut. Da wäre noch etwas.« Ham drückte seine Zigarette aus, lehnte sich gemütlich zurück und genoß die Wärme des prasselnden Feuers. »Beau hat zwei Mitarbeiter, einer ist ein Collegebursche aus Bozeman, den er letztes Jahr eingestellt hat, einer dieser Experten für Viehzucht. Beau sagt, er hat zwar ziemlich hochfliegende Ideen, aber ein ausgesprochen helles Köpfchen. Eine Leuchte auf dem Gebiet der Rassenkreuzung und Embryonenverpflanzung. Der andere heißt Ned Tucker, den kenne ich schon fast zehn Jahre. Ein guter Cowboy und zuverlässiger Arbeiter.«

»Stell beide ein«, sagte Willa in die nächste Pause hinein, »und zahl ihnen denselben Lohn, den sie in High Springs bekommen haben.«

»Auch darüber habe ich mit Beau gesprochen. Ihm gefiel der Vorschlag. Weißt du, er hält viel von Ned, und es wäre ihm lieb, wenn er auf einer Ranch wie Mercy unterkommen könnte.« Ham wollte aufstehen, überlegte es sich aber anders und lehnte sich wieder zurück. »Ich habe noch etwas zu sagen.«

Willa hob die Brauen. »Schieß los!«

»Ich glaube, du bist der Meinung, ich wäre mit meinem Job überfordert.«

Nun sah sie ihn völlig entgeistert an. »Wie kommst du denn auf die Idee?«

»Weil du offenbar neben deiner Arbeit auch noch die Hälfte von meiner erledigst, abgesehen von all dem, worum du dich sonst noch so kümmerst. Wenn du dich nicht in dieser Höhle vergräbst und den Papierkram durchgehst, dann reitest du die Zäune ab, hilfst bei den Reparaturen oder verarztest Rinder.«

»Ich trage jetzt die Verantwortung für die Ranch, und du weißt verdammt gut, daß ich den Betrieb ohne dich nicht in Gang halten könnte.«

»Schon möglich.« Immerhin hatte ihm diese Bemerkung ihre ungeteilte Aufmerksamkeit eingetragen. »Vielleicht frage ich mich aber auch, was in aller Welt du einem Toten beweisen willst.«

Willa öffnete den Mund, schloß ihn wieder und schluckte. »Ich habe keine Ahnung, wovon du redest.«

»Erzähl mir doch keine Märchen.« Der Ärger trieb ihm das Blut ins Gesicht. Streitlustig sprang er auf. »Meinst du vielleicht, ich hätte keine Augen im Kopf? Meinst du, jemand, der dir den Hintern versohlt hat, wenn es sein mußte, der dir deine Schrammen verpflastert hat, wenn du hingefallen bist, wüßte nicht, was in deinem Kopf vorgeht? Du hörst mir jetzt gut zu, Mädchen, auch wenn ich dich nicht mehr übers Knie legen kann. Du kannst dich hier abschuften bis zum Jüngsten Tag, ohne daß dein Einsatz Jack Mercy auch nur ein einziges anerkennendes Wort entlocken würde.«

»Die Ranch gehört jetzt mir«, erwiderte Willa betont ruhig, »oder zumindest ein Drittel davon.«

Er nickte, hocherfreut, einen Anflug von Groll aus ihrer Stimme herauszuhören. »Ja, richtig. Und sogar mit seinem Letzten Willen hat er dir noch einen Schlag ins Gesicht versetzt, genau wie er dich dein ganzes Leben lang nicht hat zum Zuge kommen lassen. Er hat dich noch vom Grab aus ungerecht behandelt. Gut, ich habe jetzt eine etwas bessere Meinung von den anderen beiden Mädchen als am Anfang, aber darum geht es jetzt gar nicht. Er hat dir all das nur deshalb angetan, weil er die Macht dazu hatte und weil er immer nur das getan hat, was er wollte. Es wurden Außenseiter als Inspektoren eingesetzt, Leute, die nicht zur Mercy Ranch gehörten.«

Trotz des Unmuts, der sich in ihr breitmachte, erkannte sie plötzlich etwas, was sie bislang übersehen hatte. »Er hätte dich wählen müssen«, sagte sie langsam. »Es tut mir leid, Ham. Seltsamerweise ist mir dieser Gedanke noch gar nicht gekommen. Du hättest während des Probejahres die Oberaufsicht führen sollen. Ich hätte früher darauf kommen und bemerken müssen, wie demütigend Pas Entscheidung für dich gewesen ist.«

In diesem Punkt mußte er ihr recht geben, aber es gab Demütigungen – wenn auch nur wenige –, mit denen er leben konnte. »Ich mache dir keine Vorwürfe deswegen, und ich fühle mich auch nicht sonderlich gedemütigt. So etwas sah ihm ähnlich.«

»Ja.« Willa seufzte tief. »Das sah ihm ähnlich.«

»Ich habe nichts gegen Ben oder Nate, das sind gute Männer mit ausgeprägtem Gerechtigkeitssinn. Und nur ein ausgemachter Trottel hätte nicht bemerkt, was Jack beabsichtigte, als er Ben hierherholte. Er wollte, daß er in deiner Nähe ist. Aber auch das ist im Moment unmaßgeblich.« Ham winkte ab, als sie die Stirn runzelte. »Du hast keinen Anlaß, Jack Mercy irgend etwas zu beweisen. Und es ist an der Zeit, daß dir das mal gesagt wird.« Er nickte zur Bestätigung. »Was ich hiermit getan habe.«

»Ich kann einfach nicht dagegen an. Er war mein Vater.«

»Wir zapfen auch einem Bullen Sperma ab und injizieren es einer Kuh, aber das macht den Bullen noch lange nicht zum Vater.«

Verblüfft sprang Willa auf und sah ihn an. »Ich hab' dich noch nie so über ihn reden hören. Ich dachte, ihr wäret Freunde gewesen.«

»Ich habe ihn als Viehzüchter respektiert, aber ich habe nie behauptet, daß ich für ihn als Mensch viel übriggehabt hätte.«

»Warum bist du dann geblieben? All die Jahre lang?«

Er blickte sie forschend an, dann schüttelte er mehrmals bedächtig den Kopf. »Das ist eine selten dämliche Frage.«

Meinetwegen, dachte sie und fühlte sich plötzlich seltsam beschämt. Da sie sich nicht überwinden konnte, ihm ins Gesicht zu sehen, wandte sie sich ab und starrte aus dem Fenster. »Du hast mir damals das Reiten beigebracht.«

»Irgendeiner mußte es ja tun.« Seine Stimme klang heiser vor Rührung, und er räusperte sich verlegen. »Sonst hättest du dir noch den Hals gebrochen, weil du heimlich auf die Pferde geklettert wärst, wenn keiner aufgepaßt hätte.«

»Als ich mir mit acht Jahren bei einem Sturz den Arm gebrochen habe, da hast du mich gemeinsam mit Bess ins Krankenhaus gebracht.«

»Diese Frau war viel zu aufgeregt, um sich ans Steuer zu setzen. Höchstwahrscheinlich hätte sie unterwegs noch einen Unfall gebaut.« Unbehaglich rutschte er auf dem Stuhl hin und her und knetete seine kurzen Finger.

Wenn seine Frau nicht zwei Jahre nach ihrer Hochzeit gestorben wäre, hätte er vielleicht selber Kinder gehabt. Doch er hatte aufgehört, sich deswegen zu grämen und über Dinge nachzugrübeln, die sich nicht ändern ließen. Er konnte seine ganze Liebe auf Willa richten.

»Aber ich rede nicht von der Vergangenheit, sondern von der Gegenwart. Du mußt ein bißchen kürzertreten, Will.«

»Ich kann nicht, Ham. Ständig sehe ich dieses Mädchen vor mir, oder Pickles. Wenn ich die Augen schließe, dann habe ich ihr Bild vor mir.«

»Du kannst das, was geschehen ist, nicht mehr rückgängig machen. Und du hast an den Ereignissen keine Schuld. Dieser Dreckskerl tut das, was er tut, einzig und allein deshalb, weil er die Macht dazu hat.«

Fast genau dieselben Worte hatte er gebraucht, als er über ihren Vater sprach. Unwillkürlich erschauerte sie. »Ich möchte nicht noch ein Menschenleben auf dem Gewissen haben, Ham. Ich glaube nicht, daß ich das ertragen könnte.«

»Himmel noch mal, kannst du eigentlich nicht zuhören!« Der wutentbrannte Ausruf veranlaßte sie, sich umzudrehen und ihn anzustarren. »Du hast gar nichts auf dem Gewissen, und wenn du dir weiterhin das Gegenteil einredest, dann bist du noch dümmer, als du aussiehst. Was passiert ist, ist passiert, und du kannst nichts daran ändern. Es ist wirklich überflüssig, daß du dich vierundzwanzig Stunden am Tag um jeden einzelnen Morgen der Ranch kümmerst. Es wird Zeit, daß du dich mal wieder wie eine Frau benimmst.«

Willa sah ihn fassungslos an. Ham vergriff sich nur dann im Ton, wenn seine Geduld über Gebühr strapaziert worden war. Und sie hatte noch nie erlebt, daß er auf ihr unweibliches Verhalten anspielte. »Wie darf ich denn das verstehen?«

»Wann hast du dich das letzte Mal schick angezogen und bist ausgegangen, um dich zu amüsieren?« wollte er wissen, obwohl ihn das heikle Thema in nicht geringe Verlegenheit brachte. »Ich rede jetzt nicht von der Silvesterparty und diesem Fetzen, den du da anhattest und der bewirkt hat, daß sich die Jungs die Hälse nach dir verrenkt haben.«

Die Mißbilligung in seiner Stimme reizte sie zum Lachen. »Tatsächlich?«

»Wenn ich dein Pa wäre, hätte ich dich sofort wieder nach oben geschickt, damit du dir ein anständiges Kleid anziehst, aber nicht, ohne dir vorher noch ein paar passende Worte zu sagen.« Da ihm sein Gefühlsausbruch peinlich war, drehte er sich um und stülpte seinen Hut auf den Kopf. »Aber die Sache ist vorbei und vergessen. Jetzt frage ich mich, warum du nicht den jungen McKinnon dazu bringst, dich zum Essen auszuführen oder mit dir ins Kino zu gehen oder sonst irgend etwas in dieser Art, statt daß du von früh bis spät in schlammbedeckten Stiefeln durch die Gegend läufst. Das ist meine Meinung, und dabei bleibe ich.«

»Und du hast deiner Meinung heute nachmittag nun wirklich unmißverständlich Ausdruck verliehen.« Was bedeutete, daß er seinen Unmut lange in sich hineingefressen haben mußte, dachte sie. »Aber wie kommst du eigentlich auf die Idee, daß ich daran interessiert sein könnte, mit Ben McKinnon auszugehen?«

»Die Art, wie ihr beiden aneinandergeklebt und so getan habt, als würdet ihr tanzen, ließ keine Fragen mehr offen.«

Daß Ben während des Pokerspiels letzte Woche auf Three Rocks ständig versucht hatte, ihm möglichst viele Informationen über sie zu entlocken, behielt er für sich. Gespräche am Kartentisch behandelte er ebenso vertraulich wie ein Pfarrer die Beichten seiner Schäfchen. »Mehr habe ich dazu nicht zu sagen.«

»Bist du da ganz sicher?« erkundigte sie sich süß. »Kein Kommentar zu meiner Diät, meiner Körperhygiene oder meinen gesellschaftlichen Umgangsformen?«

Kleines Biest, dachte er, ein Lächeln unterdrückend. »Du ißt wie ein Spatz, du achtest einigermaßen auf dein Äußeres, und soweit ich das beurteilen kann, verfügst du über keinerlei gesellschaftliche Umgangsformen.« Zufrieden registrierte er, daß sie finster die Stirn runzelte. »Ich hab' noch zu arbeiten.« Er war schon fast zur Tür hinaus, da drehte er sich noch einmal um. »Stu McKinnon geht es gar nicht gut.«

»Mr. McKinnon ist krank? Was hat er denn?«

»Nur eine Grippe, aber er ist noch nicht wieder auf dem Posten. Bess hat eine süße Kartoffelpastete gebacken. Wäre nett von dir, wenn du sie eben rüberbringen würdest. Stu hat eine Schwäche für süße Kartoffelpastete und für dich.«

»Und bei der Gelegenheit kann ich gleich an meinen mangelnden gesellschaftlichen Umgangsformen feilen, nicht wahr?« Willa schielte zum Schreibtisch hinüber, zu den Papieren, die dort auf sie warteten, dann sah sie den Mann an, der ihr alles beigebracht hatte, was sie heute konnte.

»In Ordnung, Ham. Ich fahre nach Three Rocks und besuche ihn.«

»Du bist ein gutes Mädchen, Will«, meinte Ham und verließ das Büro.

Auf der Fahrt zur Nachbarranch dachte sie noch einmal über alles nach. Zwei neue Mitarbeiter, zweihundert Stück Vieh. Ihr eigener hartnäckiger Wunsch, die Achtung eines Mannes zu erringen, dem nicht das geringste an ihr gelegen hatte. Und vielleicht ihr Mangel an Feingefühl gegenüber einem anderen Mann; einem Mann, der immer für sie dagewesen war. Hatte sie sich während der vergangenen Monate zu sehr in Hams Aufgabenbereich gedrängt? Wahrscheinlich ja. Nun, wenigstens das konnte sie ändern. Doch seine Bemerkungen hinsichtlich der Morde, so vernünftig und tröstlich sie auch geklungen hatten, konnten das Gefühl, die Verantwortung dafür zu tragen, nicht auslöschen. Ebensowenig wie die Angst.

Fröstelnd stellte sie die Heizung im Jeep höher. Die Straße war geräumt und gut befahrbar, der Schnee türmte sich zu beiden Seiten so hoch auf, daß sie sich vorkam, als würde sie durch einen weißen Tunnel fahren.

Im Nordwesten hatte eine Lawine drei Skifahrer in den Tod gerissen. Einige Jäger, die im Gebirge kampiert hatten, waren in einen Blizzard geraten und mußten mit dem Hubschrauber geborgen werden. Sie hatten schwere Erfrierungen davongetragen. Ein Teil des Freilandviehs einer benachbarten Ranch war Raubkatzen zum Opfer gefallen. Und zwei Bergsteiger wurden in den Bitterroots vermißt.

Und irgendwo da draußen lauerte ein Killer.

Das Wintersportgebiet Big Sky verzeichnete Rekordumsätze. Die Jäger, die mit den Wetterbedingungen besser zurechtkamen, behaupteten, dieses Jahr gäbe es Wild in Hülle und Fülle. Die ersten Fohlen waren bereits zur Welt gekommen, und die Rinder auf den Weiden im Tal setzten Fleisch an.

Tod und Leben lagen Willas Meinung nach entschieden zu nah beieinander.

Lily war bis über beide Ohren verliebt und plante eine Hochzeit im Frühling. Tess hatte Nate überredet, das Wochenende mit ihr in einem dieser eleganten Skihotels zu verbringen. Und Ham wollte, daß sie ausging und sich amüsierte.

Die Vorstellung jagte ihr entsetzliche Angst ein.

Unverhofft mußte sie hart abbremsen, um den Zusammenstoß mit einem Achtender, der plötzlich vor ihr auftauchte, zu vermeiden. Der Wagen schlingerte heftig, brach aus und schleuderte quer über die Straße, bevor er zum Stehen kam; woraufhin der Hirsch lediglich den Kopf hob und das Geschehen mit gelangweiltem Blick verfolgte.

»Du bist ja vielleicht ein Prachtkerl!« Willa mußte über sich lachen, als sie den Kopf gegen das Lenkrad lehnte und darauf wartete, daß das wilde Hämmern ihres Herzens nachließ. Dann klopfte jemand an ihr Fenster, so daß ihr Puls vor Schreck wieder zu rasen begann.

Das Gesicht auf der anderen Seite der Scheibe hatte sie noch nie gesehen. Ein ansprechendes Männergesicht, umrahmt von goldbraunem lockigem Haar, das unter einem dunkelbraunen Hut hervorquoll. Als sich die Lippen, die durch einen schmalen Schnurrbart betont wurden, zu einem freundlichen Lächeln verzogen, tastete sie unter dem Sitz verstohlen nach ihrer 38er Ruger.

»Sind Sie okay?« fragte der Mann, als sie das Fenster einen Spalt herunterkurbelte. »Ich war direkt hinter Ihnen und habe gesehen, wie der Wagen ins Schleudern geraten ist. Haben Sie sich verletzt?«

»Nein, mir geht es gut. Ich hab' ihn nur zu spät gesehen. Hätte besser aufpassen sollen.«

»Ganz schön strammer Bursche.« Jesse wandte den Kopf und sah dem Hirsch nach, der majestätisch am Straßenrand entlangschritt, dann über den Schneewall sprang und verschwand. »Ich wünschte, ich hätte mein Gewehr dabei. Das Geweih hätte sich an der Wand gut gemacht.« Er wandte sich wieder Willa zu und stellte belustigt fest, daß sie ihn mit einer Mischung aus Furcht und Mißtrauen betrachtete. »Ist wirklich alles in Ordnung, Miß Mercy?«

»Ja.« Ihre Finger schlossen sich um die Ruger. »Kenne ich Sie?«

»Vermutlich nicht. Aber ich hab' Sie dann und wann hier in der Gegend gesehen. Ich bin JC, ich arbeite seit ein paar Monaten auf Three Rocks.«

Willa entspannte sich ein wenig, kurbelte jedoch das Fenster nicht weiter herunter. »Aha, Weltmeister im Pokern.«

Jesse grinste entwaffnend. »Ich hab' schon einen gewissen Ruf erworben, wie ich sehe. Es ist mir ein Vergnügen, Ihnen indirekt, soll heißen auf dem Umweg über Ihre Männer, Geld abzuknöpfen. Sie sind immer noch ein bißchen blaß um die Nase.«

Er fragte sich, wie sich ihre Haut wohl anfühlen mochte. Sie hatte Indianerblut in den Adern, erinnerte er sich, und das sah man ihr auch an. Er hatte noch nie ein Halbblut im Bett gehabt. Was Lily wohl sagen würde, wenn er hinging und ihre Schwester vernaschte?

»Sie sollten sich noch eine Minute Zeit nehmen, um zu Atem zu kommen. Wenn Sie nicht so reaktionsschnell gewesen wären, dann müßte ich Sie jetzt vermutlich aus einer Schneewehe ausgraben.«

»Es ist wirklich alles schon wieder in Ordnung.« Was für herrliche Augen der Mann hatte, dachte sie bei sich. Kalt, aber wunderschön. Warum nur verursachten sie ihr dann ein so unbehagliches Ziehen im Magen? »Ich bin auch gerade auf dem Weg nach Three Rocks«, fuhr sie fort, entschlossen, ihre gesellschaftlichen Umgangsformen zu verfeinern. »Wie ich hörte, fühlt sich Mr. McKinnon nicht wohl.«

»Grippe. Hat ihm ziemlich zu schaffen gemacht, aber jetzt ist er auf dem Weg der Besserung. Aber Sie hatten ja auch auf Mercy so einige Probleme.«

»Leider.« Instinktiv wich sie ein Stück zurück. »Steigen Sie lieber wieder ins Auto. Es ist viel zu kalt, um lange hier draußen zu stehen.«

»Der Wind hat ganz schön Biß, das ist richtig. Wie eine heißblütige Frau.« Er zwinkerte ihr zu und trat einen Schritt zurück. »Ich fahre Ihnen nach. Richten Sie dem alten Jim bitte aus, daß ich jederzeit zu einem Spielchen bereit bin.«

»Mache ich. Danke, daß Sie angehalten haben.«

»War mir ein Vergnügen.« In sich hineinkichernd, tippte er an seinen Hut. »Ma'am.«

Als er in seinen Jeep stieg, lachte er laut auf. Das also war Lilys indianische Halbschwester. Jede Wette, daß die einem Mann ganz schön einheizen konnte. Nun, vielleicht würde er das selbst herausfinden. Während der ganzen Fahrt nach Three Rocks summte er vergnügt vor sich hin, und als Willa abbog, um zum Haupthaus zu fahren, hupte er einmal und winkte ihr nach.

Shelly öffnete ihr mit dem Baby auf dem Arm die Tür. »Will, was für eine Überraschung! Oh, Pastete!« Ihre Augen wurden groß, und ein gieriger Funke glomm darin auf. »Komm rein und hol dir eine Gabel.«

»Die ist für deinen Schwiegervater.« Willa hielt die Pastete außerhalb von Shellys Reichweite. »Wie geht es ihm denn?«

»Besser. Er treibt Sarah zum Wahnsinn. Das ist auch der Grund, warum ich hier bin und nicht zu Hause. Ich gehe ihr ein bißchen zur Hand. Zieh deinen Mantel aus und komm mit in die Küche.« Sie tätschelte dem gurgelnden Baby den Rücken. »Wenn ich ganz ehrlich sein soll, Will, dann muß ich zugeben, daß es mir ein bißchen unheimlich ist, allein im Haus zu bleiben. Ich weiß, daß es idiotisch klingt, aber ich habe ständig das Gefühl, als würde mich jemand beobachten. Letzte Woche hab' ich Zack dreimal aus dem Bett gejagt, um die Schlösser zu überprüfen, und dabei haben wir früher nie abgeschlossen.«

»Ich weiß. Auf Mercy ist es nicht anders.«

»Hast du von der Polizei inzwischen etwas Neues erfahren?«

»Nein, nichts, was von Bedeutung wäre.«

»Laß uns das Thema lieber beenden.« Shelly dämpfte ihre Stimme, als sie sich der Küche näherten. »Warum sollen wir Sarah unnötig aufregen? Rate mal, wer da ist«, rief sie fröhlich und riß die Tür auf.

»Willa.« Sarah sah von den Kartoffeln auf, die sie für das Abendessen schälte, und wischte sich die Hände ab. »Wie schön, dich zu sehen. Setz dich und trink einen Kaffee mit mir.«

»Ich hab' Pastete mitgebracht.« Obwohl sie nie so recht wußte, wie sie auf spontane Zuneigungsbekundungen reagieren sollte, lächelte Willa, als Sarah sie auf die Wange küßte. »Für den Patienten. Bess' süße Kartoffelpastete.«

»Vielleicht hält ihn das eine Weile bei Laune. Sag Bess, daß es sehr nett von ihr war, an ihn zu denken, und setz dich, trink Kaffee und unterhalte dich ein bißchen mit uns. Shelly und mir geht langsam der Gesprächsstoff aus. Ich schwöre, der Winter wird von Jahr zu Jahr länger und strenger.«

»Beau Radley verkauft seine Farm und zieht nach Arizona.«

»Nein!« Sarah stürzte sich auf die Neuigkeiten wie eine hungrige Maus auf ein Stück Käse. »Davon weiß ich ja noch gar nichts.«

»Er hat an einen dieser Immobilienmakler verkauft. Sie wollen dort eine Art Ferienranch errichten, wo die Reichen und Schönen dieser Welt sich erholen sollen.«

»Oje.« Sarah pfiff durch die Zähne, während sie Kaffee einschenkte. »Stu kriegt einen Anfall, wenn er das hört.«

»Wenn ich was höre?« Mit wehendem Silberhaar, in einen bequemen alten Bademantel gehüllt, betrat Stu die Küche. »Wir haben Besuch, und niemand sagt mir Bescheid?« Er blinzelte Willa zu und strich ihr flüchtig über das Haar. »Und Pastete? Es gibt Pastete, und ihr laßt mich im Bett verschimmeln?«

»Du bleibst doch sowieso nie lange liegen. Also setz dich in Gottes Namen, und wir essen die Pastete zum Kaffee.«

Stu zog sich einen Stuhl heran und blickte seine Schwiegertochter auffordernd an. »Läßt du mich jetzt endlich mal meine Kleine halten?«

»Kommt nicht in Frage.« Shelly schwang Abby durch die Luft. »Erst wenn du keine Bazillen mehr verströmst. Anschauen ist gestattet. Anfassen nicht.«

»Die Weiber bringen mich noch um den Verstand«, beschwerte sich Stu bei Willa. »Du brauchst nur ein paarmal zu niesen, und schon findest du dich im Bett wieder und wirst mit Tabletten zwangsernährt.«

»Fieber hat er gehabt, und zwar nicht zu knapp.« Sarah stellte ihrem Mann einen Teller vor die Nase. »Jetzt iß und hör auf zu jammern! Der Himmel bewahre mich vor kranken Männern, sie sind zehnmal schlimmer als Kleinkinder. Ich kann schon gar nicht mehr zählen, wie oft ich in den letzten drei Tagen diese Treppe hoch- und runtergelaufen bin.«

Noch während sie sprach, legte sie Stu eine Hand unters Kinn und betrachtete sein Gesicht. »Du hast schon wieder ein bißchen Farbe«, murmelte sie, ohne die Hand wegzunehmen. »Wenn du deine Pastete gegessen und dich eine Weile mit Willa unterhalten hast, dann gehst du wieder nach oben und hältst ein Nickerchen.«

»Siehst du?« Stu fuchtelte mit seiner Gabel herum. »Ständig kommandiert sie mich.« Seine Miene hellte sich beträchtlich auf, als die Tür aufging und Zack hereinkam. »Jetzt sind die Frauen nicht mehr so sehr in der Überzahl. Komm rein, mein Junge, aber glaub ja nicht, daß du etwas von meiner Pastete abbekommst.«

»Welche Sorte? Hey, Will.« Zack McKinnon war ein schlanker, fast hager zu nennender Mann, der das wellige Haar seiner Mutter und das kantige Kinn seines Vaters geerbt hatte. Seine Augen waren so grün wie die von Ben, blickten aber sehr viel verträumter in die Welt. Zack hatte eine wesentlich romantischere Natur als sein Bruder. Sowie er seinen Mantel ausgezogen und den Hut abgenommen hatte, gab er seiner Frau einen Kuß und nahm seine Tochter auf den Arm.

»Hast du dir die Schuhe abgetreten?« wollte seine Mutter wissen.

»Ja. Ist das Kartoffelpastete?«

»Meine«, sagte Stu düster und zog die Pastete besitzergreifend näher zu sich heran. Die Tür öffnete sich erneut.

»Die gescheckte Stute wird bald ...« Ben brach ab, als er Willa entdeckte, und ein breites Lächeln trat auf sein Gesicht. »Hallo, Will.«

»Sie hat Pastete mitgebracht«, sagte Zack, der den Leckerbissen hungrig betrachtete. »Dad will nichts davon abgeben.«

»Was für eine Pastete?« Ben ließ sich auf dem Stuhl neben Willa nieder und begann, mit ihrem Haar zu spielen.

»Die von deinem Vater«, erwiderte sie und schob seine Hand unwillig beiseite.

»Gutes Mädchen.« Stu stopfte sich einen weiteren Bissen in den Mund, dann sah er vorwurfsvoll zu seiner Frau, die zwei weitere Stücke abschnitt. »Ich dachte, ich wäre es, der hier krank ist.«

»Du wirst krank werden, wenn du die ganze Pastete allein auffutterst. Gib Shelly das Baby, Zack, und gieß Kaffee ein! Ben, hör auf, Will zu ärgern, und laß das Mädchen in Ruhe essen!

»Quak, quak, quak«, brummelte Stu, fing jedoch sofort an zu strahlen, als Willa ihm zuzwinkerte und ihr Stück Pastete auf seinen Teller gleiten ließ.

»Stuart McKinnon, du solltest dich was schämen.« Sarah stemmte erbost die Hände in die Hüften, als ihr Mann sich über das zweite Stück hermachte.

»Sie hat es mir freiwillig gegeben, oder nicht? Wie geht es denn deinen reizenden Schwestern?«

»Denen geht es gut. Äh …« Weder Lily noch Adam hatten sie gebeten, ihr Geheimnis zu hüten. Willa nahm ohnehin an, daß über die beiden bereits Gerüchte im Umlauf waren. »Adam und Lily haben sich verlobt. Im Juni wollen sie heiraten.«

»Eine Hochzeit!« Shelly hüpfte vor Begeisterung von einem Bein auf das andere. »Das ist ja herrlich.«

»Adam heiratet.« Sarah seufzte gerührt, und ihre Augen schimmerten feucht. »Wie die Zeit vergeht. Ich sehe ihn noch vor mir, wie er mit Ben zum Fischen losgezogen ist. Die Angelruten waren fast größer als die beiden Knirpse.« Schniefend betupfte sie sich mit einem Taschentuch die Augen. »Wir werden euch helfen, den Empfang auszurichten.«

»Welchen Empfang?«

»Na, den Hochzeitsempfang«, erklärte Shelly, die sich immer mehr für die Vorstellung begeisterte. »Ich kann es kaum noch erwarten. Sie werden in diesem entzückenden kleinen Häuschen leben, das er im Moment bewohnt, nicht wahr? Was für ein Kleid sie sich wohl aussuchen wird? Ich muß ihr unbedingt von diesem wunderbaren Geschäft in Billings erzählen, wo ich meins entdeckt habe. Sie führen dort auch eine Riesenauswahl an Kleidern für Brautjungfern. Lily wird vermutlich einen kräftigen Farbton für dich wählen.«

Willa setzte schnell die Tasse ab, aus Angst, sich an ihrem Kaffee zu verschlucken. »Für mich?«

»Ich bin sicher, daß du und Tess Brautjungfern sein werdet. Ihr beide könnt gut leuchtende, intensive Farben tragen, Royalblau oder Pink zum Beispiel.«

»Pink?«

Ben, dem ihr entsetzter Gesichtsausdruck nicht entgangen

war, erbarmte sich ihrer. »Jag ihr doch nicht jetzt schon eine Heidenangst ein, Shelly. Mach dir keine Sorgen, Will, ich halte dir die Stange. Ich bin nämlich Adams Trauzeuge.« Er prostete ihr mit seiner Kaffeetasse zu. »Er hat mich heute morgen darum gebeten. Du bist mir mit der Ankündigung zuvorgekommen.«

Zack, der seinen Teller bis zum letzten Krümel geleert hatte, meldete sich zu Wort. »Am besten rede ich mal mit ihm. Wenn ich an die Narben denke, die ich bei meiner Hochzeit davongetragen habe ...« Als Shelly ihn drohend ansah, grinste er spitzbübisch. »Erinnerst du dich noch an diese engen Smokings, die wir tragen mußten, Ben? Ich dachte, ich würde ersticken, bevor ich mein ›Ich will‹ herausgebracht hatte.«

Er beugte sich tiefer über seine Kaffeetasse, als Shelly ihm einen unsanften Klaps auf den Hinterkopf versetzte. »Natürlich hatte ich außerdem noch einen gewaltigen Kloß im Hals, als ich auf den Altar zuging.«

»Eine gelungene Feier, Sohn«, kommentierte Stu. »Ich für meinen Teil habe nichts gegen eine große Hochzeit, obwohl deine Mom und ich es uns einfach gemacht haben und miteinander durchgebrannt sind.«

»Aber nur, weil mein Vater fest entschlossen war, dich zu erschießen. Richte Lily aus, daß wir ihr gerne bei den Vorbereitungen behilflich sind, sie muß es nur sagen. Allein beim Gedanken an eine Hochzeit scheint der Frühling in nicht mehr ganz so weiter Ferne zu liegen.«

»Mach ich. Sie wird euer Angebot bestimmt mit Freuden akzeptieren. So, jetzt muß ich aber nach Hause.«

»Ach, bleib doch noch ein bißchen.« Shelly griff nach Willas Hand. »Du bist doch gerade erst gekommen. Ich könnte Zack bitten, mir schnell mal meine *Bride's Magazine*-Sammlung und mein Fotoalbum zu holen. Vielleicht findet Lily darin ein paar Anregungen.«

»Sie kommt bestimmt lieber selbst vorbei und schmökert mit dir darin.« Inzwischen zog sich ihr Magen schon beim bloßen Gedanken an die Hochzeit zusammen. »Ich würde ja gerne noch bleiben, aber es wird allmählich dunkel.«

»Sie hat recht«, murmelte Sarah, wobei sie einen unbehaglichen Blick aus dem Fenster warf. »Im Moment ist es für eine Frau nicht unbedingt ratsam, sich nachts allein im Freien aufzuhalten. Ben …«

»Ich werde sie begleiten.« Ohne auf Willas Protest zu achten, erhob sich Ben und holte seinen Mantel und seinen Hut. »Einer eurer Männer kann mich zurückfahren, oder ich leihe mir einen Jeep von euch aus.«

»Mir wäre entschieden wohler dabei«, betonte Sarah, ehe Willa erneut Einwände erheben konnte. »Wir alle würden besser schlafen, wenn Ben dich nach Hause bringt.«

»Na gut.«

Nachdem sie sich verabschiedet und die Familie sie zur Tür gebracht hatte, setzte sich Willa hinter das Steuer ihres Jeeps. »Du bist ein glücklicher Mann, McKinnon.«

»Wieso das denn?«

Willa schüttelte lediglich den Kopf und schwieg, bis das Haus außer Sichtweite war. »Vermutlich weißt du selber nicht, welches Glück du hast, weil es für dich selbstverständlich ist. Du kennst es nicht anders.«

Verwirrt drehte er sich zu ihr um und musterte ihr Profil. »Wovon redest du eigentlich?«

»Von Familie. Deiner Familie. Als ich bei euch in der Küche saß … ich war ja schon häufiger bei euch, aber mir ist noch nie bewußt geworden, was es heißt, eine richtige Familie zu haben. Doch heute ist es mir wie Schuppen von den Augen gefallen. Eine Familie bedeutet Herzlichkeit und Zuneigung, gemeinsame Vergangenheit, bedeutet Halt. Du kannst dir überhaupt nicht vorstellen, was es bedeutet, das alles entbehren zu müssen.«

Ihre Worte entsprachen der Wahrheit, nur hatte er seine Situation noch nie von ihrem Standpunkt aus betrachtet. »Du hast jetzt zwei Schwestern, Willa. Und daß zwischen euch ein Band besteht, das ist nicht zu übersehen.«

»Vielleicht stehen wir am Anfang einer gemeinsamen Zukunft, aber uns verbindet keine gemeinsame Vergangenheit. Keine Erinnerungen. Ich habe eben miterlebt, wie du eine Geschichte begonnen und Zack sie beendet hat. Ich habe eure Mutter über irgendeine lustige Begebenheit aus eurer Kindheit lachen hören. An meine Mutter kann ich mich kaum erinnern. Nein, ich werde nicht sentimental«, versicherte sie ihm rasch. »Es hat mich einfach nur tief berührt, dich und deine Familie heute zu beobachten. So sollte es eigentlich sein. Jeder Mensch sollte eine Familie haben.«

»Da hast du wohl recht.«

»Auch darum hat er mich gebracht. Ich fange jetzt erst langsam an zu begreifen, um wieviel er uns drei betrogen hat. Uns alle drei, nicht nur mich allein. Ich möchte noch einen kleinen Abstecher machen.«

Als sie die Grenze des Mercy-Gebietes erreicht hatten, schaltete Willa den Allradantrieb zu und bog in eine verschneite Zubringerstraße ein. Ben fragte nicht, wo sie hinwollte. Er wußte es bereits.

Schnee bedeckte die Grabstätten und die Steine, er begrub auch die Grasflächen und die ersten zarten Blumen unter sich. Insgeheim verglich Willa das Bild, das sich ihr bot, mit einer Postkartenidylle. Reine, unberührte Natur. Nur Jack Mercys Grabstein, größer und prächtiger als alle anderen, ragte aus dem Schnee heraus in den allmählich dunkler werdenden Himmel.

»Möchtest du, daß ich mitkomme?«

»Nein, ich würde lieber alleine gehen. Könntest du bitte hier warten? Es dauert nicht lange.«

»Laß dir nur Zeit«, murmelte er, als sie aus dem Wagen kletterte.

Sofort versank sie knietief im Schnee. Langsam kämpfte sie sich voran. Es war bitterkalt, der schneidende Wind blies ihr ins Gesicht und wirbelte Schneeflocken auf, die in der Luft tanzten. Auf einer Anhöhe bemerkte sie ein Rudel Rehe. Unbeweglich standen sie dort, als würden sie über die Toten wachen.

Nur das Geräusch des Windes war zu hören, als sie sich mühsam einen Weg durch die weißen Schneemassen bis hin zum Grab ihres Vaters bahnte.

Der Grabstein trug die Inschrift, die er noch vor seinem Tode verfaßt hatte. Es war das Motto, nach dem er sein ganzes Leben gelebt hatte, ohne einen Gedanken an andere Menschen zu verschwenden. Er hatte stets einzig und allein an sich gedacht. Aber was machte das heute noch für einen Unterschied? fragte sie sich. Er war tot, ebenso ihre Mutter, der man nachsagte, sie sei sanft und liebenswert gewesen. Aus dieser Verbindung war sie entstanden, überlegte Willa, aus der Vereinigung von Güte und Grausamkeit. Welche Eigenschaften sie von beiden Elternteilen mitbekommen hatte, vermochte sie nicht genau zu sagen. Selbstsüchtigkeit, zum Teil jedenfalls; Großzügigkeit in anderen Bereichen; Stolz und Selbstvertrauen; Ungeduld, aber auch Mitgefühl.

Weder sanft noch grausam war sie geworden, stellte sie fest. Es hätte schlimmer kommen können.

Doch eines wußte sie, während sie regungslos dastand, ohne den beißenden Wind zu spüren. Sie hatte sie beide geliebt; die Mutter, die sie nie gekannt hatte, und den Vater, dem sie nie etwas bedeutet hatte.

»Ich wollte immer, daß du stolz auf mich bist«, sagte sie laut. »Auch wenn du mich nicht lieben konntest, so wollte ich doch wenigstens, daß du mit mir zufrieden bist. Aber das war nie der Fall. Ham hat vollkommen recht, du hast mir mein ganzes Leben lang einen Schlag nach dem anderen versetzt – ich meine jetzt nicht die physischen Schläge, die waren harmlos, weil ich dir im Grunde genommen viel zu egal war. Aber meine Gefühle hast du mit Füßen getreten, und zwar öfter, als ich zählen kann. Jedesmal bin ich mit gesenktem Kopf wieder angekrochen gekommen wie ein geprügelter Hund, damit du mich weiter quälen konntest. Ich bin hier, um dir zu sagen, daß ich fertig bin mit dir. Oder daß ich zumindest versuchen werde, mich von dir zu lösen.«

Sie würde all ihre Kraft auf dieses Ziel verwenden.

»Du hast gedacht, du könntest uns drei gegeneinander ausspielen, das sehe ich nun ein. Aber den Gefallen tun wir dir nicht. Wir werden die Ranch behalten, du egoistischer Dreckskerl. Und vielleicht können wir sogar zu einer Familie zusammenwachsen, nur dir zum Trotz. Wir haben ja noch genug Zeit dazu.«

Sie drehte sich abrupt um und ging zurück.

Ben hatte sie die ganze Zeit nicht aus den Augen gelassen und war dankbar dafür, daß er keine Tränen auf ihrem Gesicht sah. Doch er hatte nicht erwartet, daß ein Lächeln, auch wenn es ein wenig grimmig schien, um ihre Lippen spielen würde, als sie wieder in den Jeep kletterte.

»Alles okay?«

»Mir geht's gut.« Willa holte einmal tief Atem. »Wirklich gut. Beau Radley verkauft seinen Besitz«, fuhr sie übergangslos fort, während sie den Jeep wendete. »Ich kaufe einige seiner Maschinen und ein paar hundert Stück Vieh auf, und ich werde auch zwei seiner Männer engagieren.«

Der nahtlose Themenwechsel brachte ihn etwas aus dem Konzept, doch er nickte bedächtig. »Gut, gut.«

»Ich habe dich nicht um deine Zustimmung gebeten, sondern dir Fakten mitgeteilt, die dich in deiner Eigenschaft als Inspektor der Ranch interessieren dürften.« Sie bog in eine andere Zubringerstraße ein, die den Weg zum Hauptgebäude beträchtlich abkürzte. Der Wind frischte auf; kleine Böen, die die Temperaturen bis hart an die Grenze des Erträglichen sinken lassen würden, rüttelten an den Fenstern des Jeeps.

»Morgen habe ich den Monatsbericht fertig, dann kannst du ihn prüfen.«

Ben, der eine Falle witterte, kratzte sich am Ohr. »Wunderbar.«

»Soviel zum Geschäft.« Sie lächelte erleichtert, als sie in der Ferne die Lichter des Haupthauses aufblitzen sah. »Jetzt möchte ich dir einmal eine persönliche Frage stellen: Warum hast du mich eigentlich noch nie zum Essen oder ins Kino eingeladen, anstatt mir bei jeder sich bietenden Gelegenheit an die Wäsche zu gehen?«

Vor Überraschung fiel ihm beinahe die Kinnlade herunter. Er schluckte und räusperte sich heftig, ehe er die Sprache wiederfand. »Wie bitte?«

»Ständig lungerst du auf Mercy herum, begrabschst mich, wenn ich es zulasse, forderst mich oft genug auf, mit dir ins Bett zu gehen, aber du hast mich noch nicht ein einziges Mal gebeten, mit dir auszugehen.«

»Du möchtest, daß ich dich zum Essen ausführe?« Dieser Gedanke war ihm noch nie gekommen, nicht im Zusammenhang mit Willa. »Oder daß wir zusammen ins Kino gehen?«

»Schämst du dich, in der Öffentlichkeit mit mir gesehen zu werden?« Sie hielt den Jeep an und zog die Handbremse, ließ jedoch den Motor laufen. Dann wandte sie sich ihm zu. Obwohl sein Gesicht halb im Schatten lag, konnte sie den verblüfften Ausdruck darauf erkennen. »Um sich mit mir im Heu zu wälzen, dazu bin ich dir gut genug, aber daß du dir ein sauberes Hemd anziehst und fünfzig Mäuse in ein Abendessen investierst, das ist wohl zuviel verlangt. Soviel bin ich dir offensichtlich nicht wert.«

»Wer um alles in der Welt hat dir denn diesen Floh ins Ohr gesetzt? Erstens habe ich mich bislang noch nicht mit dir im Heu gewälzt, weil du noch nicht dazu bereit bist, und zweitens bin ich überhaupt nicht auf die Idee gekommen, du könntest daran interessiert sein, mit mir auszugehen. Wie bei einem Rendezvous«, schloß er lahm.

Vielleicht hatte sie ja die Macht weiblicher Ausstrahlung unterschätzt, überlegte Willa, wenn schon ein einfacher Wink mit dem Zaunpfahl einen Mann wie Ben McKinnon dazu brachte, wie eine Forelle am Haken zu zappeln. »Dann hast du dich eben geirrt.«

Ein Trick, dachte Ben, als sie die Handbremse löste und weiterfuhr. Irgendwo gab es eine verborgene Falle, die sich um seinen Knöchel schließen würde, sowie er einen falschen Schritt machte. Er beobachtete sie mißtrauisch, war auf alles gefaßt, als sie den Wagen vor dem Haupthaus parkte und den Motor abstellte.

»Fahr du mit dem Jeep hier zurück«, sagte sie leichthin. »Ich schicke morgen jemanden rüber, der ihn abholt. Danke, daß du mich nach Hause gebracht hast.«

Ben konnte das Klicken förmlich hören, mit dem die Falle zuschnappte, als er die Zehenspitze hineinsteckte. »Samstag abend. Punkt sechs Uhr. Erst gehen wir essen und dann ins Kino.«

Sie mußte ein Lachen unterdrücken, doch es gelang ihr,

mit ernster Miene zu nicken. »Gut. Bis dann.« Mit diesen Worten sprang sie aus dem Jeep und schlug ihm die Tür vor der Nase zu.

Kapitel 9

Der Winter hielt mit unverminderter Härte an. Die Temperaturen bewegten sich in nahezu unerträglichen Minusgraden, und als sie endlich anstiegen, versank Montana im Schnee. Zweimal wurden die Zufahrtsstraßen zur Mercy Ranch von meterhohen Schneewehen blockiert, die der unbarmherzige Wind aufgetürmt hatte.

Trotz der widrigen Wetterbedingungen begannen die Kühe zu kalben. Im Viehstall schwitzte und keuchte Willa vor Anstrengung, die Kälber ans Licht der Welt zu befördern. Eine trächtige Kuh muhte jämmerlich, als Willa mit beiden Armen in den Geburtskanal langte, zupackte und das sich noch in der Fruchtblase befindliche glitschige und sperrige Kalb zu fassen bekam. Sie atmete hörbar ein, als die nächste Wehe ihr schmerzhaft die Arme quetschte. Nach Beendigung dieser Arbeit würden ihre Arme bis zum Ellbogen mit blauen Flecken und Blutergüssen übersät sein.

Willa wartete eine Sekunde, paßte dann den richtigen Zeitpunkt ab und zog das Kalb zur Hälfte aus dem Mutterleib heraus.

»Bei der nächsten Wehe ist es draußen«, rief sie laut, während Blut und Fruchtwasser bereits über ihre Arme rannen. »Mach schon, Baby, laß los!« Wie ein Schwimmer, der im Begriff war unterzutauchen, holte sie tief Atem, füllte ihre Lungen mit Luft und zog dann mit aller Kraft, als die nächste Wehe einsetzte. Und das Kalb glitt heraus.

Ihre Stiefel waren mit Schleim bedeckt, die dicken Kordhosen voller Flecken, und ihr Rücken schmerzte bei jeder Bewegung. »Billy, halt die Spritze bereit!« befahl sie. »Paß auf die beiden auf!«

Wenn alles gutging, würde das Muttertier sein Kleines

säubern. Falls nicht, würde Billy auch diese Aufgabe übernehmen müssen. Willa hatte ihn während der letzten Wochen sorgfältig ausgebildet und ihn mit einer Spritze an einer Orange so lange üben lassen, bis er imstande war, den Neugeborenen die nötigen Medikamente zu injizieren.

»Ich mach' mit der nächsten Kuh weiter«, sagte sie, während sie sich den Schweiß von der Stirn wischte. »Ham?«

»Alles klar.« Er beobachtete mit Argusaugen, wie Jim ein weiteres Kalb herauszog.

Im Hintergrund lauerte stets die Angst, daß ein Kalb zu groß sein oder falsch im Mutterleib liegen könnte, so daß der Geburtsvorgang trotz menschlicher Unterstützung für Mutterkuh und Kalb tödlich ausging. Willa erinnerte sich nur zu gut an das erste Mal, als sie diesen Kampf verloren hatte, an das Blut, die Schmerzen und ihre furchtbare Hilflosigkeit. Wenn man die Schwierigkeiten rechtzeitig erkannte, konnte noch der Tierarzt gerufen werden, ansonsten aber waren die Rancher und Viehknechte während der Kälbersaison im Februar und März weitgehend auf sich gestellt.

Das lag alles nur an den Steroiden und Wachstumshormonen, die den Tieren verabreicht wurden, dachte Willa grimmig, während sie die nächste Kuh untersuchte. Der Kilopreis für Rindfleisch hatte die Rancher dazu verführt, immer größere Kälber zu produzieren. Die Folge davon war, daß ein an sich vollkommen natürlicher Vorgang nicht mehr ohne menschliche Hilfe reibungslos ablaufen konnte.

Nun, sie würde die Hormonzugaben drastisch reduzieren, schwor sie sich, als sie ihre überanstrengten Hände in den Leib der Mutterkuh schob. Dann würde man weitersehen. Sollte sich ihr Versuch, wieder weitgehend zu den natürlichen Methoden zurückzukehren, auf lange Sicht als Fehlschlag erweisen, so trug nur sie allein dafür die Verantwortung.

»Meine Damen und Herren, der Kaffee ist serviert.« Tess' großer Auftritt mißlang, weil sie kreideweiß wurde und zu würgen begann, kaum hatte sie den Stall betreten. Die Luft war zum Schneiden dick und erfüllt mit dem Geruch nach Schweiß, Blut und feuchtem Stroh. Bilder von einem Schlachthof schossen ihr durch den Kopf, als sie fluchtartig wieder ins Freie stürzte und die kalte, frische Luft gierig einatmete.

»Jemine!« Hilfsbereitschaft zahlte sich doch wirklich nicht aus, dachte Tess voll Ingrimm, während sie darauf wartete, daß die Übelkeit nachließ.

Bess mußte es gewußt haben. O ja, mit Sicherheit hatte Bess gewußt, welcher Anblick sie erwartete, als sie Tess beiläufig gebeten hatte, eine Thermoskanne mit Kaffee zum Viehstall zu bringen. Schaudernd zwang Tess sich dazu, den Stall erneut zu betreten.

Diese kleine Bosheit würde sie Bess heimzahlen, beschloß sie. Später.

»Kaffee«, wiederholte sie und sah wider Willen fasziniert zu, wie Willa ein Kalb aus dem Leib seiner Mutter zog. »Wie bringst du das bloß fertig?«

»Alles eine Frage der Muskelkraft«, erklärte Willa leichthin. »Gieß doch bitte schon mal ein.« Sie warf ihrer Schwester einen spöttischen Blick zu. »Wie du siehst, habe ich gerade keine Hand frei.«

»Aber gerne.« Tess rümpfte die Nase, als das Kalb herausglitt. Kein sonderlich schöner Anblick, fand sie. Im großen und ganzen war sie der Ansicht, daß Geburten samt und sonders unappetitlich verliefen, doch was die Pferde betraf … Sie hatte bereits mehrfach bei fohlenden Stuten gewacht, und diese Geburten hatten sie auf seltsame Weise bezaubert. Was nun die Kälber betraf, fand sie den Vorgang abstoßend und ekelhaft, ja, sogar herzlos. Wie am Fließband wurden die Tiere auf die Welt geholt und gesäubert, nur dazu bestimmt, als Steaks in der Pfanne zu enden. Kopfschüttelnd reichte sie Billy eine Tasse. Aber vielleicht rührte ihre Abneigung auch einfach daher, daß sie Rinder nicht ausstehen konnte. Sie waren ihr zu groß, zu langweilig und entschieden zu uninteressant.

»Ich hätt' auch nichts gegen ein Täßchen Kaffee einzuwenden«, meinte Jim und zwinkerte ihr verschwörerisch zu. »Wir können ja mal für eine Minute die Plätze tauschen. Es ist nicht so schwer, wie es aussieht.«

»Danke, ich verzichte lieber.« Lächelnd reichte sie ihm

die dampfende Flüssigkeit, damit er eine kurze Pause machen konnte. Sie ärgerte sich schon längst nicht mehr darüber, von allen anderen als unwissendes Greenhorn betrachtet zu werden. Im Augenblick empfand sie es sogar als sehr angenehm.

»Wieso können sie denn ihre Kälber nicht auf natürliche Weise zur Welt bringen?« fragte sie Jim neugierig.

»Zu groß.« Dankbar stürzte Jim den Kaffee hinunter, obwohl er sich fast die Zunge daran verbrannt hätte.

»Aber Pferde haben auch ziemlich große Fohlen, und trotzdem stehen wir im Abfohlstall meistens nur daneben und schauen zu.«

»Die Kälber sind zu groß«, betonte Jim. »Die Wachstumshormone, die wir ihnen geben, bewirken, daß die Kühe nicht alleine kalben können. Also helfen wir ein bißchen nach.«

»Und was passiert, wenn einmal keiner da ist, um ... nachzuhelfen?«

»Pech.« Er reichte ihr die leere Tasse zurück. Sie vermied es angelegentlich, darüber nachzudenken, was wohl jetzt alles daran kleben mochte.

»Pech«, wiederholte Tess lakonisch, doch da sie auch über diesen Punkt nicht weiter nachdenken wollte, ließ sie die Kanne samt Tassen stehen und eilte ins Freie.

»Deine Schwester ist in Ordnung, Will.«

Willa bedachte Jim mit einem schiefen Lächeln und gönnte sich einen Moment Pause, um sich einen Kaffee einzuschenken. »Man kann sie ertragen.«

»Ihr hätte sich fast der Magen umgedreht, als sie reinkam«, beharrte Jim. »Ich dachte schon, sie würde fluchtartig das Weite suchen, aber sie hat sich zusammengerissen und durchgehalten.«

»Vielleicht könnte sie uns ein bißchen zur Hand gehen.« Billy grinste. »Ich kann mir zwar nicht vorstellen, wie sie im Inneren einer Kuh herumwühlt, aber mit einer Spritze wird sie doch wohl umgehen können.«

Willa rollte ihre verspannten Schultern. »Lassen wir sie lieber weiter mit den Hühnern spielen. Im Moment jedenfalls.« Und nur der Moment zählte, entschied sie, während sie zusah, wie das neugeborene Kalb zum ersten Mal zu saugen begann.

»Und sie steckte bis zu den Ellbogen in einer Kuh.« Tess erschauerte und blickte angelegentlich in ihr Brandyglas. Der Abend war kalt und klar hereingebrochen, ein behagliches Feuer prasselte im Kamin, und Nate war zum Abendessen vorbeigekommen. Die Kombination dieser angenehmen Umstände hatte sie wieder soweit gestärkt, daß sie ihr Erlebnis zum besten geben konnte, ohne daß die Erinnerung ihr Übelkeit verursachte. »Tief drinnen, um eine andere Kuh herauszuholen.«

»Ich fand es beeindruckend.« Lily genoß ihren Tee und die Wärme von Adams Hand, die auf ihrer lag. »Ich wäre ja gern noch geblieben, aber ich stand euch im Weg.«

»Du hättest ruhig bleiben können.« Willa führte sich eine Mischung aus Kaffee und Brandy zu Gemüte. »Wir hätten schon eine Beschäftigung für dich gefunden.«

»Wirklich?« Tess' Begeisterung bei dem Vorschlag hielt sich in Grenzen. Dagegen strahlte Lily Willa an. »Ich würde furchtbar gerne morgen mithelfen.«

»Du hast nicht genug Kraft, um die Kälber zu holen, aber du kannst ihnen ihre Medikamente verabreichen. Jetzt zu dir«, fuhr Willa fort, wobei sie Tess einen langen, abschätzenden Blick zuwarf. »Du bist eine große, stämmige Frau. Ich wette, du könntest ein Kalb auf die Welt holen, ohne dabei außer Puste zu geraten.«

»Dafür gerät ihr Magen in Aufruhr«, warf Nate ein und erntete von allen anerkennendes Gekicher, in das Tess allerdings nicht einstimmen konnte.

»Sicher könnte ich das.« Anmutig strich sich Tess das Haar zurück. Die Ringe an ihren sorgfältig manikürten Fingern glitzerten. »Wenn ich wollte.«

»Zwanzig Dollar, daß du kneifst, noch ehe du bis zu den Handgelenken in der Kuh steckst.«

Mist, dachte Tess. Jetzt war sie in die Enge getrieben worden. »Fünfzig Mäuse, und ich bin dabei.«

»Abgemacht. Morgen kannst du beweisen, wozu du zu

gebrauchen bist. Und die Ranch legt für jedes Kalb, das du holst, noch zehn Dollar drauf.«

»Zehn Dollar.« Tess schnaubte verächtlich. »Tolles Geschäft.«

»Hol genug, dann kannst du dir, wenn du das nächste Mal in Billings bist, einen Besuch beim Nobelfriseur leisten.«

Wieder fuhr sich Tess durchs Haar. Sie mußte es wirklich dringend schneiden lassen. »Na gut. Ich schätze, du wirst auch noch eine Gesichtsbehandlung springen lassen müssen.« Sie hob die Augenbrauen. »Du könntest übrigens selbst eine brauchen. Und eine Lotion für deine Hände, es sei denn, es gefällt dir, wenn deine Haut an altes Leder erinnert.«

»Ich kann meine Zeit nicht damit verschwenden, in irgendwelchen dämlichen Kosmetikstudios herumzusitzen.«

Tess ließ ihren Brandy im Glas kreisen. »Feigling.« Hastig fuhr sie fort, bevor Willa eine passende Antwort einfiel: »Ich wette, daß ich genauso viele Kälber auf die Welt hole wie du. Wenn ich das schaffe, finanziert die Mercy Ranch uns dreien – mir, dir und Lily – ein Wochenende in einem Kurhotel in Big Sky. Das würde dir doch gefallen, nicht wahr, Lily?«

Zwischen ihren beiden Schwestern hin- und hergerissen, zögerte Lily. »Nun, ich ...«

»Wir könnten bei der Gelegenheit schon ein paar Einkäufe für die Hochzeit tätigen und in den Geschäften stöbern, die Shelly dir empfohlen hat.«

»Oh.« Diese Vorstellung veranlaßte Lily, Adam mit einem verträumten Lächeln zu bedenken. »Das wäre herrlich.«

»Hexe«, flüsterte Willa Tess zu, aber es klang nicht bösartig. »Also einverstanden. Wenn du verlierst, wirst du wieder zum Wäschewaschen abkommandiert.«

»Uups.« Nate duckte sich über sein Brandyglas, als Tess ihn giftig ansah.

»In der Zwischenzeit muß ich noch die Geburtenliste von heute vervollständigen.« Willa stand auf und streckte sich. Dann erstarrte sie plötzlich. War da ein Schatten am Fenster gewesen? Oder gar ein Gesicht? Langsam ließ sie die Arme sinken und bemühte sich, eine möglichst unbeteiligte Miene zu wahren. »An deiner Stelle würde ich nicht so lange aufbleiben«, empfahl sie Tess, als sie sich zur Tür wandte. »Du mußt morgen topfit sein.«

»Ich freue mich schon darauf, dich unter deiner Gesichtsmaske stöhnen zu hören«, rief Tess ihr nach und beobachtete triumphierend, wie Willa sich ruckartig umdrehte und ein Ausdruck reinsten Entsetzens auf ihr Gesicht trat. »Ich liebe es, das letzte Wort zu behalten«, murmelte sie zufrieden.

»Entschuldigt mich eine Minute.« Adam erhob sich und folgte Willa. Er fand sie in der Bibliothek, wo sie gerade dabei war, ein Gewehr zu laden. »Was ist los?«

Soviel zu meiner Fähigkeit zu bluffen, dachte sie. »Ich meine draußen etwas gesehen zu haben.

»Also wolltest du lieber nachschauen, aber allein.« Während er sprach, wählte er eine Schrotflinte aus und lud sie rasch.

»Kein Grund, irgend jemanden zu beunruhigen. Vielleicht habe ich es mir ja auch nur eingebildet.«

»Glaub' ich nicht. Dazu ist deine Fantasie zu wenig entwickelt.«

Willa schüttelte den Kopf. Es war schwer, sich beleidigt zu fühlen, wenn man mit der reinen Wahrheit konfrontiert wurde. »Es kann nichts schaden, einen kleinen Rundgang zu machen. Wir gehen am besten zur Hintertür raus.«

In der Abstellkammer zogen sie sich eilig an. Obwohl Willa zuerst ins Freie treten wollte, kam Adam ihr zuvor und schob sie sanft beiseite.

Jemand beobachtete sie. Ungeachtet des beißenden Frostes stand Jesse Cooke regungslos im Dunkeln, hinter einem Busch verborgen. Seine Hand schloß sich fester um die Waffe, die er bei sich trug. Er träumte davon, sie zu benutzen, sie an dem Mann zu erproben und ihn dann in seinem Blut liegenzulassen. Die Frau würde er mitnehmen, sie irgendwohin verschleppen und dann von ihr Gebrauch machen. Danach würde er sie töten müssen. Er hatte schließlich keine andere Wahl.

Jesse fragte sich, ob er das Risiko hier und jetzt eingehen

sollte. Die beiden waren bewaffnet, und er hatte gesehen, wie viele Leute sich im Haus aufhielten. Er hatte sie genau beobachtet, zähneknirschend mitangesehen, wie Lily dieses Halbblut anhimmelte.

Vielleicht war es doch das beste, noch abzuwarten – auf den richtigen Moment zu warten, um dann zuzuschlagen.

Und der richtige Moment würde noch kommen, so wahr er Jesse Cooke hieß. Zum Beispiel konnte er sie erledigen, wenn sie zum Viehstall hinübergingen. Jesse wußte, was sie dort vorfinden würden. Er war bereits dort gewesen.

»Der Schatten war am vorderen Fenster.« Wenn sie schon nicht vorangehen konnte, so wollte Willa wenigstens an seiner Seite sein. »Für den Bruchteil einer Sekunde dachte ich, ich hätte etwas gesehen – kurz nachdem ich aufgestanden war, um nach oben zu gehen. Es könnte ein Gesicht gewesen sein, jemand, der uns durch das Fenster beobachtet hat. Doch es war zu dunkel, um ganz sicher zu sein. Und es war so schnell wieder verschwunden.«

Adam nickte nur. Er kannte Willa gut genug, um zu wissen, daß sie nicht so leicht Gespenster sah. Dann waren da noch die Fußabdrücke rund um das Haus, doch für die gab es eine logische Erklärung. Während der letzten Tage hatte in den Viehställen ein dermaßen hektisches Treiben geherrscht, daß natürlich auch der Schnee auf dem Rasen, der das Haus umgab, zertrampelt worden war. Inzwischen hatte es leicht getaut, dann wieder gefroren, und die harte Oberfläche knirschte und knackte unter ihren Stiefeln.

»Könnte einer der Männer gewesen sein«, meinte Willa, während sie den Boden prüfend betrachtete. »Obwohl ich das für eher unwahrscheinlich halte. Er hätte sicher kurz angeklopft.«

»Ich wüßte auch keinen Grund, warum einer der Männer durch das Blumenbeet stapfen sollte, um durch das Fenster zu schauen.« Adam deutete auf die Spuren, die zwischen den winterharten Stauden hindurch bis nahe ans Haus führten, dort, wo später im Frühjahr leuchtendbunte Blumen wuchern würden.

»Also habe ich wirklich etwas gesehen.«

»Daran habe ich nie gezweifelt.« Von seinem Standort aus konnte Adam genau ins Wohnzimmer blicken. Er sah, wie Lily lachend an ihrem Tee nippte und dann aufstand, um Nate noch einen Brandy einzugießen. »Jemand hat uns beobachtet. Oder einen von uns.«

Willa sah Adam an. »Einen von uns?«

»Lilys geschiedener Mann, Jesse Cooke. Er ist nicht in Virginia.«

Instinktiv schaute Willa wieder zum Fenster und legte die Finger um den Kolben ihres Gewehres. »Woher weißt du das?«

»Nate hat einige Nachforschungen für mich angestellt. Er ist seit Oktober weder bei seiner Arbeitsstelle aufgetaucht, noch hat er seine Miete bezahlt.«

»Hältst du es für möglich, daß er sie verfolgt? Aber woher sollte er denn wissen, wo sie sich aufhält?«

»Ich weiß es nicht.« Adam wandte sich vom Haus ab. »Reine Spekulation. Deswegen sehe ich auch keinen Grund, sie damit zu beunruhigen.«

»Ich werde es für mich behalten. Aber ich denke, wir sollten Tess einweihen. Auf diese Weise kann immer eine von uns nach ihm Ausschau halten und auf Lily achtgeben. Weiß jemand, wie der Kerl aussieht?«

»Nein, aber ich will sehen, was ich herausbekommen kann.«

»Gut. Inzwischen sollten wir uns besser hier einmal gründlich umsehen. Ich gehe da entlang, und du …«

»Wir bleiben besser zusammen, Will.« Adam legte ihr eine Hand auf den Arm. »Zwei Menschen sind ermordet worden. Vielleicht haben wir es wirklich nur mit einem ausgerasteten Ex-Ehemann zu tun, der seine Frau um jeden Preis zurückhaben will. Aber vielleicht steckt auch etwas ganz anderes dahinter. Wir wollen kein Risiko eingehen.«

Schweigend umkreisten sie das Haus, während ihnen der eisige Wind ins Gesicht blies. Glasklar wölbte sich der Himmel über ihnen, tausend Sterne funkelten wie Diamanten in dem tiefen Schwarz, und der Mond warf ein blaßblaues Licht auf den Schnee unter ihren Füßen. Pappeln ragten drohend vor ihnen auf und schienen unter ihrem Mantel aus Eis zu zittern.

Die Stille wurde plötzlich von dem Blöken des Viehs unterbrochen. Ein klagender Laut, dachte Willa. Seltsam – sie hatte das Muhen der Rinder stets als beruhigend empfunden, heute kam es ihr unheimlich vor.

»Dafür, daß es schon so spät ist, sind sie sehr aufgeregt.« Sie schaute zum Viehstall und zu dem Korral hinüber, der sich daran anschloß. »Vielleicht stehen bereits wieder einige Kühe im Begriff zu kalben. Ich werde mich besser persönlich davon überzeugen.«

Adam dachte voll Unbehagen an seine Pferde, die in ihren Ställen möglichen Angreifern schutzlos ausgeliefert waren. Es fiel ihm nicht leicht, ihnen den Rücken zuzukehren und mit Willa zu den Rindern zu gehen.

»Hörst du das?« Sie blieb stehen und lauschte ins Dunkel. »Hörst du das?« wiederholte sie flüsternd.

»Nein.« Trotzdem drehte sich Adam so, daß sie Rücken an Rücken standen. »Ich höre überhaupt nichts.«

»Jetzt kann ich auch nichts mehr hören. Aber eben klang es, als würde jemand ›Sweet Betsy from Pike‹ pfeifen.« Unwillig schüttelte sie den Kopf und rang sich ein gequältes Lachen ab. »Muß am Wind und an der Stimmung liegen. Himmel, wir haben bestimmt zwanzig Grad unter Null. Jeder, der sich hier draußen aufhält und dabei auch noch ein fröhliches Liedchen pfeift, der muß komplett ...«

»Verrückt sein?« beendete Adam den Satz für sie und bemühte sich angestrengt, in der Dunkelheit etwas zu erkennen.

»Genau.« Willa fröstelte in ihrer Schaffelljacke. »Laß uns gehen.«

Sie hatte eigentlich beabsichtigt, auf direktem Weg zum Stall zu gehen, aber das dicht zusammengedrängte Vieh am äußersten Ende des Korrals erregte ihre Aufmerksamkeit. »Das ist doch nicht normal, da stimmt doch etwas nicht.«

Sie ging zum Gatter und stieß es auf.

Zuerst wollte sich nicht glauben, was sie da sah, dachte,

ihre Fantasie würde ihr einen bösen Streich spielen. Doch da war der Geruch – jetzt erkannte sie ihn auch. Es war der penetrante Geruch des Todes, der ihr in die Nase stieg.

»O Gott, Adam!« Sie preßte ihre freie Hand vor den Mund, da ihr der Mageninhalt hochzukommen drohte.

»Großer Gott!«

Mehrere Kälber waren brutal getötet worden. Auf den ersten Blick konnte sie unmöglich sagen, um wie viele es sich handelte, sie wußte aber, daß sie einige von ihnen eigenhändig ans Licht der Welt befördert hatte, und das erst vor wenigen Stunden. Und nun lagen sie mit aufgeschlitzten Kehlen und Bäuchen im Schnee, anstatt sich wärmesuchend an ihre Mütter zu kuscheln.

Blut bedeckte den Boden, eine tiefrote, gräßliche Lache, auf der sich in der Kälte allmählich eine Kruste bildete. Sie verwünschte ihre Schwäche, aber sie wandte den Blick ab und lehnte sich gegen den Zaun, bis die würgende Übelkeit ein wenig nachließ.

»Warum? Warum in Gottes Namen tut jemand so etwas Furchtbares?«

»Ich weiß es nicht.« Adam strich ihr sanft über den Rükken, aber er drehte sich nicht weg. Eine rasche Zählung ergab, daß acht junge Kälber tot und verstümmelt am Boden lagen. »Ich bringe dich jetzt ins Haus, und dann kümmere ich mich um die Sache.«

»Nein, das übernehme ich selbst. Ich muß es tun.« Sie fuhr sich mit der behandschuhten Hand über den Mund. »Der Boden ist zu hart, um sie zu begraben. Wir werden sie verbrennen müssen. Wir müssen sie hier fortschaffen, weg von den anderen Kälbern und den Muttertieren, und sie dann verbrennen.«

»Das können doch Nate und ich erledigen.« Als er aber ihren entschlossenen Gesichtsausdruck sah, seufzte er resigniert. »Okay, wir machen es gemeinsam. Ich möchte aber, daß du für ein paar Minuten ins Haus gehst, Will. Ich muß nach den Pferden sehen. Ich ...«

»Um Gottes willen!« Ihr eigener Jammer trat in den Hintergrund, als sie daran dachte, wie Adam zumute sein mußte. »Daran hab' ich überhaupt nicht gedacht. Komm mit, beeil dich.«

Statt zum Haus zurückzugehen, rannte sie mit ihm zum Pferdestall, erfüllt von der nagenden Angst, auch hier mit dem scheußlichen Gestank des Todes konfrontiert zu werden.

Sie kamen beinahe gemeinsam an der Stalltür an, und Adam öffnete die Tür. Willa hatte sich bereits seelisch darauf vorbereitet, abgeschlachtete Fohlen betrauern zu müssen. Doch alles, was sie im Stall erwartete, war der Geruch nach Heu, Pferden und Leder. Trotzdem überprüften sie in stillschweigendem Einverständnis jede einzelne Box und dann den hinter den Ställen liegenden Korral. Als sie den Stall verließen, ließen sie das Licht brennen.

Als nächstes lief Adam zu seinem Haus, um nach seinen Hunden zu schauen. Seit die Katze getötet worden war, hatte er sich angewöhnt, die beiden Tiere nachts einzuschließen. Sie begrüßten ihn mit einem fröhlichen Schwanzwedeln. Er vermutete mit einer Mischung aus Belustigung und Sorge, daß sie einen bewaffneten Wahnsinnigen ebenso freudig willkommen geheißen hätten.

»Wir rufen von hier aus im Haupthaus an und bitten Nate, daß er uns am Viehstall trifft. Willst du, daß Ham auch kommt?«

Willa bückte sich, um Beans hinter den Ohren zu kraulen. »Ich möchte, daß sie alle, jeder einzelne von ihnen, dort erscheinen. Sie sollen mit eigenen Augen sehen, gegen was wir uns wehren müssen.« Willas Stimme wurde hart. »Und ich will wissen, was jeder einzelne von ihnen während der letzten Stunden getrieben und wo er sich aufgehalten hat.«

Die Arbeit war zwar physisch nicht allzu anstrengend, dafür schmerzte sie um so mehr in der Seele. Die abgeschlachteten Kälber wurden auf dem schneebedeckten Boden zu einem großen Haufen geschichtet. Zahlreiche Helfer beteiligten sich an dieser Aufgabe, niemand sprach ein Wort.

Einmal ertappte Willa Billy dabei, wie er sich verstohlen mit der Hand über die Augen wischte. Sie konnte ihm keinen

Vorwurf daraus machen, da sie am liebsten ebenfalls in Tränen ausgebrochen wäre, wenn es ihr nur geholfen hätte.

Nachdem die Arbeit getan war, nahm Willa entschlossen Ham den Benzinkanister aus der Hand. »Ich übernehme das«, sagte sie grimmig. »Bitte, Ham, das ist meine Sache.«

»Will ...« Ham brach ab, da er wußte, daß jeglicher Widerspruch zwecklos war, und nickte ihr zu. Dann bedeutete er den Männern, einen Schritt zurückzutreten.

»Wie kann sie das nur ertragen?« murmelte Lily, die fröstelnd neben Tess am Zaun des Korrals stand. »Wie hält sie das aus?«

»Sie muß es ertragen.« Tess lief es kalt den Rücken hinunter, als Willa Benzin über das tote Vieh schüttete.

»Wie wir alle«, fügte sie hinzu und legte Lily einen Arm um die Schulter. »Möchtest du ins Haus gehen?«

Nichts lieber als das, dachte Lily, aber sie schüttelte energisch den Kopf. »Nein, wir bleiben, bis alles vorüber ist. Bis sie die Sache zu Ende gebracht hat.«

Willa rückte das Tuch zurecht, das sie sich vor Mund und Nase gebunden hatte, und griff nach der Streichholzschachtel, die Ham ihr hinhielt. Erst beim dritten Versuch gelang es ihr, ein Streichholz hinter vorgehaltener Hand anzureißen. Sie mußte sich tief über die getöteten Tiere bücken, um trotz des schneidenden Windes das Feuer zu entzünden.

Die Flammen schossen rasch zum Himmel empor und verbreiteten sengende Hitze. In Sekundenschnelle hing der ekelerregende Gestank verschmorenden Fleisches in der Luft. Eine Rauchschwade kam auf Willa zu; der beißende Qualm brachte ihre Augen zum Tränen, und beinahe hätte sie sich heftig übergeben müssen. Hastig trat sie ein paar Schritte zurück und schluckte krampfhaft.

»Ich werde Ben benachrichtigen.« Nate trat an ihre Seite.

Willa hielt den Blick auf die Flammen gerichtet. »Wozu?«

»Er will über derartige Vorkommnisse sicher sofort informiert werden. Du stehst nicht ohne Freunde da, Will.«

Trotz dieser Versicherung fühlte sie sich im Moment entsetzlich verloren. »In Ordnung. Vielen Dank für deine Hilfe, Nate.«

»Ich bleibe über Nacht hier.«

Sie nickte. »Ich brauche Bess wohl nicht zu bitten, ein Gästezimmer herzurichten, oder?«

»Nein, ich werde eine Wache übernehmen und dann bei Tess schlafen.«

»Nimm dir ein Gewehr aus dem Schrank.« Willa wandte sich an Ham. »Ich möchte, daß Tag und Nacht Wache geschoben wird, Ham. Immer zwei Mann gemeinsam. Nate übernachtet hier, also sind wir heute nacht zu sechst. Mir wäre es lieber, wenn Wood zu Hause bei seiner Familie bliebe. Sie sollten lieber nicht alleine im Haus sein. Billy und ich übernehmen die erste Schicht, du und Jim kommt uns um Mitternacht ablösen, und Nate und Adam beginnen ihre Wache dann um vier Uhr.«

»Ich werde mich darum kümmern.«

»Und dann möchte ich, daß du dich morgen erkundigst, wann wir die zwei Leute von High Springs verpflichten können. Ich brauche dringend Arbeitskräfte. Biete ihnen eine Prämie an, wenn es sein muß, aber sorg dafür, daß sie so schnell wie möglich hier anfangen.«

»Ich sehe zu, daß sie noch in dieser Woche die Arbeit aufnehmen.« Ham drückte aufmunternd ihren Arm; eine seiner seltenen öffentlichen Zuneigungsbekundungen. »Jetzt bitte ich Bess erst einmal, reichlich Kaffee aufzubrühen. Und du sei vorsichtig, Will. Sehr, sehr vorsichtig.«

»Ich werde nicht zulassen, daß dieser Wahnsinnige noch länger auf meiner Ranch sein Unwesen treibt.« Mit steinerner Miene drehte Willa sich um und musterte die beiden eng aneinandergeschmiegten Frauen am Zaun. »Bringst du sie bitte ins Haus, Ham? Und sag ihnen, sie sollen besser drinbleiben.«

»Wird gemacht.«

»Ach so, und richte Billy bitte aus, er soll sich noch ein Gewehr holen.«

Sie wandte sich ab und starrte in die Flammen, die hoch in den schwarzen Winterhimmel emporzüngelten.

DRITTER TEIL

Frühling

Ein Hauch von Frühjahrstollheit …

– Emily Dickinson –

Kapitel 1

Ben beobachtete den Betrieb auf Mercy, die vertraute Aktivität im Viehstall. Sie ähnelte der auf Three Rocks, als er fortgeritten war. In den Korralen türmten sich schmutziggraue Schneehaufen auf, und aus den Schornsteinen quollen Rauchschwaden.

Abgesehen von dem schwärzlichen Kreis in einiger Entfernung von der Koppel erinnerte nichts mehr an das kürzlich erfolgte Blutbad. Sah man sich aber die Männer an, spürte man eine Veränderung. Ein verbissener Ausdruck lag auf ihren Gesichtern, und sie schienen einander ständig mißtrauisch zu beobachten. Den gleichen Ausdruck hatte er auf den Gesichtern und in den Augen seiner eigenen Leute gesehen, und ebenso wie Willa hatte auch er Tag und Nacht Wachposten aufstellen lassen.

Es gab kaum etwas, womit er ihr helfen konnte, und die frustrierende Ohnmacht war seinem Gesicht anzusehen, als er sie aus der Gruppe herauswinkte.

»Viel Zeit zum Plaudern hab' ich nicht«, erklärte sie brüsk. In ihren Augen stand keine Furcht, sondern nur abgrundtiefe Erschöpfung. Verschwunden war die Frau, die ihn dazu überredet hatte, mit ihr auszugehen, die mit ihm bei einer Flasche Wein am weißgedeckten Tisch gesessen und gelacht hatte, die sich im Kino mit ihm einen Becher Popcorn geteilt hatte. Nur zu gerne hätte er sie wenigstens für einen Abend von der Ranch weggelotst, doch er kannte sie gut genug, so daß er diesen Vorschlag für sich behielt.

»Du hast die beiden Männer von High Springs eingestellt?«

»Sie sind gestern abend angekommen.«

Sie drehte sich um und betrachtete nachdenklich Matt Bodine, den jüngeren der beiden, der bereits den Spitznamen ›Collegeboy‹ trug. Er hatte karottenrotes Haar, das im Augenblick größtenteils von einem hellgrauen Stetson bedeckt wurde. Der Versuch, seinem Milchgesicht mit Hilfe eines schmalen roten Oberlippenbartes einen Hauch von Männlichkeit zu verleihen, war nicht ganz geglückt, dachte Willa.

Obwohl sie beide im selben Alter waren, kam Matt ihr unglaublich jung vor. Für sie hätte er Billys Alter haben können. Doch er war intelligent, konnte zupacken, wenn es sein mußte, und sprühte vor neuen Ideen.

Der andere, Ned Tucker, war ein schlaksiger, wortkarger Cowboy, dessen Alter sich nur schwer schätzen ließ. Sein wettergegerbtes Gesicht war von unzähligen Falten durchzogen, und seine Augen strahlten in einem merkwürdig verwaschenen Blau. Er pflegte ständig auf Zigarrenstummeln herumzukauen, sprach nur wenig und schuftete wie ein Pferd.

»Es wird schon klappen mit den beiden«, meinte sie nach einer kurzen Pause.

»Ich kenne Tucker ganz gut«, bemerkte Ben und fragte sich im selben Moment, ob er überhaupt noch jemanden gut genug kannte. »Ein Meister im Umgang mit dem Lasso, er gewinnt jedes Jahr den Wettbewerb. Bodine ist neu.« Er drehte sich zu ihr, so daß sowohl seine Augen als auch der Klang seiner Stimme seine Gedanken verrieten. »Zu neu.«

»Ich brauche die Hilfe. Wenn er es sein sollte, der hinter den ganzen Vorfällen steckt, dann kann ich ihn hier wenigstens ein bißchen unter Kontrolle halten.« Willa seufzte leise. Eigentlich hätten sie sich jetzt über das Wetter oder über kalbende Kühe unterhalten sollen anstatt über Mord. »Wir haben acht Kälber verloren, Ben. Ich bin nicht gewillt, auch nur noch ein einziges weiteres Tier zu opfern.«

»Will.« Er legte ihr eine Hand auf den Arm, ehe sie sich abwenden und zum Stall zurückgehen konnte. »Was kann ich denn tun, um dir zu helfen?«

»Nichts.« Da sie den scharfen Tonfall sofort bedauerte, schob sie die Hände in die Hosentaschen und sprach etwas freundlicher weiter. »In diesem Fall kann niemand konkret helfen. Wir müssen allein damit fertig werden, und während der letzten Tage war zum Glück alles ruhig. Vielleicht ist er mit uns fertig und zieht weiter.«

Sie glaubte zwar selbst nicht daran, aber es half ihr, wenn sie sich dieser Täuschung hingab.

»Wie verkraften denn deine Schwestern die ganze Aufregung?«

»Besser als ich erwartet habe.« Ihr Gesicht entspannte sich ein wenig, und sie lächelte leicht. »Tess hat mitgeholfen, die Kälber auf die Welt zu holen. Zuerst gab es ein großes Gekreische, aber dann hat sie sich ganz tapfer geschlagen.«

»Der Anblick muß Gold wert gewesen sein.«

Für einen Augenblick verwandelte sich das Lächeln in ein breites Lachen. »Das kann man wohl sagen. Besonders als ihr die Jeans hinten aufgeplatzt sind.«

»Ehrlich? Hast du wenigstens ein Foto davon gemacht?«

»Ich wünschte, ich hätte eine Kamera dabeigehabt. Sie hat geschimpft wie ein Rohrspatz, und die Männer – nun, man könnte guten Gewissens behaupten, daß sie jede Sekunde genossen haben. Wir haben ihr dann ein Paar von Woods Cordhosen besorgt.« Willa schaute auf, als Tess auf sie zukam, in besagten Cordhosen, einem geborgten Hut und einem abgelegten Mantel von Adam. »Sie stehen ihr wenigstens ein bißchen besser als diese knallengen Jeans, in denen sie sonst immer herumläuft.«

»Ansichtssache«, erwiderte Ben.

»Morgen, Rancher McKinnon.«

»Morgen, Rancher Mercy.«

Tess strahlte ihn an und gab ihrem Hut einen Schubs, so daß er noch verwegener auf ihrem Kopf saß. »Lily kocht gerade ein paar Liter Kaffee«, informierte sie Willa. »Danach kommt sie raus und hilft mit, Nadeln in Rinderhinterteile zu pieksen.«

»Hast du die Absicht, heute wieder beim Kalben zu helfen?«

Tess musterte erst Ben, dann Willa. Aus deren Gesichtsausdruck schloß sie, daß ihr Ruf ihr vorausgeeilt war. »Ich dachte mir, es könnte ja nichts schaden, noch einen Tag mit anzufassen, da ich das Wochenende in Big Sky verbringen werde.«

Willas Grinsen hörte schlagartig auf. »Wovon, zum Teufel, redest du eigentlich?«

»Von unserer kleinen Wette.« Hab' ich dich, dachte Tess und setzte ein süßes Lächeln auf. »Ich habe zwei Kälber mehr geholt als du. Ham hat für mich mitgezählt.«

»Was denn für eine Wette?« wollte Ben wissen, doch Willa achtete gar nicht auf ihn, sondern ging auf Tess los.

»Das ist doch Bullenscheiße!«

»Ich spreche eigentlich von Kälbern. Natürlich könnte es sich bei einigen von ihnen durchaus um Bullen gehandelt haben, aber diese kleine Laune der Natur wirst du ja in ein paar Monaten korrigieren – wobei ich dir übrigens nicht unter die Arme zu greifen gedenke. Aber nun zum Thema: Die Mercy Ranch schuldet uns ein Wochenende in einem Erholungsort. Ich habe bereits etwas in Big Sky reservieren lassen. Wir fahren Freitag morgen los.«

»Ich denke ja gar nicht daran! Ich lasse doch die Ranch nicht zwei volle Tage im Stich, um mich in einem dämlichen Moorbad zu aalen!«

»Elender Drückeberger!«

Willas Blick veranlaßte Ben, sich verlegen zu räuspern und sich unauffällig, wie er hoffte, außerhalb der Gefahrenzone zu begeben. »Das hat nichts damit zu tun, daß ich mich drücken will. Bei der ganzen Aufregung hier habe ich überhaupt nicht mehr an diese idiotische Wette gedacht, ich hatte genug andere Sachen im Kopf. Ich mußte Anrufe tätigen, mit den Cops sprechen und so weiter, da hatte ich nur ein paar Stunden Zeit, um beim Kalben zu helfen.«

»Egal. Ich habe mehr Kälber geholt als du und somit gewonnen.« Tess trat einen Schritt vor, so daß sich die Spitzen ihrer Stiefel beinahe berührten. »Und wir fahren. Wenn du versuchst, dich jetzt noch herauszureden, dann verbreite ich überall im Umkreis von hundert Meilen, daß dein Wort keinen Pfifferling wert ist.«

»Ich stehe immer zu meinem Wort, und jeder, der das Gegenteil behauptet, ist ein Lügner.«

»Äh, Ladys ...«

Willas Kopf fuhr herum, und sie durchbohrte Ben mit bösen Blicken. »Halt dich da raus, McKinnon!«

»Schon gut«, murmelte er, ergeben die Hände hebend, und wich vorsichtshalber noch ein Stück zurück.

»Wenn du fahren willst, obwohl wir uns vor Arbeit nicht retten können«, fauchte Willa, wobei sie Tess einen heftigen Rippenstoß versetzte, »dann tu das. Ich habe eine Ranch zu leiten.«

»Du kommst mit.« Tess blieb ihr den Stoß nicht schuldig. »Weil wir es so abgemacht hatten, weil du die Wette verloren hast und weil Lily sich schon darauf freut. Außerdem wird es höchste Zeit, daß du deinen Mitmenschen einmal genausoviel Beachtung schenkst wie den gottverdammten Rindviechern. Ich hab' mir den Arsch aufgerissen, um das alles zu organisieren. Seit sechs Monaten hänge ich schon auf dieser Hinterwäldlerranch fest, und alles nur, weil irgendein selbstsüchtiger Scheißkerl noch vom Grab aus den lieben Gott spielen will!«

»Und nach weiteren sechs Monaten bist du auf Nimmerwiedersehen verschwunden.« Warum sie deswegen vor Wut fast platzte, hätte Willa nicht sagen können.

»Ganz recht«, schoß Tess zurück. »Sobald ich meine Strafe abgesessen habe, kehre ich in die zivilisierte Welt zurück. Aber in der Zwischenzeit spiele ich das Spielchen mit und halte mich an die Regeln. Und so wahr mir Gott helfe, das wirst du auch tun. Wir fahren, und wenn ich dich bewußtlos schlagen, fesseln, knebeln und in das nächstbeste Auto werfen müßte.«

»Jeep.« Willa hob das Kinn, als würde sie es darauf anlegen, sich einen Kinnhaken einzufangen. »Diese Autos nennt man Jeeps, Hollywood, und du könntest noch nicht einmal mit einem blinden dreibeinigen Hund fertig werden.«

»Scheiß auf deine Jeeps!« Unfähig, ihren Zorn noch länger zu zügeln, stieß Tess Willa mit aller Kraft den Ellbogen in die Seite. »Und scheiß auf dich!«

Mehr bedurfte es nicht. Irgend etwas in Willas Kopf setzte aus. Ohne zu überlegen, hatte sie auch schon mit der Faust ausgeholt und zugeschlagen. Sie traf Tess mit voller Wucht ins Gesicht, so daß diese nach hinten taumelte und rücklings auf dem schlammigen Boden landete. Oberhalb der Kinnlinie zeichnete sich ein häßlicher roter Fleck ab.

Gerade als Ben fluchend dazwischengehen wollte, hatte sich Willa auch schon entschuldigt. »Es tut mir leid, das hätte ich nicht tun dürfen. Ich ...«

Weiter kam sie nicht. Tess atmete hörbar aus, als sie, wie von der Tarantel gestochen, aufsprang und sich mit ihrem ganzen Körpergewicht gegen Willa warf. Als die beiden Gegnerinnen zu Boden gingen, war nur noch ein Gewirr von Armen und Beinen zu sehen und schrille Wutschreie zu hören. Ben hatte bereits beschlossen, sich nicht einzumischen. Stöhnend und Hiebe austeilend, wälzten sich die beiden Schwestern in einer Schneewehe und kämpften sich wieder zurück auf den nassen Boden. Ben rechnete damit, daß sie sich jeden Moment gegenseitig an den Haaren reißen würden, und er wurde nicht enttäuscht. Er schob seinen Hut zurück und machte eine abwehrende Bewegung, als die Männer aus dem Viehstall kamen, um nachzusehen, was der plötzliche Aufruhr zu bedeuten hatte.

»Da brat mir doch einer 'nen Storch«, bemerkte Ham gedehnt. »Ich hab's kommen sehen. Was war denn nun der endgültige Auslöser?«

»Irgendein Gefasel über eine Wette, ein Moorbad und einen Jeep.«

Ham holte sein Tabakpäckchen hervor, während die Männer in stillschweigender Übereinkunft einen Kreis bildeten. »Will ist kleiner und leichter, aber sie kennt ein paar fiese Tricks.« Er zuckte zusammen, als Tess' Faust hart mit Willas Auge kollidierte. »Nach allem, was ich ihr beigebracht habe! Will hätte das kommen sehen müssen.«

»Gleich kratzen sie sich die Augen aus«, wunderte sich Billy. »Mannomann!«

»Ich fürchte, sie würden sich auf jeden stürzen, der dazwischengeht.« Ben schob die Hände in die Hosentaschen. »Diese Tess hat ziemlich lange Krallen. Mit denen möchte ich nicht in näheren Kontakt kommen.«

»Ich sage, Will macht sie fertig.« Jim sprang zurück, als die beiden Frauen gefährlich nah an seine Stiefel rollten. »Zehn Dollar auf sie.«

Ben überlegte, dann schüttelte er den Kopf. »Man sollte nicht auf alles wetten.«

Schiere Raserei ließ Tess ihre Selbstverteidigungskurse und zwei Jahre intensiven Karatetrainings vergessen. Sie kämpfte wie eine Anfängerin. Jedesmal, wenn Willa einen Treffer landete, legte sich ein roter Schleier vor ihre Augen. Hier gab es keine Regeln, keine Schutzpolster und keinen Ringrichter.

Ihr Gesicht wurde in den pappigen, schlammigen Schnee gedrückt, und sie spuckte fluchend den Matsch wieder aus.

Vor Willas Augen explodierte ein buntes Sternenmeer, als Tess ihr Haar zu fassen bekam. Vor Schmerz und nackter Wut traten ihr die Tränen in die Augen, sie wand sich und bäumte sich verzweifelt auf, um sich aus Tess' Griff zu lösen. Als sie ein reißendes Geräusch hörte, konnte sie nur beten, daß es sich um ihr Hemd handelte und nicht um ihre Haarwurzeln, die sich vielleicht aus der Kopfhaut lösten. Nur ihr Stolz hinderte sie daran, ihre Zähne einzusetzen. Diesen Stolz mußte sie bitter bereuen, als sie kopfüber im Schnee landete. Tess hatte sich an ihre Ausbildung erinnert und beschlossen, diese mit ein paar eigenen Ideen anzureichern. Nun saß sie triumphierend rittlings auf ihrer Schwester.

»Gib auf«, giftete sie und bemühte sich, nicht den Halt zu verlieren, denn Willa bockte wie ein störrisches Pferd. »Ich bin stärker als du.«

»Nimm – deinen fetten – Hintern von mir runter!« Willa konzentrierte sich und schaffte es, Tess mit einer heftigen Bewegung nach hinten zu stoßen. Sie robbte zur Seite und versuchte, sich aufzusetzen.

Während die Männer in respektvollem Schweigen verharrten, rangen die beiden Frauen nach Luft und starrten einander an. Es verschaffte Willa, die sich das Blut vom Kinn wischte, zumindest eine geringe Befriedigung, die elegante, gepflegte Tess mit schmutzverklebtem Haar und geschwollenen, blutenden Lippen im Matsch sitzen zu sehen.

Nachdem sie wieder zu Atem gekommen war, stellte Tess fest, daß jeder Knochen, jeder Muskel, jede Zelle ihres Körpers höllisch schmerzte. Sie biß die Zähne zusammen und sah Willa fest an. »Ich würde sagen, es steht unentschieden.«

Obwohl sie erleichtert war, nickte Willa nur zögernd. Dann warf sie den grinsenden Männern einen bitterbösen Blick zu. Als Geldscheine den Besitzer wechselten, fluchte sie verhalten. »Bezahle ich euch nutzlose Tagediebe etwa dafür, in der Gegend herumzustehen und Maulaffen feilzuhalten?«

»Nein, Ma'am.« Jim, der sich in Sicherheit wähnte, trat einen Schritt vor und machte Anstalten, Willa hilfreich die Hand zu reichen. Das Funkeln in ihren Augen belehrte ihn aber eines Besseren. »Ich denke, der Spaß ist vorbei, Jungs.«

Auf Hams Zeichen hin gingen die Männer wieder zu ihrer Arbeit zurück. Kaum waren sie außer Sichtweite, erscholl dröhnendes Gelächter.

»Seid ihr zwei jetzt fertig?« erkundigte sich Ham in schroffem Ton.

Willa zuckte etwas zusammen, rieb an einem Schmutzfleck auf ihrem Knie herum und nickte.

»Wunderbar.« Er ließ seine Zigarettenkippe fallen und trat mit dem Absatz die Glut aus. »Wenn ihr euch wieder einmal prügeln wollt, tragt das bitte an einem Ort aus, wo die Männer nicht von der Arbeit abgelenkt werden. Bis dann, Ben«, fügte er hinzu und tippte mit dem Finger an seine Hutkrempe.

Wohlweislich verkniff sich Ben ein Grinsen, als Ham davonstolzierte. »Ladys«, sagte er in einem Ton, der, wie er hoffte, nüchtern und sachlich klang, »darf ich euch aufhelfen?«

»Danke, das kann ich auch alleine.« Willa konnte ein schmerzliches Stöhnen nicht unterdrücken, als sie sich hochrappelte. Sie war naß, durchgefroren und schmutzig, ihr Hemd hing in Fetzen an ihr herunter, und ihr linkes Auge schwoll langsam zu.

Vorsichtig fuhr sie sich mit der Zunge über die Zähne und dankte ihrem Schöpfer, daß sich alle noch an Ort und Stelle befanden.

»Ich nehme dein Angebot gern an.« Anmutig reichte Tess ihm die Hand und ließ sich von ihm aus dem schmutzigen Schnee ziehen. Bei dem Gedanken an ihr Spiegelbild überlief sie eine Gänsehaut, doch sie brachte es fertig, ein kühles Lächeln zu zeigen. »Danke. Und«, wandte sie sich lächelnd an Willa, »ich denke, die Sache ist nun geklärt. Freitag morgen, und pack ein halbwegs annehmbares Kleid ein.«

Willa brachte vor Entrüstung keinen Ton heraus. Sie hielt es ohnehin für besser, jetzt nichts mehr zu sagen. Also drehte sie sich auf dem Absatz um und marschierte zum Viehstall. Das Gelächter verstummte augenblicklich.

»Sie wird mitfahren«, sagte Ben ruhig, er zog ein Tuch aus der Tasche und tupfte Tess sacht das Blut vom Mundwinkel. »Du hast ihre Ehre und ihren Stolz angegriffen. Sie kann alles vertragen, nur das nicht.«

»Autsch!« Tess schloß einen Moment die Augen, dann betastete sie behutsam die Beule an ihrer Schläfe. »Der Sieg kommt mich ganz schön teuer zu stehen. Das war die erste echte Schlägerei seit der Zeit, als ich in der neunten Klasse war und Annmarie Bristol mich fette Kuh genannt hat. Ich hab' sie nach Strich und Faden verprügelt und dann angefangen, Diät zu halten und Fitneßtraining zu machen.«

»Das hat sich gelohnt.« Ben bückte sich und hob ihren zerbeulten Hut auf. »Rundherum.«

»Ja.« Tess stülpte sich den Hut auf ihre nassen, schmutzigen Haare. »Ich bin verdammt gut in Form. Hätte nie gedacht, daß sie so schwer unterzukriegen ist.«

»Will ist zwar ein Leichtgewicht, aber zäh.«

»Wem sagst du das?« murmelte Tess und fuhr sich mit der Zunge über die geschwollenen Lippen. »Sie braucht dringend Tapetenwechsel, mehr noch als Lily und ich.«

»Ich glaube, da hast du vollkommen recht.«

»Ich weiß nicht, wann sie eigentlich schläft. Jeden Morgen ist sie vor allen anderen auf den Beinen, obwohl sie bis in die Puppen im Büro hockt oder sich hier draußen aufhält.« Dann zuckte sie die Achseln. »Was geht mich das an?«

»Eine ganze Menge, und das weißt du.«

»Möglich.« Tess musterte ihn forschend. »Ich kann dir sagen, was sie sonst noch braucht. Eine ausgiebige Liebesnacht, damit sie auf andere Gedanken kommt. Worauf, zum Teufel, wartest du eigentlich noch?«

Ben legte keinen großen Wert darauf, dieses heikle Thema mit ihr zur erörtern, doch sein Instinkt riet ihm, sich ihr anzuvertrauen. Unbehaglich schielte er in Richtung Viehstall, dann nahm er Tess am Arm und zog sie ein Stück weiter weg.

»Weißt du, Willa ... sie hat noch nie ... sie hat noch nie ...«, stammelte er verlegen und brach dann hilflos ab.

»Noch nie was?« Das ungeduldige Glitzern in seinen Augen brachte sie auf die richtige Spur. »Sie ist doch nicht etwa noch Jungfrau? Heiliger Strohsack!« Sie pfiff leise durch die Zähne und ordnete ihre durcheinanderwirbelnden Gedanken. »Nun, das wirft natürlich ein anderes Licht auf die Angelegenheit, nicht wahr?«

Obwohl ihre Lippe schmerzhaft pochte, drückte sie ihm einen zarten Kuß auf die Wange. »Du bist ein rücksichtsvoller und geduldiger Mann, Ben McKinnon. Ich finde dich großartig.«

»Hmm.« Unsicher scharrte er mit den Füßen. »Ich fürchte, es gab nie jemanden, der mit ihr über diese Sache hätte sprechen können, der sie – nun ja – aufgeklärt hätte.«

Tess verstand den Wink mit dem Zaunpfahl sofort, doch sie schüttelte abwehrend den Kopf. »O nein, kommt nicht in Frage. Nicht mit mir.«

»Ich dachte ja nur, daß du eventuell ... schließlich bist du doch ihre Schwester.«

»Richtig, Will und ich, wir lieben uns heiß und innig.« Sarkastisch kreuzte Tess zwei Finger. »Wie glaubst du wohl, wird sie reagieren, wenn ich sie in Sexualkunde für Anfänger einführe?«

»Wo du recht hast, hast du recht.«

Du armer, frustrierter Kerl, dachte Tess und tätschelte ihm liebevoll die Wange. »Nicht lockerlassen, Großer. Vielleicht fällt mir ja doch noch etwas ein. Die nächsten zwei Tage werde ich mich jedenfalls erst einmal erholen.« Eine Hand auf ihr lädiertes Hinterteil gepreßt, humpelte Tess auf das Haus zu.

»Herrje!« war alles, was Lily seit ihrer Ankunft im *Mountain King Spa and Resort* von sich gegeben hatte. Noch nie zuvor hatte sie etwas Vergleichbares gesehen. Die Anlage umfaßte ein riesiges Gebiet. Kiesbestreute Pfade führten an schneebedeckten immergrünen Stauden vorbei zu den verschiedenen Bungalows und zu beheizten Schwimmbädern, von denen feine Dampfschwaden aufstiegen. Das große Hauptgebäude bestand nur aus Holz und Glas.

Lily umklammerte krampfhaft den Riemen ihrer Handtasche, als sie eincheckten. Sie bestaunte ungläubig das gediegen eingerichtete Foyer mit dem Zwillingskamin, der holzgetäfelten Decke und den üppigen Grünpflanzen. Ihr Herzschlag beschleunigte sich, als sie an den Preis für ihren Aufenthalt dachte. Mit Sicherheit würde der Wochenendurlaub an einem so herrlichen luxuriösen Ort ein Vermögen verschlingen.

Doch Tess begrüßte den Empfangschef mit einem freundlichen Lächeln, nannte ihn beim Namen und erzählte ihm, wie sehr sie und ihr Begleiter einen früheren Aufenthalt genossen hatten.

Der Mann überschlug sich fast vor Diensteifer. Er zitierte unverzüglich einen Pagen herbei, dem er auftrug, sich um das Gepäck zu kümmern und den Damen den Weg zu ihrem Bungalow zu zeigen, der versteckt hinter einer Reihe von Kiefern auf einem kleinen Hügel lag.

Der Anblick des Bungalows verschlug Lily dann endgültig die Sprache. Das riesige Panoramafenster im Wohnzimmer bot einen atemberaubenden Blick auf die Berglandschaft und den geschickt in die Felsen integrierten Außenpool. Im Kamin flackerte bereits ein Feuer, frisch geschnittene Blumen in Steingutvasen schmückten den Raum. Die riesige, weiche Sitzgarnitur aus braunem Leder, die durch Kissen in leuchtendbunten Farben aufgelockert wurde, lud dazu ein, es sich vor dem Fernseher bequem zu machen. Auch ein Videorecorder und eine Stereoanlage waren vorhanden.

An die elegante kleine Kitchenette schloß sich eine Eßecke aus dunklem Holz an.

»Herrje«, wiederholte Lily, diesmal allerdings leise, als

der Page sie in das Schlafzimmer führte, dessen Glastüren auf eine große Terrasse hinausgingen. Zwei Doppelbetten mit dicken Kissen und zurückgeschlagenen Steppdecken füllten den Raum. Dahinter lag das Bad, das Lily nur flüchtig betrachten konnte. Dennoch bemerkte sie ein elfenbeinfarbenes Doppelwaschbecken, eine außergewöhnlich große Badewanne sowie eine separate Duschkabine, die von gläsernen Wänden umgeben war. Außerdem war das Bad noch mit einem Bidet ausgestattet.

Einem Bidet. Nicht zu glauben.

Leicht benommen hörte sie zu, wie Tess dem Pagen Anweisungen erteilte. »Die Taschen bitte hier hinein. Und ihr Gepäck ... sie warf Willa einen stahlharten Blick zu, »bringen Sie bitte in das andere Schlafzimmer. Es macht dir hoffentlich nichts aus, das Zimmer mit mir zu teilen, Lily.«

»Was? Nein, natürlich nicht, ich ...«

»Wunderbar. Dann richte dich schon mal häuslich ein. In einer Stunde beginnt die erste Anwendung.«

»Anwendung? Ich weiß nicht ...«

»Keine Sorge«, meinte Tess, als sie hinter dem Pagen aus dem Zimmer eilte, »ich hab' mich schon um alles gekümmert. Es wird dir gefallen.«

Mit butterweichen Knien ließ sich Lily auf die Bettkante sinken und fragte sich, ob sie zufällig in eine Märchenwelt geraten war.

»Was ist denn mit Ihrem Auge passiert?«

Die Kosmetikerin, Beraterin oder wie auch immer sie sich nennen mochte, studierte mitleidig Willas Veilchen. Diese aber rührte sich nicht. Es war ein schwieriges Unterfangen, die Schultern zu zucken, denn sie lag splitterfasernackt auf einem gepolsterten Tisch in einem kleinen, von dämmrigem Licht erfüllten Raum.

»Hab' nicht aufgepaßt, wo ich hinlaufe.«

»Hmm. Nun, wir werden sehen, was sich da machen läßt. Entspannen Sie sich«, wies sie Willa an und begann, sie in etwas Warmes, Feuchtes einzuhüllen. »Ist dies Ihr erster Besuch im *Mountain King Spa?*«

»Ja.« Und der letzte, schwor sie sich.

Ein unerwarteter Anfall von Klaustrophobie überfiel sie, als sie in Tücher eingepackt wurde. Sie spürte, wie ihr Herz zu rasen begann und ihr Atem schneller wurde. Energisch versuchte sie, sich von ihren Fesseln zu befreien.

»Ganz ruhig. Entspannen Sie sich, und atmen Sie ganz tief durch.« Eine schwere, warme Decke wurde über sie gebreitet. »Viele unserer Gäste reagieren so wie Sie auf eine Kräuterpackung. Sie verursacht ihnen Unbehagen. Es geht vorbei, wenn Sie abschalten und die Gedanken einfach wandern lassen. So, diese Wattebäusche sind mit einer speziellen Flüssigkeit getränkt, die die Schwellung schneller zurückgehen und die Ringe unter Ihren Augen verschwinden läßt. Sie haben offensichtlich in der letzten Zeit nicht genug geschlafen.«

Na großartig. Nun war sie nicht nur unfähig, ein Glied zu rühren, sondern auch noch blind. Willa fragte sich, ob sie wohl der erste Gast wäre, der sich die mit Kräuteressenzen getränkten Tücher vom Leibe riß und nackt und kreischend aus dem Ladies' Treatment Center floh.

Da sie auf diese zweifelhafte Ehre keinen gesteigerten Wert legte, bemühte sie sich nach Kräften, sich zu entspannen. Vermutlich bekam sie nur, was sie verdiente, weil sie während der ganzen Fahrt störrisch geschwiegen hatte. Sie hörte Musik im Hintergrund, die sich als Wassergeplätscher und Vogelgezwitscher herausstellte. Willa atmete tief durch, so wie ihr geraten worden war, und tröstete sich mit dem Gedanken, daß ihr Leiden in gut achtundvierzig Stunden beendet sein würde. Bereits nach fünf Minuten war sie tief und fest eingeschlafen. Zwanzig Minuten später kam sie benommen wieder zu sich, als die Kosmetikerin ihr etwas ins Ohr flüsterte.

»Hmm? Was? Wo?«

»Wir haben Ihrem Körper alle Giftstoffe entzogen.« Rasch und geschickt entfernte die Frau die einzelnen Lagen. »Achten Sie darauf, möglichst viel zu trinken, aber in den nächsten Stunden bitte nur Wasser. In zehn Minuten müssen Sie zur Gommage. Ich werde Ihnen in den Bademantel helfen.«

Noch etwas benommen ließ sich Willa den Frotteemantel umlegen und schlüpfte in die Plastikslipper, die das *Mountain King Spa* seinen Gästen zur Verfügung stellte. »Was ist eine Gommage?«

»Sie werden begeistert sein«, versprach die Kosmetikerin.

So fand sich Willa ein wenig später erneut nackt auf einem Tisch wieder, wo eine andere Frau in einem pinkfarbenen Laborkittel auf sie wartete. Als Willa den feuchten Luffaschwamm zum ersten Mal auf ihrer bloßen, mit einer feinkörnigen Creme eingeriebenen Haut spürte, schrie sie leise.

»War ich zu grob? Das tut mir schrecklich leid.«

»Nein, ich habe nur einen Schreck bekommen.«

»Nach der Behandlung wird sich Ihre Haut wie Seide anfühlen, Ma'am.«

In tödlicher Verlegenheit schloß Willa die Augen, als die Frau ihr den Po abrubbelte. »Mit was für einem Zeug haben Sie mich denn da eingeschmiert?«

»Das ist unsere spezielle Peelingcreme, Ma'am, *Skin-Nu.* All unsere Produkte sind auf rein pflanzlicher Basis hergestellt und in unserem Salon erhältlich. Sie haben wirklich eine wunderbare Haut … aber wo kommen all die blauen Flecken her?«

»Ich habe geholfen, Kälber auf die Welt zu holen.«

»Kälber … ah, ich verstehe, Sie arbeiten auf einer Ranch. Wie aufregend. Ist es ein Familienbetrieb?«

Willa ergab sich in ihr Schicksal und ließ sich schichtweise die Haut vom Körper kratzen. »Jetzt ja.«

Das nächste Mal, als sie Tess zu Gesicht bekam, lag Willa wieder nackt auf dem Rücken, während eine andere Kosmetikerin langsam warmen, zähflüssigen Schlamm auf ihrer Haut verteilte. Tess steckte den Kopf durch die Tür, erfaßte mit einem Blick die Lage und brach in schallendes Gelächter aus.

»Dafür wirst du mir bezahlen, Hollywood.« Himmel, die Frau strich heißen Schlamm über ihre Brüste. Ihre Brüste!

»Irrtum, die Mercy Ranch zahlt schon. Und du hast noch nie hübscher ausgesehen.«

»Entschuldigen Sie, Ma'am«, sagte die Kosmetikerin höflich. »Dies sind Privaträume.«

»Das geht schon in Ordnung, wir sind Schwestern.« Tess lehnte sich gegen den Türrahmen. Sie schien sich in ihrem kurzen weißen Bademantel und den Plastikslippern ausgesprochen wohl zu fühlen. »In fünf Minuten steht bei mir eine Gesichtsmassage auf dem Programm. Ich wollte nur kurz bei dir reinschauen und mich davon überzeugen, daß du noch aufrecht gehen kannst.«

»Seit ich hier bin, hab' ich nur gelegen!«

»Du mußt unbedingt die Dampfsauna ausprobieren, wenn du zwischen den Behandlungen etwas Zeit hast. Was kommt denn bei dir als nächstes?«

»Keine Ahnung.«

»Ich glaube, Miß Mercy ist ebenfalls für eine Gesichtsbehandlung eingeteilt, die einstündige Biokur.«

»Oh, das ist eine wahre Wonne«, erinnerte sich Tess. »Na, genieß es. Nebenan bekommt Lily gerade eine Ganzkörpermassage. Sie wimmert direkt vor Vergnügen.«

»Sie sind also zusammen mit Ihren Schwestern hier«, bemerkte die Kosmetikerin, nachdem sich die Tür hinter Tess geschlossen hatte.

»So kann man's nennen.«

Die Kosmetikerin lächelte und rieb Willas Gesicht mit Schlamm ein. »Wie reizend.«

»So kann man's nennen.«

Willa kehrte erst nach sechs in ihren Bungalow zurück. Ihre Beine fühlten sich so schwach und knochenlos an, daß sie sich wunderte, daß sie ihr Körpergewicht überhaupt noch tragen konnten. Sie hätte am liebsten selbst gewimmert und mußte widerwillig zugeben, daß dies ein Laut purer Wonne gewesen wäre. Ihr Körper fühlte sich so herrlich schwerelos an, daß sich ihre Stimmung sichtlich gebessert hatte.

Vielleicht waren die fünfzehn Minuten, die sie zusammen mit anderen Frauen in der Dampfsauna verbracht hatte, nach der einstündigen Massage doch ein wenig zuviel des Guten gewesen. Sie war wohl ein bißchen leichtsinnig geworden.

»Da bist du ja.« Tess zog gerade den Korken aus einer Flasche Champagner, als Willa das Wohnzimmer betrat. »Lily und ich hatten uns eben entschlossen, nicht mehr länger zu warten.«

»Oh, du siehst wundervoll aus.« Lily, noch immer in ihren Bademantel gehüllt, sprang auf und klatschte entzückt in die Hände. »Du glühst ja geradezu von innen heraus.«

»Ich glaube nicht, daß ich mich heute noch einmal bewegen kann. Unglaublich, was dieser Derrick, mein Masseur, mit mir angestellt hat.«

»Du hattest einen Mann?« Mit großen Augen eilte Lily auf Willa zu und führte sie zur Couch. »Für eine Ganzkörpermassage?«

»Ist das denn so ungewöhnlich?«

»Mich hat eine Frau massiert, und da habe ich angenommen ...« Sie brach ab, als Tess ihr ein Glas Champagner reichte.

»Ich habe extra für dich eine Masseuse bestellt, Lily, weil ich dachte, es wäre dir so lieber.« Tess gab das nächste Glas an Willa weiter. »Und für Willa habe ich einen Mann angefordert, damit sie sich langsam daran gewöhnt, wie es ist, von Männerhänden berührt zu werden – selbst wenn es in absolut professioneller Atmosphäre geschieht.«

»Wenn ich nicht Angst hätte, daß meine Beine unter mir wegknicken, sobald ich aufstehe, könntest du jetzt was erleben.«

»Schätzchen, du solltest mir dankbar sein.« Tess ließ sich mit ihrem Glas in der Hand auf der Sofalehne nieder. »Hat es dir denn nun gefallen oder nicht?«

Willa nippte an ihrem Champagner. Sie hatte genug Wasser getrunken, um eine ganze Kompanie darin zu ersäufen, und der Wechsel zu Gehaltvollerem war einfach herrlich. »Doch, schon.« Wieder trank sie einen Schluck, dann legte sie zufrieden den Kopf zurück. »Er sah aus wie Harrison Ford, und er hat meine Fußsohlen durchgeknetet. Dann war da noch diese Stelle zwischen meinen Schulterblättern.« Ein wohliger Schauer überlief sie. »Er hat seine Daumen dazu gebraucht. Er hatte ganz fantastische Daumen.«

»Du weißt doch, worauf der Daumen eines Mannes schließen läßt?« Grinsend hob Tess ihr Glas und prostete Willa zu. »Mir ist aufgefallen, daß Ben ausgesprochen … lange … Daumen hat.«

»Reicht es dir nicht, Nate mit Blicken auszuziehen?«

»Es reicht mir, mit Nate zu schlafen. Aber ich bin Schriftstellerin, und Schriftsteller haben nun einmal ein Auge für Details.«

»Adams Daumen sind wundervoll.« Die Worte waren kaum ausgesprochen, da verschluckte sich Lily vor Schreck und lief puterrot an. »Ich wollte sagen, er hat schöne Hände. Das heißt, sie sind sehr …« Sie mußte über sich selbst lachen und gab auf. »Gut geformt. Könnte ich noch einen Schluck Champagner haben?«

»Aber sicher.« Tess sprang auf und griff nach der Flasche. »Noch ein paar Gläschen, und du erzählst uns vielleicht mehr über Adams wundervolle Daumen.«

»O nein, das könnte ich nicht!«

»Reit doch nicht auf diesem Thema herum«, sagte Willa, doch ihren Worten fehlte die übliche Schärfe. »Nicht jeder prahlt gerne mit seinen Schlafzimmererlebnissen herum.«

»Ich schon«, meinte Lily und errötete erneut. »Ich würde es am liebsten in die ganze Welt hinausposaunen, weil ich noch nie so empfunden habe. Ich wußte gar nicht, wie herrlich es sein kann, und ich hätte nie geahnt, daß ich zu solchen Gefühlen fähig bin.« Obwohl sie sich sonst nicht viel aus Alkohol machte, leerte sie ihr zweites Glas mit Genuß. »Und Adam ist so schön – körperlich, meine ich.«

Sie legte eine Hand vor die Brust und hielt Tess auffordernd ihr Glas hin, das diese gehorsam füllte. »Er sieht aus wie eine aus Bernstein gefertigte Statue, und ich bekomme schon weiche Knie, wenn ich ihn nur ansehe. Wenn er mich berührt, dann tut er das so zärtlich und liebevoll, aber manchmal auch wieder nicht, nur macht mir das nichts aus, weil ich unbedingt mit ihm schlafen will und er mit mir. Wenn wir uns lieben, könnte ich das stundenlang tun. Manchmal habe ich drei oder vier Orgasmen, ehe wir zum Ende kommen, und mit Jesse hatte ich kaum einen einzigen, und danach …«

Sie brach ab, blinzelte und schluckte. »Habe ich das eben wirklich laut gesagt?«

Tess atmete tief aus und trank einen großen Schluck. »Bist du sicher, daß du nicht weitersprechen willst? Ein paar Minuten noch, dann komme ich selbst zum Höhepunkt.«

»O Gott.« Hastig setzte Lily ihr Glas ab und preßte die Hände gegen ihre erhitzten Wangen. »Solche Dinge habe ich in meinem ganzen Leben noch niemandem erzählt. Ich wollte euch keinesfalls in Verlegenheit bringen.«

»Das hast du auch nicht.« In Willas Magen tanzten ein paar Schmetterlinge, als sie Lilys Arm tätschelte. »Ich freue mich, daß Adam und du so glücklich seid.«

»Ich habe solche Worte noch nie zuvor über die Lippen gebracht.« Lilys Stimme brach ab, und ihre Augen schwammen in Tränen. »Und ich glaube, ich könnte mit niemandem so offen reden außer mit euch beiden.«

»Lily ...«

»Nein.« Lily schnitt Tess mit einer Kopfbewegung das Wort ab. »Für mich hat sich alles geändert, mein ganzes Leben. Es begann, als ich euch beide zum ersten Mal traf. Da fing ich an, mich zu verändern. Und trotz all der schrecklichen Dinge, die geschehen sind, bin ich glücklich. Ich habe Adam gefunden, und ich habe euch beide. Ich liebe euch alle so sehr. Entschuldigt mich bitte«, sagte sie, sprang auf und stürzte ins Badezimmer.

Gerührt und vollkommen außer Fassung gebracht, blieb Willa sitzen. Sie hörte, wie Wasser in das Waschbecken lief. »Sollten wir nicht nach ihr sehen?«

»Nein.« Tess war selbst den Tränen bedenklich nahe. Sie füllte Willas Glas noch einmal und ließ sich dann neben sie auf die Couch fallen. »Lassen wir sie eine Minute allein.« Nachdenklich wählte sie einen Granny Smith aus dem Obstkorb aus, der auf dem Tisch stand. »Sie hat nämlich recht, weißt du? So schlimm die Situation auch ist, es gibt auch viel Positives, das darf man nicht vergessen.«

»Möglich.« Willa schaute in ihr Glas, dann hob sie den Blick und sah Tess an. »Schätze, ich bin froh, dich kennengelernt zu haben. Ich muß dich ja nicht unbedingt mögen«, fügte sie hinzu, bevor das Gespräch allzu sentimental zu werden drohte. »Aber ich bin froh, daß wir uns kennengelernt haben.«

Lächelnd stieß Tess mit Willa an. »Darauf trinke ich.«

Kapitel 2

»Wozu soll das bloß gut sein?« fragte Willa, während sie stirnrunzelnd auf ihre Fußnägel sah, die gerade mit pinkfarbenem Nagellack versehen wurden. »Außer mir sieht sie sowieso keiner, und ich interessiere mich nicht sonderlich für meine Fußnägel.«

»Was nicht zu übersehen war«, gab Tess zurück, sehr zufrieden mit ihrem knallroten Lack. »Bevor Marla Wunder sich ihrer angenommen hat, sahen sie aus, als würdest du sie mit dem Rasenmäher schneiden.«

»Ach ja?«

Willa haßte es, zugeben zu müssen, daß sie die Prozedur tatsächlich genoß – vor allem ihre neue Lieblingsbehandlung, die Fußmassage. Sie drehte sich zur anderen Seite der gepolsterten Sitzbank, wo Lily strahlend ihre zur Hälfte lakkierten Fußnägel betrachtete.

»Glaubst du wirklich, Adam fliegt auf – wie heißt das?« Willa verrenkte sich den Hals, um das Etikett auf dem Fläschchen entziffern zu können. »Calypso Coral?«

»Das weiß ich nicht. Aber mir gefällt es.« Lächelnd bewunderte sie ihre bereits gefeilten und mit Unterlack behandelten Nägel. »Ich komme mir attraktiv vor und fühle mich wohl in meiner Haut.« Sie schaute zu Tess hinüber. »Und nur das zählt, nicht wahr?«

»Du hast es erfaßt.« Als ob ein begriffsstutziger Schüler endlich die richtige Antwort gefunden hätte, so freudig schlug Tess die Hände zusammen; wobei sie allerdings sorgfältig darauf achtete, den feuchten Nagellack nicht zu verschmieren. »Wenigstens eine von euch beiden zeigt etwas gesunden Menschenverstand. Eine kluge Frau macht sich nicht zurecht und kauft schöne Kleider, um einem Mann zu imponieren. Sie tut es in erster Linie für sich, dann für ihre Geschlechtsgenossinnen, die einzige Spezies, die wirklich auf die Details achtet. Erst zu allerletzt putzt sich eine Frau, um bei Männern Eindruck zu schinden, die, wenn sie großes Glück hat, dann auch die Witterung aufnehmen.«

Kichernd zog Tess die Augenbrauen zusammen und senkte ihre Stimme um eine Oktave. »Ugah! Frau gut aussehen! Gut riechen! Tarzan will Jane!«

Diese aufschlußreiche Analyse wurde von Willa mit einem Kichern gewürdigt. »Du hältst nicht viel von Männern, was, Hollywood?«

»*Au contraire,* du taube Nuß. Ich halte sogar sehr viel von Männern und bin im großen und ganzen der Meinung, daß sie eine interessante Abwechslung vom Alltagstrott darstellen. Nimm Nate.«

»Mir scheint, das hast du schon längst getan.«

»Allerdings.« Tess' Lächeln erinnerte an das einer Katze, die Sahne geschleckt hat. »Nathan Torrence. Anfangs war er mir ein Rätsel. Ein bedächtiger, langsam sprechender Rancher aus Montana mit einem Juradiplom von Yale, der Drum-Tabak, Keats und die Marx Brothers liebt. Eine derartige Mischung ist meiner Meinung nach eine Herausforderung und einmalige Gelegenheit zugleich.«

Sie hob den fertig behandelten Fuß und betrachtete ihn lange. »Ich gehe selten einer Herausforderung aus dem Weg, und ich nutze jede Gelegenheit, die sich mir bietet. Aber ich lasse mir die Fußnägel einzig und allein deshalb lackieren, weil es *mir* gefällt. Wenn Nate darauf abfährt, ist das nur ein zusätzlicher Bonus.«

»Ich komme mir richtig exotisch vor«, warf Lily ein. »So wie … wie hieß die Frau doch gleich, die immer Sarongs trägt? Die aus den alten Schwarzweißfilmen.«

»Dorothy Lamour«, klärte Tess sie auf. »Gehen wir mal zu Adam über, der einen ganz anderen Typ Mann repräsentiert.«

»Tatsächlich?« Da sie auf ihr Lieblingsthema zu sprechen kamen, spitzte Lily sogleich die Ohren. »Inwiefern denn?«

»Ermutige sie nicht auch noch, Lily. Sie spielt sich mal wieder als Expertin auf.«

»Wenn es um Männer geht, brauche ich mich nicht aufzuspielen. Also Adam«, fuhr Tess fort, Willa mit dem Finger drohend, »bodenständig, grundsolide und doch irgendwie geheimnisvoll. Vermutlich der attraktivste Mann, dem ich während meiner kurzen, aber dennoch nicht weniger glanzvollen Karriere als Frau begegnet bin. Er strahlt eine Aura von – mir fällt kein anderes Wort dafür ein – von Anständigkeit aus, und er hat absolut traumhafte Augen.«

»Ach, seine Augen«, sagte Lily mit einem Seufzer, der Willa veranlaßte, ihren Blick gen Himmel zu richten.

»Aber …« Tess unterstrich ihre Worte, indem sie mit dem Finger in der Luft herumfuchtelte, »er ist keineswegs langweilig; eine Eigenschaft, die häufig mit Anständigkeit Hand in Hand geht, denn unter seiner Oberfläche schlummert eine verborgene, beherrschte Art von Leidenschaft. Was dich betrifft, Lily, so könntest du dich von Kopf bis Fuß mit Calypso Coral einpinseln, und er würde dich immer noch anbeten.«

»Er liebt mich«, sagte Lily mit einem weltentrückten Lächeln.

»O ja, das tut er. Er hält dich für die schönste Frau der Welt, und wenn du eines Morgens aufwachen und feststellen müßtest, daß eine böse Hexe ihren Fluch über dich geworfen hat und du ausschaust wie eine Vogelscheuche, dann würde er dich immer noch für die schönste Frau der Welt halten. Er schaut hinter die Fassade, weiß ein hübsches Äußeres zwar zu schätzen, mißt aber den inneren Werten mehr Gewicht bei. Deswegen halte ich dich für die glücklichste Frau der Welt.«

»Gar nicht schlecht ausgedrückt«, kommentierte Willa, »für eine Hollywoodschriftstellerin.«

»Ich bin ja auch noch nicht fertig. Wir müssen das Dreieck komplettieren.« Sehr zufrieden mit sich lehnte sich Tess zurück. »Ben McKinnon.«

»Fang erst gar nicht damit an«, befahl Willa.

»Du bist ganz offensichtlich scharf auf ihn. Wir bleiben ein paar Minuten hier sitzen und lassen den Lack trocknen«, informierte sie die Kosmetikerinnen und griff nach ihrem Glas Mineralwasser. »Eine Frau, deren Puls bei Ben McKinnons Anblick nicht schneller schlägt, sollte sich fragen, ob sie nicht bereits tot ist.«

»Wie sehr hat sich denn dein Puls beschleunigt?«

Vergnügt nahm Tess die Reaktion zur Kenntnis, dann hob sie lässig eine Schulter. »Meine Interessen liegen anderswo. Wenn dem nicht so wäre … immerhin bin *ich* mit Sicherheit noch nicht tot.«

»Das könnte man ändern.«

»Nein, steh nicht auf und lauf herum, du verschmierst den Lack.« Tess hielt Willa zurück, indem sie ihr eine Hand auf den Arm legte. »Zurück zu Ben. Seine erotische Ausstrahlung ist fast greifbar. Purer Sex in einer rauhen, maskulinen Verpackung. Wenn man ihn beobachtet, wie er ein Pferd zureitet, drängt sich unweigerlich die Frage auf, ob er wohl eine Frau genauso behandeln würde. Er ist intelligent, loyal und ehrlich, und er sieht in engen Levi's einfach großartig aus. Als Kenner der Materie muß ich sagen, daß Ben McKinnon den mit Abstand knackigsten Hintern hat, der mir je untergekommen ist. Keine allzu schlechte Abwechslung«, beendete sie ihren Vortrag und nahm einen Schluck Mineralwasser, »vom Alltagstrott.«

»Ich möchte wissen, was dich sein Hinterteil angeht, wo du doch selbst einen Freund hast«, brummte Willa.

»Weil ich auf solche Kleinigkeiten immer achte.« Tess fuhr sich mit der Zunge über die Lippen. »Aber eine Frau, die es mit ihm aufnehmen will, müßte natürlich über ganz besondere Eigenschaften verfügen. Sie muß stark, selbstbewußt und unabhängig sein.«

So, dachte Tess, während Willa, ganz offensichtlich eingeschnappt, schweigend neben ihr saß, den Köder hab' ich ausgeworfen, Ben. Mehr kann ich nicht für dich tun.

Erst als sie wieder auf der Ranch war und ihre Tasche auspackte, fiel Willa auf, daß sie während der letzten vierundzwanzig Stunden im *Mountain King Spa* all ihre Probleme und ihre Verantwortung vergessen hatte. Diese Erkenntnis verursachte ihr ein leichtes Unbehagen. Es war allzu einfach, alles hinter sich zu lassen und es zu genießen, einmal nach Herzenslust verwöhnt zu werden.

Als ob man eine andere Welt betreten würde, dachte sie und verzog kurz das Gesicht, als sie eine Reihe hübsch verpackter Schachteln auf dem Bett ausbreitete. Vielleicht hatte sie deswegen kaum Widerstand geleistet, als Tess und Lily sie drängten, Cremes, Lotionen, Parfüm und Haarpflegemittel zu kaufen. Hunderte von Dollars hatte sie für kosmetische Produkte zum Fenster hinausgeworfen, die sie vermutlich so gut wie nie benutzen würde.

Am besten schenkte sie Bess den ganzen Kram, zusammen mit der parfümierten Seife und dem Badesalz, das sie für sie gekauft hatte.

Auf jeden Fall war es ein herrliches Gefühl, endlich wieder Jeans tragen zu können, dachte sie, als sie den Reißverschluß hochzog. Adam hatte ihr erzählt, daß während ihrer Abwesenheit nichts Ungewöhnliches vorgefallen war. Die Männer beruhigten sich langsam wieder, obwohl immer noch rund um die Uhr Wache geschoben wurde. Die Zeit des Kalbens neigte sich ihrem Ende zu, und der Kalender versicherte ihr glaubhaft, daß der Frühling vor der Tür stand.

Davon war allerdings noch nicht viel zu spüren, als sie mit einem Flanellhemd in der Hand ans Fenster trat. Von Kanada wehte ein eiskalter Wind herüber, aber zum Glück sah der Himmel nicht nach Schnee aus. Doch sie kannte die plötzlichen Wetterumschwünge im März und April und wußte, daß der tatsächliche Frühling noch in weiter Ferne lag. Dabei wartete sie bereits voller Sehnsucht darauf.

Auch das erstaunte sie. Normalerweise liebte sie jede Jahreszeit gleichermaßen. Sicher, der Winter brachte viel Arbeit mit sich, aber auch lange Ruhephasen für Mensch und Land. Im Frühling erwachte zwar die Natur zu neuem Leben, aber es war zugleich auch die Zeit von Schlamm, Trockenheit oder endlosen Regens, schmerzender Muskeln und müder Knochen. Die Felder mußten bestellt, das Vieh von Weide zu Weide getrieben werden.

Trotzdem sehnte sie sich danach, endlich wieder die ersten Pflanzen blühen zu sehen – die Blüten des Goldenzians, die ihre Köpfchen triumphierend aus dem Schlamm reckten, die zarten Farben des Bergrhododendrons, die tief verborgen im Dickicht des Waldes schimmerten, wilde Akelei, die sich an die Felsen klammerten. Sie schüttelte verblüfft den Kopf und wandte sich vom Fenster ab. Seit wann träumte sie denn von Blumen?

Vermutlich war Tess daran schuld. All das Gerede über Romantik, Liebe und Männer. Da war es eigentlich logisch, daß die Gedanken weiterwanderten, hin zu Frühling, Blumen – und der Paarungszeit.

Während sie vor sich hinkicherte, betrachtete sie die Schachteln auf der schlichten Bettdecke. Wenn sie ehrlich war, mußte sie zugeben, daß all diese Dinge im Grunde genommen nichts anderes als kostspielige Lockmittel waren.

Als sie draußen Schritte hörte, schob sie die Schachteln zusammen und rief laut: »Bess? Hast du einen Augenblick Zeit? Ich habe einige Sachen mitgebracht, die du vielleicht gerne haben möchtest. Warum ich die gekauft habe, weiß der …«

Sie brach ab, als Ben und nicht Bess das Zimmer betrat.

»Was, zum Teufel, hast du hier zu suchen? Kannst du nicht anklopfen?«

»Hab' ich doch. Bess hat mich reingelassen.« Seine Augen leuchteten bewundernd auf. »Gut siehst du aus, Willa.«

Sie war froh, daß sie wenigstens die Jeans übergezogen hatte. Sie war sich allerdings auch der Tatsache bewußt, daß sie obenherum nur mit einem seidenen Unterhemd bekleidet war. Ihre Brustwarzen zeichneten sich verräterisch unter dem dünnen Stoff ab, als sie nach dem Flanellhemd griff, das sie zuvor achtlos beiseite geworfen hatte.

»Ich bin noch nicht einmal eine Stunde wieder hier«, beschwerte sie sich, während sie das Hemd überzog, »und schon hab' ich dich am Hals. Ich habe jetzt keine Zeit für ein Schwätzchen und kann auch nicht die Bücher mit dir durchgehen. Immerhin habe ich bereits ein ganzes Wochenende verloren.«

»Mir scheint nicht, daß das verlorene Zeit war.« Ben war

enttäuscht, als sie das karierte Hemd zuknöpfte, dennoch sah er fasziniert zu, wie rasch und geschickt sich ihre Finger an den Knöpfen zu schaffen machten. Er hätte den Vorgang gerne in umgekehrter Richtung beobachtet.

»Du siehst wirklich gut aus.« Er kam näher. »Erholt. Ausgeruht.« Er hob eine Hand, um mit den Korkenzieherlocken zu spielen, die ihr über den Rücken fielen. »Richtig verführerisch. Ich hab' einen leichten Schreck bekommen, als Nate mir sagte, wo du hingefahren bist. Ich befürchtete, du würdest total aufgedonnert zurückkommen oder hättest dir die Haare abschneiden lassen, so wie diese New Yorker Models, die versuchen, wie ein Junge auszusehen. Was, meinst du, treibt sie dazu?«

»Ich hab' keinen blassen Schimmer.«

»Wie hat der Friseur es nur fertiggebracht, deine Mähne in so eine Lockenpracht zu verwandeln?«

»Wirf diesen Leuten genug Geld in den Rachen, dann tun sie alles für dich.« Willa warf peinlich berührt die Locken zurück. »Du bist doch sicher nicht gekommen, um mit mir über Schönheitspflege zu sprechen, Ben.«

»Hmmm?« Versonnen beschäftigte er sich weiter mit ihrem Haar. »Mir gefällt die Frisur. Bringt mich auf bestimmte Gedanken.«

Da sie sich nur allzu gut vorstellen konnte, welcher Art diese Gedanken waren, brachte sie sich vorsorglich außer Reichweite. »Es sind nur Locken, weiter nichts.«

»Ich mag deine Locken.« Ein breites Grinsen trat auf sein Gesicht, als er sie zur Wand hin manövrierte. »Aber mir gefällt dein Haar auch, wenn du es einfach glatt und offen trägst oder wenn du dir einen Pferdeschwanz machst.«

Willa kannte die Maße ihres Zimmers gut genug, um zu wissen, daß sie nur noch zwei Schritte von der Wand trennten, daher blieb sie stehen. »Kannst du mir verraten, was du vorhast?«

»Hast du so ein schlechtes Gedächtnis?« Ben stellte fest, daß er sie in die Enge getrieben hatte, und nahm sie in die Arme. »Ich hätte nicht damit gerechnet, daß du nach ein paar Tagen schon vergessen würdest, wo wir letztes Mal aufgehört haben. Halt still, Willa«, bat er geduldig, als sie die Arme hob, um ihn von sich zu stoßen. »Ich will dich doch nur küssen.«

»Und wenn ich nicht will?«

»Dann sag: ›Hände weg, Ben McKinnon.‹«

»Hände weg …«

Weiter kam sie nicht, da er ihr mit einem Kuß das Wort abschnitt. Seine Lippen waren hungrig und nicht annähernd so geduldig, wie seine Stimme geklungen hatte. Die Arme, die sie hielten, raubten ihr den Atem, so daß sie die Lippen leicht öffnen mußte, um nach Luft zu ringen …

Sofort nutzte er die Situation aus und begann, mit seiner Zunge ihren Mund zu erforschen. Sie glaubte mit Haut und Haaren verschlungen zu werden, aufgezehrt von einer Gier, die sich auf sie übertrug. Ihre Herzen hämmerten, und sie fragte sich, wie lange sie in diesem Tempo weitermachen konnten, bis einer von ihnen oder sie beide vollkommen den Boden unter den Füßen verloren.

»Ich hab' dich vermißt.«

Fast lautlos hatte er diese Worte geflüstert, während seine Lippen über ihren Hals glitten.

Er hatte sie vermißt. War das wirklich möglich?

Seine Lippen glitten wieder an ihrem Hals nach oben und hielten an ihrem Ohr inne. Sachte knabberte er an ihrer Haut, was bei ihr ein seltsames Gefühl in der Magengegend auslöste.

»Du riechst gut«, murmelte er.

Zuvor hatte er gesagt, sie sähe gut aus, erinnerte sie sich, und ihre Knie wurden weich. Hieß das, daß er, um mit Tess' Worten zu sprechen, die Witterung aufnahm? Und was kam dann? Bei dieser Vorstellung mußte Willa hart schlucken.

»Warte! Hör auf!« Sie hätte noch nicht einmal einen Sack Federn von der Stelle bewegen können, geschweige denn einen erregten Mann. Es war der atemlose Unterton in ihrer Stimme, der ihn zur Besinnung brachte.

»Okay.« Er hielt sie immer noch in den Armen, aber nur noch ganz vorsichtig, und streichelte mit einer Hand beruhigend über ihren Rücken. Sie flog am ganzen Körper, und er verfluchte seine mangelnde Selbstbeherrschung. Unberührt, sie ist doch noch unberührt, wiederholte er beschwörend im Geiste immer wieder, bis sich sein Herzschlag wieder normalisierte. Er hatte wirklich nicht beabsichtigt, wie ein Verdurstender über sie herzufallen, aber Tage, Wochen – Himmel, Jahre! – voll ungestillten Verlangens hatten sein Blut zum Sieden gebracht, und nun drohte es überzukochen.

Und das, was er mit ihr tun wollte, was er in seiner Fantasie mit ihr in diesem Zimmer, auf diesem Bett anstellte, entsprach nicht gerade der Art und Weise, wie ein zivilisierter Mann eine Frau in die körperliche Liebe einführen sollte.

»Tut mir leid.« Ben trat zurück, um ihr Gesicht zu sehen. Furcht, Verwirrung und Begehren spiegelten sich in ihren Augen wider. Auf die Furcht hätte er gut verzichten können. »Ich wollte dich nicht erschrecken, Will. Ich glaube, ich habe mich eine Minute lang vergessen.« Um die Stimmung zu lokkern, schnippte er mit dem Finger gegen eine Locke. »Muß an der Frisur liegen.«

Er bedauerte sein Verhalten tatsächlich, stellte sie mehr als nur ein wenig verblüfft fest. Und da war noch etwas anderes in seinem Blick. Zärtlichkeit konnte es nicht sein, nicht bei Ben McKinnon, aber vielleicht handelte es sich – bei dem Gedanken mußte sie lächeln – vielleicht handelte es sich um Zuneigung.

»Schon gut. Ich hab' mich vermutlich selbst eine Minute lang vergessen. Muß daran liegen, daß du mich aufgeschlürft hast wie ein Glas guten Whiskeys.«

»Du hast ungefähr die gleiche durchschlagende Wirkung auf mich«, knurrte er.

»Hab' ich das?«

Diese typisch weibliche Frage brachte sein Blut erneut in Wallung. »Bring mich nicht durcheinander. Ich bin eigentlich nur gekommen, um dir zu sagen, daß Adam und ich in die Berge reiten, um uns da mal genauer umzusehen. Zack sagt, der Nordpaß ist blockiert. Schnee. Und er meint, daß eventuell irgendwelche Jäger eure Hütte benutzen.«

»Wie kommt er denn darauf?«

»Auf einem seiner Rundflüge hat er Fährten und andere

Anzeichen dafür entdeckt.« Ben zuckte die Achseln. »Wär' ja nicht das erste Mal, aber da ich mich ohnehin davon überzeugen will, wie stark der Paß blockiert ist, dachten Adam und ich, selbst nachzusehen.«

»Ich komme mit. Gib mir eine Viertelstunde Zeit.«

»Wir sind spät dran, vermutlich müssen wir in der Hütte übernachten. Wir können dich ja über Funk verständigen.«

»Ich komme mit. Bitte Adam, Moon für mich zu satteln, und ich packe meine Sachen.«

Es tat gut, wieder im Sattel zu sitzen, dachte Willa; gut, sich wieder in der freien Natur aufzuhalten. Moon trabte vergnügt durch den Schnee; die Stute war offenbar ebenso froh wie ihre Reiterin, sich wieder bewegen zu können. Kleine Dampfwölkchen quollen aus ihren Nüstern, und ihr Geschirr klingelte leise.

Sonnenstrahlen tanzten über den unberührten Schnee. Hier in den Bergen hielt der Frühling erst spät seinen Einzug und war nur von kurzer Dauer.

Der Schrei eines Falken durchbrach die Stille. Willa entdeckte Fährten von Hochwild und von Raubtieren, die in dieser Gegend jagten. Sie gab ja zu, daß sie das Wochenende in Big Sky genossen hatte, doch dies war und blieb ihre Welt, und je höher sie ritten, desto tiefer wurde ihre Freude, wieder daheim zu sein.

»Du siehst aus, als wärst du mit dir und der Welt völlig im Einklang.« Ben lenkte sein Pferd an ihre linke Seite, hielt die Zügel locker in der Hand und musterte Willa nachdenklich. »Was haben sie denn in diesem Nobelkurort mit dir angestellt?«

»Alle möglichen herrlichen Dinge.« Sie legte den Kopf auf die Seite und bedachte ihn mit einem durchtriebenen Lächeln. »Sie haben mich eingeölt. Am ganzen Körper.«

»Ehrlich?« Ben verspürte ein angenehmes Pochen in der Lendengegend. »Am *ganzen* Körper?«

»Korrekt. Erst bekam ich ein Peeling verpaßt, und dann wurde ich eingeölt. Bist du schon mal am ganzen Körper mit Kokosnußöl eingerieben worden, Ben?«

Das Pochen verstärkte sich merklich. »Soll das ein Angebot sein, Willa?«

»Ich erzähl's dir ja nur. Am Ende hat der junge Mann mir dann ...«

»Der junge Mann?« Ben richtete sich mit einem Ruck im Sattel auf. Der scharfe Klang seiner Stimme veranlaßte den am Boden schnüffelnden Charlie, den Kopf zu heben und sein Herrchen leise winselnd anzusehen. »Was für ein junger Mann?«

»Na, der Masseur natürlich.«

»Du hast dir von einem Mann deinen ...«

»Warum denn nicht?« Mit der Wirkung ihrer Worte zufrieden, drehte sich Willa zu Adam um. Das Glitzern in dessen Augen bestätigte ihr, daß ihr Bruder ganz genau wußte, welches Spielchen sie spielte. »Lily bekam eine Aromatherapie. Hat mich sehr an das erinnert, was das Volk unserer Mutter schon seit Jahrhunderten tut. Sie benutzen Kräuter und Duftstoffe, um Körper und Geist zu entspannen. Nur haben sie dem Ganzen einen wohlklingenden Namen gegeben und berechnen dir ein Vermögen dafür.«

»Bleichgesichter«, meinte Adam grinsend, »nur darauf aus, die Natur auszubeuten.«

»Ganz meine Meinung. Daher fragte ich auch Lilys Masseuse, warum sie ...«

»Sie?« unterbrach Ben. »Lily ist von einer Frau massiert worden?«

»Richtig. Ich fragte sie also, wieso sie glaube, daß diese Anwendungen und Behandlungsmethoden ein Produkt ihres Volkes seien, da doch bereits die Indianer Schlamm, Kräuter und Öle verwendet hätten, als es im Umkreis von tausend Meilen der Rockys noch gar keine Weißen gegeben hat.«

»Wieso hatte Lily eine Masseuse und du einen Mann?«

Willa schielte zu Ben hinüber. »Weil Lily in dieser Hinsicht ein bißchen gehemmt ist. Jedenfalls kamen mir einige dieser Behandlungen sehr ursprünglich vor, und manche Öle und Cremes ähnelten denen, die unsere Großmutter in ihrem eigenen Wigwam zusammengebraut hat.«

»Heute füllen die Weißen es in bunte Fläschchen ab und geben es als ihre Erfindung aus«, fügte Adam hinzu.

Ben wußte, wann er wie ein Fisch am Haken zappelte. So verlagerte er seine Position im Sattel ein wenig. »Haben sie dich vielleicht auch mit Bärenfett eingerieben?«

Willa unterdrückte ein Lächeln. »Ich hätte es beinahe ausprobiert. Du solltest Shelly überreden, auch mal ein Wochenende dort zu verbringen, wenn das Baby entwöhnt ist. Sag ihr, sie soll nach Derrick fragen. Er ist einfach fantastisch.«

Adam lachte hinter vorgehaltener Hand, dann schnalzte er mit der Zunge und setzte sich an die Spitze der kleinen Karawane. Charlie trottete hechelnd hinter ihm her.

»Demnach hat dich dieser Typ, dieser Derrick, wohl nackt gesehen.«

»Der Anblick nackter Frauen gehört zu seinem Beruf.« Willa warf ihre Lockenpracht, an die sie sich inzwischen gewöhnt hatte, zurück. »Ich denke daran, mir regelmäßig Massagen geben zu lassen. Sie sind wirklich sehr ... entspannend.«

»Darauf möchte ich wetten.« Ben legte ihr eine Hand auf den Arm und ließ beide Pferde langsamer gehen. »Verrat mir eines.«

»Was?«

»Versuchst du, mich zum Wahnsinn zu treiben?«

»Möglich.«

Er nickte. »Weil du glaubst, du bist hier draußen sicher, und weil Adam in der Nähe ist?«

Das Lächeln verschwand von ihrem Gesicht. »Möglich.«

»Und das ist ein Irrtum.« Blitzschnell beugte er sich zu ihr hinüber, zog sie an sich und preßte seinen Mund hart auf ihre Lippen. Dann gab er sie frei und sah leise lachend zu, wie sie ihr nervös tänzelndes Pferd beruhigte. »Ich werde mir eine Flasche Kokosnußöl besorgen, und dann wollen wir einmal sehen, wie es dir steht.«

Ihr Herzschlag setzte einmal aus. »Möglich«, wiederholte sie und trieb Moon zu einer schnelleren Gangart an.

In diesem Moment krachte ein Schuß und hallte mit einem unangenehmen Laut von den Bergen wider. Zu nah, dachte

Willa noch, bevor sich Adams Pferd aufbäumte und seinen Reiter beinahe abwarf.

»Idioten«, zischte sie durch die Zähne. »Diese gottverdammten Großstädter lernen es nie ...«

»Geh in Deckung.« Ben stieß sie förmlich aus dem Sattel und benutzte sein Pferd als Schutzschild, während er sein Gewehr vom Sattelknauf riß. »Hinter die Bäume und halt den Kopf unten.«

Doch Willa hatte bereits das Blut gesehen, das durch Adams Jacke sickerte. Sie rannte, ohne zu überlegen, voller Entsetzen auf ihren Bruder zu. Ben fluchte gotteslästerlich, als er sich gegen sie warf, sie so zu Fall brachte, um sie dann mit seinem Körper zu schützen. Ein zweiter Schuß folgte.

Willa setzte sich erbittert zur Wehr; versuchte mit aller Kraft, sich zu befreien, da blinde Panik von ihr Besitz ergriffen hatte. »Adam – er ist angeschossen worden. Laß mich los!«

»Unten bleiben!« Bens Gesicht war ihr ganz nah, und seine Stimme hatte einen stählernen Klang. Mit festem Griff preßte er sie in den Schnee. Charlie zitterte vor Jagdfieber, er wartete auf die Erlaubnis, vorwärtsstürmen zu dürfen. Sein wütendes Gebell verstummte erst, als Ben ihm den scharfen Befehl dazu gab.

Da er Willa immer noch mit seinem Körper schützte, konnte Ben lediglich den Kopf leicht in Adams Richtung drehen, als dieser auf dem Bauch auf sie zurobbte. »Wie schlimm ist es?«

»Weiß ich nicht.« Er hatte starke Schmerzen im ganzen Arm. »Ich glaube, er hat mehr die Jacke als mich erwischt. Will, du bist doch nicht etwa verletzt?« Er rieb mit einem schneebedeckten Handschuh über ihr Gesicht. »Will?«

»Nein. Aber du blutest.«

»Halb so schlimm. Er hat schlecht gezielt.«

Willa schloß einen Moment lang die Augen und zwang sich zur Ruhe. »Das war Absicht, kein Zufall.«

»Muß ein Gewehr mit Zielfernrohr gewesen sein«, murmelte Ben und hob den Kopf gerade so weit, daß er die Bäume und Felsen sehen konnte. Dann streichelte er seinem Hund beruhigend über das Fell. »Ich kann nichts erkennen.

Der Richtung nach, aus der die Schüsse kamen, schließe ich, daß er sich in der kleinen Schlucht weiter oben verkrochen hat.«

»Wo er praktisch unangreifbar ist.« Willa atmete tief durch. »Da kommen wir nicht an ihn ran.«

Typisch für sie, dachte Ben, gleich an Angriff zu denken. Er gab sie frei und überprüfte sein Gewehr. »Wir sind schon fast bei der Hütte. Du und Willa, ihr seht zu, daß ihr sie erreicht. Haltet euch dicht bei den Bäumen. Ich werde seine Aufmerksamkeit auf mich lenken.«

»Das wirst du nicht tun. Ich denke nicht daran, dich hier allein zu lassen.« Willa wollte sich hochrappeln, doch Ben drückte sie sogleich wieder zu Boden. Er und Adam verständigten sich durch Blicke, wie sie die Sache handhaben wollten.

»Adam blutet«, sagte Ben ruhig. »Die Wunde muß versorgt werden. Bring ihn in die Hütte, Will. Ich bleibe direkt hinter euch.«

»Wir können uns in der Hütte verschanzen, wenn es sein muß.« Entschlossen verdrängte Adam die Schmerzen und konzentrierte sich auf das Naheliegende. »Ben, wir können dir Rückendeckung geben. Wenn du uns feuern hörst, reitest du los.«

Ben nickte. »Sobald ich die Felsengruppe, wo wir früher mal ein Fort gebaut haben, erreicht habe, fange ich an zu schießen. Das sollte euch Zeit genug geben, um bis zur Hütte zu kommen. Wenn ihr da seid, gebt einen Schuß ab, damit ich weiß, daß ihr es geschafft habt.«

Willa erkannte, daß sie sich jetzt für einen der beiden Männer entscheiden mußte. Die Blutflecken, die den Schnee färbten, gaben den Ausschlag. »Mach keinen Unsinn.« Sie nahm Bens Gesicht zwischen die Hände und gab ihm einen schallenden Kuß. »Für Helden habe ich nichts übrig.«

Gebückt schlich sie zu ihrem Pferd und packte die Zügel. »Kannst du reiten?« fragte sie Adam.

»Ja. Bleib zwischen den Bäumen, Willa. Wir müssen uns beeilen.« Mit einem letzten Blick zu Ben schwang sich Adam in den Sattel. »Reite los!«

Sie hatte keine Zeit mehr, sich noch einmal umzudrehen. Aber nie in ihrem Leben würde sie das Bild vergessen, wie Ben allein im Schnee kniete, das Gesicht halb im Schatten der Bäume verborgen und das Gewehr im Anschlag.

Sie hatte gelogen, dachte sie, als sie ihn nacheinander drei Schüsse abgeben hörte. Sie hatte eine Schwäche für Helden.

»Er erwidert das Feuer nicht«, schrie sie, als sie und Adam hinter einem riesigen Felsbrocken kurz anhielten.

»Vielleicht ist er schon wieder weg.«

Oder er wartete ab, dachte ihr Bruder, sagte aber nichts, als Willa ihr Gewehr aus der Hülle nahm. Sicher und gelassen feuerte sie ein gutes Dutzend Male in die Runde. »Ihm wird doch nichts passieren, nicht wahr, Adam? Wenn dieser verdammte Heckenschütze versucht, einen Bogen zu schlagen ...«

»Niemand kennt sich in der Gegend besser aus als Ben.« Adam sprach schnell, um sie beide zu beruhigen. Es belastete ihn, daß er seinen Bruder im Stich gelassen hatte, doch ihm war keine andere Wahl geblieben. »Wir müssen weiter, Willa. Von der Hütte aus können wir Ben noch am besten Feuerschutz geben.«

Sie brachte es nicht fertig, ihm zu widersprechen; die Hütte war nur Minuten entfernt, und Adam brauchte Hilfe. Doch sie wußte, was keiner von ihnen laut ausgesprochen hatte: Auf den letzten Metern gab es keine Deckung mehr. Um die Hütte zu erreichen, mußten sie über offenes Gelände reiten.

Die Sonne schien strahlendhell, der Schnee schimmerte blendendweiß. Willa zweifelte nicht daran, daß sie darin so leicht auszumachen waren wie Hirsche auf einer Wiese. In der Ferne hörte sie das Plätschern von Wasser, das sich seinen Weg über Eis und Gestein bahnte. Felsen und kleine, gedrungene Bäume ragten aus dem Schnee. Willa hielt ihr Gewehr beim Reiten fest umklammert, immer in der Erwartung, daß irgendein gesichtsloser Schütze jeden Augenblick aus dem Nichts auftauchen und auf sie zielen würde. Hoch oben am Himmel kreiste ein Adler und stieß seinen triumphierenden Schrei aus. Willa zählte die verrinnenden Sekunden mit Hilfe ihres Herzschlags. Sie biß sich hart auf die Lippe, als sie das Echo von Bens Schuß hörte.

»Er hat die Felsengruppe erreicht.«

Willa konnte die Hütte bereits sehen. Es war ein stabiles Holzgebäude auf steinigem Untergrund. Drinnen waren sie in Sicherheit. Es gab einen Erste-Hilfe-Kasten, ein Funkgerät, um Hilfe herbeizurufen. Und es gab Schutz.

»Irgend etwas stimmt hier nicht.« Die Worte waren schon heraus, noch ehe sie sich dieser Tatsache voll bewußt wurde. Ein verschwommenes Bild entstand, ein unvollständiges Puzzle. »Hier wurde ein Weg geschaufelt«, sagte sie langsam. »Und hier sind noch weitere Spuren.« Sie holte tief Atem. »Ich kann Rauch riechen.« Der Schornstein qualmte zwar nicht mehr, aber ein leichter Geruch nach kaltem Rauch hing noch in der Luft. »Du nicht?«

»Was?« Adam schüttelte den Kopf. Er versuchte, bei Bewußtsein zu bleiben. Die Welt um ihn herum drohte in einheitlichem Grau zu versinken. Mittlerweile konnte er weder seinen Arm noch die Schmerzen mehr spüren. »Nein, ich ...«

»Schon gut.« Mit mechanischen Bewegungen schob Willa ihr Gewehr in seine Hülle zurück und ergriff mit ihrer freien Hand die Zügel von Adams Pferd. Freie Fläche hin, freie Fläche her, sie mußten so schnell wie möglich weiter, er durfte nicht noch mehr Blut verlieren. »Wir sind schon fast da, Adam. Halt dich fest. Halt dich am Sattelknauf fest.«

»Was?«

»Du sollst dich am Sattelknauf festhalten. Sieh mich mal an«, befahl sie in so scharfem Ton, daß seine Augen wieder klar wurden. »Festhalten!«

Sie ließ Moon angaloppieren und trieb Adams Pferd mit lauten Rufen an, damit es Schritt hielt. Sollte er aus dem Sattel fallen, ehe sie in Sicherheit waren, so würde sie abspringen, ihn weiterzerren und die Pferde laufen lassen.

Die plötzliche strahlende Helligkeit blendete sie. Unter den trommelnden Hufen stob der Schnee auf und wirbelte in dicken Flocken um sie herum. Willa saß kerzengerade im Sattel. Sie bemühte sich, den Körper ihres Bruders mit ihrem eigenen zu schützen. Innerlich war sie darauf gefaßt, von einer Kugel getroffen zu werden.

Anstatt den geräumten Weg zu benutzen, trieb sie die Pferde lieber zur Südseite der Hütte. Doch sie verspürte kaum Erleichterung, als sie ihr Ziel erreicht hatte. Der Heckenschütze konnte überall lauern. Willa zog ihre Waffe hervor, sprang aus dem Sattel und wühlte sich durch den fast hüfthohen Schnee, um Adam aufzufangen, der gefährlich zu schwanken begann.

»Daß du mir ja nicht bewußtlos wirst!« Ihre Lungen brannten, als sie versuchte, ihn zu stützen. Sein Blut rann ihr warm über die Hände. »Ich habe keine Lust, dich das letzte Stück zu tragen.«

»'tschuldigung. Gib mir eine Sekunde.« Er mußte seine ganze Willenskraft aufbieten, um den Schwächeanfall zu überwinden. Sein Blick war zwar etwas betrübt, aber er konnte wenigstens noch sehen. Und er wußte ganz genau, daß sie erst im Inneren der Hütte in Sicherheit sein würden. Und sogar dann noch ...

»Geh hinein, aber gib erst noch einen Schuß ab, damit Ben weiß, daß wir es geschafft haben. Ich hole unsere Sachen.«

»Zum Teufel mit den Sachen!« Willa hielt ihn fest, so gut sie konnte, und bugsierte ihn zur Tür.

Zu warm, dachte sie im selben Moment, als sie die Hütte betrat. Während sie Adam zu einer Liege schob, warf sie einen Blick auf den Kamin. Dort war nichts als Asche und halb verbrannte Holzscheite. Doch sie konnte riechen, daß hier noch kürzlich ein Feuer gebrannt hatte.

»Leg dich hin! Ich kümmere mich gleich um dich.« Sie eilte zur Tür zurück und feuerte dreimal in die Luft. Dann verriegelte sie die Tür. »Ben kommt schon klar«, versicherte sie Adam und betete, daß dem auch wirklich so sein möge. »Wir müssen dir die Jacke ausziehen.«

Still die Blutung, mach Feuer, säubere die Wunde, funk die Ranch an, befahl sie sich, dann kannst du dir Sorgen um Ben machen.

»Ich war dir keine große Hilfe«, meinte Adam bekümmert, als sie ihn aus seiner Jacke schälte.

»Wenn ich das nächste Mal angeschossen werde, kannst du den starken Mann spielen.« Als sie das Blut sah, das seinen Ärmel von der Schulter bis zur Hand durchweicht hatte, unterdrückte sie einen entsetzten Aufschrei. »Hast du Schmerzen? Wie schlimm?«

»Der Arm ist taub.« Sachlich betrachtete Adam den Schaden. »Ich glaube, die Kugel ist glatt durchgegangen. Kann nicht so schlimm sein. Wenn es nicht so kalt gewesen wäre, hätte die Wunde noch stärker geblutet.«

Sie hätte weit weniger geblutet, dachte Willa, während sie den Ärmel aufriß, wenn sie nicht gezwungen gewesen wären, wie die Wilden zu reiten. Nachdem sie das Thermohemd ebenfalls zerrissen und das zerfetzte Fleisch darunter freigelegt hatte, drehte sich ihr fast der Magen um.

»Ich binde dir als erstes den Arm ab, um die Blutung zu stoppen.« Beim Sprechen zog sie ein Tuch aus der Tasche. »Dann sorge ich dafür, daß es hier warm wird, und danach werde ich die Wunde säubern und sie mir genauer ansehen.«

»Überprüf die Fenster!« Er berührte ihre Hand. »Und lad dein Gewehr nach!«

»Keine Sorge.« Willa zog die behelfsmäßige Bandage fest an. »Leg dich hin, ehe du umkippst. Du siehst bald aus wie ein Bleichgesicht.«

Sie warf ihm eine Decke über und eilte zur Holzkiste. Fast leer, stellte sie mit klopfendem Herzen fest. Ihre Hände zitterten, als sie Reisig und Holzscheite im Kamin aufschichtete und zum Brennen brachte.

Der Erste-Hilfe-Kasten wurde im Schrank über der Spüle aufbewahrt. Willa stellte ihn auf der Anrichte ab und hob den Deckel, um sich zu vergewissern, daß der Inhalt komplett war. Dann bückte sie sich und stöberte in dem Schränkchen unter der Spüle nach Verbandsmaterial.

Und spürte, wie sich ihr Magen schmerzhaft zusammenkrampfte. Der Eimer, der immer unter der Spüle stand, war an Ort und Stelle. Doch nun war er mit alten Lappen und steifen Handtüchern gefüllt, die alle riesige rostrote Flecken aufwiesen. Blut, und zwar altes Blut, stellte sie fest, als sie behutsam eine Hand danach ausstreckte. Und der Menge nach zu urteilen, stammte es nicht von einem harmlosen kleinen Küchenunfall.

Diese Menge Blut ließ nur auf eines schließen. Auf Tod.

»Will?« Adam setzte sich mühsam auf. »Was ist los?«

»Nichts.« Sie schloß rasch die Schranktür. »Nur eine Maus. Sie hat mich erschreckt. Ich kann keine Verbände finden.« Bevor sie sich umdrehte, setze sie ein gleichmütiges Gesicht auf. »Wir müssen dein Hemd nehmen.«

Sie stellte eine Schüssel in die Spüle und füllte sie mit warmem Wasser. »Ich würde dir ja jetzt gerne sagen, daß das, was ich tun muß, mir mehr weh tut als dir, aber ich fürchte, das wäre glatt gelogen.«

Sie setzte Schüssel und Verbandskasten neben ihm ab, dann ging sie ins Badezimmer, um nach sauberen Handtüchern zu suchen. Sie konnte nur ein einziges finden. Erschöpft preßte sie einen Moment lang das Gesicht gegen die Wand und betete um Kraft.

Als sie zurückkam, stand Adam leicht schwankend am Fenster. »Was, zum Teufel, machst du denn da?« schimpfte sie und drückte ihn wieder auf die Liege.

»Einer muß Wache halten, Will. Und wir müssen auch die Ranch anfunken.« Zu viele Gedanken auf einmal schossen ihm durch den Kopf. »Wir müssen sie über das, was hier geschehen ist, informieren. Dieser Irre könnte auf die Idee kommen hinunterzureiten.«

»Auf der Ranch ist alles im Lot.« Vorsichtig entfernte Willa das Tuch und begann, die Wunde zu reinigen. »Ich funke sie an, sobald ich dich versorgt habe. Fang jetzt bitte nicht an, mit mir zu streiten.« Ihre Stimme klang dünn und gepreßt. »Du weißt, daß ich nicht gut Blut sehen kann, und dazu kommt, daß dies meine erste Schußwunde ist. Nimm ein bißchen Rücksicht darauf.«

»Du machst das ausgezeichnet. Scheiße!« Er sog zischend den Atem ein. »Das hab' ich aber gespürt!«

»Zum Glück, denn das beweist, daß der Arm nicht abgestorben ist. Sieht aus, als wäre die Kugel hier, genau unter deiner Schulter, eingedrungen.« Übelkeit stieg in ihr hoch und wurde entschlossen ignoriert. »Und hier hinten ist sie wieder ausgetreten.« Immer noch sickerte Blut aus der Wunde. »Du hast bestimmt einen Liter Blut verloren, aber jetzt läßt es glücklicherweise nach. Ich glaube nicht, daß der Knochen verletzt worden ist.« Sie biß auf ihre Lippe, als sie die Flasche mit Jod öffnete. »Das wird jetzt höllisch brennen, Adam.«

»Indianerherz kennt keinen Schmerz, weißt du doch. Aua, verflucht!« Er schrie auf, und die Tränen traten ihm in die Augen, als das Jod mit dem rohen Fleisch in Berührung kam.

»Ja, das weiß ich.« Sie versuchte zu kichern, doch der Laut, den sie hervorbrachte, kam einem Schluchzen gefährlich nahe. »Schrei du nur, soviel du willst.«

»Geht schon wieder.« Vor seinen Augen drehte sich alles. Er konnte fühlen, wie sich kleine kalte Schweißperlen auf seiner Haut bildeten. »Ich kann's aushalten. Mach weiter.«

»Ich hätte dir vorher ein Schmerzmittel verabreichen sollen.« Ihr Gesicht war nun ebenso fahl wie seines, und ihre Worte überstürzten sich fast. Tränen liefen ihr über das Gesicht. »Ich fürchte, daß wir außer Aspirin nichts anderes hierhaben, und das ist ohnehin nur ein Tropfen auf einem heißen Stein. Die Wunde ist jetzt sauber, Adam, sie sieht zumindest sauber aus. Ich werde dir diese Salbe draufschmieren und dir dann einen Verband anlegen.«

»Gott sei Dank.«

Willa vollendete ihre Aufgabe, dann seufzten sie beide erleichtert auf und schauten sich an. Ihre Gesichter waren totenbleich und schweißbedeckt. Adam lächelte als erster.

»Dafür, daß es für uns beide die erste Schußwunde ist, haben wir uns ganz gut gehalten, finde ich.«

»Du brauchst aber niemandem zu erzählen, daß ich geweint habe.«

»Und du brauchst niemandem zu erzählen, daß ich geschrien habe.«

Willa wischte sein feuchtes Gesicht ab, um sich dann auch trockenzureiben. »Abgemacht. Jetzt leg dich bitte hin, und ich werde ...« Sie brach ab und lehnte den Kopf an sein Bein. »O Gott, Adam, wo bleibt denn bloß Ben? Wo steckt er nur? Er sollte längst hier sein.«

»Mach dir keine Sorgen.« Adam streichelte ihr beruhigend über das Haar, doch seine Augen waren auf die Tür gerichtet. »Er muß jeden Augenblick kommen. Wir funken jetzt die Ranch an und verständigen die Polizei.«

»Okay.« Leise schniefend hob sie den Kopf. »Ich mache das schon. Bleib du ruhig liegen und sieh zu, daß du wieder zu Kräften kommst.« Sie erhob sich, ging zum Funkgerät und schaltete es ein, doch weder das vertraute Summen ertönte, noch blinkten die Lämpchen auf. »Es funktioniert nicht«, sagte sie mit bedenklich schwankender Stimme. Ein flüchtiger Blick bestätigte ihre schlimmsten Befürchtungen. »Jemand hat die Kabel durchgeschnitten, Adam. Das Funkgerät ist tot.«

Sie ließ das Mikrofon fallen, lief quer durch den Raum und griff sich ihr Gewehr. »Nimm du das«, wies sie ihn an und legte ihm die Waffe über die Knie. »Ich benutze deins.«

»Was hast du vor?«

Willa stülpte sich ihren Hut auf den Kopf und legte sich den Schal wieder um den Hals. »Ich sehe nach Ben.«

»Das wirst du schön bleibenlassen.«

»Ich sehe nach Ben«, wiederholte sie entschieden. »Und du bist nicht in der Verfassung, mich daran zu hindern.«

Den Blick fest auf sie gerichtet, stand er auf, obwohl seine Beine unter ihm nachzugeben drohten. »O doch!«

Willa wollte ihm gerade eine passende Antwort geben, als sie draußen gedämpfte Pferdehufe hörte. Unbewaffnet rannte sie hinaus, Adam dicht hinter sich. Eine zentnerschwere Last fiel ihr vom Herzen, als Ben aus dem Sattel glitt.

»Wo, zum Teufel, bist du gewesen? Du solltest doch sofort nachkommen, und wir sind schon fast eine halbe Stunde hier.«

»Ich bin einmal im Kreis geritten. Hab' ein paar Fährten entdeckt, aber – hey!« Er wich ihrer Faust aus, ehe sie mit seiner Nase kollidierte, aber den Schlag in die Magengrube sah er nicht kommen. »Sag mal, Will, bist du komplett verrückt geworden? Du …« Er brach ab, weil sie die Arme um ihn legte. »Frauen«, brummelte er, ihr Haar liebkosend. »Wie geht's dir?« wollte er dann von Adam wissen.

»Ich hab' mich auch schon besser gefühlt.«

»Ich mich auch. Jetzt werde ich mich erst einmal um die Pferde kümmern. Schaust du mal nach, ob du irgendwo noch Whiskey findest, ja?« Er klopfte Willa leicht auf den Rücken und schob sie zur Tür. »Ich brauche einen Drink.«

Kapitel 3

»Ein Stück weiter nördlich von der Stelle, wo wir angegriffen worden sind, hat jemand gelagert. Die Feuerstelle war kalt. Sieht so aus, als hätten sie Wild abgehäutet. Drei Reiter und ein Hund.« Ben tätschelte Charlies Kopf. »Ich schätze, das ist so zwei, drei Tage her. Sie haben keinen überflüssigen Müll hinterlassen, also gehe ich davon aus, daß sie wußten, was sie taten.«

Er probierte den Doseneintopf, den Willa rasch heißgemacht hatte. »Außerdem gab es noch eine frische Fährte. Ein Reiter, er bewegt sich Richtung Norden. Ich würde sagen, das ist unser Mann.«

»Du hast gesagt, du würdest sofort nachkommen«, beschwerte sich Willa erneut.

»Jetzt bin ich ja da, oder nicht? Charlie und ich wollten uns erst einmal umsehen.« Er stellte dem hoffnungsvoll zu ihm aufblickenden Hund den Rest seiner Mahlzeit hin und widerstand dem Drang, sich mit der Hand über die Magengegend zu reiben, dort, wo ihre Faust ihn getroffen hatte. »Meiner Meinung nach hat der Kerl ein paar Schüsse abgegeben und sich dann aus dem Staub gemacht. Ich glaube nicht, daß er abwartet und uns beobachtet.«

»Er könnte sich in der Hütte aufgehalten haben«, warf Adam ein. »Aber das erklärt nicht, warum er das Funkgerät außer Betrieb gesetzt hat.«

»Das erklärt auch nicht, warum er auf uns geschossen hat.« Ben zuckte die Achseln. »Der Mann, hinter dem wir seit ein paar Monaten her sind, benutzt ein Messer und kein Gewehr.«

»Wir waren zu dritt«, gab Willa zu bedenken. Als Charlie mit dem Schwanz leicht auf den Boden klopfte, lächelte sie gequält. »Zu viert. Da steht man sich mit einem Gewehr besser.«

»Ein Punkt für dich.« Ben griff zur Kaffeekanne und füllte ihre Tassen.

Sie hatten eine warme Mahlzeit im Bauch, und Koffein zirkulierte in ihren Adern und regte den Kreislauf an. Mehr Zeit konnte Willa ihnen zur Erholung nicht gönnen.

»Er war hier.« Ihre Stimme klang ruhig, denn sie konzentrierte sich mit aller Kraft darauf. »Ich weiß, die Polizei hat die Hütte durchsucht, nachdem die Frau ermordet wurde. Ich weiß, daß sie keine Beweise dafür gefunden haben, daß der Täter sie hier festgehalten hat. Aber ich glaube, daß das trotzdem der Fall war. Ich glaube, er hat sie hier gefangengehalten und umgebracht. Und dann hat er sämtliche Spuren verwischt.«

Sie stand auf, ging zum Schrank unter der Spüle und holte den Eimer heraus. »Ich denke, er hat mit diesen Lappen das Blut weggewischt und dann den Eimer wieder unter die Spüle gestellt.«

»Zeig mal.« Ben nahm ihr den Eimer aus der Hand, dann drückte er sie sanft auf einen Stuhl. »Den nehmen wir besser mit.« Er stellte den Eimer neben die Holzkiste, so daß sie ihn nicht mehr sehen konnte.

»Er hat sie hier getötet.« Bei dem Gedanken schlug Willa das Herz bis zum Hals. »Vermutlich hat er sie an eine dieser Pritschen gefesselt, vergewaltigt und umgebracht. Dann hat er die Schweinerei beseitigt. Er muß sie mit dem Pferd heruntergeschafft haben, höchstwahrscheinlich nachts. Den Leichnam konnte er ohne Schwierigkeiten ein paar Stunden, ja, sogar einen Tag lang irgendwo versteckt haben, ehe er ihn vor unsere Tür gelegt hat. Er hat ihre sterblichen Überreste wie einen Müllsack auf unsere Veranda geworfen.«

Sie schloß die Augen. »Und jedesmal, wenn ich denke, wenn ich hoffe, daß alles endlich vorüber ist, dann passiert wieder etwas. Er schlägt wieder zu, und niemand weiß, aus welchem Grund er das tut.«

»Vielleicht gibt es keinen plausiblen Grund.« Ben beugte sich zu ihr hinunter und nahm ihre Hände in seine. »Willa, wir haben jetzt zwei Möglichkeiten. In einer Stunde wird es dunkel. Wir können bis zum Morgengrauen hierbleiben, oder wir können im Schutz der Dunkelheit zurückreiten. Beides ist nicht ohne Risiko, und beides wird schwierig.«

Willa sah Adam forschend an. »Fühlst du dich kräftig genug zum Reiten?«

»Ich werde schon durchhalten.«

»Dann möchte ich auf keinen Fall hierbleiben.« Sie holte einmal tief Atem. »Ich schlage vor, wir brechen bei Einbruch der Dämmerung auf.«

Die Nacht war kalt und klar. Dünne Nebelschwaden krochen über den Boden. Der Mond stand rund und voll am Himmel und wies ihnen mit seinem fahlen Licht den Weg. Derselbe Vollmond, dachte Willa wie betäubt, würde auch jedem Feind die Jagd nach ihnen erleichtern. Der Hund lief mit lauschend aufgestellten Ohren vorneweg, und ihre Stute zitterte unter ihr, als würde sich Willas Nervosität auf das Tier übertragen.

Jeder Schatten stellte eine mögliche Bedrohung dar, jedes Rascheln im Gebüsch konnte eine geflüsterte Warnung sein. Der Schrei einer Eule, das zischende Geräusch zur Erde herabschießender Schwingen und das entsetzte Kreischen des anvisierten Beutetieres waren nicht länger in den Bergen vertraute Laute, sondern mahnten sie, nicht zu vergessen, daß jedes Lebewesen sterblich war.

Die Berge sahen wunderschön aus; der Mond warf einen schwachen bläulichen Glanz auf den Schnee, von dem sich die dunklen Baumreihen scharf abhoben, und Felsformationen ragten schroff in den Nachthimmel hinein.

Doch sie waren zugleich eine Quelle des Todes.

Er mußte diesen Weg genommen haben, dachte sie, mußte mit seiner über den Sattel geworfenen Trophäe stetig gen Osten geritten sein. Mehr war das tote Mädchen nicht für ihn gewesen. Eine Trophäe, ein Beweis seiner Geschicklichkeit und Intelligenz. Und seiner Kaltblütigkeit.

Sie erschauerte und zog die Schultern hoch, um sich gegen den schneidenden Wind zu schützen.

»Bist du okay?«

Willa warf Ben einen Blick zu. Im Dunkeln glühten seine Augen wie die einer Katze, scharf und wachsam. »Am Tag der Beerdigung meines Vaters, als Nate sein Testament verlas, glaubte ich, nichts würde mich in Zukunft stärker treffen, mich mehr verletzen können. Ich war sicher, mich niemals wieder so hilflos fühlen zu müssen, so ohne jegliche Kontrolle über mein Leben zu sein. Ich dachte, dies sei das Schlimmste, was mir jemals zustoßen könnte.«

Seufzend lenkte sie ihr Pferd über ein unebenes Wegstück, wo der Schnee zum Teil geschmolzen war und dunkle Erde freigab. Feine Nebelschwaden teilten sich vor ihr.

»Als ich dann Pickles fand und sah, was mit ihm geschehen war, glaubte ich, nun das Allerschlimmste erlebt zu haben. Aber ich habe mich erneut geirrt. Und nun habe ich Angst, daß es noch Steigerungen geben kann.«

»Ich werde nie zulassen, daß dir etwas geschieht, das kannst du mir glauben.«

Die Lichter, die jetzt schwach in der Dunkelheit aufleuchteten, gehörten zu Mercy. »Du hast dich heute wie ein verdammter Narr verhalten, Ben. Alleine auf Spurensuche zu gehen! Ich habe dir gesagt, daß ich für Helden nichts übrig habe, aber von Narren halte ich noch viel weniger.« Mit diesen Worten trieb sie Moon an und ritt auf die Lichter zu.

»Jetzt hat sie's mir aber gegeben«, murmelte Ben Adam zu.

»Sie hat recht.« Adam neigte den Kopf, als Ben die Stirn runzelte. »Ich war dir heute keine große Hilfe, und sie war zu sehr mit mir beschäftigt, um irgendwas anderes tun zu können. Auf eigene Faust die Gegend zu erkunden gehörte nicht zu deinen besten Ideen.«

»Du an meiner Stelle hättest dasselbe getan.«

»Wir sprechen jetzt nicht von mir. Sie hat geweint.«

Unbehaglich rutschte Ben im Sattel nach vorne und blickte zu Willa, die ein paar Längen vor ihnen ritt. »O verdammt.«

»Ich hab' ihr versprochen, kein Wort darüber zu verlieren,

und das hätte ich auch nicht getan, wenn die Tränen mir gegolten hätten. Aber sie hat sie deinetwegen vergossen. Sie wollte dir hinterherreiten.«

»Aber das wäre doch reiner …«

»… Wahnsinn gewesen. Ich hätte natürlich versucht, sie zurückzuhalten, doch ich bezweifle, daß es mir gelungen wäre. Vielleicht denkst du in Zukunft daran, Ben.«

Adam versuchte, seine schmerzende Schulter zu bewegen. »Denn es wird ein weiteres Mal geben. Es ist noch nicht vorbei.«

»Nein, es ist noch nicht vorbei.« Und Ben schloß langsam zu Willa auf.

Das verdammte Zielfernrohr war nicht richtig justiert gewesen. Hatte ihn ein Vermögen gekostet, und dann ließ es sich nicht richtig einstellen.

Das wiederholte Jesse immer wieder, während er jeden Moment des Überfalls im Geiste noch einmal aufleben ließ. Es hatte am Gewehr gelegen, am Zielfernrohr, am Wind. Es war nicht sein Fehler gewesen, er hatte nicht schlecht gezielt, ihm war kein Vorwurf zu machen.

Nur gottverfluchtes Pech, weiter nichts.

Er hatte das Bild immer noch vor sich, sah, wie sich das Pferd dieses ehebrecherischen Halbbluts aufbäumte. Einen Moment, einen wunderbaren Moment lang glaubte er, sein Ziel getroffen zu haben. Doch dann stellte sich heraus, daß das Fernrohr versagt hatte.

Dazu kam, daß er aus einem Impuls heraus gehandelt hatte, statt sich einen vernünftigen Plan auszudenken. Hätte er seinen Hinterhalt gründlich durchdacht, dann wäre Wolfchild jetzt nicht mehr am Leben – und McKinnon vielleicht auch nicht mehr. Und vielleicht hätte er sich dann etwas eingehender mit Lilys Halbschwester befaßt, nur so zum Spaß. Jesse stieß eine Rauchwolke aus, starrte in die Dunkelheit. Er fluchte leise vor sich hin. Er würde eine zweite Chance bekommen; früher oder später würde sich erneut eine Gelegenheit ergeben, Rache zu nehmen. Dafür würde er sorgen.

Und dann konnte Lily ihr blaues Wunder erleben.

Eine Woche lang erwachte Willa jede Nacht aus dem Würgegriff eines Alptraums, schweißgebadet und mit einem erstickten Aufschrei in der Kehle. Der Verlauf des Traumes blieb immer gleich: Sie lag nackt, an Händen und Füßen gefesselt, auf einem Lager, kämpfte Nacht für Nacht darum, sich zu befreien, und fühlte, wie das Seil in ihre Haut einschnitt, wenn sie sich wimmernd in den Fesseln wand. Und sie roch ihr eigenes Blut, das an ihren bloßen Armen herunterrann.

Jedesmal sah sie kurz vor dem Erwachen das Aufblitzen eines Messers, eine schimmernde Klinge, die sich auf sie herabsenkte.

Jeden Morgen bemühte sie sich, diesen Traum aus ihren Gedanken zu verbannen. Aber sie wußte, daß er unweigerlich in der nächsten Nacht zurückkehren würde.

Eigentlich hätten die Vorboten des Frühlings, jene schüchternen Anzeichen einer neuen Jahreszeit, sie entzücken müssen. Die Krokusse, die ihre Mutter noch gesetzt hatte, leuchteten in so hoffnungsfrohen Farben, die immer dünner werdende Schneedecke gab große Flächen braunen Untergrundes frei, die Kälber wuchsen und gediehen, und die Fohlen tobten fröhlich auf der Weide herum.

Es nahte die Zeit, die Erde umzupflügen, mit der Aussaat zu beginnen und die Pflanzen heranreifen zu sehen, die Zeit, in der Pappeln, Espen und Lärchen ein frisches grünes Blätterkleid anlegen würden. Bald würden die Lupinen zu blühen beginnen, und sogar auf den Bergwiesen würden feuerrote Kastillea und sonnengelbe Butterblumen bunte Farbtupfer bilden. Die Tage würden endlich länger und heller werden, und das Weiß der Berge würde nach und nach in Silber übergehen.

Es war unvermeidlich, daß der Winter wenigstens einmal noch zurückschlug, doch den Frühjahrsschneefällen fehlte es bereits an Kraft. Die strahlende Sonne ließ die Temperaturen erheblich ansteigen, und so war man versucht zu vergessen, wie rasch das Wetter wieder umschlagen konnte. Jede Stunde eines neuen Tages wurde ausgekostet

Von ihrem Bürofenster aus sah Willa Lily vorübergehen,

was bedeutete, daß auch Adam nicht weit war. Seit der Nacht, als sie aus den Bergen zurückgekehrt waren, wich Lily kaum mehr von seiner Seite. Häufig hatte Willa seither beobachtet, wie sie Adam liebevoll über den verletzten Arm strich oder die Schlinge zurechtrückte, in der er ihn trug.

Seine Wunde heilte. Nein, dachte Willa, eigentlich war es so, daß Adam und Lily sich gegenseitig heilten.

Wie würde sie sich wohl fühlen, wenn sie einen Partner hätte, der ihr dermaßen ergeben war, für den nichts auf der Welt existierte außer ihrer Person? Und wenn sie diesem Partner eine ebenso große Liebe entgegenbringen würde?

Vermutlich würde ihr dieses Übermaß an Emotionen ein wenig Angst einjagen. Aber trotz allem wäre ihr die Erfahrung alle Furcht und alle nagenden Zweifel wert. Einmal davongetragen zu werden von purem Verlangen, sich ganz seinen Gefühlen hinzugeben, davon begann sie in letzter Zeit immer häufiger zu träumen. Aber was noch viel mehr zählte, abgesehen von der Leidenschaft des Augenblicks, das war das Versprechen, füreinander einzustehen. Sie spürte es bei Adam und Lily, wenn sie einander ansahen.

Jedes heimliche kleine Lächeln, jedes verstohlene Zeichen gehörte so voll und ganz ihnen, daß jeder Dritte automatisch davon ausgeschlossen blieb. Wie aufregend es sein mußte, grübelte sie, und wie herrlich beruhigend, einen Menschen zu haben, der immer für sie da war, egal was kommen mochte. Einen Menschen, für den sie stets an erster Stelle stand.

Dummes Zeug, schalt sie sich und wandte sich vom Fenster ab. Hier saß sie und hing Tagträumen nach, dabei gab es noch so viel zu tun. Außerdem würde sie nie zu der Sorte Frauen gehören, die einem Mann mehr bedeuteten als alles andere. Sie hatte ja noch nicht einmal für ihren eigenen Vater an erster Stelle gestanden.

Wenigstens sich selbst konnte sie diese Tatsache nun eingestehen, hier in seinem Büro, in dem noch immer so viel von seiner Persönlichkeit gefangen war. Es schien, als hätten die Möbelstücke und Teppiche die Ausstrahlung des Jack Mercy regelrecht absorbiert. Nein, sie hatte für ihren Vater nie an erster Stelle gestanden, ihm nie mehr bedeutet als irgend jemand sonst auf der Welt.

Was war sie dann für ihn gewesen? Bewußt nahm Willa in seinem Sessel Platz und stützte ihre Hand auf die glatte lederbezogene Lehne, dorthin, wo seine Hand unzählige Male gelegen hatte. Was war sie für ihn gewesen? Ein Ersatz; ein Ersatz für den Sohn, den er nie bekommen hatte. Und wenn sie an Jack Mercys Maßstab dachte, dann mußte sie ein kümmerlicher Ersatz gewesen sein.

Vielleicht noch nicht einmal das, erkannte sie und ballte die Fäuste. Eine Trophäe war sie gewesen, eine von dreien, die ihm alle so gleichgültig gewesen waren, daß er sich noch nicht einmal die Mühe gemacht hatte, eine Erinnerung an sie aufzubewahren. Sie und ihre Halbschwestern waren Trophäen gewesen, die bedenkenlos beiseite geschoben und vergessen worden waren, die es noch nicht einmal wert gewesen waren, in Form eines Schnappschusses einen Platz auf seinem Schreibtisch eingeräumt zu bekommen. Sie waren weniger wert gewesen als die Köpfe der Tiere, die er erlegt hatte und die nun sämtliche Wände zierten.

Diese Erkenntnis und die tiefe Demütigung, die darin verborgen lag, lösten bei ihr einen Wutanfall aus, der sie so unerwartet überfiel, daß sie sich gar nicht bewußt wurde, was sie tat, bis es zu spät war. Bis sie aufgesprungen war und den ersten Tierkopf mit den toten Glasaugen von der Wand gerissen hatte. Das linke Geweih des Sechsenders zerbrach beim Aufprall auf den Boden, und dieses Geräusch, das beinahe an einen Schuß erinnerte, spornte sie nur noch mehr an.

»Zur Hölle mit euch! Und zur Hölle mit ihm! Ich bin keine gottverdammte Trophäe!« Sie kletterte auf das Sofa und zerrte an dem Bighornschaf, das sie aus kleinen, bösartigen Augen anstarrte. »Das ist jetzt mein Büro!« Keuchend wuchtete sie den Kopf beiseite und nahm den nächsten in Angriff. »Und es ist jetzt meine Ranch!«

Nachdem alles vorbei war, mußte sie zugeben, daß sie wohl kurzzeitig den Verstand verloren hatte, als sie wie ein Berserker die Jagdtrophäen ihres Vaters von der Wand gefegt hatte. Es war makaber genug, diese körperlosen Köpfe zusammenzutragen und auf einen Haufen zu werfen. Sie hatte sich die Nägel abgebrochen, während sie sie von der Wand gelöst hatte.

Von der Türschwelle aus sah Tess ihr einen Moment lang schweigend zu. Das Bild, das sich ihr bot, hatte sie völlig aus der Fassung gebracht, und als sie hörte, wie ihre Schwester wüste Verwünschungen ausstieß, während sie den riesigen Grizzly aus seiner Ecke zerrte, verschlug es ihr sogar die Sprache.

Hätte sie es nicht besser gewußt, wäre Tess davon ausgegangen, daß Willa einen Kampf auf Leben und Tod ausfocht, wobei der Vorteil eindeutig auf seiten des Bären lag. Da sie es aber besser wußte, war sie sich jetzt nicht sicher, ob sie lachen oder schreiend das Weite suchen sollte. Sie entschied sich gegen beide Möglichkeiten, strich sich das Haar aus der Stirn und räusperte sich. »Nanu? Ist der Zoo schon eröffnet?«

Willa wirbelte mit wutverzerrtem Gesicht herum, ihre Augen loderten vor Zorn. »Keine Trophäen mehr«, sagte sie atemlos. »In diesem Haus will ich keine Trophäen mehr sehen.«

Vernunft schien angesagt zu sein. In der Hoffnung, beruhigend auf ihre Schwester einwirken zu können, lehnte sich Tess lässig gegen den Türrahmen. »Ich kann nicht behaupten, daß mich diese Dekorationsstücke je zu Begeisterungsstürmen hingerissen hätten. *Field and Stream* entspricht nicht ganz meinem Stil. Aber was hat denn diesen plötzlichen Drang zum Umräumen ausgelöst?«

»Keine Trophäen mehr«, wiederholte Willa. Der Wutausbruch hatte sich in felsenfeste Überzeugung verwandelt. »Weder diese Dinger da noch wir. Komm, hilf mir, das Zeug hinauszuschaffen!« Sie trat einen Schritt vor und streckte die Hand aus. »Hilf mir, es aus unserem Haus zu schaffen!«

Als Tess den tieferen Sinn dieser Worte erfaßt hatte, lächelte sie breit und krempelte die Ärmel auf. Ihre Augen glitzerten. »Mit Vergnügen. Sehen wir als erstes zu, daß sich Meister Petz von hier verabschiedet.«

Mit vereinten Kräften stiegen und zerrten sie den ausgestopften, zähnefletschenden Bären durch die Tür. Sie hatten gerade die Treppe erreicht, als Lily auf sie zugerannt kam.

»Was um alles in der Welt – eine Minute lang dachte ich …« Sie preßte eine Hand auf ihr wild pochendes Herz. »Ich dachte, ihr würdet im nächsten Moment bei lebendigem Leibe verspeist.«

»Die letzte Mahlzeit von diesem Burschen hier liegt schon eine Zeit zurück«, japste Willa und packte fester zu.

»Was macht ihr denn da?«

»Wir dekorieren um«, kündigte Tess an. »Hilf uns mal mit dem verflixten Vieh. Der muß Tonnen wiegen.«

»Laß gut sein.« Willa atmete laut aus. »Geh zur Seite«, warnte sie, und als die Treppe frei war, versetzte sie dem Bären einen heftigen Stoß. »Kommt, helft mir, ihn vorwärtszuschieben.«

»Okay.« Tess tat so, als würde sie sich in die Hände spukken, dann stemmte sie sich mit dem Rücken gegen das Tier. »Schieb, Lily. Wir schicken das Biest gemeinsam die Treppe hinunter.«

Als es ihnen endlich gelang, den Bären über den Rand der obersten Stufe zu stoßen, fiel er mit donnerndem Gepolter die Treppe hinunter, wobei seine Krallen auf dem Holz ein klapperndes Geräusch verursachten und kleine Staubwölkchen aus seinem Pelz aufstiegen. Der Krach lockte Bess aus der Küche. Mit vor Aufregung hochrotem Gesicht hob sie die 22er Baretta, die sie seit einiger Zeit in ihrer Schürzentasche mit sich herumtrug.

»Jesus, Maria und Josef!« Atemlos stemmte sie die Hände in die Hüften. »Was treibt ihr Mädchen denn da? Was soll der Bär in der Halle?«

»Er wollte gerade gehen«, rief Tess und brach in prustendes Gelächter aus.

»Ich möchte gerne mal wissen, wer das Durcheinander wieder beseitigen soll?« Bess tippte den Bären vorsichtig mit der Fußspitze an. Tot war er ihrer Meinung nach genauso widerlich wie lebendig.

»Wir.« Willa wischte sich die Hände an ihren Jeans ab.

»Betrachte es einfach als Frühjahrsputz.« Sie drehte sich auf dem Absatz um und marschierte zurück ins Büro.

Nun, nachdem der erste Rausch verflogen war, sah sie erst, was sie angerichtet hatte. Überall im Raum lagen Köpfe und ausgestopfte Körper verstreut. Es sah aus wie nach einem Bombenanschlag. Hölzerne Sockel waren umgekippt oder beschädigt worden, und ein einzelnes Glasauge starrte sie von dem kostbaren Teppich her drohend an.

»O Gott.« Sie holte tief und vernehmlich Atem. »O Gott«, wiederholte sie etwas leiser.

»Denen hast du's aber gegeben.« Tess klopfte ihr leicht auf den Rücken. »Sie hatten nicht die geringste Chance gegen dich.«

»Es ist …« Lily kniff die Lippen zusammen. »Es sieht furchtbar aus, findet ihr nicht? Wirklich furchtbar.« Sie verschluckte sich, drehte sich um und preßte die Lippen noch fester zusammen. »Entschuldigt bitte. Ich weiß, daß das nicht komisch ist. Ich wollte auch nicht lachen.« Sie verschränkte die Arme vor der Brust, um das erneut aufsteigende Kichern zu unterdrücken. »Aber ich komme mir vor wie in einem Leichenschauhaus für wilde Tiere.«

»Ein gräßlicher Anblick.« Auch Tess verlor den Rest ihrer mühsam aufrechterhaltenen Selbstbeherrschung und begann haltlos zu lachen. »Gräßlich, morbid und obszön, und – Himmel, Willa, wenn du dich hättest sehen können! Du hast wie eine Furie ausgesehen, die mit einem ausgestopften Bären Tango tanzt.«

»Ich hasse dieses Viehzeug. Ich hab's noch nie leiden können.« Jetzt konnte auch sie das Lachen nicht mehr zurückhalten, sie setzte sich auf den Boden und stimmte in das Gelächter mit ein.

Bald lagen alle drei der Länge nach auf dem Holzfußboden zwischen den körperlosen Tierköpfen und brüllten vor Lachen, bis ihnen die Tränen über die Wangen liefen.

»Sie fliegen alle raus«, keuchte Willa und hielt sich die schmerzenden Seiten. »Sobald ich wieder aufstehen kann, fliegen sie alle aus dem Haus.«

»Ich werde sie bestimmt nicht vermissen.« Tess wischte

sich über die Augen. »Aber was, zum Teufel, sollen wir nur mit ihnen anfangen?«

»Verbrennen, vergraben, verschenken.« Willa hob die Schultern. »Was auch immer.« Sie holte tief Luft und rappelte sich auf. »Los geht's«, ordnete sie an und wuchtete einen Elchkopf hoch.

Nach und nach karrten sie die Trophäen aus dem Haus – Elch-, Hirsch-, Schafs- und Bärenköpfe. Dann gab es noch ausgestopfte Vögel, präparierte Fische und eine Reihe von Geweihen. Als der Berg vor der Veranda langsam wuchs, kamen die Männer herübergeschlendert und bildeten ein ebenso fasziniertes wie verwundertes Publikum.

»Dürften wir fragen, was ihr da macht?« Jim, der sich zum Sprecher der Gruppe aufgeschwungen hatte, trat vor.

»Frühjahrsputz«, erklärte Willa. »Bittest du Wood gleich mal, ein Loch auszuheben, groß genug, um diesen Biestern ein anständiges Begräbnis zu geben?«

»Du willst sie einfach so verbuddeln?« Erschrocken sah Jim sie an und drehte sich zu den anderen um, die aufgeregt miteinander flüsterten. Nach ein paar Minuten waren sie offenbar zu einer Entscheidung gelangt, denn Jim räusperte sich. »Vielleicht könnten wir ein paar davon haben, für unsere Unterkünfte und das Gemeinschaftszimmer. Es wär' doch eine Schande, sie zu vergraben. Hier, der Hirschkopf würde sich über dem Kamin prächtig machen. Und Mr. Mercy war so stolz auf den Bären.«

»Nehmt euch, was ihr wollt«, erwiderte Willa.

»Kann ich den Luchs haben, Will?« Billy hockte sich hin, um die Raubkatze zu bewundern. »Das wäre wirklich nett von dir. Er ist ein echtes Prachtstück.«

»Nehmt euch, was ihr wollt«, wiederholte sie und schüttelte den Kopf, als die Männer zu diskutieren begannen und schließlich auswählten.

»Da hast du ja was Schönes angerichtet.« Ham kam langsam auf die Gruppe zu, während vier Männer den Bären auf der Ladefläche eines Pritschenwagens verstauten. »Jetzt glotzt mich diese häßliche Kreatur jeden Morgen und jeden Abend an, wenn ich ins Haus komme. Und das, was sie an den Wänden nicht unterbringen können, werden sie in einem Schuppen verstauen. Merk dir meine Worte.«

»Besser da als in meinem Haus.« Willa legte den Kopf auf die Seite. »Ich dachte immer, dir gefällt der Bär, Ham. Du warst ja dabei, als Pa ihn erlegt hat.«

»Ja, ich war dabei. Deswegen muß ich das Vieh noch lange nicht mögen. Billy, du wirst das Geweih noch zerbrechen. Paß auf, verdammt noch mal! Da werden sie von nun an ihre Hüte dran aufhängen«, knurrte er, als er hinüberging, um das Verladen zu überwachen. »Typisch Cowboys.«

»Nun sind alle glücklich und zufrieden«, stellte Tess fest.

»Wie schön. Die Bibliothek kommt als nächstes dran.«

»Eine Stunde kann ich erübrigen.« Tess blickte auf die Uhr. »Dann muß ich mich fertigmachen. Ich hab' noch eine heiße Verabredung.«

Sie hatte sich neue Unterwäsche bestellt, die die Firma *Victoria's Secrets* just an diesem Nachmittag geliefert hatte. Wie lange würde Nate wohl brauchen, sie ihr wieder auszuziehen? Mit Sicherheit nicht lange.

Dann dachte sie an Willa. »Ist heute nicht dein und Bens wöchentlicher Kinoabend?« erkundigte sie sich nachdenklich.

»Glaub' schon.«

»Lily bereitet für Adam heute abend ein Festmahl vor.«

Abgelenkt blickte sich Willa um. »Ach ja?«

»Nun, eigentlich nur zur Feier des Tages, als wir zum ersten Mal ... zum ersten Mal ...«, schloß Lily verlegen und errötete.

Auch sie hatte eine Lieferung von *Victoria's Secrets* bekommen.

»Und Bess hat ihren freien Abend.« Angelegentlich betrachtete Tess ihre Fingernägel. Der Kampf mit den ausgestopften Tieren hatte ihnen nicht unbedingt gutgetan. »Wie ich hörte, will sie nach Ennis fahren und bei ihrer Busenfreundin Maude Wiggins übernachten. Da ich bei Nate bleibe, hast du das Haus ganz für dich alleine.«

»Du solltest auf keinen Fall alleine bleiben«, warf Lily hastig ein. »Ich könnte ja ...«

»Lily.« Tess verdrehte die Augen. »Sie bleibt nicht allein,

es sei denn, sie ist unglaublich schwer von Begriff oder einfach nur starrköpfig. Eine kluge, flexible Frau mit rascher Auffassungsgabe würde sich zurechtmachen und parfümieren und dann vorschlagen, den Abend gemütlich zu Hause zu verbringen.«

»Ben würde glauben, ich wäre nicht ganz bei Trost, wenn ich mich erst herausputze und dann auf einmal zu Hause bleiben will.«

»Wollen wir wetten?«

Als sie das breite Grinsen auf Tess' Gesicht sah, mußte auch Willa lächeln. »Im Moment ist die Lage einfach zu verzwickt. Ich hab' zuviel andere Sorgen, um mich in Gedanken mit Ben zu befassen.«

»Wann ist die Lage einmal nicht verzwickt?« Tess nahm Willa beim Arm, so daß sie ihr ins Gesicht sehen konnte. »Willst du ihn oder nicht? Ja oder nein?«

Willa dachte an das Kribbeln im Magen, das sie schon den ganzen Tag lang gespürt hatte, weil er ihr nicht aus dem Kopf gegangen war. »Ja.«

Tess nickte. »Heute?«

»Ja!« Willa atmete tief aus. Ihr war gar nicht bewußt geworden, daß sie die Luft angehalten hatte. »Heute!«

»Dann heben wir uns den restlichen Frühjahrsputz für morgen auf. Lily und ich werden mindestens eine Stunde brauchen, um in deinem Schrank etwas halbwegs Verführerisches zu entdecken.«

»Ich habe euch nicht gebeten, mich noch einmal einzukleiden.«

»Es ist uns ein Vergnügen.« Ganz auf ihre Mission konzentriert, zog Tess Willa zurück ins Haus. »Nicht wahr, Lily? He, wo willst du denn hin?«

»Kerzen«, schrie Lily, die bereits über die Straße eilte. »Willa hat kaum Kerzen in ihrem Zimmer. Ich bin gleich wieder da.«

»Kerzen.« Willa scharrte unbehaglich mit den Füßen. »Ein aufreizendes Kleid, ein Vorwand, um im Haus zu bleiben, Kerzen im Schlafzimmer. Ich komme mir vor, als würde ich ihm eine Falle stellen.«

»Natürlich. Genau das tust du ja auch.«

Auf der Schwelle zu Willas Zimmer blieb Tess stehen und stemmte die Hände in die Hüften. Hier gab es noch einiges zu tun, entschied sie, wenn die Kulisse stimmen sollte. »Und ich gebe dir Brief und Siegel darauf, daß er sich nicht nur gerne einfangen läßt, sondern dir auch noch dankbar dafür sein wird.«

Kapitel 4

»Ich fühle mich wie eine Idiotin.«

»So siehst du aber gar nicht aus.« Tess musterte Willa von oben bis unten.

Doch, es war definitiv eine gute Idee gewesen, das Haar aufzustecken – Lilys Vorschlag. Da die ganze Masse nur von ein paar Nadeln gehalten wurde, würde es sich unter den ungeduldigen Händen eines Mannes leicht lösen und über Willas Schultern fallen.

Dann das Kleid – schlicht und doch elegant. Zu schade, daß es nicht weiß war, dachte Tess bedauernd, aber Willas begrenzte Garderobe schloß lange weiße Kleider nicht ein. Doch das helle Grau wirkte dezent, fast schon sittsam, wenn man davon absah, daß Tess die lange Knopfleiste bis zum Oberschenkel offengelassen hatte.

Die schmalen Silberreifen, die an Willas Ohrläppchen baumelten, waren gleichfalls Lilys Beitrag. Tess hatte sich um das Make-up gekümmert, und sie wußte, daß Willa erleichtert zur Kenntnis genommen hatte, daß sie diesmal äußerst sparsam damit umgegangen war. Doch Tess glaubte nicht, daß Willa die Macht von Unschuld am Rande des Sündenfalls richtig einzuschätzen wußte.

»Du siehst aus wie eine Jungfrau, die sich darauf vorbereitet, geopfert zu werden«, entschied sie schließlich.

Willa verdrehte die Augen. »O Gott.«

»Ein großer Vorteil.« Von Frau zu Frau tätschelte Tess Willas Wangen. »Du wirst ihn vernichten.«

Dann stellten sich bei Tess Schuldgefühle ein. Hatte sie zu stark auf diesen Moment hingearbeitet? Hatte sie Willa zu sehr gedrängt, obwohl diese innerlich noch gar nicht bereit war? Sie vergaß viel zu oft, daß Willa sechs Jahre jünger war als sie. Und noch unberührt.

»Hör zu ...« Tess ertappte sich dabei, wie sie untätig mit den Händen spielte. »Bist du dir über das, was du da tust, vollkommen im klaren? Gut, es ist ein ganz natürlicher Schritt, aber trotzdem ein sehr bedeutender. Wenn du dir deiner Sache nicht absolut sicher bist, können Nate und ich auch hierbleiben. Oder wir können zu viert ausgehen. Wenn ...«

»Du bist ja noch nervöser als ich.« Diese Feststellung kam überraschend, und Willa fühlte sich seltsam gerührt.

»Unsinn, natürlich nicht. Ich bin nur – ach, verdammt!« Offenbar war nicht nur Lily, die vor einer halben Stunde mit den Tränen kämpfend das Zimmer verlassen hatte, sentimental, dachte Tess, und während sich Willas Augen vor Staunen weiteten, beugte sie sich vor und gab ihrer Schwester einen Kuß auf die Wange.

Willa stieg das Blut ins Gesicht. »Was sollte denn das bedeuten?«

»Ich komme mir vor, als wäre ich deine Mama.« Da Tess versucht war, jeden Augenblick in Tränen auszubrechen, wandte sie sich rasch zur Tür. »Ich habe dir Kondome in die Nachttischschublade gelegt. Vergiß nicht, sie zu benutzen.«

»Um Himmels willen, er wird mich für eine ...«

»Umsichtige, intelligente und selbstbewußte Frau halten.« Als sie hörte, wie draußen ein Jeep vorfuhr, gab Tess auf, drehte sich noch einmal zu Willa um und drückte sie fest an sich. »Wir sehen uns morgen«, stieß sie hervor und eilte davon.

Immer noch lächelnd, blieb Willa regungslos stehen. Sie hörte Tess Nate begrüßen. Dann kam Ben dazu. Da ihr wieder etwas flau im Magen wurde, setzte sie sich auf die Bettkante. Die Unterhaltung brach ab, die Tür wurde geöffnet und wieder geschlossen, dann sprang ein Motor an.

Sie war mit Ben allein.

Sie konnte jederzeit ihre Meinung ändern, dachte sie. Sie war zu nichts verpflichtet. Am besten, sie wartete ab, wie sich die Dinge entwickelten. Langsam stand sie auf und ging zur Tür.

Er war im Wohnzimmer und betrachtete die kahle Stelle über dem Kamin. »Ich habe das Bild abgenommen«, erklärte sie, und er drehte sich zu ihr um und sah sie lange an. »Wir haben es abgenommen«, berichtigte sie sich. »Lily, Tess und ich. Und da wir uns noch nicht entschieden haben, wodurch wir das Porträt ersetzen, bleibt die Wand vorerst leer.«

Sie hat Jack Mercys Porträt abgenommen, dachte Ben. Aus ihrem Tonfall schloß er, daß sie sich der Tragweite dieses Schrittes durchaus bewußt war. »Der Raum wirkt irgendwie verändert. Der Blick wird nicht mehr automatisch zum Kamin gelenkt.«

»Das lag auch in unserer Absicht.«

Ben trat einen Schritt auf sie zu, dann blieb er stehen. »Du siehst gut aus, Will. Anders als sonst.«

»Ich fühle mich auch gut.« Sie lächelte. »Anders als sonst. Und wie geht's dir?«

Noch vor einigen Sekunden war ihm leicht und unbeschwert ums Herz gewesen – doch dann hatte er sich umgedreht und sie angesehen, in ihrem nebelfarbenen Kleid mit dem weich fließenden Rock, der sich bei jeder Bewegung öffnete und einen Teil ihrer Beine freigab. Die hochgesteckten Haare entblößten einen schlanken, zarten Hals. Sie wirkte auf einmal zu weich, zu verletzlich, zu – ungewohnt.

»Alles in Ordnung. Mir scheint, heute muß ich dir mehr bieten als nur einen Kinobesuch, sonst hättest du dich ja umsonst so feingemacht.«

»Lily und Tess machen sich ein Vergnügen daraus, meinen Kleiderschrank zu durchstöbern und meine Garderobe zu kritisieren. Ich wurde darüber informiert, daß dieses Kleid das einzige annehmbare Stück ist, was ich besitze.« Sie zupfte ihren Rock zurecht, wobei der lange Schlitz noch mehr Bein freilegte, und sein Blutdruck schnellte beträchtlich in die Höhe. »Sie haben mir angedroht, mich zu einem Einkaufsbummel mitzuschleppen.«

Hör auf, dummes Zeug zu plappern, befahl sie sich und verschwand hinter der Bar. »Möchtest du etwas trinken?«

»Ich muß noch fahren.«

»Weißt du, ich dachte mir, eigentlich könnten wir doch heute mal zu Hause bleiben.« So, nun war es heraus.

»Hier?«

»Ja. Ich habe das Haus nicht mehr allzuoft für mich alleine. Bess bleibt über Nacht bei einer Freundin, und Tess und Lily sind … nun ja.«

»Außer uns ist niemand hier?« Ein dicker, heißer Kloß setzte sich in Bens Kehle fest, und plötzlich fiel ihm das Schlucken schwer.

»Außer uns ist niemand hier.« Willa öffnete die Kühlbox hinter der Theke und fand den Champagner, den zu servieren Tess sie angewiesen hatte. »Also habe ich mir überlegt, daß wir es uns hier gemütlich machen können, richtig ausspannen.« Sie stellte die Flasche auf der hölzernen Theke ab. »Tess hat einen ganzen Koffer voller Videos, falls wir uns einen Film anschauen möchten, und eine Kleinigkeit zu essen ist auch da.«

Da Ben keine Anstalten machte, diese Aufgabe zu übernehmen, entfernte Willa die Silberfolie und drehte den Drahtverschluß auf. »Aber wenn du lieber ausgehen möchtest …«

»Nein.« Sein Blick blieb auf der Flasche hängen, als sie den Korken knallen ließ. »Champagner? Gibt es etwas zu feiern?«

»Ja.« Wenn sie jetzt nur nicht das Glas fallen ließ! »Den nahenden Frühling. Heute habe ich die ersten Wildblumen entdeckt, die Pflanzen fangen an, Knospen zu treiben, und im Stall nisten wieder die Vögel.« Sie reichte ihm sein Glas. »Bald müssen wir mit der Besamung der Kühe beginnen.«

Seine Lippen zuckten, als er das Glas entgegennahm. »Ach so, diese Jahreszeit.«

»Ich hab's ja gleich geahnt«, murmelte sie, ehe sie die sprudelnde Flüssigkeit mit zwei großen Schlucken hinunterkippte. »Dieses Spielchen liegt mir nicht. Außerdem war es sowieso die Idee von Tess und Lily.« Sie stellte ihr leeres Glas beiseite und erwog flüchtig, sich sofort nachzuschenken, dann sah sie ihm direkt in die Augen. »Hör zu, Ben, ich bin jetzt bereit.«

»Bitte?« Verwirrt nippte er an seinem Champagner. »Willst du jetzt doch lieber weggehen?«

»Nein, nein.« Sie preßte die Finger gegen die Augen und holte tief Luft. »Ich bin bereit, mit dir zu schlafen.«

Er verschluckte sich, rang nach Atem und hustete. »Wie bitte?«

»Warum sollen wir um den heißen Brei herumreden?« Willa kam hinter der Bar hervor. »Du willst, daß ich mit dir ins Bett gehe, und ich bin dazu bereit. Also laß uns ins Bett gehen.«

Er nahm noch einen Schluck – ein Fehler, wie sich herausstellte, da jedes einzelne Kohlensäurebläschen in seiner Kehle zu zerplatzen schien. »Einfach so?«

Bei dem unüberhörbaren Entsetzen in seiner Stimme beschlich sie ein furchtbarer Gedanke. Was, wenn all seine Andeutungen nicht ernstgemeint gewesen waren? Wenn er sie nur hatte necken wollen, so, wie er es seit ihrer Kindheit tat? In diesem Fall würde er das Haus nicht mehr lebend verlassen, beschloß sie.

»Das ist es doch, was du wolltest«, fauchte sie ihn an. »Zumindest hast du das behauptet. Also worauf wartest du noch?«

Zornfunkelnde Augen und Ungeduld von ihrer Seite erweckten in ihm stets den Wunsch, sie zu beißen – an allen möglichen interessanten Stellen. Doch nun hatte sie die Spielregeln eigenmächtig geändert und ihn damit völlig aus dem Konzept gebracht. »Du sagst einfach, du bist bereit, und ich soll hurra schreien?«

»Was ist dagegen einzuwenden?« Sie zuckte die Achseln. »Es sei denn, du hast deine Meinung geändert.«

»Nein, ich habe meine Meinung nicht geändert. Darum geht es auch gar nicht, sondern … Himmel, Will.« Er stellte das Glas auf die Theke, weil er den Inhalt nicht verschütten und sich zum Narren machen wollte. »Du hast mich sozusagen ins kalte Wasser geworfen.«

»Tatsächlich?« Die Verblüffung auf ihrem Gesicht machte einem Lächeln Platz. »Weiter nichts?«

»Was erwartest du denn?« Er war nahe daran, sie anzuschreien, da er seiner Frustration Luft machen mußte. »Du stehst da, aufgeputzt und geschminkt, drückst mir ein Glas Champagner in die Hand und erzählst mir ganz nebenbei, daß du mit mir schlafen willst. Da muß ein Mann ja aus dem Rhythmus kommen.«

Vielleicht hatte er recht, obwohl sie ihm in diesem Punkt nicht ganz folgen konnte. Aber er sah irgendwie verwirrt und verlegen zugleich aus, also würde sie ihn ein wenig aufmuntern.

»Okay.« Langsam verringerte sie den Abstand zwischen ihnen beiden, bis sie ihm die Arme um den Hals legen konnte. »Mal sehen, ob wir deinen Rhythmus wiederfinden.« Und sie zog seinen Kopf zu sich herab und küßte ihn.

Seine Reaktion fiel durchaus zufriedenstellend aus. Er schloß sie in die Arme, seine Lippen preßten sich glühendheiß auf ihre Lippen, und sein Atem ging in heftigen Stößen. Dann wurde sein Kuß zärtlicher, und er murmelte verhalten ihren Namen.

»Du kommst mir nicht so vor, als wüßtest du nicht, was du tust.« Nun zitterte ihre Stimme etwas, und ihre Nerven vibrierten. »Ich will dich, Ben. Ich will dich wirklich.« Sie unterstrich ihre Worte, indem sie seine Lippen erneut eroberte und dann sein Gesicht mit Küssen bedeckte. »Wir müssen nicht nach oben gehen. Hier unten steht eine Couch.«

»Moment mal! Mach langsam! Langsam«, wiederholte er und hielt sie fest, bis sich sein Herzschlag wieder beruhigt hatte. »Ich muß erst wieder zu Atem kommen, und du mußt dir deiner Sache ganz sicher sein. Für mich wird es nämlich nicht ganz leicht werden, wenn du plötzlich deine Meinung doch noch änderst.«

Lachend sprang sie in die Höhe und schlang die Beine um seine Hüften. »Sehe ich so aus, als würde ich meine Meinung ändern?«

»Eigentlich nicht.« Sollte sie es sich im letzten Moment

noch anders überlegen, war es an ihm, sich zu beherrschen. Und er fürchtete, daß ihm das mehr Kraft kosten würde als er besaß. »Ich will dich auch, Willa.« Sacht strich er mit den Lippen über ihre Wange. »Wirklich.«

Ihr Herz schlug einen kleinen Salto. »Na, dann sind wir uns ja einig.«

»Nach oben.« Er brachte es fertig, ein Bein vor das andere zu setzen, obwohl sie begann, lockend an seinem Kinn zu knabbern. »Das erste Mal sollte immer in einem Bett stattfinden.«

»Wie war es denn bei dir?«

»Etwas unbequemer.« Er war am Fuß der Treppe angelangt und fragte sich, warum ihm nie zuvor aufgefallen war, wie endlos sie war. »Es fand in einem Jeep statt, mitten im Winter, und ich hab' mir fast meinen ... na, du weißt schon abgefroren.«

Kichernd liebkoste sie seinen Hals. »Dies hier wird angenehmer werden, nicht wahr?«

»Ja.« Für ihn zweifellos. Für sie ... nun, er würde sein möglichstes tun. An der Schwelle zu ihrem Zimmer blieb er wie angewurzelt stehen. Er war sich nicht sicher, wie viele Überraschungen er in einer Nacht verkraften konnte.

Überall brannten Kerzen, im Kamin flackerte ein Feuer, und die Bettdecke war einladend zurückgeschlagen.

»Tess und Lily«, erklärte Willa. »Sie haben sich ziemlich in die Sache hineingesteigert.«

»Ach so.« Es ging doch nichts über fürsorgliche Schwestern, dachte Ben und räusperte sich verlegen. »Haben sie ... hat jemand mit dir schon einmal über ... über diese Dinge gesprochen?«

»McKinnon.« Sie grinste ihn spöttisch an. »Ich leite immerhin eine Ranch.«

»Das ist nicht ganz dasselbe.« Er stellte sie auf die Füße und trat einen Schritt zurück. »Hör zu, Willa, für mich ist es in gewisser Weise auch das erste Mal. Ich habe noch nie ... die anderen waren alle ...« Er schloß einen Moment die Augen und sammelte seine Gedanken. »Ich möchte dir nicht weh tun. Und ich, nun, äh ... ich habe schon ziemlich lange nicht mehr mit einer Frau geschlafen. Ich hab' vor fast einem Jahr ein Auge auf dich geworfen und seitdem keine andere mehr angerührt.«

»Wirklich?« Wie interessant. »Warum denn nicht?«

Seufzend ließ er sich auf die Bettkante sinken. »Ich muß erst mal diese Stiefel ausziehen.«

»Ich helfe dir.« Auffordernd drehte sie ihm den Rücken zu und klemmte sich einen Fuß zwischen die Beine. Er hätte beinahe aufgestöhnt. »Ein ganzes Jahr lang?« Sie blickte über ihre Schulter, während sie kräftig zog.

»Sogar noch etwas länger, um genau zu sein.« Er schwankte zwischen Verlegenheit und Belustigung, als er den anderen Fuß gegen ihren Po stemmte.

»Du warst nie sonderlich nett zu mir.« Willa widmete sich seinem anderen Stiefel.

»Du hast mir eine Heidenangst eingejagt.«

Sie stolperte nach vorne, als sich der Stiefel vom Fuß lokkerte, dann drehte sie sich langsam zu ihm um. »Ich? Dir?«

»Ja.« Ärgerlich über sich selbst, fuhr er sich mit der Hand durchs Haar. »Und mehr habe ich zu diesem Thema nicht zu sagen.«

Zumindest hatte er ihr Stoff zum Nachdenken gegeben. »Oh, das hätte ich beinahe vergessen.« Sie hastete zum Tisch unter dem Fenster und machte sich an Tess' CD-Player zu schaffen. »Musik«, erläuterte sie: »Tess behauptet, Musik sei unbedingt erforderlich.«

Außer dem wilden Hämmern seines eigenen Herzens konnte er überhaupt nichts mehr hören. Ihr Haar hatte sich gelöst, ein wenig nur, und jedesmal, wenn sie sich bewegte, schimmerte das Licht des Feuers gedämpft durch den dünnen Stoff des Kleides.

»So, das wär's. Jetzt fehlt nur noch der Champagner.«

»Schon gut.« Sein Hals war wie zugeschnürt. »Wir trinken ihn später.«

»Okay.« Willa hob die Hände und begann, ihr Kleid aufzuknöpfen, während ihm vor Staunen fast die Kinnlade herunterfiel. Ihre geschäftigen Finger hatten bereits sechs Knöpfe geöffnet, ehe er sich wieder fing.

»Langsam, Will, langsam. Wenn du dich für einen Mann ausziehst, solltest du dir dabei Zeit lassen.«

»Meinst du?« Sie hielt inne, sah ihn neugierig an, und als sie bemerkte, wie seine Augen an ihren Fingern hingen, begann sie von neuem. »Ich habe nicht einen Faden darunter an«, bemerkte sie beiläufig. »Tess erzählte irgend etwas von Kontrastwirkung.«

»Gütiger Himmel!« Ben war nicht sicher, ob seine Beine ihn tragen würden, trotzdem stand er auf und ging auf sie zu. »Zieh es nicht aus.« Seine Stimme klang heiser, was Willa veranlaßte, ihren zitternden Fingern erneut Einhalt zu gebieten. »Laß mich weitermachen.«

»In Ordnung.« Seltsam, ihre Arme fühlten sich plötzlich so schwer an. Sie ließ sie sinken, während er die restlichen Knöpfe öffnete. Die Berührung seiner Hände löste ein angenehmes Gefühl auf ihrer bloßen Haut aus. »Solltest du nicht an mir herumfummeln oder so etwas Ähnliches?«

Er mußte lachen, und seine Nervosität ließ ein wenig nach. »Kommt alles noch.« Ihr Kleid fiel nun vorne auseinander und gab nackte Haut frei, über die Licht und Schatten tanzten. »Bleib ganz ruhig stehen«, bat er, leicht ihre Lippen berührend. »Bringst du das fertig?«

»Glaub' schon. Aber meine Knie werden langsam weich.«

»Bleib ruhig stehen«, wiederholte er, während er sein Hemd aufknöpfte. »Ich möchte dich nur küssen. Hier.« Seine Lippen strichen über ihr Kinn bis hinauf zu den Ohrläppchen. »Und hier. Du kannst mir vertrauen.«

»Ich weiß.« Ihre Lider wurden schwer, als sich sein Mund wieder auf ihre Lippen senkte. »Immer, wenn du an meiner Lippe knabberst, bekomme ich kaum noch Luft.«

»Soll ich aufhören?«

»Nein, es gefällt mir«, erwiderte sie verträumt. »Atmen kann ich später.«

Ben warf sein Hemd achtlos beiseite. »Ich möchte dich sehen, Willa. Laß mich dich anschauen.«

Langsam schob er ihr das Kleid von den Schultern und ließ es zu Boden gleiten. Ihr Körper war fest und geschmeidig; das Feuer warf einen goldfarbenen Schimmer auf ihre Haut. »Du bist schön«, flüsterte er heiser.

Es kostete sie alle Kraft, sich nicht mit den Händen zu bedecken. Niemand hatte jemals etwas Derartiges zu ihr gesagt, noch nie in ihrem Leben. »›Knochig‹ war das Wort, was du zu benutzen beliebt hast.«

»Schön.« Er streichelte mit einer Hand über ihren Nacken und zog sie langsam zu sich heran. Seine Finger wühlten sich in die aufgetürmte Pracht, bis sich die Frisur löste und das lange Haar über ihren Rücken floß. Ben hob die glänzende Masse an, wunderte sich, wie schwer sie war, und ließ sie wieder fallen. »Ich wollte schon immer mit deinem Haar spielen, bereits als du noch ein Kind warst.«

»Deswegen hast du auch immer daran gezogen, was?«

»Das pflegen Jungs nun mal zu tun, wenn sie die Aufmerksamkeit der Mädchen erringen wollen.« Vorsichtig zog Ben ihren Kopf nach hinten. »Mmm.« Seine Zunge fuhr über die Linie ihres Halses und verweilte dort, wo der Puls unter der Haut schlug. »Hörst du mir überhaupt zu?«

»Ja.« Willa konnte nicht verhindern, daß sie erschauerte. »Oder ich versuche es zumindest, aber ich kann mich kaum noch konzentrieren, dazu geht viel zuviel in mir vor.«

»Ich möchte in dir sein.« Bei diesen Worten schlug sie die Augen auf, und er sah Unsicherheit, gemischt mit zögerndem Verlangen darin. »Aber jetzt noch nicht. Wir lassen uns Zeit.«

Seine Hand strich über ihre Brust, er umkreiste sie mit der Spitze seines Zeigefingers und entlockte Willa ein gedämpftes Stöhnen, als er mit dem Daumen die Brustwarze massierte. Tief in ihrem Inneren verspürte sie ein Echo, eine schwache Vorahnung dessen, was noch kommen würde. Dann glitt seine Hand nach unten, über ihre Hüften, und fand die Stelle zwischen ihren Beinen; lockte, versprach mehr und zog sich wieder zurück.

Ihre Augen waren groß und ganz auf ihn fixiert, ihre Hände tasteten sich, nach Gleichgewicht suchend, zu seinen Schultern und fanden glatte Haut, straffe Muskeln und eine alte Narbe. Ihre Finger krallten sich fester in seine Haut, als könnte sie so die unbekannten Empfindungen, die seine kundigen Hände in ihr auslösten, besser aufsaugen.

Sie hatte es sich nicht so vorgestellt, hatte eine kurze, von Stöhnen und Ächzen begleitete Vereinigung erwartet. Wie hätte sie auch ahnen sollen, daß sie statt dessen Zärtlichkeit und heißes Begehren bekommen würde? Und die Macht ihres eigenen Verlangens versetzte sie in Erstaunen.

»Ben?«

»Hmm?«

»Ich glaube nicht, daß ich mich noch länger auf den Beinen halten kann.«

Seine Lippen brannten an ihrer Schulter. »Eine Minute noch. Ich bin noch nicht ganz fertig.«

So war es also, eine Frau in die Liebe einzuführen. Er war sich fast schmerzlich der Tatsache bewußt, daß seine Hände die ersten waren, die sie berührten; daß er der erste war, der die Hitze, das Zittern und den ersten Anflug eines Gefühls, dessen sie sich selbst noch nicht bewußt war, in ihr erweckte. Er konnte, mußte und würde behutsam mit ihr umgehen, obwohl diese unschuldige Hingabe sein Blut zum Sieden brachte.

Als ihr erneut die Lider zufielen, nahm er sie auf die Arme und legte sie sacht auf das Bett.

»Du hast ja immer noch deine Hosen an.«

Er legte sich auf sie, um ihr Gelegenheit zu geben, sich an das Gewicht seines Körpers zu gewöhnen. »Besser für uns beide, wenn das auch noch eine Zeitlang so bleibt.«

»Okay.« Seine Hände erkundeten von neuem ihren Körper, und Willa vermeinte zu schweben. »Tess – in der Schublade da – Kondome.«

»Ich kümmere mich schon darum. Gib dich einfach hin, Will.« Er hauchte eine Reihe von Küssen auf ihren Hals. »Gib dich mir nur hin.« Und obwohl ihn selbst ein Schauer überlief, nahm er eine Brust in den Mund.

Sie bäumte sich unter ihm auf und rang keuchend nach Atem. Eine explosionsartige Welle von Empfindungen durchflutete sie. Ihre Hüften hoben und senkten sich in dem Rhythmus, den er vorgab, und als er leicht zubiß, durchströmte sie eine fast schmerzhafte Wonne. Ihre Hände verfingen sich in seinem Haar, drängten ihn, doch weiterzumachen.

Ben hörte sie seufzen, stöhnen und leise murmeln. Ihre Reaktionen auf seine Berührungen erfolgten spontan und waren so leidenschaftlich, wie ein Mann es sich nur wünschen konnte. Ihr Körper unter ihm spannte sich an und entspannte sich wieder, während sie sich seinen Bewegungen anpaßte. Sie schien ihn plötzlich bis in den letzten Winkel seines Bewußtseins auszufüllen, drohte ihn zum Wahnsinn zu treiben, wenn er nicht sofort aufhörte – oder sie in Besitz nahm. Ihr ganz persönlicher Duft – Seife und pure Haut – erregte ihn stärker als jedes Parfüm.

Wieder eroberte er ihren Mund. Ihre Zunge verschmolz mit der seinen, und irgendwo in einer entlegenen Ecke seines Verstandes hallte leise Musik wider, die vom CD-Player her an sein Ohr drang.

Mit einer Hand arbeitete er sich langsam an ihrem Bein hinauf, hielt inne, ehe er ihre intimste Stelle erreichte, und lauschte auf ihren raschen, abgehackten Atem, während sich ihre Nägel in seine Haut gruben.

»Sieh mich an.« Lockend streichelte er versuchsweise ihren Mittelpunkt und genoß die feuchte Hitze, doch als sie begann, sich unter seinen Zärtlichkeiten zu winden, zog er die Hand zurück. »Sieh mich an! Ich will in deine Augen sehen, ich will darin lesen, was in dir vorgeht.«

»Ich kann nicht.« Doch ihre Augen öffneten sich weit und starrten ihn wie blind an. Ihr Körper befand sich am Rande von etwas, was sie nicht ermessen konnte. Ihr war, als stünde sie hoch oben auf einer steilen Klippe und wäre im Begriff, jeden Augenblick hinunterzuspringen. »Ich … ich will …«

»Ich weiß.« Himmel, in ihrer Stimme schwang purer Sex mit! Sie klang noch rauchiger als sonst und wurde von kehligen kleinen Lauten unterbrochen. »Aber sieh mich bitte an!« Behutsam begann er, sie zu massieren, und beobachtete, wie sich ihre Augen vor Furcht und Leidenschaft verdunkelten.

Das erste Mal, dachte er benommen. »Laß dich fallen, Willa.«

Welche Wahl blieb ihr noch? Seine Finger streichelten,

drückten und liebkosten sie bis zu einem Punkt, an dem sie über den Rand der Klippe gelangte und ins Bodenlose zu fallen schien, und dann stürzte alles auf einmal auf sie ein. Ihr Körper spannte sich wie eine Bogensehne, bunte Lichter wirbelten vor ihren Augen und mischten sich mit dem Dröhnen in ihren Ohren, in denen ihr eigener Herzschlag wie Donner widerhallte. Dann plötzlich durchzuckte sie ein Blitz, den sie nicht kontrollieren konnte, und sie schrie auf, während ihr Körper sich unter ihm bog, erzitterte und sich dann entspannte.

Feine Schweißtröpfchen glitzerten auf ihrer Haut, ihre Lippen öffneten sich voller Hingabe, als er sie küßte und die beseligende Schwäche langsam wich und einem neuen Energieschub Platz machte, da er ihr Verlangen geduldig von neuem entfachte. Sie erwiderte haltlos seine Zärtlichkeiten, gierte nach mehr, und er gab mehr, bis sie still dalag, ihr Körper noch im letzten Abebben der Lust bebte und ihr Atem mühsam und stoßweise ging. Als er sich von ihr herunterrollte, brachte sie noch nicht einmal die Kraft auf, einen protestierenden Laut auszustoßen. Sie schloß die Augen und rollte sich in dem verknautschten Laken zusammen.

Ben betete innerlich darum, daß er nicht die Beherrschung verlieren würde, während er mit zitternden Händen an dem Reißverschluß seiner Jeans zerrte. Er hatte sie befriedigen wollen, ehe er sie nahm. Er wollte, daß sie sich wenigstens an das Vergnügen erinnern würde, wenn er den Schmerz schon nicht vermeiden konnte.

»Ich komme mir vor, als hätte ich einen Schwips«, murmelte sie, »als würde ich ertrinken.«

Er kannte dieses Gefühl. Sein Blut rauschte mit Macht durch seine Adern, und alles in ihm drängte nach Erlösung. Er streifte seine Jeans ab und warf sie beiseite. Dann fiel ihm ein, was er in seinem Portemonnaie, das noch immer in der Hose steckte, mit sich herumtrug.

Also kramte er, Tess heimlich segnend, in Willas Nachttischschublade.

»Schlaf nicht ein«, bat er, als er sie seufzen hörte. »Bitte schlaf jetzt nicht ein!«

»N-nein.« Doch der Zustand seligen Schwebens, in dem sie sich im Moment befand, war fast ebenso angenehm. Sie räkelte sich wohlig, wobei das Licht des Kaminfeuers goldene, rote und bernsteinfarbene Streifen auf ihre Haut warf. Ben riß seinen Blick von ihr los und vollendete die gerade anliegende Tätigkeit. »Willst du noch weitermachen?«

»Ja.« Er verfluchte die Nervosität, die von ihm Besitz ergriff. Das sengende Verlangen, das in ihm brannte, konnte er zügeln, aber seine Nerven drohten zu versagen, als er sich über sie schob. »Ich brauche dich.« Dieses Geständnis fiel ihm nicht leicht, da es über bloße fleischliche Begierde hinausging, trotzdem flüsterte er es ihr zu, als sein Mund ihre Lippen verschloß. »Laß mich dich nehmen, Willa. Halt dich an mir fest und laß mich dich nehmen.«

Als er in sie eindrang, schlang sie die Arme um ihn.

Sie war bereit für ihn, eng und heiß. Er mußte seine ganze Willenskraft aufbieten, um nicht zügellos in sie hineinzustoßen wie ein Hengst, der eine rossige Stute bestieg. Ben stemmte seine Hände zu beiden Seiten ihres Kopfes in die Kissen und sah ihr aufmerksam ins Gesicht, bis er das Aufflackern von Schreck, zögernder Hinnahme und dann schließlich das Strahlen reiner, sinnlicher Freude darin wahrnahm.

»Das ist herrlich.« Sie stöhnte die Worte, während er sich in ihr bewegte. »Wirklich herrlich.«

Sie gab ihre Unschuld ohne Bedauern, mit einem Lächeln auf den Lippen, bäumte sich unter seinen Stößen auf. In seinen Augen las sie das Verlangen, von dem er gesprochen hatte; ein Verlangen, das ausschließlich und allein auf sie gerichtet war, und als sie sich in diesen Augen verlor, erkannte sie in ihnen ihr eigenes Spiegelbild.

Und darin, dachte sie, als er endlich sein Gesicht in ihrem Haar vergrub und sich in ihr verströmte, lag wahre Schönheit.

»Ich wußte nicht, daß es so sein würde.« Willa, die noch immer unter ihm lag, spielte mit Bens Haar. »Sonst wäre ich vielleicht schon eher dazu bereit gewesen.«

»Ich finde, das Timing war perfekt.« Er gab sich bereits

weiteren aufregenden Fantasien hin. So könnte er zum Beispiel Champagner über diesen goldfarbenen Körper gießen und dann wieder ablecken. Tropfen für Tropfen.

»Ich dachte immer, daß dem Sex viel zuviel Bedeutung beigemessen wird. Ich glaube, ich habe meine Meinung geändert.«

»Es war nicht nur Sex.« Ben drehte den Kopf und küßte sie auf die Schläfe. »Wir haben uns geliebt, und dieser Tätigkeit kann man gar nicht genug Bedeutung beimessen.«

Willa reckte die Arme zur Decke, dann ließ sie sie wieder sinken, um mit den Fingern sein Gesäß zu liebkosen. »Wo liegt der Unterschied?«

Ben war immer noch halb erregt und sich der Tatsache nur zu sehr bewußt, daß er nicht viel Ansporn brauchte, um seine Wunschvorstellungen in die Wirklichkeit umzusetzen. »Soll ich es dir zeigen?« Er hob den Kopf und grinste sie an. »Jetzt sofort?«

In sich hineinglucksend, streichelte sie seine Wange. »Sogar ein Bulle braucht eine gewisse Zeit, um sich zu erholen.«

»Ich bin aber kein Bulle. Bleib ruhig liegen.«

»Wo willst du denn hin?« Oh-oh. Sie hatte sich nicht annähernd genug Zeit genommen, seinen Körper eingehender zu betrachten. Es war ausgesprochen … lehrreich.

»Ich bin gleich wieder da«, beteuerte er und verließ das Zimmer, ohne sich die Mühe zu machen, seine Jeans überzuziehen.

So weit, so gut. Willa kuschelte sich genüßlich in die Kissen. Offenbar war die Nacht noch nicht vorbei. Versuchsweise legte sie eine Hand auf ihre Brust. Ihr Herzschlag hatte sich wieder auf die normale Frequenz herabgesenkt.

Ein seltsames Gefühl, dachte sie, wenn ein Mann ihre intimsten Stellen küßte und streichelte oder in ihr Innerstes eindrang. Alles, was er mit ihr getan hatte, ließ sie ihren Körper irgendwie anders spüren, leichter und doch schwerer als zuvor.

Ob sie sich wohl auch äußerlich verändert hatte? In ihren Augen oder in seinen? Jedenfalls konnte sie nicht leugnen, daß sie sich verändert hatte, wenn auch nur innerlich.

Inmitten all des Schmerzes, des Kummers und der Furcht, die in der letzten Zeit ihr Leben beherrscht hatten, hatte sie eine Oase des Vergessens gefunden. Heute nacht – vielleicht nur heute nacht – existierte die Welt außerhalb dieses Zimmers nicht für sie. Sie würde die Realität nicht über diese Schwelle treten lassen.

Es war früh genug, sich morgen Sorgen zu machen, sich morgen der nagenden Angst vor dem, was ihre Ranch, ihre Berge, ihr Land heimsuchte, zu stellen. Aber heute nacht wollte sie nur eine Frau sein; eine Frau, die dieses eine Mal einem Mann die Führung überlassen würde. Also lächelte sie ihn träge an, als er zurückkam, und bewunderte einen Augenblick lang schweigend seinen Körper.

Sie hatte ihn bereits unzählige Male ohne Hemd gesehen, daher waren ihr die breiten Schultern und der muskulöse Rücken wohlvertraut, und sie erinnerte sich noch gut an jenen denkwürdigen Tag, an dem sie ihn, Adam und Zack beim Nacktbaden im Fluß ertappt hatte.

Doch damals war sie zwölf Jahre alt gewesen, und heute dachte und fühlte sie ganz anders. Außerdem stand jetzt kein Teenager mehr vor ihr, sondern ein erwachsener Mann, dessen Anblick bewirkte, daß es in ihrem Magen zu kribbeln begann.

»Nackt bist du wirklich eine Augenweide«, bemerkte sie im Plauderton.

Er hielt im Einschenken des Champagners inne, den er mitgebracht hatte, drehte sich um und blickte sie lange an. »Du siehst auch nicht übel aus.«

Womit er ein wenig untertrieben hatte. Sie lag ohne jede falsche Scham nackt auf den zerwühlten Laken, das Haar leicht zerzaust, die Augen schimmerten im Kerzenlicht, und mit einer Hand tippte sie im Rhythmus der Musik gegen ihren Bauch.

»Niemand, der dich so sieht, würde dich für einen Neuling auf diesem Gebiet halten«, stellte Ben fest.

»Ich lerne schnell.«

Jetzt spielte ein lässiges Lächeln um seine Lippen. »Darauf habe ich gehofft und gebaut.«

»So?« Willa hörte die Herausforderung aus seinen Worten heraus. Sie liebte Kampfansagen. »Was hast du denn da, McKinnon?«

»Deinen Champagner.« Er stellte die Flasche auf ihrer Frisierkommode ab, auf der flackernde Kerzen standen. »Trink einen Schluck.« Das Glas, das er ihr reichte, war randvoll eingeschenkt. »Für das, was ich mit dir vorhabe, solltest du besser ein bißchen beschwipst sein.«

»Wirklich?« Willa grinste und nippte an ihrem Glas. »Möchtest du nichts trinken?«

»Hinterher.«

Kichernd nahm sie einen zweiten Schluck. »Hinterher? Wie darf ich denn das verstehen?«

»Nachdem ich dich genommen habe. Das werde ich nämlich diesmal mit dir tun.« Er fuhr mit dem Finger über ihren Hals und hinunter zu ihrer bebenden Bauchdecke. »Ich werde dich nehmen, und du wirst es zulassen.«

Die Luft schien sich plötzlich in ihren Lungen zu stauen, so daß es sie einige Anstrengung kostete, gleichmäßig weiterzuatmen. Jetzt wirkte er nicht mehr zärtlich oder verwirrt; nicht mit diesem Blick in seinen grünen Augen, der sie wie ein sengender Strahl zu durchbohren schien. Nun wirkte er rücksichtslos. Gefährlich. Erregend.

»So, meinst du?«

»O ja.« Ben registrierte befriedigt, daß die Ader an ihrem Hals wieder zu pochen begann. »Und es wird sehr lange dauern. Trink deinen Champagner aus, Willa. Ich werde probieren, wie er auf deiner Haut schmeckt.«

»Willst du mich nervös machen?«

Er kletterte ins Bett, hockte sich über sie und sah, wie sie ihn überrascht anblinzelte. »Ich will dich zur Ekstase treiben.« Er nahm das Glas, tauchte einen Finger in die Flüssigkeit und strich damit sanft über ihre Brustwarze. »So lange, bis du vor Lust schreist.« Langsam nickte er, während er die Prozedur bei der anderen Brust wiederholte. »Nun, bekommst du es jetzt mit der Angst zu tun? Ich glaube, es würde mir gefallen, wenn du diesmal eine Spur von Furcht empfinden würdest.«

Er ließ die letzten Tropfen auf ihren Bauch fallen, dann stellte er das Glas beiseite. »Ich werde Dinge mit dir tun, die du dir in deinen kühnsten Träumen nicht vorstellen kannst. Ich habe so lange darauf gewartet.«

Willa schluckte, als ein Schauer der Vorfreude über ihre Haut lief. »Jetzt bekomme ich wirklich Angst.« Sie gab einen leichten Seufzer von sich. »Aber tu sie trotzdem.«

Kapitel 5

Seit der Frühling und mit ihm die Paarungszeit ins Land gezogen war, bekam man Willa kaum noch zu Gesicht. Es war bereits Mitte April, und soweit Tess das beurteilen konnte, konzentrierten sich Mensch und Tier nur noch auf die Partnersuche. Hätte sie es nicht besser gewußt, dann hätte sie schwören können, daß sie Ham dabei erwischt hatte, wie er mit Bess flirtete. Aber vermutlich wollte er nur durch Komplimente einen Kuchen herausschinden.

Der junge Billy schwebte auf rosaroten Wolken, seit er sich in ein hübsches, junges Ding verliebt hatte, das in einer Imbißstube in Ennis arbeitete. Die Affäre mit Mary Anne war in die Brüche gegangen, was ihm fünfzehn Minuten lang das Herz gebrochen hatte. Aus der Art, wie er seit einigen Tagen herumstolzierte und sich aufplusterte, entnahm Tess, daß er sich jetzt als Mann von Welt betrachtete.

Jim hatte mit der Kellnerin einer Cocktailbar angebändelt, und sogar Wood und Nell, die seit Jahren miteinander verheiratet waren, tauschten verliebte Blicke und zwinkerten sich verstohlen zu.

Da kein neuerlicher Vorfall den Frieden und die ländliche Idylle störte, verwendete jedermann seine ganze Energie auf die Arbeit und die Liebe.

Lilys Hochzeitsvorbereitungen waren in vollem Gange, und auf Willas Gesicht lag, wenn sie einmal ein paar Sekunden stillstand, ein verzücktes Lächeln.

Tess kam es so vor, als versuchten die Rinder, mit den

Menschen Schritt zu halten, obwohl sie es nicht sonderlich romantisch fand, wenn ein Mann einer Kuh Sperma injizierte.

Sie bezweifelte auch stark, daß der Bulle von dem Arrangement begeistert war. Immerhin wurde ihm erlaubt, ein paar Kühe zu besteigen, um ihn bei Laune zu halten. Der Schock, den Tess erlitten hatte, als sie zum ersten Mal Zeuge einer solchen Paarung wurde, reichte aus, um sich wünschen zu lassen, es möge zugleich das letzte Mal gewesen sein. Sie mochte einfach nicht glauben, daß die Auserwählte des Bullen vor lauter Wonne so laut gemuht hatte.

Allerdings hatte sie auch einmal zugeschaut, wie Nate und sein Pferdeknecht eine Stute decken ließen, und mußte zugeben, daß diesem Vorgang etwas Kraftvolles, Elementares und zugleich ein wenig Furchteinflößendes anhaftete. Trotzdem war sie fasziniert gewesen, als sich der Hengst mit einem triumphierenden Wiehern aufbäumte und die Stute vor Lust – oder vor Panik – die Augen rollte.

Auch diesen Prozeß hätte sie bestimmt nicht als romantisch bezeichnet, doch der Geruch nach Schweiß und animalischem Sex war Anreiz genug gewesen, Nate bei der nächsten sich bietenden Gelegenheit ins Bett zu zerren. Was ihn anscheinend nicht sonderlich gestört hatte.

Heute war wieder so ein herrlicher Tag, warm genug, um in Hemdsärmeln herumzulaufen, und der Himmel leuchtete so strahlend blau und klar, daß Tess sich fragte, ob Montana wohl alle Farbe für sich beanspruchte und den anderen Staaten nur noch tristes Grau blieb.

Wenn sie zu den Bergen hinüberschaute – wobei sie sich in letzter Zeit häufiger ertappte –, sah sie die ersten Farbtupfer aus dem Weiß auftauchen; das Blau und Silber der Felsen und das tiefe, dunkle Grün der Kiefern. Wenn die Sonne im richtigen Winkel auf das Gestein fiel, blitzte einer der Bäche, der durch die Schneeschmelze Hochwasser führte, gleißend auf.

Hinter Adams Haus lief eine Fräse. Sie wußte, daß Lily einen Garten anlegen wollte und Adam dazu überredet hatte, für ihre Setzlinge die Erde umzugraben, und obwohl er sie gewarnt hatte, daß es noch zu früh war, um die Pflanzen zu setzen, hatte er ihr nachgegeben. Wie er es immer tun würde, dachte Tess.

Nur selten fand man eine so ergebene, verständnisvolle Liebe, wie sie zwischen den beiden herrschte. Ihre Gefühle waren beständig und unerschütterlich, und sooft Tess auch Menschen beobachtete und analysierte, um Vorlagen für ihre Charaktere zu finden, so hatte sie doch die Macht wahrer Liebe nie ganz begreifen können.

Sicher, sie konnte darüber schreiben, konnte ihren Figuren glückliche oder unglückliche Liebe andichten, aber verstehen konnte sie dieses Gefühl nicht. In diesem Punkt ging es ihr wie mit dem Land hier, in dem sie nun schon seit Monaten lebte. Sie hatte es schätzen gelernt, aber verstand sie es? Nicht ein bißchen.

Rinder und Pferde weideten auf den Hügeln, wo das Gras noch wintergrau war, und die Männer arbeiteten sich durch den Schlamm, den die Schneeschmelze mit sich brachte, um Zäune zu reparieren, Pfähle einzuschlagen und das Vieh weiterzutreiben.

Dieselbe Arbeit würden sie wieder und wieder verrichten, Monat für Monat, Jahr für Jahr. Auch darin lag eine Art von Liebe, vermutete Tess. Doch sobald sie selbst einen Anflug davon verspürte, unterdrückte sie ihn rigoros und dachte statt dessen an Palmen und an lebhafte Straßen voller Geschäfte.

Sie hatte, dachte Tess seufzend, ihren ersten – und hoffentlich letzten – Winter in Montana überlebt.

»Da bist du ja« rief sie, als sie Willa erblickte, und lief auf sie zu. Doch diese ritt, ohne anzuhalten, an ihr vorbei auf die nächstgelegene Weide zu. »Verdammt!« Nicht gewillt, sich so einfach abschütteln zu lassen, beschleunigte Tess ihr Tempo und folgte ihrer Schwester. Als sie Willa eingeholt hatte, war sie nur leicht außer Atem geraten. »Hör zu, wir müssen morgen in die Stadt fahren, um die Kleider für Lilys Hochzeit auszusuchen.«

»Keine Zeit!« Willa löste die Gurte und sattelte Moon ab. »Hab' zu tun!«

»Du kommst nicht darum herum.« Tess zuckte zusammen, als Willa gedankenlos auf die zarten Wildblumen trampelte, die um die Zaunpfähle herum wuchsen.

»Ich will mich ja auch nicht drücken.« Nachdem sie den Sattel über den Zaun gelegt hatte, nahm Willa dem Pferd die Satteldecke und das Zaumzeug ab. »Ich habe mich schon damit abgefunden, mich in irgendeinen modischen Fummel stecken und mir womöglich auch noch Blumen ins Haar flechten zu lassen, aber ich kann es mir einfach nicht leisten, einen ganzen Tag zu verlieren.«

Sie zog einen Hufkratzer aus der Tasche, hob ein Hinterbein der Stute an und machte sich daran, den Huf zu säubern.

»Wenn du nicht mitkommst, müssen Lily und ich ein Kleid für dich aussuchen.«

Willa brummte, schob Moons Schweif beiseite und griff nach dem nächsten Huf. »Das tut ihr doch sowieso, also ist es ganz egal, ob ich dabei bin oder nicht.«

Wie wahr, dachte Tess belustigt und tätschelte den Hals des Pferdes mit einer Selbstverständlichkeit, die sie früher nie für möglich gehalten hätte. »Es würde Lily viel bedeuten.«

Seufzend ging Willa zu den Vorderbeinen über. »Ich würde ihr wirklich gern den Gefallen tun, aber ich weiß im Moment nicht, wo mir der Kopf steht. Es ist noch soviel zu erledigen, solange sich das Wetter hält.«

»Wie bitte?«

»Solange das Wetter so bleibt wie jetzt.«

»Was soll sich denn da noch ändern?« Tess blickte stirnrunzelnd zu dem leuchtendblauen Himmel auf. »Wir haben Mitte April.«

»Hollywood, hier kann es im Juni noch schneien. Wir haben es noch nicht überstanden.« Auch Willa musterte prüfend den Himmel, die Schäfchenwolken, die sich über den Gipfeln zusammenzogen. Sie traute ihnen nicht. »Schnee im Frühling ist eine feine Sache, er bringt Feuchtigkeit, die das Land braucht, und schmilzt schnell. Aber ein Frühjahrsblizzard«, achselzuckend steckte sie den Hufkratzer wieder ein, »der ist unberechenbar.«

»Blizzard, du lieber Himmel. Die Blumen blühen ja schon.« Tess blickte auf die zertretenen Blüten hinunter. »Oder sie haben bis eben noch geblüht.«

»Das, was hier wächst, ist robust genug zum Überleben. Ich würde die lange Unterwäsche vorerst noch nicht wegpakken. Steh still, Moon.« Mit diesem Befehl hob sie den Sattel wieder hoch und schleppte ihn zum Stall hinüber.

»Da wäre noch etwas.« Entschlossen, ihr Anliegen zu Ende zu führen, blieb Tess ihrer Schwester auf den Fersen. »Ich habe seit Tagen nicht mehr die Gelegenheit gehabt, mit dir unter vier Augen zu sprechen.«

»Ich war beschäftigt.« Im Dämmerlicht des Stalles verstaute Willa ihr Sattelzeug und griff nach einem Striegel.

»Mit diesem und jenem.«

»Was soll das denn heißen?«

»Ich kann ja verstehen, daß ihr beiden, du und Ben, die verlorene Zeit nachholen wollt. Wunderbar, ich freue mich, daß ihr glücklich seid. Ich weiß auch, daß du den lieben langen Tag nichtsahnende Kühe schwängern läßt oder dir die Hände mit Stacheldraht ruinierst, aber ich muß wissen, woran ich bin.«

»In welcher Hinsicht?«

»Das weißt du sehr gut.« Mit einem Fluch auf den Lippen folgte Tess Willa wieder nach draußen, wo diese begann, Moon zu striegeln. »In der letzten Zeit ist es ruhig gewesen, Will. Zu ruhig vielleicht, und das macht mich nervös. Du bist es, die Kontakt zu den Cops hält und die mit den Männern spricht, und du warst bislang nicht sehr mitteilsam.«

»Ich dachte, du hättest zuviel mit deinen Geschichten zu tun oder mit deinem Agenten zu telefonieren, um dich um derlei Dinge zu sorgen.«

»Natürlich mache ich mir Sorgen. Aus Nate ist auch nichts herauszubekommen, er sagt nur, es gäbe nichts Neues. Aber du läßt immer noch Wachposten aufstellen.«

Willa atmete vernehmlich aus. »Ich will kein Risiko eingehen.«

»Das sollst du auch nicht.« Um sich zu beruhigen, streichelte Tess Moons weiche Nase. »Obwohl ich zugeben muß, daß ich jedesmal einen Schreck bekomme, wenn ich nachts aufwache und Leute um das Haus streichen höre. Oder dich, wenn du drinnen auf und ab gehst.«

Willa hielt die Augen auf Moons glänzendes Fell gerichtet. »Ich habe Alpträume.«

Das Geständnis erstaunte Tess mehr als die Tatsache an sich. »Das tut mir leid.«

Bislang war Willa nicht imstande gewesen, darüber zu sprechen. Sie fragte sich auch jetzt, ob sie nicht einen großen Fehler machte. Nun, sie würde ja sehen, wie sich die Dinge entwickelten. »Seit wir oben in der Hütte waren, sind sie noch schlimmer geworden. Seit ich erkennen mußte, daß das Mädchen dort getötet worden ist. Und daran besteht nun kein Zweifel mehr. Das Blut an den Lappen und an den Handtüchern stammt von ihr.«

»Warum haben die Cops denn nichts entdeckt?«

Achselzuckend fuhr Willa fort, ihr Pferd zu striegeln. »Es ist nicht die einzige Schutzhütte in den Bergen. Sie haben sich umgeschaut, und da alles so aussah, wie es sein sollte, hatten sie keine Veranlassung, in dunklen Ecken herumzuschnüffeln und Eimer auszukippen, denke ich. Jetzt, wo das Kind in den Brunnen gefallen ist, haben sie allerdings die Hütte Zentimeter für Zentimeter auseinandergenommen. Ohne Erfolg. Aber ich muß immer daran denken, an den Tag oben in den Bergen, als Adam angeschossen wurde und ich ihn in der Hütte versorgt habe, ohne zu wissen …«

Sie gab Moon einen Klaps auf die Flanke, damit die Stute davontrottete. »Im Grunde genommen sind wir noch genauso schlau wie am Anfang.«

»Vielleicht ist jetzt ja auch alles vorbei«, warf Tess ein. »Vielleicht ist er längst aus der Gegend verschwunden. Haie sind so, weißt du? Sie kreuzen eine Weile in einem bestimmten Gebiet, dann ziehen sie weiter, zum nächsten Jagdgrund.«

»Trotzdem habe ich ständig Angst.« Diesmal fiel es ihr nicht schwer, das zuzugeben, da sie Lily und Adam fröhlich lachend um die Ecke kommen sah. Furcht und Liebe gingen Hand in Hand, erkannte sie. »Die Arbeit hilft mir darüber hinweg. Ben auch. Man grübelt nicht dauernd, wenn man mit einem Mann im Bett liegt.«

O doch, dachte Tess. Es sei denn, es handelte sich um den richtigen Mann.

»Am schlimmsten ist es immer so um drei Uhr morgens«, fuhr Willa fort. »Wenn niemand da ist. Dann kriecht die Angst in mir hoch und schnürt mir die Kehle zu, und dann fange ich an, mich zu fragen, ob ich das Richtige tue.«

»Inwiefern?«

»Es geht um die Ranch. Und darum, daß ich dulde, daß du und Lily hierbleibt, obwohl ihr hier nicht sicher seid.«

»Du hast keine andere Wahl.« Tess stützte einen Fuß auf den Zaun. Sie konnte das Land nicht mit Willas Augen sehen und bezweifelte stark, daß ihr das je gelingen würde. Doch auch sie konnte sich seinem Zauber nicht völlig entziehen. »Wir beide haben unsere eigenen Gedanken und unsere eigenen Zukunftspläne.«

»Glaube ich euch gerne.«

»Ich werde dir mal verraten, wie meine aussehen. Wenn das Jahr um ist, werde ich wieder nach L. A. zurückkehren, auf dem Rodeo Drive bummeln und in dem Lokal essen, das gerade als Geheimtip gilt.« Welches mit Sicherheit nicht mehr derselbe Geheimtip sein würde wie im letzten Herbst. »Dann verwende ich meinen Gewinnanteil aus der Mercy Ranch dazu, mir ein Häuschen in Malibu zu kaufen, ganz nah am Meer, damit ich Tag und Nacht die Wellen rauschen hören kann.«

»Ich bin noch nie am Meer gewesen«, murmelte Willa.

»Nein?« Schwer vorstellbar. »Na ja, vielleicht kommst du mich eines Tages ja mal besuchen, und ich zeige dir, was zivilisierte Menschen mit ihrer Zeit anfangen. Ich könnte sogar versucht sein, meinem Buch ein Kapitel hinzuzufügen. Willa in Hollywood.«

Lachend rieb sich Willa über das Kinn. »Was für ein Buch? Ich dachte, du schreibst an einem Filmscript.«

»Das auch.« Unangenehm berührt schob Tess die Hände in die Hosentaschen. »An dem Buch schreibe ich eigentlich nur zum Spaß.«

»Und ich komme darin vor?«
»So könnte man es nennen.«
»Es spielt hier, in Montana? Auf Mercy?«
»Wo sonst?« knurrte Tess. »Immerhin hänge ich ein Jahr lang hier fest. Aber es ist nichts Besonderes.« Sie begann mit den Fingern auf der Zaunlatte herumzutrommeln. »Ich hab' noch nicht einmal Ira davon erzählt. Nur ein Zeitvertreib, wenn mich die Langeweile überkommt.«

Wenn das stimmen würde, dachte Willa, dann wäre sie jetzt nicht so verlegen. »Kann ich es mal lesen?«

»Nein. Ich werde Lily sagen, daß du den Einkaufsbummel platzen läßt. Aber beschwer dich hinterher nicht, wenn du ein Organdykleid tragen mußt.«

»Einen Teufel werde ich tun.« Willa drehte sich um und betrachtete erneut die Berge. Ihre Stimmung hatte sich beträchtlich gehoben, doch als sie bemerkte, daß immer neue Wolken am Himmel auftauchten, wußte sie, daß es noch nicht vorbei war. Weder der Winter noch alles andere.

Die Dinnerparty war Lilys Idee gewesen. Nur ein kleines, informelles Essen hatte sie versprochen. Nur die drei Schwestern, Adam, Ben und Nate. Alle, die sie jetzt als ihre Familie betrachtete.

Trotzdem empfand sie eine freudige Erregung. Zum ersten Mal in ihrem Leben würde sie die Rolle der Gastgeberin übernehmen, in ihrem eigenen Heim eine Party geben.

Ihre Mutter hatte früher, als Lily noch zu Hause gelebt hatte, häufig Gesellschaften gegeben, und sie hatte alles so perfekt organisiert, daß Lilys Hilfe überflüssig gewesen war. Während der kurzen Zeit, in der Lily dann eine eigene Wohnung hatte, fehlten ihr die notwendigen Mittel, um Gäste zu bewirten, und ihrer Ehe waren gesellschaftliche Kontakte eher hinderlich denn dienlich gewesen. Aber nun hatten sich die Umstände geändert. *Sie* hatte sich geändert.

Den ganzen Tag hatte sie damit zugebracht, die Party vorzubereiten. Hausputz bedeutete für sie keine Last, sondern eher eine Freude. Sie liebte jeden einzelnen Quadratmeter des Häuschens, und Adam gehörte auch nicht zu der Sorte

Mann, die ihre Kleider dort liegenließen, wo sie sie ausgezogen hatten, und die leere Bierflaschen auf dem Fußboden vergaßen. Die kleinen persönlichen Noten, die sie der Einrichtung hinzugefügt hatte – den kleinen Messingfrosch, den sie in einem Katalog gesehen und dann bestellt hatte, oder die Glaskugel, die in verschiedenen Blautönen schimmerte und die sie in einem Geschäft in Billings entdeckt hatte –, schienen ihn nicht zu stören. Sie hatte vielmehr den Eindruck, als würden die Veränderungen ihm gefallen. Er sagte häufig, sein Haus sei viel zu kahl und schmucklos gewesen, ehe sie zu ihm gekommen sei.

Mit Bess hatte sie in Kochbüchern geschmökert und sich dann für gegrillte Rippchen entschieden. Sie schob sie gerade in den Ofen, als Bess den Kopf zur Küchentür hereinsteckte.

»Alles unter Kontrolle hier?«

»Voll und ganz. Ich hab' die Rippchen genau nach deinen Angaben gewürzt. Und schau mal hier.« Stolz öffnete Lily den Kühlschrank, um ihre Kuchen zu zeigen. »Ist die Baisertorte mit den hübschen Zuckerperlen nicht gut gelungen?«

»Die meisten Männer haben eine Schwäche für Zitronenbaisertorte.« Bess würdigte die Kuchen mit einem Kopfnikken. »Das hast du gut gemacht.«

»Ach, ich wünschte, du würdest deine Meinung ändern und doch noch kommen.«

Bess winkte ab. »Du bist ein liebes Mädchen, Lily, aber wenn ich die Wahl habe, die Füße hochzulegen und fernzusehen oder in einem Raum voll junger Leute herumzusitzen, dann lege ich lieber meine Füße hoch. Doch wenn du Hilfe brauchst, gehe ich dir gern zur Hand.«

»Nein, ich möchte alles selber machen. Ich weiß, das klingt lächerlich, aber ...«

»Nein, nein.« Bess schlenderte zum Fenster hinüber, wo Lily Kräuter zog. Sie machten sich gut, dachte Bess, ebenso wie Lily. »Eine Frau hat das Recht auf uneingeschränkte Herrschaft in ihrer Küche. Aber sag mir Bescheid, wenn es ein Problem gibt.« Sie zwinkerte Lily zu. »Muß ja keiner erfahren.«

Sie drehte sich abrupt um, als sich die Hintertür öffnete. »Wisch dir die Füße ab!« befahl sie Willa. »Daß du mir ja keinen Dreck auf den sauberen Fußboden schleppst.«

»Ich habe mir die Füße abgetreten.« Da Bess sie aber mit Adleraugen beobachtete, wiederholte Willa die Prozedur vorsichtshalber noch einmal.

»Oh, wie schön!« Lily stürzte sich auf die Wildblumen, die Willa in der Hand hielt. »Wie lieb von dir!«

»Adam hat sie für dich gepflückt.« Willa reichte ihrer Schwester den Strauß und betrachtete ihre Mission somit als erfüllt. »Eines der Pferde hat eine Sehnenzerrung, also muß Adam es erst einmal behandeln. Er wollte nicht, daß die Blumen in der Zwischenzeit verwelken.«

»Ach, Adam hat sie gepflückt.« Seufzend vergrub Lily ihre Nase in den zarten Blüten. »Geht es dem Pferd gut? Braucht er Hilfe?«

»Er kommt schon alleine klar. Ich muß jetzt zurück.«

»Kannst du nicht eine Minute hereinkommen und Kaffee trinken? Ich habe gerade frischen aufgebrüht.«

Ehe Willa ablehnen konnte, stieß Bess ihr unsanft den Ellbogen in die Rippen. »Setz dich und trink mit deiner Schwester Kaffee! Und nimm im Haus gefälligst den Hut ab! Ich muß mich um die Wäsche kümmern.«

»Herrschsüchtige alte Hexe«, beschwerte sich Willa, als Bess zur Tür hinaus war. Trotzdem hatte sie ihren Hut bereits abgenommen. »Für eine Tasse hab' ich gerade noch Zeit, wenn er schon heiß ist.«

»Ist er. Setz dich bitte, ich möchte noch schnell die Blumen ins Wasser stellen.«

Willa nahm an dem runden Ahorntisch Platz und trommelte nervös mit den Fingern auf dem Holz herum. Die zahlreichen Pflichten, die noch auf sie warteten, gingen ihr durch den Kopf. »Riecht gut hier drin.«

»Das sind die Kräuter und die Duftöle, die ich angesetzt habe.«

»Selbstgemacht?« Willa trommelte etwas schneller. »Du bist ein richtiges kleines Hausmütterchen, nicht wahr?«

Lily hielt den Blick auf die Blumen gerichtet, die sie in einer alten Glasflasche arrangiert hatte. »Zu viel mehr tauge ich ja auch nicht.«

»Das ist nicht wahr, und so habe ich es auch nicht gemeint.« Willa hätte sich ohrfeigen können. Unbehaglich rutschte sie auf ihrem Stuhl herum. »Du machst Adam so glücklich, daß er im siebenten Himmel schwebt. Und hier im Haus sieht alles so hübsch und ordentlich aus.« Sie kratzte sich den Nacken, weil sie sich wie ein ungeschickter Tölpel vorkam. »Zum Beispiel die große weiße Schale mit den Äpfeln da. Ich käme nie auf die Idee, so etwas auf den Tisch zu stellen, aber es gefällt mir. Oder die Flaschen da auf dem Regal. Was ist denn da drin?«

»Aromatisierter Essig.« Lily schaute zu den langhalsigen Flaschen hinüber, in denen kleine Rosmarin-, Basilikum- und Majoranzweige schwammen. »Man braucht ihn zum Kochen oder für Salatdressings. Aber ich finde die Flaschen auch ohne den Inhalt sehr dekorativ.«

»Shelly beschäftigt sich auch mit solchen Sachen. Ich hab' leider kein Händchen dafür.«

»Du hast gar nicht die Zeit, dich mit solchen Kleinigkeiten abzugeben. Auf dir liegt eine enorme Verantwortung, und du meisterst deine Aufgaben bravourös. Deshalb bewundere ich dich.«

Willa löste ihren Blick von den Flaschen und starrte Lily an. »Wie bitte?«

»Du bist so stark, so unabhängig und so selbstbewußt.« Lily stellte eine hübsche blaue Tasse mit passender Untertasse auf den Tisch. »In den ersten Tagen, die ich hier verbracht habe, hast du mir eine ziemliche Angst eingejagt.«

»Ich?«

»Nun, im Grunde genommen habe ich mich vor allem und jedem gefürchtet, aber besonders vor dir.« Lily schenkte sich ebenfalls Kaffee ein und gab reichlich Milch hinzu, dann setzte sie sich. Es schien ihr die richtige Zeit, über ihre Gefühle zu reden. »Am Tag der Beerdigung hab' ich dich beobachtet. Du hattest deinen Vater verloren und hast um ihn getrauert, aber du warst entschlossen, damit fertig zu werden. Und später, als Nate das Testament verlesen hat und du erfahren mußtest, daß alles, was dir gehört oder dir hätte gehören sollen, deiner Kontrolle entzogen werden würde, da warst du bereit zu kämpfen.«

Auch Willa erinnerte sich an diesen Tag; erinnerte sich daran, wie unfreundlich und abweisend sie sich verhalten hatte. »Mir blieb nicht viel anderes übrig.«

»Es gibt immer mehrere Möglichkeiten«, erwiderte Lily ruhig. »Ich habe für gewöhnlich die Flucht gewählt, und ich wäre auch an jenem Tag wieder davongelaufen, wenn ich nur gewußt hätte, wohin. Ich glaube nicht, daß ich ohne dich den Mut gefunden hätte, hierzubleiben, nachdem all diese entsetzlichen Dinge passiert sind.«

»Ich hatte mit deiner Entscheidung überhaupt nichts zu tun. Du bist wegen Adam geblieben.«

»Adam.« Lilys Gesichtszüge wurden weich. »Ja. Aber ich hätte ohne dich vielleicht nie gewagt, auf ihn zuzugehen; mir meine Gefühle für ihn einzugestehen. Aber dann habe ich an dich gedacht, an alles, was du leistest und schon geleistet hast, und da habe ich mir gesagt: Sie ist meine Schwester, und sie ist noch nie vor einem Problem davongelaufen. Etwas von dieser Kraft muß doch auch in mir stecken, also habe ich versucht, diese Kraft zu aktivieren. Deshalb habe ich mich zum ersten Mal in meinem Leben dem gestellt, was auf mich zukam.«

Willa schob ihre Kaffeetasse beiseite und beugte sich vor. »Schau mal, Lily, ich bin ja auch frei von allen Zwängen aufgewachsen und habe stets nur das getan, was ich wollte. Ich hatte nie eine Beziehung, in der mich jemand als Prügelknaben benutzt hat.«

»Wirklich nicht?« Als Willa schwieg, fuhr Lily ermutigt fort: »Bess hat mir erzählt, wie streng unser Vater mit dir umgegangen ist.«

Bess redete entschieden zuviel, war alles, was Willa dazu einfiel. »Hin und wieder eine elterliche Ohrfeige zu bekommen ist bei weitem nicht so schlimm wie Fausthiebe von einem Ehemann. Davor wegzulaufen war nicht feige, Lily. Es war richtig, das Beste, was du tun konntest.«

»Mag sein. Aber ich habe mich nie zur Wehr gesetzt. Nicht ein einziges Mal.«

»Ich auch nicht«, murmelte Willa. »Ich bin zwar vor meinem Vater nicht davongelaufen, aber ich habe mich auch nie gewehrt.«

»Doch, das hast du. Du hast es ihm heimgezahlt, und zwar jedesmal, wenn du auf ein Pferd gestiegen bist, ein Kalb auf die Welt geholt oder die Zäune überprüft hast.« Lily wich Willas Blick nicht aus. »Du hast Mercy zu *deiner* Ranch gemacht, dadurch hast du zurückgeschlagen. Du hast dir ein eigenes Leben aufgebaut. Ich kannte ihn nicht, denn er hat sich ja nie die Mühe gemacht, mich kennenzulernen. Aber, Willa, ich glaube auch nicht, daß er dich wirklich gekannt hat.«

»Nein. Nein, das hat er vermutlich nicht.«

Lily holte tief Atem. »Jetzt bin ich bereit, mich zu wehren, und das verdanke ich zum großen Teil dir, Tess und der Tatsache, daß ich hier auf Mercy die Chance bekommen habe, noch einmal von vorne anzufangen. Diese Chance verdanke ich nicht Jack Mercy, sondern dir. Eigentlich hättest du uns hassen müssen, du hattest guten Grund dazu. Aber das tust du nicht.«

Aber sie hätte es gerne getan, erinnerte sich Willa voller Scham. Es war ihr nur einfach nicht möglich gewesen. »Vielleicht liegt das daran, daß Haß viel zuviel Energie aufzehrt.«

»Das ist richtig, aber nicht jeder Mensch begreift es.« Lily spielte mit ihrer Tasse. »Als Tess und ich gestern einkaufen waren, dachte ich einen Augenblick lang, ich hätte Jesse gesehen. Nur für den Bruchteil einer Sekunde, aber ...«

»Du hast ihn in Ennis gesehen?« Willa schoß von ihrem Stuhl hoch und ballte die Fäuste.

»Nein.« Lily lächelte leicht, als sie den wütenden Gesichtsausdruck ihrer Schwester bemerkte. »Siehst du, deine erste Reaktion ist, sich zur Wehr zu setzen. Meine erste Reaktion bestand immer darin, die Flucht zu ergreifen. Früher habe ich mir ständig eingebildet, ich würde Jesse irgendwo sehen. Das grenzte schon an Verfolgungswahn. Seit einiger Zeit hat sich das gelegt. Aber gestern, dieses Gesicht in der Menge, diese Kopfhaltung ... trotzdem bin ich weder davongelaufen noch in Panik geraten. Und ich glaube, wenn es sein muß, wenn mir wirklich keine Wahl bleibt, dann würde ich mich wehren. Das bin ich dir schuldig.«

»Ich weiß nicht, Lily. Manchmal ist es vielleicht besser, man läuft davon.«

Der Abend verlief so harmonisch, daß Lily kaum glauben konnte, daß ihr das passierte. Menschen, die sie liebgewonnen hatte, saßen in dem gemütlichen Eßzimmer, genossen die Speisen, die sie zubereitet hatte, und unterhielten sich gutgelaunt miteinander. Sie neckten sich, wie es Familienmitglieder ihrer Meinung nach untereinander taten.

Es war Tess gewesen, die mit voller Absicht während des Essens den Stein ins Rollen gebracht hatte. Lily vermutete es wenigstens. Ihre Schwester hatte Willa gesagt, daß das Kleid, das sie für sie ausgesucht hatten, aus fuchsiafarbenem Organdy war und einen Rüschenrock und Puffärmel sowie ein verstärktes Oberteil besaß.

»Ihr müßt nicht ganz bei Trost sein, wenn ihr glaubt, daß ich mich in so ein Ding stecken lasse. Ist Fuchsia nicht so eine Art Pink? Ich denke nicht daran, pinkfarbene Rüschen zu tragen.«

»Du wirst bezaubernd darin aussehen«, schnurrte Tess. »Besonders mit dem Hut.«

»Was für einem Hut?«

»Oh, er ist entzückend, farblich zum Kleid passend, und er hat eine riesige Krempe, die mit Blumen verziert ist. Englische Primeln. Am Hinterkopf ist er offen, so daß wir dein Haar hochstecken können. Außerdem haben wir dir noch Handschuhe mitgebracht, ellbogenlang, sehr schick.«

Da Willa totenbleich geworden war, erbarmte sich Lily ihrer. »Sie will dich nur auf die Schippe nehmen. Das Kleid ist wirklich schön, hellblaue Seide mit Perlenknöpfen am Rükken und Spitze am Ausschnitt. Sehr schlicht und von klassischer Eleganz. Und du brauchst weder einen Hut noch Handschuhe zu tragen.«

»Spielverderberin«, brummte Tess, dann grinste sie Willa an. »Reingefallen!«

»Wenn das so weitergeht, muß Will in diesem Jahr häufiger ein Kleid anziehen, mehr als sie in den letzten zehn Jahren getragen hat.« Ben prostete ihr zu. »Dabei dachte ich immer, sie schläft sogar in ihren Jeans.«

»Ich möchte dich mal sehen, wie du in einem Kleid Rinder zusammentreibst«, schoß Willa zurück.

»Ich auch.« Leise kichernd schob Nate seinen Teller beiseite. »Lily, das hat ausgezeichnet geschmeckt. Adam wird bald nicht mehr in seine Hosen passen, wenn du für ihn kochst.«

»Hoffentlich habt ihr noch ein bißchen Platz für den Kuchen gelassen.« Freudestrahlend stand Lily auf. »Ich schlage vor, wir essen ihn im Wohnzimmer.«

»Das Mädchen kocht wirklich großartig«, bemerkte Ben, als er es sich in dem großen Ohrensessel im Wohnzimmer bequem machte. »Da hat Adam einen guten Griff getan.«

»Sind das die Kriterien, nach denen du eine Frau beurteilst, McKinnon?« Willa ließ sich im Schneidersitz auf dem Fußboden vor dem Kaminfeuer nieder. »Wie gut sie kocht?«

»Das ist sicherlich ein Pluspunkt.«

»Eine kluge Frau steht nie selbst am Herd, sondern engagiert einen Koch.« Tess sank leise stöhnend neben Nate auf das Sofa. »Und erlaubt sich nur einmal im Jahr eine so gewaltige Mahlzeit. Ich werde morgen fünfzig Bahnen mehr im Pool schwimmen müssen.«

Willa fielen auf Anhieb mehrere boshafte Bemerkungen ein, doch sie verkniff sich jeglichen Kommentar. Statt dessen warf sie einen verstohlenen Blick zur Küche, wo Adam und Lily eifrig damit beschäftigt waren, das Dessert vorzubereiten. »Bevor die beiden wieder ins Zimmer kommen – hat Lily dir gegenüber etwas verlauten lassen, daß sie glaubt, ihren Ex gesehen zu haben, während ihr in Ennis einkaufen wart?«

»Nein.« Tess richtete sich rasch auf. »Kein Wort.«

»In Ennis?« Nates Augen wurden schmal, und er hörte auf, mit Tess' Fingern zu spielen.

»Sie meint aber, sie hätte sich geirrt; sagte, es wäre eine alte Angewohnheit von ihr, überall Jesse Cooke zu sehen. Trotzdem bin ich ein bißchen beunruhigt.«

»Eine Zeitlang war sie ziemlich schweigsam.« Tess ließ in

Gedanken den Tag noch einmal an sich vorüberziehen. »Wir standen vor der Auslage eines Wäschegeschäftes, und ich dachte, sie würde schon von ihrer Hochzeitsnacht träumen. Außerdem kam sie mir ein paar Minuten lang recht nervös vor, aber sie hat keinen Ton gesagt.«

»Hast du das Bild von ihm schon bekommen?« fragte Ben Nate.

»Ja, vor ein paar Tagen. Im Osten hat es eine kleine Verzögerung gegeben.« Auch er sah zur Küche.

»Er sieht aus wie ein Chorknabe, hübsches Gesicht und Bürstenhaarschnitt. Hier in der Gegend hab' ich ihn noch nie gesehen. Vielleicht hätte ich das Foto mitbringen sollen.«

»Ich würde es gern einmal sehen«, sagte Willa. »Aber laß uns später darüber reden«, fügte sie hinzu, als sie Adams Stimme hörte. »Ich will Lily den Abend nicht verderben.«

Um das Schweigen zu überbrücken, erhob sich Ben und schlenderte zu Lily hinüber, die mit einem Tablett ins Zimmer kam. »Der sieht ja lecker aus.« Er beugte sich über den Kuchen und schnupperte genüßlich. Es schien, als hätte er nichts anderes im Sinn, als sich den Magen zu füllen. »Und was bekommen die anderen zum Nachtisch?«

Den Rest des Abends verbrachten sie mit leichter Unterhaltung, bis Nate Tess verstohlen das Signal zum Aufbruch gab, indem er ihr die Hand drückte und aufstand. »Ich gehe besser, ehe ihr mich durch die Tür rollen müßt, Lily.« Er beugte sich zu ihr und küßte sie auf die Wange. »Danke für die Einladung.«

»Ich bin ja so froh, daß ihr gekommen seid.«

»Ich gehe ein Stück mit dir.« Tess täuschte ein Gähnen vor. »Nach allem, was ich gegessen habe, werde ich schlafen wie ein Bär.«

In schweigendem Einverständnis ließen Ben und Willa noch fünf Minuten verstreichen, dann verabschiedeten auch sie sich.

Als sie miteinander allein waren, nahm Adam Lily in die Arme. »Glauben sie wirklich, daß sie uns zum Narren halten können?«

»Was meinst du denn damit?«

Die naive Frage brachte ihn zum Lächeln, und er drückte einen Kuß auf ihre Augenbraue. »Hast du gehört, daß ein Wagen angesprungen ist?«

Sie sah verblüfft aus, dann begriff sie und lachte. »Nein, ich habe gar nichts gehört.«

»Ich finde, sie hatten die richtige Idee.« Er zog Lily zur Treppe.

»Adam, der Abwasch.«

»Der ist morgen auch noch da.« Wieder küßte er sie. »So wie wir beide auch.«

In ihrem Bett gab Willa ein langgezogenes, kehliges Stöhnen von sich. Dieser Laut erregte ihn jedesmal von neuem, spornte ihn dazu an, das Tempo zu steigern. Er liebte es, sie zu beobachten, wenn sie auf ihm ritt und ihr üppiges dunkles Haar ihr über die Schultern fiel; wenn ihr Gesicht die Lust widerspiegelte, sobald er seine Hände um ihre Brüste legte. Und wenn er sich dann aufrichtete, um die Hände durch seinen Mund zu ersetzen, umklammerte sie ihn mit Armen und Beinen wie eine Schlange ihr Opfer und ließ ihn widerstandslos gewähren. Egal wieviel sie gab, er wollte stets noch mehr. »Andersherum.« Die Aufforderung wurde keuchend hervorgestoßen, während er sie streichelte. Wieder stöhnte sie vor Wonne, ein heiserer Laut, der durch seine Adern strömte wie guter Whiskey, und ihre Zähne bohrten sich leicht in seine Schulter.

Diesmal würde er ihr die Kontrolle überlassen. Sie sollte das Tempo bestimmen. Jetzt beugte sie sich über ihn, ihr Haar fiel auf sein Gesicht herab, und sie stützte sich mit beiden Händen auf den Kissen ab.

»Heute nacht werde ich dich zum Wahnsinn treiben.« Sie senkte den Kopf, so daß ihre Lippen nur noch einen Hauch von seinen entfernt waren. »Du wirst noch um Gnade bitten, das verspreche ich dir.«

Quälend langsam bewegte sie sich auf ihm, empfing seine raschen, flüchtigen Küsse, die von Mal zu Mal inniger und leidenschaftlicher wurden. Erst als er seine Finger in ihrem Haar vergrub und sein Atem schwerer ging, gab sie seinen

Mund frei. Sie lehnte sich zurück und beschleunigte den Rhythmus, während ihre Hände über seinen Körper strichen. Dann sah sie ihm in die Augen. Und dort fand sie, was sie suchte. Ein wildes, verzweifeltes Feuer loderte darin, ein Spiegelbild der Gefühle, die in ihr tobten. Seine Hände umfaßten ihre Hüften so fest, daß sie blaue Flecke davontragen würde. Brandzeichen, dachte sie triumphierend.

Ihr Körper bog sich nach hinten, und sie erschauerte, als Bens Hände sie noch fester packten. Sie wußte, was sie erwartete, kannte die überwältigende Explosion beim Höhepunkt, die flüssiges Feuer durch ihre Adern schickte. Trotzdem war es jedesmal ein Schock, diese absolute Intimität und das Verlangen, es wieder und wieder zu erleben.

»Willa.« Ben zog sie zu sich herunter und hielt sie fest. Beide Körper bebten noch vor Lust und glänzten vor Schweiß. Als er wieder in der Lage war, mehr als nur ihren Namen zu sagen, berührten seine Lippen ihren Hals. »Den ganzen Abend habe ich mir schon gewünscht, dich so in den Armen zu halten.«

Geständnisse wie diese wärmten immer ihr Herz – und lähmten ihre Zunge. »Du warst zu sehr mit deinem Essen beschäftigt, um daran zu denken.«

»Ich bin nie zu beschäftigt, um daran zu denken. Oder an dich. Ich denke oft an dich, Will.« Er vergrub seine Hände in ihrem Haar und küßte sie. »In der letzten Zeit immer häufiger. Und ich mache mir Sorgen um dich.«

»Du machst dir Sorgen?« Noch immer in dem beseligenden Zustand vollkommener Befriedigung gefangen, stützte sich Willa auf die Ellbogen und sah auf ihn hinunter. Sie liebte es, im Dunkeln sein Gesicht zu betrachten, all die vertrauten Züge darin Stück für Stück wiederzuentdecken. »Weshalb denn?«

»Ich bin nicht gern weitab vom Schuß, solange dauernd etwas passiert.«

»Ich kann schon auf mich aufpassen.« Willa strich ihm liebevoll das Haar aus dem Gesicht. Seltsam, dachte sie, seine Haarspitzen sahen immer so aus, als wären sie in feuchten Goldstaub getaucht worden. Seltsamerweise war ihr Bedürfnis, ständig mit den Fingern hindurchzufahren, seit einiger Zeit immer stärker geworden. Ich kann mich gut alleine um die Ranch kümmern.«

»Ja.« Fast schon zu gut, dachte er. »Trotzdem mache ich mir Sorgen. Ich könnte ohne weiteres über Nacht bei dir bleiben.«

»Ben, das Thema haben wir doch schon abgehandelt. Bess gibt vor, nicht zu wissen, was hier oben vor sich geht, und ich möchte ihr den Spaß nicht verderben. Außerdem ...« Sie küßte ihn rasch, um sich dann träge auf den Rücken zu rollen, »außerdem hast du mit deiner eigenen Ranch genug zu tun.« Sie räkelte sich. »Ab nach Hause, McKinnon. Für heute bin ich mit dir fertig.«

»Meinst du?« Er zog sie an sich, um ihr das Gegenteil zu beweisen.

Wenn sich ein Mann auf Zehenspitzen aus einem dunklen Haus schleicht, kommt er sich meistens vor wie ein Narr. Oder er fühlt sich überglücklich. Nate schwankte zwischen diesen beiden Gemütszuständen, als er die Vordertür öffnete und sich Ben gegenübersah.

Beide starrten sich an und räusperten sich. »Schöne Nacht«, meinte Nate schließlich.

»Eine meiner besten.« Ben gab auf und grinste breit. »Wo hast du denn deinen Wagen geparkt?«

»Hinter dem Viehstall. Und du?«

»Ich auch. Keine Ahnung, wozu die Heimlichtuerei gut sein soll. Jeder hier auf der Ranch weiß ohnehin, was zwischen uns und den Frauen vorgeht.« Gemeinsam gingen sie die Verandastufen hinunter und dann in Richtung Scheune. »Ich habe ständig Angst, eine Kugel in den Rücken zu bekommen«, bemerkte Ben, der sich argwöhnisch umsah.

»Adam und Ham halten jetzt diese Wache«, beruhigte ihn Nate. »Ich versuche immer zu dieser Zeit aufzubrechen, weil die beiden nicht ganz so schießwütig sind.« Er schaute sich zum Haupthaus um, sah zu Tess' Schlafzimmerfenster hinauf. »Außerdem finde ich, daß eine solche Nacht durchaus ein gewisses Risiko wert ist.«

»Um einen Mann, der so redet, mache ich mir ernsthafte Sorgen.«

»Ich glaube, ich werde sie heiraten.«

Ben blieb wie angewurzelt stehen. »Sag das noch mal. Ich muß mich verhört haben.«

»Du hast mich genau verstanden. Sie ist fest entschlossen, im Herbst nach Kalifornien zurückzukehren.« Nate zuckte die Achseln. »Ich baue darauf, daß sie es nicht tut.«

»Hast du mit ihr schon darüber gesprochen?«

»Mit Tess?« Belustigt sah Nate seinen Freund an. »Bei einer Frau wie ihr muß man vorsichtig sein, sie ist daran gewöhnt, daß alles nach ihrer Pfeife tanzt. Also muß man sie glauben machen, es sei ihre Idee. Sie weiß selbst noch nicht, daß sie mich liebt, aber sie wird schon noch dahinterkommen.«

Das ganze Gerede von Liebe und Heirat verursachte Ben Unbehagen. »Und wenn nicht? Was machst du, wenn sie ihre Sachen packt und geht? Würdest du das zulassen?«

»Ich kann sie ja schlecht einsperren.« Nate holte seine Autoschlüssel aus der Tasche und klimperte damit. »Aber ich wette, daß sie bleibt. Und ich habe ja noch Zeit, um darauf hinzuarbeiten.«

Ben dachte plötzlich an Willa und daran, wie er reagieren würde, wenn es ihr auf einmal in den Sinn kommen sollte, ihre Zelte in Montana abzubrechen. Er hätte sie in Rekordzeit gefesselt und geknebelt. »Ich fürchte, ich würde mich nicht so vernünftig verhalten.«

»Nun, noch kommt es ja nicht hart auf hart. Ich hab' die nächsten Tage im Gericht zu tun« fügte Nate hinzu, als er in seinen Jeep stieg, »sobald ich Zeit habe, bringe ich dir das Bild von Cooke vorbei.«

»Mach das.« Ben blieb bei seinem eigenen Fahrzeug stehen und drehte sich zum Haus um. Nein, er würde nicht vernünftig bleiben können, wenn er jemanden liebte.

Während der Heimfahrt redete er sich ein, wie glücklich er sich doch schätzen konnte, daß dies nicht der Fall war.

Kapitel 6

Jesse hatte alles genau geplant. O ja, er war bereit gewesen zu warten, sich in Geduld zu fassen. Schließlich würde er, wenn er bis zum nächsten Herbst durchhielt, nicht nur seine Frau zurückbekommen, sondern auch noch ein kleines Vermögen machen.

Aber nun glaubte die kleine Schlampe, sie könnte einfach hingehen und diesen Indianerbastard heiraten. Jesse hatte sich eingehend mit der Angelegenheit befaßt und wußte, daß er leer ausgehen würde, wenn er das zuließ. Also galt es, diese Hochzeit um jeden Preis zu verhindern.

Wenn er nur ein bißchen besser gezielt hätte, wäre das Problem Adam Wolfchild bereits gelöst, aber der Hundesohn hatte Glück gehabt. Und da Wolfchild nicht alleine unterwegs gewesen war, hatte Jesse es lieber nicht auf ein zweites Mal ankommen lassen.

Er war sicher, daß sich eine andere Gelegenheit ergeben würde. Alles, was er brauchte, war ein kleines bißchen Glück. Aber dann kam der Frühling, und dieser verdammte Sklaventreiber Ben McKinnon hatte ihn buchstäblich an Three Rocks gekettet, während seine ehebrecherische Frau Hochzeitspläne schmiedete.

Also würde er sich, wenn er Wolfchild schon nicht zu fassen bekam, an Lily schadlos halten. Sie sollte es noch bedauern, daß sie ihn verlassen und seine Pläne, ihr Erbe einzukassieren, durchkreuzt hatte. Und es würde ihm ein Vergnügen sein, ihr eine Lektion zu erteilen.

Er hatte gehofft, in mehreren Punkten abkassieren zu können, dachte Jesse, während er zusätzlich zu den beiden Damen, die er schon auf der Hand hatte, eine dritte aufdeckte. Aber es war an der Zeit weiterzuziehen, und er würde Lily mitnehmen.

»Okay«, sagte er, Jim über den Pokertisch hinweg freundlich anlächelnd. »Ich erhöhe um fünf.«

»Da muß ich passen.« Ned Tucker warf seine Karten auf den Tisch, rülpste und stand auf, um sich noch ein Bier zu holen. Er fühlte sich wohl auf Mercy, hielt Willa für einen fairen Boß und kam mit den anderen Männern gut zurecht. Heimlich strich er dem Bären, den die Männer in eine Ecke gewuchtet hatten, über den Kopf. Angeblich sollte das Glück bringen, aber bei ihm schien dieser Trick heute abend zu versagen. Er schüttelte den Kopf, als Jesse seinen Gewinn einstrich. »Der Hund verliert einfach nie«, sagte er zu Ham.

»Da muß der Teufel seine Hand im Spiel haben.« Doch Ham entschloß sich, sein eigenes Glück zu versuchen. »Laßt mich mit einsteigen. In einer Stunde muß ich Billy ablösen, da kann ich genausogut vorher noch ein bißchen Geld verlieren.«

Eine Stunde, dachte Jesse, als er die Karten ausgab. Billy und dieser Klugscheißer vom College hatten jetzt Wache. Keiner von beiden würde ihm Schwierigkeiten bereiten. Er würde noch zehn Minuten weiterspielen und dann anfangen, seinen Plan in die Tat umzusetzen.

Nach einiger Zeit stand er auf und verließ die Runde. »Ich steige aus. Brauch' frische Luft.«

»Paß auf, daß Billy dich nicht abknallt«, rief Jim ihm nach. »Der Junge ist mit seinen Gedanken bei einer Mieze aus der Stadt und erschrickt leicht.«

»Ach, mit Billy werde ich schon fertig«, erwiderte Jesse, schlüpfte in seine Jacke und ging hinaus.

Draußen warf er einen Blick auf die Uhr. Er war mit dem Tagesablauf auf Mercy gut genug vertraut, um zu wissen, daß Adam jetzt ein letztes Mal nach den Pferden sehen und Lily somit allein im Haus sein würde. Er zog den Colt unter dem Sitz seines Jeeps hervor. Man konnte gar nicht vorsichtig genug sein, dachte er, schob die Waffe in den Gürtel und schlich durch die Dunkelheit auf das hübsche weiße Häuschen zu.

Alles würde reibungslos ablaufen. Lily würde zwar weinen und betteln, aber ohne großen Widerstand mit ihm kommen. Sie tat immer, wie ihr befohlen wurde. Wenn nicht sofort, dann nach den ersten Schlägen. Darauf freute er sich besonders, auf diese ersten Schläge. Es war schon viel zu lange her. Er klopfte gegen seinen Gürtel und huschte leise zur Hintertür des Hauses.

»Bist du das, JC?« Hocherfreut über die Aussicht auf Gesellschaft während seiner Wache kam Billy mit gesenktem Gewehr auf ihn zu. »Ich dachte, du würdest den Jungs beim Pokern das Fell über die Ohren ziehen. Was tust du denn hier draußen?«

Lächelnd zog Jesse den Colt aus seinem Gürtel. »Ich hole mir zurück, was mir gehört«, sagte er und ließ den Kolben auf Billys Kopf niedersausen. »Hab' keinen Grund, dich zu erschießen«, bemerkte er, während er Billy ins Gebüsch schleifte. »Außerdem macht ein Schuß zuviel Lärm. Aber versuch nicht, mich aufzuhalten, sonst könnte ich meine Meinung ändern.«

Geräuschlos kroch er zur Hintertür und spähte durch die Scheibe. Da war sie. Seine kleine Lily, dachte er. Da saß sie am Tisch, trank Tee, blätterte in einer Zeitschrift und wartete darauf, daß ihr indianischer Liebhaber zurückkam und es ihr besorgte. Treuloses Luder.

Das Grollen des Donners über ihm brachte ihn einen Moment lang aus der Fassung. Er blickte zum sternenlosen Himmel auf. Sogar der Wettergott war auf seiner Seite, stellte er grinsend fest. Der Regen würde ihre Spuren auf dem Weg nach Süden verwischen.

Langsam drückte er die Klinke herunter und betrat das Haus.

»Adam, ich hab' hier einen Artikel über Hochzeitstorten entdeckt. Ich dachte …« Sie brach ab und starrte weiterhin blicklos auf die Seite, während ihr Herz wie rasend zu pochen begann. Beans, der unter dem Tisch lag, stieß ein drohendes Knurren aus. Und da wußte sie es; wußte, wer da hinter ihr stand, noch ehe sie den Mut aufbrachte, sich umzudrehen.

»Bring den Köter zur Ruhe, Lily, oder ich knalle ihn ab.«

Daran hegte sie keinen Zweifel. Er sah noch genauso aus wie früher, trotz des dunkleren und längeren Haares und des Schnurrbartes. Er stand da, die Augen zu zwei gefährlichen Schlitzen verengt, ein böses Lächeln auf den Lippen. Trotz ihrer Furcht überwand sie sich, aufzuspringen und sich zwischen Jesse und den Hund zu stellen.

»Beans, sei still. Es ist alles in Ordnung.« Als der Hund

fortfuhr zu knurren, bemerkte sie voller Entsetzen, daß Jesse eine Pistole aus dem Gürtel zog. »Bitte nicht, Jesse. Er ist doch nur ein alter Hund. Außerdem wird man den Schuß hören, und dann wird jemand kommen.«

Jesse wollte irgend etwas, irgend jemanden töten. Der Drang dazu wurde schier übermächtig, doch er beherrschte sich, da er keinen unnötigen Lärm verursachen wollte. »Dann sorg dafür, daß er Ruhe gibt. Sofort!«

»Ich – ich werde ihn ins Nebenzimmer sperren.«

»Beweg dich ganz langsam, Lily, und versuch ja nicht wegzulaufen.« Jesse mochte das Gewicht der Waffe in seiner Hand, die Art, wie sich der Kolben in seine Handfläche schmiegte. »Es würde dir schlecht bekommen. Ich könnte nämlich versucht sein, hier sitzenzubleiben und auf deinen Indianerfreund zu warten, von dem du dich so gerne durchvögeln läßt. Und sobald er zur Tür hereinkommt, werde ich ihn töten.«

»Ich laufe nicht weg.« Lily packte Beans am Halsband und zerrte ihn zur Tür, obwohl er sich sträubte und alle viere gegen den Boden stemmte. »Steck bitte die Waffe weg, Jesse. Du weißt doch, daß du sie nicht brauchst.«

»Vermutlich nicht.« Immer noch lächelnd, schob er den Colt in seinen Gürtel zurück. »Komm her!«

»Du machst einen großen Fehler, Jesse.« Verzweifelt versuchte sie, sich daran zu erinnern, was man ihr in der Therapie beigebracht hatte. Bleib ruhig und denk nach, befahl sie sich. »Wir sind geschieden. Wenn du mir noch einmal etwas antust, wanderst du ins Gefängnis.«

Wieder schloß sich seine Hand um den Kolben seiner Waffe. »Ich sagte, du sollst herkommen.«

Sie mußte näher an die Tür herankommen, überlegte sie. Vielleicht gelang es ihr, an ihm vorbeizuschlüpfen und Adam zu warnen. »Ich versuche, mir ein neues Leben aufzubauen«, sagte sie, während sie auf ihn zuging. »Und das solltest du auch tun. Wir können beide noch einmal von vorne anfangen. Ich habe dich doch sowieso nur dauernd enttäuscht, also …« Vor Schmerz und Überraschung schrie sie auf, als er ihr mit dem Handrücken ins Gesicht schlug.

»Darauf habe ich seit über sechs Monaten gewartet.« Und da es ihn mit einer solch tiefen Befriedigung erfüllte, schlug er gleich noch einmal zu, diesmal so fest, daß sie in die Knie ging. »Ich war die ganze Zeit in deiner Nähe, Lily.« Er packte ihr Haar und riß sie daran hoch. »Und habe dich beobachtet.«

»Hier?« Der brennende Schmerz war ihr nur zu vertraut. Es fiel ihr immer schwerer, einen klaren Gedanken zu fassen. Aber sie dachte nach, dachte an Mord und Wahnsinn. »Du warst hier? O Gott!«

Nun drohte die Angst sie zu lähmen. Er hatte immer nur seine Fäuste gebraucht, nur seine Fäuste. Er pflegte keine Menschen in Stücke zu schneiden.

Doch als sie ihm in die Augen sah, war dort nichts als rasende Wut.

»Du kommst jetzt mit, wirst dich ruhig verhalten und genau das tun, was ich dir sage.« Um seinen Worten Nachdruck zu verleihen, zog er sie erneut kräftig an den Haaren. »Wenn du mir Schwierigkeiten machst, dann kannst du was erleben, du und jeder, der sich mir in den Weg stellt.« Er redete weiter auf sie ein, wobei sein Gesicht dem ihren ganz nah war. Im Nebenzimmer bellte der Hund immer noch wie wild, doch keiner von beiden achtete auf ihn. »Wir machen eine schöne, lange Reise. Nach Mexiko.«

»Ich gehe nicht mit dir.« Der nächste Hieb ließ sie taumeln, doch dann stürzte sie sich zu ihrer beider Erstaunen wie eine Furie auf ihn und ging mit Nägeln, Zähnen und Fäusten auf ihn los.

Die Wucht des Zusammenpralls warf ihn gegen die Anrichte, und er spürte einen sengenden Schmerz in seiner Hüfte, als sich die scharfe Kante in sein Fleisch bohrte. Er schrie auf, als sie ihm mit ihren Nägeln durch das Gesicht fuhr und tiefe, blutige Kratzer hinterließ. Ihre unvermutete Attacke traf ihn so plötzlich, daß er sich erst zur Wehr setzte, als sie zum zweiten Mal die Fingernägel in seine Wange schlug. »Du miese Nutte!« Er stieß sie gegen den Tisch, so daß ihre schöne Teetasse herunterfiel und zerbrach. Die Hunde heulten und kratzten wie wild an der Tür.

»Dafür bringt ich dich um!«

Beinahe hätte er es getan. Die Waffe lag schon in seiner Hand, der Finger am Abzug. Doch sie sah ihn an, und in ihren Augen stand weder Furcht noch eine flehentliche Bitte um Gnade, sondern lediglich nackter Haß.

»Ist es das, was du willst?« Jesse zog sie hoch und drückte den Lauf gegen ihre Schläfe. »Du willst, daß ich dich umbringe?«

Es hatte einmal eine Zeit gegeben, da hätte sie seine Frage vielleicht bejaht, nur um endlich erlöst zu sein. Aber jetzt dachte sie an ihr neues Leben, ihr Leben mit Adam und ihren Schwestern; an ihr Heim und ihre Familie.

»Nein, ich werde mit dir mitkommen.« Und auf die erstbeste Gelegenheit zur Flucht oder zum Kampf warten, schwor sie sich.

Er bebte am ganzen Körper, als er sie zur Tür schleifte. Der Schock darüber, daß sie es tatsächlich gewagt hatte, ihm die Stirn zu bieten, ihn so schwer zu verletzen, daß er blutete, machte ihm zu schaffen. Die Zeit, die er mit ihr vertrödelt hatte – er war ja davon ausgegangen, daß sie friedlich wie ein Lamm mitkommen würde –, verursachte ihm ein flaues Gefühl im Magen.

Daher nahm er auch kaum zur Kenntnis, daß es schneite. In der Ferne donnerte es immer noch, und dicke, schwere Flocken tanzten vor seinen Augen, so daß er Adam erst bemerkte, als sie sich gegenüberstanden und Jesse in den Lauf einer Flinte blickte.

»Laß sie sofort los!« Adams Stimme war die Wut und Angst, die ihn schüttelten, nicht anzumerken.

Jesse verstärkte seinen Griff um Lilys Hals und drückte ihr die Luftröhre zu. Immer noch hielt er den Colt auf ihren Kopf gerichtet, und Adam sah ihm an, daß er vollkommen die Beherrschung verloren hatte. »Sie ist meine Frau, verdammt noch mal! Geh mir aus dem Weg, oder ich bringe sie um! Ich jage ihr hier und jetzt eine Kugel in den Kopf!«

Er hörte, wie ein Hahn gespannt wurde. Willa trat auf ihn zu, ohne Mantel und mit schneebedecktem Haar. »Nimm deine dreckigen Pfoten von meiner Schwester, du elendes Schwein!«

Es lief falsch, alles lief falsch, und die aufkeimende Panik ließ Jesses Finger am Abzug zittern. »Ich tue es. Ihr Gehirn spritzt euch auf die Schuhe, wenn ihr auch nur einen Schritt näher kommt. Na los, sag es ihnen, Lily. Sag ihnen, daß ich keine Hemmungen habe, dich umzubringen.«

Lily fühlte den kalten Stahl an ihrer Schläfe. Wartete auf die Explosion. Er hielt sie in einem so festen Würgegriff, daß sie kaum noch Luft bekam. Um am Leben zu bleiben, richtete sie den Blick fest auf Adam. »Ja, er wird es tun. Er war hier. Die ganze Zeit über war er hier.«

Jesses Augen sprühten Feuer. Mit seinem blutüberströmten Gesicht und dem höhnischen Grinsen ähnelte er einem Monster aus einem Horrorfilm. »Das ist richtig, ich war die ganze Zeit hier, in ihrer Nähe. Wenn ihr wollt, daß sie so endet wie all die anderen, dann versucht nur, mich aufzuhalten.« Ein zufriedenes Lächeln breitete sich auf seinem Gesicht aus. Er hatte die Oberhand gewonnen, war wieder Herr der Lage. »Vielleicht werde ich darauf verzichten, sie auszuweiden oder zu skalpieren, aber trotzdem wird sie gleich mausetot sein.«

»Genau wie du«, knirschte Adam.

»Ich kann ihr wie einem Huhn den Hals umdrehen.« Jesses Stimme überschlug sich fast, »oder ihr in den Kopf schießen.« Sein Arm legte sich so unerbittlich um Lilys Hals, daß diese verzweifelt die Hände hob und versuchte, den furchtbaren Druck zu lockern. »Vielleicht ist das Glück mir ja auch weiterhin hold. Vielleicht kann ich noch einen zweiten Schuß abgeben, und der trifft dann deine Schwester genau in den Bauch, Wolfchild.«

»Er blufft doch nur, Adam.« Willas Finger lag am Abzug. Wie gerne würde sie ihm eine Kugel zwischen die Augen jagen. Wenn Lily den Kopf nur ein wenig zur Seite nehmen würde, nur ein paar Zentimeter, dann könnte sie es riskieren. Aber der vermaledeite Schnee hing wie ein Vorhang dazwischen. »Er möchte schließlich auch nicht sterben.«

»Ich war bei den Marines, ihr Scheißer!« brüllte Jesse. »Ich erledige zwei von eurer Sorte, ehe ich zu Boden gehe. Und Lily ist die erste!«

Ja, Lily würde die erste sein. »Du kommst damit nicht durch.« Trotzdem ließ Adam die Waffe sinken. Er wollte Lilys Leben nicht aus übertriebenem Stolz oder Mangel an Selbstkontrolle aufs Spiel setzen. »Und du wirst für jede Minute, die sie deinetwegen in Angst verbringen muß, teuer bezahlen.«

»Geh mir aus dem Weg, Miststück«, befahl Jesse Willa und faßte noch härter zu, so daß Lilys Augen aus den Höhlen zu treten drohten. »Ich kann ihr mit Leichtigkeit das Genick brechen.«

Obwohl sich alles in ihr dagegen wehrte, trat Willa zurück und verwünschte ihre Hilflosigkeit. Aber sie hielt ihre Waffe weiterhin auf ihn gerichtet. Ein sauberer Schuß, schwor sie sich. Wenn sie einen sauberen Schuß anbringen konnte, dann würde sie ihn abknallen wie einen tollen Hund.

»Du steigst in den Jeep!« Jesse zerrte Lily mit sich, als er zurückwich, und seine Augen gingen wachsam von einem zum anderen. »Los, mach voran! Hinter das Steuer!« Er stieß sie grob in den Wagen und schubste sie auf den Fahrersitz, wobei er die Waffe gut sichtbar hochhielt. »Kommt auf die Idee, uns zu verfolgen«, kreischte er, »dann werde ich sie töten, und zwar so langsam und qualvoll, wie ich nur kann. Jetzt laß die Karre an und fahr endlich los!«

Lily warf einen letzten Blick auf Adams Gesicht, als sie den Zündschlüssel drehte, dann fuhr sie an.

Mit zitternden Händen ließ Willa die Flinte sinken. Sie hatte nicht gewagt, auf ihn zu schießen. Die Chance war dagewesen, zwar nur für den Bruchteil einer Sekunde, aber sie hatte sie vertan. Sie hatte Angst gehabt, den Schuß zu riskieren.

»Großer Gott, sie fahren Richtung Westen!« Denk nach, mahnte sie sich. Denk nach. »Wenn er versucht, über die Hauptstraße durchzukommen, muß er damit rechnen, daß die Polizei Straßensperren errichtet hat, um ihn zu stoppen. Wenn er schlau genug ist, wird er in die Berge flüchten. Innerhalb von zwanzig Minuten können wir die Verfolgung aufnehmen, Adam.«

»Ich habe sie gehen lassen. Ich habe tatenlos zugesehen, wie er sie mitnimmt.«

Willa rüttelte ihn heftig. »Er hätte sie vor unseren Augen erschossen, Adam. Er war in Panik und vollkommen außer sich. Glaub mir, er hätte es getan.«

»Ja.« Adam atmete tief durch. »Jetzt werde ich sie suchen, und dann wird er von meiner Hand sterben.«

Willa nickte nur knapp. »Ja. Ruf du die Polizei an, ich trommle die Männer zusammen. Diejenigen von uns, die den Suchtrupp für die Berge bilden, brauchen Pferde und eine gute Ausrüstung. Beeil dich!«

Sie setzte sich in Bewegung und wäre fast über Billy gestolpert, der sich vor Schmerzen stöhnend bis auf die Straße geschleppt hatte. »Himmel!« Das Blut auf seinem Gesicht überzeugte sie davon, daß er angeschossen worden war. »Billy!«

»Er hat mir irgend etwas über den Schädel gezogen.«

»Bleib sitzen und rühr dich nicht vom Fleck!« So schnell sie konnte, rannte Willa auf das Haupthaus zu. »Bess! Hol sofort den Verbandskasten! Billy liegt drüben vor Adams Haus. Er ist verletzt. Bring ihn hierher.«

»Was, zum Teufel, ist denn hier los?« Über die Störung ihrer allabendlichen Computersession nicht gerade erfreut, erschien Tess oben auf der Treppe. »Erst kläffen die Hunde wie verrückt, dann brüllst du Haus und Hof zusammen. Was ist denn mit Billy passiert?«

»Jesse Cooke. Beeil dich«, befahl sie der auf sie zuhastenden Bess. »Ich weiß nicht, wie schlimm es ihn erwischt hat.«

»Jesse Cooke?« Alarmiert kam Tess die Treppe heruntergeschossen. »Wovon redest du eigentlich?«

»Er hat Lily in seiner Gewalt. Er hat Lily«, wiederholte Willa und schnitt der aufgeregten Tess das Wort ab. »Ich vermute, daß er sie in die Berge verschleppen will. Ein Blizzard ist im Anzug, und sie hat noch nicht einmal einen Mantel dabei.« Entschlossen unterdrückte sie den Anflug von Hysterie, der in ihr aufzusteigen drohte. »Er ist völlig durchgedreht und mehr als nur ein bißchen verrückt. Ruf Ben, Nate und jeden anderen, der dir einfällt, an und sag ihnen, daß wir einen

Suchtrupp organisieren müssen, und zwar schnell. Wir können jeden Freiwilligen brauchen, wenn wir ihnen nachreiten.«

»Ich packe rasch ein paar warme Sachen zusammen.« Tess hielt sich am Geländerpfosten so fest, daß ihre Knöchel weiß hervortraten. »Auch für Lily. Sie wird sie brauchen, wenn wir sie finden.«

»Aber mach schnell!«

Innerhalb von zehn Minuten hatte Willa die Männer informiert. Sie waren bewaffnet, trugen Vorräte für zwei Tage bei sich und rechneten damit, die nächste Zeit im Jeep oder auf einem Pferderücken zu verbringen.

»Er kennt die Gegend nicht so gut wie die meisten von uns«, fuhr sie fort. »Er hatte ja nur ein paar Monate Zeit, um sich mit dem Land vertraut zu machen. Und Lily wird ihn nach Kräften aufhalten, wird das Tempo absichtlich verlangsamen. Wir schwärmen aus. Es besteht die Möglichkeit, daß er sie oben in die Hütte bringen will, also werden Adam und ich dorthin reiten. Das Wetter dürfte ihm schwer zu schaffen machen – uns aber leider auch.«

»Wir kriegen den Dreckskerl.« Jim schob sein Gewehr in die Hülle. »Und wir werden ihn noch vor dem Morgengrauen erwischen.«

»Spuren werden kaum noch zu finden sein, also ...« Sie brach ab, als sie Bens Jeep mit halsbrecherischer Geschwindigkeit auf die Ranch zurasen sah. Vor Erleichterung wurden ihr die Knie weich, doch sie nahm sich zusammen. »Wir müssen ein ziemlich großes Gebiet abdecken. Ihr alle wißt, was ihr zu tun habt. Die Cops haben die wichtigsten Straßen abgesperrt, und sie setzen zusätzliche Männer ein. Bei Tagesanbruch steigt eine Hubschrauberstaffel auf. Bis dahin will ich meine Schwester aber schon zurückhaben. Was Cooke angeht ...« Sie holte tief Atem. »Wir werden sehen. Also los!«

»Welche Route nimmst du?« Es war die einzige Frage, die Ben stellte.

»Ich reite mit Adam über den westlichen Paß zur Hütte.«

Er nickte. »Ich komme mit. Ich brauche ein Pferd.«

»Wir haben noch eines übrig.«

»Ich komme auch mit.« Tess, in deren Augen Tränen standen, trat an Adams Seite. »Reiten kann ich ja.«

»Du wirst uns nur behindern.«

»Fahr doch zur Hölle!« Tess packte Willas Arm und riß sie zu sich herum. »Lily ist auch meine Schwester. Ich komme mit!«

»Reiten kann sie«, bemerkte Adam ruhig, als er sich in den Sattel schwang, nach seinem Hund pfiff und davongaloppierte.

»Warte wenigstens auf Nate«, bat Willa. »Er kennt den Weg.« Rasch stieg sie auf ihr Pferd. »Jemand muß ihn über alles, was vorgefallen ist, informieren.«

Da sie wußte, daß sie sich damit zufriedengeben mußte, nickte Tess zustimmend. »Gut. Wir holen euch dann ein.«

»Wir bringen sie zurück, Tess«, murmelte Ben, als er in den Sattel kletterte und nach Charlie rief.

»Bringt sie beide zurück«, sagte Tess leise und sah den Reitern nach.

Adam sprach kein einziges Wort, bis sie auf den verlassenen Jeep stießen. Unglaubliche Wut hatte ihn ergriffen und lähmte seinen Verstand. Willa hielt an, um nach Spuren Ausschau zu halten. Der Jeep steckte bis zum Bodenblech im Schnee, die Motorhaube hatte sich in einen Baum gebohrt. Dicker, nasser Schnee bedeckte den Boden, durch den sich die Hunde hindurchwühlten.

»Er hat sie geschlagen.« Adam riß die Tür auf der Fahrerseite auf; voller Angst, daß er Blutlachen entdecken würde. Oder Schlimmeres. »Mit der Faust hat er ihr ins Gesicht geschlagen. Ich habe die Male deutlich gesehen.«

Der Jeep war leer, nur an der Beifahrertür fanden sie einige Blutspritzer. Nicht von Lily, dachte Adam erleichtert. Das war Cookes Blut.

»Ihm lief doch Blut über das Gesicht«, bestätigte Willa seine Vermutung. »Sie hat ihm die Schläge heimgezahlt, mit Zins und Zinseszins.«

Als Adam sich zu seiner Schwester umdrehte, wirkten seine Augen stumpf und ausdruckslos. »Ich habe ihr versprochen, daß niemand je wieder Hand an sie legen würde.«

»Du konntest überhaupt nichts tun, um ihr zu helfen. Er wird sie schon nicht über Gebühr quälen, Adam. Er braucht sie, um mit einigermaßen heiler Haut aus der Sache herauszukommen. Er wird mit ihr nicht dasselbe machen, was er …«

»Was er all den anderen angetan hat?« Adam biß sich auf die Lippen und verdrängte den furchtbaren Gedanken. Ohne sich weiter dazu zu äußern, stieg er auf sein Pferd und ritt weiter.

»Laß ihn!« Ben hielt Willa zurück. »Er muß einen Moment allein sein.«

»Ich stand ja auch vor Cooke und hatte mein Gewehr direkt auf ihn gerichtet. Du weißt, daß ich ein besserer Schütze bin als Adam oder sonst jemand auf Mercy, und trotzdem habe ich nichts unternommen. Ich hatte Angst, den Schuß zu riskieren.« Ihre Stimme brach ab, und sie schüttelte ärgerlich den Kopf.

»Was wäre gewesen, wenn du geschossen und sie sich plötzlich bewegt hätte? Dann hättest du vielleicht Lily und nicht ihn getroffen.«

»Oder sie wäre jetzt in Sicherheit. Wenn ich noch einmal vor diese Entscheidung gestellt würde, dann würde ich diesem elenden Hundesohn eins zwischen die Augen verpassen, daß er nie wieder Unheil anrichten kann.« Willa schüttelte das aufkeimende Schuldgefühl ab. »Darüber nachzugrübeln, was man hätte anders machen können, hilft uns jetzt auch nicht weiter. Ich halte es für möglich, daß er zu der Hütte will, die Richtung stimmt. Er meint wohl, er kann dort erst einmal unterkriechen.«

Willa schwang sich wieder auf ihr Pferd. »Diesmal hat sie sich gegen ihn zur Wehr gesetzt, Adam. Vielleicht wäre es gescheiter gewesen davonzulaufen.«

Lily wäre geflohen, wenn sie die Kraft dazu gehabt hätte. Sie fror zwar entsetzlich, und ihr Hemd war völlig durchnäßt, dennoch hätte sie die Chance ergriffen, sich den Schnee und den Schutz der Berge zunutze zu machen, wenn sie die Möglichkeit zu einem Fluchtversuch bekommen hätte.

Er hatte die Waffe wieder weggesteckt, aber seine Strategie geändert, nachdem sie mit dem Jeep vor einen Baum gefahren war. Sie hatte absichtlich darauf zugehalten, in der Hoffnung, der Zusammenstoß würde ihn schwer genug verletzen oder zumindest so erschrecken, daß sie einen Vorsprung herausschinden konnte. Doch der Unfall hatte ihr nur eine so heftige Ohrfeige eingetragen, daß sie kopfüber im Schnee gelandet war. Danach hatte er ihr die Hände gefesselt und sich den Strick um die Hüfte gebunden, so daß sie gezwungen war, wie ein Hund an der Leine hinter ihm herzutrotten. Anfangs war sie mit Absicht häufig gestolpert oder hatte sich fallen lassen, um ihn nach Kräften zu behindern, doch er hatte sie immer wieder brutal hochgerissen.

Der Schnee fiel immer stärker. Je höher sie kamen, desto tückischer wurde das Schneegestöber, Donner krachte über ihren Köpfen, gefolgt von gespenstisch zischenden Blitzen, die über den schwarzen Himmel zuckten. Der Wind blies ihr mit solcher Macht ins Gesicht, daß sie die Verwünschungen, die Jesse gegen sie ausstieß, kaum verstehen konnte. Die ganze Welt war weiß – ein wirbelndes, tosendes Weiß.

Jesse trug einen Rucksack über der Schulter. Lily fragte sich benommen, ob darin wohl ein Messer war – und was Jesse eigentlich mit ihr vorhaben mochte.

Die Kälte hatte an ihren Kraftreserven gezerrt, war ihr so stark in die Knochen gefahren, daß sie meinte, ihre Beine müßten bei jedem weiteren Schritt unter ihr wegknicken. Die Vorstellung, sich gegen ihn zu wehren, war in weite Ferne gerückt, Flucht nur noch eine vage Hoffnung. Wohin sollte sie auch flüchten, wenn sie um sich herum nur einen undurchdringlichen Vorhang von Schnee sah?

Nun galt es, wenigstens das nackte Leben zu erhalten.

»Diese Idioten dachten schon, jetzt hätten sie mich, nicht wahr?« Jesse zog mit einem Ruck an dem Seil, so daß Lily gegen ihn taumelte. Obwohl er den Kragen seiner Schaffelljakke hochgeschlagen hatte, rieselte der feuchte Schnee hinein und rann kalt an seinem Hals hinunter. Gereizt fuhr er fort:

»Dein Pferdescheißeschaufler und diese Halbblutschlampe, die du als deine Schwester bezeichnest, haben sich doch tatsächlich eingebildet, sie würden so ohne weiteres mit mir fertig. Aber ich pflege zu bekommen, was ich mir in den Kopf gesetzt habe.« Grob quetschte er ihre Brust. »So war es schon immer, und so wird es auch immer bleiben.«

»Dir liegt doch gar nichts an mir, Jesse.«

»Du bist meine Frau, nicht wahr? Hast gelobt, mich zu lieben, zu ehren und mir zu gehorchen, bis daß der Tod uns scheidet.« Um seine Macht über sie zu demonstrieren, stieß er sie mit aller Kraft in den Schnee. »Sie werden uns folgen, aber sie wissen nicht, mit wem sie es zu tun haben, oder, Lily? Mit einem Marine sollte man sich lieber nicht anlegen.«

Er würde sich durch den Schnee kämpfen wie damals während der Grundausbildung, durch Schlamm und Matsch, dachte er. Ein Mann seines Formats kam überall durch und stand noch aufrecht, wenn alle anderen längst schlappgemacht hatten.

»Ich habe alles von langer Hand geplant.« Jesse holte eine Zigarette aus der Tasche und zündete sie mühsam an. »Habe die Gegend genau ausgekundschaftet. Seit ich in Montana bin, arbeite ich nämlich auf Three Rocks, praktisch direkt vor deiner Nase.«

»Du – auf Three Rocks? Für Ben?«

»Richtig, für den großen Ben McKinnon. Das größte Arschloch auf Gottes Erdboden und derselbe, der seit einiger Zeit deine Schwester vögelt. Was ich übrigens auch flüchtig in Erwägung gezogen habe.« Er musterte die vor Kälte schlotternde Lily verächtlich. »Die wäre im Bett mit Sicherheit tausendmal interessanter als du. Ein Holzklotz hätte mehr Pfeffer im Hintern, aber du bist nun einmal meine Frau, stimmt's?«

Lily rappelte sich hoch. Es war verlockend, viel zu verlokkend, einfach im Schnee liegenzubleiben und aufzugeben. »Nicht mehr, Jesse.«

»Kein beschissener Papierfetzen kann daran etwas ändern. Hast du wirklich geglaubt, du würdest mir so leicht davonkommen? Dachtest du, du bräuchtest nur zu einem Anwalt zu rennen und mir die Cops auf den Hals zu hetzen? Wegen dir haben sie mich in eine Zelle gesteckt. O ja, ich habe eine große Rechnung mit dir zu begleichen.«

Wieder betrachtete er sie spöttisch. Ein blasses, geschlagenes Wrack, zu keinerlei Widerstand mehr fähig. Sein Eigentum. Nach einem letzten Zug an der Zigarette schnippte er den Stummel lässig in den Schnee. »Ist dir kalt, Lily? Vielleicht kann ich eine oder zwei Minuten erübrigen, um dich ein bißchen aufzuwärmen. Wir haben Zeit«, fuhr er fort und zog an dem Seil. »Deine Freunde haben keine Chance, uns zu finden. Bei diesem Wetter würden sie noch nicht einmal einen Elefanten aufspüren können.«

Roh griff er ihr zwischen die Beine. Als er in ihren Augen nur abgrundtiefen Ekel las, verstärkte er seinen Griff, bis der erste Anflug von Schmerz darin aufflackerte. »Du hast zwar immer so getan, als würdest du dir aus der rauhen Tour nichts machen, aber du bist auch nur eine Hure, so wie alle anderen Weiber. Hast du mir nicht immer erzählt, wie gut es dir gefällt, oder? Wie war das doch gleich? ›Das ist wunderbar, Jesse. Ich mag das, was du mit mir machst.‹ Waren das nicht deine Worte, Lily?«

Sie wich seinem Blick nicht aus, versuchte, die erniedrigende Situation zu ignorieren. »Ich habe gelogen«, erwiderte sie kühl und zwang sich, nicht vor Schmerz zusammenzuzucken, als er seine Finger in ihr Fleisch grub. Diesen Triumph wollte sie ihm nicht gönnen.

»Wie soll ein Mann denn bei so einer frigiden Zicke wie dir einen hochkriegen?« Noch nie hatte sie es gewagt, ihm zu widersprechen. Nicht nach den ersten kleinen Strafmaßnahmen. Innerlich aus dem Konzept geraten, schob er sie von sich und verlagerte seinen Rucksack ein wenig. »Außerdem haben wir dafür jetzt keine Zeit. Wenn wir erst einmal in Mexiko sind, sieht die Sache schon anders aus.«

Er schlug eine andere Richtung ein und wandte sich mit ihr nach Süden.

Lily war jegliches Gefühl für Zeit und Raum verlorengegangen. Das Schneegestöber hatte nachgelassen, obwohl der

Donner immer noch ab und an seine drohende Stimme erhob. Mechanisch setzte sie einen Fuß vor den anderen, nur beherrscht von dem Wunsch, diese Tortur zu überleben. Inzwischen war sie sich sicher, daß er nicht auf die Hütte zusteuerte. Sie fragte sich, wo Adam jetzt wohl sein mochte, wo er nach ihr suchen und was er in diesem Moment empfinden mochte.

Bei jenem letzten flüchtigen Blick auf sein Gesicht hatte sie nackte Mordlust in seinen Augen gelesen. Er würde sie finden, sie wußte ganz genau, daß er sie finden würde. Alles, was sie zu tun hatte, war, so lange am Leben zu bleiben.

»Ich brauche eine Pause, Jesse. Ich kann nicht mehr.«

»Du ruhst dich dann aus, wenn ich es dir sage.« Jesse, der befürchtete, in diesem Sturm die Orientierung verloren zu haben, holte seinen Kompaß hervor. Wer konnte in diesem Chaos schon genau die Richtung bestimmen? Aber das war schließlich nicht sein Fehler.

»Wir gehen nicht mehr weit.« Er verstaute den Kompaß wieder in seiner Tasche und wandte sich gen Osten. »Typisch Weiber – immer nur jammern, nörgeln und einem Mann das Leben vergällen. Hab' noch nie erlebt, daß du dich einmal nicht über etwas beklagt hättest.«

Lily hätte angefangen zu lachen, wenn sie die Kraft dazu gehabt hätte. Sicher, sie hatte sich ab und an über die auf wundersame Weise verlorengegangenen Lohntüten, die Batterien von Whiskeyflaschen oder die nie eingelösten Versprechen beschwert. Doch nun drohte sie in den Rockys zu erfrieren. Der Vergleich hinkte ein wenig, fand sie.

»Wenn ich vor Erschöpfung zusammenbreche, wird der Weg für dich nur noch beschwerlicher, Jesse. Ich brauche einen Mantel und etwas Heißes zu trinken.«

»Halt den Mund, um Himmels willen.« Jesse starrte in die Dunkelheit, in den leise zur Erde herabrieselnden Schnee, wobei er die Taschenlampe mit seiner hohlen Hand schützte. »Ich muß nachdenken.«

Er wußte jetzt, welche Richtung er einschlagen mußte, gut und schön. Doch was die Entfernung vom Zielort anging, war er sich längst nicht so sicher. Keiner der Wegweiser, die er sich auf früheren Erkundungsgängen so sorgfältig eingeprägt hatte, schien sich in dem Schneegestöber zu zeigen. Im Dunkeln sah alles anders aus. Genausogut hätte er sich im Niemandsland befinden können.

»Haben wir uns verlaufen?« Lily mußte trotz ihrer Müdigkeit hämisch lächeln. Das sah ihm ähnlich. Der großsprecherische Jesse Cooke, seines Zeichens Ex-Marine, hatte sich in den Bergen von Montana verirrt. »Wo liegt denn nun Mexiko?«

Sie begann leise zu lachen und hörte auch dann nicht auf, als er sich mit erhobenen Fäusten zu ihr herumdrehte. Er war bereit, sie zu gebrauchen, um wenigstens seinen Frust an ihr abzureagieren. Doch im selben Moment sah er, wonach er gesucht hatte. »Du möchtest dich ausruhen? Einverstanden. Wir machen hier erst einmal Rast.«

Er zerrte sie durch eine Schneewehe, in der sie bis zu den Oberschenkeln versank, zum Eingang einer kleinen Höhle hinüber.

»Das war Plan B. Ein kluger Mann hat immer einen Plan B parat. Ich hab' die Stelle hier vor ungefähr einem Monat entdeckt, Lily.« Und er hatte eigentlich vorgehabt, vorsichtshalber Vorräte hier zu lagern, war aber nicht dazu gekommen. »Schwer ausfindig zu machen. Also brauchst du gar nicht zu hoffen, daß dein Indianerhäuptling dich hier rausholt.«

In der Höhle war es zwar immer noch bitterkalt, aber wenigstens windgeschützt. Dankbar sank Lily auf die Knie.

Hocherfreut, die zweite Stufe seines Plans verwirklicht zu haben, nahm Jesse seinen Rucksack ab. »Ich hab' ein bißchen Dörrfleisch mitgenommen. Und Whiskey.« Er förderte die Flasche als erstes zutage und trank einen großen Schluck. »Du auch, Süße?«

In der Hoffnung, der Alkohol würde sie ein wenig wärmen, griff Lily nach der Flasche. »Ich brauche eine Decke.«

»Zufällig hab' ich eine dabei. Du weißt doch, daß ich immer auf alle Eventualitäten vorbereitet bin.«

Jesse musterte zufrieden seine Ausrüstung – Lebensmittel, eine Taschenlampe, ein Messer, Streichhölzer. Er warf Lily die Decke zu und grinste höhnisch, als sie ungeschickt versuchte, sie mit ihren gefesselten Händen zu greifen, um sich darin einzuhüllen. Dann kauerte er sich auf dem Boden nieder.

»Wir werden versuchen, ein bißchen Schlaf zu kriegen. Ich kann's nicht riskieren, ein Feuer zu machen, obwohl ich ziemlich sicher bin, daß die Jungs weit nördlich von hier nach dir suchen.« Jesse zündete sich eine weitere Zigarette an. Nach einem langen, anstrengenden Tag verdiente ein Mann weiß Gott eine Pause und einen Drink. »Morgen früh machen wir uns wieder auf den Weg. Ich nehme an, ich kann in einem dieser kleinen Nester ein Auto kurzschließen, und dann geht's auf ins sonnige Mexiko.« Er blies einen Rauchring zur Decke. »Kann's kaum noch erwarten.« Herzhaft biß er in sein Stück Dörrfleisch und kaute nachdenklich darauf herum. »Von Montana hab' ich die Nase gestrichen voll.«

Er streckte die Beine aus und lehnte sich mit dem Rücken gegen die Höhlenwand, während sie die schüchterne Wärme genoß, die die dünne Decke spendete. »Hab' gehört, da unten kann man das Geld nur so scheffeln. Wenn du dich anständig benommen hättest, Lily, dann müßte ich mir um die Finanzen jetzt keine Sorgen machen. Mit deinem Anteil von der Mercy Ranch hätte ich ausgesorgt gehabt, aber du mußtest ja alles verderben. Hast gedacht, du könntest einfach so hingehen und diesen Bastard heiraten, was? Darüber werden wir uns später noch unterhalten. Lange und ausführlich.«

Er nahm ihr die Flasche weg und trank erneut. »Aber ein cleverer Mann wie ich, der ein Händchen für Karten hat, kann immer sein Glück machen. Ich werd' die schmierigen Mexe nach Strich und Faden ausnehmen.«

Lily hörte kaum noch zu. Sie mußte unbedingt versuchen zu schlafen, mußte wieder zu Kräften kommen, um so lange durchhalten zu können, bis Adam sie fand. Oder bis sie Jesse entkommen konnte. Sie rollte sich an der Wand zusammen, wobei sie soviel Abstand zu Jesse hielt, wie der Strick es ihr erlaubte, und schlang die Decke eng um ihren Körper. Er würde jetzt weitertrinken, bis die Flasche leer war. Sie kannte ihn nur zu gut. Und wenn er dann stockbetrunken war, hatte sie vielleicht eine reelle Chance zur Flucht.

Doch zuerst mußte sie schlafen. Die Erschöpfung umschloß sie wie ein dichter Nebel, und die Kälte drang ihr durch Mark und Bein. Sie hörte das Gluckern der Flüssigkeit, als Jesse die Flasche ansetzte, und fühlte, wie sie langsam in den Zustand der Bewußtlosigkeit hinüberglitt. Aber eines mußte sie noch in Erfahrung bringen, ehe sie einschlief.

»Warum hast du all diese Menschen getötet, Jesse? Warum hast du so furchtbare Dinge getan?«

Er kicherte leise, als sei er im Begriff, eine besonders witzige Bemerkung von sich zu geben. »Ein Mann tut, was er tun muß.«

Es waren dies die letzten Worte, die er je zu ihr sagen sollte.

Kapitel 7

Adam stand auf einer kalten, zugigen Anhöhe, starrte in die Dunkelheit und versuchte verzweifelt, darin etwas zu erkennen. Nur der Strahl seiner Taschenlampe und die Lichter hinter ihm brachten ihm in der bedrohlichen Finsternis etwas Erleichterung.

»Er hat seine Richtung geändert. Die Spur führt nicht mehr zur Hütte.« Ben blickte zum Himmel und schätzte die verbleibenden Stunden bis zum Morgengrauen. Wenn doch nur endlich die Sonne herauskommen würde! Bei Tageslicht würden sie vielleicht weitere Hinweise entdecken und mußten sich nicht nur auf die Hunde verlassen, die Lilys Witterung aufgenommen hatten. Bei Tageslicht würde die Hubschrauberstaffel zum Einsatz kommen, und sein Bruder würde in seinem kleinen Flugzeug sitzen und jeden Baum, jeden Felsvorsprung aus der Luft nach Lily absuchen.

»Er will sie irgendwo anders hinbringen.« Adam lauschte in die Nacht, als ob der Wind ihm etwas erzählen könnte. »Er muß einen anderen Unterschlupf kennen. Nur ein Wahnsinniger käme auf den Gedanken, nachts und zu Fuß die Berge überwinden zu wollen.«

Der Mann, der zwei Menschen buchstäblich in Fetzen gerissen hatte, *war* wahnsinnig, dachte Ben grimmig, doch er behielt seine Meinung für sich. Dieser Gedanke war nicht geeignet, Adam jetzt aufzumuntern. »Er hat unter Garantie irgendwo ein Lager aufgeschlagen. Wir werden ihn finden.«

»Der Schneefall hat nachgelassen, und der Sturm ist nach Osten abgezogen. Sie war für eine Nacht in der Kälte viel zu dünn gekleidet.« Adam schaute angelegentlich vor sich hin und konzentrierte sich darauf, tief und gleichmäßig Luft zu holen, obwohl er innerlich zitterte wie Espenlaub. »Lily friert doch nachts so leicht. Sie hat so zarte Knöchelchen wie ein kleiner Vogel.«

»Er kann nicht allzu weit vor uns sein.« Ben legte Adam tröstend eine Hand auf die Schulter. Mehr konnte er im Moment nicht für ihn tun. »Denk daran, sie sind zu Fuß unterwegs. Sie müssen irgendwo eine Pause machen.«

»Ich möchte dich um einen Gefallen bitten. Laß mich mit ihm allein. Wenn wir sie finden, dann kümmerst du dich um Lily und Will und überläßt Cooke mir.« Adam drehte sich zu Ben um, seine für gewöhnlich so sanft und freundlich blikkenden Augen wirkten jetzt kalt und hart wie der Fels, auf dem sie standen. »Ich will eigenhändig mit ihm abrechnen.«

Eine berechtigte Forderung, dachte Ben, nicht mehr und nicht weniger, als er selbst sich unter diesen Umständen ausbedungen hätte. »Ich werde ihn dir überlassen.«

Willa beobachtete die beiden von ihrem Posten bei den Pferden aus. Sie hatte ihr ganzes Leben in einer Männerwelt gelebt, gearbeitet und sich behauptet. Daher verstand sie, daß es Momente gab, wo eine Frau die Grenze nicht überschreiten durfte. Was Adam und Ben gerade besprachen, war nicht für ihre Ohren bestimmt, und sie akzeptierte diese Tatsache ohne Murren. Was dort auf der Anhöhe vor sich ging, war nicht nur eine Angelegenheit zwischen zwei Männern, sondern auch zwischen zwei Brüdern.

Das Schicksal ihrer Schwester lag in den Händen dieser beiden Männer. Und in ihren.

Als Ben und Adam langsam auf sie zukamen, nahm sie Lilys Bluse und ließ die Hunde noch einmal daran schnuppern. Vor Erregung zitternd, jaulten sie auf und wandten sich in Richtung Süden.

»Der Himmel klart auf«, bemerkte Willa, als sie wieder auf die Pferde stiegen und Adam voranritt. Sie konnte bereits die ersten Sterne sehen. »Wenn die Wolken sich verziehen, dann haben wir Halbmond und somit wenigstens ein bißchen Licht.«

»Das würde uns die Suche erleichtern.« Ben warf ihr einen prüfenden Blick zu. Sie saß kerzengerade im Sattel und zeigte äußerlich keine Anzeichen von Ermüdung. Allerdings konnte er ihre Augen nicht deutlich erkennen. »Hältst du durch?«

»Selbstverständlich. Du, Ben ...«

Ben verlangsamte sein Tempo, da er fürchtete, sie könne kurz vor dem Zusammenbruch stehen und seine Unterstützung brauchen. »Möchtest du dich einen Augenblick ausruhen?«

»Nein, nein. Aber mir geht da eine Sache einfach nicht aus dem Kopf. Irgend etwas an dem Scheißkerl kam mir bekannt vor, als ob ich ihn schon einmal gesehen hätte. Andererseits war es dunkel, und ihm lief das Blut in Strömen über das Gesicht, weil Lily ihn gekratzt hatte.« Willa schob ihren Hut zurück, da sie das Gewicht auf dem Kopf plötzlich störte. »Ich hab' Billy ja sofort in Bess' Obhut übergeben, ohne mir die Zeit zu nehmen, ihm ein paar Fragen zu stellen. Ich glaube, das war ein großer Fehler. Hätte ich es getan, dann wüßten wir jetzt vielleicht, wie sein Verstand arbeitet.«

»Du hattest an genug andere Dinge zu denken. Mach dir deshalb keine Vorwürfe.«

»Du hast recht.« Trotzdem ließ sie die vage Erinnerung nicht los. »Daran läßt sich jetzt sowieso nichts mehr ändern.« Energisch rückte Willa ihren Hut wieder zurecht und trieb Moon zu einer etwas schnelleren Gangart an.

»Jetzt müssen wir uns einzig und allein darauf konzentrieren, Lily zu finden.« Sie lebend zu finden, dachte sie, doch die Worte kamen ihr nicht über die Lippen.

In der Höhle war es stockfinster. Lily vermeinte zu verbrennen, dann zu erfrieren, dann wieder im Feuer zu verglühen. Unruhig, von Fieberträumen geschüttelt, wälzte sie sich hin und her. Ihre Hände waren kalt und gefühllos, nur die Handgelenke schmerzten dort, wo der Strick die zarte Haut bis auf das rohe Fleisch aufgescheuert hatte. Wie ein hilfloses Tier rollte sie sich schutzsuchend zusammen, träumte davon, sich eng an Adam zu schmiegen, seinen Arm zu spüren, den er des Nachts oft um sie legte, um sie an sich zu ziehen, so daß sie sich warm, sicher und geborgen fühlte.

Jedesmal, wenn sich die Steine, die den Boden der Höhle bedeckten, in ihre Schultern, den Rücken und die Hüften drückten, sobald sie sich bewegte, wimmerte sie leise auf, obwohl ihr der Schmerz irgendwie losgelöst von ihrer Person erschien. Sie war in einem nebelhaften Zustand zwischen Traum und Realität gefangen, und sosehr sie sich auch bemühte, es gelang ihr nicht, sich daraus zu befreien.

Als ein Lichtstrahl über ihr Gesicht huschte, wandte sie sich unwillig ab. Sie wollte nur noch schlafen, vergessen. Leise murmelnde Laute kamen über ihre Lippen, als das Fieber stärker und stärker in ihr zu toben begann.

Schritte, dachte sie benommen. Sie war in Adams Haus. Gleich würde er zu ihr ins Bett kommen. Sein Körper würde sich anfangs ein wenig kühl anfühlen, sich aber rasch erwärmen. Wenn es ihr doch nur gelänge, sich umzudrehen; wenn sie es schaffen könnte, sich in seine Arme zu kuscheln, dann würde sich sein Mund weich auf ihre Lippen legen, und er würde sie lieben, langsam und zärtlich, wie er es oft tat, wenn er spät nachts von seinem Wachposten zurückkehrte.

Sie würden noch nicht einmal Worte wechseln müssen; sie kamen ohne sie aus, brauchten nur die Berührung des anderen und jenen gleichmäßigen Rhythmus zweier Körper, die sich in völligem Einklang bewegten. Danach würden sie engumschlungen einschlafen …

Als sie gerade im Begriff war, in das Vergessen hinüberzudriften, meinte sie, einen erstickten Schrei zu hören, der abrupt abbrach. Sicher war eine Maus in eine Falle geraten.

Adam würde sie entfernen, bevor sie den pelzigen Leichnam zu Gesicht bekam.

Lily versank in schwarzer Bewußtlosigkeit. So spürte sie weder, wie ein Messer zwischen ihre Handgelenke glitt und die Stricke durchtrennte, noch die plötzliche Wärme, die sie einlullte, als Jesses schwerer Mantel über sie geworfen wurde. Doch sie flüsterte Adams Namen, als der Mann, der über ihr stand und von dessen Händen Blut tropfte, sein Messer wieder in die Scheide schob.

Er bedauerte, daß er so rasch hatte zu Werke gehen müssen. Die Zeit war für die Feinheiten, auf die er solchen Wert legte, zu knapp gewesen. Er konnte sich glücklich schätzen, daß er die beiden aufgespürt hatte, bevor ihm ein anderer zuvorgekommen war. Und dann hatte er den Hundesohn auch noch sternhagelvoll vorgefunden. So war er schneller und schmerzloser gestorben, als er es verdiente, nur mit einem einzigen überraschten Aufschrei, gleich einem Schwein, das zur Schlachtbank geführt wurde.

Dennoch hatte er Cooke skalpiert. Das gehörte inzwischen zum Ritual, und er hatte sogar vorher daran gedacht, eine Plastiktüte für das Haar mitzubringen, nur für den Fall, daß er Glück hatte.

Er würde die Frau in der Höhle zurücklassen müssen, damit die anderen sie fanden. Oder er würde einen Bogen schlagen, zu den anderen Männern zurückkehren und dann wie zufällig die Höhle finden, wenn jemand bei ihm war. So hatte alles seine Ordnung.

Wieder ließ er den Lichtstrahl durch die Höhle wandern und lächelte, als sein Blick auf einen kleinen Haufen trockener Zweige fiel. Nun, dafür konnte er sich wohl noch ein paar Minuten Zeit nehmen, oder? Ein kleines Feuer, das nah am Eingang flackerte und von dem beißender Rauch aufstieg, würde früher oder später einen Suchtrupp hierherführen.

Welch herrliches Bild sie in der Höhle vorfinden würden, dachte der Mann und kicherte leise in sich hinein. Er konnte sich nicht helfen, er mußte schallend lachen, während er rasch das Reisig aufschichtete und in Brand setzte. Als die aufzüngelnden Flammen über den an der Wand zusammengesunkenen Leichnam und die riesigen Blutlachen tanzten, wurde sein Lachen noch lauter; ein hohes, irres Geräusch, das in der Höhle widerhallte.

Schließlich ritt er in östlicher Richtung davon und bewegte sich im Zickzack zwischen den Bäumen und Felsen hindurch, bis er in der Ferne die Lampen eines anderen Suchtrupps aufblitzen sah. Nun brauchte er nur noch sein Pferd zu wenden und sich unter die anderen Männer zu mischen, die in der Hoffnung, zu Helden zu werden, das Gelände durchkämmten.

Nur er allein wußte, daß die wahre Heldentat bereits vollbracht worden war.

»Rauch.« Willa bemerkte den Geruch zuerst. Ihr Sattel knirschte, als sie sich aufrichtete und aufmerksam die Luft einsog. »Ich rieche Rauch.« Ein schwacher Hoffnungsschimmer breitete sich in ihr aus. »Was meinst du, Adam?«

»Weiter oben brennt etwas. Ich kann es nicht sehen, aber ich bin mir trotzdem ganz sicher.«

»Er hat ein Feuer gemacht«, murmelte Ben. »Dämlicher Trottel.«

Obwohl sie es nicht vorher verabredet hatten, ließen alle drei ihre Pferde in einen scharfen Trab fallen und ritten nebeneinander weiter. Im Osten zeigte sich das erste Licht des jungen Tages.

»Ich kenne die Ecke hier. Adam, weißt du noch, wie wir in der Schlucht ganz in der Nähe Bergsteigen geübt haben?« fragte Ben. »Da gibt es Höhlen, jede Menge kleiner Höhlen. Ein ideales Versteck.«

»Ja, ich erinnere mich.« Nur das Bild eines Revolverlaufs, der auf Lilys Schläfe gerichtet war, hielt Adam davon ab, blindlings loszugaloppieren. Seine Augen hatten sich allmählich an die Dunkelheit gewöhnt, so daß er sie jetzt, wo die Morgendämmerung einsetzte, zusammenkniff. Er mußte wie eine Katze blinzeln. Doch sein Blick war scharf und ungetrübt. »Da!« Er deutete auf eine dünne graue Rauchsäule vor ihnen, und im selben Moment gab Charlie ein hohes, schrilles Bellen von sich.

»Wir haben sie!« Bevor Willa sich zu Wort melden konnte, verstellte ihr Ben mit seinem Pferd den Weg. »Du bleibst hier.«

»Ich denke gar nicht daran!«

»Tu doch einmal das, was man dir sagt, verdammt noch mal!«

Ben kannte dieses Bellen. Es bedeutete nicht freudige Aufregung darüber, die Beute gestellt zu haben, sondern kündigte den Tod eines Lebewesens an. Da er aus Willas störrisch vorgeschobenem Kinn schloß, daß sie nicht gewillt war, irgendeinen Befehl zu befolgen, hielt er es für klüger, ihr seinen Plan zu erläutern.

»Er ist bewaffnet«, gab er zu bedenken. »Wir werden versuchen, ihn zu überraschen, und während wir das tun, bleibst du mit dem Gewehr im Anschlag genau hier stehen. Du bist ein besserer Schütze als Adam, fast schon so gut wie ich. Cooke rechnet bestimmt nicht damit, daß eine Frau uns begleitet, also wird er sich ganz auf Adam und mich konzentrieren.«

Da ihr sein Vorschlag einleuchtete, nickte sie zustimmend. »In Ordnung. Versuchen wir es erst einmal auf diese Weise.« Sie blickte zu Adam hinüber, als sie ihr Gewehr aus der Hülle zog. »Ich gebe dir Rückendeckung«, sagte sie leise.

Adam stieg ab und sah Ben fest an. »Denk daran, was du versprochen hast«, mahnte er.

Sie trennten sich, einer ging nach rechts, der andere nach links, so daß der Höhleneingang, vor dem das kleine Feuer langsam erlosch, von beiden Seiten abgesichert war. Willa hielt Moon durch Schenkeldruck ruhig und beobachtete die beiden. Sie bewegten sich in absolutem Gleichklang; zwei Männer, die seit ihrer Kindheit gemeinsam auf die Jagd gegangen waren, die die Gedanken des anderen lesen konnten. Eine Handbewegung, ein flüchtiges Nicken, und sie änderten ihr Tempo, gingen rascher, aber nicht zu hastig weiter.

Je näher sie der Höhle kamen, desto heftiger begann Willas Herz zu hämmern. Sie hatte Mühe zu atmen, als sie sich innerlich auf Schüsse oder Schreie oder auf verspritztes Blut vorbereitete. Sie schickte lautlose Gebete gen Himmel, wiederholte die Worte im Geiste wieder und wieder; erst auf englisch, dann in der Sprache ihrer Mutter und schließlich in einer verzweifelten Mischung aus beidem zugleich, als sie alle Götter, die bereit sein mochten, ihr eine Bitte zu gewähren, um Hilfe anflehte. Dann zwang sie sich, mehrmals tief durchzuatmen. Etwas gefestigter hob sie ihr Gewehr und richtete es auf den Eingang der kleinen Höhle.

Doch es war Lily, die unverhofft im Fadenkreuz der Waffe auftauchte.

»Mein Gott!« Willa vergaß ihren Auftrag, trat Moon in die Flanken und jagte, ihren Wachposten im Stich lassend, auf ihre Schwester zu. Lily lag bereits in Adams Armen, und er wiegte sie sanft hin und her, als Willa vom Pferd sprang. »Ist sie verletzt? Was hat er mit ihr gemacht?«

»Sie glüht regelrecht vor Fieber.« Außer sich vor Sorge preßte Adam sein Gesicht gegen Lilys, als könne er sie dadurch kühlen. Jeglicher Gedanke an Rache verblaßte in diesem Moment, als sie sich zitternd an ihn schmiegte. »Wir müssen sie so schnell wie möglich nach Hause schaffen.«

»Drinnen«, stammelte Lily und drängte sich noch enger an Adam. »In der Höhle. Jesse. O Gott!«

»Drinnen?« Willas Kopf fuhr herum, und all ihre Ängste stürmten wieder auf sie ein. »Ben?« Erst flüsterte sie seinen Namen, dann schrie sie ihn lauthals, während sie auf die Höhle zurannte.

Ben bewegte sich blitzschnell, doch nicht schnell genug, um ihr den Zutritt zur Höhle zu verwehren, um zu verhindern, daß sie sah, was da verkrümmt am Boden lag.

»Mach, daß du rauskommst!« Er verstellte ihr mit seinem Körper die Sicht und faßte sie unsanft bei den Schultern. »Jetzt sofort!«

»Aber wie ist das möglich?« Ein See von Blut. Der aufgeschlitzte Bauch, die klaffende Halswunde, der gräßliche kahle Schädel, dem die Kopfhaut fehlte. »Wer?«

»Geh hinaus.« Ben drehte sie grob um und schob sie ins Freie. »Und bleib auch draußen!«

Sie schaffte es bis hinaus auf die Lichtung, dann mußte sie sich Halt suchend gegen einen Felsen lehnen. Kalter Schweiß brach ihr aus allen Poren, und ihr Magen rebellierte so heftig, daß sie beinahe schluchzend nach Luft ringen mußte, so lange, bis sie sicher war, weder in Ohnmacht fallen noch sich übergeben zu müssen.

Der Schleier vor ihren Augen lichtete sich wieder, und sie sah, wie Adam Lily in seinen Mantel hüllte. »Ich habe eine Thermoskanne mit Kaffee in meiner Satteltasche. Er müßte eigentlich noch warm sein.« Willa richtete sich auf und zwang sich, ein paar unsichere Schritte zu machen. »Wir sollten versuchen, ihr etwas davon einzuflößen, und sie dann nach Hause bringen.«

Adam erhob sich und nahm Lily auf die Arme. Sein Blick kreuzte den von Willa, und ein stahlharter Ausdruck war in seinen Augen. »Er ist bereits tot, nicht wahr?«

»Ja, er ist tot.«

»Mit meinen eigenen Händen wollte ich ihn umbringen, langsam und qualvoll, und nun ...«

»Nun hat dir jemand diese Arbeit abgenommen«, erwiderte Willa lakonisch, drehte sich um und ging zu ihrem Pferd.

Ruhelos tigerte Willa in Adams Wohnzimmer auf und ab. Sie war in einem Krankenzimmer zu nichts zu gebrauchen und wußte das auch. Doch sie kam sich entsetzlich hilflos und überflüssig vor. Erst vor einer knappen Stunde waren sie zurückgekehrt, und schon hatte man sie jeglicher Pflicht enthoben. Adam und Bess taten alles, was für Lily getan werden mußte, Ben und Nate standen den Cops Rede und Antwort, und ihre Männer nutzten den Rest des Morgens, um sich von den Strapazen der langen Nacht zu erholen.

Sogar Tess war eine Aufgabe zugewiesen worden. Im Moment stand sie in der Küche und kochte Tee oder Kaffee und wärmte Suppe auf. Hauptsache, es handelte sich um heiße Flüssigkeit, dachte Willa, als sie flüchtig aus dem Fenster schaute. Zumindest vorher hatte sie etwas zu tun gehabt, da galt es, die Polizei zu verständigen, die Suchtrupps abzuziehen und Bess anzuweisen, ein Krankenbett herzurichten. Nun konnte sie nur noch nutzlos herumsitzen und warten.

Als Bess die Treppe herunterkam, stürzte Willa auf sie zu und bestürmte sie mit Fragen. »Wie geht es ihr? Steht es sehr schlimm um sie? Was hast du ihr denn gegeben?«

»Ich tue alles menschenmögliche für sie.« Sorge und Schlafmangel bewirkten, daß sie einen wesentlich schärferen Tonfall anschlug als sonst. »Geh jetzt nach Hause und sieh zu, daß du ins Bett kommst. Du kannst später nach ihr sehen.«

»Sie gehört ins Krankenhaus«, meinte Tess, die eben mit einem Tablett zur Tür hereinkam, auf dem sie eine Schale mit dampfender Suppe balancierte.

»Ich kann sie hier genausogut versorgen. Wenn das Fieber nicht bald sinkt, muß Zack sie nach Billings fliegen. Im Augenblick ist sie in ihrem eigenen Bett besser aufgehoben, mit ihrem Mann an ihrer Seite.« Bess nahm Tess das Tablett ab. Sie wollte beide Mädchen aus dem Weg haben, damit sie sich nicht auch noch um sie Sorgen machen mußte. Eine Kranke zu betreuen reichte ihr voll und ganz. »Kümmert euch um eure eigenen Angelegenheiten. Ich weiß schon, was ich tue.«

»Sie weiß immer, was sie tut.« Tess blickte ihr finster hinterher. »Und was wissen wir? Gar nichts. Lily könnte Frostbeulen davongetragen haben, oder Erfrierungen.«

»Dazu ist es nicht kalt genug«, meinte Willa matt. »Außerdem haben wir sie schon auf Erfrierungen hin untersucht. Nichts. Sie ist stark unterkühlt, völlig erschöpft und hat ein paar Prellungen und Blutergüsse, die von Schlägen herrühren dürften. Wenn Bess meint, daß es ihr schlechter geht, dann ist sie die erste, die sie ins Krankenhaus bringen läßt.«

Tess kniff die Lippen zusammen, dann sprach sie aus, was ihr schon seit Stunden auf der Seele lastete. »Er könnte sie immerhin vergewaltigt haben.«

Willa wandte sich ab. Auch dies war eine der Ängste, die nur eine Frau verstehen konnte und die sie während der ganzen langen Nacht zusätzlich zu allem anderen gequält hatte. »Wenn dem so wäre, hätte sie es Adam erzählt.«

»Für eine Frau ist es nicht immer leicht, über diese Erfahrung zu sprechen.«

»Adam kann man alles anvertrauen.« Willa rieb ihre verklebten Augen, dann ließ sie die Hände sinken. »Ihre Kleider waren nicht zerrissen, Tess, und ich glaube, ihm stand der Sinn nach anderen Dingen als nach einer Vergewaltigung. Außerdem hätte Bess Anzeichen dafür entdeckt, als sie sie ausgezogen hat. Sie hätte es mir gesagt.«

»Gott sei Dank.« Zumindest diese entsetzliche Vorstellung konnte sie aus ihrem Gedächtnis streichen. »Willst du mir nicht erzählen, was dort oben vor sich gegangen ist?«

»Ich kenne auch nicht alle Einzelheiten.« Sie sah das Bild genauso deutlich vor sich wie all die anderen. Es war unauslöschlich in ihrem Gedächtnis eingeprägt. Verstehen konnte sie es trotzdem nicht. »Als wir sie gefunden haben, befand sich Lily im Delirium, und Cooke war tot. Tot«, wiederholte sie, ohne Tess' Blick auszuweichen, »tot und verstümmelt wie all die anderen. Wie Pickles und dieses Mädchen.«

»Aber …« Tess war davon überzeugt gewesen, daß Adam seinen Widersacher getötet hatte. Sie war davon ausgegangen, daß sie sich zwar für die Polizei eine plausible Geschichte ausgedacht hatten, in Wirklichkeit aber Cooke von Adam getötet worden war. »Das ergibt doch keinen Sinn. Wenn Jesse Cooke die anderen umgebracht hat …«

»Ich weiß auch keine Antwort darauf.« Willa griff nach Hut und Mantel. »Jetzt brauche ich erst einmal frische Luft.«

»Willa.« Tess legte ihrer Schwester eine Hand auf den Arm. »Was ist, wenn Jesse Cooke die anderen *nicht* umgebracht hat?«

»Ich weiß immer noch keine Antwort.« Sie machte sich unwillig los. »Geh ins Bett, Hollywood. Du siehst grauenhaft aus.«

Die Bemerkung war nicht gerade höflich, doch Willa fiel nichts Besseres ein. Ihre Beine schienen aus Gummi zu bestehen. Langsam schleppte sie sich über die Straße. Es würde sich wohl nicht vermeiden lassen, daß sie von den Cops in die Mangel genommen wurde. Sie würde diese Tortur also ein weiteres Mal ertragen müssen. Und sie würde darüber nachdenken, was als nächstes zu tun war, so schwer es ihr auch fiel.

Vor dem Gebäude parkten viel zu viele Jeeps. Benommen

inspizierte sie die Aufschriften und Dienstsiegel an den Wagen, die neben Bens Auto standen. Sollte sich zu Lebzeiten ihres Vaters jemals ein Polizeifahrzeug auf der Ranch befunden haben, so konnte sie sich jedenfalls nicht daran erinnern. Jetzt, nach seinem Tod, hatte sie die Cops häufiger zu Gast gehabt, als ihr lieb war.

Willa nahm all ihre Kraft zusammen, stieg die Stufen zur Veranda empor und ging ins Haus. Gerade als sie ihren Hut abgenommen und auf den Garderobenhaken in der Halle gehängt hatte, kam Ben die Treppe herunter.

Er hatte ihre Ankunft vom Bürofenster aus beobachtet, hatte gesehen, wie sie mit vor Erschöpfung schwankenden Beinen auf das Haus zugegangen war und dann entschlossen die Schultern gestrafft hatte, als ihr Blick auf die Polizeifahrzeuge fiel. In diesem Moment hatte er eine Entscheidung getroffen.

»Wie geht es Lily?«

»Bess läßt niemanden außer Adam in ihre Nähe.« Willa zog langsam ihren Mantel aus, da ihr bei jeder ruckartigen Bewegung alle Knochen im Leib weh taten. »Jetzt schläft sie.«

»Gut. Du kannst es ihr sofort gleichtun.«

»Die Cops wollen bestimmt noch mit mir reden.«

»Das können sie auf einen späteren Zeitpunkt verschieben. Du brauchst dringend ein paar Stunden Schlaf.« Er nahm sie beim Arm und schob sie energisch die Treppe hinauf, ohne auf ihren Protest einzugehen.

»Vergiß bitte nicht, daß ich hier gewisse Pflichten habe.«

»Das ist mir bekannt.« Als sie am Ende der Treppe angelangt waren und Willa sich entschlossen auf ihr Büro zubewegte, hob Ben sie einfach auf und trug sie zu ihrem Zimmer. »Und die erste davon lautet, nicht auch noch in einem Krankenbett zu landen.«

»Laß mich sofort runter! Ich kann diese Steinzeitmethoden nicht leiden.«

»Ich ebensowenig.« Mit einem Fußtritt schloß er die Tür hinter sich, marschierte auf das Bett zu und ließ sie fallen. »Besonders dann nicht, wenn du dich wie ein Höhlenmensch aufführst.« Als sie sich wütend aufrichtete, drückte er sie wieder auf das Bett zurück. »Du weißt genau, daß ich dir, was Körperkraft angeht, weit überlegen bin, Will. Ich halte dich so lange hier drin fest, bis du eine Weile geschlafen hast.«

Wenn sie ihm schon kräftemäßig nicht das Wasser reichen konnte, dachte Willa grimmig, dann konnte sie wenigstens versuchen, ihn niederzubrüllen. »In meinem Büro warten die Cops; meine Schwester ist zu schwach, um mehr als zwei Worte zu mir zu sagen; meine Männer hocken in ihren Quartieren und stellen die wildesten Vermutungen an, was wohl oben in den Bergen passiert sein könnte, und keiner kümmert sich um die Ranch. Was, zum Teufel, erwartest du eigentlich von mir? Soll ich seelenruhig mitansehen, wie hier das Chaos regiert, während ich ein Nickerchen halte?«

»Ich erwarte von dir, daß du dich wenigstens einmal in deinem Leben wie ein vernünftiger Mensch verhältst!« Sie hatte sich geirrt, die Lautstärke seiner Stimme stand der ihren in nichts nach. Sein Gebrüll hätte sie, würde sie nicht bereits auf dem Rücken liegen, dazu veranlaßt, sich fluchtartig unter der Decke zu verkriechen. »Gib einmal nach und tu, was man dir sagt, bevor du zusammenklappst. Die Cops können warten, deine Schwester ist in guten Händen, und deine Männer sind viel zu erschöpft, um über etwas anderes nachzudenken als darüber, wer von ihnen wohl am lautesten schnarcht. Und glaubst du wirklich, daß auf der Ranch gleich Anarchie herrscht, nur weil du ein paar Stunden nicht nach dem Rechten siehst?«

Er packte einen ihrer Stiefel, zerrte ihn ihr vom Bein und warf ihn quer durch das Zimmer. Bevor er mit dem zweiten genauso verfahren konnte, packte Willa dessen Schaft und hielt ihn krampfhaft fest. Die Rangelei hätte eigentlich komisch wirken müssen, wenn seine Augen nicht vor mühsam unterdrücktem Zorn gefunkelt hätten. »Welche Laus ist dir denn über die Leber gelaufen?« verlangte sie zu wissen. »Hör sofort mit diesem Unsinn auf, Ben.«

Der zweite Stiefel entglitt ihren Fingern und fiel zu Boden. »Meinst du, ich hätte dein Gesicht nicht gesehen, als du in die Höhle gekommen bist? Ich weiß genau, welchen Schock du erlitten hast und wie krampfhaft du dich zusammenreißen mußtest, um ein unbeteiligtes Gesicht zu zeigen. Während des Rittes zurück zur Ranch hast du dich nur durch bloße Willenskraft aufrecht gehalten.« Seine Finger hatten ihr Hemd gepackt, und eine Sekunde lang war sie sicher, daß er sie im nächsten Moment vom Bett hochreißen und wie einen ihrer Stiefel zu Boden werfen würde. »Ich werde nicht länger dulden, daß du dich so verausgabst.«

Sein Ausbruch versetzte Willa dermaßen in Erstaunen, daß sie widerstandslos hinnahm, daß er ihr das Hemd aufknöpfte und über die Schultern streifte. Erst dann reagierte sie. »Nimm die Hände weg! Ich bin durchaus in der Lage, mich selbst auszuziehen – und zu entscheiden, wann ich das tun will. Du kannst die Ranch kontrollieren, McKinnon, aber du hast kein Recht, dich in mein Leben einzumischen, und wenn du nicht sofort ...«

»Ich glaube, es wird höchste Zeit, daß sich endlich mal jemand in dein Leben einmischt.«

Mühelos hob er sie hoch – als würde sie das Gewicht eines jungen Hundes haben, dachte sie verwundert, als sie ein paar Zentimeter über dem polierten Holzfußboden schwebte. So wütend hatte sie ihn noch nie gesehen.

Ben schüttelte sie derartig heftig, daß sie meinte, ihre Zähne klappern zu hören. »Ab und an solltest du mal auf einen anderen Menschen hören und einen guten Rat annehmen.«

Die Demütigung, wie ein kleines Kind am Kragen gepackt und durchgeschüttelt zu werden, brachte das Faß zum Überlaufen. »Wenn ich einen guten Rat akzeptiere, dann bestimmt nicht von dir. Und wenn du mich jetzt nicht augenblicklich losläßt, dann kannst du was ...« Mit blitzenden Augen, eine Hand bereits zur Faust geballt, stand sie da, sowie sie wieder festen Boden unter den Füßen hatte.

»Na los, schlag doch zu«, forderte er sie auf. »Du kannst es gern probieren, aber du wirst trotzdem ins Bett gehen und schlafen, und wenn ich dich an den Bettpfosten festbinden müßte.«

Willa umfaßte seine Handgelenke, so fest sie konnte. »Ich warne dich. Treib es ja nicht zu weit.«

»Er hat für mich gearbeitet.«

Dieses unerwartete Geständnis nahm ihr den Wind aus den Segeln. Vorsichtig löste sie seine Hände von ihrem Unterhemd. »Wie bitte? Jesse Cooke hat für dich gearbeitet?«

Die plötzlich wiederkehrende Erinnerung traf sie wie ein Schlag. Jener Tag auf der Straße nach Three Rocks. Das attraktive, lächelnde Männergesicht an der Scheibe ihres Jeeps. Sie war ihm nahe gewesen, so nah wie jetzt Ben, nur durch eine dünne Glasscheibe von ihm getrennt.

Was hätte er wohl getan, fragte sie sich benommen, wenn der Knopf der Fahrertür nicht heruntergedrückt, das Fenster nicht hochgekurbelt gewesen wäre?

»Ich habe ihn einmal gesehen.« Noch nachträglich lief Willa ein Schauer über den Rücken, als sie sich sein Lächeln ins Gedächtnis rief, die Art, wie er sie beim Namen genannt hatte. »Ich wußte bislang nur nicht, wo ich ihn hinstecken sollte. Er hat sich die ganze Zeit in der Nähe aufgehalten. Er war hier, hat mit meinen Männern gepokert, und niemand hat Verdacht geschöpft.«

Sie schüttelte sich kurz, sah Ben an und las in seinen Augen, welche Last er mit sich herumschleppte. Es war weniger Ärger als ein Schuldgefühl, eine Bürde, die sie selbst nur allzugut kannte. »Es war nicht dein Fehler.« Sacht strich sie ihm mit den Fingerspitzen über das Gesicht. »Du konntest schließlich nicht wissen, wer er war.«

»Nein, woher auch.« Ben hatte sich wieder und wieder mit dieser Frage beschäftigt, ohne zu einem Ergebnis gekommen zu sein. Dennoch, ein unangenehmer Nachgeschmack blieb. »Aber das ändert nichts an den Tatsachen. Ich habe ihn gebeten, Shellys Jeep zu reparieren. Sie hat ihn auf eine Tasse Kaffee ins Haus gebeten. Ich darf gar nicht daran denken, daß er mit ihr und dem Baby allein war. Und er hat bei meiner Mutter in der Küche den Abfluß abgedichtet. Ich habe indirekt meine eigene Mutter in Gefahr gebracht.«

»Hör auf.« Seine Worte hatten Willas Herz erweicht. Tröstend legte sie ihm die Arme um den Hals und zog ihn zu sich herunter, bis er sich neben sie auf die Bettkante setzte. »Er ist tot und kann kein Unheil mehr anrichten.«

»Er ist tot, sicher, aber damit ist die Sache noch nicht ausgestanden.« Ben nahm sie bei den Schultern und sah ihr ins Gesicht. »Wer auch immer ihn umgebracht hat, Will, der arbeitet entweder für dich oder für mich.«

»Ich weiß.« Sie hatte unaufhörlich darüber nachgedacht während des eiligen Rittes von der Höhle nach Hause; während sie hilflos in Adams Wohnzimmer auf und ab gelaufen war. »Vielleicht war es eine Art Racheakt, Ben. Vielleicht hat Jesse die anderen getötet, und die Person, die ihn gefunden hat, wollte Selbstjustiz üben. Lily war unversehrt, sie war zwar allein und krank, aber er hat ihr nichts zuleide getan.«

»Es ist aber auch möglich, daß es ihm reicht, immer nur einen Menschen auf einmal zu töten, Will. Ich halte es für äußerst unwahrscheinlich, daß wir es mit zwei verschiedenen Tätern zu tun haben. Cooke hatte nur ein kleines Messer mit kurzer Klinge bei sich, eher ein Spielzeug als eine ernstzunehmende Waffe. Damit kann man nicht so ein Blutbad anrichten.«

»Nein.« Die grausigen Bilder stürmten wieder auf sie ein. »Nein, vermutlich nicht.«

»Dann denk mal an den ersten Ochsen, den wir oben in den Bergen, in der Nähe der Hütte, entdeckt haben. Das kann unmöglich auf sein Konto gehen, ich hatte ihn ja gerade erst eingestellt. Er kannte sich damals in den Bergen noch nicht aus.«

Willa befeuchtete ihre Lippen, die sich plötzlich trocken und spröde anfühlten. »Hast du diese Informationen an die Polizei weitergegeben?«

»Ja.«

»Okay.« Sie rieb sich mit den Fingern über die Augenbrauen. Die ersten Anzeichen von Kopfschmerzen brauten sich hinter ihrer Stirn zusammen, ausgelöst durch Übermüdung und immense Konzentration. »Ich schlage vor, daß wir auch weiterhin so verfahren wie gehabt. Wir stellen Wachposten auf und lassen die Männer schichtweise in Teams arbeiten. Aber ich kenne meine Leute.« Erzürnt schlug sie mit der Faust auf ihr Knie. »Ich kenne sie durch und durch, bis auf die zwei Neuen, die ich eingestellt habe – ich muß verrückt gewesen sein, neue Leute zu engagieren, bevor die Angelegenheit geklärt ist.«

»Du wirst in Zukunft nicht mehr allein ausreiten.«

»Ich kann nicht jedesmal einen Leibwächter mitnehmen, wenn ich nach den Herden schauen muß.«

»Du wirst aufhören, alleine auszureiten«, sagte er bestimmt, »oder ich verwende das Testament deines Vaters gegen dich. Ich werde zu Protokoll geben, daß ich dich für inkompetent halte, und glaub mir, ich überzeuge Nate so weit, daß er mir beipflichtet.«

Der letzte Rest Farbe wich aus ihrem ohnehin schon blassen Gesicht, als sie aufsprang. »Du elender Mistkerl! Du weißt genau, daß ich ebenso kompetent bin wie jeder andere Rancher in Montana. Nein, mehr noch!«

Auch er stand auf und sah sie ungerührt an. »Du hast gehört, was ich gesagt habe. Widersetz dich mir in diesem Punkt, und du riskierst den Verlust deiner Ranch!«

»Mach bloß, daß du rauskommst!« Kochend vor Zorn wandte Willa sich ab. »Verschwinde aus meinem Haus!«

»Wenn du möchtest, daß es auch weiterhin dein Haus bleibt, dann reite nicht mehr ohne Adam oder Ham aus, und wenn du mich loswerden willst, dann leg dich ins Bett und schlaf!«

Er hätte sie ohne weiteres mit sanfter Gewalt auf das Bett drücken können – was ihm vermutlich leichter gefallen wäre, als das auszusprechen, was er ihr zu sagen hatte. »Ich mache mir Sorgen um dich, Willa. Meine Gefühle für dich sind inzwischen nämlich ziemlich intensiv.« Als sie sich umdrehte und ihn ansah, kostete es ihn noch mehr Überwindung, ruhig weiterzusprechen. »Ich weiß zwar noch nicht, was ich mit diesen Gefühlen anfangen soll, aber sie sind nun einmal da.«

Willas Herz begann sich auf eine Weise zu regen, die sie nicht erwartet hatte. »Aber mir zu drohen ist nicht gerade die beste Art, ihnen Ausdruck zu verleihen.«

»Möglich. Doch wenn ich dich freundlich um etwas bitte, hörst du ja nicht auf mich.«

»Woher willst du das wissen? Hast du mich jemals schon freundlich um etwas gebeten?«

Ben fuhr sich mit der Hand durchs Haar und nahm einen neuen Anlauf. »Ich muß auch sehen, wie ich klarkomme, Will. Und es wird mir einfach zuviel, wenn ich mir auch noch deinetwegen den Kopf zerbrechen muß. Wenn du mir diesen einen Gefallen tun würdest, wäre mir das eine große Hilfe.«

Ein interessanter Ansatz, dachte sie. Sobald ihr Kopf wieder klar war, würde sie sich eingehender damit befassen. »Reitest du denn weiterhin allein aus, Ben?«

»Wir reden jetzt nicht von mir.«

»Vielleicht hege ich ja auch bestimmte Gefühle für dich.«

Die Bemerkung kam unerwartet und war es sicherlich wert, daß er ein wenig nachhakte. So schob er die Hände in die Hosentaschen und wiegte sich auf dem Absatz hin und her.

»Tust du das?«

»Bis zu einem gewissen Grad schon. Ich möchte mich nicht jedesmal, wenn ich dich zu Gesicht bekomme, mit dir streiten, also sag' ich lieber gleich ja.«

»Willa, du hast eine Art, dem Ego eines Mannes zu schmeicheln und ihm dann einen Tiefschlag zu versetzen, da fällt mir nichts mehr zu ein. Gehen wir mal einen Schritt weiter.« Er kam auf sie zu, hob ihr Kinn leicht an und strich mit seinen Lippen zärtlich über ihren Mund. »Mir liegt etwas an dir. Ziemlich viel sogar, um ehrlich zu sein.«

»Mir liegt auch etwas an dir. Ziemlich viel sogar, um ehrlich zu sein.«

Langsam gab sie nach und ließ sich erweichen. Ben nahm an, daß sie sich dessen gar nicht bewußt war, aber er erfaßte ihren Stimmungswandel sofort. Unter anderen Umständen wäre jetzt der geeignete Zeitpunkt gewesen, sie in die Arme zu nehmen und zu lieben, vielleicht noch mehr Gefühle preiszugeben, vielleicht auch zu schweigen. Da er wußte, daß sie genau damit rechnete, küßte er sie noch einmal lange und ausdauernd und gab sich ganz der Intimität des Augenblicks hin.

Ihre Arme legten sich um seinen Hals, und ihr Körper wurde weich und nachgiebig, als er sie enger an sich zog. Die Muskeln, die er streichelte und knetete, entspannten sich unter seinen Händen. Diesmal erhob sie keine Einwände, als er sie auf das Bett sinken ließ, sondern sie seufzte nur leise.

»Schließ lieber die Tür ab«, murmelte sie, sonst stehen gleich die Cops im Zimmer und verhaften uns.«

Er hauchte einen Kuß auf ihre Augenlider, während er den Reißverschluß ihrer Jeans aufzog, küßte ihre einladend geöffneten Lippen, als er ihr die Hose über die Hüften streifte. Dann legte er eine Decke über sie, stand auf und schloß die Vorhänge. Sie lächelte ihn träge an, als er zu ihr zurückkam, sich über sie beugte und mit seinem warmen Mund berührte.

»Schlaf!« befahl er. Dann richtete er sich auf und ging.

Willa fuhr mit einem Ruck hoch. »Du Mistkerl!«

»Ich liebe es, wenn du mich so titulierst.« Leise in sich hineinlachend, schloß Ben die Tür hinter sich.

Wutschnaubend ließ sich Willa wieder in die Kissen fallen. Wie schaffte er es nur immer, sie auszutricksen? Er hatte es darauf angelegt, sie ins Bett zu verfrachten, und bei Gott, genau da war sie schließlich gelandet. Welch eine Demütigung! Nicht, daß sie gedachte, auch darin liegenzubleiben. In ein paar Minuten würde sie aufstehen, eine erfrischende Dusche nehmen und wieder an die Arbeit gehen. Nur ein paar Minuten noch.

Nur nicht die Augen schließen und einschlafen, sonst würde sie sich in ihren Träumen in der Höhle wiederfinden und die entsetzlichen Ereignisse noch einmal durchleben müssen. Aber das war ja gar nicht der eigentliche Grund. Nicht die Furcht vor Alpträumen hielt sie vom Schlafen ab, sondern die Notwendigkeit, ihren Pflichten nachkommen zu müssen. Sobald sie wieder etwas frischer war, würde sie sich aufraffen und aufstehen. Sie hatte beileibe nicht vor zu schlafen, nur weil Ben McKinnon es so wollte. Gerade deshalb würde sie sich wieder an die Arbeit machen. Die Augen fielen ihr zu, und innerhalb von Sekunden war sie tief und fest eingeschlafen.

VIERTER TEIL

Sommer

Rauhe Winde lassen des Mais zarte Knospen erzittern
Und der Sommer gibt ein gar zu kurzes Zwischenspiel.

– William Shakespeare –

Kapitel 1

Kein schmutziger Teller stand mehr im Spülbecken, kein Krümel lag auf dem Tisch, kein Schmutzfleck verunzierte den Fußboden. Lily sah sich in der makellos sauberen Küche um. Adam war ihr zuvorgekommen. Wieder einmal. Sie ging zur Hintertür, trat ins Freie und ließ den Blick über den Garten schweifen, den sie so liebevoll geplant hatte. Die Erde war umgegraben, die robusteren Gemüsesorten und Blumen bereits gepflanzt.

Adams und Tess' Werk. Lily hatte noch nicht einmal ihre Gartenhandschuhe anziehen dürfen. Dabei hatte sie es kaum erwarten können, sich endlich wieder in ihrem Garten zu betätigen.

Immer wieder mußte sie sich sagen, daß ja keine böse Absicht dahintersteckte, sondern daß ihre Familie nur das Beste für sie wollte. Zwei Wochen lang war sie krank und die darauffolgende Woche noch zu schwach gewesen, um ihre üblichen Aufgaben ohne ständige Ruhepausen erledigen zu können. Doch inzwischen fühlte sie sich vollständig genesen und war es leid, geschont und verhätschelt zu werden.

Sie wußte, daß der Kühlschrank von Speisen überquoll, die Bess und Nell zubereitet hatten. Seit jener Nacht, in der Jesse durch die Tür getreten war, vor der sie jetzt stand, weil sie die zartgrünen Triebe der Bäume betrachten und die Wärme der Mailuft auf ihrem Gesicht genießen wollte, hatte Lily keine einzige Mahlzeit mehr kochen dürfen.

Diese furchtbare Nacht schien Lichtjahre zurückzuliegen. Immer noch gab es in ihrem Gedächtnis Lücken; Stellen, die hinter einem grauen Schleier verborgen schienen, den sie nicht wegzuzerren wagte. In drei Wochen sollte ihre Hochzeit stattfinden, doch ihr Leben war ihrer Kontrolle stärker entglitten als jemals zuvor. Es war ihr noch nicht einmal gestattet worden, ihre eigenen Hochzeitseinladungen zu adressieren. Zur allgemeinen Überraschung hatte es sich herausgestellt, daß Willa über die ordentlichste Handschrift verfügte, also hatte Tess sie für diese Aufgabe vorgesehen. Lily wurde nur eine Nebenrolle zugestanden. Sie hatte die Briefmarken anfeuchten dürfen.

Die Blumen waren bereits bestellt, ein Fotograf geordert und die Musik ausgewählt worden. Und sie hatte alles hingenommen, hatte zugelassen, daß ihre Familie und ihre Freunde sie in den Hintergrund drängten und sich um alle Einzelheiten kümmerten.

Das mußte und würde aufhören. Entschlossen schloß sie die Tür und marschierte auf die Pferdeställe zu; zuerst mit energischen, weitausholenden Schritten, dann wurde sie immer langsamer. Jedesmal, wenn sie sich bei den Ställen oder auf der Weide blicken ließ, fand Adam einen Vorwand, um sie wieder nach Hause zu schicken. Niemals berührte er sie, dachte Lily verletzt, oder wenn er es tat, dann so sachlich und leidenschaftslos wie ein Arzt seinen Patienten. Als sie nun fast bei den Ställen angekommen war, kam er zur Tür heraus, was sie nicht zum ersten Mal daran denken ließ, daß er über eine Art Radar verfügen mußte, wenn es sich um ihre Person handelte. Er lächelte sie an, doch sie bemerkte, daß das Lächeln seine Augen nicht erreichte und daß er sie forschend musterte.

»Hi! Ich hatte gehofft, du würdest ein bißchen länger schlafen.«

»Es ist schon zehn Uhr vorbei. Ich dachte, ich könnte heute ein paar von den Jährlingen an die Longe nehmen.«

»Dazu ist später noch genug Zeit.« Wie immer führte er sie behutsam von den Ställen fort, wobei seine Hand kaum merklich ihren Ellbogen berührte. »Hast du gefrühstückt?«

»Ja, Adam, ich habe gefrühstückt.«

»Gut.« Er widerstand dem Drang, sie aufzuheben und ins Haus zurückzutragen, wo sie sicher und geborgen war. »Hast du das Buch schon gelesen, das ich dir mitgebracht habe? Es ist ein herrlicher Morgen, du könntest dich auf die Veranda setzen und ein bißchen Sonne tanken. Es würde dir sicher guttun.«

»Ich habe das Buch schon beinahe ausgelesen.« In Wirklichkeit hatte sie kaum damit angefangen. Sie fühlte sich deswegen schuldig, da sie wußte, daß er extra in die Stadt gefahren war, um ihr Bücher, Zeitschriften und die kleinen kandierten Mandeln, die sie so gern aß, zu besorgen. Inzwischen war sie so weit, daß sie Bücher, Zeitschriften und Süßigkeiten regelrecht verabscheute. Sogar die Blumen, die er ständig mit nach Hause brachte, um sie aufzuheitern, konnte sie bald nicht mehr sehen.

»Ich werde dir das Radio hinausbringen. Und eine Decke. Wenn du draußen sitzt, ohne dich zu bewegen, kann es doch recht kühl werden.« Adam hatte furchtbare Angst, daß sie erneut Fieber und Schüttelfrost bekommen könnte und wieder zitternd neben ihm im Bett liegen würde, ihre Hand kraftlos in seiner. »Dann mache ich dir einen Tee, und ...«

»Schluß jetzt!« Der heftige Aufschrei erstaunte sie beide. Als er sie ungläubig anstarrte, wurde ihr bewußt, daß sie zum ersten Mal in ihrem Leben die Stimme gegen einen anderen Menschen erhob. Sie fand, daß diese Erfahrung nicht eines gewissen Reizes entbehrte. »Hör bitte auf damit, Adam! Ich kann es nicht mehr ertragen. Ich will nicht mit einer Decke über den Beinen im Sessel sitzen und lesen. Ich will nicht, daß du mir dauernd Tee und Blumen und Süßigkeiten bringst, und ich will schon gar nicht, daß du mich behandelst, als wäre ich aus Zucker!«

»Lily, nun reg dich doch nicht auf! Du wirst einen Rückfall erleiden, und dabei bist du gerade erst wieder einigermaßen auf den Beinen.«

Sie verstand auf einmal, warum es manchmal weise war, bis zehn zu zählen, bevor man zu reden anfing. Doch jetzt war nicht die Gelegenheit, diese Methode auszuprobieren.

»Ich bin schon seit einiger Zeit wieder auf den Beinen, und ich wäre schon viel früher wieder aufgestanden, wenn du nicht andauernd um mich herumgeschwirrt wärst. Und es macht mich krank, daß mir nicht gestattet wird, meinen eigenen Abwasch zu erledigen oder mich in meinem Garten zu betätigen, geschweige denn, daß ich mein Leben wieder in meine eigenen Hände nehmen darf. Ich bin es ein für allemal leid.«

»Komm, laß uns hineingehen.« Er behandelte sie wie eine widerspenstige Stute, mit unendlicher Geduld und viel Mitgefühl, stellte Lily ergrimmt fest. »Du brauchst noch viel Ruhe. Unsere Hochzeit steht kurz bevor, da geht dir sicher vieles im Kopf herum.«

Das gab den endgültigen Ausschlag. Wütend fuhr sie ihn an. »Ich muß mich weder ausruhen, noch besteht Anlaß dazu, daß du mich wie ein übellauniges Kind zurechtweist. Und eine Hochzeit findet erst statt, wenn *ich* es sage.«

Würdevoll stolzierte sie von dannen und ließ ihn vollkommen verblüfft, sprachlos und fassungslos zurück.

Ihr Zorn brodelte weiter, und sie genoß das ungewohnte Machtgefühl, kostete es auf dem ganzen Weg zum Wohnhaus aus. Sie steigerte sich hinein, während sie die Stufen emporstieg und auf das Büro zuging, wo sich Willa und Tess offenbar einen heftigen Disput lieferten.

»Wenn es dir nicht paßt, wie ich die Dinge organisiere, warum, zum Teufel, hast du mich dann quasi gezwungen, diese idiotische Aufgabe zu übernehmen? Ich habe weiß Gott auch ohne diesen Empfang genug um die Ohren.«

»Ich kümmere mich um die Blumenarrangements«, giftete Tess zurück. »Ich kümmere mich um den Getränkelieferanten und den Koch – wenn man diesen Typen mit den vorstehenden Zähnen, dessen Spezialität Schweinebraten in Bierteig ist, überhaupt als Koch bezeichnen kann.« Sie warf aufgebracht die Hände hoch, dann stemmte sie die Fäuste in die Hüften. »Du brauchst dich lediglich um Tische und Stühle für das Gartenbüffet zu kümmern, und wenn ich gestreifte Sonnenschirme haben möchte, dann ist es doch wohl das mindeste, daß du versuchst, diese für mich aufzutreiben.«

Jetzt stemmte auch Willa die Hände in die Hüften, schob streitlustig das Kinn vor und funkelte Tess an. »Und wo soll ich fünfzig blauweiß gestreifte Sonnenschirme herzaubern, kannst du mir das mal verraten? Von dieser Pergola, auf die du so wild bist, will ich gar nicht erst reden. Wenn du dich wenigstens ... Lily, solltest du dich nicht besser etwas hinlegen?«

»O nein. Nein, ich habe nicht vor, mich hinzulegen.« Lily

wunderte sich, daß keine Funken aus ihren Fingerspitzen sprühten, als sie auf den Schreibtisch zuging und alle Listen, Broschüren und Rechnungen mit einer einzigen Handbewegung zu Boden fegte. »Und ihr könnt jeden Fetzen Papier, der auch nur im entferntesten mit der Hochzeit zu tun hat, auf der Stelle in den Mülleimer werfen. Die Hochzeit findet nämlich nicht statt.«

»Liebes ...« Tess löste sich aus ihrer Erstarrung, legte Lily einen Arm um die Schulter und versuchte, sie sanft in einen Sessel zu drücken. »Wenn dir Bedenken gekommen sind ...«

»Hört auf, mich wie ein unmündiges Kleinkind zu behandeln.« Wutschäumend riß Lily sich los. »Und tut bloß nicht so, als würdet ihr mir das Recht zugestehen, Bedenken zu äußern, geschweige denn, daß ihr mir zutraut, überhaupt eigene Gedanken zu entwickeln! Hier geht es um meine Hochzeit. Meine! Und ihr beiden habt alles an euch gerissen. Wenn ihr unbedingt eine Hochzeitsfeier planen wollt, dann heiratet gefälligst selbst!«

»Ich hole Bess«, murmelte Tess, was einen neuerlichen Zornesausbruch von Lily zur Folge hatte.

»Wage es ja nicht, Bess hierherzubringen, damit sie mich wieder wie eine besorgte Henne umflattern kann! Der nächste, der versucht, mich zu bemuttern, der kann sein blaues Wunder erleben. Ich meine es ernst. Du!« Sie tippte Tess mit dem Zeigefinger vor die Brust. »Du hast meinen Garten bearbeitet. Und du«, sie fuhr auf Willa los, »du hast meine Einladungen adressiert. Ihr beide habt *meine* Aufgaben unter euch aufgeteilt, und was euch durch die Finger gleitet, schnappt Adam sich so schnell, daß ich noch nicht einmal mit der Wimper zucken kann.«

»Na großartig.« Willa hob die Hände. »Entschuldige vielmals, daß wir versucht haben, dir in einer schweren Zeit beizustehen. Ich kann dir gar nicht sagen, wie sehr ich es genossen habe, mir einen Schreibkrampf zuzuziehen, während mir diese Hexe hier im Nacken saß.«

»Ich hab' dir nicht im Nacken gesessen«, zischte Tess erbost. »Ich habe nur aufgepaßt, daß alles seine Richtigkeit hat.«

»Aufgepaßt, daß ich nicht lache! Du steckst andauernd

deine Nase in Dinge, die dich nichts angehen, und früher oder später kriegst du mal die Quittung dafür.«

»Vermutlich von dir, wie ich dich kenne.«

»Würdet ihr zwei endlich den Mund halten? Das ist ja nicht zum Aushalten!«

Willa und Tess gehorchten augenblicklich und sahen fassungslos zu, wie Lily eine Vase ergriff und mit aller Kraft durch den Raum schleuderte. »Von mir aus könnt ihr weiterdiskutieren, bis ihr schwarz werdet, aber nicht über Dinge, die nur mich etwas angehen, ist das klar? Ich lasse mich nicht länger bevormunden, ich lasse mich nicht länger kontrollieren, und ich lasse mich schon gar nicht weiterhin aufs Abstellgleis schieben. Und hört um Himmels willen auf, mich anzusehen, als könnte ich jeden Moment in tausend Stücke zerspringen. Diese Gefahr besteht nämlich nicht. Ich bin wieder gesund!«

»Lily.« Adam trat vorsichtig über die Schwelle. Da er sich nicht sicher war, wie er sich ihr gegenüber verhalten sollte, blieb er ruhig stehen und schlug einen beschwichtigenden Ton an. »Ich wollte dich nicht aufregen. Wenn du noch Zeit brauchst …«

»Jetzt fang du nicht auch noch an!« Außer sich vor Zorn trat Lily gegen die am Boden liegenden Papiere. »Das ist es ja gerade, was ich meine. Daß mir ja niemand Lily aufregt! Sie muß sich schonen, also packt sie bitte in Watte! Behandelt Lily bloß nicht wie eine normale, gesunde Frau. Das arme Ding könnte ja zerbrechen!«

Sie wirbelte herum; ihre Augen schleuderten wütende Blitze in die Runde. »Ich bin es, die Jesse mißhandelt hat. *Mich* hat er mit einer Waffe bedroht. Ich bin es, die er in die Berge verschleppt, in den Schnee gestoßen und wie einen Hund an einem Strick hinter sich hergezogen hat. Aber ich habe es überlebt. Ich bin damit fertig geworden, und es ist an der Zeit, daß ihr das auch tut.«

Es war Adam, der die Bilder wieder mit aller Deutlichkeit vor sich sah und der jetzt die Fassung verlor. »Was soll ich denn deiner Meinung nach tun? Es vergessen? So tun, als wäre nichts geschehen?«

»Du sollst damit leben, genau wie ich. Du hast mir keine einzige Frage gestellt.« Lilys Stimme brach, doch sie hatte sich sofort wieder in der Gewalt. Nein, sie würde nicht zusammenbrechen, schwor sie sich. Und sie würde auch nicht anfangen zu weinen. »Hattest du Angst vor den möglichen Antworten? Vielleicht willst du mich nach allem, was passiert ist, ja gar nicht mehr.«

»Wie kannst du so etwas sagen?«

Lily versuchte, ihrer Stimme einen kühlen, sachlichen Klang zu geben, obwohl ihr das Herz inzwischen bis zum Hals schlug. »Du hast mich nicht mehr angerührt, Adam, seit Jesse mich entführt hat.« Unwillig schüttelte sie den Kopf, als Willa und Tess Anstalten machten, das Zimmer zu verlassen. »Nein, bleibt nur hier. Das geht euch genauso an wie Adam und mich. Ihr habt auch kein Wort über die Sache verloren, also laßt uns jetzt darüber reden. Hier und jetzt.«

Verstohlen wischte sie sich eine Träne von der Wange und hoffte, es würde die letzte sein, die sie nicht zurückzuhalten vermochte. »Warum hast du mich nicht mehr angefaßt, Adam? Liegt es daran, daß du glaubst, Jesse hätte mich vergewaltigt, und du willst mich unter diesen Umständen nicht mehr?«

»Ich weiß einfach nicht, was ich tun soll.« Adam trat einen Schritt auf sie zu, dann blieb er stehen. »Ich habe Cooke nicht aufgehalten. Ich habe mein Versprechen, dich vor ihm zu schützen, gebrochen. Und ich habe Angst, dich zu berühren, weil ich nicht weiß, wie du darauf reagierst.«

Lily schloß einen Moment lang die Augen. Warum hatte sie nicht schon viel früher erkannt, daß er jetzt der Verwundbarere von ihnen beiden war? Nun war es an ihr, Stärke zu zeigen. »Du hast mich nicht im Stich gelassen.« Sie betonte bewußt jedes einzelne Wort, da sie hoffte, er würde verstehen, wieviel ihr diese Tatsache bedeutete. »Dein Gesicht war das erste, was ich sah, als ich aus dieser Höhle stolperte, fort von … von dem, was da lag. Du warst der erste Mensch, den ich nach all dem Schrecken gesehen habe, und das ist einer der Gründe, warum ich mit der Erinnerung leben kann.«

Mühsam holte sie Atem, verschluckte sich beinahe, versuchte es erneut und stellte fest, daß sich der Kloß in ihrer Kehle lockerte. »Während der ganzen Zeit, in der er mich in seiner Gewalt hatte, wußte ich, daß du kommen würdest. Dieses Wissen hat mir die Kraft gegeben, alles zu überstehen und mich zu wehren.«

Sie blickte ihre Schwestern an. Auch sie sollten begreifen, wie sehr ihr eine offene Aussprache am Herzen lag. »Ich habe mich gewehrt, so gut ich konnte, und ich habe durchgehalten, so wie ihr es an meiner Stelle getan hättet. Er hatte zwar eine Waffe, und er war mir körperlich überlegen, aber er hatte keine Macht über mich, weil ich fest entschlossen war, nicht aufzugeben. Ich bin absichtlich gegen den Baum gefahren, damit sein Vorsprung sich verringert. Ich habe alles getan, um ihm den Weg zu erschweren.«

»Ach, Lily!« Tess verlor das letzte Quentchen Selbstbeherrschung. Sie sank in einen Sessel und begann zu schluchzen. »O Gott!«

»Als er mir dann die Hände fesselte und mich an diesem Seil hinter sich herschleifte, habe ich mich so oft wie möglich fallen lassen.« Eine merkwürdige Ruhe überkam sie, geboren aus dem Bewußtsein, das Schlimmste überlebt zu haben. »Auch dadurch kam er langsamer voran. Ich wußte, er würde mich nicht umbringen. Mich schlagen, ja, aber er würde mich nicht umbringen. Doch ich fing an, fürchterlich zu frieren, und meine Kräfte ließen nach, so daß ich mich nicht mehr gegen ihn zur Wehr setzen konnte. Trotzdem habe ich durchgehalten.«

Wortlos stand Willa auf, holte ein Glas Wasser und brachte es Tess. Lily atmete tief durch. Sie würde die Sache jetzt zu Ende bringen, würde all das loswerden, was unausgesprochen zwischen ihnen hing.

»Ich rechnete damit, daß er mich vergewaltigen würde. Auch das konnte ich überstehen, er hatte es ja schon früher getan. Aber diesmal war er nicht Herr der Lage, außerdem hatte er Angst. Er hatte mindestens soviel Angst wie ich, wenn nicht mehr. Als wir die Höhle erreichten, war ich zu Tode erschöpft und wußte, daß ich krank werden würde. Er hätte mit mir machen können, was er wollte, ich hätte es hingenommen, weil ich mich nur noch darauf konzentriert habe, zu überleben und zu euch zurückzukehren.«

Lily ging langsam zum Fenster und blickte hinaus. Sie hatte gekämpft, den Kampf gewonnen und war wieder wohlbehalten zu Hause. Dieses Wissen verlieh ihr die Kraft, sich wieder umzudrehen und weiterzusprechen. »Er hatte Whiskey dabei, und ich nahm einen Schluck davon, weil ich dachte, das würde mir helfen. Jesse trank erheblich mehr. Dann schlief ich ein oder wurde bewußtlos, während er damit prahlte, was für ein toller Hecht er doch sei; so wie er es immer tat, wenn er sich betrank. Ich hörte, wie der Whiskey in der Flasche gluckerte, und im Unterbewußtsein hoffte ich, er würde sich so stark betrinken und ich würde mich so weit erholen, daß ich fliehen konnte. Dann kam jemand.«

Lily kreuzte die Arme vor der Brust. »Da war ich allerdings schon nicht mehr ganz klar im Kopf.« Dieser Teil ihres Martyriums jagte ihr immer noch die meiste Angst ein, die nicht zu greifenden, vom Fieberwahn verschleierten Erinnerungen. »Das Fieber hielt mich in den Klauen, und vermutlich konnte ich Traum und Realität nicht mehr unterscheiden. Ich dachte, du wärst es«, sagte sie zu Adam. »Ich dachte, ich wäre zu Hause in meinem Bett, und du würdest gerade zu mir unter die Decke kriechen. Ich konnte es förmlich spüren. Dabei bin ich wieder eingeschlafen und habe nicht gemerkt, wie die Person, die in die Höhle eingedrungen war, Jesse tötete und meine Fesseln durchschnitt. Ich lag zwar dicht daneben, aber ...«

Da war dieser hohe, schrille, abrupt abgebrochene Schrei gewesen. Sie konnte ihn immer noch deutlich hören, wenn sie es nur zuließ. »Als ich erwachte«, fuhr sie gelassen fort, »war Jesses Mantel über mich gebreitet. Er klebte vor Blut, überall war Blut. Dann sah ich Jesse selbst. Durch den Höhleneingang fiel ein wenig Licht ins Innere, und ich konnte ihn erkennen. Jesse in diesem Zustand zu sehen war seltsamerweise schlimmer, als wenn er mir wieder eine Pistole an die Schläfe gehalten hätte. Mit jedem Atemzug sog ich seinen Geruch ein; roch, was ihm angetan worden war, während ich keinen Meter von ihm entfernt lag. Und in diesen wenigen Minuten hatte ich mehr Angst als während der ganzen Zeit davor.«

Sie trat einen Schritt, einen einzigen Schritt nur, auf Adam zu. »Danach kroch ich ins Freie, hinaus ins Sonnenlicht, und du warst da. Du warst da, als ich dich am nötigsten gebraucht habe. Ich war mir stets sicher, daß es so sein würde.«

Erschöpft, aber innerlich befreit schenkte sie sich ein Glas Wasser ein. »Es tut mir leid, daß ich euch alle so angeschrien habe. Ich weiß, daß alles, was ihr getan habt, nur aus Sorge um mich geschah. Aber nun muß ich mein Leben wieder selbst in die Hand nehmen. Ich muß nach vorne blicken.«

»Vielleicht hättest du schon früher einen Wutanfall bekommen sollen. Gewitter reinigen bekanntlich die Luft.« Tess, die sich wieder gefaßt hatte, stand auf. »Du hast recht, Lily, du hast vollkommen recht. Ich habe mich ein wenig zu sehr dazu hinreißen lassen, die Dinge für dich zu organisieren. Entschuldige bitte. Ich würde mich auch nicht gerne so in den Hintergrund drängen lassen.«

»Schon gut. Es ist eine schlechte Angewohnheit von mir, mich herumschubsen zu lassen. Und eventuell brauche ich ja bei der Gartenarbeit doch noch deine Hilfe.«

»Ich denke daran, mir einen eigenen Garten anzulegen. Ich hätte nie gedacht, daß es mir soviel Spaß machen würde. Wenn du mich suchst, ich bin unten.« Sie wandte sich zur Tür und warf Willa einen vielsagenden Blick zu.

»Wenn du die Dinge wieder selbst in die Hand nehmen willst«, meinte diese, wobei sie die Papiere auf dem Boden leicht mit dem Fuß anstieß, »kannst du damit anfangen, den ganzen Kram hier aufzuheben und wegzuschaffen.« Sie lächelte. »Ich habe nämlich nicht die geringste Lust, mich von Tess dazu einteilen zu lassen, bedruckte Cocktailservietten aufzutreiben.«

Sie packte die Gelegenheit beim Schopf, indem sie Lily um die Schultern faßte, sich zu ihr beugte und ihr so leise, daß es kaum zu hören war, zuflüsterte: »Er wäre bis in den tiefsten Schlund der Hölle gekrochen, um dich zurückzubekommen. Bestraf ihn nicht dafür, daß er dich zu sehr liebt.«

Dann gab sie ihre Schwester frei und schaute Adam eindringlich an. »Nimm dir ein paar Stunden frei und bring dein Leben wieder in Ordnung.« Mit diesen Worten verließ sie den Raum und schloß die Tür hinter sich.

»Ich weiß, daß ich mich sehr undankbar verhalte«, begann Lily, doch da Adam nur schweigend den Kopf schüttelte, bückte sie sich und sammelte die Papiere auf. »Ich habe absichtlich eine Vase an die Wand geworfen. So etwas ist mir noch nie zuvor in den Sinn gekommen, ich wußte gar nicht, daß ich dazu überhaupt fähig bin. Aber für mich ist es sehr schwer, mich plötzlich wieder nutzlos und überflüssig zu fühlen.«

»Es tut mir leid, daß ich dir dieses Gefühl vermittelt habe.« Adam kam langsam auf sie zu und half ihr beim Aufräumen. Als ihm die Gästeliste in die Finger geriet, hob er den Blick und sah sie lange an. »Du bist das Wichtigste und Kostbarste in meinem Leben. Wenn du die Hochzeit absagen willst …« Nein, in diesem Punkt konnte er sich nicht vernünftig und verständnisvoll zeigen. Alles, was er sagte, war: »Tu das nicht!«

Und diese drei schlichten Worte brachten seine Liebe zu ihr stärker zum Ausdruck als jede lange Rede, erkannte Lily. »Nachdem Tess und Will sich solche Mühe gegeben haben? Das wäre wirklich nicht sehr nett.« Ein leises Lächeln umspielte ihre Lippen, verschwand jedoch sofort, als er die Hände vor sein Gesicht schlug. Ihr war der Schmerz in seinen Augen nicht entgangen; ein Schmerz, den sie ihm zugefügt hatte.

»Ich habe zugelassen, daß er dich verschleppt.«

»Nein!«

»Ich dachte, er würde dich töten.«

»Adam, nicht!«

»Ich dachte, wenn ich dich berühre, würdest du an ihn denken und an das, was er mit dir gemacht hat.«

»Das ist nicht wahr, Adam. Niemals würde ich so etwas denken.« Diesmal mußte sie ihm Halt und Stütze sein. »Nie! Es tut mir ja so leid. Ich wollte dir nicht weh tun, ich war nur so wütend und so frustriert. Ich liebe dich, Adam, ich liebe dich! Halt mich, halt mich ganz fest. Glaub mir, ich zerbreche nicht so leicht.«

Es war eher so, daß er zu zerbrechen drohte, dachte Adam verzweifelt. Als er die Arme um sie legte und sie an sich zog, schien tief in seinem Inneren etwas zu zerspringen. »Ich wollte ihn mit meinen eigenen Händen umbringen.« Seine Stimme klang gedämpft, während er seine Lippen gegen ihren Hals preßte. »Ich hätte es getan, Lily. Und es würde mir wesentlich leichter fallen, mit dem Wunsch zu leben, als mit der Tatsache, daß es mir nicht möglich war, eigenhändig Rache zu nehmen. Aber am schlimmsten ist es, mit dem Gedanken leben zu müssen, daß ich dich beinahe verloren hätte.«

»Ich lebe noch, Adam, ich bin hier, und jetzt ist alles vorüber.« Als sich ihre Lippen berührten, strich sie ihm mit den Händen sanft über den Rücken und tröstete ihn, so wie er sie immer getröstet hatte. »Ich brauche dich so sehr, Adam, und ich muß das Gefühl haben, daß du mich auch brauchst.«

Er nahm ihr Gesicht in beide Hände. »Das tue ich und werde es immer tun.«

»Ich möchte mit dir zusammen einen Garten anlegen, Pferde züchten und unser Haus einrichten.« Sie legte ihm zwei Finger unter das Kinn, drehte seinen Kopf ein Stück zur Seite und sprach das aus, was sie am meisten bewegte. »Ich möchte ein Kind mit dir haben. Schenk mir ein Kind, Adam! Heute!«

Gerührt lehnte er seine Stirn gegen ihre. »Lily …«

»Jetzt ist der richtige Zeitpunkt dafür.« Sie nahm seine Hand und führte sie an ihre Lippen. »Bring mich nach Hause, Adam, und komm mit ins Bett!«

Vom Fenster aus beobachtete Tess, wie Lily und Adam auf das weiße Häuschen zugingen. Ihr fiel der Tag ein, an dem sie die beiden zum ersten Mal zusammen gesehen hatte. Es war der Tag des Begräbnisses gewesen. »Komm mal her«, rief sie Willa zu.

»Was gibt's denn?« Ein wenig ungeduldig gesellte sich Willa zu ihr ans Fenster, dann breitete sich ein zufriedenes Lächeln auf ihrem Gesicht aus. »Na Gott sei Dank.« Als einige Sekunden später die Läden des Schlafzimmerfensters geschlossen wurden, kicherte sie leise. »Sieht aus, als würde die Hochzeit doch stattfinden.«

»Dann sieh zu, daß du gestreifte Sonnenschirme herbeischaffst.«

»Du bist ein Biest.«

»Das sagen sie alle, Will.« Tess legte ihrer Schwester eine Hand auf die Schulter. »Bleibt es dabei, daß du morgen die Viehherden in die Berge treibst?«

»Jawohl.«

»Ich möchte gerne mitkommen.«

»Sehr komisch.«

»Nein, es ist mein Ernst. Reiten kann ich ja, und ich glaube, es wäre eine interessante Erfahrung für mich, auch beruflich gesehen. Und da Adam dich begleitet, sollte Lily auch mit von der Partie sein. Es ist sicherer für uns alle, wenn wir zusammenbleiben.«

»Ich wollte Adam eigentlich bitten hierzubleiben.«

Tess schüttelte den Kopf. »Du brauchst Leute, denen du vertrauen kannst. Und Adam würde um nichts in der Welt hierbleiben, auch nicht, wenn du ihn darum bittest. Also kommen Lily und ich auch mit.«

»Das hat mir gerade noch gefehlt. Dann habe ich gleich zwei Greenhorns am Hals.« Willa mochte nicht zugeben, daß sie auch schon an diese Möglichkeit gedacht und das Für und Wider erwogen hatte. »Die McKinnons treiben ihre Herde am selben Tag rauf. Wir nehmen einen Mann mit, und Ham soll die übrigen beaufsichtigen. Sieh zu, daß du heute nacht deinen Schönheitsschlaf bekommst, Hollywood. Im Morgengrauen brechen wir auf.«

Das einzige, was noch fehlte, dachte Tess, als sie sich bei Tagesanbruch gähnend im Sattel räkelte, war die Titelmelodie von *Rawhide*. Leise summte sie die Töne vor sich hin und versuchte, sich an den genauen Wortlaut zu erinnern, der ihr nur von der Barszene aus dem Film *Blues Brothers* her vertraut war.

Hieß es ›Cut 'em in‹ oder ›Head 'em out‹?

›Head 'em out‹ wurde zum Sieger erklärt, denn genau das rief Willa in diesem Augenblick in den nebligen Morgen hinaus.

Es war ein beeindruckender Anblick, fand Tess. Unzählige Rinderleiber wogten vorwärts, während sich die Reiter auf ihren ausgeruhten, munteren Pferden am Rande der Herde hielten und Ausreißer in die Reihe zurücktrieben. Sie alle bewegten sich durch die dünnen Nebelschleier hindurch, die sich wie durch Zauberhand vor ihnen auftaten, während die ersten Sonnenstrahlen auf dem taubedeckten Gras glitzerten.

Im Westen erhoben sich die silberweißen Berge majestätisch gen Himmel.

Dann drehte sich Willa im Sattel um und schrie Tess zu, sie solle gefälligst ihren Hintern in Bewegung setzen. Was, wie Tess grinsend feststellte, ein perfektes Bild vervollständigte. Ein wenig verspätet trieb sie ihr Pferd an, um die anderen einzuholen.

Nein, eine Kleinigkeit fehlte Tess noch, als das Trommeln von Hufen, lautes Gemuhe und die Zurufe der Treiber die Luft erfüllten. Nate. Zum ersten Mal wünschte sie, er würde außer Pferden auch Rinder züchten, dann wäre er jetzt vielleicht an ihrer Seite.

»Du sollst nicht nur zu deinem Vergnügen mitreiten«, rief Willa, die längsseits neben ihr aufgetaucht war. »Halt sie in der Reihe. Wenn du eines verlierst, fängst du es auch wieder ein.«

»Als ob ich ein dickes, fettes Rindvieh verlieren könnte«, knurrte Tess, trotzdem versuchte sie, Willas Kommandopfiffe und die Art, wie ihre Schwester mit dem aufgerollten Lasso gegen den Sattel schlug, nachzuahmen.

Tess hatte man kein Lasso zugestanden, so benutzte sie ihre Hand, und später, als mehrere hundert Hufe Staub aufwirbelten, bemühte sie sich, mit der freien Hand ein Tuch vor den Mund zu halten.

»Ach du lieber Himmel!« Willa verdrehte die Augen, schlug einen Bogen und ritt auf Tess zu. »Doch nicht so, du Kamel. Diese Hand brauchst du eventuell noch.« Sie nahm Tess das Tuch weg, beugte sich zu ihr hinüber, um es mit einem geschickten Griff am Hinterkopf festzuknoten. »Eine eindeutige optische Verbesserung«, entschied sie, nachdem das Gesicht ihrer Schwester zur Hälfte verdeckt war. »Du hast noch nie besser ausgesehen.«

»Spiel dich nur weiter als Treckboß auf.«

»Ich *bin* der Boß.« Willa ließ Moon angaloppieren und jagte zum hinteren Teil der Herde, um einige Nachzügler einzusammeln.

Es war ein echtes Erlebnis für Tess. Vielleicht nicht ganz so imposant wie das Zusammentreiben der riesigen Longhornherden in Texas, so wie das die Cowboys in alten Western immer taten, dennoch machte es Eindruck auf sie. Eine Handvoll Reiter kontrollierte so viele Tiere, trieb sie durch das Land, vorbei an Weiden, auf denen andere Rinder grasten und das Geschehen mit gelangweilten Augen verfolgten, holte gelegentliche Ausreißer mit einer raschen Bewegung des Pferdes, einem Peitschenknallen wieder in die Herde zurück.

Jahr für Jahr wiederholte sich dieses Ereignis, grübelte Tess versonnen, und der Ablauf änderte sich kaum. Hier oben war das Pferd das einzige Fortbewegungsmittel, war es schon immer gewesen. Kein Fahrzeug konnte ein Pferd ersetzen.

Die Weiden im Gebirge strotzten nur so vor saftigem, üppigem Grün. Aus diesem Grund wurden die Rinder in die Berge getrieben, damit sie sich den Sommer über bis hin zum Herbstanfang unter dem weiten Himmel an dem im Überfluß vorhandenen Gras gütlich tun konnten, wobei sie nur Adler, Bergschafe und ihre Artgenossen zur Gesellschaft hatten.

Das Nahen des Sommers empfand sie wie ein Geschenk. Die Bäume wurden grün, die Kiefern dichter, und in der Ferne konnte sie das Gluckern eines Gebirgsbaches hören. Eine nahegelegene Wiese war mit leuchtendbunten Wildblumen gesprenkelt, die die warmen Sonnenstrahlen hervorgelockt hatten. Vögel zwitscherten in den Bäumen oder flogen über die Anhöhen, und die Berge hoben sich mit ihren weißen Gipfeln klar vom strahlendblauen Himmel ab. Schatten und

Licht tanzten über Täler und Schluchten und ließen den breiten Baumgürtel geheimnisvoll dunkelgrün schimmern.

»Na, geht's noch?« Jim lenkte sein Pferd an ihre Seite und entlockte ihr ein Lächeln. Er wirkte so frech und verwegen, als sei er geradewegs dem Wilden Westen entsprungen.

»Es geht. Ich muß gestehen, daß es mir einen Heidenspaß macht.«

Jim zwinkerte ihr zu. »Erzählen Sie das heute abend mal Ihrem Hinterteil.«

»Oh, das spüre ich schon seit einer guten Stunde nicht mehr.« Trotzdem hob sie sich leicht aus dem Sattel, um den Wahrheitsgehalt ihrer Bemerkung zu überprüfen. Tatsächlich, ihre Kehrseite fühlte sich bereits vollkommen taub an. »Ich war noch nie so hoch oben in den Bergen. Es ist fantastisch.«

»Ein Stück weiter oben befindet sich eine Art Aussichtspunkt. Schauen Sie mal in diese Richtung …«, er deutete vage in die Gegend, »… es lohnt sich wirklich.«

»Wie lange machen Sie das schon, Jim? Seit wann treiben Sie im Frühjahr die Herden auf die Bergweiden?«

»Für die Mercy Ranch? So ungefähr seit fünfzehn Jahren, mehr oder weniger.« Wieder zwinkerte er, da er Willa auf sie zureiten sah und wußte, daß er gleich einen strafenden Blick ernten würde. »Hält mich von der Straße und von leichten Mädchen fern.« Er trabte wieder an seinen Platz und ließ eine kichernde Tess zurück.

»Während eines Trecks flirtet man nicht mit den Cowboys«, rügte Willa.

»Wir haben eine kurze, zivilisierte Unterhaltung geführt. Wenn ich mit einem Mann flirte, dann sieht das anders … O mein Gott!« Tess zügelte ihr Pferd und schaute in die Richtung, die Jim ihr eben gezeigt hatte. Willa, die Tess nur zu gut verstand, hielt hinter ihr an.

»Hübscher Ausblick.«

»Wie ein Gemälde«, flüsterte Tess. »Es erscheint irgendwie unwirklich.« All die Farben, Formen, Silhouetten und die Weite des Landes wirkten fast unwirklich.

Die Gipfel ragten schroff in den Himmel hinein, dazwischen lag ein breiter, silbrig glänzender Canyon, den ein tiefblauer Fluß teilte und dessen Ufer mit dichtbelaubten Bäumen bewachsen waren. Während seines Verlaufs – Tess schien er Meilen lang zu sein – beschrieb der Fluß eine scharfe Kurve und verschwand dann im Gestein. Doch zuvor sprudelte er gischtsprühend über die Felsen, um dann friedlich gurgelnd weiterzufließen. Hoch oben am Himmel zog ein Falke seine Kreise und glitt über den Fluß, zwischen den gezackten Felsen hindurch und über die grünen Wipfel dahin.

»Ein gutes Fischfanggebiet.« Willa stützte sich auf ihren Sattelknauf. »Die Leute kommen von überall her, um in diesem Fluß zu angeln. Ich selber hab' ja nicht allzuviel dafür übrig, aber ich muß zugeben, es sieht toll aus, wenn die Angelschnüre durch die Luft zischen und dann fast lautlos im Wasser landen. Weiter unten, hinter der Biegung, liegen ein paar Stromschnellen, da machen sich die Touristen einen Spaß daraus, sich in Kajaks zu quetschen und hindurchzujagen. Ich für meinen Teil halte mich da lieber an die Pferde.«

Tess fragte sich, wie es wohl sein mochte, in einem kleinen Boot jene Stromschnellen hinunterzuschießen. Sie empfand eine kribbelnde, elektrisierende Freude bei der Vorstellung, den Fluß herauszufordern.

»Die Aussicht ist auch noch da, wenn wir zurückkommen.« Willa wendete ihr Pferd. »Montana verändert sich so schnell nicht. Komm jetzt, wir verlieren den Anschluß.«

»Okay.« Das Bild würde ohnehin, zusammen mit unzähligen anderen Eindrücken, unauslöschlich in ihrem Herzen verankert bleiben. Tess trieb ihr Pferd an und fand bald den Anschluß an die unermüdlich weiterziehende Herde.

Die Luft kühlte sich empfindlich ab, und je höher sie kamen, desto häufiger entdeckte Tess Schneereste unter den Bäumen und am Fuß der Felsen. Doch immer noch reckten die ersten Frühlingsblumen unverdrossen die Köpfe ans Licht; Bergklematis und leuchtendvioletter Rittersporn bildeten fröhliche Farbtupfer in der Landschaft, und eine Wiesenlerche schmetterte ein vergnügtes Lied.

Wenig später machten sie Rast, um die Pferde ausruhen zu lassen und rasch ein paar Happen zu essen, und Tess holte fröstelnd ihre Jacke aus der Satteltasche.

»Um Himmels willen, bind dein Pferd nicht an!« Willa stieß einen gottergebenen Seufzer aus, nahm ihrer Schwester die Zügel aus der Hand und versetzte dem Tier einen leichten Klaps, woraufhin es langsam davontrottete.

»Was, zum Teufel, machst du denn da?« Tess setzte dem Pferd mit zwei großen Sprüngen nach, bis sie einsah, daß sie es nicht mehr einholen würde. »Was soll ich denn jetzt tun? Zu Fuß gehen?«

»Essen.« Willa hielt ihr ein Sandwich unter die Nase.

»Großartig, einfach großartig. Ich lasse mir ein Roastbeefsandwich schmecken, während mein Gaul seelenruhig nach Hause läuft.«

»Keine Sorge, der bleibt in der Nähe. Du kannst hier oben dein Pferd nicht einfach anbinden und dich dann unter einen Baum setzen und es dir gemütlich machen.« Ein Lächeln trat auf Willas Gesicht, als sie Ben entdeckte, der auf sie zugeritten kam. »Hey, McKinnon, hast du Langeweile, oder willst du dir ein Mittagessen schnorren?«

»Ich hatte gehofft, für mich würde hier ein Sandwich abfallen.« Er stieg ab und gab seinem Pferd ebenfalls einen lässigen Klaps, so wie Willa es mit Tess' Tier gemacht hatte. Sprachlos sah diese dem davontrabenden Hengst nach.

»Seid ihr alle verrückt geworden? Wenn das so weitergeht, können wir bald auf Schusters Rappen weiterreiten.«

Ben nahm das Sandwich, das Tess ihm gab, biß hinein und blinzelte Willa zu. »Wollte sie ihr Pferd anbinden?«

»Genau. Typisch Greenhorn.«

»In den Bergen bindet man die Pferde nicht an«, erklärte Ben mit vollem Mund. »Raubkatzen. Bären.«

»Wovon redest du – Raubkatzen?« Tess blickte erschrokken, sie drehte sich einmal im Kreis und musterte ihre Umgebung argwöhnisch. »Du meinst, hier gibt es Berglöwen? Und Bären?«

»Raubtiere eben.« Willa nahm Ben den Sandwichrest aus der Hand und schob ihn sich in den Mund. »Wenn du ein

Pferd anbindest, hat es nicht die geringste Chance. Wie weit bist du denn mit deiner Herde hinter uns, Ben?«

»Ungefähr eine Viertelmeile.«

»Aber ...« Tess dachte an ihr Gewehr, das noch immer am Sattel hing. »Welche Chance haben wir denn?«

»Ach, so ungefähr fünfzig zu fünfzig«, meinte Ben gedehnt, woraufhin Willa sich vor Lachen bog.

»Lily hat inzwischen vermutlich den Kaffee fertig.«

Ben zog Willa den Hut über die Augen. »Was meinst du denn, wie ich euch gefunden habe, Kid? Ich bin dem Duft gefolgt.«

Tess blieb wie erstarrt stehen, als Ben und Willa zu dem kleinen Lagerfeuer hinüberschlenderten. Dort war Lily mit der Kaffeekanne beschäftigt. Als hinter ihr im Gebüsch ein leises Rascheln ertönte, machte sie einen Satz nach vorne und rannte los, als wäre der Teufel hinter ihr her. »Wartet! Wartet doch auf mich!«

»Deine Schwester scheint eine unbezwingliche Gier nach Kaffee zu verspüren«, bemerkte Ben, als Tess an ihnen vorbeischoß.

»Du hättest ihr Gesicht sehen sollen, als ich ihr Pferd freigelassen habe. Ein Bild für die Götter. Allein deswegen hat es sich gelohnt, sie mitzunehmen.«

»Ist sonst alles in Ordnung bei euch?«

»Alles ruhig.« Willa verlangsamte ihren Schritt. »Das Leben geht seinen gewohnten Gang – so wie es eben möglich ist, wenn die Hochzeitsvorbereitungen auf Hochtouren laufen.«

»Ich möchte nicht, daß jetzt noch etwas dazwischenkommt.«

»Wird es auch nicht.« Sie blieb stehen und drehte dem Grüppchen am Feuer den Rücken zu, so daß sie mit Ben unter vier Augen sprechen konnte. »Ich habe noch einmal mit den Cops geredet«, sagte sie leise. »Sie verhören meine Männer, jeden einzelnen von ihnen.«

»Meine auch. Es läßt sich nicht vermeiden, Willa.«

»Ich weiß. Aber es macht mir Sorgen, daß ich Ham auf der Ranch zurückgelassen habe und nicht weiß, was im Moment dort vor sich geht. Er, Bess und Woods beide Söhne sind ganz auf sich gestellt.«

»Ham kann auf sich aufpassen. Bess übrigens auch. Und ich glaube nicht, daß jemand den Kindern etwas zuleide tun wird, Will.«

»Bis vor kurzem hätte ich es auch nicht für möglich gehalten, daß ich einmal so denken würde. Aber jetzt weiß ich nicht mehr, woran ich bin. Ich hatte Nell vorgeschlagen, mit den Kindern für eine Weile zu ihrer Schwester zu ziehen, aber sie wollte Wood nicht allein lassen. Wenn Wood allerdings der Täter ist, dann sind sie auf der Ranch vermutlich sicher.«

Die Worte hinterließen einen bitteren Nachgeschmack. Willa atmete vernehmlich aus. »Manchmal kann ich selbst kaum glauben, was für Gedanken mir durch den Kopf gehen. Ich bin bald soweit, jeden für den möglichen Täter zu halten, Ben. Wood, Jim, Billy oder einen deiner Männer. Die meisten kenne ich schon mein ganzes Leben lang. Dann wiederum denke ich, daß Jesse Cooke vielleicht das letzte Opfer war; daß mit ihm alles aufgehört hat und wir die Sache ad acta legen können. Auf diese Weise kann ich Pickles und dieses Mädchen aus meinen Gedanken verdrängen.«

»Nur allzu verständlich.« Ben strich ihr über die Wange. »Ich habe mich auch schon gefragt, ob die Mordserie wohl mit Cooke aufhört.«

»Aber du glaubst nicht daran.«

»Nein, ich glaube nicht daran.«

»Bist du deswegen hier? Hast du dich deshalb entschlossen, deine Herde am selben Tag in die Berge zu treiben wie ich meine?«

Ben hatte befürchtet, daß sein Motiv zu leicht zu durchschauen war. Nun rieb er verlegen über seine Narbe am Kinn. »Immerhin habe ich gefühlsmäßig einiges in dich investiert, und ich möchte vermeiden, daß sich das als Verlustgeschäft erweist.«

Willa zog die Brauen zusammen. »Rede nicht von mir, als wäre ich ein Aktienpaket, McKinnon.«

Er beugte sich zu ihr und gab ihr einen flüchtigen Kuß. »Denk nicht weiter darüber nach«, schlug er vor und goß sich einen Becher Kaffee ein.

Kapitel 2

Aus Tess' Tagebuch:

In einem harten Sattel zu sitzen und eine Herde Rinder auf Gebirgsweiden zu treiben ist sehr viel unbequemer, als sich gemütlich in die Polster eines Mercedes 450 SL zurückzulehnen und durch die Berge von Santa Monica zu sausen – dieses kleine Vergnügen werde ich mir nämlich gönnen, sobald mich die Großstadt wiederhat, das habe ich soeben beschlossen.

Trotzdem war es ein erlebnisreicher Tag; ein Abenteuer, das sich vielleicht mit dem Kick vergleichen läßt, den man bekommt, wenn man mit einem schnellen Sportkabriolett über die Autobahn rast. Man sieht immer neue Orte, erweitert seinen Horizont und läßt sich den Wind durchs Haar wehen. Die Sache hat allerdings auch einen großen Haken – und auf dem sitze ich gerade.

Mir tut das Hinterteil vom Reiten so entsetzlich weh, daß ich mir ein Kissen auf den Stuhl legen mußte. Aber alles in allem hat es sich gelohnt, ich hatte ja keine Ahnung, welch traumhaft schöne Landschaft die Rockys zu bieten haben. Es hat mich noch nicht einmal gestört, daß um diese Jahreszeit dort oben noch Schnee liegt. Die Luft im Gebirge ist mit der im Tal nicht zu vergleichen. ›Rein‹ ist wohl die treffendste Bezeichnung dafür. Sie kommt mir so frisch und klar vor wie Quellwasser in einem edlen Kristallglas.

Auf einer felsigen Hochebene haben wir eine Pause eingelegt, und ich schwöre, daß ich von dort aus sogar Nates Ranch erkennen konnte.

Ich muß gestehen, ich habe ihn ein bißchen vermißt – nun ja, mehr als nur ein bißchen. Ein seltsames Gefühl. Ich kann mich nicht erinnern, je zuvor einen Mann vermißt zu haben. Sicher, im Bett hat mir manchmal ein Partner gefehlt, aber das ist etwas anderes.

Jedenfalls kam es mir so vor, als ob die Rinder gar keinen Treiber nötig hätten; sie sind gleichmütig und ohne großen Protest dahingetrottet, und nur gelegentlich hat eines der Tiere einen klagenden Laut ausgestoßen. Adam behauptet, daß die meisten von ihnen den Weg schon einmal gemacht haben und die Route kennen. Die Neulinge schließen sich ihnen einfach an. Trotzdem machen sie einen beträchtlichen Lärm, und ab und an muß der eine oder andere Ausreißer wieder in die Herde eingereiht werden.

Ich habe beobachtet, wie Will eines der Rinder mit dem Lasso eingefangen hat, und ich muß sagen, ich war beeindruckt. Die Frau wirkt auf dem Rücken eines Pferdes natürlicher als auf ihren zwei Füßen. Majestätisch, möchte ich sagen, obwohl ich ihr gegenüber nie eine derartige Bemerkung fallenlassen würde. Sie ist ohnehin schon eingebildet genug. Ich stelle immer wieder fest, daß sie über eine angeborene Autorität verfügt, die ihr in ihrer Position sehr zugute kommt. Außerdem arbeitet sie mindestens so hart wie die Männer, was ich auch bewundere. Ich bin aber nicht unbedingt damit einverstanden, daß sie mit ihrer Peitsche in meine Richtung knallt.

Ich habe den Verdacht, daß wir auf unserem Weg kleine Abstecher zu landschaftlich besonders schönen Ecken gemacht haben. Zweifellos hat Willa Lily und mir zuliebe die Route etwas geändert. So habe ich Elche, Hochwild, Dickhornschafe und riesige, wundervoll aussehende Vögel zu Gesicht bekommen. Einem Bären bin ich allerdings nicht begegnet. Kann nicht behaupten, daß ich das bedaure.

Lily hat jede Menge Filme verknipst. Sie hat sich so vollständig erholt, daß man fast vergißt, welcher Schrecken hinter ihr liegt. Aber nur fast. Im Zusammenhang mit Lily denke ich immer an eine Waage, die Leid und Glück ausbalanciert. Irgendwie hat Lily eine Möglichkeit gefunden, die Waagschale zum Glück hin pendeln zu lassen. Auch das nötigt mir Bewunderung ab.

Aber es ist einfach nicht möglich, all das Unheil zu vergessen. Selbst Will ist unter der rauhen, entschlossenen Oberfläche nur noch ein Nervenbündel. Wir freuen uns alle schon auf die Hochzeit und tun unser Bestes, damit kein Schatten mehr darauf fällt. Aber jeder hegt insgeheim trübe Gedanken. Die Luft knistert förmlich vor Spannung.

Ich komme mit der Überarbeitung meines Drehbuches gut voran. Ira ist sehr angetan von unserem Geschäft – und meinen Fortschritten. Ich nehme an, daß ich, wenn ich im Herbst nach L. A. zurückkehre, mit Einladungen überhäuft werde. Letztendlich habe ich mich dazu durchgerungen, Ira von meinem Buch zu erzählen. Er war überraschenderweise von der Idee begeistert, also habe ich ihm die ersten Kapitel zugeschickt, damit er einen Vorgeschmack vom Endprodukt bekommt. Mal sehen, was daraus wird.

Im Moment muß ich froh sein, wenn ich überhaupt ein paar Minuten Zeit zum Schreiben finde, so eingespannt bin ich in die Hochzeitsvorbereitungen. Der Empfang rückt näher, und wir tun alle so, als ob Lily keine Ahnung hätte, daß wir ihn vorbereiten. Dabei ist das längst ein offenes Geheimnis.

»Was plant ihr Männer denn für Adams Junggesellenabschiedsparty?« Tess saß auf dem Zaun und sah zu, wie Nate einen Jährling die Gangarten durchexerzieren ließ.

»Eine stilvolle Überraschung natürlich.«

»Aha. Wie viele Stripteasetänzerinnen werden erwartet?«

»Drei. Das ist die äußerste Grenze.« Nate zog die Zügel an, ließ den Jährling ein paar Schritte rückwärts gehen und trieb ihn dann durch leichten Schenkeldruck an. Das Pferd fiel gehorsam in einen leichten Trab. »So ist's recht. Braver Junge.«

Wie gut er aussah, dachte Tess bewundernd, so schlank und geschmeidig, den Hut tief ins Gesicht gezogen, und dann diese langen, schön geformten Hände, die einem Konzertpianisten alle Ehre gemacht hätten.

Bei seinem Anblick lief ihr buchstäblich das Wasser im Mund zusammen. »Hab' ich dir schon einmal gesagt, was für eine gute Figur du auf einem Pferderücken machst, Herr Anwalt?«

»Ein- oder zweimal schon.« Jedesmal wurde ihm warm ums Herz. »Aber sag es ruhig noch mal.«

»Du siehst gut aus. Wann kann ich dich denn mal im Gerichtssaal erleben?«

Erstaunt wendete er das Pferd. »Ich wußte gar nicht, daß du dich dafür interessierst.«

Sie hatte es bis eben selbst nicht gewußt. »Doch, ich würde dich gerne einmal im korrekten Anzug ein Plädoyer halten sehen. Ich schaue dich gerne an, weißt du?«

Nate stieg ab, befestigte die Zügel am Zaun und begann, die Sattelgurte zu lösen. »In den letzten Wochen haben wir ja nicht gerade viel Zeit füreinander gehabt, stimmt's?«

»Viel Streß. Nur noch zehn Tage bis zur Hochzeit, und Lilys Eltern werden morgen erwartet. Wenn alles vorüber ist, kannst du mich vielleicht einmal in die Stadt mitnehmen, damit ich mich mit eigenen Augen davon überzeugen kann, wie tapfer du dich vor Gericht schlägst. Danach ... könnten wir ja in einem Hotel übernachten und uns ein bißchen amüsieren.« Lockend fuhr sie sich mit der Zunge über die Lippen. »Würde dir das gefallen, Nate?«

»Wird das Spiel nach deinen oder nach meinen Regeln gespielt?«

»Ganz ohne Regeln.« Lachend sprang sie vom Zaun, warf sich in seine Arme und küßte ihn lange und leidenschaftlich. »Ich habe dich vermißt.«

»Hast du das?« Das war eindeutig ein Fortschritt, mit dem er so schnell nicht gerechnet hatte. »Wie schön.«

Tess schielte zum Haus hinüber, dachte an ein weiches Bett. »Vermutlich können wir nicht mal kurz ...«

»Ich fürchte, Maria würde den Schock ihres Lebens bekommen, wenn wir am hellichten Tag ... aber du könntest ja bei mir übernachten.«

»Mmm. Ich würd' ja gerne, aber ich hab' mich unerlaubt von der Truppe entfernt. Und nach all dem, was passiert ist, möchte ich nicht zu lange ausbleiben.«

Nates Augen veränderten ihren Ausdruck, als er sich umdrehte, um dem Jährling den Sattel abzunehmen. »Ich wünschte, ich wäre an dem bewußten Abend früher gekommen, dann hätte ich Adam beistehen können.«

»Das hätte auch nichts geändert. Weder Adam noch Will konnten den Gang der Dinge aufhalten, und auch du hättest nichts tun können, selbst wenn du rechtzeitig eingetroffen wärst.«

»Vermutlich nicht.« Trotzdem verursachte ihm der Gedanke an die Ereignisse jener Nacht immer noch Unbehagen. Wie hätte er wohl reagiert, wenn jemand Tess eine Pistole an die Schläfe gesetzt hätte? Da das fröhliche Funkeln aus ihren Augen verschwunden war, schwang er sich aus einem Impuls heraus wieder auf das Pferd. »Komm, reite ein Stück mit mir.«

»Ohne Sattel?« Tess blinzelte ihn ungläubig an, dann trat sie lachend einen Schritt zurück. »Lieber nicht. Ich brauche einen Sattelknauf, an dem ich mich festhalten kann.«

»Angsthase.« Er streckte ihr eine Hand hin. »Na komm schon. Du kannst dich an mir festhalten.«

Mißtrauisch betrachtete Tess das Pferd. »Scheint mir furchtbar groß für einen Jährling.«

»Er ist nur ein Baby und tut, was ihm gesagt wird.« Nate legte den Kopf zur Seite und wartete darauf, daß sie seine Hand ergriff.

»Na gut. Aber ich habe wirklich keine Lust runterzufallen.« Sie klammerte sich an seine Hand und krabbelte ungeschickt hinter ihm auf das Pferd. »Komisches Gefühl«, stellte sie fest, empfand es jedoch als großen Vorteil, sich eng an Nate schmiegen und ihm die Arme um die Taille legen zu können. »Nicht übel. Adam reitet auch oft ohne Sattel. Er sieht dann aus wie ein junger Gott.«

Nate kicherte, schnalzte mit der Zunge und ließ das Tier im Schritt gehen. »So befindet man sich mehr im Einklang mit seinem Pferd.«

Der Kontakt mit dem bloßen Pferderücken löste bei ihr ganz andersgeartete Gefühle aus. Als Nate den Jährling antraben ließ und das Tier dann in einen weichen Galopp fiel, lächelte sie selig vor sich hin. »Das ist großartig. Mehr!«

»Das sagst du immer.« Er ritt einmal im Kreis herum und genoß es, wie sich ihre üppigen, festen Brüste gegen seinen Rücken preßten, doch als sich ihre Hände nach unten tasteten, wurden seine Augen schmal.

»Hab' ich's mir doch gedacht«, bemerkte sie zufrieden, als die über die Ausbuchtung seiner Hose strich. »Hast du's schon mal auf einem Pferderücken probiert?«

»Nö.« Aufreizende Bilder stiegen vor seinem inneren Auge auf – Tess, rücklings gegen den Pferdehals gelehnt, die Beine eng um seine Hüften geschlungen, während sie sich im Rhythmus des Tieres bewegten. »Wenn er plötzlich anfängt zu bocken, dann brechen wir uns das Genick.«

»Das Risiko gehe ich ein. Ich will dich, Nate! Sofort!«

Nate zügelte den Jährling, beruhigte ihn, dann drehte er sich um und zog sie vorsichtig zu sich heran, um sie vor sich auf das Pferd zu setzen, so daß sie sich ansehen konnten. »Nicht!« Er brachte das Wort nur mühsam heraus, da ihre Finger sich an seiner Gürtelschnalle zu schaffen machten. »Das muß uns im Augenblick reichen. Halt dich an mir fest, Tess. Halt dich einfach nur an mir fest und laß mich dich küssen.«

Sie hätte trotzdem weiterhin ihre Verführungskünste spielen lassen, wenn er sie nicht so fest gehalten hätte, daß sie sich kaum rühren konnte, während er gierig ihren Mund erforschte. Ihr Hut fiel herunter und landete im Staub, und ihr Herz begann wie wild zu schlagen. Doch plötzlich änderte sich sein Verhalten, und sein Kuß wurde sanft, so zärtlich wie die Luft in den Bergen.

»Ich liebe dich.« Er hatte es eigentlich gar nicht laut aussprechen wollen, aber das Gefühl war inzwischen so übermächtig geworden, daß er es nicht länger für sich behalten konnte und seine Lippen die Worte wie von selbst formten.

»Wie bitte?« Tess sah ihn verträumt und ein wenig verwirrt an. »Was hast du gerade gesagt?«

»Ich liebe dich!«

Tess wurde schlagartig aus ihrem weltentrückten Zustand gerissen und mit der Realität konfrontiert. Sie hatte diese drei Worte schon früher gehört; es fiel ja so leicht, sie auszusprechen. Für die meisten Menschen bedeuteten sie wenig mehr als eine bloße Floskel. Aber nicht für ihn. Nicht für einen Mann wie Nate.

»Ich glaube, die Sache läuft ein bißchen aus dem Ruder.« Sie lächelte gequält und versuchte, einen betont oberflächlichen Tonfall anzuschlagen. Es wollte ihr nicht recht gelingen. »Nate, wir sind doch nur …«

»Vorübergehend Bettgenossen?« ergänzte er und hätte sich im selben Moment am liebsten die Zunge abgebissen, weil er den Satz beendet hatte. »Zwei Menschen, die sich zufällig sexuell gut verstehen? Nein, Tess, das ist nicht alles.«

Sie holte einmal tief Atem und sprach ruhig und bestimmt weiter. »Ich denke, wir sollten jetzt lieber absteigen.«

Anstatt sich ihrem Wunsch zu beugen, legte er seine Hand unter ihr Kinn und sah ihr lange in die Augen. »Ich liebe dich, Tess, und zwar schon seit geraumer Zeit. Ich bin gerne bereit, dir zuliebe einige Kompromisse einzugehen, aber für mich läuft es auf folgendes hinaus: Ich möchte, daß du hierbleibst, mich heiratest und eine Familie mit mir gründest.«

Nun verlor sie vollends die Fassung. »Du weißt genau, daß ich das nicht …«

»Du hast ja noch Zeit, um dich an die Vorstellung zu gewöhnen«, unterbrach er sie und stieg vom Pferd. »Ich habe mir in meinem Leben nur wenige Dinge wirklich gewünscht«, sagte er, ohne den Blick von ihrem verblüfften Gesicht zu wenden. »Meine Zulassung als Anwalt, diese Ranch, eine gute Pferdezucht. Ich habe alles bekommen. Und jetzt will ich dich.«

Die Arroganz, die aus seinen Worten sprach, half ihr, den Schock zu überwinden. Heiße Wut stieg in ihr auf. »Nimm bitte zur Kenntnis, daß ich weder ein Diplom noch eine Ranch, noch eine Zuchtstute bin!«

»Nein, das bist du nicht.« Ein Lächeln spielte um seine Lippen, als er sie vom Pferd hob. »Du bist eine Frau; eine realistisch denkende, ehrgeizige und starrsinnige Frau. Und du wirst meine Frau werden.«

»Würde es dich interessieren, was ich von deinem plötzlichen Machogehabe halte?«

»Das kann ich mir lebhaft vorstellen.« Nate streifte dem Jährling das Zaumzeug ab und gab ihm einen leichten Schlag auf die Flanke. Das Pferd trottete gemächlich von dannen. »Du solltest jetzt besser nach Hause fahren und in Ruhe über alles nachdenken.«

»Darüber brauche ich nicht mehr nachzudenken.«

»Ich lasse dir trotzdem Zeit dazu.« Er blickte zum Himmel empor. Die Sonne stand gerade im Begriff, hinter den westlichen Gipfeln zu versinken, und die Wolken färbten sich langsam blutrot. »Es wird Regen geben«, bemerkte er beiläufig, als er über den Zaun sprang. Tess konnte ihm nur sprachlos nachblicken.

»Ich weiß zwar nicht, warum dich im Moment die Fliege an der Wand ärgert«, brummte Willa, »aber reiß dich zusammen. Lily wird jeden Augenblick mit ihrer Familie hier sein.«

»Du bist nicht die einzige, der es gestattet ist, Probleme zu wälzen.« Tess stopfte sich mit finsterem Blick ein Petit four in den Mund.

Das ganze Haus war mit weißen Girlanden geschmückt, überall hatte man bunt verpackte Geschenke aufgebaut, und durcheinanderschwatzende Frauen drängten sich in den Räumen. Die Idee, zum Hochzeitsempfang Champagnerbowle zu servieren, stammte gleichfalls von Tess, und obwohl Bess der Form halber mißbilligend mit der Zunge geschnalzt hatte, führte sie sich gerade selbst ein Glas davon zu Gemüte, während sie sich mit einer Nachbarin unterhielt.

Alle wirkten so glücklich wie Miesmuscheln bei Flut, dachte Tess mißmutig und griff nach dem nächsten Petit four. Wie lächerlich zu feiern, wenn sich zwei Menschen für ein ganzes Leben aneinanderketteten. Höhnisch verzog sie den Mund und schielte erneut gierig zu dem Gebäck, zündete sich dann aber lieber eine Zigarette an.

Nate Torrence war es nicht wert, daß ihr seinetwegen noch ein Paar Jeans platzten. Entschlossen schnappte sie sich ein Glas Bowle und beschloß, sich statt dessen zu betrinken.

Als die zukünftige Braut zur Tür hereinkam, hatte Tess bereits drei Gläser geleert und befand sich in etwas gelösterer

Stimmung. Sie mußte lachen, als Lily beim Anblick der Gäste Überraschung mimte. Der Empfang war kein Geheimnis mehr gewesen, seit die ersten Einladungen verschickt worden waren. Nun galt es, die Geschenke zu bewundern, unter denen von der Kleiderbürste bis hin zu einem hauchzarten Negligé alles vertreten war.

Tess bemerkte, wie Lilys Mutter mit den Tränen kämpfte und unauffällig aus dem Zimmer huschte.

Eine interessante Frau, dachte sie, während sie ihr Glas nachfüllte. Attraktiv, geschmackvoll gekleidet, offensichtlich sehr kultiviert. Was hatte sie nur in einem ungehobelten Klotz wie Jack Mercy gesehen?

Als Bess zwei Gläser nahm und gleichfalls das Zimmer verließ, zuckte Tess die Achseln und bemühte sich, beim Anblick spitzengesäumter Taschentücher gebührende Begeisterung zu heucheln.

»Hier, Adele.« Bess setzte sich in die Hollywoodschaukel und reichte Adele ein Glas, während diese sich die Tränen vom Gesicht tupfte. »Schon einige Zeit her, seit wir das letztemal hier zusammengesessen haben.«

»Es ist schon ein merkwürdiges Gefühl, wieder hier zu sein. Die Ranch hat sich kaum verändert.«

»O doch, einiges schon. Aber du siehst selbst noch fast genauso aus wie damals.«

Eitelkeit gehörte zu Adeles kleinen Schwächen. Automatisch strich sie sich über ihr kurzgeschnittenes, glattes Haar, das noch immer dunkelblond schimmerte.

»Mehr Falten hab' ich schon«, gab sie mit einem kläglichen Lächeln zu. »Ich weiß wirklich nicht, wo sie immer herkommen, aber jeden Morgen, wenn ich vor dem Spiegel stehe, entdecke ich neue.«

»Das ist der Lauf des Lebens.« Bess musterte ihr Gegenüber verstohlen. Adele hatte noch immer ein hübsches Gesicht mit zarten Zügen und hohen Wangenknochen. Und sie hatte sich in Form gehalten, das sah man ihrer schlanken, geschmeidigen Figur an. Auch ihr Gespür für Farben und Schnitte hatte sie sich bewahrt. Die schmale altrosa Hose und die elfenbeinfarbene Seidenbluse standen ihr ausgezeichnet.

»Deine Tochter ist ein bemerkenswertes Mädchen, Adele. Du kannst stolz auf sie sein.«

»Ich habe mich nie genug um sie gekümmert. Wenn ich sie heute so anschaue, dann denke ich immer an das kleine Mädchen, das sie einmal war und mit dem ich nicht annähernd soviel Zeit verbracht habe, wie ich es hätte tun sollen.«

»Du hattest immerhin deine Arbeit, und du mußtest dir ein eigenes Leben aufbauen.«

»Das ist richtig.« Um ihre überreizten Nerven zu beruhigen, nippte Adele an ihrem Drink. »Die ersten Jahre waren sehr schwer für mich. Damals habe ich Jack Mercy mehr gehaßt als irgend jemanden sonst auf der Welt, Bess.«

»Was ich gut verstehen kann. Er hat dich und deine Tochter schändlich behandelt. Aber ich glaube, dein jetziger Mann entschädigt dich für allen Kummer, nicht wahr?«

»Rob? Er ist ein guter Mensch, obwohl er etwas festgefahrene Ansichten hat.« Ihr Gesicht wurde weich. Sie hatten bislang eine schöne Zeit miteinander verbracht. »Rob ist zwar nicht übermäßig gefühlsbetont, aber er liebt Lily sehr. Heute frage ich mich, ob wir nicht zuviel von ihr erwartet haben, aber wir lieben sie von ganzem Herzen.«

»Das merkt man.«

Eine Weile ließ Adele schweigend die Schaukel hin- und herschwingen. »Was für eine herrliche Aussicht. Ich habe sie nie vergessen können, und ich habe diesen Ort oft vermißt. Unten im Osten fühle ich mich sehr wohl, dort ist alles grün, und das Land wirkt nicht so rauh und abweisend, aber trotzdem habe ich mich oft nach Montana zurückgesehnt.«

»Jetzt, wo Lily hier lebt, kannst du sie ja oft besuchen.«

»Ja, das werde ich tun. Rob reist für sein Leben gern. Bislang haben wir diesen Teil des Landes bewußt ausgeklammert, aber nun … im Moment schaut er sich gerade mit Adam die Pferde an.« Sie seufzte wehmütig, dann lächelte sie. »Was für ein Mensch ist er denn, Lilys Adam?«

»Sie hätte keinen besseren finden können, und er würde für sie durchs Feuer gehen, Adele.«

»Sie hat soviel durchgemacht. Wenn ich nur daran denke …«

»Tu das nicht.« Bess berührte Adeles Hand. »Das alles liegt jetzt hinter ihr, genau wie das Thema Jack Mercy für dich abgeschlossen ist. Lily wird eine wunderschöne Braut sein, und sie wird mit Adam bestimmt sehr glücklich werden.«

Bess' Worte entlockten Adele erneut Tränen. Sie rannen ihr bereits über die Wangen, als Willa auf sie zukam.

»Entschuldigung, ich wollte nicht stören.« Sie machte bereits Anstalten, sich wieder ins Haus zurückzuziehen.

»Nein, bleib bitte hier!« Adele schniefte kurz, dann stand sie auf und streckte Willa die Hand entgegen. »Ich bin sentimental, ich weiß. Wir hatten noch gar keine Gelegenheit, miteinander zu reden. Alle Briefe von Lily handelten fast ausschließlich von dir und Tess.«

Weinende Frauen verursachten ihr immer Unbehagen. Willa wich ein Stück zurück und lächelte unsicher. »Mich wundert, daß sie außer Adam überhaupt noch ein Thema hatte.«

»Du und dein Bruder, ihr habt die gleichen Augen.« Dunkel und unergründlich, dachte Adele. Und seltsam weise. »Ich kannte deine Mutter flüchtig. Eine bildhübsche Frau.«

»Danke.«

»Ich habe ziemliche Ängste ausgestanden.« Adele räusperte sich. »Mir ist klar, daß jetzt eigentlich nicht der richtige Zeitpunkt ist, um diesen Punkt zur Sprache zu bringen, aber ich habe mir furchtbare Sorgen gemacht. Lily hat mir in ihren Briefen und bei unseren Telefonaten eine stark abgemilderte Version der Ereignisse geliefert, aber als Jesse – als das mit Jesse passierte, erschienen sogar im Osten Zeitungsberichte darüber. Aber jetzt, wo ich dich und Adam kennengelernt habe, ist mir etwas wohler zumute.«

»Lily ist stärker als du denkst. Stärker, als wir alle vermutet haben.«

»Vielleicht hast du recht«, stimmte Adele zu und holte tief Luft. »Ich muß mich noch für deine Gastfreundschaft bedanken. Es war sehr nett von dir, Rob und mich einzuladen, bei dir zu wohnen, obwohl das doch recht unangenehm für dich sein muß.«

»Das hatte ich anfangs auch befürchtet, aber es ist nicht so.

Die Eltern meiner Schwestern sind auf Mercy immer willkommen.«

»In dir steckt nicht viel von Jack.« Adele wurde blaß und biß sich verlegen auf die Lippen. »Entschuldige bitte.«

»Schon gut.« Willa wandte den Kopf, als sie ein Stück Chrom in der Sonne aufblitzen sah, und verzog langsam die Lippen. »Hier kommt die nächste Überraschung.« Sie sah Adele von der Seite her an. »Ich hoffe nur, es ist dir nicht peinlich.«

»Was hast du nun schon wieder ausgeheckt, Mädchen?« wollte Bess wissen.

Willa lächelte nur geheimnisvoll und ging auf die Haustür zu. »Hey, Hollywood, komm mal einen Moment nach draußen.«

»Was ist denn los?« Tess schlenderte mit einem Glas in der Hand zur Tür. »Wir sind mitten in einem Gesellschaftsspiel. Wie viele neue Worte kann man aus dem Begriff ›Flitterwochen‹ bilden? Im Augenblick liege ich in Führung. Ich kann einen Korb mit Kosmetikartikeln gewinnen.«

»Ich weiß einen besseren Preis für dich.«

Tess folgte mit den Augen Willas ausgestrecktem Zeigefinger und blinzelte, als sie Nates Jeep erkannte, der langsam auf das Haus zufuhr. »Arroganter, eingebildeter Möchtegerncowboy. Ich will nicht mit ihm reden. Sag ihm einfach, er soll sich zum … ach du heilige Scheiße!«

»Wirst du wohl auf einem Hochzeitsempfang nicht so gotteslästerlich daherreden«, rügte Bess scharf, dann breitete sich langsam ein Lächeln auf ihrem Gesicht aus, als sich die Beifahrertür des Jeeps öffnete und eine Vision in Gold ausspie. »Ich traue meinen Augen nicht! Louella Mercy, wie sie leibt und lebt.«

»Lange nicht gesehen.« Mit einem dröhnenden Lachen rannte Louella los, so schnell es ihr in ihren hochhackigen Pumps möglich war, und schloß ihre völlig überraschte Tochter in die Arme. »Überraschung, Baby!« Sie gab Tess einen Kuß auf die Wange, wischte ihr dann die Lippenstiftspuren ab und wirbelte herum, um Bess zu begrüßen. »Na, schwingst du hier immer noch das Zepter?«

»So gut ich kann.«

»Und das hier muß Jacks Jüngste sein.« Louella drückte Willa so fest an sich, daß dieser die Rippen schmerzten. »Himmel, du bist das genaue Ebenbild deiner Ma. Und Mary Wolfchild war eine der schönsten Frauen, die ich je gekannt habe.«

»Ich ... danke.« Willa konnte Tess' Mutter nur verblüfft anstarren. Sie sah aus wie ein Glamourgirl und duftete wie eine ganze Parfümerie. »Ich bin froh, daß du kommen konntest«, fügte sie hinzu und meinte es auch so. »Ich freue mich, dich kennenzulernen.«

»Ganz meinerseits, Herzchen. Ich dachte, mich trifft der Schlag, als ich deine Einladung bekommen habe.« Einen Arm fest um Willas Schulter gelegt, wandte sie sich um und strahlte Adele an. »Ich bin Louella, Ehefrau Nummer eins.«

Adele blinzelte die Erscheinung ungläubig an. Trug die Frau tatsächlich am frühen Nachmittag eine Goldlamébluse? »Ich bin Lilys Mutter.«

»Also Ehefrau Nummer zwei.« Louella lachte heiser und umarmte Adele wie eine gute Freundin. »Der alte Bock hatte einen guten Geschmack in bezug auf Frauen, stimmt's? Wo ist denn deine Tochter? Muß eher nach dir als nach Jack geschlagen sein. Tess hat mir erzählt, sie ist bildhübsch und sanft wie ein Lamm. Ich hab' Geschenke mitgebracht.«

»Soll ich deine Sachen ins Haus bringen, Louella?« Nate stand über das ganze Gesicht grinsend am Fuß der Treppe und hielt Louellas zappelnde Schoßhunde im Arm.

Zum ersten Mal richtete Tess bewußt den Blick auf ihn und wäre am liebsten im Erdboden versunken. »O Gott, Mom, du hast doch nicht etwa Mimi und Maurice mitgebracht!«

»Natürlich. Ich konnte meine kleinen Lieblinge doch nicht ganz allein zu Hause lassen.« Sie nahm Nate die Hunde ab und spitzte die Lippen. »Ist das nicht ein Prachtbursche, Ladys?« Kichernd küßte sie Nate besitzergreifend auf die Wange, wobei sie einen deutlichen Lippenstiftabdruck hinterließ. »Ich schwöre, seit ich ihn zum ersten Mal gesehen habe, hab' ich Herzklopfen wie ein Schulmädchen. Bring nur alles rein, Süßer!«

»Jawohl, Ma'am.« Nate warf Tess einen belustigten Blick zu, ehe er sich daranmachte, den Jeep auszuladen.

»Warum stehen wir eigentlich alle hier draußen rum?« erkundigte sich Louella. »Wie ich hörte, ist hier 'ne Party im Gange, und ich könnte weiß Gott einen Drink vertragen. Du hast doch nichts dagegen, wenn ich mich hier mal ein bißchen umsehe, Willa?«

»Keineswegs. Ich würde dich gerne selbst herumführen. Nate, Louella bekommt das Zimmer neben dem von Tess, das pinkfarbene.«

»Warte nur, bis Mary Sue dich sieht«, begann Bess, als sie Louella ins Haus führte. »Du erinnerst dich doch noch an Mary Sue Rafferty, oder nicht?«

»Ist das die mit den vorstehenden Zähnen oder die mit dem Schlafzimmerblick?«

Behutsam stellte Tess ihr Glas auf dem Verandageländer ab. »War das deine Idee?«

»Meine und Lilys.« Willa strahlte. »Wir wollten dich überraschen.«

»Das ist euch gelungen. Und wir werden uns später noch eingehender darüber unterhalten.« Tess packte Willa am Kragen. »Eine lange, ausführliche Unterhaltung ist angesagt.«

»Wenn du meinst. Jetzt sorge ich erst einmal dafür, daß sie ihren Drink bekommt.«

»Deine Ma reist wirklich nicht gerade mit leichtem Gepäck.« Nate wuchtete das letzte der fünf Gepäckstücke aus dem Kofferraum des Jeeps. Jedes davon mußte mindestens eine Tonne wiegen.

»Soviel packt sie allein für ein Wochenende in Las Vegas ein.«

»Sie ist schon eine ungewöhnliche Frau.«

Trotz ihrer Verlegenheit meinte Tess, einen ironischen Unterton aus Nates Stimme herauszuhören. Sie machte sich bereit, ihre Mutter zu verteidigen. »Wie meinst du das?«

»Ich meine, daß sie frisch von der Leber weg redet, vollkommen offen und aufrichtig ist und niemandem etwas vormacht. Eben hundert Prozent Louella. Bereits nach fünf Minuten war ich von ihr hingerissen.« Neugierig blickte er sie an. »Was dachtest du denn, wie ich das meine?«

Tess rollte unbehaglich ihre verspannten Schultern. »Die Leute reagieren auf meine Mutter oft mit gemischten Gefühlen.«

Nate nickte bedächtig. »Du offenbar ganz besonders. Du solltest dich schämen, Tess.« Und während sie ihn noch mit offenem Mund anstarrte, nahm er zwei Koffer und trug sie an ihr vorbei zur Treppe.

Knurrend hievte Tess den nächsten Koffer hoch und folgte ihm. »Was soll das denn nun wieder heißen?« Mit hochrotem Gesicht quälte sie sich schnaufend die Stufen empor. Louella hielt nichts davon, mit einem Minimum an Garderobe zu verreisen.

»Das soll heißen, daß deine Mutter wirklich einzigartig ist. Du weißt gar nicht, was du an ihr hast.« Er stellte die Koffer vor dem Bett ab, drehte sich um und verließ das Zimmer.

Tess ließ den dritten Koffer auf das Bett fallen, rieb sich die Arme und wartete. »Ich weiß sehr wohl, was ich an ihr habe«, sagte sie, als er mit dem restlichen Gepäck zurückkam. »Sie ist meine Mutter. Wer sonst würde auf einem Hochzeitsempfang in Montana in Caprihosen und Goldlamé aufkreuzen? Ach, wisch dir bloß den Lippenstift ab. Du siehst aus wie ein Clown.«

Sie mühte sich mit dem Riemen eines Koffers ab, öffnete ihn und verdrehte die Augen, als sie den Inhalt musterte. »Wer sonst würde wohl zwanzig Paar Pumps einpacken, wenn er ein paar Wochen auf einer Rinderfarm verbringen will? Und dann dies hier.« Sie zog ein blauviolettes, hauchdünnes Gewand hervor, das am Saum mit Federn besetzt war. »Wer trägt denn solch einen Fetzen?«

Nate inspizierte das Kleid, während er sein Taschentuch wieder einsteckte. »Steht ihr bestimmt gut. Du legst zuviel Wert auf Äußerlichkeiten, Tess, das ist dein größtes Problem.«

»Auf Äußerlichkeiten? Himmel, sie lackiert ihren Hunden die Krallen. Sie stellt sich Gipsschwäne in den Garten, und sie schläft mit Männern, die jünger sind als ich.«

»Und ich nehme an, die Männer betrachten das als Auszeichnung.« Nate lehnte sich gegen den Bettpfosten. »Zack hat sie zu meiner Ranch geflogen und hätte fast eine Bruchlandung fabriziert, weil er sich vor lauter Lachen nicht aufs Fliegen konzentrieren konnte. Er sagte, sie hätte ihm Witze erzählt, seit sie Billings verlassen hatten. Mich hat sie gefragt, ob sie später einmal vorbeikommen und sich meine Pferde ansehen dürfte. Sie wäre am liebsten gleich mit mir zu den Ställen gegangen, aber sie konnte es nicht erwarten, dich zu sehen. Dreißig Sekunden, nachdem wir uns kennengelernt hatten, waren wir die besten Freunde. Auf der gesamten Fahrt hat sie fast ausschließlich von dir gesprochen. Ich mußte ihr mindestens ein dutzendmal versichern, daß es dir gutgeht und daß du glücklich bist. Nach schätzungsweise zehn Meilen Fahrt hat sie gemerkt, daß ich in dich verliebt bin, und dann mußte ich anhalten, damit sie ihr Make-up auffrischen konnte, weil ihr vor Rührung die Tränen gekommen waren.«

»Ich weiß, daß sie mich liebt.« Nun fühlte sich Tess wirklich beschämt. »Ich liebe sie doch auch. Es ist nur so, daß ...«

»Ich bin noch nicht fertig«, unterbrach Nate sie kühl. »Sie sagte mir, daß sie überhaupt keinen Groll gegen Jack Mercy hegen würde, weil er ihr ihre Tochter geschenkt hat. Du hast ihr Leben verändert. Sie hat sich durch dich in eine gute Mutter und durch ihn in eine gute Geschäftsfrau verwandelt. Und sie hat sich sehr gefreut, daß sie noch einmal nach Montana zurückkommen kann und Gelegenheit hat, deine Schwestern kennenzulernen. Außerdem ist sie froh, dich zu sehen und zu wissen, daß du das bekommst, was dir rechtmäßig zusteht.«

Er richtete sich auf und sah sie streng an. »Ich werde dir sagen, was ich von Louella Mercy halte, Tess. Ich bewundere sie von ganzem Herzen – eine Frau, die einen schweren Schicksalsschlag gemeistert und sich trotzdem eine Existenz aufgebaut hat. Die ihre Tochter allein großgezogen und ihr ein Heim geschaffen hat, die sich abrackern mußte, damit es dieser Tochter an nichts fehlt. Von ihr hast du dein Rückgrat, deinen Stolz und deine Willenskraft geerbt. Es ist mir schnurzegal, was sie anzieht, und es würde mich auch nicht stören, wenn sie im Bikini zur Kirche geht. Und du solltest genauso denken.«

Er ließ sie stehen und ging zur Tür hinaus. Tess sank auf die Bettkante und blieb einen Moment reglos sitzen. Sie spürte die Wirkung des Alkohols, der sie in eine weinerliche Stimmung versetzt hatte. Sorgfältig breitete sie das Kleid über das Bett, dann erhob sie sich und begann, die Koffer ihrer Mutter auszupacken.

Als Louella eine Viertelstunde später ins Zimmer kam, hatte sie die Hälfte der Kleider bereits verstaut. »Warum mühst du dich denn damit ab? Unten wird gefeiert!«

»Du wirst ohnehin nie mit dem Auspacken fertig. Ich dachte, ich helfe dir ein bißchen.«

»Ach, laß das doch jetzt sein.« Louella ergriff die Hände ihrer Tochter. »Ich bin gerade dabei, Bess unter Alkohol zu setzen. Sie singt schmutzige Lieder, wenn sie betütert ist.«

»Wirklich?« Tess legte ein Sommerkleid in schreiendem Kirschrot beiseite. »Das muß ich sehen.« Dann drehte sie sich um und lehnte den Kopf an Louellas Schulter. Eine Schulter, die immer für sie dagewesen war, dachte sie, ohne Bedingungen, ohne Fragen. »Ich bin froh, dich zu sehen, Mom. Wirklich. Ich bin froh, daß du gekommen bist.«

»Was ist denn los mit dir?«

»Keine Ahnung.« Tess schnüffelte und trat einen Schritt zurück. »Es kommt eben alles zusammen.«

»Die letzte Zeit war für dich sicher nicht einfach.« Louella zog ein besticktes Taschentuch hervor und trocknete ihrer Tochter sanft das Gesicht ab.

»Nein, in vieler Hinsicht nicht. Ich fürchte, das Ganze hat mich stärker belastet, als mir bewußt geworden ist. Aber ich komme darüber hinweg.«

»Dessen bin ich mir sicher. Jetzt komm mit nach unten und amüsier dich.« Louella legte Tess einen Arm um die Taille und dirigierte sie zur Tür. »Später machen wir eine Flasche französisches Bubbelwasser auf und reden über alles.«

»Ja, gerne.« Tess hakte sich im Gegenzug bei ihrer Mutter unter. »Das ist eine gute Idee.«

»Dann kannst du mir auch alle Einzelheiten über deinen neuen Freund berichten.«

»Im Moment ist Nate nicht allzugut auf mich zu sprechen.« Bei dem Gedanken kamen ihr schon wieder die Tränen. »Ich kann mich zur Zeit ja selbst nicht so recht leiden.«

»Nun, das läßt sich alles wieder einrenken.« Louella blieb auf der Treppe stehen und lauschte dem Stimmengewirr, das von unten heraufdrang. »Ich mag euch beide.«

»Ich hätte dich bitten sollen, zur Hochzeit zu kommen«, murmelte Tess. »Ich hätte dich schon vor Monaten bitten sollen, mich zu besuchen, statt darauf zu warten, daß Willa dich einlädt. Zum Teil habe ich gezögert, weil ich dachte, es wäre dir unangenehm, zum Teil aber auch, weil ich fürchtete, es könnte mir unangenehm werden. Es tut mir leid, Mom.«

»Herzchen, wir beide sind so verschieden wie Budweiser und Moët. Was nicht heißen soll, daß nicht beide Marken etwas für sich haben. Der Himmel weiß, daß ich mich über dich schon ebenso oft gewundert habe wie du dich über mich.«

Louella drückte ihre Tochter kurz an sich. »Jetzt hör dir dieses Geschnatter an. Wie im Hühnerstall. Erinnert mich irgendwie an meine Zeit als Revuetänzerin. Ich hatte schon immer eine Schwäche für Klatsch und Tratsch, deswegen fühle ich mich hier auch sofort heimisch. Und ich mag deine Schwestern wirklich gerne, Tess.«

»Ich auch.« Tess straffte entschlossen die Schultern. »Wir sorgen dafür, daß nichts und niemand uns diese Hochzeit verdirbt.«

Er hegte den gleichen Gedanken. Die Frauenstimmen und das Gelächter im Haus klangen ihm wie süße Musik in den Ohren, und er mußte lächeln, wenn er daran dachte, daß Lily heute im Mittelpunkt stand. Ohne ihn wäre sie jetzt nicht mehr am Leben, und das Wissen um seine geheime Heldentat erfüllte ihn immer noch mit tiefer Freude.

Er hatte sie gerettet, weil er wollte, daß sie heiratet und glücklich wird.

Wenn diese angenehmen Vorstellungen verblaßten, konnte er sich jederzeit das Bild von Jesse Cooke und dem, was er mit dem Kerl gemacht hatte, ins Gedächtnis rufen. Manchmal ließ er vor dem Einschlafen genüßlich jede Einzelheit an sich vorüberziehen, und dann träumte er von Blut und Tod.

Seitdem war er mit äußerster Vorsicht zu Werke gegangen und hatte sich, wenn ihn die Lust zu töten überkam, in die Berge verkrochen und seine Opfer anschließend sorgfältig vergraben. Seltsam, wie übermächtig seine Mordlust inzwischen geworden war, viel stärker als sein Verlangen nach Nahrung oder nach Sex. Bald würde er sie nicht mehr an Hasen, Rehen oder einem Kalb von der Weide stillen können.

Bald würde er wieder einen Menschen töten müssen.

Doch er würde sich zurückhalten, bis Lily verheiratet und in Sicherheit war. Zwischen ihm und ihr bestand nun ein Band, und Menschen gegenüber, an die er sich gebunden fühlte, verhielt er sich absolut loyal.

Er hatte nur Angst gehabt, sie könnte fürchten, daß wieder etwas geschehen würde. Doch er hoffte, ihr diese Sorge genommen zu haben. Mit großer Behutsamkeit hatte er die Notiz verfaßt, hatte jedes einzelne Wort liebevoll auf das Papier gemalt. Nun, nachdem er das Briefchen unter ihrer Küchentür hindurchgeschoben hatte, war ihm wieder leichter ums Herz.

Jetzt würde sich Lily nicht mehr mit schwarzen Gedanken herumquälen. Sie wußte ja, daß jemand über sie wachte. Nun konnte sie unbeschwert ihr Fest genießen, und er konnte von den Hochzeitsglocken träumen, die das Ende seiner selbstauferlegten Enthaltsamkeit verkünden würden.

Als sich der Himmel im Westen rötlich verfärbte und die Berggipfel zu glühen schienen, löste sich die Party langsam auf. Einige der Frauen winkten ihm im Vorbeifahren zu. Er erwiderte den Gruß und fragte sich insgeheim, welche von ihnen er sich als Opfer auswählen würde, wenn die Zeit gekommen war.

Kapitel 3

»Ich dachte, du solltest dir das einmal ansehen.«

Mit hochgezogenen Brauen nahm Willa Lily das Blatt Papier aus der Hand. Sie hatte sich gerade erleichtert in ihr Zimmer zurückgezogen, um sich von der anstrengenden Party zu erholen, als Lily an ihre Tür geklopft hatte. Doch nach dem ersten Blick auf die Nachricht verschwand ihre Müdigkeit schlagartig.

Mach Dir keine Sorgen. Ich werde nicht zulassen, daß Dir, Adam oder Deinen Schwestern etwas zustößt. Wenn ich geahnt hätte, was JC im Schilde führte, hätte ich ihn eher getötet, bevor er Dich in Angst und Schrecken versetzen konnte. Aber nun bist Du in Sicherheit und kannst unbesorgt Deine Hochzeit feiern. Ich wache über Dich und die Deinen. Viele Grüße, ein Freund.

»Herrje!« Willa lief eine Gänsehaut über den Rücken. »Wann hast du das bekommen?«

»Gerade eben. Es wurde unter der Küchentür durchgeschoben.«

»Hast du Adam den Zettel gezeigt?«

»Ja, unverzüglich. Ich weiß nicht, was ich davon halten soll, Will. Die Person, die das geschrieben hat, hat auch Jesse getötet. Und die anderen.« Sie nahm Willa den Zettel aus der Hand und faltete ihn zusammen. »Trotzdem scheint er mich beruhigen zu wollen. Diese Notiz enthält nicht die Spur einer Drohung, trotzdem fühle ich mich bedroht.«

»Natürlich. Immerhin war er ja praktisch bei dir im Haus.« Willa begann, im Zimmer auf und ab zu gehen, wobei ihre bestrumpften Füße auf dem Boden kaum ein Geräusch verursachten. »So ein gottverdammter Mist! Wir sind noch keinen Schritt weitergekommen. Diese Nachricht wurde ausgerechnet heute hinterlegt, wo Dutzende von Menschen im Haus ein und aus gegangen sind. Jeder könnte es getan haben. Ich habe mir schon den Kopf zerbrochen, aber ich kann den Kreis der Verdächtigen einfach nicht eingengen.«

»Er hat ganz offensichtlich nicht vor, dir, mir oder Tess etwas anzutun.« Lily holte tief Atem. »Oder Adam. Daran klammere ich mich. Aber Will, er wird bei der Hochzeit anwesend sein. Er wird auch dort auftauchen.«

»Überlaß die Sache mir. Bitte.« Willa legte ihrer Schwester die Hände auf die Schultern. »Gib mir den Zettel. Ich sorge dafür, daß die Polizei sich darum kümmert. Du heiratest in ein paar Tagen, das ist alles, woran du jetzt denken mußt.«

»Ich werde meinen Eltern nichts davon sagen. Ich habe über alles nachgedacht und es mit Adam besprochen, und wir haben beschlossen, nur noch dich einzuweihen. Wem du davon berichten willst, mußt du entscheiden. Ich möchte nur vermeiden, daß sich meine Mutter und mein Vater aufregen.«

»Kein Sterbenswörtchen wird über meine Lippen kommen.« Willa nahm den Zettel und legte ihn auf ihre Kommode. »Lily, diese Hochzeit bedeutet mir fast ebensoviel wie dir. Man könnte sagen, daß ich in zweifacher Hinsicht betroffen bin.« Ein gezwungenes Lächeln spielte um ihre Lippen. »Nicht jeder hat die Gelegenheit, seinen Bruder und seine Schwester miteinander zu verheiraten, jedenfalls nicht in Montana. Also konzentriere du dich bitte ganz allein auf deine Hochzeit. Ich wäre dir sehr dankbar dafür.«

»Ich habe keine Angst, Will. Ich scheine überhaupt nicht mehr leicht in Panik zu geraten.« Lily drückte ihre Wange kurz gegen die von Willa. »Weißt du, daß ich dich sehr, sehr lieb habe?«

»Das beruht auf Gegenseitigkeit.«

Sie schloß die Tür hinter Lily, dann starrte sie den zusammengefalteten Zettel an. Was, zum Teufel, sollte sie jetzt tun? Bestimmt nicht ins Bett gehen und seelenruhig schlafen! Statt dessen griff sie nach ihren Stiefeln und ging zum Telefon.

»Ben? Ja, ja, wir haben dir ein Stück Kuchen aufgehoben. Hör zu, du mußt mir einen Gefallen tun. Kannst du bitte den Cop anrufen, der diesen Fall bearbeitet, und ihn bitten, sich bei dir zu Hause mit mir zu treffen? Ich muß ihm unbedingt etwas zeigen, und das möchte ich auf keinen Fall hier tun. Nein.« Sie klemmte den Hörer zwischen Ohr und Schulter, während sie in einen Stiefel fuhr. »Ich erkläre dir alles, wenn ich bei dir bin. Bin schon unterwegs. Nein, ich habe jetzt wirklich keine Zeit für lange Diskussionen«, fauchte sie, als er Einwände erhob. »Ich werde die Türen des Jeeps abschließen und eine geladene Flinte auf den Beifahrersitz legen, aber ich mache mich jetzt auf den Weg.«

Sie legte auf, ehe er etwas erwidern konnte.

»Verdammtes, starrköpfiges, unvernünftiges Frauenzimmer!«

Willa hatte es aufgegeben, mitzählen zu wollen. Wie oft hatte er sie in den vergangenen zwei Stunden mit diesem oder einem ähnlichen Namen bedacht. »Es ließ sich nicht vermeiden, und nun ist die Sache erledigt.« Überrascht nahm sie das Glas Wein entgegen, das er ihr reichte. Sie hatte nicht damit gerechnet, daß Ben der Sinn nach Wein stehen oder daß er sie nach der Unterredung mit den Cops auch noch freundlich bewirten würde.

»Ich hätte genausogut zu dir kommen können.«

»Du warst ja auch schon fast da«, erinnerte sie ihn. »Du hattest gut die Hälfte des Weges bereits hinter dir, als ich dich getroffen habe. Ich hab' dir doch gesagt, ich kann auf mich aufpassen. Außerdem hast du doch die Nachricht gelesen, das war keine Drohung.«

»Allein die Tatsache, daß sie überhaupt geschrieben wurde, enthält schon eine Drohung. Lily muß ja völlig aus dem Häuschen sein.«

»Nein, erstaunlicherweise hat sie es ganz ruhig aufgenommen. Sie möchte lediglich verhindern, daß ihre Eltern davon erfahren. Wir haben sonst niemandem etwas gesagt, aber vermutlich muß ich Tess einweihen, und die wird Nate davon erzählen, aber damit hat es sich dann auch.«

Willa nippte an ihrem Wein, während er rastlos durch den Raum tigerte. Seine Behausung strahlte eine herbe, maskuline Atmosphäre aus. Die Wände waren mit honigfarbenem Holz getäfelt, der Boden schimmerte in demselben warmen Ton. Teppiche und Läufer fehlten völlig. Die große, wuchtige dunkelblaue Polstergarnitur wirkte schlicht und schmucklos. Kein einziges Zierkissen oder ähnliches störte den Gesamteindruck, es fand sich im ganzen Zimmer kein überflüssiger Schnickschnack.

Lediglich auf dem Kaminsims standen gerahmte Fotos von seiner Familie, ein Paar antike Sporen hing an der Wand, und auf dem vollen Bücherregal leuchtete ein großer, herrlich gefärbter Türkis. Ein Hufkratzer war achtlos auf den Tisch geworfen worden und lag direkt neben einem Taschenmesser und einer Handvoll Kleingeld.

Schlicht und gradlinig, so wie Ben, dachte sie und entschied, daß er jetzt seinem Unmut lange genug Ausdruck verliehen hatte.

»Nett von dir, mir bei der Erledigung der Angelegenheit zu helfen. Vielleicht finden die Cops ja heraus, wer die Nachricht verfaßt hat.«

»Sicher, wenn das Leben ein Paramountfilm wäre.«

»Wie dem auch sei, mehr kann ich im Moment nicht tun.« Willa stellte das zur Hälfte geleerte Glas beiseite und erhob sich. »In weniger als einer Woche findet die Hochzeit statt, und ich habe das Haus voller Gäste, also …«

»Wo willst du denn hin?«

»Nach Hause. Ich sagte ja bereits, daß ich Gäste habe, und ich will noch ein paar Stunden Schlaf kriegen.« Sie holte ihre Schlüssel aus der Tasche, die er ihr sofort entriß. »Hör zu, McKinnon …«

»Nein, du hörst mir jetzt mal zu.« Ben warf die Schlüssel in hohem Bogen über seine Schulter, so daß sie klirrend in einer Ecke landeten. »Du gehst heute abend nirgendwo mehr hin, sondern bleibst schön hier, damit ich ein Auge auf dich haben kann.«

»Ich habe die Mitternachtswache.«

Wortlos griff Ben zum Telefon und tippte eine Nummer ein. »Tess? Ja, Ben am Apparat. Willa ist bei mir. Sie bleibt über Nacht. Sagst du Adam bitte Bescheid, daß er die Wacheinteilung dementsprechend ändert? Morgen früh schicke ich dir deine Schwester zurück.« Er hängte ein, ohne auf Zustimmung vom anderen Ende der Leitung zu warten. »So, das wäre erledigt.«

»Du bestimmst weder über Mercy noch über mich, Ben.

Meine Entscheidungen treffe ich ganz alleine.« Sie trat einen Schritt vor, um nach ihren Schlüsseln zu greifen, und mußte feststellen, daß sich der Raum plötzlich um sie zu drehen begann. Er hatte sie ohne Umschweife gepackt und über seine Schulter geworfen. »Was ist eigentlich in dich gefahren, McKinnon?«

»Ich bringe dich ins Bett, da werde ich besser mit dir fertig.«

Fluchend versuchte sie, nach ihm zu treten, und als ihr das nicht gelang, biß sie ihn in den Rücken. Er stöhnte schmerzlich auf, trug sie aber unbeirrt weiter nach oben.

»Nur kleine Mädchen beißen«, meinte er, als er sie auf das Bett fallen ließ. »Von dir hätte ich mehr erwartet.«

»Wenn du glaubst, daß ich mit dir schlafe, obwohl du mich wie ein störrisches Kalb behandelst, dann befindest du dich in einem gewaltigen Irrtum.«

Das Pochen in seinem Rücken, dort, wo sie ihre Zähne hineingegraben hatte, ließ ihn ein wenig hinterhältig werden. »Wir werden ja sehen.« Er schob sie zur Seite, drückte sie mit seinem Körpergewicht in die Matratze und hielt ihre Hände fest. »Wehr dich!« Pure Herausforderung schwang in seiner Stimme mit. »Auf diese Weise haben wir's noch nie probiert, vielleicht gefällt es mir ja.«

»Du elender Hundesohn!« Willa bäumte sich auf, und als er sie küssen wollte, biß sie erneut zu. Er wälzte sich, sie immer noch festhaltend, zur Seite, wohlweislich darauf bedacht, empfindliche Körperteile vor ihren Händen und Nägeln zu schützen. Ihr Knie verfehlte sein Ziel gerade so weit, daß er dankbar aufseufzte, dennoch brach ihm vor Schreck der kalte Schweiß aus. Mit seiner freien Hand riß er ihr das Hemd auf, rührte sie jedoch nicht weiter an. Vielleicht war eine kleine Rauferei genau das Richtige, um die Ängste zu vertreiben. Und als sie regungslos und mühsam nach Luft ringend neben ihm lag, wußte er, was sie beide als nächstes brauchten.

»Laß mich los, du Feigling!«

»Ich werde dich an die Bettpfosten ketten, wenn es sein muß, Willa, aber du bleibst hier, und wenn ich mit dir fertig bin, dann wirst du schlafen, wirklich schlafen, ohne dich mit Alpträumen herumzuschlagen, das verspreche ich dir.« Sachte strich er mit den Lippen über ihre Schläfe, über ihre Wange, über ihr Kinn.

»Laß mich gehen.«

Ben hob den Kopf. Ihr Haar floß über den dunkelgrünen Cordbezug des Bettes, rote Flecken der Wut zeichneten sich auf ihren Wangen ab, und ihre Augen sprühten vor Zorn.

»Ich kann nicht.« Er lehnte seine Stirn gegen ihre und fragte sich, ob sie wohl beide irgendwann einmal in der Lage sein würden, diese elementare Tatsache zu akzeptieren. »Ich kann dich einfach nicht gehenlassen.«

Wieder fand sein Mund ihre Lippen, und er küßte sie langsam und ausdauernd, bis sie meinte, irgend etwas in ihr müsse zerspringen. »Nicht!« Sie drehte den Kopf zur Seite; sie war zu erschöpft, um sich noch länger gegen ihn zu behaupten. »Küß mich nicht auf diese Weise.«

»Es ist für uns beide schwer.« Ben drehte ihr Gesicht wieder zu sich. Die Wut war aus ihren Augen verschwunden. Jetzt wirkten sie nur noch riesig, dunkel und matt. Sachte begann er von neuem, ihren Mund zu erforschen. »Gott, ich brauche dich, Willa. Wie konnte das nur geschehen?«

Er riß sie mit sich, so daß sie sich hilflos dem Ansturm der Gefühle ergab, bis sich die Welt um sie herum zu drehen schien und ihr Herz jene Geheimnisse preisgab, die sie sich bislang noch nicht einmal selbst eingestanden hatte. Fast schluchzend stammelte sie seinen Namen, bevor sie endgültig den Halt verlor und sich vollkommen fallenließ. Als er den Kopf wieder hob, sah sie ihm ins Gesicht; in ein Gesicht, das sie ihr Leben lang kannte und das sie doch ständig neu entdeckte. »Laß meine Hände los, Ben!« Sie leistete keinen Widerstand mehr, schrie ihn auch nicht an, sondern wiederholte die Aufforderung lediglich mit ruhiger Stimme. »Laß meine Hände los!«

Langsam lockerte er seinen Griff und gab sie frei. Als er sich von ihr lösen wollte, legte sie die Hände um sein Gesicht und zog ihn wieder zu sich herunter. »Küß mich«, murmelte sie, »so, wie ich es eben nicht wollte.«

Er gehorchte, kostete den Augenblick voll aus und versank in ihr.

Dann schob er ihr zerrissenes Hemd beiseite, um ihre Haut zu spüren, streichelte sie geschickt, bis sie der Lockung seiner Hände folgte und sich verlangend gegen seinen heißen Körper preßte, der ihr vorkam, als würde er innerlich glühen. Was auch immer er heute nacht von ihr fordern würde, sie würde es ihm gewähren. Was immer er suchen würde, sollte er finden. Der verzehrende, unausgesprochene Hunger floß von ihm zu ihr hinüber, und eine tiefe Befriedigung erfüllte sie, weil sie wußte, daß sie das besaß, was er so dringend brauchte.

Das gewalttätige Feuer war erloschen, war murmelnden Seufzern, streichelnden Berührungen und wonnevollem Stöhnen gewichen.

Unbemerkt ging der Mond auf, Nachtvögel machten sich auf die Jagd nach Beute, und der laue Frühlingswind ließ die Vorhänge leise flattern und strich kühlend über die erhitzten Leiber.

Er zog sie hoch, um seine Hände in ihrem üppigen dunklen Haar zu vergraben und ihr die schwere Masse aus dem Gesicht zu streichen. Er lächelte sie an. Einige Sekunden lang hielt er sie still an sich gedrückt, ihr Kopf ruhte an seiner Schulter, und er lauschte dem Schlag ihrer Herzen, dann preßte er sie in die Kissen und drang in sie ein.

Während des Liebesspiels nahm er nicht einmal den Blick von ihrem Gesicht, beobachtete sie, als sie den Höhepunkt erreichte, sah, wie ihre Augen dunkel wurden, ihre Lippen zu zittern und ihr Körper zu zucken begann.

Als sie sich diesmal fallenließ, zog sie ihn mit sich.

Es war ein herrlicher Tag für eine Hochzeit. Der warme Wind brachte den Duft der Kiefern mit hinunter ins Tal, wo er sich mit dem süßen Wohlgeruch der Topfblumen mischte, die auf Tess' Anweisung hin die Veranda des Haupthauses, Adams und Lilys Heim und auch die Nebengebäude schmückten.

Der befürchtete Regen oder gar Hagel, der noch achtundvierzig Stunden zuvor das Land heimgesucht und Tess und Lily in helle Aufregung versetzt hatte, war zum Glück ausgeblieben. Die Trauerweide neben dem kleinen Teich, den Jack Mercy einst in Auftrag gegeben hatte und den er mit japanischen Karpfen füllen ließ, dann aber vergessen hatte, zeigte sich bereits in zartem Grün.

Zahlreiche Tische waren unter gestreiften Sonnenschirmen aufgestellt worden, ein schneeweißer Baldachin schützte das Hochzeitsbüffet, und die Männer hatten voller Vorfreude eine hölzerne Plattform errichtet, die als Tanzfläche dienen sollte.

Ein perfekter Tag, grübelte Willa, wenn man einmal davon absah, daß sich eine Anzahl Cops unter die geladenen Gäste mischen würde.

»Du siehst überwältigend gut aus.« Mit leicht umflorten Augen streckte sie die Hand aus, um die Krawatte von Adams Smoking zu richten. »Wie ein Filmstar.« Unfähig, ihn loszulassen, strich sie ihm über das Revers. »Großer Tag heute, wie?«

»Allerdings.« Adam tupfte eine Träne von ihren Wimpern und gab vor, sie in seiner Tasche zu verstauen. »Ich werde sie aufbewahren. Du läßt ihnen ja so gut wie nie freien Lauf.«

»Wenn das so weitergeht, werde ich heute wohl noch so manche Träne vergießen.« Willa nahm das Maiglöckchensträußchen – Adam selbst hatte die Blumen ausgesucht – und befestigte es sorgfältig an seinem Smoking. »Ich weiß, daß das eigentlich die Aufgabe deines Trauzeugen ist, aber Ben hat so riesige Pranken.«

»Dafür zittern deine Hände ein bißchen.«

»Ich weiß.« Sie lachte leise. »Man könnte glatt meinen, *ich* heirate heute. Die ganze Angelegenheit hat erst angefangen, mich nervös zu machen, als ich mich heute morgen in dieses Kleid zwängen mußte.«

»Du siehst bezaubernd aus.« Adam nahm ihre Hand und legte sie an seine Wange. »Du hattest schon vor deiner Geburt einen Platz in meinem Herzen, Willa, und den wirst du immer behalten.«

»O Gott.« Da ihre Augen erneut in Tränen schwammen, gab sie ihm einen hastigen Kuß und wirbelte herum. »Ich muß gehen.« In ihrem blinden Bestreben, zur Tür hinauszustürmen, stieß sie unsanft mit Ben zusammen. »Laß mich durch.«

»Einen Augenblick noch. Ich möchte dich wenigstens mal anschauen.« Ohne auf ihre tränenverhangenen Augen zu achten, drehte er sie einmal im Kreis und bewunderte ihr enges blaues Kleid. »Sieh an! Sieh an! Hübsch wie eine Glokkenblume auf der Wiese.« Mit der Fingerspitze entfernte er einen Tropfen von ihrer Wange. »Sogar der Tau fehlt nicht.«

»Ach, spar dir dein Gerede, geh und unterhalte Adam. Laß ein paar Machosprüche los, erzähl schmutzige Witze oder mach sonst irgendwas.«

»Deswegen bin ich hier.« Ben küßte sie rasch, bevor sie sich losmachen konnte. »Der erste Tanz gehört mir. Und der letzte«, fügte er hinzu, als sie davoneilte.

Es war einfach nicht fair, dachte Willa, während sie auf das Haupthaus zulief. Es war nicht fair, daß er sie so durcheinanderbringen konnte. Sie hatte so viel um die Ohren, viel zuviel, wenn sie ehrlich war, und sie wollte sich weiß Gott nicht in Ben McKinnon verlieben.

Was auch gar nicht der Fall war, tröstete sie sich und wischte sich mit der Hand über den Mund.

Es war ihr nur peinlich, daß sie – was ihn betraf – so typisch weibliche Reaktionen hatte. Himmel, sie war doch nicht in ihn verliebt, nur weil sie gelegentlich mit ihm ins Bett ging, weil er ihr Komplimente machte oder weil er sie manchmal mit einem gewissen Funkeln in den Augen ansah. Sie mußte unbedingt darüber hinwegkommen, mußte zu sich selbst zurückfinden, bevor sie sich zum Gespött des ganzen Landes machte oder sich dazu hinreißen ließ, ihm nachzulaufen oder von Brautkleidern oder einer Hochzeit in Weiß zu träumen.

Vor der Tür blieb sie stehen und preßte eine Hand gegen ihren nervösen Magen. Erst als sie sich wieder so weit gefaßt hatte, ihren Mitmenschen gegenübertreten zu können, betrat sie das Haus und sah sich einer schluchzenden Adele gegenüber, die, auf Louellas Arm gestützt, die Treppe herunterkam.

»Was ist los? Ist etwas passiert?« Willa machte sich bereit, sofort zum Waffenschrank zu rennen, doch Louella lächelte sie beruhigend an.

»Nichts ist los. Adele hat nur den typischen Brautmutter-Katzenjammer.«

»Hat sie nicht reizend ausgesehen, Louella? Wie ein Engel. Mein kleines Mädchen.«

»Die schönste Braut, die ich je gesehen habe. Wir zwei, wir werden gleich eine Flasche Schampus aufmachen und auf sie anstoßen.« Im Gehen tätschelte sie Adeles Rücken. »Will, geh bitte nach oben, Lily hat darum gebeten.«

»Und ich sollte Rob suchen.«

»Männer machen solche Momente leider nicht durch, Addy.« Louella dirigierte sie in Richtung Küche. »Wir machen uns auf die Suche, nachdem wir ein, zwei Gläschen auf das Wohl der Braut getrunken haben. Geh rauf, Will. Lily wartet auf dich.«

»In Ordnung.« Willa schüttelte amüsiert und zugleich verwirrt den Kopf und fragte sich, was diese beiden charakterlich so verschiedenen Frauen verband. Ihre Verwunderung hatte sich noch nicht ganz gelegt, als sie die Tür zu Lilys Zimmer öffnete und wie vom Blitz getroffen stehenblieb.

»Na, was sagst du nun?« fragte Tess begeistert, während sie Lily den Schleier richtete. »Wie findest du sie?«

»Mein Gott, Lily, du siehst wundervoll aus. Wie eine Märchenprinzessin.«

»Ich wollte unbedingt ein weißes Kleid tragen.« Lily wirbelte vor dem großen Drehspiegel einmal um die eigene Achse. Die Frau, die ihr aus dem Glas entgegenlächelte, war in der Tat bildschön in dem weichfließenden weißen Satinkleid mit dem spitzenverzierten, mit kleinen schimmernden Perlen bestickten Mieder. »Es ist zwar schon meine zweite Ehe, aber trotzdem ...«

»Aber nein.« Tess bürstete ein Stäubchen von dem langen Ärmel des Brautkleides. »Deine frühere Ehe ist bedeutungslos geworden, diese Hochzeit ist deine erste.«

»Meine erste Hochzeit.« Lächelnd zupfte Lily an dem Schleier, der ihr über die Schultern floß. »Ich bin nicht einmal aufgeregt, obwohl ich vorher befürchtete, vor Nervosität kein einziges Wort herausbringen zu können.«

»Ich habe noch etwas für dich.« Willa, die äußerst nervös war, hielt Lily eine kleine, mit Samt überzogene Schachtel hin, die sie bislang hinter ihrem Rücken versteckt gehalten hatte. »Du brauchst sie nicht zu tragen, wenn du nicht willst. Aber als Tess mir erzählte, daß dein Kleid mit Perlen besetzt ist, habe ich mich an diesen Schmuck erinnert. Er gehörte meiner Großmutter. Unserer Großmutter«, berichtigte sie sich und drückte Lily die Schachtel in die Hand. Ihre Schwester seufzte verzückt, als sie den Deckel aufklappte. Die Ohrringe bestanden aus tropfenförmigen, mattglänzenden Perlen, die von einer wunderschönen altmodischen Filigranfassung gehalten wurden. Ohne Zögern nahm sie die Clips ab, die sie passend zu ihrem Kleid erstanden hatte, und legte Willas Geschenk an.

»Sie sind herrlich, Will. Vielen, vielen Dank.«

»Und sie stehen dir sehr gut.« Der Schmuck war für zarte, zierliche Frauen wie Lily gemacht worden, dachte Willa mit einem Anflug von Neid, nicht für den robusten Typ, wie sie ihn verkörperte. »Ich bin sicher, unsere Großmutter hätte gewünscht, daß du sie bekommst. Ich kannte sie zwar nicht und weiß nicht viel von ihr, aber … herrje, ich habe heute furchtbar nah am Wasser gebaut.«

»Das haben wir alle, aber dagegen weiß ich ein ausgezeichnetes Mittel.« Tess reichte Willa ein Papiertaschentuch hinüber. »Ich hab' eine Flasche Champagner stibitzt und im Badezimmer versteckt, damit Bess nichts merkt. Ich finde, wir haben uns ein Gläschen verdient.«

Willa kicherte, als Tess im angrenzenden Bad verschwand. »Ganz die Mama.«

»Nochmals danke, Willa.« Lily berührte die Ohrgehänge. »Nicht nur hierfür, sondern für alles.«

»Nicht, Lily, sonst fange ich gleich wieder an. Immerhin genieße ich hier einen gewissen Ruf, aber bestimmt nicht den einer Heulsuse.« Erleichtert vernahm sie das Knallen des

Korkens im Badezimmer. »Wenn die Männer erst einmal meine Schwachstellen herausbekommen haben, sind sie überhaupt nicht mehr zu ertragen.«

»So, da bin ich wieder.« Tess brachte drei Gläser und eine Flasche ins Zimmer. »Worauf wollen wir anstoßen?« Mit großer Geste schenkte sie die Gläser voll und verteilte sie. »Auf ewige Liebe und eheliches Glück?«

»Nein, zuerst einmal ...« Lily hob ihr Glas. »Auf die Frauen von Mercy.« Sie stieß erst mit Tess, dann mit Willa an. »Wir haben innerhalb kurzer Zeit einen langen Weg zurückgelegt.«

»Darauf kann ich trinken.« Tess hob die Brauen. »Will?«

»Ich auch.« Willa stieß mit Tess an und lauschte amüsiert dem melodischen Klirren des Kristalls. Natürlich, ihre Schwester hatte mit sicherem Blick die besten Gläser ausgewählt.

Lächelnd hob Lily ihr Glas an die Lippen. »Ich darf leider nur einen Schluck nehmen. Alkohol schadet dem Baby.«

»Baby?« keuchten Tess und Willa einstimmig.

Den Augenblick auskostend, nippte Lily einmal vorsichtig an dem Champagner. »Ich bin schwanger.«

Willa dachte später noch oft daran, wie schön Lily ausgesehen hatte, als sie am Arm ihres Stiefvaters auf den Mann zugegangen war, dem sie angetraut werden sollte. Nachdem die Gelübde geleistet und die Ringe ausgetauscht worden waren, zwang sich Willa dazu, ungute Gefühle zu verdrängen. Sie fiel in den Beifall und die Jubelrufe mit ein, mit denen das frischgebackene Ehepaar gefeiert wurde. Sie dachte an das Kind und daran, was die Zukunft ihm wohl bringen mochte.

»Auf welcher Wolke treibst du denn diesmal dahin?« flüsterte Ben ihr ins Ohr.

Erschrocken blickte sie auf und wäre beinahe über seine Füße gestolpert. »Wie bitte?«

»Du warst eben in Gedanken meilenweit weg.«

»Ach ja? Du weißt doch, daß ich mich beim Tanzen konzentrieren muß, sonst komme ich aus dem Takt.«

»Das wäre nicht der Fall, wenn du dem Mann die Führung überlassen und nur auf die Musik achten würdest. Aber das meinte ich gar nicht.« Er zog sie enger an sich. »Du machst dir Sorgen, weil du fürchtest, er könnte sich unter den Gästen befinden.«

»Natürlich tue ich das. Ständig schaue ich mir die Gesichter an, die ich schon so oft gesehen habe, spreche mit Leuten, von denen ich meine, sie zu kennen, und frage mich, wer er wohl sein mag. Wenn dieses verdammte Testament nicht wäre, könnten Adam und Lily eine richtige Hochzeitsreise machen, und ich müßte mich ein paar Wochen lang um zwei Leute weniger sorgen.«

»Wenn das verdammte Testament nicht existieren würde, dann wären sie vielleicht nie in die Verlegenheit gekommen, eine Hochzeitsreise verschieben zu müssen«, gab er zu bedenken. »Schieb die trüben Gedanken beiseite, Will. Heute wird schon nichts geschehen.«

»Ich gebe mir ja redlich Mühe. Sieh mal, wie glücklich die beiden sind.« Sie drehte den Kopf, um Braut und Bräutigam zu betrachten, die sich engumschlungen auf der Tanzfläche drehten. »Merkwürdig ist es schon. Vor einem Jahr wußten sie noch gar nicht, daß der andere überhaupt existiert, und nun sind sie verheiratet.«

»Und dabei, eine Familie zu gründen.«

Diesmal geriet sie wirklich ins Straucheln. »Woher weißt du das denn?«

»Adam hat es mir verraten.« Ben grinste, und da er es leid war, daß sie ihm ständig auf die Füße trat, schob er sie behutsam zum Büfett. »Er strahlte wie ein Honigkuchenpferd und schien vor Glück beinahe zu platzen.«

»Ich möchte, daß das auch so bleibt.« Willa widerstand der Versuchung, auf den Derringer zu klopfen, den sie an ihrem Oberschenkel befestigt hatte. Obwohl sie wußte, daß die Pistole kaum mehr als eine Spielzeugwaffe war, empfand sie das Wissen, sie bei sich zu tragen, als beruhigend. »Du solltest deine geschätzte Aufmerksamkeit lieber auch einigen anderen Damen zukommen lassen, Ben, sonst setzen die Leute am Ende noch Gerüchte über uns in Umlauf.«

Ben lachte leise und faßte ihr unters Kinn. Bei all ihrem gesunden Menschenverstand konnte Willa unglaublich naiv sein, wenn es um ihre eigene Person ging. »Liebling, das ist mit Sicherheit schon längst passiert.« Er grinste, als sie ihn böse anfunkelte und ihren Blick drohend über die Menge gleiten ließ, als rechnete sie damit, jemanden dabei zu ertappen, wie er hinter ihrem Rücken über sie lästerte. »Aber das interessiert mich nicht.«

»Ich lege keinen Wert darauf, daß sich die Leute die Mäuler über mich zerreißen.« Sie warf den Kopf zurück und deutete auf Tess und Nate. »Was erzählt man sich denn über die beiden?«

»Daß Nate da auf eine aalglatte Schlange hereingefallen ist und seine liebe Not haben wird, sie zu halten. Na, da haben wir mal eine Frau, die zu tanzen versteht.« Er nahm von einem vorbeieilenden Kellner zwei Gläser entgegen und wies dann auf Louella. Tess' Mutter trug ein enges pinkfarbenes Kleid sowie gleichfarbige Stilettos. Sie war gerade dabei, mit Bens Vater eine heiße Sohle aufs Parkett zu legen. Mindestens ein Dutzend Cowboys standen daneben, scharrten mit den Füßen und warteten darauf, daß sie an die Reihe kamen. »Das ist ja dein alter Herr.«

»Korrekt.«

»Sieh dir an, wie er loslegt!«

»Er wird zwar eine Woche lang Muskelkater haben, aber das dürfte ihm die Sache wert sein.«

Lachend griff Willa nach Bens Hand und zog ihn mit sich, um besser sehen zu können. Gemeinsam beobachteten sie, wie ein Cowboy von einer benachbarten Ranch Louella um die Taille faßte und zu flotten Twosteprhythmen herumwirbelte, während Stu McKinnon sich mit seinem Taschentuch den Schweiß vom Gesicht wischte.

»Sie wird durchhalten bis zum bitteren Ende«, unkte Tess düster.

Nate zwinkerte Ben zu und sah Stu nach, der sich ein Bier holen ging. »Hat sie dir auch beigebracht, so zu tanzen, Tess?«

»Dazu habe ich noch nicht annähernd genug getrunken.«

Tess nahm Willa das Glas aus der Hand, leerte es in einem Zug und reichte es ihrer Schwester zurück. »Aber gib mir noch etwas Zeit. Was nicht ist, kann ja noch werden.«

»Ich bin ein geduldiger Mann. Das ist die gelungenste Hochzeitsfeier, an der ich je teilgenommen habe, Will. Du und deine Helfer, ihr habt euch selbst übertroffen.« Als Louella ihm vergnügt auf die Schulter schlug, stöhnte er auf.

»Du bist dran, mein Süßer.«

»Louella, selbst wenn ich vier Füße hätte, könnte ich mit dir nicht mithalten. Du bringst in deinem Restaurant garantiert jeden auf Trab.«

»Restaurant? Unsinn!« Louella prustete vor Lachen und packte ihn bei der Hand. »Ich führe einen Stripteaseschuppen, mein Lieber. Jetzt komm, ich bring' dir ein paar neue Schritte bei.«

»Einen Stripteaseschuppen?« Willa runzelte die Brauen, als Louella Nate zur Tanzfläche zerrte.

»O Scheiße!« Tess stieß einen gottergebenen Seufzer aus. »Hol mir bitte noch einen Drink, Ben. Ich kann ihn gebrauchen.«

»Kommt sofort!«

»Ein Stripteaselokal?« Willa blieb hartnäckig.

»Na und? Man kann davon leben.«

»Wie läuft das denn so? Ich meine, ziehen sie sich da ganz aus und tanzen splitterfasernackt herum?« Ihre Augen wurden groß, aber nicht vor Entsetzen, sondern vor blanker Neugier. »Tanzt Louella …?«

»Nein.« Tess entriß Ben das Glas und nahm einen großen Schluck. »Zumindest nicht mehr, seit sie ihren eigenen Nachtclub hat.«

»Ich war noch nie in so einem Etablissement.« Ein Besuch würde sich bestimmt als äußerst interessant erweisen, dachte Willa entzückt. »Beschäftigt sie auch Männer? Nackttänzer?«

»Gütiger Himmel.« Tess reichte ihren Drink an Willa weiter. »Nur bei Damenabenden. Ich gehe lieber und rette Nate, bevor sie ihn unter Vertrag nimmt.«

»Damenabende.« Die Vorstellung erschien Willa ausgesprochen verlockend. »Doch, ich glaube, ich würde auch dafür bezahlen, einen Mann nackt tanzen zu sehen.« Sie wandte den Kopf und bedachte Ben mit einem langen, abschätzenden Blick.

»O nein, nicht für alles Geld der Welt.«

Vielleicht würde ihm eine andere Art von Bezahlung besser gefallen, dachte sie und legte ihm lachend den Arm um die Taille, um dann die Show weiter zu verfolgen.

Auch ein anderer genoß das Fest und empfand eine tiefe Freude, als er die hübsche Braut in ihrem weißen Kleid und dem wallenden Schleier beobachtete. Sie war strahlend glücklich, wie eine Braut sein sollte. Die Musik war gut, Essen und Trinken in Hülle und Fülle vorhanden. Die Atmosphäre stimmte ihn sentimental; wehmütig und stolz zugleich.

Er allein hatte es ermöglicht, daß dieser Tag überhaupt stattfinden konnte, und er genoß die Befriedigung, die ihm dieses Wissen verlieh. Sein Leben war lange Zeit nicht gut verlaufen, so vieles, was er sich gewünscht hatte, war ihm verwehrt geblieben. Aber diese Aufgabe hatte er erfolgreich durchgeführt.

Vielleicht würde nie jemand davon erfahren; vielleicht mußte er sein Geheimnis für immer für sich bewahren, wie ein Romanheld, wie ein moderner Robin Hood, der auf keinen persönlichen Vorteil aus war. Das war etwas, worüber er nachdenken mußte.

Lilys Rettung hatte seine Richtung und sein Ziel verändert, nicht aber seine Mittel.

Bei dem Gedanken, daß sich Polizisten unter den Hochzeitsgästen befanden, mußte er grinsen. Sie hielten nach ihm Ausschau, dachten doch tatsächlich, sie hätten eine Chance, ihn zu überführen. Als ob ihnen das gelingen würde!

Er stellte sich vor, daß er jahrelang, bis ans Ende seines Lebens damit weitermachen würde, aus reinem Vergnügen zu töten. Von jetzt an nur noch aus Vergnügen. Rache und sogar lange aufgestauter Haß und Groll verblaßten daneben zu fahlen Schatten.

Jemand stieß ihn an. Eine gutaussehende Frau, die offenbar versuchte, mit ihm zu flirten. Er ging darauf ein, brachte sie zum Lachen, bis sie errötete, dann forderte er sie zum Tanzen auf. Und während der ganzen Zeit überlegte er, ob er sie als nächstes Opfer auswählen sollte. Ihr herrliches rotes Haar würde eine hübsche Trophäe abgeben.

Kapitel 4

Er las schließlich eine rothaarige Prostituierte auf, weil sie ihn an das hübsche rothaarige Mädchen erinnerte, mit dem er auf Lilys Hochzeit getanzt hatte. Eine Hure stellte leider keine große Herausforderung dar, weswegen er einen Anflug von Enttäuschung verspürte.

Aber er hatte so lange gewartet.

Er war so rücksichtsvoll gewesen zu warten, bis Lilys Eltern und Tess' Mutter abgereist waren. Er hatte während ihrer Anwesenheit auf Mercy keinerlei Aufregung verursachen wollen. Lilys Familie war nach der Hochzeit noch eine Woche geblieben, Louella zehn Tage. Alle waren sich einig, daß sie letztere besonders vermissen würden, ihr von Herzen kommendes Lachen, ihre Witze, bei denen man sich vor Vergnügen kaum halten konnte. Und die engen Röcke, die sie mit Vorliebe trug. Die Frau war ein echtes Original, und er hoffte, sie würde recht bald wieder zu Besuch kommen. Er fühlte sich inzwischen an sie und all die anderen gebunden.

Aber nun waren die Gäste nach Hause zurückgekehrt, und auf der Ranch lief alles seinen gewohnten Gang. Zu seiner Freude hielt sich das Wetter, und die Saat war gut angegangen, obwohl etwas Regen nicht geschadet hätte. Doch er wußte so gut wie jeder andere, wie es sich in Montana mit dem Regen verhielt: Entweder war es zuviel des Guten oder zuwenig.

Ein- oder zweimal war ein Gewitter im Westen an ihnen vorbeigezogen, aber der Juni war bislang ein knochentrockener Monat gewesen. Doch die Flüsse führten noch von der Schneeschmelze her genug Wasser mit sich, in diesem Punkt gab es also keinen Grund zur Beunruhigung.

Die Rinder auf den Weiden setzten Fleisch an, und die Frühjahrskälber entwickelten sich prächtig. In der letzten Zeit waren allerdings wieder Elche in der Nähe der Weiden gesichtet worden, diese verflixten Biester trampelten die Zäune nieder und schleppten Krankheiten ein, die sich auf das Vieh übertragen konnten, doch Willa hatte die Plage recht gut im Griff.

Er hatte sich eingehend mit ihren Plänen hinsichtlich Aussaat einheimischer Gras- und Getreidesorten und der stufenweisen Reduzierung von Chemie und Wachstumshormonen beschäftigt und war zu dem Schluß gekommen, daß er ihre Ideen guthieß. Er billigte fast alles, was sie vorhatte und was dem Alten nie in den Sinn gekommen wäre.

Nach langer, reiflicher Überlegung und hartem inneren Kampf hatte er zugeben müssen, daß die Entscheidung, ihr die Leitung von Mercy zu übertragen, gut und gerecht gewesen war. Zwar wurmte es ihn immer noch, daß McKinnon und Torrence zumindest noch ein paar Monate lang ein Mitspracherecht hatten, aber er fand, daß Willa ganz gut mit ihnen fertig wurde.

Eigentlich hatte er vorgehabt, etwas gegen Tess und Lily zu unternehmen, doch Blut war dicker als Wasser, wie er zu sagen pflegte. Jetzt konnte er sich gut vorstellen, daß sich beide auf Mercy niederließen, daß die ganze Familie einträchtig zusammen auf der Ranch leben würde.

Die Familie mußte zusammenhalten. Das war ihm von der Wiege an eingeschärft worden, und er hatte sich stets bemüht, nach diesem Grundsatz zu leben. Nur Kummer und Zorn hatten ihn dazu getrieben, ihnen Schmerzen zufügen zu wollen, sie leiden zu lassen, wie er gelitten hatte. Doch jetzt hatte er endgültig mit dem Schuldigen abgerechnet. Er hatte ein Zeichen hinterlassen, das ihn gleichzeitig zum Lachen und zum Weinen brachte. Nun war die Zeit für lohnendere Beute gekommen, deswegen hatte er die rothaarige Hure aufgegabelt.

Er hatte sie in Bozeman angesprochen; ein billiges Straßenmädchen, das vermutlich niemand vermissen würde. Sie war klapperdürr und dumm wie Bohnenstroh, aber sie hatte einen Mund wie ein Saugnapf und wußte ihn auch zu gebrauchen. Die ersten zwanzig Dollar arbeitete sie ab, als sie in seinem Jeep saßen, sie den Kopf in seinem Schoß vergrub und er mit den Fingern durch ihre lange rote Mähne fuhr. Ihr Haar war höchstwahrscheinlich gefärbt, doch das störte ihn nicht weiter. Es hatte eine schöne leuchtende Farbe und war zumindest frisch gewaschen. Genüßlich malte er sich aus, was noch kommen würde, dann legte er den Kopf zurück, schloß die Augen und ließ sie sich ihr Geld redlich verdienen.

»Du bist bestückt wie 'n Bulle, Cowboy«, sagte sie, als sie fertig war. »Ich hätte den Preis nach Zentimetern berechnen sollen.« Das war ihr Standardsatz nach oralem Sex, und er trug ihr gewöhnlich ein anerkennendes Grinsen, wenn nicht gar ein kleines Trinkgeld ein. Auch jetzt wurde sie nicht enttäuscht, denn er lachte sie mit blitzenden Zähnen an und griff nach seiner Brieftasche.

»Ich hab' hier noch mal fünfzig Mäuse, Süße. Wie wär's mit 'ner kleinen Spazierfahrt?«

Sie zögerte. Eine Frau in ihrem Beruf mußte vorsichtig sein. Doch ihre Augen hingen gierig an dem toten Präsidenten, den er zwischen Daumen und Zeigefinger hielt. »Wo soll's denn hingehen?«

»Ich bin ein Junge vom Lande. In der Stadt krieg' ich Platzangst. Wir werden uns ein hübsches, ruhiges Fleckchen suchen und dann die Federn dieser alten Karre hier zum Quietschen bringen.« Als sie weiterhin schwieg, drehte er sich eine Haarsträhne um den Finger. »Du bist wirklich ein hübsches Ding. Wie heißt du denn?«

Meistens interessierten sich ihre Freier nicht für ihren Namen, und er wurde ihr sofort sympathischer, weil er sie danach gefragt hatte. »Suzy.«

»Wie steht's, Suzy Q.? Hast du Lust, ein Stück mit mir zu fahren?«

Er schien harmlos zu sein, und außerdem hatte sie für Notfälle eine geladene Pistole, Kaliber Fünfundzwanzig, in ihrer Handtasche. Sie lächelte, ihr hageres Gesicht nahm einen verschlagenen Ausdruck an. »Du mußt aber 'nen Pariser benutzen, Cowboy.«

»Klar.« Bevor er es mit einer Straßenhure ohne Gummi getrieben hätte, hätte er sich eher die Pulsadern aufgeschnitten. »Heutzutage kann man gar nicht vorsichtig genug sein.«

Augenzwinkernd beobachtete er, wie der Geldschein in ihrer glänzenden Handtasche aus Kunststoff verschwand. Er ließ den Motor an und verließ Bozeman.

Die Nacht war klar und warm, die Straße wie leergefegt, was ihn fast dazu verleitet hätte, das Gaspedal bis zum Anschlag durchzutreten. Doch er beherrschte sich und fuhr in gemäßigtem Tempo aus der Stadt heraus, wobei er fröhlich vor sich hinsummte. Als die Dunkelheit hereinbrach, war er ein glücklicher Mann.

»Das ist weit genug für fünfzig Piepen.« Die Ruhe, das Fehlen von Lichtern und Menschen, machte sie nervös.

Noch längst nicht weit genug, dachte er und lächelte sie an. »Ein paar Meilen weiter oben kenne ich ein gemütliches Plätzchen.« Mit einer Hand lenkte er, mit der anderen langte er unter den Sitz und registrierte belustigt, daß sie zusammenschrak und nach ihrer Tasche griff. Er holte eine Flasche mit billigem Wein hervor, den er mit Betäubungsmitteln versetzt hatte. »Hast du Lust auf einen Drink, Suzy?«

»Nun … na gut.« Ihre Freier boten ihr normalerweise keinen Wein an, bezeichneten sie nicht als hübsch oder nannten sie beim Namen. »Nur noch 'n paar Meilen, Cowboy«, sagte sie, die Flasche an die Lippen setzend. »Dann geht's zur Sache.«

»Mein Kumpel hier und ich sind mehr als bereit.«

Grinsend tätschelte er seine Lendengegend und drehte das Radio lauter. »Kennst du das Lied?«

Wieder trank sie einen Schluck, dann kicherte sie und fiel in den Song von Clint Black ein.

Er beobachtete sie von der Seite. Sie war nur ein Fliegengewicht, konnte kaum hundert Pfund auf die Waage bringen. Es dauerte knapp zehn Minuten, bis die Droge zu wirken begann. Vorsichtig nahm er ihr die Flasche aus den schlaffen Fingern, bevor sie umkippen konnte. Dann fuhr er munter pfeifend an den Straßenrand.

Obwohl sie regungslos in sich zusammengesunken war,

hob er ein Augenlid an, um sich zu vergewissern, daß sie wirklich bewußtlos war. Dann nickte er zufrieden. Nachdem er ausgestiegen war, schüttete er den Rest des mit Drogen gemischten Weines aus und warf die Flasche im hohen Bogen in die Dunkelheit.

Er hörte, wie sie klirrend zerschellte, als er den Kofferraum öffnete und ein Seil herausnahm.

»Du mußt dir das nicht antun, Will.« Adam musterte seine Schwester, während sie nebeneinander langsam durch einen schmalen Wasserlauf ritten.

»Ich möchte es aber. Für dich.« Sie hielt an, um Moon trinken zu lassen. »Und für sie. Ich weiß, daß ich ihr Grab nicht sehr oft besucht habe. Ich habe jedesmal eine andere Ausrede gefunden.«

»Du mußt doch nicht das Grab unserer Mutter besuchen, um dich an sie zu erinnern.«

»Genau da liegt das Problem, nicht wahr? Ich kann mich überhaupt nicht an sie erinnern. Alles, was ich von ihr weiß, hast du mir erzählt.«

Sie legte den Kopf zurück. Es war ein wunderbarer Nachmittag, und sie fühlte sich angenehm erschöpft nach leichter körperlicher Arbeit. Nur ihre Schultern schmerzten ein wenig vom Stacheldrahtspannen und dem Einschlagen von Zaunpfählen.

»Ich bin deshalb so selten gekommen, weil es mir irgendwie widernatürlich erschien. Da steht man dann da, schaut auf ein Stück Erde und einen Stein hinunter und hat keine Erinnerungen an den Menschen, der dort begraben liegt; nichts, woran man sich klammern kann.« Willa blickte einem Vogel nach, der sich von der leichten Brise tragen ließ. »Doch seit einiger Zeit denke ich anders darüber. Es begann, als ich Lily und Tess mit ihren Müttern gesehen habe und als ich erfuhr, daß Lily ein Baby erwartet. Ich habe über Kontinuität nachgedacht.«

Sie wandte sich ihm zu. Ihr Gesicht war völlig entspannt. »Die einzige Kontinuität, die bislang für mich zählte, war der Wechsel der Jahreszeiten und die Arbeit, die jede einzelne mit sich brachte. Wenn ich an das Gestern oder das Morgen dachte, dann nur im Zusammenhang mit der Ranch.«

»Die Ranch ist dein Heim, Willa. Dein Herzblut steckt darin.«

»Ja, und das wird auch immer so bleiben. Aber ich fange langsam an, mir auch über die Menschen Gedanken zu machen, was ich eigentlich nie richtig getan habe – außer wenn es um dich ging.« Sie streckte eine Hand aus und legte sie über seine. »Du warst immer für mich da, seit ich denken kann. Alle meine Erinnerungen drehen sich um dich. Du hast mich auf den Schultern getragen, mir Geschichten erzählt und dich immer um mich gekümmert.«

»Du warst immer eine Freude für mich und wirst es auch immer sein.«

»Ich bin sicher, daß du einen wundervollen Vater abgeben wirst.« Ein letztes Mal drückte sie seine Hand, dann trieb sie Moon wieder an. »Ich habe nachgedacht. Es ist nicht nur das Land, was fortbesteht und dem wir alles verdanken. Ich verdanke meiner Mutter mein Leben, dein Leben und auch das meines Neffen oder meiner Nichte.«

Adam schwieg einen Moment, dann sagte er: »Es ist nicht nur sie, der du das alles verdankst.«

»Nein, das ist richtig.« Adam verstand sie, dachte Willa. Wie immer. »Auch Jack Mercy habe ich einiges zu verdanken. Mein Zorn auf ihn ist verraucht. Mein Kummer übrigens auch. Ich verdanke ihm mein Leben, das Leben meiner Schwestern und somit auch die Existenz meines Neffen oder meiner Nichte. Dessen bin ich mir inzwischen bewußt. Und vielleicht verdanke ich es ihm in gewisser Hinsicht auch, daß ich so geworden bin, wie ich bin. Wäre er ein anderer Mensch gewesen, dann könnte auch ich heute anders sein.«

»Und wie denkst du über die Zukunft? Über deine Zukunft, Will?«

Im Zusammenhang mit der Zukunft konnte Willa nur an die Jahreszeiten denken, an die Arbeit und an das endlose Land, das ihren ganzen Lebensinhalt bildete. »Ich weiß es nicht.«

»Warum sagst du Ben nicht, was du für ihn empfindest?«

Sie seufzte und wünschte wieder einmal, es gäbe einen Winkel ihres Herzens, der ihm verschlossen bliebe. »Ich bin mir über meine Gefühle noch nicht im klaren.«

»Du brauchst dir über gar nichts mehr klarzuwerden. Er sich übrigens auch nicht.«

Was, zum Teufel, sollte das denn nun wieder heißen? Mit gefurchter Stirn galoppierte sie hinter ihm her. »Hör doch bitte auf, in Rätseln zu sprechen, Adam. Vergiß bitte nicht, daß ich nur eine halbe Blackfoot bin. Wenn du also etwas zu sagen hast ...«

Sie brach ab, als er eine Hand hob. Ohne eine Frage zu stellen, lenkte sie Moon an seine Seite und folgte seinem Blick hinüber zu den leicht geneigten Grabsteinen des Friedhofes. Auch sie konnte es jetzt riechen: Tod. Doch mit diesem Geruch war hier zu rechnen; ein weiterer Grund, warum sie so ungern herkam.

Doch dann wußte sie plötzlich, was geschehen war; wußte es, noch ehe sie es mit eigenen Augen gesehen hatte. Der Geruch, den sie wahrgenommen hatte, war der von frisch vergossenem Blut.

Schweigend ritten sie langsam weiter und stiegen ab, als sie bei den Grabsteinen angekommen waren. Der Wind fuhr leise raschelnd durch das hohe Gras, und die Vögel trillerten ihre süßen Lieder, ansonsten herrschte Stille.

Das Grab ihres Vaters war entweiht worden. Willa fühlte, wie eine Welle von Ekel, gefolgt von abergläubischer Furcht, in ihr aufstieg. Es war stets ein gefährliches Unterfangen, die Toten zu verspotten und die Götter zu schmähen. Sie erschauerte und begann, in der Sprache ihrer Mutter eine Beschwörungsformel zu murmeln, die die aufgebrachten Geister beschwichtigen sollte.

Eine unmißverständliche Botschaft, dachte sie, froh darüber, daß heilsamer Zorn die Furcht ablöste. Ein verstümmelter Skunk lag auf der Grabstätte, sein Blut war in die Erde gesickert und hatte rostbraune Flecken auf dem zartgrünen jungen Gras hinterlassen. Der Kopf war abgetrennt und sorgfältig genau vor dem Grabstein plaziert worden.

Auch der Stein war mit Blut besudelt worden, das sich

nun in der Sonne langsam bräunlich verfärbte. Zudem hatte der Täter einige Worte über die in den Granit eingemeißelte Inschrift geschmiert:

Tot, doch nicht vergessen.

Willa schrak zusammen, als Adam ihr eine Hand auf die Schulter legte. »Reite zum Wasser zurück, Willa. Ich schaffe hier Ordnung.«

Sie fühlte sich so schwach und elend, daß sie am liebsten gehorcht hätte, auf ihr Pferd gestiegen und fortgeritten wäre, nur fort von diesem Ort. Doch der immer noch schwelende Zorn sowie das unbestimmte Gefühl, ihrem Vater etwas schuldig zu sein, hinderten sie daran.

»Nein, er war mein Vater, mein Fleisch und Blut. Ich werde es tun.« Sie drehte sich um und machte sich an ihrer Satteltasche zu schaffen. »Ich kann und muß es selber tun, Adam.«

Sie zog eine dünne alte Decke heraus und reagierte einen Teil ihrer Wut ab, indem sie sie in Stücke riß. Dann kramte sie nach ihren Handschuhen und streifte sie über. Ein harter Ausdruck trat in ihre Augen. »Wie auch immer er gewesen sein und was auch immer er getan haben mag, das hat er nicht verdient.«

Mit einem Stück Decke in der Hand kniete sie neben dem Grab ihres Vaters nieder und machte sich an die grausige Aufgabe, den Kadaver zu entfernen. Obwohl ihr Magen rebellierte, zitterten ihre Hände nicht. Als sie die Arbeit beendet hatte, waren ihre Handschuhe mit geronnenem Blut verklebt. Sie zog sie aus und warf sie auf die Überreste des Skunks, bevor sie die Decke zusammenknotete und beiseite legte.

»Ich werde das vergraben«, murmelte Adam.

Willa nickte, erhob sich, griff nach ihrer Feldflasche und weichte ein weiteres Stück der Decke ein, bevor sie sich erneut niederkniete, um den Grabstein zu säubern.

Sosehr sie sich auch bemühte, es gelang ihr nicht, die Blutflecken zu beseitigen. Sie würde mit etwas Wirksamerem als Wasser und einem behelfsmäßigen Putzlappen wiederkommen müssen. Dennoch tat sie ihr Bestes, dann rieb sie ihre klammen Hände und betrachtete nachdenklich das Grab.

»Erst dachte ich, ich würde dich lieben«, murmelte sie. »Dann begann ich dich zu hassen. Aber nichts, was ich je für dich empfunden habe, kam dem nahe, was ich jetzt fühle.« Sie schloß die Augen, da sie der Gestank in der Kehle würgte. »Ich glaube, du bist die Wurzel allen Übels. Alles, was geschehen ist, galt dir und nicht mir. Großer Gott, was hast du nur getan, und wem hast du es angetan?«

»Hier.« Adam beugte sich zu ihr, um ihr aufzuhelfen. »Trink einen Schluck«, forderte er sie auf und hielt ihr seine Flasche hin.

Dankbar nahm sie einen tiefen Zug, um den ekelhaften Geschmack im Mund loszuwerden. Plötzlich wurde ihr bewußt, daß auf dem Grab ihrer Mutter Blumen blühten, während das ihres Vaters von großen Blutlachen verunziert war.

»Wer kann ihn denn nur dermaßen gehaßt haben, Adam? Und warum? Wen hat er noch mehr verletzt als mich oder dich? Mehr als Lily und Tess? Wen hat er mehr verletzt als die Kinder, die er verstoßen hat?«

»Ich weiß es nicht.« Adam sorgte sich im Augenblick einzig und allein um Willa. Behutsam führte er sie zu ihrem Pferd. »Du hast getan, was du tun konntest. Laß uns nach Hause reiten.«

»Ja.« Sie fühlte sich schwach und kraftlos. »Wir reiten nach Hause.«

Der vierte Juli versprach neben der Aussicht auf ein prächtiges Feuerwerk auch Reit- und Geschicklichkeitswettbewerbe, unter anderem im Umgang mit dem Lasso oder dem Gewehr, Rodeoreiten mit Mustangs und Bullen und vieles andere mehr. Seit über einem Jahrzehnt richteten Three Rocks und Mercy die Veranstaltung im Wechsel aus, zu der alle Cowboys der eigenen und der benachbarten Besitzungen eingeladen waren, sofern sie es nicht vorzogen, ihre freien Tage woanders zu verbringen.

Diesmal fiel die Rolle des Gastgebers wieder an die Mercy Ranch. Willa hatte sich Bens Vorschlag, die Veranstaltung nach Three Rocks zu verlegen, und Nates Rat, sie ganz abzusagen, ruhig angehört, darüber nachgedacht und dann beides verworfen. Sie leitete jetzt die Ranch, und an der Tradition sollte sich nichts ändern.

So drängten sich nun die Menschenmassen an den Zäunen und feuerten die Wettbewerbsteilnehmer frenetisch an. Cowboys klopften sich ihre Hosenböden ab, nachdem sie im hohen Bogen aus dem Sattel geflogen und unsanft auf der Erde gelandet waren. Auf einer nahe gelegenen Weide begann die zweite Runde eines Wettschießens, und neben dem Viehstall donnerten die Hufe und flogen die Lassos durch die Luft.

Es war auch ein Podium mit weißen, roten und blauen Girlanden errichtet worden. Gelegentlich wurde die Musik unterbrochen, um Namen und Ergebnisse bekanntzugeben. Wagenladungen mit Kartoffelsalat und Brathähnchen sowie reichlich Bier und Eistee standen bereit, um hungrige Mägen und durstige Kehlen zu versorgen.

Neben diversen Knochen wurden auch ein paar Herzen gebrochen.

»Wie ich sehe, treten wir im Scheibenschießen gegeneinander an«, bemerkte Ben und legte Willa den Arm um die Taille.

»Mach dich auf eine Niederlage gefaßt.«

»Kleine Nebenwette?«

Sie neigte den Kopf zur Seite. »Woran hast du denn gedacht?«

»Nun ja.« Er schnalzte leise mit der Zunge, beugte sich so dicht zu ihr, daß ihre Hutkrempen sich berührten, und flüsterte ihr etwas ins Ohr, das ihre Augen groß und rund werden ließ.

»Du willst mich auf den Arm nehmen«, beklagte sie sich dann. »Niemand hält so etwas durch.«

»Heißt das, du kneifst?«

Willa rückte ihren Hut zurecht. »Wenn du das wirklich riskieren willst, McKinnon, ich bin dabei. Du nimmst doch an dieser Rodeorunde teil, stimmt's?«

»Bin gerade auf dem Weg dahin.«

»Ich komme mit.« Sie lächelte süß. »Ich hab' nämlich zwanzig Dollar auf Jim gesetzt.«

»Du hast gegen mich gewettet?« Ben wußte nicht, ob er beleidigt oder schockiert sein sollte. »Himmel, Willa!«

»Ich habe Jim beim Training beobachtet. Ham hat ihn unter die Fittiche genommen. Der Junge ist gut.« Ungerührt schlenderte Willa davon. Sie sah keinen Grund, ihm zu verraten, daß sie fünfzig Dollar auf ihn gesetzt hatte, das würde ihm nur zu Kopf steigen.

»Hey, Will.« Billy strahlte sie an. Er hatte eine Schürfwunde am Kinn, seinen Arm hatte er besitzergreifend um die Taille einer Blondine in hautengen Jeans gelegt. »Jim ist schon in der Box.«

»Deswegen bin ich hier.« Willa stützte einen Fuß auf den Zaun. »Wie geht's dir denn so?«

»Ach, frag lieber nicht.« Billy rollte mißmutig seine schmerzende Schulter.

»So gut?« Lachend trat sie zur Seite, um Platz für Ben zu machen. »Na, du bist noch jung, du wirst noch Mustangs reiten, wenn alte Käuze wie McKinnon hier Mühe haben, ihren Schaukelstuhl zu bändigen. Bring Ham dazu, mit dir zu trainieren.«

Sie sah auf, bemerkte, daß ihr Vorarbeiter neben der Box stand und Jim letzte Instruktionen zubrüllte.

»Ich dachte, du könntest das übernehmen. Du reitest besser als alle anderen auf Mercy, ausgenommen Adam, und der gibt sich mit Rodeos nicht ab.«

»Adam hat seine eigene Art, Pferde zu zähmen. Wir werden sehen«, fügte sie hinzu, dann stieß sie einen Jubelschrei aus, als sich die Box öffnete und Pferd und Reiter in die Arena schossen. »Zeig diesem Teufel, was in dir steckt, Jim!«

Er jagte an ihnen vorbei, eine Hand stolz erhoben.

Als nach acht Sekunden der Gongschlag ertönte, sprang er mit einem Satz aus dem Sattel, rollte sich ab und kam unter dem tosenden Beifall der Zuschauer wieder auf die Füße.

»Nicht schlecht«, lobte Ben. »Aber jetzt bin ich an der Reihe.« Da seine Mannesehre und sein Stolz auf dem Spiel standen, legte er seine Hände unter Willas Ellbogen, hob sie hoch und küßte sie flüchtig. »Das bringt Glück«, meinte er, ehe er davonmarschierte.

»Glaubst du, er kann es mit unserem Jim aufnehmen, Will?« wollte Billy wissen.

Ihrer Meinung nach konnte es Ben McKinnon mit fast allen Gegnern aufnehmen, aber das behielt sie lieber für sich. »Er wird reiten müssen wie der Teufel, um ihn zu schlagen.«

Obwohl ihn die Blondine demonstrativ am Ärmel zupfte, wandte Billy den Blick nicht von Willa. »Du trittst im Scheibenschießen gegen ihn an, nicht wahr?«

»Richtig.«

»Den steckst du glatt in den Sack, Will. Wir haben alle auf dich gesetzt.«

»Na, ich möchte nicht schuld daran sein, daß ihr euer Geld verliert.« Sie beobachtete Ben, der sich gerade bereit machte. Er tippte sich grinsend an den Hut; eine anmaßende Geste, die ihr ein Kichern entlockte.

Als das Pferd mit einem Satz aus der Box stürmte, beschleunigte sich ihr Herzschlag ein wenig. Er sah ... prachtvoll aus, wie er mit dem sich wie rasend gebärdenden Pferd kämpfte, eine Hand hochgerissen, die andere um den Sattelknauf geklammert. Eine Sekunde lang konnte sie seine Augen sehen, bemerkte die vollkommene Konzentration darin.

Genauso sah er aus, wenn er mit ihr im Bett war. Ihr Herz machte wieder einen Satz. Den Gongschlag, der das Ende der Runde ankündigte, nahm sie kaum wahr. Sie sah nur, daß er absprang, während das Pferd immer noch schnaubend nach allen Seiten auskeilte. Er blieb ruhig stehen, als die Menge zu toben begann, und sah Willa unverwandt an. Dann zwinkerte er ihr zu.

»So ein arroganter Kerl«, brummelte sie vor sich hin. »Und in so etwas mußte ich mich verlieben.«

»Warum gehen sie bloß so ein Risiko ein?« fragte eine Stimme hinter ihr.

»Aus Spaß an der Freude.« Dankbar für die Ablenkung, drehte Willa sich um. Tess hatte sich für das Fest gewaltig herausgeputzt: enge Jeans, modische Stiefel, hellblaues, mit Silberborte verziertes Hemd und schneeweißer Hut. »Sieh an, sieh an! Eine echte Augenweide. Hallo, Nate! Bereit für das große Rennen?«

»Das Feld ist dieses Jahr ziemlich eng, aber ich bin zuversichtlich.«

»Nate hilft beim Kuchenwettessen mit.« Tess hakte sich kichernd bei ihm unter. »Wir suchen Lily, sie wollte unbedingt dabei zuschauen, weil sie mitgeholfen hat, die Kuchen zu backen.«

»Ich hab' sie doch eben noch gesehen ...« Willa kniff die Augen zusammen und ließ den Blick über die Menge wandern. »Vielleicht ist sie mit Adam auf dem Kinderspielplatz und organisiert Sackhüpfen oder den Eierlauf.«

»Wir werden sie schon finden. Hast du Lust mitzukommen?«

»Nein, danke«, lehnte Willa ab. »Wir sehen uns später. Jetzt brauch' ich erst einmal ein Bier.«

»Du machst dir Sorgen um sie«, flüsterte Nate Tess zu, während sie sich einen Weg durch die Menge bahnten.

»Ich komme nicht dagegen an. Du hast sie nicht gesehen, als sie vom Friedhof wiederkam. Aber sie hat kein einziges Wort über den Vorfall verloren. Normalerweise bringe ich sie auf die eine oder andere Weise immer zum Reden, aber in diesem Fall ist es mir nicht gelungen.«

»Der Mord an Jesse Cooke liegt mehr als zwei Monate zurück. Das ist doch schon mal was, woran man sich festhalten kann.«

»Ich versuch's ja.« Tess schüttelte die schwarzen Gedanken ab. Hier und jetzt gab es Musik, Gelächter, Festtagsstimmung. »Tolle Party. Ich hätte es nie für möglich gehalten, daß hier draußen in der Wildnis solche Feten steigen.«

»Wenn du willst, kannst du noch viele andere erleben.«

»Nate, das hatten wir doch alles schon. Ich fliege im Oktober nach L. A. zurück. Da ist ja Lily.« Erleichtert winkte Tess ihrer Schwester wie wild zu. »Ich schwöre dir, sie sieht von Tag zu Tag blühender aus. Die Schwangerschaft bekommt ihr.«

Nate war sich sicher, daß eine Schwangerschaft auch Tess gut bekommen würde. Auch darauf würde er hinarbeiten, wenn er sie erst einmal davon abgebracht hatte, Montana zu verlassen.

Die ersten Feuerwerkskörper explodierten eine halbe Stunde nach Einbruch der Dämmerung. Ein Farbenmeer breitete sich am Himmel aus, verdunkelte die Sterne und erlosch dann wieder.

»Ich glaube, für deinen Daddy ist der Spaß, diese Dinger zu zünden, größer als für die Kinder das Zuschauen.«

»Jedes Jahr gerät er sich deswegen mit Ham in die Haare.« Ben grinste, als sich ein goldener Funkenregen über sie ergoß. »Und wenn sie sich endlich einig geworden sind, gakkern sie wie die Hühner, wenn sie abwechselnd die Raketen steigen lassen. Zack und ich durften ihnen dabei noch nie zur Hand gehen.«

»Deine Zeit ist noch nicht reif«, murmelte sie versonnen. Doch die Zeit würde kommen. Auch darin lag eine gewisse Kontinuität. »Das war ein schöner Tag, Ben.«

»Ja.« Er nahm ihre Hände. »Ein rundherum gelungener Tag.«

»Bist du nicht sauer, weil ich dich beim Wettschießen geschlagen habe?«

Der Stachel saß noch immer in seinem Fleisch, doch er zuckte gleichmütig die Achseln. Sie beide hatten die restlichen Teilnehmer aus dem Feld geworfen und in der letzten Runde punktgleich Kopf an Kopf gelegen. Dann war es zum Stechen gekommen, das Willa knapp für sich entschieden hatte.

»Um zwei lausige Punkte.«

»Es geht nicht darum, mit welchem Vorsprung man gewinnt.« Sie schaute zu ihm auf und grinste. »Es geht darum, *daß* man gewinnt. Du bist ein ganz guter Schütze.« Schelmisch blinzelte sie ihn an. »Aber ich bin besser.«

»Heute warst du besser. Außerdem hab' ich dich zwanzig Dollar gekostet, weil ich Jim besiegt habe. Geschieht dir recht.«

Lachend wand sie sich in seinen Armen. »Die hab' ich wieder reingeholt, da ich außerdem fünfzig Dollar auf dich gesetzt hatte.« Als er die Stirn runzelte, mußte sie wieder lachen. »Sehe ich aus wie ein Idiot?«

»Nein.« Er gab ihr einen Kuß auf die Nasenspitze. »Du siehst aus wie eine Frau, die auf Nummer Sicher geht.«

»Apropos Wette.« Ungeachtet der Menge, die jeden Lichterregen jubelnd beklatschte, legte sie ihm die Arme um den Hals und zog ihn an sich. »Laß uns hineingehen und deinen Vorschlag von vorhin in die Tat umsetzen.«

»Du läßt mich die ganze Nacht bleiben?«

»Warum nicht? Schließlich ist heute ein Feiertag.«

Später, als das Feuerwerk erloschen, die Menge zerstreut und die Nacht hereingebrochen war, hielten sie einander in den Armen. Diesmal hatten Willa keine Träume von Blut, Tod und Furcht heimgesucht. Als sie die Hand ausstreckte und ihn neben sich spürte, warm und solide, bereit, sie festzuhalten und zu beschützen, da wußte sie, daß sie in dieser Nacht von den qualvollen Alpträumen verschont bleiben würde.

Ein anderer jedoch träumte in dieser Nacht von einer rothaarigen Hure, und die Erinnerung daran jagte ihm wohlige Schauer über den Rücken. Es war so leicht und glatt gegangen, und er konnte sich jedes Detail glasklar ins Gedächtnis rufen.

Er hatte sie beobachtet, wie sie das Bewußtsein wiedererlangte, hatte ihre glasigen Augen gesehen, das gedämpfte Wimmern gehört. Er hatte sie weit weggebracht, weg von Bozeman, in den Schutz der Berge und der Bäume.

Nein, nicht auf Mercy-Land. Diesmal nicht und auch in Zukunft nie wieder. Damit war er ein für allemal fertig. Doch vom Morden konnte er nicht lassen.

Er hatte ihr die Hände auf den Rücken gefesselt und sie geknebelt. Es hätte ihn zwar nicht sonderlich gestört, sie schreien zu hören, aber er wollte verhindern, daß sie ihre Zähne benutzen konnte, um sich zu wehren. Dann hatte er ihr die Kleider vom Leib geschnitten, jedoch sorgfältig darauf geachtet, ihre Haut nicht zu verletzen.

Er war sehr, sehr geschickt im Umgang mit seinem Messer.

Während sie schlief, hatte er sein Geld wieder an sich genommen und dazu noch die klägliche Summe aus ihrer Börse. Dann hatte er abgewartet, mit ihrer kleinen Pistole gespielt und ihren roten Lippenstift begutachtet.

Nun, da sie wieder bei sich war, ihre Augen wach und klar blickten und sie sich in ihren Fesseln wand, wobei sie Laute von sich gab, die an ein gefangenes Tier erinnerten, holte er den Stift erneut aus ihrer billigen Handtasche.

»Eine Nutte muß grell angemalt sein«, erklärte er ihr belehrend, bevor er sich damit vergnügte, mit dem Lippenstift über ihre Brustwarzen zu streichen, bis sie blutrot leuchteten. »So gefällst du mir schon besser.« Da ihre Wangen aschfahl wirkten, malte er ihr ebenfalls zwei kreisrunde rote Flecken darauf.

»Wolltest du mich wirklich mit diesem Spielzeug da erschießen, Süße?« Lässig richtete er die Pistole auf ihr Herz und nahm befriedigt zur Kenntnis, daß sie vor Entsetzen die Augen verdrehte. »Vermutlich muß sich eine Frau deines Berufsstandes in mehr als nur einer Hinsicht schützen. Ich hab' dir doch gesagt, ich würde ein Gummi benutzen.«

Er legte die Pistole beiseite und riß ein kleines Päckchen auf. »Ich hätte ja beileibe nichts dagegen, wenn du's mir noch einmal mit dem Mund besorgen würdest, Suzy Q. Du warst dein Geld wirklich wert. Aber diesmal könntest du Lust verspüren, kräftig zuzubeißen, und das wollen wir doch nicht riskieren, oder?« Grob kniff er sie in die rotgefärbte Brustwarze.

Seine Lenden pochten bereits vor Erregung, dennoch nahm er sich die Zeit, das Kondom überzustreifen. »Ich werde dich jetzt bumsen, Süße. Eine Hure kann man ja eigentlich nicht vergewaltigen, aber da ich nicht zu zahlen gedenke, wollen wir mal so tun, als ob es sich im technischen Sinn um eine Vergewaltigung handelt.« Er beugte sich über sie und lächelte, als sie versuchte, stöhnend die Beine anzuziehen.

»Keine falsche Scham, Suzy. Es wird dir gefallen.«

Mit einem Ruck riß er ihre Beine in eine waagrechte Position und spreizte sie. »O ja, es wird dir gefallen. Und du wirst mir sagen, wie sehr du es genießt. Mit dem Knebel im Mund dürfte es dir zwar schwerfallen, ein Wort herauszubringen, aber du wirst für mich stöhnen. Jetzt. Als ob du es kaum noch erwarten könntest. Na mach schon!«

Als sie keine Reaktion zeigte, ließ er ein Bein los und schlug sie ins Gesicht, nicht sehr fest, aber doch hart genug, um sie daran zu erinnern, wer hier der Boß war. »Mach schon!« wiederholte er.

Sie stieß ein ersticktes Schluchzen aus, womit er sich zufriedengab. »Sieh zu, daß du ein bißchen mitmachst. Ich hab's gern, wenn's beim Sex rauh zugeht.«

Er warf sich auf sie. Sie war staubtrocken, dennoch bearbeitete er sie mit heftigen Stößen, bis sein Rücken mit einer feinen Schweißschicht bedeckt war, die im Sternenlicht glänzte. Vor Schmerz und Angst verdrehte sie die Augen wie ein Pferd, dem man mit aller Gewalt die Sporen in die Flanken treibt.

Schließlich rollte er sich keuchend von ihr herunter. »Das war gut. Wirklich gut. O ja, in ein, zwei Minuten werde ich das noch mal machen.«

Sie hatte sich zu einer Kugel zusammengerollt und versuchte wimmernd, von ihm wegzukriechen. Wie zufällig griff er nach der Pistole und feuerte einmal in die Luft. Sofort blieb sie wie erstarrt liegen. »Ruh dich ein wenig aus, Suzy Q. Ich muß Kraft für die nächste Runde sammeln.«

Diesmal nahm er sie von hinten, zog aber nur geringe Befriedigung daraus. »Schätze, das war's für mich.« Er gab ihr einen freundschaftlichen Klaps auf das Gesäß. »Und für dich.«

Er bedauerte, daß er sie nicht ein paar Tage gefangenhalten konnte wie die kleine Traci mit i. Aber dieses Spielchen war ihm inzwischen zu gefährlich geworden. Außerdem gab es Huren wie Sand am Meer.

Vorsichtig öffnete er seinen Rucksack, und da lag es und wartete auf ihn. Liebevoll zog er das Messer aus der ledernen Scheide, ließ die Klinge aufblitzen und bewunderte die Art, wie sich das Licht in ihr fing.

»Mein Daddy hat mir dieses Messer gegeben. War das einzige, was ich je von ihm bekommen habe. Hübsch, nicht wahr?« Nachdem er sie auf den Rücken gedreht hatte, hielt er ihr das Messer drohend vor das Gesicht. Sie sollte wissen, was sie erwartete. Dann stellte er sich lächelnd breitbeinig über sie. Immer noch lächelnd machte er sich ans Werk.

Nun lag ein roter Haarschopf in seiner geheimen Trophäenkiste. Er bezweifelte, daß jemand sie dort, wo er sie zurückgelassen hatte, finden würde, oder daß sie anhand dessen, was die Raubtiere von ihr übriglassen würden, identifiziert werden könnte.

Ihn verlangte es nicht länger danach, daß andere Menschen vor ihm zitterten. Es reichte ihm, daß er allein wußte, wozu er imstande war.

Kapitel 5

Die Sommer in Montana waren für gewöhnlich kurz und grausam, und der August konnte sengende Hitze mit sich bringen. Die Sonne dörrte den Boden aus, ließ die Bäume vertrocknen und die Menschen um Regen beten. Ein versehentlich fortgeworfenes Streichholz oder ein Blitzschlag konnte die Weiden und Wälder in ein Feuermeer verwandeln.

Willa hatte ihre Bluse bereits durchgeschwitzt, als sie ein Gerstefeld kritisch in Augenschein nahm. »Kann mich nicht erinnern, je einen heißeren Sommer erlebt zu haben.«

Wood gab unverständliche Laute von sich. Er verbrachte den größten Teil seiner Zeit damit, stirnrunzelnd zum Himmel zu blicken oder sich um die Ernte zu sorgen. Eigentlich hätten ihm seine Söhne dabei Gesellschaft leisten sollen, doch er hatte ihr ewiges Gezänk nicht mehr ausgehalten und sie nach Hause geschickt. Dort konnten sie ihrer Mutter auf die Nerven gehen.

»Die künstliche Bewässerung hat ein bißchen geholfen.« Mercy war ihm Lebensinhalt und Last zugleich, und das schon seit vielen Jahren. »Der Grundwasserspiegel steht gefährlich tief. Noch ein paar Wochen wie diese, und wir bekommen ernste Probleme.«

»Versuch bloß nicht, die Tatsachen zu beschönigen«, bat Willa kläglich und stieg wieder auf ihr Pferd. »Wir stehen das schon durch.« Wood sah ihr kopfschüttelnd nach, als sie davonritt.

Der Boden warf die Hitze gnadenlos zurück. Die Rinder, an denen sie vorbeikam, standen regungslos da und brachten kaum noch genug Energie auf, um mit dem Schwanz nach den Fliegen zu schlagen. Nicht der Hauch einer kühlenden Brise bewegte die Grashalme.

In einiger Entfernung entdeckte Willa einen Jeep, der am Zaun geparkt war. Sie sah zwei Männer, die damit beschäftigt waren, Stacheldraht zu entrollen. Eilig wendete sie ihr Pferd und galoppierte auf sie zu.

»Hallo, Ham. Billy.« Sie stieg ab, ging zu dem riesigen Wasserbehälter auf der Ladefläche des Jeeps und füllte einen Becher mit eiskaltem Wasser.

»Ham behauptet, so heiß wär's noch gar nicht.« Schwitzend spannte Billy den Draht zwischen zwei Pfähle. »Er erinnert sich noch daran, daß sie einmal Spiegeleier auf der Motorhaube braten konnten, so knallheiß war es damals.«

Willa mußte lächeln. »Vermutlich hat er recht. Wenn du erst einmal so alt bist wie unser Ham, dann hast du alles schon zweimal erlebt.« Sie nahm den Hut ab und wischte sich über die Stirn. Hams Gesichtsfarbe gefiel ihr nicht. Er hatte einen hochroten Kopf, so daß sie meinte, er müsse jeden Moment explodieren. Aber sie wußte, daß sie ihn mit Samthandschuhen anfassen mußte. So füllte sie zwei weitere Becher, ging zu den beiden Männern hinüber und hielt ihnen die Erfrischung hin. »Bei dieser Hitze strengt die Arbeit ziemlich an. Macht mal eine Pause.«

»Bin gleich fertig«, meinte Ham locker, doch sein Atem ging schwer.

»Du mußt den Flüssigkeitsverlust ausgleichen, das hast du mir selbst so oft gepredigt, daß es wohl stimmen wird.« Willa drückte ihm den Becher in die Hand. »Habt ihr Jungs eure Salztabletten genommen?«

»Na klar.« Billy goß das Wasser in einem Zug hinunter, wobei sein Adamsapfel auf und ab hüpfte.

»Ham, ich mache mit Billy hier weiter. Bringst du bitte Moon für mich zurück?«

»Was soll das denn heißen?« Hams Augen brannten, weil die Sonne ihn blendete, und unter seinem schweißgetränkten Hemd hämmerte sein Herz wie verrückt. Doch er pflegte eine Arbeit, die er begonnen hatte, auch zu Ende zu bringen. »Ich sagte doch, daß wir fast fertig sind.«

»Na wunderbar. Dann bring bitte Moon zurück und such mir die Bestandslisten heraus. Ich komme ins Hintertreffen und möchte heute abend gern das erledigen, was liegengeblieben ist.«

»Du weißt selbst, wo die verdammten Listen liegen.«

»Und ich brauche sie dringend.« Lässig zog sie ihre Arbeitshandschuhe aus der Satteltasche. »Vielleicht kannst du Bess ja überreden, ihre berühmte Pfirsicheiscreme zu machen. Dir zuliebe tut sie es bestimmt, und ich habe solchen Appetit darauf.«

Ham war nicht so dumm, daß er nicht bemerkt hätte, was sie beabsichtigte. »Du siehst doch, daß ich dabei bin, neue Zäune zu ziehen.«

»Irrtum.« Willa hievte sich die Drahtrolle auf die Schultern, während Billy mit großen Augen fasziniert zusah. »Ich ziehe die Zäune, und du reitest mit Moon zurück, legst mir die Listen ins Büro und kümmerst dich um das Pfirsicheis.«

Ham warf seinen Becher auf den Boden und baute sich vor ihr auf. »Einen Teufel werde ich tun! Bring sie gefälligst selbst zurück!«

Sie stellte die Rolle entschlossen wieder ab. »Ich habe jetzt auf Mercy das Sagen, und ich möchte, daß du meine Anweisungen befolgst. Wenn dir das Probleme bereitet, dann sprechen wir später darüber. Doch jetzt reitest du erst einmal zurück und tust, worum ich dich gebeten habe.«

Sein Gesicht wurde noch röter, und ihr Unbehagen wuchs, doch sie hielt den Blick fest auf ihn gerichtet. Nach zehn Sekunden, in denen die Luft vor Spannung förmlich knisterte, wandte er sich ab, ging steifbeinig auf das Pferd zu und stieg in den Sattel.

»Wenn du glaubst, der grüne Junge hier kann die Arbeit besser erledigen als ich, dann mach meinen Scheck fertig, und unsere Wege trennen sich.« Er stieß der protestierend aufwiehernden Stute die Fersen in die Flanken und galoppierte davon.

»Ach du lieber Himmel«, war alles, was Billy dazu einfiel.

»O verdammt! Ich hätte wesentlich taktvoller vorgehen müssen.« Willa rieb sich mit beiden Händen über das Gesicht.

»Die Sache kommt schon wieder in Ordnung, Will. Er hat es nicht so gemeint. Ham würde weder dich noch die Ranch je im Stich lassen.«

»Darüber mache ich mir die wenigsten Sorgen.« Willa atmete schwer aus. »Komm, laß uns sehen, daß wir mit dem verflixten Zaun fertig werden.«

Sie wartete bis Einbruch der Dunkelheit, sagte ein Treffen mit Ben ab und setzte sich auf die vordere Veranda. In der Ferne grollte Donner, Blitze zuckten über den Himmel, aber die Nacht war zu klar, als daß mit Regen zu rechnen wäre.

Trotz der drückenden Hitze verspürte sie keinen Appetit auf das Eis, das Bess zubereitet hatte. Als Tess mit einer vollen Schüssel zu ihr hinauskam, schüttelte sie abwehrend den Kopf.

»Seit du heute nach Hause gekommen bist, ziehst du ein langes Gesicht.« Tess lehnte sich gegen das Geländer und dachte an kühle Meeresbrisen. »Willst du darüber reden?«

»Nein. Es ist ein persönliches Problem.«

»Das sind meist die interessantesten.« Mit philosophischer Ruhe tauchte Tess ihren Löffel in die Eiscreme und probierte. »Geht es um Ben?«

»Nein.« Willa zuckte ärgerlich die Achseln. »Warum denkt jeder sofort, daß ein persönliches Problem mit Ben McKinnon zu tun haben muß?«

»Weil Frauen fast immer dann den Kopf hängen lassen, wenn sie Krach mit ihren Männern hatten. Hast du dich mit Ben gestritten?«

»Wir streiten uns ständig.«

»Ich spreche von einer ernsthaften Auseinandersetzung.«

»Nein.«

»Warum hast du dann die Verabredung mit ihm abgesagt?«

»Himmelherrgott, kann ich noch nicht einmal einen Abend allein auf meiner eigenen Veranda verbringen, ohne daß ich mit Fragen gelöchert werde?«

»Nein, kannst du nicht.« Tess löffelte eifrig weiter. »Köstlich. Komm, probier einmal.«

»Wenn du dann endlich Ruhe gibst.« Unwillig griff Willa nach der Schüssel und kostete. Es schmeckte himmlisch. »Bess macht das beste Pfirsicheis, das ich je gegessen habe.«

»Da möchte ich dir nicht widersprechen. Was hältst du davon, dich mit Eis vollzustopfen, dir einen Schwips anzutrinken und dann eine Runde zu schwimmen? Danach geht es dir garantiert besser.«

Willa wurde argwöhnisch »Warum bist du plötzlich so freundlich?«

»Du siehst wirklich mitgenommen aus. Vermutlich tust du mir leid.«

Diese Bemerkung hätte sie eigentlich ärgerlich stimmen müssen. Statt dessen empfand Willa einen Anflug von Rührung. »Ich hatte einen heftigen Wortwechsel mit Ham. Er war draußen, um Zäune zu ziehen, und ich hab' Angst bekommen. Er wirkte auf einmal furchtbar alt und verbraucht, und es war so glühend heiß, so daß ich fürchtete, er würde einen Schlaganfall bekommen. Oder einen Herzinfarkt. Ich habe dafür gesorgt, daß er zum Haus zurückritt, und das hat seinen Stolz schwer getroffen. Ich kann es mir einfach nicht leisten, noch jemanden zu verlieren«, fügte sie ruhig hinzu. »Nicht gerade jetzt.«

»Er wird sich schon wieder beruhigen. Vielleicht hast du sein Ego im Moment ein bißchen angekratzt, aber er hängt viel zu sehr an dir, um dir lange böse sein zu können.«

»Darauf baue ich auch.« Etwas getröstet reichte Willa die Schüssel an Tess zurück. »Möglich, daß ich gleich nachkomme und dir beim Schwimmen Gesellschaft leiste.«

»Tu das.« Tess schob die Tür auf und grinste ihre Schwester spitzbübisch an. »Aber glaub nicht, daß ich einen Badeanzug trage.«

Kichernd lehnte sich Willa im Schaukelstuhl zurück und setzte ihn quietschend in Bewegung. Der Donner schien allmählich näher zu kommen – ebenso wie das Knirschen von Stiefeln auf steinigem Boden. Sie richtete sich auf, faßte mit einer Hand unter den Stuhl, wo ihr Gewehr lag, und legte es sich auf den Schoß. Doch es war Ham, der ins Licht trat.

»'n Abend«, sagte sie freundlich.

»Abend. Hast du meinen Scheck fertig?«

Störrischer alter Esel, dachte Willa und deutete auf den Stuhl neben sich. »Setz dich bitte eine Minute.«

»Ich muß noch packen.«

»Bitte! »

Steifbeinig kletterte er die Verandastufen empor und ließ sich in den Schaukelstuhl sinken. »Du hast mich heute vor dem Jungen gedemütigt.«

»Es tut mir leid.« Willa faltete die Hände im Schoß und sah ihn an. Der rauhe Unterton in seiner Stimme, der von verletztem Stolz sprach, traf sie mitten ins Herz. »Ich habe mich bemüht, es dir so leicht wie möglich zu machen.«

»Mir was leichtzumachen? Glaubst du, ich habe es nötig, mir von einem Mädchen, dem ich früher eigenhändig den Hintern versohlt habe, sagen zu lassen, daß ich für meinen Job zu alt bin?«

»Das habe ich nie so …«

»Und ob du das so gemeint hast! Deutlicher hättest du dich gar nicht ausdrücken können.«

»Warum mußt du bloß so stur sein?« Aus purem Frust versetzte sie dem Verandageländer einen heftigen Tritt. »Mit dir ist ja nicht zu reden.«

»Das sagt die Richtige! Du bist das eigensinnigste Frauenzimmer, das mir je untergekommen ist. Meinst du wirklich, du kennst für jedes Problem eine Lösung? Glaubst du, daß alles, was du tust, gut und richtig ist?«

»Nein.« Wütend sprang Willa auf. »Nein, das ist nicht

wahr! Ich weiß sehr oft nicht, ob das, was ich tue, richtig ist, aber ich muß trotzdem handeln. Und heute hab' ich auch nur getan, was ich tun mußte, und es *war* richtig. Herrgott noch mal, Ham, weitere zehn Minuten länger da draußen, und du hättest einen Herzschlag erlitten. Was hätte ich dann wohl anfangen sollen? Wie, zum Teufel, soll ich denn ohne dich die Ranch leiten?«

»Das hättest du dir früher überlegen sollen. Du hast mich heute lächerlich gemacht.«

»Ich habe dich nur bei den Zäunen abgelöst, weil ich nicht wollte, daß du in dieser Hitze weiterarbeitest. Ich konnte es nicht dulden.«

»Du konntest es nicht dulden?« Jetzt stand auch er auf und funkelte sie böse an. »Was denkst du eigentlich, wer du bist? Ich habe schon bei jedem Wetter Zäune gezogen, da warst du noch gar nicht auf der Welt, und ich muß mir weder von dir noch von irgend jemandem sonst sagen lassen, daß ich dazu nicht mehr in der Lage bin. Wann ich aufhöre, entscheide ganz alleine ich.«

»Ich habe getan, was ich für richtig hielt, und ich würde es wieder tun.«

»Dann mach meinen Scheck fertig.«

»Wunderbar.« Willas Temperament ging mit ihr durch. Wütend schlug sie mit der Faust so hart auf das Geländer, daß das Holz unter der Wucht des Schlages zu vibrieren begann. »Ich hatte Angst! Darf ich denn nicht auch einmal Angst haben?«

»Wovor solltest du wohl Angst haben?«

»Davor, dich zu verlieren, du starrsinniger Idiot! Du warst puterrot im Gesicht, total verschwitzt und hast geschnauft wie eine alte Lokomotive. Ich konnte es nicht mehr mit ansehen. Und wenn du sofort nach Haus geritten wärst, als ich dich darum gebeten habe, dann hätte diese ganze unerfreuliche Geschichte vermieden werden können.«

»Es war heiß«, sagte Ham, aber seine Stimme klang nun kläglich und ein bißchen beschämt.

»Ich weiß, wie heiß es war. Herrgott, Ham, genau da liegt doch der Hund begraben. Warum warst du bloß so widerborstig? Ich wollte dich nicht vor Billy in Verlegenheit bringen, ich wollte nur, daß du aus der Sonne gehst. Inzwischen weiß ich nämlich, wer mein eigentlicher Vater war«, fauchte sie böse, was zur Folge hatte, daß er den Kopf hob und sie erstaunt ansah. »Und den habe ich noch nicht begraben; nicht den Mann, der immer für mich da war, wenn es wirklich darauf ankam. Diesen Mann möchte ich noch lange um mich haben.«

»Ich hätte die Arbeit zu Ende bringen können.« Ham stieß sich den Zeh am Geländer und unterdrückte einen Fluch. »Himmel, Will, ich habe den größten Teil ohnehin dem Jungen überlassen. Ich kenne doch meine Grenzen.«

»Ich brauche dich hier.« Willa wartete, bis ihre überreizten Nerven sich etwas beruhigt hatten. »Ohne dich schaffe ich es nicht. Bitte bleib, Ham!«

Er bewegte unbehaglich die Schultern und starrte auf seine Füße. »Schätze, hier bin ich immer noch am besten aufgehoben. Ich hätte dich nicht so anschnauzen dürfen, hätte mir denken können, daß du dir nur Sorgen um mich machst.« Er räusperte sich heftig. »Alles in allem machst du deine Sache sehr gut. Ich, äh … ich bin stolz auf dich, Will.«

Und genau deshalb bedeutete er ihr auch so viel, dachte sie. Ihrem leiblichen Vater waren diese Worte nicht ein einziges Mal über die Lippen gekommen. »Alleine werde ich mit der Ranch nicht fertig, Ham. Möchtest du mit hineinkommen?« Einladend öffnete sie die Tür. »Probier Bess' Pfirsicheis, und bei der Gelegenheit kannst du mich gleich darüber aufklären, was ich sonst noch alles falsch mache.«

Ham kratzte nachdenklich seinen Bart. »Keine schlechte Idee. Vielleicht sollten tatsächlich ein paar Dinge ins reine gebracht werden.«

Als Ham später das Haupthaus verließ, war er angenehm gesättigt, und ihm war ein Stein vom Herzen gefallen. Leichtfüßig ging er auf die Schlafbaracke zu, als er plötzlich ungewohnte Geräusche vernahm; aufgeregtes Muhen und das Klicken von Stiefeln auf Beton.

Wer, zum Teufel, hatte denn jetzt gerade Wache? Er konnte sich nicht genau erinnern. War es Jim oder Billy? Er beschloß, der Sache auf den Grund zu gehen.

»Bist du das, Jim? Billy? Was treibst du denn um diese Zeit da draußen? Was, zum Teufel, geht hier vor?«

Zuerst sah er das blutende Kalb, das vor Angst und Schmerz wild mit den Augen rollte. Er war bereits mit zwei Sätzen auf das Tier zugeeilt, da sah er den Mann, der sich aus der Dunkelheit erhob.

»Verdammt noch mal, was soll das? Was hast du getan?«

Dann kam die Erkenntnis, doch als er die Klinge aufblitzen sah, wußte er, daß es zu spät war. Voller Panik, das bluttriefende Messer noch in der Hand, starrte der Mann auf Ham nieder, auf die immer größer werdende Lache um ihn herum. Entsetzt wischte er sich mit der Hand über den Mund. Es hatte ihn wieder überkommen. Nur ein einziges Kalb hatte er töten wollen. Eigentlich hatte er vorgehabt, es von der Ranch fortzuschaffen, aber irgendwie schien das Messer wie von selbst in seine Hand gelangt zu sein.

Und nun Ham. Nie hatte er die Absicht gehabt, Ham etwas anzutun. Ham hatte ihn ausgebildet, mit ihm gearbeitet und ihm mit Rat und Tat zur Seite gestanden, wenn es erforderlich gewesen war. Er war immer davon überzeugt gewesen, daß Ham die Wahrheit über ihn kannte, daß Ham wußte, wer er war und woher er kam. Ham hatte sich ihm gegenüber immer anständig verhalten.

Aber ihm blieb keine andere Wahl. Er mußte die Sache zu Ende bringen. Doch gerade als er sich zu der reglosen Gestalt niederbeugte und erneut sein Messer zückte, tauchte Willa plötzlich aus dem Nichts auf.

»Ham? Bist du das? Ich habe ganz vergessen, dir zu sagen, daß ...« Beinahe wäre sie ausgerutscht, als ein Blitz den zu ihren Füßen liegenden Mann in fahles Licht tauchte. »O Gott, was ist mit ihm passiert? Was ist geschehen?« Sie sank auf die Knie und untersuchte ihn behutsam. »Ist er ...« Dann sah sie das Blut an ihren Händen.

»Es tut mir leid, Will. Es tut mir ja so leid.« Er richtete das Messer auf sie und setzte ihr die Klinge an den Hals. »Fang bloß nicht an zu schreien. Ich will dir nicht weh tun. Ich schwöre, daß ich dir nichts tun werde.« Zitternd stieß er den Atem aus. »Ich bin doch dein Bruder.«

Dann holte er aus und schlug ihr mit der Faust gegen die Schläfe, daß sie bewußtlos zusammensank.

Ham erwachte, weil ein grimmiger, brennender Schmerz in seinem Körper wütete, dessen Quelle er nicht lokalisieren konnte. Er schmeckte nur Blut im Mund. Stöhnend versuchte er, sich aufzurichten, mußte aber feststellen, daß er seine Beine nicht bewegen konnte. Mühsam drehte er den Kopf zur Seite, und sein Blick fiel auf das inzwischen verblutete Kalb, das ihn aus toten Augen anstarrte.

Bald würde ihn dasselbe Schicksal erwarten, dachte er.

Da lag noch etwas auf dem Boden. Ham schaute den Gegenstand lange an, der immer wieder vor seinen Augen verschwamm. Schließlich kroch er, von Schmerzen gepeinigt, darauf zu und strich mit der Fingerspitze darüber.

Es war Willas Hut.

Er mußte sie tragen. Eigentlich hätte er einen Jeep nehmen sollen, wußte, daß das die bessere Lösung gewesen wäre, doch er war nicht in der Lage, logisch zu denken. Nun legte er Willa so behutsam wie möglich neben dem Zaun der nächstgelegenen Weide ab und schüttelte mit zitternden Händen einen Eimer, der mit Körnern gefüllt war.

Sie würden die Ranch zu Pferde verlassen. Vermutlich war es so am besten. Er wollte sie von hier fortbringen, hinauf in die Berge, wo er ihr alles erklären würde. Wenn er mit seiner Geschichte zu Ende war, würde sie ihn verstehen.

Blut war dicker als Wasser.

Er sattelte das gescheckte Pony, das seine Nase in den Eimer steckte, und dann den kastanienbraunen Wallach, der neugierig angetrabt kam. Obwohl er sein Tun verabscheute, sah er keine andere Möglichkeit, als Willa vorübergehend an Händen und Füßen zu fesseln und sie quer über den Sattel zu legen. Bald würde sie wieder zu sich kommen, dachte er, und dann würde sie versuchen zu fliehen, ehe er ihr seine Beweggründe erläutern konnte.

Sie würde ihn verstehen. Er betete, daß sie ein Einsehen haben würde, als er sich in den Sattel schwang und die Zügel beider Pferde ergriff. Wenn nicht, würde er sie töten müssen.

Das Donnergrollen kam näher. Er trieb die Pferde an und ritt in Richtung der Berge davon.

Ham hielt den Hut krampfhaft mit einer Hand fest, erhob sich schwankend und taumelte unsicher zwei Schritte vorwärts, bevor er wieder zusammenbrach. Er versuchte zu schreien, doch er brachte kaum mehr als ein Flüstern hervor.

Er mußte an Willa denken, die er, als sie fast noch ein Baby gewesen war, vor sich in den Sattel gesetzt und ihrem begeisterten Krähen gelauscht hatte. Dann an das kleine Mädchen, das nur aus riesigen Augen und Zöpfen zu bestehen schien und ihn anbettelte, sie doch mit ausreiten zu lassen. An den Teenager, schlaksig wie ein Füllen, der ihm half, Draht zu spannen, und ihm dabei die Ohren vollschnatterte.

Und an die Frau, die ihn heute abend voller Liebe angeblickt hatte, als sie erklärte, er sei es, der ihr am Herzen liegen würde.

Entschlossen ignorierte er den Schmerz, der wie ein Krebsgeschwür an ihm fraß, und rappelte sich von neuem hoch.

Er konnte das Hauptgebäude erkennen, die erleuchteten Fenster tanzten wie kreisende Sterne vor seinen Augen. Blut tropfte von seinen Fingern auf ihren Hut. Kurz darauf brach er zusammen und verlor das Bewußtsein.

Willa kam langsam wieder zu sich. Ihr Kopf hämmerte, und sie konzentrierte sich auf den Boden, der vor ihren Augen auf und ab zu hüpfen schien. Dann versuchte sie, sich zu bewegen, erkannte aber, daß sie auf einem Sattel festgebunden war und ihr Kopf lose nach unten baumelte. Sie mußte wohl unwillkürlich gestöhnt oder sonst einen Laut von sich gegeben haben, denn die Pferde wurden sofort zum Stehen gebracht.

»Alles in Ordnung, Will. Du bist okay.« Er löste die Fesseln von ihren Beinen, doch ihre Hände gab er nicht frei.

»Wir müssen noch ein Stück weiterreiten. Hältst du das aus?«

»Was?« Benommen spürte sie, wie sie hochgehoben und rittlings in den Sattel gesetzt wurde. Sie schüttelte ein paarmal den Kopf, um wieder klar denken zu können, während er ihr die Hände an den Sattelknauf band.

»Komm erst einmal wieder zu dir. Ich führe dein Pferd.«

»Was tust du da?« Die Erinnerung kehrte langsam zurück, doch ihr Verstand weigerte sich, das Unfaßbare zu akzeptieren. »Ham?«

»Ich konnte nichts dagegen tun. Es kam eben über mich. Wir werden über all das sprechen. Jetzt …« Er brach ab und zog sie an den Haaren nach unten, als sie tief Atem holte. »Komm nicht auf die Idee zu schreien. Hier hört dich zwar niemand, aber ich will nicht, daß du schreist.« Leise vor sich hinmurmelnd, zog er ein Tuch aus der Tasche und knebelte sie rasch und geschickt damit. »Es tut mir leid, daß ich im Moment so grob mit dir umgehen muß, aber du verstehst noch nichts.«

Er unterdrückte bewußt den aufwallenden Zorn auf sie, ging zu seinem Pferd zurück, stieg auf und ritt in den Wald hinein.

Nun, Willa war die Lust zum Schwimmen offenbar vergangen, dachte Tess, als sie den Gürtel ihres kurzen Frotteemantels enger zog, sich mit den Fingern durch das Haar fuhr, um es zu bändigen, und dann in Richtung Küche schlenderte.

Vermutlich hatte sie sich wieder in ihren Schmollwinkel zurückgezogen. Willa fraß immer alle Sorgen und Probleme in sich hinein. Es wäre keine schlechte Idee, ihr ein paar Entspannungsübungen beizubringen – obwohl sich Tess beim besten Willen nicht vorstellen konnte, wie Willa im Schneidersitz auf dem Boden saß und meditierte.

Ein kräftiger Regenguß würde sie fröhlicher stimmen, vermutete Tess. Himmel, jeder hier in der Gegend richtete sein ganzes Leben nur nach dem Wetter aus. Es war entweder zu feucht oder zu trocken, zu kalt oder zu heiß. Normalität gab es nicht. Na ja, in zwei Monaten hieß es adieu, malerisches Montana, und hallo, L. A.

Lunch im Freien. Cartier. Nach dieser einjährigen Verbannung aus der wirklichen Welt hatte sie es redlich verdient, sich mit einem teuren Schmuckstück zu verwöhnen.

Theater. Palmen. Ständig verstopfte Straßen und der altvertraute Dunstschleier, hervorgerufen von den Abgasen Tausender und aber Tausender Autos.

Gutes altes Hollywood.

Als ihr aufging, daß der Gedanke an eine Rückkehr nicht mehr ganz so verlockend erschien wie noch vor einem Monat – oder dem Monat davor –, zog sie einen Flunsch.

Unsinn. Sie würde überglücklich sein, wenn sie erst wieder zu Hause war. Begeistert. Im Augenblick fühlte sie sich nur ein wenig niedergeschlagen, das war alles. Allerdings würde sie sich vielleicht lieber ein Haus in den Bergen kaufen anstatt am Meer. Dort konnte sie sich ein Pferd halten und lebte mitten im Grünen. Auf diese Weise genoß sie die Vorteile beider Welten, konnte einen kurzen, aufregenden Ausflug in die Stadt unternehmen, einkaufen, sich amüsieren und dann nach Hause fahren, zurück in die Natur, die sie so schätzen gelernt hatte.

Zugegeben, die Berge um Hollywood waren, gemessen am Montana-Standard, nicht gerade als ländlich-sittlich zu bezeichnen, aber sie würde sich dort bestimmt wohl fühlen.

Vielleicht konnte sie Nate dazu überreden, sie ab und an dort zu besuchen. Sicher, im Laufe der Zeit würde ihre Beziehung langsam abkühlen. Sie rechnete damit, und auch er würde sich daran gewöhnen müssen. Absolut lächerlich, diese Flause von ihm, daß sie sich hier in Montana niederlassen, heiraten und eine Familie gründen sollte. Ihr Leben und ihre Karriere waren untrennbar mit Los Angeles verbunden. Sie hatte viele ehrgeizige Pläne. In einigen Wochen würde sie ihren einunddreißigsten Geburtstag feiern, und sie hatte nicht vor, in dieser Phase ihres Lebens all ihre Träume und Hoffnungen aufzugeben, um die Frau eines Ranchers zu werden.

Oder die Frau von irgend jemand anderem.

Da sie ihre Zigaretten vergessen hatte, riß sie auf der Suche nach Ersatzbefriedigung die Küchentür auf.

»Du hast deinen Anteil an der Eiscreme schon verputzt.«

Tess schnitt Bess hinter deren Rücken eine Grimasse.

»Deswegen bin ich gar nicht gekommen.« Obwohl sie eine Portion Eis nicht gerade verachtet hätte. Statt dessen ging sie zum Kühlschrank und nahm einen Krug mit Limonade heraus.

»Warst du wieder nackt schwimmen?«

»Richtig. Es ist einfach herrlich. Du solltest es auch einmal versuchen.«

Bei dieser Vorstellung rümpfte Bess abfällig die Nase.

»Stell das Glas in die Spülmaschine, wenn du ausgetrunken hast. Die Küche ist schon sauber.«

»Mach ich.« Tess ließ sich auf einen Stuhl fallen und betrachtete den Katalog, den Bess durchblätterte. »Kleiner Einkaufsbummel vom Küchentisch aus?«

»Ich überlege, ob Lily dieser Kinderwagen wohl gefallen würde. Euer Wagen wurde nach Willas Geburt fortgegeben. Er wollte ihn nicht mehr sehen.«

»Ach ja?« Der Gedanke, daß sie, Lily und Willa einen Kinderwagen geteilt haben könnten, war Tess noch nie gekommen. »Ich finde ihn ganz entzückend.« Interessiert zog sie den Stuhl näher heran. »Sieh mal, er hat Rüschen am Verdeck.«

Bess warf ihr einen Blick zu. »*Ich* kaufe den Kinderwagen.«

»Schon gut, schon gut. Oh, da ist ja auch eine Wiege. Sie hätte doch bestimmt gerne eine Wiege, um das Kleine zu schaukeln.«

»Ich denke schon.«

»Komm, wir legen eine Liste an.«

Bess hatte einen liebevollen Ausdruck in den Augen, als sie einen Block hervorzog, den sie unter dem Katalog versteckt hatte. »Hab' schon damit angefangen.«

Gemeinsam studierten die beiden Frauen die Angebote. Es machte ihnen Spaß, und sie erwogen kurz die Vor- und Nachteile verschiedener Sportwagen. Tess erhob sich schließlich, um ihnen Limonade nachzuschenken. Sie blickte mißtrauisch zur Küchentür, als sie draußen Schritte hörte.

»Ich erwarte niemanden mehr«, flüsterte sie und faßte sich nervös an den Hals.

»Ich auch nicht.« Ungerührt holte Bess ihre Pistole aus der Schürzentasche, stand auf und behielt die Tür im Auge. »Wer ist da?« Beim Anblick des gegen die Scheibe gepreßten Gesichtes mußte sie lachen. »Lieber Gott, Ham, ich hätte dir fast eine Kugel verpaßt. Du solltest zu nachtschlafender Zeit nicht mehr ums Haus schleichen.«

Sie öffnete die Tür, und er fiel der Länge nach in die Küche, direkt vor ihre Füße. Bess ließ die Pistole auf den Boden fallen, und Tess bückte sich zu dem reglosen Körper. Dann legte Bess Hams Kopf in ihren Schoß. »Er blutet stark. Rasch, hol ein paar Handtücher und drücke sie ganz fest auf die Wunde.«

»Bess ...«

»Ruhig jetzt! Laß mich mal sehen, wie schlimm es um ihn steht.«

Tess zog Hams Hemd beiseite und preßte die handtuchumwickelte Hand so fest wie möglich auf die klaffende Wunde. »Ruf den Notarzt! Einen Rettungshubschrauber! Er braucht schnell Hilfe!«

»Warte.« Ham tastete nach Bess' Hand. »Er hat ...« Er rang nach Atem, bis er endlich die Kraft zum Weitersprechen fand. »Er hat sie in seiner Gewalt, Bessie. Er hat unsere Will.«

»Wie bitte?« In dem Bemühen, ihn besser zu verstehen, brachte Tess ihr Ohr ganz nah an seinen Mund. »Wer hat Willa?«

Doch er hatte schon wieder das Bewußtsein verloren. Tess hob den Kopf und sah Bess an. In ihren Augen stand plötzlich nackte Furcht. »Ruf die Polizei. Beeil dich!«

Jetzt konnte er mit gutem Gewissen Rast machen. Er hatte einen Kreis beschrieben, war auf seinen eigenen Spuren zurückgeritten, dann ein Stück durch einen Bach und danach über Felsgestein bergan gestiegen. Ihm blieb keine andere Wahl, als die Pferde festzubinden, aber er behielt sie in seiner Nähe.

Willa beobachtete jede seiner Bewegungen. Sie kannte sich in den Bergen aus, und er würde ihre Spur nicht leicht verfolgen können, auch nicht, wenn sie zu Fuß flüchten mußte. Wenn sich nur eine Gelegenheit dazu ergeben würde!

Er hob sie vom Pferd, dann fesselte er wieder ihre Fußknöchel. Nachdem er seine Flinte vom Sattel genommen hatte, setzte er sich ihr gegenüber und legte die Waffe quer über seine Beine. »Ich nehme dir jetzt den Knebel ab. Es tut mir leid, daß ich gezwungen war, dich so zu behandeln. Du weißt ja, daß Schreien zwecklos ist. Vielleicht wird man uns folgen, vorerst aber mit Sicherheit noch nicht. Außerdem habe ich unsere Fährte verwischt.«

Mit einer Hand entfernte er das Tuch, das er ihr umgebunden hatte. »Wir müssen unbedingt miteinander reden. Wenn du erst einmal alles erfahren hast und mich verstehst, kann alles wieder so werden, wie es früher war.«

»Du feiger, hinterhältiger Mörder!«

»Das meinst du ja gar nicht so. Du bist ein bißchen aufgeregt.«

»Aufgeregt?« Rasende Wut überfiel sie und ließ sie wie wild an ihren Fesseln zerren. »Du hast Ham umgebracht. Du hast all die anderen getötet. Du hast mein Vieh abgeschlachtet. Mit meinen eigenen Händen drehe ich dir den Hals um, verlaß dich drauf!«

»Ham – das war ein Unfall. Ich mochte ihn wirklich gern, aber er hat mich gesehen.« Er senkte beschämt den Kopf wie ein kleiner Junge, der beim Plätzchenklauen überrascht worden war. »Es war ein Fehler, die Rinder zu töten. Ich hätte dir das nicht antun dürfen. Es tut mir aufrichtig leid.«

»Es tut dir …« Willa schloß die Augen und ballte hilflos die Fäuste. »Warum? Warum um Gottes willen hast du all das getan? Ich dachte, ich könnte dir vertrauen.«

»Das kannst du auch. Ich schwöre es dir. Wir sind vom selben Blut, Willa.«

»Du bist mit mir nicht blutsverwandt.«

»Doch, doch!« Voll überströmender Freude, sich ihr endlich anvertrauen zu können, wischte er sich verstohlen eine Träne aus dem Augenwinkel. »Ich bin dein Bruder.«

»Du bist ein Lügner, ein Mörder und ein Feigling!«

Er hob den Kopf, und seine Hand landete klatschend auf ihrer Wange. »Sag so etwas nie wieder. Ich habe schließlich meinen Stolz.«

Er sprang auf und lief hin und her, bis er seine Selbstbeherrschung zurückgewonnen hatte. Sowie er die Kontrolle über sich verlor, lief alles schief, das wußte er nur zu gut. Aber wenn er Herr der Lage blieb, konnte er mit allem fertig werden, auch mit unerwarteten Zwischenfällen.

»Ich bin ebensosehr dein Bruder, wie Tess und Lily deine Schwestern sind.« Er sprach ganz ruhig, während über ihnen der Himmel aufriß und Blitze wie flammende Schwerter durch die Nacht zuckten. »Ich werde dir alles erklären. Du sollst verstehen, warum ich so handeln mußte, warum ich tun mußte, was ich getan habe.«

»Gut.« Ihre Wange brannte wie Feuer. Auch dafür würde er bezahlen, das schwor sie sich. Dafür, und für alles andere. »Okay, Jim, erklär es mir!«

Ben schob sein Gewehr in die Hülle, griff nach seinem Halfter und schnallte ihn um. Der Revolver, den er sich ausgesucht hatte, war die tückischste Waffe, die er besaß, und entsprach ganz seiner momentanen Stimmung. Er durfte sich nicht einen Moment Ruhe gönnen, durfte sich keinerlei Gefühle erlauben, sonst lief er Gefahr, zusammenzuklappen. Er mußte sich jetzt ganz darauf konzentrieren, überlegt zu handeln.

Die Männer waren damit beschäftigt, ihre Pferde zu satteln, während Adam unablässig Befehle erteilte. Ben gab keine Anweisungen, diesmal nicht. Er nahm auch keine entgegen. Statt dessen griff er nach Willas Hut und hielt ihn Charlie hin, damit der Hund die Witterung aufnehmen konnte. »Such sie«, murmelte er, »such Willa.« Er stopfte den Hut in seine Satteltasche und schwang sich aufs Pferd.

»Ben.« Tess packte die Zügel. »Warte auf die anderen.«

»Ich denke gar nicht daran, noch länger zu warten. Geh zur Seite, Tess.«

»Wir wissen doch gar nicht genau, wo er sie hingebracht

hat oder wer es überhaupt war.« Es fehlte aber nur ein einziger Mann.

»Ich finde sie, wo auch immer sie ist, und um wen es sich handelt, weiß ich bereits.« Ben riß ihr die Zügel aus der Hand. »Ich werde ihn abknallen wie einen tollen Hund.«

Tess rannte zu Adam hinüber und schlang verzweifelt die Arme um Lilys Hals. »Ben ist losgeritten. Ich konnte ihn nicht aufhalten.«

Adam nickte nur und gab das Zeichen zum Aufbruch. »Er weiß schon, was er tut. Mach dir keine Sorgen.« Er drehte sich zu ihnen um und schloß beide in die Arme. »Geh ins Haus«, sagte er zu Lily und legte eine Hand auf ihren sanft gerundeten Bauch. »Warte da. Und hab keine Angst.«

»Ich habe keine Angst.« Lily küßte ihn zärtlich. »Du hast mich gefunden, und du wirst auch Willa finden. Bring sie unversehrt zurück.«

»Bring Lily ins Haus, Tess.« Nate zügelte sein nervöses Pferd. »Und bleibt drinnen.«

»Ja.« Tess legte eine Hand auf sein Bein und drückte es.

»Beeil dich«, war alles, was sie herausbrachte.

Die Pferde galoppierten in Richtung Westen. Tess und Lily wandten sich ab und gingen ins Haus zurück. Das lange, quälende Warten begann.

Kapitel 6

»Meine Mutter hat in einer Bar unten in Bozeman gekellnert.« Jim saß nach Art der orientalischen Geschichtenerzähler mit untergeschlagenen Beinen auf dem Boden. »Vielleicht hat sie den Gästen dort auch noch andere Dienste geleistet. Ich weiß es nicht genau, vermute aber, daß es so war, obwohl sie nie darüber gesprochen hat. Sie war eine gutaussehende Frau und war sehr einsam. Solche Dinge geschehen nun einmal.«

»Ich dachte, deine Mutter stammt aus Missoula.«

»Da kam sie ursprünglich her. Nach meiner Geburt kehrte sie dorthin zurück. Viele Frauen gehen nach einem solchen

Erlebnis nach Hause zurück, aber ihr brachte es kein Glück. Mir übrigens auch nicht. Wie dem auch sei, sie arbeitete in einer Bar und servierte den abenteuerlustigen Cowboys dort Drinks – und mehr. Jack Mercy kam zu jener Zeit häufig in die Stadt, soff sich die Hucke voll, suchte Streit und hielt Ausschau nach einer Frau. Frag, wen du willst, er wird es dir bestätigen.«

Er hob einen Stock auf und kratzte damit unablässig über einen Stein. Willa drehte und wendete die Hände, so gut sie konnte, und versuchte, ihre Fesseln so weit zu lockern, daß sie sie später abstreifen konnte. »Mir ist da so einiges zu Ohren gekommen«, erwiderte sie gelassen. »Ich weiß, zu welcher Sorte Mann er gehörte.«

»Mir ist schon klar, daß du das wußtest. Du hast dich zwar blind und taub gestellt, aber du wußtest Bescheid. Damals hatte er ein Auge auf meine Mutter geworfen. Ich sagte ja schon, sie war eine gutaussehende Frau. Er hatte Geschmack, das sieht man ja auch an den Frauen, die er dann geheiratet hat. Alle hatten das gewisse Etwas. Louella sprühte nur so vor Leben, Adele hatte meiner Meinung nach Klasse und Charme, und deine Mutter, nun, die war etwas ganz Besonderes, ruhig und sanft. Mir kam es immer so vor, als könnte sie Dinge wahrnehmen, die anderen Menschen verborgen bleiben. Ich mochte deine Ma sehr gerne.«

Bei dem Gedanken, daß er in die Nähe ihrer Mutter gekommen war, gefror ihr das Blut in den Adern. »Wie hast du sie kennengelernt?«

»Wir hielten uns gelegentlich hier in der Gegend auf, sind aber nie lange irgendwo geblieben, auch auf Mercy nicht. Ich war damals noch ein Kind, aber ich erinnere mich ganz deutlich an deine Ma. Sie war mit dir schwanger, hielt Adam an der Hand und ging mit ihm auf den Weiden spazieren. Ein hübsches Bild.« Eine Weile hing Jim schweigend seinen Träumen nach. »Ich war etwas jünger als Adam, und ich hab' mir das Knie aufgeschlagen oder so, und deine Ma kam und hob mich auf. Meine Mutter und Jack Mercy stritten sich lautstark, und deine Ma nahm mich mit in die Küche, klebte mir ein Pflaster auf das Knie und tröstete mich.«

»Warum warst du denn damals auf der Ranch?«

»Meine Ma wollte mich hierlassen. Sie konnte sich nicht richtig um mich kümmern, sie war krank und innerlich gebrochen. Ihre Familie hat sie verstoßen. Ich glaube, es lag daran, daß sie von den Drogen nicht loskam. Sie brauchte dieses Zeug, um ihren Kummer zu betäuben und ihre Einsamkeit wenigstens vorübergehend zu vergessen. Aber er wollte nicht dulden, daß ich blieb, obwohl ich sein eigen Fleisch und Blut war.«

Sie biß sich auf die Lippen und versuchte, sich vorsichtig zu bewegen, doch sie erreichte nur, daß der Strick schmerzhaft in ihre Haut schnitt. »Hat deine Mutter dir das erzählt?«

»Ja, die ganze Geschichte, von Anfang an.« Er schob seinen Hut in den Nacken. Seine Augen wirkten völlig klar. »Jack Mercy kam des öfteren nach Bozeman, um sich zu amüsieren, und bei einer dieser Gelegenheiten hat er meine Mutter geschwängert. Sie sagte es ihm, sowie sie es mit Sicherheit wußte. Doch er nannte sie eine miese Hure und ließ sie einfach sitzen.« Der Ausdruck seiner Augen verwandelte sich in Wut. »Meine Mutter war keine Hure, Will, sie hat nur getan, was sie tun mußte. Huren sind schlechte, nichtswürdige Weiber, die für jeden Mann die Beine breitmachen, wenn er nur gut genug bezahlt. Meine Mutter hat nur für Geld mit Männern geschlafen, wenn sie keinen anderen Ausweg mehr sah. Und sie fing auch erst an, regelmäßig auf den Strich zu gehen, nachdem sie von ihm schwanger geworden war und er sie ohne einen Pfennig im Stich gelassen hatte.«

Wie oft hatte sie ihm unter Tränen ihr Leid geklagt, wieder und wieder, sein ganzes Leben lang. »Was sollte sie denn sonst machen? Verrate mir doch mal, was sie sonst hätte tun können? Sie war allein, sie war in anderen Umständen, und der Vater ihres Kindes war ein Dreckskerl, der sie als verlogene Hure beschimpfte und sich dann vor der Verantwortung gedrückt hat.«

»Ich weiß es nicht.« Willas Hände zitterten von der Anstrengung, sich von den Fesseln zu befreien, und vor unterdrückter Furcht. Seine Augen waren jetzt weder klar noch glasig. Sie sah den Wahnsinn darin. »Es muß sehr schwer für sie gewesen sein.«

»Ihre Situation grenzte damals ans Unerträgliche. Sie hat mir ab und zu erzählt, wie sie gebettelt und ihn angefleht hat, ihr zu helfen, und wie er sie dann nur ausgelacht hat. Er hat mich verleugnet, mich, seinen eigenen Sohn! Sie hätte mich nicht zur Welt bringen müssen, weißt du? Sie hätte eine Abtreibung vornehmen lassen können und wäre alle Probleme mit einem Schlag losgeworden, aber sie hat es nicht getan. Sie erklärte mir, sie hätte sich gegen einen Schwangerschaftsabbruch entschieden, weil ich Jack Mercys Kind wäre und sie dafür sorgen wollte, daß er seinen Verpflichtungen uns gegenüber nachkam. Er hatte doch genug Geld, schwamm geradezu darin, aber ihr hat er nur ein paar lumpige Dollar vor die Füße geworfen und ist seiner Wege gegangen.«

Langsam entstand ein klares Bild vor Willas Augen; das Bild von einer verbitterten, unglücklichen Frau, die die Seele ihres Kindes nach und nach vergiftete. »Das tut mir leid, Jim. Aber vielleicht hat mein Vater deiner Mutter nicht geglaubt.«

»Er hätte ihr Glauben schenken müssen!« Jim schlug mit der Faust auf den Stein. »Er hat mit ihr geschlafen, hat sie regelmäßig besucht, hat ihr versprochen, sich um sie zu kümmern. Sie erzählte mir, was er ihr alles versprochen hatte, und sie hat ihm geglaubt. Aber als ich dann auf der Welt war und sie mich zu ihm gebracht hat, um ihm zu zeigen, daß ich seine Augen und sein Haar geerbt hatte, da wandte er sich von ihr ab, so daß ihr nichts anderes übrigblieb, als nach Missoula zurückzukehren und ihre Familie um Hilfe zu bitten. Damals war er mit Louella verheiratet, der feschen Louella, und die erwartete gerade Tess; deswegen wollte er nichts von mir wissen. Er dachte nämlich, er würde einen Sohn bekommen, aber da lag er falsch. Ich bin sein einziger Sohn.«

»Du hättest Lily töten können, damals, in der Höhle, als Cooke sie entführt hatte.« Er war zu geschickt darin, einen Menschen zu fesseln, dachte sie grimmig. Sie brachte es nicht fertig, die Knoten zu lösen. »Aber das hast du nicht getan.«

»Ich würde ihr nie etwas zuleide tun. Sicher, ich habe daran gedacht; anfangs, nachdem ich von seinen testamentarischen Verfügungen erfahren habe. Ich dachte daran, aber sie und Tess gehören nun einmal zu meiner Verwandtschaft.« Er holte tief Atem und rieb seine Hand, die er sich an dem Stein aufgeschürft hatte. »Ich habe meiner Ma versprochen, daß ich nach Mercy zurückkommen und mir holen würde, was mir rechtmäßig zusteht. Seit meiner Geburt kränkelte sie und kam nicht mehr richtig zu Kräften; deswegen brauchte sie auch die Drogen. Sie halfen ihr, den Tag zu überstehen. Aber sie hat für mich getan, was in ihrer Macht stand. Sie hat mir alles über meinen Vater und die Mercy Ranch erzählt, alles was sie wußte. Stundenlang konnte sie dasitzen und davon schwärmen. Immer wieder malte sie mir aus, wie ich, wenn ich erst alt genug wäre, zu ihm gehen und das fordern würde, was mir zusteht.«

»Wo ist deine Mutter jetzt, Jim?«

»Sie ist tot. Die Ärzte behaupten, die Drogen hätten sie umgebracht oder sie hätte sie dazu benutzt, Selbstmord zu begehen. Ich weiß aber, daß das nicht wahr ist. Jack Mercy hat sie getötet, Will, indem er sie fortjagte. Von diesem Moment an war ihr Lebenswille erloschen. Als ich sie fand, war sie schon kalt. Und da schwor ich ihr noch einmal, daß ich nach Mercy gehen und tun würde, was sie von mir verlangt hat.«

»Du hast sie gefunden?« Nun rann ihr der Schweiß in Strömen über das Gesicht, obwohl die Hitze ein wenig nachgelassen hatte, und die salzige Flüssigkeit brannte auf ihrer wunden Haut. »Das tut mir entsetzlich leid, Jim.« Und tatsächlich erfüllte sie ein tiefes, von Herzen kommendes Mitleid.

»Ich war sechzehn. Damals lebten wir in Billings, und ich verrichtete Gelegenheitsarbeiten, half hier und da aus. Sie war schon steif, als ich nach Hause kam und sie fand, lag in ihrem eigenen Erbrochenen auf dem Fußboden. Sie hatte es nicht verdient, so jämmerlich zu verrecken. Er hat sie getötet, Will.«

»Was hast du dann gemacht?«

»Ich wollte ihn umbringen. Das war mein erster Gedanke. Ich hatte schon einige Erfahrung im Töten, hab' hauptsächlich streunende Hunde und Katzen kaltgemacht und mir vorgestellt, sie trügen sein Gesicht, wenn ich sie aufschlitzte. Damals besaß ich leider nur ein Taschenmesser, aber es ging.«

Bei seinen Worten drehte sich Willa der Magen um. Der saure Inhalt stieg ihr in die Kehle, und sie schluckte krampfhaft. »Aber du hattest doch noch Familie, die Angehörigen deiner Mutter lebten doch noch.«

»Ich wollte auf keinen Fall wie ein Bettler bei denen angekrochen kommen, nicht, nachdem sie meine Mutter vor die Tür gesetzt hatten. Zur Hölle mit ihnen!« Er hob den Stock wieder auf und schlug damit wie besessen auf den Stein ein. »Ich hoffe, sie bekommen einmal ihre gerechte Strafe dafür.«

Sie konnte ein Schaudern nicht unterdrücken, als er wieder und wieder auf den Stein schlug und Verwünschungen ausstieß, wobei seine Gesichtsmuskeln unkontrolliert zuckten. Dann hielt er inne, sein Gesicht hellte sich auf, und er tappte mit dem Stock müßig auf dem Boden herum wie ein Mann, der seine Zeit totschlägt.

»Außerdem mußte ich ja mein Versprechen halten«, fuhr er fort. »Also ging ich zu ihm und konfrontierte ihn mit der Wahrheit. Er lachte nur und nannte mich den Wechselbalg einer Hure, und als ich auf ihn losging, schlug er mich zu Boden. Er sagte, ich wäre nicht sein Sohn, aber er würde mir einen Job geben, und wenn ich einen Monat durchhalten würde, würde er mich auf die Lohnliste setzen. Dann überließ er mich Hams Obhut.«

Eine eiskalte Faust schloß sich um Willas Herz. Ham. Hatte ihn jemand gefunden? Bekam er ärztliche Hilfe? »Wußte Ham Bescheid?«

»Ich glaube schon. Er hat mit mir nie darüber gesprochen, aber ich glaube, er wußte es. Ich sehe meinem Vater sehr ähnlich, findest du nicht?«

In seiner Stimme schwang soviel Hoffnung, soviel kläglicher Stolz mit, daß Willa langsam nickte. »Doch, eine gewisse Ähnlichkeit ist vorhanden.«

»Also begann ich, für ihn zu arbeiten. Ich gab mir wirklich Mühe, lernte rasch, worauf es ankam, und war mit Leib und

Seele dabei. Zu meinem einundzwanzigsten Geburtstag schenkte er mir dieses Messer.« Er zog es aus der Scheide und hielt es ins Licht. Ein Crocodile Bowie mit einer langen, geschliffenen Klinge, die im Mondschein funkelte wie der Reißzahn eines vorsintflutlichen Raubtieres.

»Das hat etwas zu bedeuten, Willa, wenn ein Mann seinem Sohn ein solches Messer schenkt.«

Der Schweiß auf ihrer Haut fühlte sich plötzlich kalt an. »Er hat dir dieses Messer gegeben?«

»Ich habe ihn geliebt. Ich hätte mich für ihn halb zu Tode geschuftet, und der Mistkerl wußte das. Nie habe ich irgend etwas von ihm verlangt, weil ich tief in meinem Inneren wußte, daß er mir geben würde, was mir von Rechts wegen zusteht, wenn die Zeit reif ist. Ich war sein Sohn, sein einziger Sohn, aber alles, was ich je von ihm bekommen habe, war dieses Messer. Letztendlich hat er seinen gesamten Besitz dir, Lily und Tess vermacht, und ich ging leer aus.«

Langsam bewegte er sich auf sie zu, kam immer näher. Die Klinge in seiner Hand schimmerte bedrohlich, seine Augen funkelten in der Dunkelheit. »Das hätte er nicht tun dürfen. Es war so ungerecht.«

Willa schloß die Augen und wartete auf den Schmerz.

Charlie rannte vorneweg, die Nase dicht am Boden, die Ohren aufmerksam gespitzt. Ben ritt ihm hinterher, ohne Begleitung, und dankte seinem Schöpfer insgeheim für das helle Mondlicht. Er betete darum, daß die Wolken, die sich im Westen zusammenzogen, nicht so schnell näher kommen würden. Ohne Licht standen seine Chancen ausgesprochen schlecht.

Ihm kam es beinahe so vor, als könne er selbst ihre Witterung aufnehmen, jenen Duft nach Seife, Leder und einer ganz persönlichen Note, die nur Willa gehörte. Er wagte nicht, sich auszumalen, was mit ihr geschehen sein konnte, da sonst die nackte Furcht ihn am Denken hindern würde. Es war aber von elementarer Wichtigkeit, daß er seine fünf Sinne beieinander hatte, um scharf und logisch denken zu können. Diesmal kannte sein Gegner die Gegend so gut wie er selbst, war beritten und wußte sich in der freien Natur zu helfen. Ben durfte sich nicht darauf verlassen, daß Willa ihn absichtlich am Vorwärtskommen hinderte oder Zeichen hinterließ. Er wußte ja nicht, ob sie überhaupt noch ...

Nein, er weigerte sich, diese Möglichkeit in Betracht zu ziehen. Er würde sich voll und ganz darauf konzentrieren, sie zu finden, und würde nur daran denken, was er dann mit ihrem Peiniger anstellen würde.

Charlie blieb an einem Wasserlauf stehen und gab seinem Herrchen winselnd zu verstehen, daß er die Fährte verloren hatte. Ben trieb sein Pferd ins Wasser und verharrte dort einen Moment, lauschte ins Dunkel, plante den nächsten Schritt und betete. Bestimmt war sein Gegenspieler dem Flüßchen eine Weile gefolgt.

Er hätte sich jedenfalls so verhalten. So setzte Ben sein Pferd wieder in Bewegung. Da es nicht geregnet hatte, führte der Fluß nur wenig Wasser, so daß er gut vorankam. Über ihm donnerte es, und ein Vogel kreischte furchtsam auf. Ben bekämpfte den Drang, sein Pferd zu einer schnelleren Gangart anzutreiben. Er mußte seine Ungeduld zügeln, durfte nichts überstürzen. Erst mußten sie die Spur wiederfinden.

Am Ufer sah er etwas glitzern. Sofort sprang er vom Pferd. Kaltes Wasser umspülte seine Stiefel, als er durch das Flüßchen watete und sich bückte, um den Gegenstand aufzuheben. Es war ein Ohrring, ein schlichter, schmaler Goldreif. Ben atmete tief aus und schloß die Hand um seinen Fund. Willa hatte seit einiger Zeit eine Vorliebe für Schmuck entwickelt; ein Anflug weiblicher Eitelkeit, der ihn entzückte, weil er ihrer üblichen Kleidung, bestehend aus Jeans und Leder, einen femininen Touch verlieh. Außerdem fühlte er sich geschmeichelt, weil sie ihm gefallen wollte.

Sorgsam verstaute er den Ohrring in seiner Hemdtasche und stieg wieder auf sein Pferd. Wenn sie gewitzt genug war, ihm Zeichen zu hinterlassen, dann würde es leichter sein, ihnen zu folgen. Er lenkte das Pferd zum Ufer und ließ Charlie erneut die Witterung aufnehmen.

»Nein, das hätte er nicht tun dürfen.« Jims Stimme überschlug sich fast, während er an Willas Fußfesseln herumsäbelte. »Er wollte mir dadurch nur beweisen, daß er sich einen Dreck um mich scherte. Um dich übrigens auch.«

»Ich weiß.« Tränen stiegen ihr in die Augen, doch nicht aus Mitgefühl, sondern aus schierer Erleichterung. Sie beugte sich vor und versuchte, mit ihren gebundenen Händen ihre Beine zu massieren, die inzwischen taub geworden waren. »Keiner von uns hat ihm je etwas bedeutet.«

»Zuerst wurde ich damit nicht fertig. Pickles und ich hielten uns gerade in der Hütte auf, als ich es erfuhr, und da bin ich wohl ein bißchen durchgedreht. Deshalb habe ich auch den Ochsen getötet. Ich mußte einfach irgendein Lebewesen umbringen. Doch dann begann ich, über alles nachzudenken. Ich mußte es ihm heimzahlen, Will, mußte ihn für das, was er mir angetan hat, büßen lassen. Erst wollte ich auch dich bestrafen, und vor allen Dingen Tess und Lily. Ich fand, sie hatten kein Recht auf das, was eigentlich mir gehörte, auf das, was er mir hätte hinterlassen sollen. Ich wollte sie vertreiben. Niemand würde etwas bekommen, wenn ich ihnen solche Angst einjagte, daß sie die Ranch verließen. Und so kam mir die Idee, die tote Katze auf die Veranda zu legen. Es gefiel mir, wie Lily bei diesem Anblick gekreischt und geschluchzt hat. Heute wünschte ich, ich hätte ihr das erspart, aber damals betrachtete ich sie noch nicht als meine Schwester. Ich wollte nur, daß sie dahin zurückging, wo sie hergekommen war.«

»Kannst du mir nicht die Fesseln abnehmen, Jim? Bitte, meine Arme sind schon total verkrampft.«

»Es geht nicht. Noch nicht. Du verstehst den Zusammenhang noch nicht ganz.«

»Ich glaube doch.« Mittlerweile konnte sie die Beine wieder bewegen. Sie kribbelten zwar höllisch, weil das Blut wieder in den Adern zu zirkulieren begann, aber sie war sicher, flüchten zu können, sollte sich die Chance dazu ergeben. »Er hat deine Gefühle mit Füßen getreten, also wolltest du ihn deinerseits an einer empfindlichen Stelle treffen.«

»Ich mußte es tun. Welcher Mann würde denn eine solche

Behandlung ungestraft hinnehmen? Aber wenn ich ehrlich sein soll, Will, dann muß ich gestehen, daß mir das Töten Spaß macht. Vermutlich habe ich diese Eigenschaft auch von ihm geerbt.« Er lächelte. »Man kommt nicht dagegen an, wenn einem so etwas im Blut liegt. Auch er hat gern getötet. Weißt du noch, als er dir einmal ein gerade entwöhntes Kalb geschenkt hat? Du hast es großgezogen, hast es verhätschelt wie ein Haustier. Ich glaube, du hast ihm sogar einen Namen gegeben.«

»Blossom«, murmelte sie. »Dämlicher Name für eine Kuh.«

»Jedenfalls hast du an dem Tier gehangen, hast ihm sogar Bänder um die Hörner gewunden. Ich erinnere mich genau an den Tag, an dem er dich mit auf die Weide genommen hat. Du mußt so zwölf oder dreizehn gewesen sein, und er zwang dich zuzusehen, wie er die Kuh schlachtete. Du müßtest lernen, wie es auf einer Ranch zugeht, behauptete er, und du hast dagestanden und hast geweint. Dann bist du davongerannt, weil dir schlecht wurde. Ham war nahe daran, sich mit dem Alten wegen dieser Sache zu prügeln. Seitdem hast du nie wieder ein Haustier gehalten.«

Jim zündete sich eine Zigarette an. »Stimmt ja gar nicht. Ich hatte deinen alten Hund vergessen, der ein Jahr später gestorben ist. Du hast dir nie einen neuen angeschafft.«

»Nein, ich wollte kein Tier mehr.« Willa zog die Knie an und legte den Kopf darauf. Alte Erinnerungen wurden wieder lebendig.

»Ich erzähle dir das nur, damit du einsiehst, daß man gegen das, was einem im Blut liegt, nicht ankommt. Jack Mercy war ein herrschsüchtiger Mann, der immer alle Leute nach seiner Pfeife tanzen ließ. Du hältst auch gerne die Zügel in der Hand – weil es dir im Blut liegt.«

Willa konnte nur schwach den Kopf schütteln. Sie kämpfte mit aller Kraft gegen ihre Übelkeit an. »Hör auf!«

»Hier, nimm das.« Er erhob sich, holte die Feldflasche, die er am Wasser aufgefüllt hatte, und brachte sie ihr. »Trink einen Schluck. Ich wollte dich wirklich nicht aufregen, du solltest nur die Zusammenhänge begreifen.« Sanft streichelte er ihr Haar, das seidenweiche Haar seiner kleinen Schwester. »Wir müssen jetzt zusammenhalten.«

Charlie hetzte voran, jagte mit wehendem Schwanz über den steinigen Pfad. Weder bellte er, noch jaulte er auf, nur sein Fell sträubte sich ab und zu. Ben lauschte auf Geräusche, die ihm verrieten, ob noch andere Männer, Pferde oder Hunde in der Nähe waren. Wenn er die Fährte aufgenommen hatte, dann mußte Adam sie gleichfalls entdeckt haben, dessen war er absolut sicher. Doch er hörte keinen Laut, nur die Stille der Nacht umgab ihn.

Der zweite Ohrring lag auf einem Felsbrocken. Er nahm ihn an sich und führte ihn flüchtig an die Lippen, ehe er ihn in die Tasche schob. »Braves Mädchen«, flüsterte er. »Halt durch!«

Dann blickte er zum Himmel auf. Dunkle Wolken schoben sich vor den Mond; es waren nur noch wenige Sterne zu sehen. Der so sehnsüchtig erwartete Regen kam für ihn zu früh.

Während sie trank, beobachtete sie ihn genau. In seinen Augen las sie, wie sehr er sie mochte. »Du hättest mich schon vor Monaten umbringen können, noch vor allen anderen.«

»Ich wollte dir nie etwas antun. Er hat dich ebenso betrogen wie mich. Ich hab' mir immer vorgestellt, daß wir Mercy eines Tages gemeinsam führen würden, du und ich. Ich hätte noch nicht einmal etwas dagegen, dir die Leitung zu überlassen. Du bist am besten dazu geeignet. Ich treffe nämlich nicht gern wichtige Entscheidungen.«

Er ließ sich wieder nieder, trank selber ein wenig Wasser und schraubte die Flasche wieder zu. Jegliches Zeitgefühl war ihm abhanden gekommen. Er empfand es als beruhigend, mit ihr hier draußen unter dem weiten Himmel zu sitzen und in Erinnerungen zu schwelgen.

»Ich hatte wirklich nicht geplant, Pickles umzubringen. Eigentlich hatte ich gar nichts gegen ihn, obwohl mir sein Gejammer und Gemecker manchmal gewaltig auf den Nerv gingen, aber er hat mir nie etwas getan. Er war nur zur falschen Zeit am falschen Ort. Hätte nie damit gerechnet, daß er ausgerechnet dort auftauchen würde. Ich hatte vorgehabt, einen weiteren Ochsen zu erledigen und auf der Straße liegenzulassen, damit einer der Jungs ihn findet und ein Riesenspektakel veranstaltet. Aber dann überraschte mich Pickles dabei, und ich mußte ihn aus dem Weg räumen. Und, Will, um der Wahrheit die Ehre zu geben, ich habe Geschmack daran gefunden.«

»Regelrecht abgeschlachtet hast du ihn!«

»Totes Fleisch ist totes Fleisch, wenn man so will. Mann, jetzt könnte ich ein Bier vertragen. Ein Bier wäre genau das Richtige.« Seufzend nahm er seinen Hut ab und fächelte sich damit Luft zu. »Es hat sich ein bißchen abgekühlt, und ich glaube, da braut sich was zusammen. Vielleicht kommt endlich der Regen, auf den wir so lange hoffen.«

Willa schaute zum Himmel und schrak alarmiert hoch. Bald würde der Mond nicht mehr zu sehen sein. Sollte Ben Suchtrupps organisiert haben, dann würden die Leute in Kürze blind sein wie die Maulwürfe. Wieder bewegte sie prüfend die Beine. Sie würden sie schon tragen.

Jim tippte mit dem Messer gegen ihre Stiefelspitze. »Ich weiß auch nicht, warum ich ihn skalpiert habe, kam mir eben so in den Sinn. Ich muß dabei wohl an eine Trophäe gedacht haben. Schließlich hängt man sich auch das Geweih eines selbsterlegten Hirsches an die Wand. Ein Stück weiter östlich von hier hab' ich eine ganze Kiste voller Trophäen vergraben. Du kennst doch die Stelle, an der gegenüber der äußersten Weide drei Pappeln stehen, oder?«

»Ja, ich weiß, wo das ist.« Willa zwang sich, den Blick von dem Messer abzuwenden und ihm in die Augen zu sehen.

»Dann habe ich in einer Nacht all die Kälber abgemurkst. Dachte, das würde die Stadtmädchen das Fürchten lehren, und sie würden sofort das Weite suchen. Aber sie sind geblieben. Hat mir einige Bewunderung abgenötigt und mich ein bißchen zum Nachdenken gebracht, aber ich war immer noch stinksauer auf sie.« Traurig schüttelte er den Kopf, als könnte er sein damaliges Verhalten überhaupt nicht mehr begreifen. »Und ich kam gegen den Trieb zu töten nicht mehr an, also habe ich diese kleine Anhalterin aufgelesen und mitgenommen. Ich wollte einmal eine Frau umbringen.«

Verlegen befeuchtete er seine Lippen, da er in einem verborgenen Winkel seines Herzens ganz genau wußte, daß er mit seiner kleinen Schwester über derlei Dinge eigentlich nicht sprechen sollte, aber er konnte sich einfach nicht bremsen. »Ich hatte noch nie zuvor eine Frau erledigt. Ursprünglich wollte ich mich ja mit Shelly befassen, weißt du? Mit Zacks Frau.«

»Großer Gott!«

»Sie ist ein hübsches Ding, hat wundervolles Haar. Ich war des öfteren auf Three Rocks, um mit den Jungs zu pokern, da hab' ich sie gesehen und mir überlegt, was ich wohl mit ihr anstellen könnte. Aber statt ihrer habe ich dann dieses Mädchen mitgenommen und sie direkt vor eurer Eingangstür liegengelassen, um Jack Mercy eine deutliche Lektion zu erteilen. Ach ja, das war ja noch vor den Kälbern«, meinte er träumerisch. »Jetzt fällt es mir wieder ein. Es war vorher. In meinem Kopf geht alles durcheinander, alles bis zu dem Zwischenfall mit Lily. Es war Lily, die meine Ansichten geändert hat. Sie ist meine Schwester, das wurde mir unwiderruflich klar, als JC sie wie ein Stück Dreck behandelt hat. Sie hätte sterben können, wenn ich mich nicht ihrer angenommen hätte, hab' ich nicht recht?«

»Ja.« Sie würde jetzt nicht schlappmachen, jetzt nicht, schwor sie sich. »Du hast ihr nichts getan.«

»Ich hätte ihr kein Haar gekrümmt.« Als ihm die nähere Bedeutung seiner Worte aufging, lachte er schallend los und klatschte sich vor Vergnügen auf die Schenkel. »Kein Haar gekrümmt, im Gegenteil, ich hab' ihr ihre Haare gelassen. Hast du's erfaßt? Das war ein guter Witz.« Von einer Sekunde zur anderen schlug seine Stimmung wieder um. Der abrupte Wechsel gefiel Willa überhaupt nicht. »Ich liebe sie, Will. Ich liebe sie und dich und Tess, wie ein Bruder seine Schwestern lieben sollte. Und ich werde immer für euch da sein. Aber ihr müßt zu mir halten. Blut ist nun einmal dicker als Wasser.«

»Was soll ich denn für dich tun, Jim?«

»Wir müssen einen Plan entwerfen, müssen uns eine plausible Geschichte ausdenken. Das Beste wäre, ich würde dich zurückbringen, und wir erzählen den anderen, daß ein Unbekannter dich entführt hat. Du hast ihn vorher noch nie gesehen. Ich bin euch gefolgt. Alles mußte so schnell gehen, daß ich keinen Alarm schlagen konnte. Wir werden behaupten, ich hätte ihn verjagt und dich befreit. Ich werde ein paar Schüsse abgeben.« Liebevoll tätschelte er sein Gewehr. »Er ist in die Berge geflüchtet, und ich konnte dich heil nach Hause bringen. Das klingt glaubhaft, findest du nicht?«

»Könnte klappen. Ich werde sagen, ich hätte sein Gesicht nicht richtig gesehen. Er hat mich geschlagen. Wahrscheinlich habe ich sowieso einen Bluterguß davongetragen.«

»Es tut mir leid, daß ich die Beherrschung verloren habe. Aber die Geschichte hört sich wirklich gut an. Danach können wir weitermachen wie bisher. In ein paar Monaten läuft auf der Ranch alles wieder seinen gewohnten Gang. Jetzt kann ich ja die Stelle des Vorarbeiters einnehmen.« Das Flackern in ihren Augen, ihr instinktives Zusammenzucken entging ihm nicht. »Du meinst das gar nicht ehrlich. Du lügst!«

»Nein, ich denke nur darüber nach.« Der erneute Stimmungsumschwung ließ ihr Herz schneller schlagen. »Wir dürfen uns in keinem Punkt widersprechen, müssen alles genau aufeinander abstimmen, und ...«

»Du lügst!« Er schrie so laut, daß das Echo seine Worte wiedergab. »Glaubst du denn, ich durchschaue dich nicht? Hältst du mich für so blöd, daß ich nicht merke, was in dir vorgeht? Wenn ich dich nach Hause bringe, dann lieferst du mich der Polizei aus, mich, deinen eigenen Bruder. Nur wegen Ham.«

Rasend vor Wut sprang er auf, das Messer in der einen Hand, das Gewehr in der anderen. »Es war ein Unfall. Ich konnte wirklich nichts dafür. Aber du würdest mich deshalb verraten. Der alte Mann bedeutet dir mehr als deine eigene Familie.«

Er würde sie niemals gehen lassen. Und er würde sie töten, noch bevor sie ein paar Meter weit gekommen war. Trotzdem kam Willa unsicher auf die Füße, schwankte ein wenig, bis sie sicheren Halt fand, und blickte ihn voll tödlicher Verachtung an. »Ham war meine Familie.«

Jim ließ das Gewehr fallen, packte sie mit seiner freien Hand und schüttelte sie heftig. »Wir sind von einem Blut. Du solltest um jeden Preis zu mir halten, ich bin doch ein Mercy, genau wie du!«

Aus den Augenwinkeln heraus sah sie, wie er mit dem Messer herumfuchtelte, dann schoben sich Wolken vor den Mond, und das Glitzern der Klinge erlosch. »Du wirst mich schon töten müssen, Jim. Und wenn du das getan hast, dann gibt es auf der ganzen Welt kein Fleckchen mehr, wo du dich verstecken könntest. Sie werden dich einmal um den Erdball jagen, und gnade dir Gott, wenn Ben oder Adam dich zuerst aufspüren.«

»Warum willst du mich denn nicht verstehen?« Er schrie die Frage heraus. »Es geht mir um Mercy. Nur die Ranch zählt für mich. Ich will doch bloß meinen Anteil an Mercy.«

Willa ballte ihre schmerzenden Hände zu Fäusten und starrte in seine glühenden Augen. »Von mir hast du nichts zu erwarten, Jim.« Sie holte aus, versetzte ihm mit ihren gefesselten Händen einen Stoß in die Magengrube und warf sich herum, um die Flucht zu ergreifen.

Jim bekam ihr Haar zu fassen und riß sie daran so grob zurück, daß sie kaum noch sehen konnte. Schluchzend vor Schmerz rammte sie ihm mit aller Kraft den Ellbogen in die Seite, erreichte jedoch nicht, daß er seinen eisernen Griff lokkerte. Ihre Füße rutschten unter ihr weg, und sie wäre zu Boden gestürzt, hätte er sie nicht an den Haaren festgehalten.

»Es wird ganz schnell gehen«, versprach er ihr. »Ich werde dir unnötiges Leiden ersparen. Ich weiß, wie man es machen muß.«

Ben trat hinter den schützenden Felsen hervor. »Laß das Messer fallen!« Sein Revolver war geladen, entsichert und direkt auf seinen Gegner gerichtet. »Wenn sie auch nur einen einzigen Kratzer abbekommt, dann fährst du auf direktem Weg zur Hölle.«

»Spuck lieber nicht so große Töne.« Jim hielt Willa das Messer an die Kehle. Seine Stimme klang wieder ruhig und gelassen, und er spürte, wie er seine Selbstbeherrschung zurückgewann. Er hatte Oberwasser. Die Frau, die er an sich gepreßt hielt, betrachtete er nicht länger als seine Schwester, sondern lediglich als Schutzschild. »Es kostet mich nur eine einzige Handbewegung, und sie ist tot, ehe du mit der Wimper zucken kannst.«

»Und du kommst als nächster dran.«

Jims Augen flackerten. Sein Gewehr befand sich außerhalb seiner Reichweite. Vorsichtig trat er einen Schritt zurück und drückte das Messer fester gegen Willas Hals. »Gib mir fünf Minuten Vorsprung, und sobald ich mich sicher fühle, lasse ich sie frei.«

»Glaub ihm kein Wort!« Willa spürte, wie die scharfe Klinge ihre Haut ritzte und die ersten Blutströpfchen ihren Hals hinunterliefen. »Er wird mich umbringen«, sagte sie ruhig, die Augen unverwandt auf Ben gerichtet. »Es ist nur eine Frage des Zeitpunktes.«

»Halt den Mund, Will!« Jim richtete das Messer gegen ihre Kehle. »Das ist eine Angelegenheit unter Männern. Wenn du sie willst, McKinnon, dann kannst du sie haben. Aber laß die Waffe fallen und geh ein Stück zurück, bis wir auf die Pferde gestiegen sind. Wenn nicht, erledige ich sie gleich hier an Ort und Stelle, und du kannst zusehen, wie sie stirbt. Eine andere Wahl hast du nicht.«

Bens Blick wanderte von Jim zu Willa. Er hielt die Augen auf sie gerichtet, so lange, bis sie unauffällig nickte, um ihre Zustimmung zu geben. Er hoffte nur, daß sie ihn richtig verstanden hatte.

»So, meinst du?« Ben betätigte den Abzug. Die Kugel traf Jim genau da, wo sie ihn treffen sollte, nämlich zwischen die Augen. Dem Himmel sei Dank für Willas Kaltblütigkeit, dachte Ben, dessen Hand nun doch zu zittern begann. Sie hatte keinen Muskel gerührt, hatte sich noch nicht einmal bewegt, als das Messer zu Boden fiel. Nun, da niemand sie mehr hielt, spürte Willa, wie sie zu taumeln begann, sah, wie sich der Himmel über ihr karussellartig drehte, gerade als die ersten Regentropfen auf die Erde fielen. Und sie sah Ben, der auf sie zustürmte.

»Ein toller Schuß«, stammelte sie noch, bevor sie – wofür sie sich später fast zu Tode schämte – in Ohnmacht fiel.

In Bens Armen kam sie wieder zu sich. Regen und Tränen rannen über ihr Gesicht, und seine Lippen liebkosten unaufhörlich ihre feuchte Haut. »Ich hab' wohl das Gleichgewicht verloren.«

»Ja.« Ben kniete auf dem schlammigen, aufgeweichten Boden, er wiegte sie wie ein Baby hin und her, während der Regen auf sie beide herabprasselte. »Ich weiß.«

In ihrem Kopf dröhnte es. Wohl wissend, daß sie ihrer Schwäche nachgab, barg sie ihr Gesicht an seiner Schulter, damit sie den Leichnam, der neben ihnen im Schmutz lag, nicht ansehen mußte. »Er hat gesagt, er wäre mein Bruder. Er hat das alles wegen der Mercy Ranch getan, wegen meines Vaters und wegen ...«

»Ich habe ihn klar und deutlich verstanden.« Ben drückte seine Lippen auf ihr Haar, nahm dann seinen Hut ab und setzte ihn ihr auf den Kopf, um sie vor der Nässe zu schützen. »Du verdammtes, hirnloses Frauenzimmer hast ihn ja regelrecht angebettelt, dich umzubringen. Ich bin tausend Tode gestorben, als ich mitanhören mußte, wie du ihn gereizt hast, während ich auf dem Weg nach oben war.«

»Ich wußte mir nicht anders zu helfen.« Die Angst, die sie so entschlossen unterdrückt hatte, bahnte sich mit Macht einen Weg in ihr Bewußtsein und lähmte sie beinahe. »Ben – was ist mit Ham?«

»Ich weiß es nicht.« Sie zitterte mittlerweile am ganzen Körper, und er zog sie schützend enger an sich. »Ich weiß es wirklich nicht, Liebling. Als ich losgeritten bin, war er jedenfalls noch am Leben.«

»Gott sei Dank.« Also bestand noch Hoffnung. »Meine Hände. Jesus, Ben, sieh dir meine Hände an!«

Fluchend und wüste Verwünschungen gegen Jim ausstoßend, zückte Ben sein Messer, befreite Willa von ihren Fesseln und starrte entsetzt auf ihre Handgelenke. Die Haut war bis auf das rohe Fleisch aufgescheuert. »O Gott, Baby!« Der

Anblick wollte ihm das Herz brechen und raubte ihm den letzten Rest seiner mühsam aufrechterhaltenen Beherrschung. »Willa.«

Er kniete immer noch im strömenden Regen und wiegte sie tröstend in seinen Armen, als Adam zu ihnen stieß.

Kapitel 7

»Wenn ich dir sage, daß du etwas essen sollst, dann ißt du, und zwar das, was ich dir vorsetze.« Bess beugte sich über ihren Patienten und funkelte ihn böse an.

»Kannst du mich nicht mal fünf Minuten in Ruhe lassen?« Gereizt rollte sich Ham im Bett zusammen und versuchte, das Tablett von sich zu schieben, das Bess auf der Bettdecke plaziert hatte.

»Du kletterst ja sofort aus dem Bett, sobald ich dir nur den Rücken zukehre. Das nächste Mal ziehe ich dich splitternackt aus, dann traust du dich nicht, das Zimmer zu verlassen.«

»Ich habe sechs lange Wochen im Krankenhaus flachgelegen und bin vor über einer Woche aus dem verdammten Ding entlassen worden, falls es dich interessiert. Ich lebe noch, Herrgott noch mal!«

»Wirst du wohl den Namen des Herrn nicht unnütz im Munde führen, Hamilton? Der Arzt hat dir zwei volle Wochen Bettruhe verordnet und gesagt, daß du eine, höchstens zwei Stunden täglich aufstehen darfst.« Mit energisch vorgestrecktem Kinn sah sie ihn gebieterisch an. »Muß ich dich daran erinnern, daß du mit einem Messer im Bauch zum Haus gekrochen kamst und mir meinen frischgewienerten Küchenfußboden vollgeblutet hast?«

»Das erzählst du mir jedesmal, wenn du zur Tür hereinkommst.«

»Nun ja.« Bess blickte sich erleichtert um, als Willa das Zimmer betrat. »Du kommst wie gerufen. Versuch du dein Glück bei ihm, ich habe zu tun.«

»Machst du ihr wieder das Leben schwer, Ham?«

Er zog ein finsteres Gesicht, als Bess hocherhobenen Hauptes den Raum verließ. »Wenn diese Frau nicht bald aufhört, mich wie ein unmündiges Kind zu behandeln, dann knote ich die Bettlaken zusammen und seile mich daran aus dem Fenster ab.«

»Sie meint es doch nur gut, wie wir alle. Aber du solltest dich wirklich an die Anweisungen des Arztes halten.« Willa ließ sich auf der Bettkante nieder und unterzog ihn einer kritischen Musterung. Er hatte seine gesunde Gesichtsfarbe zurückgewonnen und setzte auch langsam wieder Gewicht an, nachdem er im Krankenhaus stark abgenommen hatte. »Obwohl ich zugeben muß, daß du schon wieder recht gut aussiehst.«

»Ich fühle mich ausgezeichnet. Es besteht kein Grund, warum ich nicht wieder im Sattel sitzen sollte.« Verlegen knetete er seine Hände, als sie den Kopf auf seine Brust legte und sich an ihn kuschelte. Dann tätschelte er ungeschickt ihr Haar. »Laß gut sein, Will. Ich bin doch kein Teddybär.«

»Eher ein ausgewachsener Grizzly.« Lächelnd küßte sie seine bärtige Wange und ignorierte geflissentlich, daß er sich dabei nicht sonderlich wohl fühlte.

»Frauen! Kaum ist ein Mann hilflos, machen sie mit ihm, was sie wollen.«

»Ich hab' doch sonst nie Gelegenheit, dich zu verhätscheln.« Willa setzte sich auf und ergriff seine Hand. »War Tess schon bei dir?«

»Ja, vor einer Weile. Sie wollte sich verabschieden.« Auch Tess hatte ein großes Aufsehen um ihn gemacht, hatte ihn umarmt und geküßt, bis er selbst den Tränen nah gewesen war. »Uns wird etwas fehlen, wenn sie nicht mehr in ihren schicken Stiefelchen hier herumstolziert.«

»Ich werde sie auch vermissen. Nate ist schon da, um sie zum Flughafen zu bringen. Ich muß ihr noch auf Wiedersehen sagen.«

»Alles in Ordnung mit dir?«

»Ich lebe noch. Dank deiner und Bens Hilfe lebe ich noch.« Ein letztes Mal drückte sie seine Hand, dann stand sie auf und ging zur Tür. »Ham?« Sie drehte sich nicht um, sondern sah beim Sprechen in die Diele hinaus. »War er Jack Mercys Sohn? War er mein Bruder?«

Er hätte die Frage verneinen und somit die Sache ein für allemal aus der Welt schaffen können. Für sie wäre es leichter – vermutlich jedenfalls. Aber Willa war schon immer hart im Nehmen gewesen. »Ich weiß es nicht, Will. Ich schwöre bei Gott, ich weiß es nicht.«

Willa nickte. Auch damit würde sie leben müssen. Mit der ewigen Ungewißheit.

Als sie nach draußen kam, fand sie dort eine in Tränen aufgelöste Lily vor, die sich an Tess klammerte, als wollte sie sie nie wieder loslassen.

»Hey, man könnte ja glauben, ich ginge nach Afrika, um Missionarin zu werden.« Tess' Augen waren inzwischen auch schon feucht geworden. »Kalifornien ist doch nicht aus der Welt. In ein paar Monaten komme ich euch besuchen.« Liebevoll tätschelte sie Lilys immer rundlicher werdendes Bäuchlein. »Ich möchte unbedingt dabeisein, wenn Junior hier das Licht der Welt erblickt.«

»Du wirst mir schrecklich fehlen.«

»Ich schreibe euch, ich rufe an, ich schick' notfalls sogar ein Fax. Ihr werdet kaum merken, daß ich nicht mehr da bin.« Sie schloß die Augen und drückte Lily fest an sich. »Paß auf dich auf! Adam.« Erst griff sie nach seinen Händen, dann warf sie sich ihm in die Arme. »Wir sehen uns bald wieder. Ich rufe dich an, wenn ich deinen Rat brauche. Vielleicht entschließe ich mich ja doch, ein Pferd zu kaufen.« Er murmelte ihr leise ein paar Worte ins Ohr. »Was heißt das denn?«

Adam küßte sie leicht auf die Wange. »Meine Schwester, in meinem Herzen.«

»Ich rufe dich an«, würgte sie hervor, fuhr herum und wäre beinahe mit Bess zusammengestoßen.

»Hier.« Bess drückte ihr einen Picknickkorb in die Hand. »Es ist eine ziemlich lange Fahrt bis zum Flughafen, und bei deinem Appetit läufst du Gefahr, unterwegs zu verhungern.«

»Danke. Vielleicht werde ich ja diese fünf Pfund, die ich dir zu verdanken habe, in L. A. wieder los.«

»Du kannst sie vertragen. Grüß deine Ma von mir.«

»Wird gemacht.«

Seufzend strich Bess ihr über die Wange. »Komm bald wieder, Mädel.«

»Sobald ich kann.« Tess wandte sich Willa zu. »Nun«, meinte sie gequält, »das war schon eine abenteuerliche Zeit.«

»Kann man wohl sagen.« Die Daumen in die Gürtelschlaufen gehakt, kam Willa die restlichen Stufen herunter. »Du könntest ja darüber schreiben.«

»Über einige Ereignisse bestimmt.« Tess schluckte schwer, um ihrer Stimme einen gelassenen Klang zu verleihen. »Halt dich in Zukunft aus Schwierigkeiten raus.«

Willa hob die Brauen. »Dasselbe könnte ich dir raten. Du fährst schließlich in die große, böse Stadt zurück.«

»Aber es ist meine Stadt. Ich ... äh, ich schreib' dir eine Postkarte, damit du einmal siehst, wie es in der wirklichen Welt aussieht.«

»Tu das.«

»Gut.« Tess wandte sich ab, dann reichte sie den Korb mit einem unterdrückten Fluch an Nate weiter und wirbelte herum, um ihre Schwester zu umarmen. »Ich glaube, ich werde dich tatsächlich vermissen.«

»Ich dich auch.« Willa erwiderte die Umarmung. »Ruf mich an, ja?«

»Ganz bestimmt. Denk daran, ab und zu einmal einen Lippenstift zu benutzen, okay? Und reib dir die Hände mit der Lotion ein, die ich dir dagelassen habe, bevor sie aussehen wie altes Leder.«

»Ich hab' dich sehr, sehr lieb, Tess.«

»O Gott, ich muß los.« Schluchzend stolperte Tess auf den Jeep zu. »Geh und kastriere ein Kalb oder sonst etwas.«

»Ich war gerade auf dem Weg.« Willas Stimme klang etwas belegt. Sie zog ein Taschentuch hervor und schneuzte sich kräftig die Nase, als der Jeep davonfuhr. »Mach's gut, Hollywood!«

Als Tess ihr Gepäck am Abflugschalter aufgab, hatte sie sich wieder einigermaßen in der Gewalt. Sie hatte eine geschlagene Stunde lang leise vor sich hingeweint, und Nate war verständnisvoll genug gewesen, sie gewähren zu lassen.

»Du brauchst nicht bis zum Flugsteig mitzukommen.« Trotzdem hielt sie seine Hand weiterhin fest umklammert.

»Das macht mir nichts aus.«

»Wir bleiben in Verbindung, ja?«

»Natürlich.«

»Vielleicht kannst du mich ja mal übers Wochenende besuchen kommen, dann zeige ich dir Los Angeles.«

»Das läßt sich bestimmt einrichten.«

Nun, er machte es ihr wirklich leicht, dachte Tess. Alles lief wie am Schnürchen. Das Jahr war um, sie hatte erreicht, was sie wollte, nun konnte sie zu ihrem gewohnten Lebensstil zurückkehren.

»Du mußt mich auf dem laufenden halten, Nate, und mir alles über Lily und Willa berichten. Ich werde die beiden furchtbar vermissen.«

Sie blickte sich in der Abflughalle um. Überall geschäftige Menschen, die kamen und gingen. Doch ihre übliche freudige Erregung bei der Aussicht, ein Flugzeug zu besteigen, wollte sich heute nicht einstellen.

»Ich möchte nicht, daß du noch länger wartest.« Tess zwang sich, zu ihm aufzublicken und direkt in diese ruhigen, geduldigen Augen zu sehen. »Wir haben uns bereits verabschiedet. Je länger du bleibst, um so schwerer wird es für uns beide.«

»Es kann überhaupt nicht mehr schwerer werden.« Nate legte ihr die Hände auf die Schultern und strich ihr über die Arme. »Ich liebe dich, Tess. Du bist die erste und einzige Frau für mich. Bleib hier. Heirate mich.«

»Nate, ich ...« Liebe dich auch, dachte sie. O Gott. »Ich muß gehen. Du weißt, daß ich nicht hierbleiben kann. Ich muß an meine Arbeit, an meine Karriere denken. Es war nur eine vorübergehende Affäre, das war uns beiden von Anfang an klar.«

»Die Situation kann sich ändern.« Da ihr ihre Gefühle für ihn klar und deutlich im Gesicht geschrieben standen, schüttelte er sie sanft. »Du bringst es ja nicht fertig, mir in die Augen zu sehen und mir zu sagen, daß du mich nicht liebst, Tess. Jedesmal, wenn du den Ansatz dazu machst, wendest du den Blick ab und hältst doch lieber den Mund.«

»Ich muß los, sonst verpasse ich mein Flugzeug.« Abrupt riß sie sich los und flüchtete.

Sie wußte genau, was sie tat. Ganz genau. Während sie an den verschiedenen Ausgängen vorbeihastete, redete sie sich immer wieder gut zu. Sie war nicht dazu geschaffen, ihr Leben auf einer Pferderanch in Montana zu verbringen. Sie stand am Beginn einer großen Karriere. Wie zur Bestätigung schlug ihr Laptop gegen ihre Hüfte. Sie hatte Ideen für ein neues Drehbuch, mußte an ihrem Roman weiterarbeiten. Sie gehörte nach L. A.

Fluchend drehte sie sich auf dem Absatz um und rannte zurück, wobei sie die ihr entgegenkommenden Menschen rücksichtslos zur Seite stieß. »Nate?« Als sie seinen Hut auf der abwärts laufenden Rolltreppe sah, verdoppelte sie ihr Tempo. »Nate, so warte doch mal!«

Er war bereits unten angelangt, als sie hastig die Rolltreppe hinunterstürmte. Völlig außer Atem stand sie vor ihm, preßte eine Hand auf ihr wild hämmerndes Herz und sah ihm fest in die Augen. »Ich liebe dich nicht«, sagte sie, ohne zu blinzeln, und bemerkte, daß seine Augen schmal wurden. »Siehst du? Ich kann dir ins Gesicht sehen – und lügen.«

Und mit einem befreiten Lachen warf sie sich in seine Arme. »Ach, was soll's? Ich kann überall arbeiten.«

Er küßte sie, bevor er sie wieder auf die Füße stellte. »Okay. Dann laß uns nach Hause fahren.«

»Und mein Gepäck?«

»Das kriegen wir schon wieder.«

Tess blickte über ihre Schulter und nahm im Geiste Abschied von L. A. »Du scheinst nicht allzu überrascht zu sein.«

»Bin ich auch nicht.« Nate schob sie zur Tür hinaus, hob sie hoch und schwang sie durch die Luft. »Ich bin ein geduldiger Mensch.«

Ben traf Willa dabei an, wie sie gerade den Zaun, der Three Rocks von Mercy trennte, neu zog. Er wußte, daß er eigentlich gerade jetzt genau dieselbe Arbeit hätte ausführen sollen. Trotzdem stieg er ab und schlenderte auf sie zu. »Brauchst du Hilfe?«

»Nein, ich komme gut alleine klar.«

»Ich wollte mich nur erkundigen, wie es Ham geht.«

»Er ist reizbar wie ein hungriger Bär. Ich würde sagen, er wird bald wieder gesund.«

»Prima. Laß mich das machen, Will.«

»Ich weiß, wie man einen Zaundraht zieht.«

»Laß mich das bitte machen!« Energisch nahm er ihr die Drahtrolle aus der Hand.

Willa stemmte empört die Hände in die Hüften und trat einen Schritt zurück. »Du bist für meinen Geschmack ein bißchen zu häufig hergekommen und wolltest mir irgendwelche Dinge abnehmen. Das muß aufhören.«

»Warum?«

»Du mußt dich um deinen eigenen Betrieb kümmern. Ich hab' auf Mercy alles unter Kontrolle.«

»Du hast immer alles unter Kontrolle«, brummte er.

»Die Testamentsbedingungen sind erfüllt, Ben. Es besteht kein Grund mehr für dich, mir dauernd auf die Finger zu schauen.«

Seine Augen, die sie unter der Hutkrempe hervor anblitzten, blickten alles andere als freundlich. »Glaubst du wirklich, ich bin nur aus diesem Grund hier?«

»Ich weiß es nicht. Dich scheint neuerdings nicht mehr viel zu interessieren.«

»Was soll das denn nun wieder heißen?«

»In den vergangenen Wochen hast du dich nicht gerade häufig in meinem Bett eingefunden.«

»Ich war beschäftigt.«

»Gut. Und jetzt bin ich beschäftigt, also kümmere dich bitte um deine eigenen Zäune.«

Er baute sich vor ihr auf, und sein Gesicht nahm einen ebenso bockigen Ausdruck an wie das ihre. »Diese Linie gehört genauso zu meinem wie zu deinem Gebiet.«

»Dann solltest du sie ab und an überprüfen, so wie ich.«

Ben warf ihr die Drahtrolle vor die Füße. »Okay, wenn du

unbedingt wissen willst, was mit mir los ist, dann werde ich es dir sagen.« Er kramte zwei dünne Goldreifen aus der Tasche und drückte sie ihr in die Hand.

»Ach.« Stirnrunzelnd blickte sie auf den Schmuck. »Die hatte ich ganz vergessen.«

»Ich nicht.« Er hatte sie aufgehoben – der Himmel mochte wissen, warum. Und jedesmal, wenn er sie ansah, wurden die Erlebnisse jener Nacht, die Angst und die Ungewißheit wieder wach. Und jedesmal fragte er sich von neuem, ob er sie wohl rechtzeitig gefunden hätte, wenn sie nicht kaltblütig und scharfsinnig genug gewesen wäre, eine Spur zu legen.

»Also hast du meine Ohrringe gefunden.« Willa verstaute die Goldreifen in ihrer Tasche.

»Ganz recht, ich habe sie gefunden. Und ich bin diesen Berg hinaufgeklettert und mußte mit anhören, wie er dich anschrie. Ich sah, wie er dir ein Messer an die Kehle hielt; sah, wie dir das Blut am Hals entlangrann, weil er dir die Haut eingeritzt hatte.«

Unwillkürlich fuhr sie sich mit der Hand über den Hals. Es gab Zeiten, da konnte sie es immer noch spüren, die scharfe Klinge des Messers, das ihr eigener Vater einem Mörder in die Hand gegeben hatte.

»Es ist vorüber«, erklärte sie. »Ich denke nicht mehr gerne daran zurück.«

»Für mich ist die Sache noch nicht endgültig ausgestanden. Ich sehe immer noch deine Augen, die mir zu verstehen gegeben haben, daß du weißt, was ich vorhabe. Und daß du mir vertraust.«

Sie hatte die Augen nicht geschlossen, sondern ihn mit weit aufgerissenen Augen unverwandt angesehen, als er abdrückte.

»Ich habe nur einige Zentimeter von deinem Gesicht entfernt einem Mann eine Kugel in den Kopf gejagt. Das hat mir so manchen bösen Traum beschert, das kannst du mir glauben.«

»Es tut mir leid.« Willa streckte die Hand nach ihm aus, ließ sie jedoch sofort wieder sinken, als er zurückwich, auf seinem eigenen Land blieb. »Du hast meinetwegen einen

Menschen getötet. Das hat deine Gefühle mir gegenüber zwangsläufig verändert. Ich verstehe vollkommen.«

»Das war nicht der Grund. Nun doch, zum Teil vielleicht.« Er wandte sich ab und schaute zum Himmel. »Vielleicht hat sich diese Wandlung ja auch schon lange vorher angekündigt.«

»Gut, ich weiß Bescheid.« Willa war dankbar dafür, daß er ihr den Rücken zukehrte. So konnte er nicht sehen, daß sie sich auf die Lippen beißen mußte, um ein Schluchzen zu unterdrücken. »Ich verstehe dich, und ich bin dir dankbar für alles, was du für mich getan hast. Es besteht kein Anlaß, es uns beiden noch schwerer zu machen.«

»Schwer? Himmel, das trifft noch nicht einmal annähernd den Punkt.« Ben schob die Hände in die Hosentaschen und betrachtete nachdenklich den langen Zaun. Mehr trennte sie nicht voneinander, nur eine dünne Stacheldrahtgrenze. »Du bist mir fast mein gesamtes Leben lang im Weg gewesen und hast mir nichts als Ärger bereitet.«

»Du befindest dich auf meinem Land«, gab sie tief getroffen zurück. »Wer ist hier wem im Weg?«

»Ich denke, ich kenne dich besser als sonst irgend jemand«, fuhr er fort, ohne auf ihren Einwurf zu achten. »Auch deine Fehler sind mir wohlbekannt, und davon hast du wahrlich mehr als genug. Du bist hitzköpfig, stur wie ein Maulesel und bringst deine Mitmenschen mit schöner Regelmäßigkeit zur Verzweiflung. Du verfügst zwar über eine nicht unbeträchtliche Intelligenz, aber dein aufbrausendes Temperament steht dir im Weg. Wenn man aber die Schwächen kennt, ist der Kampf schon halb gewonnen.«

Willa versetzte ihm einen heftigen Fußtritt, der ihn nach hinten gegen sein Pferd taumeln ließ. Er hob den Hut auf, den sie ihm vom Kopf gestoßen hatte, bürstete ihn ab und drehte sich zu ihr um. »Dafür könnte ich dir jetzt eine kleine Lektion erteilen, aber ein Ringkampf würde vermutlich anders enden, als du es dir vorstellst.«

»Versuch es nur!«

»Und weißt du, was das schlimmste ist?« Er deutete mit dem Zeigefinger auf sie. »Dieser aufsässige Gesichtsausdruck, den du jetzt gerade wieder aufgesetzt hast. Wenn ich so darüber nachdenke, dann war er es, der den Ausschlag gegeben hat.«

»Den Ausschlag wozu?«

»Daß ich mich in dich verliebt habe.«

Vor Schreck ließ sie den Hammer fallen, den sie in die Hand genommen hatte, um ihm damit zu drohen. »Wie bitte?«

»Du hast mich schon verstanden, du hast nämlich Ohren wie ein Luchs.« Er kratzte sich am Kinn und rückte dann seinen Hut zurecht. »Ich fürchte, du wirst mich heiraten müssen, Willa. Ich sehe keinen anderen Ausweg, und glaub mir, ich habe mir lange darüber den Kopf zerbrochen.«

»Tatsächlich?« Sie bückte sich, hob den Hammer wieder auf und schlug damit gegen ihre Handfläche. »Hast du das?«

»Ja.« Grinsend behielt er den Hammer im Auge. Er hielt es für unwahrscheinlich, daß sie von ihm Gebrauch machen würde. Sollte sie jedoch den Versuch machen, so konnte er schnell genug ausweichen, um einer Gehirnerschütterung zu entgehen. »Wenn es eine andere Lösung geben würde, hätte ich sie gefunden. Weißt du ...« Er kam langsam auf sie zu und umkreiste sie lauernd. »Anfangs habe ich mir eingebildet, ich wollte dich nur, weil du anders bist als die anderen. Dann, als ich mein Ziel erreicht hatte, dachte ich, ich könnte nicht von dir lassen, weil ich keine Ahnung hatte, wie lange ich dich würde halten können.«

»Komm nur näher«, warnte sie kühl, »wenn du eine Beule in deinem Dickschädel haben willst.«

Er kam näher. »Und irgendwann einmal stellte ich mir die Frage, warum keine andere Frau in mir so widersprüchliche Gefühle geweckt hat wie du. Warum ich dich bereits fünf Minuten, nachdem du zur Tür hinausgegangen warst, schon vermißte. Als du in Gefahr warst, da habe ich beinahe den Verstand verloren. Nun, da ich dich heil zurückbekommen habe, bleibt mir wohl nichts anderes übrig, als dich zu heiraten.«

»Ist das deine Vorstellung von einem gelungenen Heiratsantrag?«

»Du hast noch keinen besseren erhalten. Und wenn du dich nicht ganz stark änderst, wirst du auch kein besseres Angebot bekommen.« Ben paßte den richtigen Augenblick ab, entriß ihr den Hammer und schleuderte ihn über den Zaun. »Ablehnung wird nicht geduldet, Will. Ich bin fest entschlossen, kein Nein hinzunehmen.«

»Ich lehne trotzdem ab.« Willa verschränkte herausfordernd die Arme. »Bis ich etwas Besseres höre.«

Er seufzte schwer, da er schon befürchtet hatte, daß es so kommen würde. »Also gut, wenn es sein muß. Ich liebe dich. Ich möchte, daß du meine Frau wirst. Ich will den Rest meines Lebens mit dir verbringen. Reicht das?«

»Schon besser.« Ihr Herz floß nahezu über vor Glück. »Wo ist der Ring?«

»Ring? Um Himmels willen, Willa, ich schleppe doch keine Ringe mit mir herum, wenn ich die Zäune kontrolliere.« Völlig aus der Fassung geraten, schob er seinen Hut in den Nacken. »Außerdem trägst du nie Ringe.«

»Deinen Ring werde ich tragen.«

Ben setzte zum Widerspruch an, schloß dann aber den Mund und grinste. »Versprochen?«

»Versprochen! Verdammt, Ben, warum hast du so lange gezögert?«

Sie sprang über die Drahtrolle hinweg und warf sich in seine Arme.